黄水乞

1967 年毕业于厦门大学外文系，1978 年起在厦门大学从事英语经贸教学与研究，20 世纪 80 年代先后赴罗马尼亚布加勒斯特、美国加州大学访问、进修，在加州大学伯克利分校从事英语长短篇小说研究。曾编写《学生英汉五用词典》《当代英汉双解分类用法词典》等。主要译著有：狄更斯的《雾都孤儿》、毛姆的《人生的枷锁》、霍桑的《红字》、艾米莉·勃朗特的《呼啸山庄》等。

人生的枷锁

〔英〕毛 姆 著
黄水乞 译

吉林大学出版社
长 春

图书在版编目（CIP）数据

人生的枷锁 /（英）毛姆著；黄水乞译 .—长春：吉林大学出版社，2019.9
（读经典）
ISBN 978-7-5692-2770-3

Ⅰ．①人… Ⅱ．①毛… ②黄… Ⅲ．①长篇小说－英国－现代 Ⅳ．① I561.45

中国版本图书馆 CIP 数据核字（2018）第 201882 号

人生的枷锁
RENSHENG DE JIASUO

著　　者：（英）毛　姆
译　　者：黄水乞
策划编辑：魏丹丹
责任编辑：王　洋
责任校对：魏丹丹
开　　本：850mm × 1168mm　1/32
字　　数：560 千字
印　　张：21
版　　次：2019 年 9 月第 1 版
印　　次：2020 年 10 月第 2 次印刷

出版发行：吉林大学出版社
地　　址：长春市人民大街 4059 号（130021）
0431-89580028/29/21
http://www.jlup.com.cn
E-mail:jdcbs@jlu.edu.cn
印　　刷：北京市松源印刷有限公司

ISBN 978-7-5692-2770-3　　　　定价：44.00 元

毛姆与《人生的枷锁》

英国当代伟大的小说家和剧作家威廉·萨默塞特·毛姆,于1874年诞生于法国巴黎。他的父亲罗伯特·毛姆是个富有的律师,母亲则以她的美貌和出色的社交能力闻名于巴黎。就父系而论,毛姆的祖籍是爱尔兰,曾祖父把他祖父罗伯特·阿曼德送到伦敦来"碰碰运气"。祖父学法律,在伦敦很快便发迹起来,成了一位颇有名气的高级法庭律师,他的祖母也受过良好的教育。毛姆的父亲罗伯特·毛姆是八个兄弟中的长子,是一名初级律师,同时也是作家与编辑。罗伯特·毛姆酷爱艺术、文学和社交,他拥有藏书丰富的家庭图书馆,是个精通世故的人。至于毛姆的母系方面,英国家谱学家史密斯将其追溯到英格兰爱德华一世。

毛姆儿童时代随双亲居住在法国宽敞的公寓,八岁以前他是很幸福的。毛姆在六个全是男孩的家庭中排行最小,他常常跟大哥们到卢森堡和卢浮宫,从小就熟悉家中和画廊的艺术品,深受艺术的熏陶。家里虽然有英国家庭教师,但孩子们却全讲法语。他们与法国小朋友一块玩耍、嬉戏,几乎是十足的法国孩子。

1850年,毛姆的父亲被任命为英国驻巴黎大使馆的律师。毛姆八岁时,善良、风趣、慈爱的母亲伊丽丝因患肺病,不幸去世。毛姆小时候有两个哥哥很小就夭折了,其余的三个在他四岁时被送回英国寄宿学校念书。因此,毛姆的母亲有四年的时间集中疼爱他一人,伊丽丝·毛姆为儿子创造了一个充满母爱、保护和安全的环境。

毛姆在母亲去世后离开了法国学校,每天被送进大使馆附近的英国牧师家里。毛姆一直热爱法国,他说:“是法国教育了我,她教我重视美、荣誉、智慧和机智,教会我写作。”他在那儿总觉得如鱼得水,毫无拘束。

两年后,即毛姆十岁的时候,他父亲因患癌症去世。这时,大哥查尔斯继承父业并掌管全家的财务,二哥上了剑桥大学,最后当上大法官,成为哈特菲尔德郡的毛姆子爵。

而此时的毛姆被寄养在肯特郡惠斯特伯尔伯父家。伯父亨利·毛姆是万圣教会牧师,伯母索菲生于德国,两人无子女。这里很少听到笑声,宗教义务被视为一种自然法则。毛姆感到孤单、不快,伯父则认为他执拗,他的腼腆被视为绷着脸不高兴。在自己家里,毛姆口吃的毛病并不突出。可是在这儿,这个半外国化的孩子却忍受着严重的语言缺陷的痛苦,这一缺陷又增加了他的害羞及与他人的隔绝。在小说《人生的枷锁》中,主人公菲利普的缺陷被改为畸形脚。毛姆在小说中所描述的伯父的形象是缺乏公正的,伯父并不是坏人,只是脾气古怪、自私、呆板罢了。伯母是个慷慨、软心肠的人,她把毕生的精力用来伺候丈夫。

惠斯特伯尔是座有着两千多年历史的繁忙港市,以盛产海蛎闻名。尽管有上流社会的种种限制,使毛姆与现实生活相隔绝。但他常常背着伯父,溜到港口和海滩,观察工人、渔民和流浪汉的被禁止的“粗俗行为”。每年深秋,当人们涌向肯特郡农村,帮忙采摘蛇麻子时,威利(毛姆)常常骑自行车到农业工人及其家庭临时搭建的帐篷周围,对他们无忧无虑的游牧式的生活感到既好奇又羡慕。他伯父不时地警告他,千万别跟这些农业季节工人及他们那些皮肤黝黑、不讲卫生、粗野放纵的孩子们接触。毛姆的这一经历再次表明了,现实的火热的生活是文艺创作的重要源泉。

少年毛姆进入离牧师住宅大约七英里的皇家公学念书。这所学校当时注重经典著作和游戏,学生大部分是绅士子弟,他们残忍,做事不顾后果。中学时代给毛姆留下了痛苦的回忆,不过,在他上了年纪的时候,却能够客观地对待这些。他将《兰贝思的丽莎》和《卡特琳娜》——他的第一部和最后一部小说的手稿赠给这所公学,并对这所学校多次捐款。毛姆曾风趣地说:“当我年轻,并大量旅行之后,我发现全世界都讨厌英国人,因为他们的等级观念太强,性格太傲慢了。我认为,英国公学应对此负主要责任。因此,我向校长建议,我应该拿出一笔钱来培养一个劳动人民的儿子。然而这项计划告吹了,原因之一是当父母的似乎不愿意让他们的孩子受污染。因此,几年后,我说这笔钱应改为他用,故修建了科学楼。”

毛姆十七岁时坚决违背伯父要他上牛津大学及当牧师的愿望,在伯母的安排下,毅然前往德国,在古老的海德堡大学待了一年。这是他成长的一个重要的转折点,他利用该大学的授课、图书馆和学术环境,享受到一种未曾有过的自由。他旁听库诺·费雪的哲学,首次观看了易卜生、休德曼、白克的戏剧。同伴们把他引进了艺术、诗歌、戏剧和友好争论的乐趣中,毛姆深为环境之美所感动,对旅行开始感兴趣,并终生从未间断。回国后,他决心当作家,遭伯父的反对后便签约给会计师当学徒,但他对此不感兴趣,两个月后便辞职了。

1892年,毛姆以“终身学生”的身份进入伦敦圣托马斯医学院。他学习不够用功,只足以应付考试。他结交的朋友不是医学院的同学,而是画家、音乐家、作家等。这时,他涉猎英国文学和欧洲文学,为写小说搜集人物、逸事和情节的素材,而在他的笔记本上从未提及医学之事。二年级期末,毛姆做了门诊部的助理医生,曾为六十三个孩子接生。在这里,他看到了被剥去斯文和虚伪外衣的赤裸裸的生活,目睹了贫困、饥饿、疾病、苦难、失望和恐怖,同时也看到了勇气、无畏和希望。他在医学院五年级时便根据病历,写出第一部小说《兰贝思的丽莎》。尽管他取得医生资格之后从未行医，但对自然科学的学习与研究，使他尊重科学方法；他本人的现实主义和唯物主义的天然倾向，又使他免于陷入当时唯美主义和为艺术而艺术的死胡同。

毛姆二十三岁时便写出自传体小说《斯蒂芬·凯里的艺术气质》，因没有一家出版社愿意接受而将手稿搁在一边。过了十四年，在戏剧方面出了名之后，他又回过头来写《人生的枷锁》。他认为当时《斯蒂芬·凯里的艺术气质》未出版是“塞翁失马，焉知非福”。他花两年时间写成《人生的枷锁》后，第一次世界大战已经爆发。毛姆在法国加入一个红十字会组织，当过裹伤者、救护车司机、特工人员，后又被派往美国执行情报使命。

毛姆四十二岁时与西里亚结婚。西里亚是亨利·韦尔斯的前妻。毛姆与她生有一女，取名丽莎。十一年后毛姆与西里亚离婚，毛姆在文学上的成就驱使他漫游世界，也许这是他不成功的婚姻的主要原因。

1920 年至 1930 年被认为是毛姆创作的黄金时代，他广泛地、不断地旅行。文学上也是他多产的十年。有光彩夺目的喜剧《圈》《坚贞的妻子》和《养家糊口的人》；有优秀游记《客厅里先生》；优秀小品文集《中国见闻录》、论文集以及优秀的小说之一《寻欢作乐》等。

第二次世界大战爆发后，法国于 1940 年春被德国占领，毛姆也上了纳粹宣传家哥贝尔的黑名单，被视为新秩序的主要敌人。后来，他回到英国，被派往美国担任宣传和平友好的亲善使者。不久美国也介入战争，毛姆便住在美国，创作了《黎明前的时刻》和《刀锋》，并于 1946 年返回法国。

1950 年以前，他计划要写出最后四部小说，结果只写了三部，它们是《刀锋》《当时与现在》《卡特琳娜》。第四部他本想回到第一部小说中反映贫民区的主题上来，但由于“一切情况已改变了”，因此，他说已完全实现了自己的抱负，乐意就此引退，把最后这部小说留给愤怒的青年去写。紧接着的十年，毛姆主要致力于论文创作，多数为文学评论，职业创作方面的活动基本上结束了。

毛姆毕生著述甚丰，在长达六十五年的创作生涯中，共写了二十部小说、二十六个剧本、十一部非小说类文学作品和一百二十多篇短篇小说。如今，毛姆的剧本还在世界各地剧院上演，他的书共拍过十几部电影，他的短篇小说有八十多个被搬上屏幕，他所有的著作都在美国再版，还全部被译成日文。毛姆成了世界上最受欢迎的作家之一。

毛姆晚年荣誉接踵而至。早些时候，他接受法国土鲁斯大学的名誉学位；1939 年他在巴黎荣获法国荣誉勋章；1952 年获牛津大学名誉学位；1954 年加里克历史俱乐部设宴纪念他的八十寿辰。在这个俱乐部漫长的历史中只有狄更斯、萨克雷、特罗洛普三个成员获此殊荣。同年，英国广播公司出现了毛姆的活跃季节；也就在这一年，他受到伊丽莎白女王的接见，并被授予荣誉勋章；1958 年毛姆当选皇家文学学会副会长；1961 年毛姆被皇家文学学会提名为英国文学指南的前五名作家之一。在日本，毛姆被捧为英国作家中仅次于莎士比亚的文学巨匠。难怪毛姆将自己的一生比喻成有着愉快结局（大团圆）的一部小说或剧本。1965 年 12 月 16 日毛姆在他的别墅逝世，终年九十一岁。他的骨灰就葬在他捐赠的皇家公学图书馆墙下。

世界上许多不朽的名作都不是应景文章，而是作家非写出来不可的。在毛姆为数众多的长短篇小说、剧本、游记、非小说类文学作品中，《人生的枷锁》也许是作者唯一不得不写的一部小说。毛姆在《人生的枷锁》的序言中这样写道：“正当我成了当时最受欢迎的剧作家时，我又开始被过去生活中那些丰富的回忆萦绕了。

它们如此频繁地出现在我的睡梦里，出现在我散步时、排演中和宴会上，以致成了我很大的精神负担。因此，我想，摆脱它们的唯一办法，是把它们统统写进一部小说里。”

毛姆后来说：“此书问世后，我发现自己永远地摆脱了过去一直折磨着我的痛苦和不幸的回忆。”然而，1946 年毛姆应邀为盲人灌唱片，朗读《人生的枷锁》第一章时，他因情所感，竟然泣不成声而中断，无法念下去。因为这勾起了他对那些无法摆脱的心灵创伤的回忆。

《人生的枷锁》于 1915 年在英国出版时并未受到应有的重视。这时，第一次世界大战爆发，每个人都失去自由。人们有着比《人生的枷锁》的主人公菲利普更需要操心的事。《人生的枷锁》能在美国出版，则是出于机缘。专出英国书籍的美国出版商乔治·多兰把《人生的枷锁》带回美国考虑出版，可是嫌它太长了。恰好有一天他太太感冒，要拿一些书来打发时间，她看了《人生的枷锁》后欢喜不已——正因为它长，可以消磨时间，于是便决定出版。

小说出版后，西奥多·德莱塞在《新共和》杂志上发表了一篇热情洋溢的评论。他在《如一个现实主义者所看到的》评论中，告诉读者此书在英国和美国是如何被接受的。他说令他吃惊的是，英国的评论几乎一致采取轻蔑态度，抨击其道德的及社会的动机。而在美国，大多数评论家都看到了它的真正价值，并加以阐述。德莱塞认为，《人生的枷锁》不失为一部极为重要的作品，并一直被当作一部重要著作来对待。简洁的经历、梦想、希望、忧虑、幻灭、破裂，以及一位饿汉的哲学探索，它是彷徨者的指路明灯。什么也没有遗漏，作者像是出自内心的喜悦而写作。作品具有真实地表达内心世界的热切愿望的特征。

德莱塞总结道：“毛姆所编织的菲利普的人生图案确实是这样的。人们觉得犹如坐在一块漂亮的夕拉兹（伊朗）地毯，或一块贵重的、花纹复杂的达格斯坦(俄罗斯)地毯面前,赞叹着,抚摸着,体味着它的色调。或者,犹如一名艺术大师,施特劳斯或贝多芬,刚刚奏完一曲优美的交响乐,其音符以令人难以捉摸的旋律响彻天空,悠扬着,消逝着……读者看到的,是一块编织着生活的苦与乐的地毯。实际上,我们可以跟一个扛着十字架的人边走边谈。”

经德莱塞的评论之后,《人生的枷锁》立刻在美国赢得了大批读者的赞赏。正因为《人生的枷锁》的成功是由于美国作家同行及整整一代美国读者的帮助,毛姆于1946年将该书的手稿赠给美国国会图书馆。毛姆说:“英国人总的说来是诚实的,他们不喜欢负债。可是有一项他们永远也无法偿还,那就是第二次世界大战期间,英国妇孺因怕德国入侵而逃到美国时,美国人民对他们的善意与慷慨。因此,我将手稿赠给他们,不仅代表我个人和家庭,而且还代表曾在彼岸避难的全体英国同胞。”

《人生的枷锁》是一部自传体的小说,生活本身就是最好的小说家和最好的传记作者。现实生活每日、每时都在塑造着成千上万的小说和传记,只是生活本身并不去写它们,除非偶尔涌现出一位生活的塑造者来描绘生活,毛姆就是这样一位生活的塑造者。同类小说还有卢梭的《自白》、塞缪尔·勃特勒的《众生之路》、阿诺德·贝内特的《泥水匠》、查尔斯·狄更斯的《大卫·科波菲尔》及戴·赫·劳伦斯的《儿子与情人》等。

《人生的枷锁》也是一部关于学徒期或启蒙期的伟大小说。小说描述了一系列的历险事件。年轻的主人公在历险中达到了某种程度的成熟。这类小说通常强调其精神上或智力上的发展,而不是外部的行动。主人公经过种种不愉快经历的洗礼之后,变得更加纯洁、高尚了,通过这些磨难他终于找到了自我和生活中适当的位置。

《人生的枷锁》仍属传统的小说,即所谓“教育小说”,其集中表现了两方面的主题：一是幻想与情欲对人生的束缚；二是“机会是盲目的，人生无常”，然而人生却能编织成各种各样色彩斑斓的图案。小说的前半部分着重于表现“真与美”的主题，后半部分则着重于表现“善”的主题。

在这部充满哲理的小说中，主人公菲利普是一个在精神和身体上都有缺陷的年轻人，毛姆计划让一切不幸发生在菲利普身上。他目睹一切，不断地寻求人生真理；只有他是小说主角，最后为了收场才设计出女主角萨利。

这种故事自费尔丁①时代以来一直是小说的一个主题，但毛姆的《人生的枷锁》比同类小说拥有更广泛的读者，其主要原因是《人生的枷锁》详细地剖析了人类与生俱来的各种形式的枷锁。这是毛姆对现代自传体小说的新贡献。

菲利普经历过的人生枷锁包括家庭、宗教、情欲、金钱、职业及寻求人生意义等诸多方面。首先，最引人注目的莫过于情欲方面的感情枷锁了；其次，是传统的、不容置疑的宗教信仰的枷锁及有关金钱和寻找职业方面的枷锁；最后，是寻求人生意义方面的枷锁。

在情欲方面，菲利普共接触过四个女人。菲利普与比自己大二十多岁的老处女威尔金森小姐的那段风流韵事，实在描写得既丑恶又滑稽，有一家出版商因这一情节而拒绝出版——公共图书馆不喜欢这样的情节。菲利普与业余作家诺拉·内斯比特的友情，甚至与准备与她结婚的萨利的关系都是短暂的、一带而过的描写。他并不爱诺拉或萨利，对于她们，他有一种可控制的或者有意怂恿的感情。《人生的枷锁》中描述的“爱情”，实质上指他与荡妇米尔德里德的感情纠葛，菲利普对她的感情是一种难以抑制的感情，这种感情使他与自己所憎恨的荡妇结下了不解之缘。所以《人

① 亨利·费尔丁(1707—1754)，英国小说家。

生的枷锁》中的“爱情”实际上是一种丢脸的枷锁,女人则是圈套或诱惑。

菲利普与米尔德里德的感情纠葛大致可分四个阶段。第一阶段她待他“冷若冰霜”,菲利普的自尊心受到伤害,于是他不禁想报复,直至她失约并宣布与德国人米勒结婚结束。第二阶段以米尔德里德被米勒抛弃,又厚颜无耻地与菲利普的同学格里菲思私奔,使菲利普对情欲桎梏的感受达到高潮,也使菲利普蒙受着极大的痛苦和感情上的创伤。第三阶段指菲利普接纳“残缺不全”的米尔德里德同住(“无性同居”)。这时,菲利普一想起米尔德里德的往事就感到恶心。实际上他这时对她已没有恋情,只剩下同情了。第四阶段指米尔德里德“破釜沉舟”,砸烂菲利普的家当,离他而去,重操卖淫旧业。后来菲利普再次遇到她,对她浑身染上性病感到恐惧,只能帮她治病,再三警告她这是罪恶。可是米尔德里德不听劝告,并从他的生活中消失了,而菲利普这时已不觉得痛苦。米尔德里德的故事是作者被迫写出来的一系列冗长、沉闷和痛苦的情节。倘若毛姆没有驱除难以忍受的、无法摆脱的记忆的愿望,是写不出这么令人痛心疾首的往事的。根据获普利策奖的美国作家特德·摩根在《毛姆传》中披露,《人生的枷锁》中米尔德里德的雏形原来是个男青年,这也从另一个侧面揭示出毛姆早年的同性恋倾向。

应该说,囿于环境,菲利普小时候对宗教还是笃信的、虔诚的。他在公学里加入《圣经》联合会,每天祷告好几回。一天,他读到耶稣基督的这段话:“假如你有信心,不疑惑,不但能行无花果树上所行的事,就是对这座山说,你挪开此地,投在海里,也必成就。你们祷告,无论求什么,只要信,就必得着。”[①]菲利普于是在祷告时

① 见《新约全书》的《马太福音》第二十一章第二十一节、第二十二节。

便请求上帝治好他那只畸形脚，他甚至为上帝创造奇迹规定了一个日期。为了表示自己的心诚，祷告时他干脆掀起地毯，跪在光秃秃的地板上祷告。为了感动上帝，他甚至脱去睡衣，赤裸着身子祷告，可是上帝依然毫无反应。他大失所望，终于放弃这种努力，从此永远摆脱宗教的枷锁。

《人生的枷锁》还充分剖析了菲利普在金钱方面的枷锁。米尔德里德几乎把他的钱都要走了，菲利普曾经挨饿、露宿街头、花完最后两便士在查宁十字广场的盥洗室梳洗。在绝境中，他甚至希望伯父早点死，好继承他的一点财产来完成学业。这种“谋杀念头”实在该受到全社会的严厉谴责。毛姆还借福内特教授之口，对金钱问题发了一大通议论：“金钱好比人的第六感官，没有它，你就无法充分地利用其他五个……你常常听到人们说，贫穷是对艺术家的最大鞭策。其实，他们从未体会到其中的讽刺。他们不知道贫穷使你多么小气，使你蒙受多么大的耻辱。它砍断了你的翅膀，像癌症一样地吞噬着你的灵魂。人们并不要求巨富，只求足以保持人的尊严、不影响工作、慷慨、直率、自立。”小说中描述的普赖斯小姐及西班牙模特儿等都是说明金钱枷锁对人生的束缚。

小说中诗人克朗肖赠送菲利普的那块波斯地毯，是主人公寻求人生意义的象征。巴黎美术学校女学生普赖斯小姐悬梁自尽，成了“人生没有意义”的第一个象征。当伯母去世的噩耗传来时，菲利普首先的反应是：“人生多么没有意义啊！”当菲利普听到好友海沃德在南非战争中得伤寒死去的消息时，他认为这是又一个无用又愚蠢的生命的完结，由此终于悟出了克朗肖那块波斯地毯的寓意：人生毫无意义。毛姆认为，地毯织工在编织图案时并非出自什么目的，只是满足自己的美感罢了。因此，人的一生也可以像织工那样度过。一个人也可以这样来看待自己的一生，他的一生只不过是一幅图案而已。从一个人的生活、行为和思想感情的五花八门的事件中,人们可以设计和织造出有规则的、精美的、错综复杂的和色彩缤纷的图案。有一种最清晰、最完美、也最赏心悦目的图案,在这一图案中,一个人诞生、长大成人、恋爱结婚、生儿育女,为生存而辛勤劳作,最后默默地死去。然而,也有其他式样的图案,在这些图案里,幸福不涉足,成功不问津,但从中可以领略到一种乱人心思的雅趣。还有一些人生图案尚未织完,便被冷酷的命运切断了(如海沃德、普赖斯)。还有如克朗肖提供的那种难以仿效的图案。由此可见,人生幸福也罢,痛苦也罢;事业成功也罢,失败也罢,本身是微不足道的,无论发生什么,都只不过使人生图案增加复杂性罢了。后来,毛姆在《总结》一书中又进一步阐述了他对人生的看法:享乐不是人生的意义所在,因为我一生遭受的痛苦多于乐趣。使人生变得有意义是有其价值标准的,就是使人们摆脱人生束缚的价值标准,这些标准就是"真、善、美"。

尽管《人生的枷锁》中有些主题流露出明显的悲观情绪,然而其主要基调还是积极的、肯定的。善良的阿特尔尼一家人可以说明这个问题;菲利普在医院里的救援工作、在伦敦贫民区和在渔村的工作,都能说明这一点。

长大成人是件漫长的、痛苦的事,如今跟过去一样艰难。在此,我不禁记起高尔基在他的《童年》中描写他与同伴打赌,在教堂旁边的棺材上睡一宿之后,外祖母对他说的话:"孩子,什么事都得靠自己去发现,否则,没有人会教你的!"菲利普经历过这一切不幸之后,确实学到了许多东西。生活中,不少人采取永远地停留在舒服的、未成熟的阶段来逃避困难。对于其他一些由于基因的作用而被迫趋于成熟的人来说,生活是不舒服的,甚至是痛苦的,直到他们与生活妥协为止。菲利普解决苦恼的办法不管多么富有浪漫色彩,但即便是今天也不失是个好的办法。当乡村医生与萨利幸福地结婚,这正是那个小岛为他提供的最好选择,也是他前半生所取得的经验。

《人生的枷锁》还为我们提供了其他美好的东西。小说中不乏有如狄更斯笔下的形形色色的人物：牧师与教区居民、医生与病人、画家与模特、老师与学生、会计师与股票经纪人、顾客与售货员、作家与记者、舞女与演员、太太与小姐、妓女与嫖客、富人与穷人等等。

《人生的枷锁》自1915年问世以来，由于被英美学校广泛采用为教材，迄今已销售一千多万册，毛姆也认为这是他最好的著作。

当然，也有个别评论家认为毛姆是“商品化作家”。对此，毛姆曾辛辣地回答说：“与我的作家同人不同，我除了手中的一支秃笔外，没有别的谋生手段。我没有那个福分，未能娶个足够富裕的妻子来养活我；也没有一个好爸爸，其产业既能为我提供收入，又能为我提供讽刺的素材。”

黄水乞

二〇一四年五月于厦门大学北村

序

这是一部长篇小说,如果再加个序,就更长了,我确实难为情。对一个作家来说,最感棘手的,莫过于评论自己的作品。关于这一点,法国著名小说家罗杰·马丁·杜·加德叙述过一段耐人寻味的故事:普劳斯特要求法国某家杂志发表一篇对自己的大部头小说加以评论的重要文章。他想,评论作品,除了作者自己,别人很难写得出色。于是,他便决定亲自动笔,请一位年轻的文人朋友署名,然后寄给编辑。青年人照此办理了。几天之后,编辑把青年人找去,对他说:"我必须谢绝您的文章,假如我发表了一篇对马塞尔·普劳斯特的作品如此粗糙而又冷漠的评论,他将永远不会饶恕我。"尽管作家对自己的作品是敏感的,对不当之评论也易于被激怒,但毕竟还不至于自我陶醉。他们知道,纵然花费大量的时间与精力,写出的作品也往往与原先的意图差之千里。一旦深思熟虑之后,他们那种因不能完整地表达原意所引起的烦恼,就远远地超过对某些自鸣得意的章节所表露的喜悦。作家总企求于艺术表现的娴熟,结果他们发现这一目的并没有达到。

关于这部书本身,我一概不说。但我乐于告诉读者的是:一部不朽的小说,如同其他小说一样,究竟是如何写成的。如果读者对此不感兴趣,只好祈求原谅了。我二十三岁那年完成了这部书的初稿,那时我在圣托马斯医学院已经五年了。取得了医学学位后,我到塞维利亚,决心靠写作谋生。当时虽然手稿尚存,但自原稿校正以后,我一直未再过目。无疑,那是很不成熟的。我把它寄给费希尔·昂温,他出版过我的处女作(还是个医科学生时,就出版过一部名为《兰贝思的莉莎》的小说,颇为成功)。由于我索取一百镑的稿酬,他拒绝了,我只好提交给别的出版社。结果呢,哪怕我的索价再低,也没有一家出版社愿意接受。为此我曾一度很消沉,岂知现在"塞翁失马,焉知非福"。当时若他们中的一家出版社首肯(书名《斯蒂芬·凯里的艺术气质》),那将由于我的年轻幼稚而失去一个未能充分利用的题材;我离上述"充分利用"的事件的距离并不太远,然而我缺少后来用以充实此书的种种经历。我甚至不明白,写自己所熟悉的比自己不熟悉的来得容易。譬如,我写主人公到鲁昂学法文(我只是偶然知道这个地方),而不是到海德堡去学德文(我自己曾到过那里)。

由于遭到拒绝,我把手稿搁在一边。改写其他小说——它们出版了。于是我又写剧本,这时我竟成了很有成就的剧作家。我决心将余生贡献给戏剧事业,相信没有任何力量能使我的决心动摇。我很幸运、顺利,也很繁忙,我想要写的剧本充溢着我的脑海。令我费解的是,到底是因为成功没有给我带来我所期望的一切呢,抑或这是对成功的自然反应。总之,正当我成了当时最受欢迎的剧作家时,我又开始被过去生活中那些丰富的回忆萦绕了。它们如此频繁地出现在我的睡梦里,出现在我散步时、排演中和宴会上,以至于成了我很大的精神负担。因此,我认为摆脱它们的唯一办法,是把它们统统写进一部小说里。在应戏剧之急写了几年剧本之后,我又把热切的期望寄于小说这一广阔、自由的领域。我知道心目中的这部小说篇幅很长。为了不受干扰,我谢绝出版界经理们纷至沓来的约稿,并暂时退出了戏剧界。这时,我已经三十七岁了。

在成了职业作家后的漫长岁月里,我下功夫学习写作,接受无聊的训练,力求改变文章的风格,直到剧本问世了,我才中断这些努力。这时再次动笔,目的自然就不同了。我已不再追求华丽的辞藻和优美的结构，以免像过去那样，浪费大量劳动，结果事倍功半。我力求明了与扼要，因为在有限的篇幅里，有那么多要说的话，我只能尽量避免浪费笔墨，以表达清晰为原则。剧院的经验，使我懂得了简明的可贵和旁敲侧击、拐弯抹角的危险。这样，我不懈地工作了两年，终于把小说写成。何以命名呢？我四处搜索，偶然发现艾赛亚的一句引语——“灰烬中之美”为本书的命名颇为贴切，可惜这一标题近来已被人采用了，我只好另辟蹊径。最后，借用斯宾诺莎的伦理学著作中的一本书名，称之为《人生的枷锁》，我感到我没有采用首次想到的书名，又是一次幸运。

本书不是一部自传，而是自传体的小说。事实与虚构紧密交织，感情是自己的，发生的事件却未必事事与我相关。其中有的并不是我的生活经历，而是综合了周围人们的生活，然后集中在主人公身上。这部书达到了预期的目的，当它问世时（世界正陷入战争的苦难之中，人们太关注自己的遭遇及战争的恐惧了，以至于顾不上关心小说人物的历险记），我发现自己已经永远摆脱了一度折磨过我的痛苦和不幸的回忆。这部书受到了好评，西奥多·德莱塞给《新共和》写了一篇评论，他还不曾写过像这样充满智慧和同情的评论。但它会不会昙花一现，几个月后便被人永远遗忘，像许多小说所经历的那样呢？事有凑巧。几个年头过去了，出于偶然的机缘，这部小说竟引起了许多美国著名的作家的关注。他们在报上经常提到它，渐渐地又引起公众的注意。多亏这些作家使这部书得以新生，同时我必须为这部小说获得的与日俱增的成功而感谢他们。

威廉·萨默塞特·毛姆

1

拂晓，天阴沉沉的，乌云密布，阴冷的空气预示着一场大雪即将来临。女用人走进屋里，一个小孩正在里头酣睡。她拉开窗帘，机械地望了一眼对面的房子——一幢有门廊的灰泥房子，然后走到小孩床边。

“菲利普，醒醒。”她说。

她掀开被窝，把他抱起来，带他下楼。孩子依然睡眼惺忪。

“你母亲找你。”她说。

她打开楼下一个房间的门，把小孩带到一张床上，床上正躺着个妇人。她就是孩子的母亲。她伸开双臂，小孩紧紧地依偎在她身边。他没有问为什么被喊醒。妇人吻着他的眼睛，用一双瘦削、纤细的手隔着他那件白法兰绒睡衣抚摸着他温暖的身躯，将他搂得更紧了。

“宝宝，你还困吗？”她说。

她的声音很弱，好像是从遥远的地方传来似的。小孩没有回答，但惬意地笑了。在这又大又暖和的床上，还有柔软的双臂抱着他，他感到很高兴。他蜷着身子，紧贴着母亲，想把自己缩得更小一点，并且睡意蒙眬地吻了她一下。不一会儿，他合上眼，又睡着了。大夫走过来，站在床边。

“哎，请先不要把他抱走。”她呻吟道。

医生严肃地看着她，没有答话。妇人知道孩子不允许在这儿久待，就又吻了他一下。她的手顺着他的身躯抚摸下来，一直摸到他的脚；她把他的右脚握在手里，抚弄着那五个小脚趾；然后，又慢慢地把手伸到左脚上。她呜咽起来了。

“怎么啦？”大夫说，“你累啦。”

她摇摇头，说不出话来，眼泪扑簌扑簌地往下掉。大夫俯下身子:“我来把他抱走。”

她太虚弱了,无力违拗大夫的意愿,只得让他抱走了。大夫将他交给保姆:“你最好把他放回他的床上去。”

“好的,先生。”

小男孩被抱走了,他还睡着。这时,孩子的母亲伤心地哽咽起来。

“他以后会怎么样呢? 可怜的孩子。”

产褥护士想安慰她,但不久,由于她精疲力竭,哭声停止了。大夫走到房间另一端的一张桌子旁,桌上躺着一个死产的婴儿,用一条毛巾蒙着。他掀开毛巾看了看。大夫和妇人那张床中间隔着屏风,但妇人猜出了他正在干什么:

“是女的还是男的?”她低声问护士。

“又是个男孩。”

妇人不再吭声了。过了一会儿,保姆回来并走近病榻。

“菲利普少爷一直睡着。”她说。

一阵沉默,大夫又按了按病人的脉搏。

“眼下我用不着在这儿了,”他说,“早饭后我再来。”

“我送你出去,先生。”保姆说。

他们默默地下楼,到了门厅,大夫收住脚步。

“你已派人请凯里太太的大伯了,是吗?”

“是的,先生。”

“你知道他什么时候到吗?”

“不知道,我正在等电报。”

“孩子怎么办? 我想他最好离开这儿。”

“沃特金小姐说要带他走,先生。”

“她是谁?”

“孩子的教母,先生。你看凯里太太还能好吗?”

大夫摇了摇头。

2

一星期以后,菲利普坐在翁斯洛花园街沃特金小姐家的会客室的地板上。只有他一个是小孩,他习惯自己玩耍。房间里充塞着家具,每条长沙发有三个坐垫。每张扶手椅也有一个坐垫,他把这些统统地搬过来,借助几张轻便、易于搬动的镀金靠背椅筑了一个灵巧的洞穴。他可以把自己藏在“洞”里,不让潜伏在帘子后面的红印第安人看见。他将耳朵贴近地板,倾听水牛群在大草原奔跑的声音。不久,听见门开了,他屏住呼吸以便不被发现。但是,一只有力的手拉开一张椅子,坐垫便纷纷落下。

“你这淘气鬼,沃特金小姐要生气的。”

“你好呀,埃玛!”他喊道。

保姆弯下身去吻他。然后拍打坐垫上的灰尘,将它们一一放回原处。

“我要回家吗?”他问。

“是的,我是来接你回去的。”

“你穿上了新衣裳!”

这是一八八五年。她穿着裙撑,她的长袍是黑丝绒的,窄袖、斜肩。裙子上饰有三个大荷叶边,头上戴着鹅绒饰带的黑色女帽。这时她犹豫着,因为她所期望的问题孩子没有问,她不能按事先准备好的话回答。

“你不想向你妈妈请安吗?”她终于说。

“哎呀,我忘了。妈妈身体好吗?”

这下她心中有数了。

“你妈妈身体很好,也很快乐。”

“哦,我很高兴。”

“你妈妈已经去了,你再也见不到她了。”

菲利普不懂得她的意思。

“为什么?”

“你妈妈上天堂了。”

她哭开了,菲利普虽然还不大明白,但也跟着哭了。埃玛是个身材高大的女人,金黄色的头发,宽阔的面容。她是德文郡人,尽管她在伦敦帮佣多年,但仍乡音未改。眼泪更激起了她的情感,她把这孩子紧紧地搂在怀里,同时依稀觉得这孩子可怜,因为他被夺走了世间唯一没有私心的母爱。现在,只好把他交给陌生人,这太可怕了。过了一会儿,她重新恢复了平静。

“你伯父威廉在家里等着见你呢,”她说,“去向沃特金小姐道别,我们就回家了。”

“我不想说再见。”他回答说,本能地不想让人看到自己在哭鼻子。

“那好,上楼拿你的帽子去。”

他取了帽子,下楼时埃玛已经在门厅等候了,他听见了餐厅后面的书房里有人谈话,便停了下来。他知道沃特金小姐和她姐姐正与朋友谈话。他才九岁,就似乎感到要是他闯进去的话,她们准会替他难过的。

“我想还是应该和沃特金小姐说声再见。”

“你最好去说一声。”埃玛说。

“你先进去告诉她们一下。”他说。

他想充分地利用这次机会。埃玛敲敲门,走了进去。他听到她说:

“菲利普少爷想和你道别,小姐。”

谈话突然停了下来,菲利普一瘸一拐地走进去。亨里厄特·沃特金是个健壮的女人,脸色红润,染了发。当时染发是要引起闲话的。记得教母刚改变头发颜色时,他在家里已听到过许多闲话。她和姐姐住在一起。她姐姐已乐于天命,安度晚年了。另外两位来访者是菲利普不认识的太太,她们好奇地打量着他。

“我可怜的孩子。”沃特金小姐说道,张开了双臂。

她呜呜地哭开了。菲利普现在懂得为什么她没有进去吃午饭,为什么她穿一身黑衣服,泣不成声。

“我得回家了。”菲利普终于说道。

他从沃特金小姐怀里挣脱出来,她又亲了亲他。然后他又去向她姐姐告别。一个陌生太太问可不可以吻他,他郑重其事地点头同意。虽然他哭了,却因自己激起这么大的哀恸而感到高兴。他本想再逗留一会儿以引起更多的同情,然而又觉得她们希望他启程,便推说埃玛正等着他,走出了房间。埃玛已下楼,正和地下室的一个朋友谈话,他就在楼梯平台等她,还听到亨里厄特·沃特金说:

“他母亲是我最好的朋友,想起她的去世,真使我受不了。”

“你本不该去送葬的,亨里厄特,”她姐姐说,“我知道你去了会伤心的。”

接着,一个陌生的太太说:

“可怜的孩子,你想他在世界上孤苦伶仃的,太可怕了,我看到他还跛脚呢。”

“可不是,他有只脚天生畸形,他母亲对此十分发愁。”

埃玛回来了。他们雇了一辆小马车,埃玛把地址告诉了车夫。

3

他们来到凯里太太去世的那所房子,它坐落在肯辛顿诺丁希尔门和海斯特里特大街之间的一条僻静、体面的街上。埃玛把菲利普领进客厅。他伯父正在给已送来花圈的人写感谢信,有个花圈因没赶上出殡,还搁在门厅桌上的一个纸板箱里。

“菲利普少爷来了。”埃玛说。

凯里先生慢慢地站起来和孩子握了握手,然后,想了一下,又弯下腰吻吻孩子的前额。他中等身材,已开始发福了,长长的头发往后梳，借以盖住头顶秃去的部分。胡子刮得精光，五官端正，可以想象他年轻时是英俊的。他的表链上还挂着一个金十字架。

“现在你要和我住在一起了，菲利普。”凯里先生说，“你愿意吗？”

两年前，菲利普出了水痘后，也曾被送到那儿，但那地方给他留下的记忆，与其说是有伯父和伯母，倒不如说只有一间顶楼和一座大花园。

“愿意。”

“你必须把我和你路易莎伯母看作自己的父母。”

孩子的嘴巴有点打战。他红着脸，没有回答。

“你亲爱的母亲把你托付给我照料了。”

凯里先生不善辞令，当获悉弟媳临终时，他马上赶来伦敦，一路上不考虑别的，光想假如她的去世迫使他肩负起照顾她儿子的重任的话，将给他的生活带来麻烦。他已年逾半百，结婚也已经三十年，但妻子不生育。他不期望家里突然冒出一个小男孩来，说不定还是个吵吵闹闹、粗野无礼的孩子呢。再说他对这个弟媳从来就没有什么好感。

“明天我要领你去布莱克斯特伯尔。”他说。

“和埃玛一道去吗？”

孩子把一只手放进埃玛手里，她将它紧紧攥住。

“恐怕埃玛得离开你了。”凯里先生说。

“我要埃玛和我一起走。”

菲利普“哇”的一声哭开了，埃玛也忍不住哭了。凯里先生无可奈何地看着他们。

“我想，最好让我和菲利普少爷单独待一会儿。”

“好的，先生。”

尽管菲利普抱住她，她还是轻轻地挣脱出来，凯里先生把孩子放到自己的膝上，搂住他。

“别哭，”他说，“你已经不小了，可以不用保姆了，我们得设法送你上学呢。”

“我要埃玛和我一起走。”小孩重复道。

“那太花钱了，菲利普，你父亲没有留下多少钱，不知道现在还剩多少呢。每花一分钱都随便不得。”

凯里先生前天还拜访了家庭律师。菲利普的父亲是个有名的外科医生，他在医院里担任的各种职务，表明他在医学界颇有地位。因此，当他因血液中毒猝然去世，人们发现他给妻子留下的财产不外乎他的人寿保险金和出赁他们在布鲁顿街的房子所能收到的房租时，都感到意外。这是六个月前的事。凯里太太当时身体已经十分虚弱，又发现自己怀孕，一时不知所措，一有人要租那幢房子就答应了。她把自己的家具堆藏起来，去租了一套牧师大伯认为非常昂贵的带家具的房子达一年之久，心想这样在孩子出世之前事事就顺顺当当了。然而她不善理财持家，开支不能和已改变了的家境相适应，这也花一点，那也花一点，以至于如今，所有的开支付清之后，只剩下两千多镑，孩子在独立谋生之前，就靠这笔钱维持生活。现在要把这一切都解释给菲利普听是不可能的，他还在哭泣呢。

“你还是找埃玛去吧。”凯里先生说。他觉得她比任何人都更能抚慰这孩子。

菲利普二话不说，迅速地从伯父的膝上滑下来，但凯里先生又喊住他。

“我们明天必须动身，因为星期六我得准备布道。你得告诉埃玛，今天把你的东西收拾好，你可以把玩具都带走。如果你想要点父母的遗物做纪念，可各带一件，其余的东西都要卖掉。”

菲利普溜出了房间。凯里先生不习惯伏案工作，现在又怀着一肚子怨气继续写感谢信。桌上的另一边有一叠账单。这些账单使他特别恼火。有一张显得特别荒唐。凯里太太刚死，埃玛立即向花店订购了大量白花，用来布置停着遗体的房间，这纯属浪费金钱。埃玛太自作主张了。即使不是考虑经济上的拮据，他也要把她解雇。

菲利普却赶紧去找她，一头扑到她的怀里，哭得非常伤心。埃玛拿温柔的话来安慰他。菲利普刚满月就由她照料，她觉得他几乎就是自己的孩子。她答应有空会来看他，说她永远不会忘记他。她告诉他所要去的乡村以及德文郡老家的情况：她父亲在通往埃克塞特的公路上管理一个通行税征收所。猪圈里有好几头猪；还有一头奶牛，这头奶牛刚生下一头小牛犊。听着听着，菲利普竟忘了哭泣，想到临近的这趟旅行，渐渐地兴奋起来了。然后，她把他放下来，因为她还有许多事要办。他帮她把自己的衣服摆在床上，又听从她的吩咐，到育儿室收集自己的玩具。过了一会儿，他已高高兴兴地玩开了。

最后，他自己玩腻了，又回到寝室去，埃玛正将他的东西装进一只大铁皮箱。这时，他才记起他伯父说过，他可以拿一些父母亲的遗物留念。他告诉埃玛，问她应该挑选什么。

"你最好到会客室去，看看你喜欢什么东西。"

"威廉伯伯在那儿。"

"那没关系，现在那些是你自己的东西了。"

菲利普慢慢走到楼下，发现门正开着，凯里先生已离开房间，菲利普慢慢兜一圈。他们在这所房子的时间太短了，因此这儿没有什么东西使他特别感兴趣。这是陌生人的房间，菲利普看不出有吸引他的东西，但他知道哪些是母亲的遗物，哪些是房东的东西。突然，他眼光落在一个小钟上，他曾听母亲说她喜欢它。他拿着这个钟，闷闷不乐地上楼去。到了母亲寝室的门口，他止步倾听。虽然没有人叫他不能进去，但总觉得进去是不对的。他有点害怕，心怦怦直跳。同时，某种感情驱使他去扭开门把手。他轻轻地拧动门把，好像生怕里面的人听到似的，他慢慢将门推开。在没有勇气进去之前，他先在门口站了一会儿。他现在不害怕了，但这儿似乎有点陌生。他随手将门关上。百叶窗关着，在一月午后清冷的阳光下，屋里显得很昏暗，凯里太太的梳妆台上放着发刷和手镜。一只小盘里放着发针，壁炉架上放着一张他自己的照片和他父亲的照片。以往母亲不在房间时，他也常在这房间，可现在似乎有点异样，椅子的样子也有些特别。床铺得好好的，像是当晚有人要在那里睡觉似的,枕头上有一只套子,里面还放着一件睡衣。

菲利普打开一个装满衣服的大衣柜,一脚跨进去,张开双臂,尽可能多地抱一抱衣服,将自己的脸埋进这堆衣服中。它们还散发着母亲用过的香水味。然后,他把抽屉统统打开,里面塞满了母亲的东西,他望着这些东西:衬衫中夹有熏衣袋,香气袭人。房间的陌生气氛消失了。他仿佛觉得母亲刚出去散步。她马上就会回来,而且会上楼和他一块用茶点。他依稀可以感觉出母亲印在自己嘴唇上的吻。

他再也见不到她了。这不是真的,这怎么可能呢!他爬上床去,将头靠在枕头上,一动也不动地躺在那儿。

4

菲利普和埃玛挥泪告别。但前往布莱克斯特伯尔的旅行使他高兴。当他到那儿时,他已随遇而安,且兴致勃勃。布莱克斯特伯尔离伦敦六十英里,把行李交给脚夫之后,凯里先生和菲利普一起步行到教区牧师住宅。他们走不到五分钟就到了。菲利普一下记起了那个门。门是红栅门,上面有五根栅栏,装有活动铰链,可向里向外开关,人吊在栅栏上可以前后摆动,只是不允许这样玩。他们穿过花园走到正门。这扇门只有来了客人或者星期天,或者特殊场合,如当牧师上伦敦或从伦敦回来时才使用。平时使用边门。同时还有一个后门专供园丁、乞丐及流浪汉出入。这一幢房子相当大,黄砖、红顶,大约二十五年前以教堂建筑物的风格盖的。正门就像教堂的门廊,客厅的窗子是哥特式的。

凯里太太知道了他们是乘那趟列车来的,在客厅等候,留神开大门的咔嗒声。门一响,她就马上迎出去。

“那是路易莎伯母,”凯里先生看到她时说,“跑过去吻她一下。”

菲利普听话又非常别扭地拖着畸形脚跑过去。他跑了几步，又停下来。凯里太太和丈夫同龄，瘦小身材，脸上布满着很深的皱纹，长着一双淡蓝色的眼睛。灰色的头发仍按年轻时的式样梳成一绺绺的小发卷。她穿一身黑衣服，一条金项链是她唯一的装饰，链上挂着一个十字架。她生性羞怯，说话声音柔和。

“你们步行回来的吗，威廉?”她一边吻着丈夫，一边以近乎责备的口吻说。

“我没有想到这一点。”他回答，同时望了侄儿一眼。

“走路不碍事吧，菲利普。”她问孩子。

“我经常走路。”

他对他们的谈话感到有点奇怪。路易莎伯母招呼他进屋，他们进入门厅。厅里铺着红黄相间的花砖。花砖上交替印有四臂等长的十字架图案和耶稣画像。堂皇的楼梯直通门厅。这楼梯是用磨光的松木制成的，有一股特殊的气味。这些松木是给教堂安装新座位时剩下的木料。栏杆上装饰着象征四个《福音书》的著者的寓意图案。

“我已叫人把屋里的炉子生好了，我想你们旅行后会感到冷的。”凯里太太说。

摆在门厅的是个黑色的大火炉，只有当天气很冷，牧师又患感冒时才生炉子。凯里太太感冒是不生炉子的。煤很贵。此外，女仆玛丽·安不喜欢到处都生炉子。要是他们想把所有的炉子都生着了那就得再雇个女仆。冬天，凯里夫妇住在餐室，生一个炉子就够了。

夏天他们也改变不了这一习惯，仍住在餐室。因此，客厅只供凯里先生每星期天下午午睡用。但每星期六他的书房得生炉子，以便他写布道。

路易莎领菲利普上楼，让他看一间正面对着车道的小寝室。窗子前面有棵大树。菲利普现在记起来了，这棵树的树枝很低，因此可顺着这些树枝爬得很高。

“小孩住小屋，”凯里太太说，“你独个儿睡不害怕吧?”

“不怕。”

他第一次上这儿时是和保姆一道来的，因此凯里太太不用为他操什么心。现在她看着他，心里有些放心不下。

“你自己会洗手吗？要不要我替你洗？”

“我自己会洗。”他坚定地回答。

“好，你下楼用茶点时我要检查你的手。”凯里太太说。

她对照料孩子的事一窍不通，决定送菲利普到布莱克斯特伯尔时，凯里太太对如何照料他想了许多。她急于想尽到自己的责任。现在他来了，她却和他一样地羞怯。她希望他不吵闹，不粗野，因为她丈夫不喜欢这样的孩子。凯里太太找了个借口，把菲利普独自留在楼上，过一会儿，她又来敲门，在门外问他能否自己倒水，才放心地下楼按铃吩咐仆人上茶点。

餐室既宽敞又匀称，两边都有一排窗户，挂着沉重的红色棱纹平布窗帘。中间有张大方桌。另一头有一个显眼的装有镜子的红木餐具架。餐室的一角竖着一架小风琴。壁炉的两旁都摆着两张皮椅，皮面上盖有商标印戳，椅背上都罩有椅套。有扶手的被称为“丈夫椅”，没有扶手的被称为“妻子椅”。凯里太太从未坐在那张扶手椅上。她说她宁愿坐一张不太舒服的椅子，每天总有很多事要做，要是她的椅子也有扶手，坐起来舒服，她担心一时会舍不得离开的。

菲利普进来时，凯里先生正给炉子添煤。他对侄儿说，那两把火钳，其中一把又粗又光又亮，未使用的，称为“牧师”；另一把细得多的、明显经常用来拨火的称为“副牧师”。

“我们还等什么呢？”凯里先生问。

“我让玛丽·安给你煮个蛋，我想你一路辛苦，一定饿了。”

凯里太太认为从伦敦到布莱克斯特伯尔一路上会很累，她自己很少出门，因为每年只有三百镑收入，丈夫想到外地度假时，两个人的费用不够，就他一个人去了。他非常喜欢出席全国基督教大会，通常设法每年到伦敦一次。有一次他曾到巴黎参观展览，还到过瑞士两三次。玛丽·安端来鸡蛋，大家入席就座。

菲利普的椅子太矮了，凯里夫妇一时都不知所措。

“我给他垫几本书。”玛丽·安说。

她从小风琴上取下那本大开本的《圣经》和牧师祷告时经常用的祈祷书，把它们放到菲利普的椅子上。

“哎呀，威廉，他不能坐在《圣经》上。”凯里太太说，“你不会到书房拿一些书来吗？”

凯里先生对这问题考虑了一会儿。

“我想，就这一回把祈祷书放在下面也没多大关系，玛丽·安，”他说，“英国国教祈祷书也是像我们一样的凡人写的，称不上是神圣的作者。”

“这我倒也没想到，威廉。”路易莎伯母说。

菲利普坐在这两本书上。牧师做完祷告，就将鸡蛋的尖头切下来。

“给，”他说，将蛋的尖头交给菲利普，“要是你喜欢的话，就把这块蛋尖吃了。”

菲利普巴不得自己吃一个蛋，但牧师没给他，只好给什么就拿什么。

“我不在家的时候，鸡一直下蛋吗？”牧师问。

“唉，太糟了，每天只有一两只鸡下蛋。”

“鸡蛋的尖头味道怎样，菲利普？”伯父问。

“很好，谢谢你。”

“星期天下午你还可以再吃一块。”

凯里先生星期天用茶点时总要吃个煮蛋，这样在晚礼拜时才更有劲。

5

菲利普渐渐地熟悉了伯父家的情况，并且，通过他们平日交谈的片言只语——有些并非有意要说给他听的，他获悉许多关于自己和已故的双亲的情况。菲利普的父亲比布莱克斯特伯尔的牧师年纪小很多,在圣卢克医院有了显赫的经历之后,他被聘为该院的正式职员,不久便开始有了大笔的进款。他花钱随便。牧师着手修缮教堂向弟弟募捐时,出乎他的意料,接到了好几百镑的捐款。凯里先生省吃俭用惯了,手头也拮据,收到这笔钱他百感交集。他妒忌弟弟,因为他竟能掏出这么多钱;他为教堂有这笔捐款而高兴,却又为弟弟的这种近乎炫耀的慷慨所激怒。接着亨利·凯里和一个年轻漂亮、身无分文的病人结婚。她出身名门,却是个没有近亲的孤儿。婚礼上贵宾良朋云集。牧师到伦敦多次,拜访过她,对她总显得拘谨,甚至有些羞怯;对她惊人的美貌、端庄心怀怨恨。作为一个勤勤恳恳的外科大夫的妻子,她的穿戴未免过于华丽。屋里陈列着精致考究的家具,甚至冬天了,还生活于繁花之中,这说明她太奢侈了,他对此感到痛心。他听她谈到准备参加的各种宴会。牧师回家后告诉妻子,既然她接受了人家的款待,总得做些回请。他看到她餐厅里摆着的葡萄至少每镑得花八先令。午餐时,她招待他的芦笋比自己菜园里的要早两个月,如今他所预料的一切都成了现实。牧师感到预言者的心安理得。这个预言者早就看出一场大火和硫黄将烧毁这座不听自己警告、一意孤行的城市。可怜的菲利普基本上一分钱也没有,而他母亲那么多亲朋好友现在又管什么用呢?菲利普听到议论,说他父亲的挥霍确实是罪过,上帝让他母亲归天这真是大慈大悲。她对金钱的无知,还不如小孩呢!

菲利普在布莱克斯特伯尔待了一星期后,发生了一件意外的事,使伯父非常恼火。一天早晨,他在餐桌上发现一件从伦敦已故的凯里太太寓所寄来的小邮包。它是寄给凯里太太的。牧师打开一看,发现有凯里太太的一些照片。这些照片只照了头部和肩部,她的发式比平常朴素,云鬓垂在额前,看起来有些异常。脸显得瘦削、憔悴,但疾病并没有损害她容貌的俏丽。一双黑色的大眼睛充满着忧伤。这种神情菲利普记不起来了。凯里先生见到这个已离开人间的妇人的照片先是心里为之一震,接着又感到困惑不解。

照片看起来是新近才照的,但他想不出究竟是谁让照的。

“这事你知道吗,菲利普?”他问。

“我记得妈妈说,她照过相,”他回答,“沃特金小姐为此还责怪她……妈妈说,我想给孩子留点什么,让他长大了能够记起我。”

凯里先生瞧了菲利普一会儿,孩子讲话的声音尖细清晰。他回忆着母亲说过的话,却不解话中之意。

“你最好拿一张照片挂在你的房间里,”凯里先生说,“其余的我都要收起来。”

他也给沃特金小姐寄去一张照片,她的回信揭开了这些照片之谜:

一天,凯里太太正躺在床上,觉得身体比平常好了一点,早上大夫也觉得病情似乎有了转机。埃玛将孩子带出去了,女仆们都在地下室。突然间,凯里太太感到自己在世间非常孤单。不出两周她就要分娩了,她极害怕无法在分娩后恢复健康。她的儿子才九岁,怎样才能使他记住她呢?一想起她儿子将长大成人,但会忘记自己,忘得一干二净,她简直受不了。她之所以这样深情地疼爱他,是因为他很瘦弱,又有残疾,也因为他是自己的骨肉。结婚十年来,她还没有照过相。她要让儿子知道自己临终前的模样,那样他就不会忘记她了,至少不会忘得一干二净。她知道,要是把女仆唤来,说自己要爬起来,那么女仆定会阻止她的,也许还会把大夫叫来,而她现在已没那种争辩、挣扎的力气了。她下了床,开始自己穿衣服。由于久卧病榻,双脚酥软,支撑不住身体,脚板痛得不敢踩下去,然而她咬牙挺住了。她不习惯自己梳头,当她抬高手臂梳头时,感到一阵昏眩。她不能梳成女仆梳的那个样式。一头秀发非常细软,呈鲜艳的金黄色。她穿上一条黑色的裙子,却又挑选一件她最喜欢的晚礼服紧身胸衣:这是白缎子做成的,这种料子当时很时髦。她照照镜子,脸色很苍白,皮肤却非常白洁。她脸上向来没有多少血色,因此,美丽的嘴唇反而显得红润了。她忍不住呜咽起来。但她已经顾不得为自己难过,她精疲力竭了。她穿上前年圣诞节亨利送给她的皮衣——她当时是何等的骄傲和高兴——

溜下楼去，心怦怦直跳。她总算平平安安地出了门，叫了一辆车来到照相馆，整整照了一打照片。照相时，她不得不要了一杯水喝才能挺住。摄影师的助手看到她病了，建议她改日再来，但她坚持照完。照相完毕，她又驱车回到了她打心眼里痛恨的肯辛顿这所昏暗的小屋。想到要死在这样的房子里，实在太可怕了。

车子一到了门口，她看见大门敞开着。女仆和埃玛都跑下台阶扶她。她们发现屋里没人时都吓坏了，起初以为她去找沃特金小姐，还派厨娘去找。沃特金小姐和厨娘一块回来了，在客厅焦急地等着。此时沃特金小姐也跑下楼来，满怀忧虑和责备。凯里太太经过这番折腾，已疲劳过度。需要硬挺的时刻一过去，她再也支撑不住了，一头栽倒在埃玛怀里，被抬上楼去。守护她的人似乎觉得她失去知觉的时间太长了，匆忙派人去请医生，但没有请来。第二天，她身体稍微好一点，沃特金小姐才从她口里了解到事情的原委，恰巧，菲利普正在母亲寝室的地板上玩，她们谁都没有注意到他。她们所谈的他并不十分明白，他也说不出为什么这些话竟会留在自己的记忆里。

“我要给孩子留点他长大时能记起我的东西。”

“我不懂她为什么照了一打，”凯里先生说道，“两张足够了。”

6

在当牧师的伯父家里，日子过得千篇一律。

早饭后不久，玛丽·安拿来了《布莱克斯特伯尔时报》。这份报纸凯里先生和两位邻居合订的，从十点至一点归他看，然后花匠才把报纸拿给莱姆斯庄的埃利斯先生，他可保留到七点。之后报纸又传到了马诺宅的布鲁克斯小姐手里，因为她最后拿到报纸，所以报纸就留在她那儿。夏天凯里太太做果酱的时候，常常向布鲁克斯小姐要一份报纸来盖这些坛坛罐罐。牧师一坐下来读报时，他妻子就戴上无边女帽，由菲利普陪着出去买东西。布莱克斯特伯尔是个渔村，镇上只有一条大街。街上有许多商店、一家银行，还有诊所及两三家煤船主。而小港口周围就全是渔民和穷人居住的破烂不堪的小街道。因为他们上小教堂做礼拜，因而总被人瞧不起。凯里夫人在街上要是遇到那些非国教的牧师，总要走到街的对面去，避免和他们照面；有时来不及了就低着头，眼睛紧紧盯住人行道。在一条大街上竟设立了三个非国教徒的教堂，对于这件丑闻，牧师从未听之任之。他总觉得法律本来应该出面阻止它们的建立。在布莱克斯特伯尔买东西可不是件简单的事。鉴于教区教堂离城里还有两英里这一客观事实，不信奉国教者是很普遍的。因此，有必要专门与上教堂做礼拜的信徒打交道。凯里太太深知牧师光顾哪家商店，与商人的信仰关系极大。有两个做礼拜的肉商，他们不明白为什么牧师不能够同时与两个肉商做生意，他们对于牧师上半年到这家买，下半年又到那家买的这一简单的解决办法不满意。牧师不上哪家买肉，哪家肉商就常常威胁说他不上教堂做礼拜。牧师有时也针锋相对：他不做礼拜是非常错误的。但是，如果他错上加错，竟敢上非国教的小教堂做礼拜，那么，即使他的肉质量再好，凯里先生也只好和他断绝来往。凯里太太常常在银行停下来，给经理乔赛亚·格雷夫斯捎口信。他是教堂唱诗班的领班、出纳和教会执事。他瘦高个，灰黄色的脸，鼻子很长，头发全白了。在菲利普看来，他似乎很老了。他负责教区的账目，安排款待唱诗班及为学校办娱乐等事。虽然教区教堂没有风琴，他所带领的这个唱诗班却被公认是肯特郡最出色的。每当有什么仪式，譬如主教大人施坚信礼，乡村牧师感恩节来布道等等，他都得做必要的准备。他甚至连草率地和牧师商量都不要，就毫不犹豫地对各种事情包揽独断。牧师虽然主张多一事不如少一事，但对这个教会执事办事的作风很不以为然。看来，他俨然以全教区最重要的人物自居。凯里先生常常对妻子说：假如乔赛亚·格雷夫斯不收敛点，还是一意孤行，有朝一日自己要教训他一顿。凯里太太劝告丈夫对乔赛亚·格雷夫斯容忍点，说他并没有坏心眼，即使他称不上君子,那也不是他的过错。牧师以实践基督道德自慰,便采取了容忍态度。但是为了出气,他在背后老骂教会执事是“俾斯麦”。

有一回这两个人吵得很凶。凯里太太一想到那情景还有些沮丧不安。事情是这样的,保守党候选人宣布要在布莱克斯特伯尔的大会上发表竞选演说,乔赛亚·格雷夫斯把演说安排在布道厅举行以后,才跑去找凯里先生,并且对他说,希望自己也能在会上讲讲话。看来候选人已要求乔赛亚·格雷夫斯主持会议了。这种越俎代庖的做法是凯里先生所不能容忍的,他认为牧师的职权理应受到人们的尊敬,这是不能含糊的。牧师在场,却让教会执事来主持会议,这未免太可笑了。他提醒乔赛亚·格雷夫斯,教区牧师乃是教区的至尊人物,也就是说在教区内牧师说了算。乔赛亚·格雷夫斯回答说,他头一个承认教会的尊严,然而这回纯属政治问题。他也提醒牧师,他们的圣主耶稣基督告诫他们“该撒的物当归该撒”①。凯里先生也以牙还牙回击说,魔鬼也会引用《圣经》来达到自己的目的。他本人在布道厅是唯一有权威的人,如果不请他主持,那他就拒绝在这地方召开政治性的会议。乔赛亚·格雷夫斯对凯里先生说,随他的便,并威胁说在他看来,在美以美小教堂召开也一样合适。随后,凯里先生说,假如乔赛亚·格雷夫斯跨入一个不比异教徒的神殿好多少的地方,那么他就不适合留在基督教区当执事。乔赛亚·格雷夫斯于是辞去一切圣职,并于当天晚上派人去教堂索取黑袍法衣和白色法衣。替他持家的妹妹,格雷夫斯小姐也同时放弃了产妇俱乐部的秘书职务。这个俱乐部给贫穷的孕妇提供法兰绒布、婴儿内衣、煤和五先令的救济金。凯里先生说他终于又成了一家之主了,但他立即发现他不得不过问起自己一无所知的各式各样的琐事。而乔赛亚·格雷夫斯心平气和之后,也发现失掉了自己生活的主要乐趣。凯里太太和格雷夫斯小姐对这次吵架感到非常苦恼。通过周密的书信来往,她们会面了,

---

① 出自《新约全书》的《马可福音》第十二章第十七节。

并决心调解好这场纠纷。她们一个找丈夫，一个找哥哥，日夜地调解劝和。由于她们规劝的正是两位先生心里想做的事，因此，经过三周的忧虑思考之后，他们和解了。这符合他们双方的利益，却被说成是对主的共同的爱。最终会议在布道厅举行，请了一个大夫主持会议，凯里先生和乔赛亚·格雷夫斯都在会上讲了话。

凯里太太把口信捎给银行家后，通常上楼和他妹妹谈谈话。两位太太谈论着教区的事儿，对副牧师，或者威尔逊太太的新女帽也议论了一番。威尔逊先生是当地最富有的人，人们认为他每年至少有五百镑进项，他娶了他的厨娘。这时，菲利普规规矩矩地坐在专门用来接待客人的正式、刻板的客厅里，目不暇接地观看玻璃缸里的金鱼游来游去。除非早晨为了使空气流通，客厅窗户是从不打开的，因此这种令人窒息的烦闷的气味在菲利普看来，与银行业有着神秘的联系。

末了，凯里太太记起她得去杂货店买东西，他们急忙起身上路。买完东西后，他们常常穿过一条渔民聚居的小巷。房子大多是小木房（处处可以看到渔民坐在门阶上补渔网，渔网就晾在门上）。他们一直走到小海滩，海滩两头都是仓库，但可以眺望到大海。凯里太太站了几分钟，望着大海，海水又黄又浑浊（谁知道这会儿她在想些什么）。而菲利普则寻找扁平的石块打水漂。然后，他们慢慢往回走，路过邮电局看准钟点，又朝坐在窗边缝衣服的医生的妻子威格拉姆太太点点头，这才回家。

下午一点吃午饭。星期一、二、三有烤牛肉、牛肉丁和肉泥，星期四、五、六吃羊肉。星期天吃一只自己养的小鸡。下午菲利普做功课，拉丁文和数学都不大懂的伯父教他这两门课，伯母教他法语和钢琴。她对法语是无知的，但她弹的钢琴勉强可以为自己唱了三十年的老掉牙的歌曲伴奏。威廉伯父常常告诉菲利普，当他还是副牧师时，他的妻子可以熟唱十二首歌曲，只要人家一邀请，她马上就能唱。现在牧师住宅举行茶会她也还唱。凯里邀请的人极少，他们的茶会总是包括副牧师、乔赛亚·格雷夫斯和他妹妹、威格拉姆大夫和他妻子。茶后，格雷夫斯小姐弹一两首门德尔松的

《无词歌》,凯里太太唱《当燕子飞回家的时候》或者《跑呀跑,我的小马》。

凯里家并不常举行茶会,准备工作使他们头疼,客人一走,他们感到精疲力竭。他们宁可自己品茶,用完茶点他们就玩玩十五子棋。凯里太太总有意让丈夫赢,因为他一输就懊恼。八点吃冷夜餐,这是顿剩饭。玛丽·安用了茶点后就不喜欢再干什么了。凯里太太帮助收拾餐具。凯里太太一般吃面包、奶油,然后再吃点炖水果。牧师则加一片冷肉。一吃过晚餐,凯里太太马上按晚祷铃,而后菲利普去睡觉。菲利普执意不让玛丽·安替他脱衣服,反抗了一阵子后,他才赢得了自己穿衣脱衣的权利。九点钟,玛丽·安拿进来一盘鸡蛋。凯里太太写上每个蛋的下蛋日期,并将数字记在本子上,然后,挎着餐具篮上楼。凯里先生继续读他的旧书。钟一敲十点,他站起来,熄了灯,跟着妻子去睡觉。

菲利普刚来时,曾一度很难确定哪天晚上洗澡。自从厨房的锅炉出了毛病,热水供应是个难题。所以两个人同一天洗澡是不可能的。布莱克斯特伯尔唯一有洗澡房的是威尔逊先生,人们觉得他有意摆阔。玛丽·安星期一晚上在厨房洗澡,她喜欢干干净净开始新的一周。威廉伯父不能在星期六洗澡,因为第二天工作繁重,而且他洗完澡总觉得累,所以他星期五洗。凯里太太也因同样的理由星期四洗,看来星期六似乎理所当然地轮到菲利普了,但玛丽·安说星期六晚上她不能让炉子一直烧着,星期天要做那么多饭菜,还要做馅饼,天晓得还有多少事。她觉得星期六不适宜给这孩子洗澡。显然,菲利普自己不会洗。凯里太太不好意思给男孩洗澡,牧师又要准备布道,然而牧师定要菲利普洗得干干净净迎接主日——星期天。玛丽·安说她宁愿滚蛋,也不愿增添这一累赘,她不期望在干了十八年以后还把这许多事推给她。菲利普表示不需要别人替他洗,他自己可以洗得很好。这样一来问题就解决了。玛丽·安又说她敢断定他自己洗不干净,与其让他脏着身子,倒不如自己累死累活地干,哪怕是星期六晚上——这倒不是因为孩子要去谒见主,而是因为她忍受不了一个洗得不干不净的孩子。

7

星期天是个多事的日子。凯里先生总是说他是教区里唯一每周工作七天的人。

全家比平时早半小时起床。玛丽·安八点准时过来敲门,凯里先生说,休息日牧师是不能睡懒觉的。凯里太太比平时穿衣服的时间要长,九点钟才有点上气不接下气地下楼用早点,比丈夫稍快了一步。凯里先生的靴子放在炉前烘,祷告也比平时长,早餐也更丰盛。早餐后牧师着手准备圣餐,把面包切成薄片。菲利普得到剥面包皮的特许。凯里先生叫菲利普到书房里去取大理石镇纸,凯里先生用镇纸把面包压得又薄又软,然后又切成小方块。数量多寡得视天气好坏而定。刮风下雨,气候恶劣,做礼拜的人几乎寥寥无几;风和日丽,天气特好,虽然来了很多人,但很少有人留下来用圣餐;气候十分干燥,使步行到教堂成为一件乐事,但这种天气又算不上太晴朗,以至于人们不急于离开教堂去度假。这时候,用圣餐的人数最多。

随后,凯里太太把圣餐盘从餐具室的食橱里搬出来,牧师便用羚羊皮把盘子擦亮。十点,马车开到门口,凯里先生穿上靴子。凯里太太花了好几分钟才戴上无边女帽。这时,牧师已披上宽大的斗篷,候在门厅里,那副表情犹如一位古代的基督教徒,正要被领入竞技场似的。

奇怪的是,他们结婚三十年了,妻子星期天早晨还是不能按时准备好。终于,她穿着黑缎子外套来了,不管什么时候,凯里先生都不喜欢牧师的妻子穿得花花绿绿,到了星期天,他更非要妻子穿黑衣服不可。凯里太太不时和格雷夫斯小姐私下合计,才有勇气在无边帽上插一根白羽毛或一朵粉红色的玫瑰。牧师还是主张把那些拿掉。他说他不愿意同穿红戴绿的女人一起上教堂。凯里太太只能因自己是个女人而叹气，又因为自己是妻子而顺从。就在他们快上马车时，牧师突然记起还没有人给他拿鸡蛋，她们明明知道为了布道时能声音洪亮，他需要吃一个蛋。屋里有两个女人，却没有一个替他着想。凯里太太责怪玛丽·安，玛丽·安边回嘴说她不能什么都记住，边赶回去取蛋。凯里太太把蛋敲进一杯雪利酒里，牧师一口将蛋吞下去。圣餐盘装进马车，他就动身了。

马车是从“红狮”车行雇来的，散发出一股霉稻草的怪味。两个窗户都关着，生怕牧师感冒。教堂司事在门廊等候取圣餐盘。牧师往法衣室走去，凯里太太和菲利普便在牧师家属席坐下来。凯里太太在自己面前放了六便士的硬币，她每次习惯将它投在圣餐盘里。并且为了同样的用场，也给菲利普一个三便士。教堂渐渐坐满了人，礼拜开始了。

布道期间，菲利普变得厌倦起来，他一坐立不安，凯里太太便用一只柔软的手按住他的胳臂，以责备的眼光盯着他，最后圣歌唱完，格雷夫斯先生手端圣餐盘，从每个人身边一一走过去时，他才高兴起来。

做礼拜的人走了以后，凯里太太走到格雷夫斯小姐的座位前，边等候两位先生，边跟她聊天。菲利普跑到法衣室，伯父、副牧师和格雷夫斯先生都还穿着白色法衣。凯里先生把献祭剩下的圣餐给了他，并告诉他可以吃。过去，凯里先生习惯自己吃掉，因为假如把它扔掉似乎是亵渎神灵的。如今由于菲利普的好胃口就分担了他的职责了。而后，他们数盘里的捐钱。几乎都是六便士和三便士的小银币，老是只有两先令，一枚是牧师放的，另一枚是格雷夫斯放的。有时还有一枚两先令，格雷夫斯会告诉牧师这是谁给的。一般是到布莱克斯特伯尔的陌生人给的。凯里先生心里纳闷，这位施主究竟是什么样的人呢？不过施主这一不假思索的举动已被格雷夫斯小姐看到了，并能告诉凯里太太这个陌生人是从伦敦来的，他已结过婚，而且有了小孩。在乘马车回家的路上，凯里太太又把这件事转告凯里先生。于是牧师决定去拜访他，要求他为附设的副牧师协会捐款。凯里先生还查问了菲利普是不是听话。凯里太太则答非所问,说威格拉姆太太有件新斗篷,说考克斯先生没来做礼拜,又说有人认为菲利普斯小姐已经订婚了。抵家时,大家都觉得理应美美地吃一顿丰盛的午餐。

而后,凯里太太进屋休息,凯里先生躺在客厅的沙发上打盹儿。

他们五点用茶,牧师又吃个蛋以便晚祷能支撑得住。凯里太太不做晚祷,因此玛丽·安可以去参加,但是凯里太太照样念念祷文,吟诵圣诗。凯里先生晚上是步行去教堂的,菲利普一瘸一拐地跟在他身边。黑夜里沿着乡村羊肠小道行走,使他印象特别深刻。远处,灯火辉煌的教堂渐渐地靠近了,似乎显得异常亲切。起初他对伯父还怕生,逐渐地就习惯了,将手放进伯父手里,他觉得有人保护而走得更自在了。

他们一回到家就吃晚饭。凯里先生的拖鞋已经备好,放在炉子前面的脚凳上。菲利普的拖鞋放在旁边。一只是一般小孩的拖鞋,另一只则是特制的畸形鞋。他上床时感到非常疲倦。玛丽·安给他脱衣服他也不反对了。为他盖好被子后她吻了他一下,他开始喜欢她了。

8

菲利普一直过惯了独自的孤寂生活,因此在教区的生活并不比母亲在世时更孤单。他和玛丽·安交上了朋友,她是渔民的女儿,三十五岁,圆胖,矮个,十八岁就到教区当用人,这是她帮佣的第一户人家,她也不打算离开,但她时时把可能出嫁作为对付胆小怕事的主人和主妇的一张王牌。她父母住在港口街外的一所小屋,晚上没事时她要回去看望他们。她所讲的关于海的故事唤起了菲利普的想象力。小海港周围的那些狭窄的小巷由于他幼稚心灵的想象而变得更富有浪漫的色彩。有一天晚上,他问是否可以跟她一块回去,伯母担心他到那儿染上什么,伯父则说邪恶的交往会败坏良好的教养。他历来不喜欢渔民,嫌他们野蛮、粗鲁,又在非国教徒的教堂做礼拜。然而菲利普感到在厨房比在会客室更自在,一有机会他就把玩具带到厨房里玩。伯母倒不在意。她是不喜欢杂乱无章的,虽然,她知道小孩总是不整洁的,这是预料中的事,但她倒宁肯他到厨房去捣乱。平时,要是菲利普稍微有点坐立不安,凯里先生就显得很不耐烦,说早该送他去上学了。凯里太太却认为菲利普还太小,她同情这个失去母亲的孩子。她想博得孩子的好感,可是做法挺别扭的。这孩子由于害羞,总是绷着脸来接受她一切友好的表示,这使她很伤心。有时候,她听到从厨房里传来刺耳的笑声,但她一进去,笑声就戛然而止。当玛丽·安解释所开的玩笑时,他就涨红了脸。凯里太太听到了解释并不觉得有什么好笑之处,也只是勉强地笑笑。

"他和玛丽·安在一起好像比和我们在一起还快乐,威廉。"她回到客厅,继续干针线活时说。

"可以看得出来,这孩子教养不好,要好好管教管教。"

菲利普到这儿的第二个星期天,一件不愉快的事情发生了。凯里先生照例午饭后进会客厅午睡,但心情不好,睡不着。乔赛亚·格雷夫斯那天早晨强烈地反对牧师用烛台来装饰祭台。这是他从特坎伯雷买来的很好看的旧货,他觉得烛台很漂亮,但是乔赛亚·格雷夫斯却说它们是天主教的玩意儿。牧师对这一奚落耿耿于怀。爱德华·曼宁国教分离运动期间,他一直在牛津。他对罗马天主教多少有些同情。他乐意将布莱克斯特伯尔的低教会派教区的礼拜仪式搞得比通常隆重一些,在心灵深处他向往那里教堂的仪仗队和点燃的蜡烛。他不赞成仪式上焚香。他恨新教徒这个称呼,称自己为天主教徒。他常说,天主教徒前面要加个形容词,他们是罗马天主教徒;而英国国教具有天主教这个词中最好、最完美、最高尚的意义。一想起自己那刮得光溜溜的脸看上去像个天主教教士,他感到很得意。他年轻时具有一种苦行僧的风度,这种风度更给人一种"天主教教士"的印象。他常对人谈起自己在布隆涅的一次度假的事:(妻子因为经济上的原因不能陪他一起去)

一天,他正坐在教堂里,布隆涅教区牧师向他走过来,邀请他布道。他持有未就圣职的教士须持独身主义的观点,因此,每当副牧师结婚后,他便一一辞退了他们的职务。为此在一次地方选举时,自由党人在他花园的围墙上写了一行蓝色大字:"罗马由此进。"他非常生气,放风要控告布莱克斯特伯尔的自由党领导人。他已拿定主意,不管乔赛亚·格雷夫斯怎么说,他也不会把祭台上的烛台搬掉,私下又气恨地骂了他一两声"俾斯麦"。

突然,一阵突如其来的声音使他吓了一跳,忙掀开盖在脸上的手帕,从沙发上爬起来,走进餐室,菲利普坐在方桌上,四周堆满了砖头,他正在筑一座巨大的城堡,由于地基某处没垒牢,整个结构哗啦一声倒塌了。

"你拿那些砖头干啥,菲利普,你知道星期天是不许玩游戏的。"

菲利普以惊愕的眼光看了他一会儿,习惯性地脸红了。

"我过去在家里的时候常常做游戏。"他回答说。

"我相信,你亲爱的妈妈不允许你干这样的坏事。"

菲利普不明白为什么这是坏事,但是假如这样做是坏事,他也不希望别人认为是他妈妈同意的,他低着头不吭声。

"你不知道在星期天做游戏是非常非常恶劣的吗?你想想为什么把星期天叫作安息日?你今天晚上要上教堂。但是,你下午触犯了上帝的一条戒律,晚上怎么有脸去面对上帝呢?"

凯里先生叫他马上将砖头搬走,并亲自站在旁边监督。

"你这孩子太淘气了,"他重复说,"想想你这样做,会使你在天国的可怜的母亲多么伤心!"

菲利普真想哭,但他有不让别人看到自己的眼泪的本能,他咬紧牙关以免哭出声来。凯里先生在扶手椅上坐下来,开始翻阅一本书。菲利普倚窗站着。教区住宅离通往特坎伯雷的公路还有一段距离,从餐厅可以眺望到一个半圆形的草地和远处地平线上的绿色田野,羊群在草地上吃草。天空显得凄凉、阴郁。菲利普难过极了。

不久，玛丽·安进来送茶点，路易莎伯母也下楼来。

“威廉，午睡休息好吗？”她问。

“不，”他回答，“菲利普吵得我没法合眼。”

这并不完全符合事实，因为他有自己的心事而睡不着。菲利普不高兴地听着，心想我才弄出一次声音，因此，在此前后伯父睡不着那不能怪他。当凯里太太要向菲利普问个究竟时，牧师就叙述了真相。

“他甚至还不肯赔个不是。”他最后说。

“噢，菲利普，我相信你会感到懊悔的。”凯里太太说，她渴望菲利普不要给伯父留下更不好的印象。

菲利普不吭声，只顾大口地啃面包和奶油。他不明白究竟是什么力量阻止他做出任何抱歉的表示。他耳朵嗡嗡地响，有点想哭，但还是一言不发。

“你不用这么绷着脸，本来已经够糟的了。”凯里先生说。

大家默不作声地用完茶点，凯里太太不时偷偷地瞟菲利普一眼，但牧师有意不睬他。当菲利普看到伯父上楼准备做礼拜时，他走进门厅，取自己的帽子和外套。可是牧师下楼看到他时却说：

“菲利普，今天晚上你不用上教堂了，我想你的心境不宜进教堂。”

菲利普一声不响，他感到自己蒙受了莫大的侮辱，双颊涨得通红，默默地站着看伯父戴上宽边帽，披上大斗篷。凯里太太照常送他出门。然后她回过头对菲利普说：

“不要紧，菲利普。下星期天你不淘气了，好吗？这样，伯父到晚上就会再带你上教堂的。”

她脱去菲利普的外套和帽子，把他带到餐室。

“菲利普，我们一块念祈祷文，在小风琴的伴奏下唱圣歌，喜欢吗？”

菲利普坚决地摇了摇头，凯里太太大吃一惊。要是他不同她做晚祷，她真不知道该拿他怎么办了。

“那么在伯父回来之前你想干什么？”她无可奈何地问。

菲利普终于开口了。

“我不要人来管我。”他说。

“菲利普,你怎么能说出这样刻薄的话？你难道不知道我和你伯父是为了你好吗？难道你一点也不喜欢我吗？”

“我恨你,你死了才好呢!”

凯里太太喘着气。他恶狠狠地说出这些话,这使她惊诧不已。她无言以对,坐在丈夫的椅子上,想到自己多么渴望疼爱这个举目无亲的跛足孩子,想到自己多么热切地希望他能爱她——她自己未生育。尽管她无子女,这显然是上帝的意旨,但是她有时见到别人的孩子,仍然受不了,心里痛楚万分——想到这里,眼泪像断了线的珠子一滴滴徐徐地从双颊滚落下来。菲利普惊奇地望着她。她掏出手绢,再也控制不住,号啕大哭起来。突然,菲利普意识到她的哭泣是自己刚才那番话引起的,他感到很抱歉,他默默地向她走去,吻了吻她。这是他第一次主动吻她。

而这位可怜的老太太——在黑缎子服下显得那么瘦小,面容那么干瘪枯黄,头上梳着那么滑稽可笑的螺旋状鬈发——把孩子抱在膝上,双手紧紧地搂住他,哭得好像她的心要碎了似的。然而她的眼泪部分是幸福的热泪,因为她觉得他们之间的陌生感业已消失了,因为他使她尝到了痛苦的滋味。现在,她以一种崭新的爱来爱他。

9

下个星期天,牧师准备到会客室午睡——他生活中的一切行动都是按部就班,照仪式办事的——而凯里太太正要上楼时,菲利普问:

“不允许我玩耍,那我干什么呢?”

“你就不能老老实实安静地坐着吗?”

“我不可能一动不动地一直坐到用茶点的时候呀。”

凯里先生望了望窗外，天气又阴又冷，他不能打发菲利普去花园玩。

“我知道你可以做什么了，你可以把今天的短祷文背熟。”

他从小风琴上拿出祷告人用的祈祷书，一直翻到他要找的那一页。

“这一段不长，如果到我进来用茶点的时候你能一字不漏地背下来，你就可以吃我的蛋尖。”

凯里太太把菲利普的椅子移到餐桌旁——他们已经给他买了一张高脚椅子——把祈祷书放在他面前。

“撒旦差闲汉，欲把坏事干。”凯里先生说。

他给炉子添了一些煤，以便他进来用茶点时炉火更旺，然后走进会客室。他松开衣领，整理好坐垫，舒舒服服地躺在沙发上。凯里太太心想会客室有点冷，就从门厅拿来一条毯子，盖在他的腿上，并把他的双足裹起来，然后拉上窗帘，这样光线不致刺眼。看着他已闭上眼睛，这才蹑手蹑脚地走出房去。牧师今天心绪平静，过了十几分钟就睡着了，还微微打着呼噜。

那天是主显节后的第六个星期天，祷文的开头是：“主啊，你的圣子已表明他可以摧毁魔鬼的妖术，把我们都变成耶稣基督，变成上帝的后嗣。”菲利普看完，不解其意，他开始念出声来，但有很多地方看不懂，句子的结构也很奇怪，他脑子里只能装一两行。他的注意力一直集中不起来，四周沿墙的那一行行的果树，其中一根长树枝又时时敲打着窗上的玻璃，羊群在花园那边的草地上木然地吃草。他的脑子好像打了结似的。当他意识到要是到了用茶点时间他无法记熟祷文时，他恐慌起来了。他不停地快速低声念着。他并不打算理解，只想像鹦鹉学舌似的硬记。

凯里太太那天下午睡不着，到了四点钟，她再也躺不下去了，就下楼来，她想听听菲利普念祷文，以便他念给伯父听时不至于念错。这样，他伯父一定会很高兴。他将会明白这孩子的心是纯正的。然而当她来到餐室门口正待进去时，她听到哭声，便立即止步，心怦怦直跳，顿了一下，她又回转身，悄悄地走出正门，绕屋一圈，一直来到餐室窗前，小心地往里张望。菲利普还是坐在她给他安置的椅子上，可是却两手抱着头伏在桌上，一个劲地抽泣着。她看到他的肩膀因哽咽而上下颤动着。凯里太太吓坏了，过去总觉得这孩子似乎很能自制，她还不曾见他哭过。现在她领悟到他的镇定是羞于显露自己的感情：他躲起来偷偷地哭泣呢！

她也顾不得丈夫被唤醒会不高兴，一下子冲进了会客室。"威廉，威廉，"她喊，"那孩子哭得好伤心。"

凯里先生双腿挣开毯子，坐了起来。

"为什么哭？"

"我不知道……哎，威廉，我们不能让孩子受委屈，你认为这是我们的过错吗？要是我们有孩子，我们就懂得该怎么办了。"

凯里先生茫然地看着她，他感到特别的束手无策。

"该不会是因为我叫他背祷文而哭的吧！那还不满十行呢。"

"威廉，我拿一些图画书给他看行吗？有一些关于圣地的图画书。那里面没有什么不合适吧。"

"好吧，我不反对。"

凯里太太进了书房。搜集图书是凯里先生唯一热心的事。他每次上特坎伯雷总要在旧书店花一两个小时。回来时总是带回四五本发霉的旧书。他并不读，他早已没有阅读的习惯了，但是他喜欢翻翻书，假如有插图就看插图，要不就修补封皮。他喜欢下雨天，这样可以不受良心谴责地待在家里，整个下午使用一个胶水锅和蛋白修补一些破旧的四开本的俄国皮革封面。他有好几本这种附有版画的古代游记。凯里太太立即翻出两本描绘圣地巴勒斯坦的书。到了门口她有意咳嗽了一声，以让菲利普有时间镇定一下。她想要是贸然进去，他正在哭，那会丢他的脸的。接着她又把门把拉得咔嗒咔嗒地响，她进去时菲利普已在全神贯注地读祷文，双手遮住眼睛，不让她看出他刚哭过。

"祷文会背了吗？"她问。

他没马上回答。她觉得，他因刚哭过，生怕一讲话，声音难免会露馅。她一时非常为难。

“我背不出来。”他喘着气，终于开口了。

“哎，那不要紧，”她说，“你不用背，我拿一些图画书给你看。来，坐在我膝上，我们一块儿看。”

菲利普滑下他那张高椅子，瘸着脚向她走去，眼睛朝下看，不让她看到自己的眼睛。她双手搂住了他。

“瞧，”她说，“这就是耶稣基督的诞生地。”

她给他看一座东方的城市，城中有平屋顶、圆顶建筑和伊斯兰教寺院的尖塔，图画的前景是一排棕榈树，有两个阿拉伯人和几峰骆驼在树下歇息。菲利普把手放在图画上抚摸着，好像他想摸到画上的屋子和游牧民的宽松的衣衫似的。

“念一念，看里面说什么。”他央求道。

凯里夫人以平淡的声音念对面一页的文字。它是对三十年代的一些东方旅行者的浪漫生活的描述，语言也许有些夸大，却富有甜蜜的感情，东方就是以这种感情，诞生出继拜伦和夏多布里昂之后的一代人。过了一会儿，菲利普打断她的话。

“我想看另一张画。”

玛丽·安走进来，凯里太太站起来帮她铺桌。这时菲利普手拿着图画书，赶紧浏览了一下插图。伯母费了好大的劲才说服他放下图画书出来用茶点。他已忘了费劲背祷文的苦恼，也忘了自己的眼泪。第二天下雨，他又要看那本书，凯里太太高兴地给他了。凯里太太和丈夫一块商量菲利普的前程时，才发现他们俩都希望他当牧师。他对描述耶稣诞生的圣地的书如此热心，这似乎是个好兆头。看起来这孩子的心好像很自然地专注于神圣的东西，但一两天后，他又要求看更多的书。凯里先生把他领进书房，让他看自己收藏插图书籍的书架，并替他挑了一本介绍罗马的书。菲利普贪婪地拿走了，里面的插图引人入胜。他认真阅读版画前后的文字，弄清图画的内容。不久，书籍取代了他对一切玩具的兴趣。

有时身边没人时，他便自己把书拿出来。因为他脑海里的第一个印象是东方城池，因此他最感兴趣的是描写地中海东部诸国和岛屿的书籍。看到关于伊斯兰教寺院和华丽的宫殿的图画,他的心就激动得怦怦直跳。有一本关于君士坦丁堡的书中的一幅画,特别能唤起他的想象力,这幅画叫《千柱厅》。它是一个拜占庭式的天然水池,经人们想象,它竟成了一个神奇浩瀚的大湖。他读到的那个传说是这样的:有一条小船总是停泊在入口处,引诱易上钩的莽汉,而那些冒险进入黑暗中的游人,就再也见不到影子了。菲利普不晓得这条船是永远绕过一道道圆柱走廊继续前进呢,还是终于找到了一座奇怪的大厦。

有一天,他碰到好运气,发现了莱恩翻译的《一千零一夜》。他一下被那些插图迷住了,接着开始阅读。首先看关于妖术的故事,然后再读其他各篇。凡是他喜欢的,他读了一遍又一遍。其他东西,他全置之度外了。他忘掉了周围生活的一切,连吃饭也姗姗来迟。他不知不觉地养成了世界上最快乐的习惯——读书的习惯。他还没有意识到这样一来就为生活上的一切痛苦提供了一个避难所;他也没有意识到他正在创造一个虚幻的世界,这个世界使现实的世界成为痛苦、失望的源泉。不久,他又开始阅读其他书籍了。他的脑子是早熟的。伯父和伯母看到他专心致志的样子,既无忧无虑又不吵闹,就都放心了。凯里先生的书多得自己也不知道有多少。由于他几乎不看书,因此也忘了因便宜而不时买回的一大堆奇怪的书:在布道与训诫、游记、圣人圣父传、教会史话中,偶尔也夹杂了一些旧小说。这些也终于被菲利普发现了。他根据书名来选择,他看的第一本是《兰开夏女巫》,接着读《令人钦佩的克里奇顿》,然后又读许多别的。每当他读到书里描写两个孤独的旅行者骑着马沿着极深的峡谷的边缘行进时,他就觉得自己安然无恙。

夏天到了,一位老水手出身的花匠替他做了一张吊床,挂在垂柳枝干上。他在这儿长时间地躺着,到教区住宅来的人谁也看不见他。他在这里读书,醉心地读书。光阴流逝,现在是七月底,八月接踵而至。每逢星期天教堂里挤满了陌生人,做礼拜时的捐款,总数常常达到两镑。在此期间,牧师和凯里太太轻易不走出花园。因为他们不喜欢陌生人的面孔。他们厌恶那些从伦敦来的游客。

牧师住宅对面的房子，被一位先生租了六个星期。他带来两个男孩，递来名片问菲利普是否愿意和他家的孩子玩，但凯里太太婉言谢绝了。她生怕菲利普被伦敦来的孩子带坏了。他将来要当牧师，因此有必要保持纯洁。她喜欢把他看成是幼小的撒母耳①。

10

凯里夫妇决定送菲利普到特坎伯雷的皇家公学念书。邻近的牧师也都把儿子送到那儿念书，传统上这所学校和大教堂是统一的。校长是名誉牧师会会员，前任校长还是个副主教。在这儿立志于当牧师的孩子们备受鼓励，其教育也着眼于让诚实的小孩能终身侍奉上帝。它有一所附属的预备学校，菲利普被安排到这儿上学。九月底的一个星期四下午，凯里先生带菲利普到特坎伯雷去。菲利普整天既兴奋又害怕，对学校的生活他一无所知，他只是从《男童报》故事中和《埃里克——点滴进步》中稍微了解一些。

菲利普从特坎伯雷下火车时，心情紧张极了。改乘马车进城途中，他静静地坐着，脸色苍白。学校面前是高高的砖围墙，看起来像一座监狱。墙上有个小门，他们一按铃就开了。一个笨手笨脚、邋里邋遢的工友走出来，帮菲利普搬铁皮箱和玩具木箱。他们被领进会客室，会客室堆满许多笨重、难看的家具，沿墙边放着一排同家具配套的椅子。他们等待校长的到来。

“沃森先生是啥模样？”过一会儿菲利普问。

“待会儿你自己瞧吧。”

又是一阵沉默。凯里先生暗暗纳闷，校长为什么还不来。菲利普憋不住，又鼓起勇气说：

“告诉他我有只脚畸形。”

---

① 撒母耳是《圣经》中的人物：希伯来先知和法官。

凯里先生还来不及答话，门“砰”的一声被撞开了，沃森先生昂首阔步地走进来。在菲利普看来，他简直是个巨人。身高六尺，胸部宽阔，一双巨掌，留着大红胡子。他快乐地大声讲话，但是他这种咄咄逼人的快活劲儿，使菲利普心惊胆战。他同凯里先生握手，又握住菲利普的小手。

“嗬，小家伙，你高兴上学吗?”他喊道。

菲利普红着脸，一时无言以对。

“你几岁啦?”

“九岁。”菲利普说。

“你应该称‘先生’。”伯父提醒他。

“我想你要学的东西多着呢。”校长快活地大声嚷着，为了对这孩子表示亲切，他用粗糙的手指胳肢他。菲利普被他搔得不停地扭动身子，觉得又难为情，又不舒服。

“我暂时把他安排在小宿舍里……你会喜欢的，是不是?”他又对菲利普补充说，“那儿仅有八个人，不会使你感到太陌生的。”

这时，门开了，沃森太太走进来，她皮肤黝黑，乌黑的头发从正中间整齐地分开。两片嘴唇特别厚，鼻子又小又圆，眼睛又大又黑，神情异常冷淡，难得启口，更难得开颜一笑。她丈夫向她介绍了凯里先生，又将菲利普友好地向她推过去。

“这是新来的孩子，海伦，他名叫凯里。”

她一声不响地和菲利普握手，然后默默地坐下来。校长向凯里先生了解菲利普会些什么，一直在读些什么书。布莱克斯特伯尔牧师对沃森先生闹嚷嚷的热心劲有点受不了，待了一会儿，他就站了起来。

“现在我就把菲利普托付给你了。”

“行啊，”沃森先生说，“交给我照看没问题。他很快就会习惯的。你说呢，小家伙?”

不等菲利普回答，那大汉便自个儿哈哈大笑起来。凯里先生在菲利普的额角亲了一下就走了。

“来，年轻人，”沃森先生喊道，“我带你看看教室。”

他迈着巨人的步伐大摇大摆地走出会客室，菲利普赶紧在他后面一瘸一拐地跟着。菲利普被领进一间长长的空房子，有横贯整间房的两张桌子，桌子的两边各有一排长板凳。

“这儿今天还没多少人来，”沃森先生说，“我带你去操场看看，然后让你自由支配时间。”

沃森先生在前面领路，菲利普尾随他来到了一个三面围着高高的砖墙，另一面围着铁栅栏的大操场，透过铁栅栏，可以看到一大片草地，草地那边是皇家公学的几幢楼房。一个小男孩闷闷不乐地闲逛着，一边走一边踢着小石子。

“喂，文宁，”沃森先生喊，“什么时候回来的？”

小男孩上前同沃森先生握手。

“这是新来的同学，他个子和年龄都比你大，你别欺负他。”

校长以友好的目光盯着这两个孩子。他那吼叫般的大嗓门使他们充满恐惧。然后他哈哈大笑径自走开了。

“你叫什么名字？”

“凯里。”

“你爸爸干什么的？”

“他死了。”

“哦！你妈妈给人洗衣服吗？”

“我妈妈也死了。”

菲利普以为他的回答会使这孩子有些窘，可是文宁不为所动，一味地开玩笑。

“好啦，她生前给人洗衣服吗？”他继续打破砂锅问到底。

“洗过。”菲利普愤愤地说。

“那么她是个洗衣妇啰！”

“不，她不是。”

“那么她就没给人洗过衣服。”

小男孩感到自己论辩有术，得意极了。接着他注意到菲利普的脚。

“你的脚怎么啦？”

菲利普本能地缩回那只跛脚，将它藏在那只正常脚的后面。

“我有只脚畸形。”他回答说。

“怎么会那样?”

“生来如此。”

“让我看看。”

“不。”

“真的不吗?”

那小孩话音未落，便往菲利普的小腿骨猛踢一脚，菲利普猝不及防，被踢中了，疼得直喘气，但比疼痛还厉害的是惊奇。他不明白，为什么文宁要踢他。他甚至没有想到还手把他的眼眶打青，况且这孩子比他小，他在《男童报》读到“打比自己小的人是可耻的”。菲利普正俯下来揉小腿骨，又一个孩子出现了，那个折磨他的孩子撇下他走了。不一会儿，他发现那两个孩子正在议论他，他感到他们正在注视着他的那双脚，不由得脸上火辣辣的，浑身不舒服。

此时，其他孩子来了，一共有十几个，接着又来了更多的人。他们开始谈论这个假日是如何度过的，到过哪些地方，打板球玩得多痛快。不久，又陆续地来了几个孩子，菲利普便慢慢地和这些孩子搭上腔了。他既害羞又紧张。他极想处世随和，给人留个愉快的印象，却一时找不出话说，他们问了一堆问题，他都乐意地作答了。有一个男孩子问他会不会打板球。

“不会，”菲利普回答说，“我有只脚畸形。”

这孩子迅速地低头看了一眼，涨红了脸。菲利普看出那孩子意识到自己问了一个不得体的问题。他太腼腆了，竟连道歉的话都说不出口，只是尴尬地望着菲利普。

11

第二天早晨，当电铃的叮当声把菲利普吵醒时，他惊奇地环顾了一下小卧室。接着一个声音吆喝着，他才记起自己在什么地方。

“辛格，你醒来了吗？”

小卧房是用溜光的油松板隔成的，每间卧房的正面挂着一条绿门帘。当时很少考虑通风设备问题，除了早晨打开一会儿，让宿舍透透气外，窗子总是关得严严的。

菲利普爬起来，跪下来做祷告，那是个寒冷的早晨，他有点发抖，但伯父教诲过他，穿着睡衣祷告要比等到穿好衣服再祷告更能使上帝满意。他对此并不觉得奇怪，因为他已开始明白他是上帝创造的生灵，上帝是欣赏为他做礼拜的人苦行的。祷告毕他才洗脸，五十个寄宿生有两个浴盆，每个人每周洗一次澡，平常则用脸盆架上的小脸盆。每间宿舍每个人的全部家具就只有这么个脸盆架，一张床和一张椅子。孩子们边穿衣服边叽叽喳喳地说话。菲利普竖起耳朵听着。第二遍铃又响了，大家急忙跑下楼去，在教室里那两张长桌子两旁的条凳上坐下来。沃森先生的妻子和工友跟着沃森先生走进教室，也都坐下来。沃森先生以一种令人难以忘怀的神态念祈祷文，他的大嗓门发出的雷鸣般的祈求，好像是对每个小孩恐吓似的。菲利普不安地听着。然后，沃森先生又读一章《圣经》。工友们成群结队地走出去了。一会儿，那位邋遢的小伙子提来两大壶茶，第二趟又端来好几大盘的黄油面包。

菲利普的胃口本来就够敏感的，面包上厚厚地涂上劣质的黄油更使他倒胃口，但看到其他孩子把黄油刮掉，他也学他们的样。他们在玩具木箱里都备有肉酱之类的东西。有些人还有“额外食品”，如鸡蛋和咸肉，沃森先生可以从中揩点油。当沃森先生问凯里先生菲利普是不是也带这些东西来时，凯里先生说，他认为孩子不应该娇生惯养。沃森先生很同意这一观点，认为对这些正在长身体的小孩来说，黄油面包是再好不过了。但是有一些家长坚持要这样，不负责任地娇惯他们的子女。

菲利普注意到持有这些“额外食品”的孩子特别得宠，所以他拿定主意写信向路易莎伯母要“额外食品”。

早饭后，孩子们漫步到操场。走读生也陆续到校了。他们是本地牧师及驻军军官的儿子，或者是这座古城的工厂主和实业家的儿子。一会儿，上课铃响了，他们都拥向了教室。教室是一间又长又大的房间和一间小房间。大教室的两端是中、低班，分别由两位教师任教。小套间是沃森先生使用的，他教高班。为了使预备学校附属于皇家公学，在学校毕业授奖典礼日和成绩报告单上，这三个班被正式称为预科高、中、低班，菲利普被编入低班。他的老师名叫赖斯，红红的脸膛，说话声音悦耳，对孩子们态度和蔼。时间过得飞快，不知不觉到了十点三刻，老师让孩子们到外面休息十分钟。

全校的学生都吵吵嚷嚷地涌向操场，新生被叫到操场的中间，其他同学沿着对面的两堵围墙站好。他们开始玩"捉猪"的游戏。高班生从这堵墙跑到另一堵墙，新生设法抓他们。抓住一个人后就说一句咒语："一、二、三，猪归咱。"被逮住的人成了俘虏，他倒戈过来，帮着抓那些尚未被逮住的人。菲利普看见一个小孩跑过去，想抓他，但由于跛脚，抓不住。奔跑着的孩子钻了这个空子，都向菲利普管辖的那块地方溜过去。其中有一个还想出鬼点子来学菲利普笨拙的脚步。同学们看到都笑了。接着他们都学那个人的样，围着菲利普，怪模怪样地瘸着腿跑。他们尖声高叫着、笑闹着。他们对这一新奇消遣玩得忘乎所以，笑得透不过气来。有一个孩子把菲利普绊了一脚，菲利普一下子沉重地摔倒在地，膝盖摔伤了。当他爬起来时，他们笑得更欢了。一个孩子从他背后推了一下，要不是另一个孩子扶住他，他又要跌倒了。孩子们拿菲利普的残疾开心，把游戏都忘了。其中有一个孩子发明了一个奇怪的、摇摇晃晃的跛行动作，其他人觉得特别滑稽可笑，好些人甚至笑得倒在地上打滚，菲利普全然吓呆了。他不理解他们为什么要取笑他，心怦怦直跳，几乎连气都透不过来。他一生中还未曾如此吃惊过。他呆呆地站着，其他同学则围着他跑，学样取笑，他们向他喊叫，逗他去抓他们，然而他一动也不动。他再也不想让他们看见自己奔跑了，他使尽全身力气，忍住不哭出来。

突然铃响了，大家都纷纷地走进教室。菲利普膝部流着血，灰尘满身,头发蓬乱。有好几分钟,赖斯先生控制不住这个班的秩序。他们对这新鲜玩意儿还久久不能平静。菲利普看见有一两个同学,偷偷地俯视他的脚。他赶紧把脚藏到凳子下面。

下午孩子们要去踢足球。菲利普吃过午饭正要出去,沃森先生叫住他。

"凯里,我想你不会踢足球吧。"沃森先生问他。

菲利普羞得涨红了脸。

"不会,先生。"

"那好,你最好到足球场去,能走到那儿吗?"

菲利普不知道球场在哪儿,但他还是回答:

"能的,先生。"

其他孩子由赖斯先生带领出发了,赖斯先生瞥了菲利普一眼,见他不更换衣服,便问他为什么不去踢足球。

"沃森先生说我不必去,先生。"菲利普说。

"为什么?"

孩子们围着菲利普,好奇地望着他,菲利普感到一阵羞愧。他低着头没有回答。其他孩子替他回答。

"他有只脚畸形,先生。"

"噢,我明白了。"

赖斯先生相当年轻,一年前刚取得学位。现在,他突然感到很窘,他本想对菲利普表示歉意。然而,他太羞怯了,就没这样做。他见个别孩子还待着,就高声喊道:

"喂!孩子们,你们还等什么呀?走吧!"

他们有些已经走了,留下来的现在也三三两两地出发了。

"凯里,你最好跟我一块走,"老师说,"你不认得路,是吗?"

菲利普猜出老师的好意,喉头一阵哽咽。

"我走得不快,先生。"

"那我就慢慢走。"老师微笑着说。

菲利普的心贴近了这位红脸膛的普普通通的年轻人。他对菲利普说了一句体贴的话,菲利普顿时感到心情好多了。

晚上他们正脱衣服准备睡觉，那个叫辛格的孩子走出他的寝室，把脑袋探进菲利普的寝室。

“喂，让我们看看你的脚。”他说。

“不。”菲利普回答说。

他迅速地跳上床去。

“不要对我说‘不’字，”辛格说，“梅森，过来。”

隔壁寝室的那个小孩正在附近观看，听到有人叫他就溜了进来。他们向菲利普扑过去，想掀开他的毯子，但是他死死抓住不放。

“你们为什么要来惹我？”他喊着。

辛格抓起一把刷子，用刷子背面敲打菲利普抓住毯子的那只手，菲利普大叫起来。

“你为什么不把那只脚乖乖地伸出来让我们看？”

“我就不！”

菲利普拼死地攥紧拳头，揍了那个欺负他的孩子，但是他处于不利的境地，那孩子抓住他的胳膊，开始反扭起来。

“哎哟，别扭了，别扭了，”菲利普恳求着，“会把我的胳膊扭断的。”

“那就别动，老老实实地把脚伸出来。”

菲利普喘着气抽泣着。那孩子又把胳膊扭了一下，菲利普疼痛难忍。

“好吧，我伸。”菲利普说。

他把脚伸出来。辛格还抓住菲利普的手腕不放。辛格好奇地打量着那只畸形脚。

“真恶心。”梅森说。

又有一个孩子跑过来看。

“呸！”他厌恶地说。

“哎呀！很古怪，”辛格做个鬼脸说，“硬不硬？”

辛格很小心地用食指尖碰了碰，好像那只脚本身有生命似的。突然，他们听到楼梯上传来沃森先生沉重的脚步声，赶快把被子扔给菲利普,像兔子似的冲进自己的寝室。沃森先生进入宿舍。他踮起脚尖就可以越过挂绿帘子的横杆窥视里面的动静,他察看了一下寝室,孩子们都已安然入睡。他熄了灯,走出来。

辛格喊菲利普,但菲利普不理他。菲利普紧咬枕头竭力不让人听到自己的哽咽声。他之所以哭,并不是因为肉体上的疼痛,也不是他们看到自己的跛脚而蒙受的羞辱,而是恨自己忍受不了折磨而自愿地将脚伸出去。

他体味到了自己的悲哀。在他幼小的心灵里,似乎认为痛苦的日子将永无尽头。他不禁回想起当埃玛把他从床上抱走,放到他妈妈身边的那个寒冷的早晨。从那以后他不曾想起这件事,可是现在他似乎感受到偎依在母亲怀里的温暖,感觉到她的胳膊在搂着他。突然,他觉得自己的生活如一场梦似的:母亲的去世,在教区住宅里的生活,在学校这两天的悲惨遭遇;而明天一早醒来自己又会回到家里了。

他一想到这儿眼泪也干了。他太不幸了!不,这一切想必只是一场噩梦吧,母亲还活着,埃玛不久就会上楼睡觉的。他就这样迷迷糊糊地睡着了。

可是第二天早晨他一醒来,听到的仍是电铃叮叮当当的声音,首先映入眼帘的还是寝室的那副绿门帘。

12

随着时光的流逝,菲利普的跛脚不再引人注目,它正如一个小孩的红头发或体形过于肥胖那样不足为奇了。与此同时,他变得特别敏感,非不得已就不跑步。因为他知道一跑就瘸得更明显了,于是便采取独特的步行方式。他尽量站着不动,并把畸形脚藏在正常的脚的后面,免得引起别人注意,他还处处留神别人是否提及自己的跛脚。他不能参加其他同学的游戏,因此,对他们的生活显得很陌生,只能站在一边观看他们的各种活动。在他看来,他和他们之间有一堵不可逾越的墙。有时,孩子们似乎认为他不会踢足球是他自己的过错,可是,他无法让他们理解。他常常孤单一人,没人理他。他过去很爱说话,逐渐也变得沉默了。他开始考虑自己的与众不同之处。

宿舍里最大的孩子辛格不喜欢他。就年龄而论,菲利普算是个子矮的了,他只好忍受一系列虐待。大约过了半学期的时候,学校风行一阵“笔尖”的游戏热。这是双人游戏,用笔尖在桌上或凳子上玩。玩的人用指甲把自己的笔尖向前推,以爬过对方的笔尖头。对方躲闪着,一面设法使自己的笔尖越过对方的笔尖背。谁成功了,谁就在大拇指的肉球上呵呵气,然后使劲按这两个笔尖。如果拇指粘上来的两个笔尖不掉下去,那么,这两个笔尖便都是赢家的了。孩子们全都热衷于这种游戏,对其他游戏都不感兴趣了。技术越熟练的孩子,他赢得的笔尖就越多。不久,沃森先生认定这是变相的赌博,就禁止这种游戏,把孩子们现有的笔尖统统没收。菲利普玩这种游戏很拿手,也只能心情沉重、无可奈何地交出赢得的笔尖。然而他的手痒痒的,还想玩。几天以后,在去足球场的路上,他进商店买了几个价值一便士的丁形笔尖,将它们放进裤兜里,抚摸起来挺过瘾的。不久,被辛格发现了。辛格也把笔尖交上去了,但私下留了一个叫“大象”的特大笔尖,这一个几乎是战无不胜的。他不能错过把菲利普的丁形笔尖弄到手的机会。尽管菲利普懂得自己的小笔尖在客观上十分不利,但他生性爱冒险,也愿意冒这个险。况且,他知道辛格是不允许自己拒绝的。他已经一星期没有玩了,现在一玩起来,感到特别兴奋。他一下子就输了两个小笔尖。辛格乐呵呵的。可是第三次,“大象”不巧滑到旁边去了,菲利普乘机把他的丁形笔尖推上了“大象”的背部。菲利普高兴得手舞足蹈。就在这时,沃森先生走过来了。

“你们在干什么?”他问。

他看了看辛格,又看了看菲利普,可是谁也不吭声。

“你们难道不知道我已经禁止这种愚蠢的游戏吗?”

菲利普的心怦怦直跳，他知道会有什么后果，害怕得要命，但害怕中却掺杂着某种喜悦。他不曾挨过老师的鞭子。当然，他得受点皮肉之苦，但以后却可以借此吹吹牛。

“到我书房来！”

校长转身就走，他们并排跟在后面。辛格低声对菲利普说：“咱们完了。”

沃森先生指着辛格命令道：“弯下身去！”

菲利普看到辛格每挨一鞭，身子就哆嗦一下，顿时脸色苍白。辛格被揍了第三下时哭开了，接着又被抽了三下。

“好了，起来！”

辛格站了起来，泪水满脸。菲利普往前站。沃森先生看了他一会儿。

“我不想抽你，你是新生，况且我不能揍一个瘸子。你们都给我滚，别再胡闹了！”

他们回教室时，一群小朋友正在等他们，他们通过神秘途径打听到所发生的事，然后立即过来向辛格问这问那。辛格面对着他们，泪痕斑斑，脸因疼痛而涨得通红，用手指着站在他身后的菲利普。

“因为他是瘸子就便宜了他。”辛格愤愤不平地说。

菲利普默默地站着，红着脸，觉得他们都向他投来了轻蔑的目光。

“你挨了几鞭？”一个孩子问辛格。

他不回答。他因为挨揍而憋了一肚子气。

“以后别找我玩笔尖了，”他对菲利普说，“你老占便宜，不用冒任何风险。”

“我没找你。”

“还敢说没有！”

他猛然飞起一脚，将菲利普绊倒。菲利普平常总是站不稳。这一跤摔得很重。

“瘸子！”辛格骂道。

后半学期里，辛格经常残酷地折磨菲利普。虽然，菲利普想避开他,无奈这所学校太小,冤家路窄。菲利普试图同他友好相处,甚至买了一把小刀讨好他。但辛格拿走了小刀,却不愿和解。有一两次,菲利普忍无可忍,反抗这个比自己大的孩子。可是辛格比菲利普壮多了。菲利普毫无办法,总是受了折磨之后再请求谅解。菲利普因此感到非常痛心:他受不了赔礼道歉的羞辱,这些赔礼道歉全是在他受不了皮肉之苦的情况下做出的。更糟的是似乎这种恶作剧没有尽头。辛格才十一岁,十三岁才能升中学。菲利普十分明白,他同这个折磨自己的冤家还得相处两年,躲也躲不开。唯有在做功课或睡觉时他才稍得安宁。他的脑海里常浮现一个奇怪的念头:他的悲惨的生活只不过是一场梦,第二天早晨醒来时,说不定又会回到伦敦自己那张小床上的。

13

两年过去了,菲利普将近十二岁。他已进入高班,学业名列前茅。圣诞节过后,几个学生升上中学部后,他就成了班里最拔尖的了。他得了一大堆奖品,尽是些纸质不好,没多大价值的图书。可是它们华丽的封面都饰有学校的纹章。优等生的地位使他免遭欺负,他再也不那么闷闷不乐了。同学们因为他的残疾,对他的成绩倒不那么嫉妒。

“他得奖品还不容易?”他们说,“他光会死记硬背。”

菲利普早先对沃森先生的恐惧心理消失了,对他的大嗓门也习惯了。每当校长笨重的手按在自己肩膀时,菲利普隐隐约约领略到他的爱抚之忱。菲利普的好记性比好智力对学业成绩更有帮助。沃森先生期望他离开这所预备学校时能获得奖学金。

然而,菲利普的自我意识变得异常强烈。初生的婴孩决不会意识到自己的身体有异于周围事物。因此,他摆弄自己的脚趾,就如同摆弄旁边的拨浪鼓一样丝毫不感到它们是属于自身的一部分。只是经过痛苦之后，他才逐步地意识到自身的存在。一个人要意识到自我的存在，也非得经历同样的痛苦不可。差别在于，虽然每个人同样认识到自己的身体是一个独立而完整的有机体，但是，并不是每个人都同样认识到自己是一个完整、独立的人的存在。这种离群索居的感觉在青春期尤为明显。可是这种感觉，并没有发展到使个人和同伴之间的差别达到令人一目了然的明显程度。只有像蜂巢里的蜜蜂那样自我意识很少的人，才是生活的幸运儿，因为他们最有机会获得幸福。他们集体行动，群起群居，而他们的欢乐也只因为大家共享才成其欢乐。降灵节那一天，你可以看到他们在汉普斯特德希思跳舞，在足球比赛中大喊大叫，或是从蓓尔美尔街俱乐部的窗口为庄严的仪仗队欢呼致意。正因为他们这些人，人类才被称为群居动物。

菲利普已经从童年的天真，过渡到因跛脚引起的嘲笑而产生的痛苦的自我意识。他的情况是如此特殊，因此他不能沿用通常情况下行之有效的现成规则，他不得不独立思考。他读过很多书，脑子里充塞着各种各样的念头，由于只是一知半解，这倒给他以发挥想象力的机会。在他痛苦的羞涩背后，他身上正在滋长某种新的东西，他迷迷糊糊地意识到自己的个性，但他也时时为自己的个性感到惊讶；他做事情，但不知道自己为什么要做，事后回想起来竟连自己也茫然。

有个名叫卢亚德的男孩，菲利普和他建立了友谊。有一天，他们正在教室玩，卢亚德顺手拿了菲利普的一个黑木笔杆耍弄起来。

“别干傻事了，”菲利普说，“你会把它折断的。”

“不会。”

可是他的话音未落，笔杆便成两段了。卢亚德沮丧地望着菲利普。

“唉，凯里，我太抱歉了。”

眼泪沿着菲利普的双颊簌簌地往下掉，但他没吱声。

“唷，怎么啦？”卢亚德吃惊地说，“我买一个和这个一模一样的赔你。”

“笔杆我倒不在乎，”菲利普用颤抖的声音说，“只是它是我母亲临终时送给我的。”

“哦，实在太对不起了，凯里。”

“没关系，这不能怪你。”

菲利普拾起折成两段的笔杆，呆呆地望着。他强忍住不哭出来，但心里感到非常伤心。可是为什么伤心，他也说不出所以然。他心中有数，这支笔杆是他上次在布莱克斯特伯尔度假时花一两个便士买来的。究竟什么原因使他捏造出如此伤感的谎话，还煞有介事似的伤心，他自己也莫名其妙。牧师住宅的虔诚气氛和学校里的宗教色彩，使菲利普的心变得异常敏感。他不知不觉地产生这样的念头，认为魔鬼时刻等待着要攫取他不朽的灵魂。虽然，他并不比多数孩子更诚实，但是他每扯一次谎，事后总要后悔的。想起刚才这件事，他心里非常苦恼。他决定去找卢亚德，把真相说明。尽管他在世上最怕的莫过于蒙受屈辱了，可一想起为了上帝的荣耀而丢脸时，他又有两三天沾沾自喜，可就是没付诸行动。他只采取向全能的上帝忏悔这种更舒服的办法来安慰自己的良心。他真不明白，自己为什么会如此真诚地被捏造的谎话所打动。从自己污秽的脸上淌下来的眼泪是真诚的眼泪。后来，他偶然联想起埃玛告诉他母亲去世时的情景。当时，显然他哭得说不出话来，却执意要进去和沃特金姐妹告别，好让她们可以看到自己的悲哀而可怜他。

14

学校里掀起了一股笃信宗教的热潮，骂人的粗话听不到了。年纪小的孩子的话稍难听一点就被视为大逆不道。而那些年纪较大的孩子俨然以中世纪上议院贵族议员自居，动辄使用武力，迫使弱者遵守道德规范。

菲利普的思维活跃,渴望探索新事物,这股热潮使他对宗教变得十分虔诚。不久,他听说可以参加"圣经联合会",便写信到伦敦去询问有关细节。手续是在一张表格上填写申请人的姓名、年龄和所在学校,并在一份庄严的宣言上签字。这份宣言要求入会者必须坚持每晚诵读指定的《圣经》达一年之久。此外,还得缴纳两先令六便士的硬币。据解释,这一方面是为了证明入会者的诚意,另一方面是作为牧师的活动经费。菲利普及时地把表格及钱寄去,收到了一本价值大约一便士的日历和一张纸。日历上载有每天必须诵读的《圣经》章节;那张纸的一面是耶稣和羊羔的画像,另一面则是一段框有红线的祈祷词,读《圣经》之前,必须先诵读这段祈祷词。

每天晚上,菲利普总是尽快地脱衣服,以便赶在气灯熄灭之前完成这套繁文缛节。《圣经》里的有关残忍奸诈、忘恩负义、卑鄙阴险、欺骗狡诈的故事,他都不加批判、坚信不疑,总是刻苦诵读。阅读中,那些假如出现在周围的现实生活中定会使他心惊肉跳的种种行为,他竟不加评论地让它们在脑际一掠而过,因为那是在上帝的直接授意下干的恶行。圣经会的办法是交替诵读《新约》和《旧约》的篇章。一天晚上,他偶尔看到耶稣基督的这样一段话:

"你们若有信心,不疑惑,不但能行无花果树上所行的事,就是对这座山说,你挪开此地,投在海里,也必成就。

"你们祷告,无论求什么,只要信,就必得着。"①

当时,菲利普只一阅而过,这段话并没有给他留下特别的印象。但是,两三天后的礼拜天,驻校的大教堂牧师会会员恰巧也选了这一段作为布道的内容。可他就是想听也听不到,因为皇家公学的学生都坐在唱诗班席上,布道坛设在教堂交叉甬道的拐角。因此,布道人几乎背向着他们。距离太远,布道人需有一副好嗓子,还要精通演讲技巧,才能让坐在唱诗班席上的孩子们听清楚。

---

① 《新约全书》的《马太福音》第二十一章第二十一节、第二十二节。

长期以来，挑选特坎伯雷的牧师会会员，是根据他们的学问，而不是根据他们适应大教堂演讲的才能。但这段道文，也许刚读过不久，菲利普听得特别清楚。这段话似乎突然成了个人的请求。布道过程中，他都在思考这些话。晚上睡觉时，他翻开福音书，又找到了这段经文。虽然对书本上的东西他深信不疑，但他已懂得，圣经上白纸黑字讲得很清楚的事往往却神秘地意味着另一回事。学校里没有一个他乐意请教的人，所以这个问题他一直记在心里，直到圣诞节假日遇上机会他才提出来。有一天吃过晚饭，刚做完祷告，凯里太太像往常一样，正清点着玛丽·安端进来的鸡蛋，并在蛋上标明日期。菲利普站在桌边，假装若无其事地翻看《圣经》。

“威廉伯伯，这一段话果真是这个意思吗?”

他用指头指着这段经文，好像是无意中翻到似的。

凯里先生抬起头来，从眼镜框上方望过去。他正拿着《布莱克斯特伯尔时报》在壁炉前烘烤，时报是新送到的，油墨未干，牧师在阅读前总要先烤上十几分钟。

“哪一段?”他问道。

“喏，说是只要有信心，就能把大山搬走。”

“如果《圣经》上这么说，那准没有错，菲利普。”凯里太太柔声地说，把餐具篮提了起来。

菲利普望着伯伯，等他的回答。

“那是信心问题。”伯父说。

“你的意思是说，只要你真的相信能把大山搬走，就能搬走吗?”

“承蒙上帝的恩惠。”牧师说。

“好了，菲利普，向你伯伯道晚安吧。”路易莎伯母说，“你又不是打算今晚去搬大山，是吧?”

菲利普让伯伯在额角上吻了一下，便走在凯里太太的前面上楼去了。他想打听的，现在打听到了。小屋很冷。穿着睡衣冻得他直打哆嗦。他总是想，越是在不舒服的情况下祷告，就越能博得上帝的欢心。那冰冷的手脚不就是对万能的上帝的奉献吗?今晚，他跪下来，双手捂脸，竭力向上帝祷告，祈求上帝让那只畸形脚完好无缺。他想，比起搬走大山，这一要求当然是微不足道的。只要上帝愿意，就能办到。况且，他有足够的信心。次日清晨，以同样的祈求结束了祷告后，他确定了一个出现奇迹的日期。

“啊，大慈大悲的上帝，如果这是你的旨意，那就赐我返校的前一天晚上，让我的脚完好吧！”

他喜欢让这一请求变成一个公式。在牧师祷告完毕，还跪在地上的片刻，他又在餐室里重复了一遍。傍晚他又说了一遍。睡觉之前，穿上睡衣，浑身发抖，他又说了一遍。他坚信不疑。就这一回，他热切地盼望假期早日结束。一想起当自己一步三级地飞奔下楼，伯父该会多么惊讶时，他竟暗自笑了。

早饭后，他还要和路易莎伯母赶着上街买一双新靴子，返校时好让同学们目瞪口呆。

“喂，凯里，你的脚怎么好啦？”

“是啊，已经好啦！”他将漫不经心地回答，好像这是世界上天经地义的事似的。

他将能踢足球，看到自己跑呀跑，跑得比别人都快，心里该多高兴呀。在复活节学期末的运动会上，他将能够报名参加赛跑，甚至跨栏。他可以同正常的人一样，再也不会被不知道自己跛脚的新生拿好奇的眼光盯着了；夏天洗澡脱衣服时，也不必小心防范，然后赶紧将脚藏进水里——这一切简直太好啦！

他尽心尽力地祷告，对愿望的实现矢志不移。他相信上帝的话。在返校前的那个晚上，他上楼睡觉时激动得浑身直哆嗦。外面下着大雪，路易莎伯母也破例在自己的寝室生了炉子。菲利普的小屋冷气袭人，手指都冻麻木了，他好不容易才把领口解开。他的牙齿不停地打战。他想，今晚应该以不同寻常的举动来吸引上帝的注意。为此，他把床前的地毯掀开，跪在光秃秃的地板上。然后，他忽然想到，穿上睡衣太柔软了，可能引起造物主的不快。于是，他干脆脱去睡衣，赤裸着身子祷告。当他上床时，他冻得很久都睡不着。可是一经入睡，却睡得那么香。第二天，玛丽·安打热水上来时,竟不得不把他摇醒。她边拉窗帘,边和他搭讪。可是他无心回答。他马上记起,这就是日夜盼望出奇迹的那个早晨,心里充满着喜悦与感激之情。他第一个本能是伸手抚摸一下那只现在已经完好无缺的脚,但又立即缩了回来,这样做显然是对上帝的仁慈的怀疑。他坚信自己的脚已经完好了。他终于拿定主意,用右脚趾碰了碰左脚,然后又伸手去摸。

玛丽·安上餐室祷告了,他才一瘸一拐地下楼吃早饭。

“今天早晨你怎么不说话呀,菲利普?”不久,路易莎伯母说。

“他正在想着明天学校的丰盛的早餐哩。”牧师说。

菲利普常常答非所问,因此,总要惹伯父生气。牧师说这是心不在焉的坏习惯。

“要是你祈求上帝做一件事,”菲利普说,“并且诚心相信这件事会发生,譬如说搬走一座山,自己也有信心,结果事情却没有发生,这意味着什么呢?”

“你这孩子真有意思,”路易莎伯母说,“两三星期前你就问过搬走大山的事。”

“这只能意味着你没有信心。”威廉伯父回答说。

菲利普同意这一解释。要是上帝没有治好他的脚,那是因为自己的心还不够诚的缘故。但他看不出怎样才能比先前更加心诚,也许他操之过急,没有给上帝足够的时间吧。他只给了上帝十天的时间呀!过了一两天,他又开始祷告了。这一回,他把日期定在复活节,那是耶稣光荣复活的日子。这一天,在上帝高兴的时候,肯定会大发慈悲的。为了实现这一愿望,他又采取了许多新措施:见到一轮新月或一匹斑马他就为自己祝愿;对天上的流星更留神。有一次放假回家,牧师家里宰了一只鸡,他与路易莎伯母一道扯断那根吉祥骨时,他又祝愿了,每次都祝愿自己的脚完好无缺。他无意识地求助于比以色列人信奉的上帝更古老的本种族信奉的诸神。他忙里偷闲,一旦记起来,就一次又一次地向全能的上帝祈祷;翻来覆去总是那几句话。看来,用同样的话语向上帝请求是很重要的。可是不久,他又觉得对上帝的信心仍然不足，心里终于产生了疑问。他把自己的亲身体验归纳出这样一条普遍规律：

“看来，谁也不会有真正足够的信心的。”

这正如保姆过去常讲的关于盐的故事一样：不管什么鸟，只要把盐撒在鸟尾巴上，你就可以把它捉住。有一次，他真的带上一袋盐到肯辛顿花园。可是，他无法挨近鸟儿，以便将盐撒在鸟尾巴上。不到复活节，他就放弃了这一努力。他埋怨伯父骗了他。那段关于搬走大山的经文，无非是说的是一回事，指的又是另一回事的无稽之谈罢了。他认为伯父一直在耍弄他。

15

菲利普十三岁进入了特坎伯雷皇家公学。这所学校以自己的古老而自豪。它最初是一所修道院学校，在诺曼人征服英国的公元一〇六六年之前就创办了。那儿，基础课程由奥古斯廷修道士担任；像同类型的许多学校一样，修道院遭破坏后，这所学校又由亨利八世的官员重建，学校因此而得名。此后，它采取切合实际的办学方针，满足了肯特郡地方名流和专家们的子弟的教育需要。有一两位学生走出这所学校的校门后已成了闻名的文人。他们起初是诗人——只有莎士比亚才能超过他们的天才，最终成为散文家，他们的人生观对菲利普这一代仍起着深刻的影响；这所学校也走出了一两位著名的律师，但杰出的律师也不足为奇，因为社会上律师比比皆是；也涌现过一两位知名的军人。然而，自从它脱离修道院后的三个世纪中，主要是培养牧师、主教、教长、牧师会会员，尤其是培养乡村牧师。学校里有很多孩子的父亲、祖父、曾祖父也曾经在此受过教育，也都当过特坎伯雷主教管区内的教区长。这些孩子来求学，已拿定主意要承受圣职。可是尽管如此，已有迹象表明这儿也出现了一些变化。有少数人，搬来了从家里听到的话，说教会如今已面目全非了。这倒不是待遇方面的问题，而是从事圣职的人的社会阶层不同了。有两三个学生认识一些父亲是小商的副牧师：他们宁愿到北美英国的十三个殖民地去（当时十三个殖民地是那些在伦敦找不到工作的人的最后希望），也不愿在一个非绅士出身的人手下当副牧师。在皇家公学也像在布莱克斯特伯尔住宅一样，都认为小商是没有运气拥有祖传的土地的（在此，乡绅与土地占有者之间还有微小差别）。他们又不从事属于绅士阶级的四大职业。学校的走读生中大约有一百五十人是地方绅士和兵站军官的儿子，至于父亲经商的那些孩子，则自觉地位的低下而自卑。

教师们容不得半点现代的教育思想。有时，他们在《泰晤士报》和《卫报》上读到这些新思想。可是却殷切地希望皇家公学应该保持其古老的传统。陈腐无用的语言在此传授得如此透彻，以至于孩子们在今后生活中想起荷马和弗吉尔就感到一阵厌恶。虽然，在公共餐厅吃饭时，一两位胆子较大的人提议数学日趋重要，但是普遍认为，数学比不上古典文学高雅。这儿既不教德语，也不教化学。法语只由级任教师兼任。他们比外国人更能够维持班上的秩序。由于他们的语法如法国人一样精通，因此，除非服务员懂得一点英语，否则在布洛涅饭馆里他们谁也别想喝上一杯咖啡，这在他们看来也是无关紧要的。教地理主要是要孩子们画地图。这是最好的消遣，特别当所画的国家多山时，可以花很多时间来画安第斯山脉和亚平宁山脉。教师们被委任为教士，未婚，他们都是牛津或剑桥的毕业生。假如他们之中谁偶尔心血来潮想结婚，就要在牧师会的安排下接受微薄的俸禄才行。可是多年来，他们当中没有一个想离开特坎伯雷这个风雅的生活圈子，到乡村教区去过单调的生活。这儿不仅有宗教的色彩，而且因有个骑兵站而带有尚武的精神。现在学校的教师都已是中年人了。

另一方面，校长不得已而结婚。他一直主持这所学校的工作，直到年迈体衰。退休时，他得到了比其他任何教师所能希望得到的还要多的俸禄及名誉牧师会会员的称号。

但是,菲利普上学的前一年,这所学校发生了一项重大的变化。一段时间来,弗莱明博士耳聋得太厉害,不能任圣职已很明显。他当了四分之一世纪的校长。市郊正好有一个年俸六百英镑的空缺,牧师会提议把这一肥缺给他,实际上暗示他该到退休的时候了。他可以靠这样的收入舒舒服服地养老。两三个希望得到这个位子的副牧师私下告诉自己的妻子说,把一个需要年富力强的人主持的教区,让给一个对地方教区事务一窍不通、早已中饱私囊的老头子,真是耻辱。然而这些薪俸牧师的牢骚话并没有传进大教堂牧师会的耳朵里。至于那些教区居民,他们对此没有什么话说,因此,也没有人征求他们的意见。美以美会教徒和浸礼会教徒都在乡下设有自己的小教堂。

当弗莱明博士被这样安置以后,继承人就成了当务之急。选择下级教师当继承人是违背学校的传统的。公众一致希望选举预备学校的校长沃森先生出任;他尚不能算作皇家公学的教师,大家认识他已二十年了。他也绝不会有讨人嫌的危险。可是牧师会使他们大吃一惊,选出一个名叫珀金斯的当校长。起初,没有人知道珀金斯是何许人,他的名字也没有给人留下好的印象;人们惊魂未定,却又获悉珀金斯是亚麻布商人珀金斯的儿子。弗莱明博士在午饭前把这一消息告诉教师,他的表情也变得惊慌失措。用膳的人默不作声,直到工友离开饭厅,才开始议论。那些在场的人的名字是无关紧要的,可是像"叹气""柏油""瞌睡虫""水枪"和"小团"这些绰号已经在好几代的学生中传闻了。

他们都认识汤姆·珀金斯。首先知道他不是绅士出身。他们对他还记忆犹新。当时,他是个又小又黑、头发蓬乱、大眼睛的小孩,看上去像个吉卜赛人。他是走读生。他拿走学校基金中最高奖学金。因此,他上学根本不用花钱。他当然很聪明,每次学校授奖典礼,他都得到很多奖品。他是他们值得夸耀的学生。他们这时还酸溜溜地记得,当时很担心他会到一所更大的公学去获得奖学金,因而从他们的手里远走高飞。弗莱明博士还跑去找过他的亚麻布商人父亲——他们都记得圣凯瑟琳街上那家珀金斯和库珀联营商店——说他希望汤姆上牛津大学之前,能留在皇家公学,这所学校是珀金斯和库珀联营商店的最好的主顾,珀金斯先生也极乐意做必要的担保。汤姆·珀金斯继续青云直上。他是弗莱明博士记忆之中最优秀的古典文学的学生,离校那一天,他拿走了该校最优厚的奖学金。他又到马格德林大学得到另一份奖学金,然后,在该大学开始了他的显赫的经历。校刊记载了他一年年取得的荣誉。当他取得两个第一名时,弗莱明博士亲自在校刊扉页为他写了几句颂词。因为珀金斯和库珀适逢败落的时候,他们对他取得的成就更为满意。库珀嗜酒如命,就在珀金斯取得学位之前,这两位亚麻布商人递交了破产的申请书。

汤姆及时地当了牧师,并开始了非常称职的职业生涯。他先在惠灵顿公学,后在拉格比公学当副校长。

然而,赞扬他在别校取得的成绩是一回事,而在自己的学校里要他们在他手下任职又是另一回事。"柏油"以前常罚他抄书,"水枪"打他的耳光。他们不明白牧师会为什么会做出这一错误的决定。没有人会忘记他是个破产的亚麻布商人的儿子。库珀的酒精中毒更使他丢脸。据说,教长热心地支持他的候选资格。因此,教长很可能请他赴宴;可是,当汤姆·珀金斯应邀时,教堂围地里举行的怡人的宴会气氛不会变化吗?那么兵站的军官有何反应呢?简直无法指望那些军官和绅士们会把他当作他们当中的一员来接待。这样将大大地影响学校的声誉,家长们要不高兴的。假如大批学生退学,那也不足为奇。况且,称他珀金斯先生,简直是对他们的侮辱!教师们想用集体辞职以示抗议,但又害怕被泰然接受而不敢妄为。

"唯一的办法是做好应变的准备。""叹气"说,他负责五年级的工作,已经二十五年了,但十分无能,工作难以胜任。

当他们见到珀金斯时,心里仍然很不安。弗莱明博士邀请他们午餐时同新校长见面。他现在已经三十二岁了,又高又瘦,但还是他们记忆中的小时候的老样子:莽撞、邋遢。他的衣服做工粗劣、褴褛、不整洁。头发跟先前一样，又黑又长，显然，他不曾学会梳理头发；头发以各种姿态垂下前额，他老是敏捷地用手迅速地把遮住眼睛的头发往上撩。他蓄着浓黑的胡须，胡子几乎长到了颧骨。他自如地同教师们谈话，好像在一两星期以前才和他们分别似的。显然，他高兴见到他们，似乎一点也不觉得陌生；别人叫他珀金斯先生，他也显出一副不足为奇的神态。

当珀金斯同他们告别时，有一位老师没话找话，说他离赶火车的时间还早呢。

"我想四处转转，看看商店。"珀金斯兴冲冲地回答。

在场的人全都局促不安。大家不明白他怎么这样不看场合。更糟的是弗莱明博士没听见。他的妻子在他耳旁大声喊道：

"他想转转，顺便看看他父亲的旧商店。"

所有的人都感觉出她话中的羞辱之意，唯独汤姆·珀金斯没有觉察。

他对弗莱明太太说："你们知道吗？现在谁经营这个商店？"

她几乎无法回答，她气愤极了。

"还是一个亚麻布商人，"她尖刻地说，"他名叫格罗夫。我们不再上那儿买东西了。"

"不知道他能不能让我看看房子。"

"我想，如果你解释一下你是谁，他会让进的。"

直到那天晚饭后才有人在教师公用室提起这件压在心头的话题。"叹气"问："喂，你们认为我们的新校长怎么样？"

他们想起了午餐中的谈话，那几乎不算谈话，那简直是独白。珀金斯不停地谈话。他讲起话来，滔滔不绝，声音深沉而洪亮。他短促、古怪地笑，露出了一口白牙。他们听得很费力。他从一个话题跳到另一个话题，其中的联系他们往往抓不住。他谈到教育学，这是够自然的。可是，他对他们闻所未闻的德语现代理论也夸夸其谈，听得他们满腹狐疑。他谈到了古典文学。他到过希腊。他扯到考古学，他曾在一个冬天去发掘文物。老师们实在不明白，这一切对老师教孩子们过好考试关有何帮助。他谈到政治。听到他拿比康斯菲尔德勋爵[1]和阿西比亚德[2]做比较，他们都觉得离奇。他谈起了格莱思顿[3]先生和地方自治。他们终于明白了他原来是个自由党人，大家的心一下子都凉了。他谈到了德国哲学和法国小说。教师们认为，一个人兴趣这么广泛，其学术造诣就不可能很深。

"瞌睡虫"概括了他们对珀金斯的总印象，他使用的措辞大家都认为很中肯。"瞌睡虫"是三年级高班的老师，眼皮低垂、优柔寡断。他身高力衰，动作缓慢无力，给人以无精打采的印象，他的绰号"瞌睡虫"真是再恰如其分不过的了。

"他很热情。""瞌睡虫"说。

热情乃是缺乏教养的表现。热情绝不是绅士风度。他们联想到救世军那种吹吹打打的热闹场面。热情意味着变化。一想到宜人的古老传统危在旦夕，他们不由得浑身起鸡皮疙瘩。他们对前途简直不敢设想。

"他看起来更像个吉卜赛人了。"过了一会儿，一个人说。

"我怀疑教长和牧师选他时，是否知道他是个激进分子。"另一个教师怨恨地说。

然而谈话停止了。他们忧心忡忡，一时说不出话来。

一星期以后，当"柏油"和"叹气"在毕业授奖典礼日一块步行到牧师会会堂时，向来说话刻薄的"柏油"对同事说：

"我们在这儿已经参加过不少次毕业授奖典礼了，是吧？真不知下次是否还参加呢？"

"叹气"甚至比平常更加伤感了。

"假如生活能过得去，我就是现在退休了，也无所谓。"

---

① 比康斯菲尔德勋爵（1804—1881），英国政治家、作家、外交家，曾当过首相。

② 阿西比亚德（公元前450？—404），雅典将军，希腊哲学家苏格拉底的被保护人，被放逐并被暗杀。

③ 格莱思顿（1809—1898），英国政治家，四次出任英国首相（1868—1894）。

16

一年过去了，菲利普来这所学校时，教师们都各安其位，谁也没有辞职。不管他们怎样顽固地阻拦，学校还是发生了很大的变化，虽然，他们那股顽固劲儿一点儿也不因为他们表面赞成新校长的思想而更容易对付些。级任教师仍然教低年级的法语课，但是新近又来了一位获得海德堡大学语言学博士学位的教师。他曾在法国大学预科教了三年，现在教高年级的法语课，并向不愿意学希腊语而想学德语的任何人授课。学校还聘请了一名数学老师，让他教授系统的数学，这在以前是被认为大可不必的。这两位新教师都尚未被委任圣职。这是一场真正的变革，这两位新教师刚来时，老教师都不信任他们。实验室建起来了，还开设了军事课程。他们都说学校的性质正在改变。天晓得珀金斯那不整洁的脑袋瓜还会想出什么新花样。就公学而言，这所学校的规模并不大，至多只有二百名寄宿生，而且，也很难再扩大了，因为它紧挨着大教堂。教堂围地除了有一幢房子是部分教师住外，其余的都是教堂的牧师占着，再也没有盖房子的地方了。可是珀金斯先生精心地设计出一个可以得到足够的空地，使学校现在的规模扩大一倍的计划。他想吸引伦敦的孩子来上学。他认为，让他们接触肯特郡的孩子有好处。这样，才能使乡下的孩子脑子开窍。

"这违背我们的传统，""叹气"听了珀金斯先生的提议后说，"我们已竭力避免来自伦敦的孩子的坏影响。"

"胡说八道!"珀金斯先生说。

先前，还从没有一个人说过这位级任老师胡说的，他正考虑辛辣地回敬珀金斯一句，含沙射影地插进一些袜子内衣之类的捅他老底儿的难听的话。这时，珀金斯又冲动粗暴地攻击他。

“围地那幢房子——只要你结了婚，我便叫牧师会加高两层，我们可用这些房间来做宿舍和书房，你妻子还可以照料你。”

这位上了年纪的牧师气得直喘粗气。他为什么要结婚呢？他五十七岁了，总不能五十七岁还结婚呀！他不能到这把年纪再来成家。他不想结婚。假如只有结婚和乡下生活两者供他选择的话，那他宁愿辞职。他现在需要的是平静。

“我不想结婚。”他说。

珀金斯用那双乌黑明亮的眼睛看着他。即使珀金斯的眼睛俏皮地闪烁着，可怜的“叹气”也觉察不出的。

“太遗憾了！你难道就不能听我的劝告结婚吗？这样，我向教长和牧师会提出加高、重建你们的房子时就更有理由了。”

然而，珀金斯最不受欢迎的革新，还是他采取的那套偶尔与别的教师换班上课的方法。他是当作一种恩惠来请求的。然而，毕竟这种恩惠却是拒绝不得的。正如“柏油”也就是特纳先生所说的，这样双方都有失体统。珀金斯从不事先通知，做完早祷后，常突然对一位教师说：

“你今天十一点替我上六年级的课，我想你不介意吧？我们对换一下，好吗？”

他们不知道其他学校是否也经常这么做，可是，在特坎伯雷当然是前所未有的。其结果是莫名其妙的。第一个牺牲品是特纳先生，他把换课的消息透露给他那个班的学生，说校长那天要给他们上拉丁文，同时，借口学生可以向校长提一两个问题，以免到时候出洋相、闹笑话，于是用历史课最后一刻钟，向他们解释了当天规定要学的古罗马历史学家李维①的一段文章。可是，当他重返自己班上，看到珀金斯的登分记录，不觉大为吃惊。那两个年级拔尖的学生似乎考得很糟，而其他原来成绩不怎么突出的学生却给了满分。当他问班上最聪明的学生埃尔德雷奇究竟是怎么回事时，

---

① 李维（公元前59—公元17），古罗马历史学家。

孩子绷着脸回答说："珀金斯没有给我们做什么解释。他要我谈谈我所知道的戈登将军[①]。"

特纳先生惊奇地盯着他。孩子们显然觉得受了委屈，特纳先生不禁也同样感到愤愤不平。他也看不出戈登将军和古罗马历史学家有何相干。后来，他向校长做了无把握的追问。

"埃尔德雷奇很为难，因为你要他谈谈他所知道的戈登将军。"他强作欢颜对校长说。

珀金斯哈哈大笑。

"我发现他们都已学到盖阿斯·格拉吉[②]的土地法，所以，我想知道他们是否了解爱尔兰的土地纠纷。谁知他们对爱尔兰的了解，仅仅是知道都柏林位于菲利普河畔。因此，我又问，他们是否听说过戈登将军。"

新校长具有"常识癖"这一可怕的事实被披露出来了。他怀疑目前，采取死记硬背的方法应付各学科的考试是否有用。他注重的是普通常识。

"叹气"一月比一月忧虑，老是担心珀金斯要他定个结婚日期。他不喜欢校长对古典文学采取的态度。毫无疑问，珀金斯先生是个优秀的学者。他致力于一部很符合传统的论著：他正在写一篇关于拉丁文学谱系论文。可是他若无其事地谈起古典文学，好像是无关紧要的消遣，犹如闲暇玩台球似的，不当作一回事。三年级中班教师斯夸斯的脾气一天比一天差。

菲利普进校时就被安排在他那个班。这位 B. B. 戈登牧师是个生来不适合当教师的人：他缺乏耐心，脾气暴躁，再加上没有人过问他的教学，面临的又只是些年幼的学生，他早已失去自制力了。他上课往往以大发雷霆开始，以勃然大怒结束。他中等身材、体形肥胖。淡茶色的头发剪得很短，现在已渐渐灰白，嘴唇上蓄着

---

① 戈登(1833—1885)，英国殖民主义军官，曾协助清政府镇压中国太平天国起义，后在远征苏丹中战死。

② 盖阿斯·格拉古(公元前 153—121)，古罗马改革家和演说家。

又短又硬的小胡子,五官模糊不清,一张大脸盘上长着一双蓝色的小眼睛,脸色通常是红的,可是一发怒便呈猪肝色。他的指甲被咬到了指甲肉。当某个学生战战兢兢地解释语文时,他常常坐在桌旁啃指甲,气得浑身发抖,怒气耗去他的精力。风闻他有过许多虐待学生的粗暴行为,但也许这些传说言过其实。两年前听说有位家长扬言要告他,学校闹了一场风波:他拿一本书狠命地打一个名叫沃尔特斯的孩子的耳光,致使他听力受影响。这孩子只好离开学校,孩子的父亲住在特坎伯雷。全市居民都对此义愤填膺,地方报纸也报道了这件事。可是沃尔特斯先生只是个酿酒商。因此,对他的同情发生分歧。班上的其他学生虽然也讨厌这位教师,但袒护他,什么原因只有他们自己最清楚。并且,为了表示他们对外界社会干预学校事务表示愤怒,对尚在学校念书的沃尔特斯的弟弟百般刁难。但戈登先生侥幸免于被赶到乡下住。此后他再也不敢揍学生了。允许教师打学生手心的权利也随之取消了。"水枪"也不能再用藤条鞭打讲台,以发泄自己的愤怒了。现在,他充其量不过抓住孩子的肩膀摇摇,但他仍然让调皮捣蛋的孩子伸出一只手臂站上十分钟到半个钟头。他骂起学生来,其粗暴程度依然不减当年。

像菲利普这样腼腆的孩子,再也找不到比"水枪"更不称职的老师了。他这次进皇家公学,比第一次进沃森先生的学校时胆子大点了。他认识许多过去在预备学校的同学。他觉得自己长大了,并且本能地意识到,越在人数众多同学中间,他的残疾越不那么引人注目。可是从第一天起,戈登先生就把他吓坏了。这位老师善于辨认出哪些学生怕他,似乎也因为这一理由而特别不喜欢菲利普。菲利普一向喜欢上课,可如今上课却诚惶诚恐的。他宁愿呆呆地静坐着,也不愿冒险做出错误的回答而激起教师的一阵臭骂。轮到他站起来解释课文时,他提心吊胆,吓得脸色煞白,唯一快乐的时刻只是当校长到这个班上课的时候。他能投校长对普通常识之所好;他读过各种离奇古怪的与自己的年龄不相称的书籍。珀金斯先生常常就一个问题在班上问了一轮后没有人能答得上时，便微笑着把菲利普叫起来。这一笑使菲利普心里乐滋滋的。

“来，凯里，你告诉他们吧。”

他在这种场合获得的好成绩，更增加了戈登先生的气愤。有一天轮到菲利普翻译，戈登先生坐在那儿，怒视着菲利普，嘴里狠狠地咬着大拇指，情绪很不妙。菲利普开始低声解释。

“别在嘴里咕噜。”老师嚷道。

菲利普的喉咙好像被什么东西堵住似的。

“说下去！说下去！说下去！”

他的吼声一声比一声响。结果，菲利普本来懂得的也被吓忘了。他茫然地盯着书。戈登先生开始喘着粗气。

“你要是不懂，为什么不说一声？你到底懂不懂？上回你听过这些解释没有？为什么不说话？说，你这个笨蛋，说啊！”

老师拼命抓住椅子的扶手，好像生怕自己会向菲利普扑过去似的。他们知道，先前他常掐住学生的喉咙，直到他们几乎透不过气来才松手。他额头青筋暴涨，脸色阴沉可怕。他简直是个疯子。

菲利普前天对这一段了如指掌，可现在什么也记不起来了。

“我不懂。”他喘着气说。

“你为什么不懂？我们逐字地解释，马上就知道你是不是真的不懂。”

菲利普默默站着，脸色苍白，微微发抖，耷拉着脑袋，眼睛盯着课本，老师呼哧呼哧地喘着气，像是打呼噜似的。

“校长说你聪明，真不知他是怎样看出来的。普通常识！”他狂笑着。“我不明白为什么他们把你放到这个班，笨蛋！”

他对这个词儿很满意，高声重复着。“笨蛋！笨蛋！瘸腿的笨蛋！”他这才觉得有点解恨，他看到菲利普的脸唰地红了。他叫他去取“记过簿”。菲利普把《恺撒》放下，默默地走出去。“记过簿”是个浅黑色的本子，里头记着孩子的名字及其过失。一个名字在本子上出现三次就得挨鞭子。菲利普到校长的屋子去，敲他书房门。珀金斯先生正坐在桌子旁边。

“先生,我可以拿‘记过簿’吗?”

“喏。”珀金斯先生说,点头示意它在什么地方。

“你干了什么不该干的错事啦?”

“我不知道,先生。”

珀金斯迅速地望了他一眼,没回答,又继续他的工作。菲利普拿起本子走出书房。过几分钟下课,他又把“记过簿”拿回来。

“让我看一下,”校长说,“戈登先生在‘记过簿’上说你‘粗野无礼’,这是怎么回事?”

“先生,我不知道,戈登先生说我是个瘸腿的笨蛋。”

珀金斯又看了他一眼,不晓得孩子的回答是否含有讽刺意味。可是这孩子还惊魂未定。他脸色苍白,眼睛露出惊恐、痛苦的神色。珀金斯站起身,把“记过簿”放下来,一边拿出几张照片。

“今天早晨我的一位朋友寄给我几张雅典的照片,”他漫不经心地说,“看,这是雅典卫城。”

他开始将照片中的古迹向菲利普解释,连废墟也被他说得活灵活现。他又让菲利普看狄俄尼索斯①剧场,并对菲利普解释人们按什么次序入座。从那儿极目远眺,他们如何可以看到蔚蓝色的爱琴海。然后,他突然话锋一转说:“我记得,我当时在戈登先生班上时,他常常叫我‘站柜台的吉卜赛人’。”

菲利普的注意力集中在那些照片上,还来不及回味他这句话的意思,珀金斯先生又拿出一张萨拉米斯岛②的照片给他看,用指头点着当年希腊战船和波斯战船的部署,那手指上的指甲盖还有一小圈黑边。

---

① 狄俄尼索斯,希腊神话的酒神与戏剧之神。

② 萨拉米斯岛,希腊一岛屿。在公元前480年的波斯战争中,希腊船队在该岛沿海取得了对波斯船队的决定性胜利,这就是著名的萨拉米斯岛战役。

17

以后两年,菲利普的生活过得自在而单调。他并不比其他个子和他相仿的学生受到更多的欺负。由于他跛脚,不参加任何游戏活动,于是他在别人眼里成了微不足道的人。菲利普对此倒感激不尽,他没有人缘,非常孤单。在三年级高班,他在温克斯班上了两学期。温克斯先生一副疲惫不堪的样子,眼睑低垂,似乎对一切格外厌烦。他尚能尽职,只是心不在焉。他心地善良,性情温和,却有点蠢,极相信学生的荣誉感。他觉得要使孩子们诚实,最要紧的是脑子里丝毫不要有他们会撒谎的念头。他引证说:"问得多,学到的东西就多了。"在三年级高班,日子是容易打发的,你事先可以精确地知道课文哪几行该轮到你解释,又有哪本注解在学生中传来传去,可以在两分钟内找出你所需要的东西。教师提问时,可以将拉丁语语法书摊在膝上;况且,即使十几本不同的练习本出现同样难以置信的错误,温克斯也发现不了其中的奇怪之处。他不太相信考试,因为他发现考试时学生不如平常在班上答得好,这种情况令人失望,但关系不大。到时候,学生照样升级。除了厚颜无耻地弄虚作假歪曲真相外,他们没学到什么东西。不过,在他们今后的生活中,这也许比能读拉丁文更派用场。后来,他们都归"柏油"管教了。他的名字是特纳,是老教师中最富有生气的。他个子矮,腆着大肚皮,黑胡子已经花白了。他皮肤黝黑,一穿起牧师服,真会让人联想起柏油桶来。按照校规,平时要是无意中听到哪个孩子叫他的绰号,他就会罚孩子抄五百行字。但是教堂围地举行的宴会上,他常常拿这个绰号开些小玩笑。他是教师中最老于世故的,外出吃饭比谁都勤。与他交往的人不仅仅是牧师。孩子们把他看成是个无赖。假期一到,他就脱去牧师服,有人还在瑞士看到他穿上花哨的花呢服。他喜欢美酒佳肴。有一回,有人看见他和一位可能是近亲的女士上皇家咖啡馆。从此以后,历届学生都认为他沉迷于纵酒宴乐,于是就添油加醋地描绘了种种细节,令人对人性的堕落之说深信不疑。

特纳先生估计,要整治这些在三年级高班待过的学生需花一学期时间。他不时发出狡猾的暗示,表明他对同事的班级的情况了如指掌。他对此倒也不发火。他把学生都看成是小流氓,只有在肯定自己的谎言会被识破的时候,他们才会老实。他们有自己独特的荣誉感,这种荣誉感不适用于同老师们的交往。当他们知道自己的调皮捣蛋不合算时,他们才会放老实点。他为自己的班级感到自豪。他已五十五岁了,仍然和刚进这所学校一样,热切地希望他班上的成绩比其他班略胜一筹。他具有一般胖子的脾性,容易发火,也容易消气。他的学生很快发现,在他经常对他们正言厉色的痛骂的表征下面,倒含有不少厚道的成分。他对脑子迟钝的学生不耐烦。可是,对那些外表任性,内藏聪慧的学生,他却不怕麻烦。他喜欢请他们用茶点;尽管这些学生发誓说和他在一起用茶点时,从未见过糕点和松饼之类的东西。人们普遍认为,他的发胖是由于贪食,而贪食说明他肚里的绦虫多,但他们还是很乐意接受他的邀请。

菲利普现在舒服多了,因为房间有限,只有高年级学生才有书房。在此之前他一直住在一间大厅里,学生在这儿用膳,低年级混杂在这儿预习,这使他觉得有点讨厌。他时时因人员太杂而坐立不安,渴望独自一个人清静清静。他自个儿漫步到乡间。一条小溪流过绿色的田野,两岸是截去了树梢的树木。不知为什么,在岸边徘徊,他感到快活,疲倦了,就趴在草地上,观看鲦鱼和蝌蚪在水里娓娓游动。在教堂围地闲逛,他感到特别惬意。夏天,他们在围地中央的草地上练习打网球。但其他季节是平静的:孩子们常手挽手地在附近漫步,或者个别学生慢慢走过来,眼睛出神,嘴里念念有词,背诵着需要背熟的功课。参天榆树上栖着一群白嘴鸦,在空中响起一阵阵凄厉的哀鸣。有高大的中心塔楼的大教堂坐落在草地的另一边。菲利普对美一无所知,仰望着教堂,一种莫可名状的喜悦油然而生。有了书房时(那是一间面对贫民窟的方形小屋,由四个学生合住),他买了一张大教堂的风景照,并把它钉在书桌上方。他发现从四年级教室的窗子向外眺望,眼前的景色别有一番新的情趣。教室对面是一片修整过的古老的草坪,还有一片枝叶繁茂的树木。他心里唤起一种奇怪的感情,但不知道这种感情是悲还是喜。这是他美感启蒙的开端,它还伴随着其他别的变化。他的嗓音变了,喉头不由自主地发出古怪的声音。

他开始到校长书房上课,那是用过茶点之后,为准备做坚信礼的学生开设的课程。菲利普对上帝的虔敬经不起时间的考验。他晚上再也不诵读《圣经》了。可是现在,在珀金斯先生的影响下,加上他身体内部发生的使他坐卧不安的新的变化,他的旧感情又复活了。他严厉地责备自己对宗教的热情减退,他想象地狱之火正在熊熊燃烧。假如他在不比异教徒好多少的时候死去,那他一定会落入地狱的。他盲目地相信痛苦是无穷尽的,与永久的幸福比较起来,他更相信永久的痛苦。一想到自己所冒的风险,他便不寒而栗起来。

菲利普那天在班上遭到难以忍受的凌辱,心里感到如针扎似的刺痛,就在这时候,珀金斯先生却友好地找他谈话。从此以后,他对校长便怀有忠实的敬仰之情了。他绞尽脑汁,想方设法来讨校长的欢心。校长偶然脱口而出的称赞,哪怕是片言只语,他都视若珍宝。当他到校长的住处参加这些小型聚会时,简直要拜倒在校长脚下了。他目不转睛地盯着珀金斯先生那双炯炯有神的眼睛,半合着嘴坐着,头部微微前倾,生怕听漏一个字。周围环境的平凡,使他们谈论的问题格外动人。校长常常被引人入胜的话题吸引住,将面前的书推开,十指交叉着,放在心口上,好像要使心脏停止跳动似的,滔滔不绝地讲述宗教的种种秘密。菲利普有时听不懂,也不想听懂。他依稀觉得光感受就够了。在他看来,这位头发乌黑蓬乱、脸色苍白的校长，俨然像一个敢于直言申斥国王的以色列预言者。他想起耶稣基督时，似乎觉得耶稣也是拥有那双黑眼睛和苍白的面颊。

珀金斯先生对工作极其认真。在这种场合，没有任何耀眼的幽默感能引起其他老师怀疑他轻浮。他在百忙中挤时间，如利用工作空隙的一刻钟或二十分钟，分别接待准备受坚信礼的孩子们。他想让他们感到，这是他们一生中自觉迈出的严肃的第一步。他想探索他们的灵魂深处；他要向他们灌输自己强烈的信仰。校长认为，菲利普虽然生性腼腆，却有可能蕴藏着一股不亚于自己的激情。在他看来，这孩子的气质基本上是属于宗教的气质。有一天，他突然中断正在谈论的话题。

"你考虑过长大了要干什么吗？"他问。

"我伯父要我当牧师。"菲利普说。

"那你自己呢？"

菲利普把脸转过去望着别处，不好意思说自己觉得不够格。

"我不知道世上还有什么生活能够像我们的生活这样充满幸福。我希望你明白这是多么了不起的荣耀。人们可以从事各行各业来侍奉上帝。但是，我们离上帝更近。我不想影响你，可是假如你拿定了主意——噢，马上拿定主意——你不禁会感到有一种永恒的欢乐和宽慰。"

菲利普没有回答，但校长从他的眼神里看出，这孩子对自己的暗示已经心领神会。

"假如你像现在这样继续刻苦攻读下去，你会发现要不了多久就能成为学校里首屈一指的高才生。离校时，你保险可以拿到奖学金。你自己有什么财产吗？"

"我伯父说我二十一岁时，每年将有一百镑的进款。"

"那你很阔了。我可是什么也没有。"

校长沉吟了半晌，然后，用铅笔在他面前的吸墨纸上漫不经心地画线，又接着说：

“恐怕你对职业的选择将很有限。你自然无法从事需要体力劳动的任何职业啰。”

菲利普的脸一直红到了耳根，每逢有人提及他的跛脚，他总是这样。珀金斯先生严肃地看着他。

“恐怕你对自己的不幸过于敏感了。你难道没有想过该为此感谢上帝吗？”

菲利普猛然抬起头来，双唇紧闭着。他记得有好几个月，他是何等相信别人的话，央求上帝像治好麻风病人或让盲人重见光明一样地治愈自己的脚。

“如果你违心地去接受它，那只能使你感到羞愧。但是，假如你把它看作是上帝看到你双肩结实，堪以承受，才给你肩负一副十字架，把它看作是上帝恩惠的象征，那么，这将成为你幸福的源泉，而不是痛苦的根源。”

他看出这孩子不喜欢谈论这件事，就让他走了。

可是菲利普把校长说过的话重新考虑过。不久，由于他的脑海里尽想着眼前的坚信礼仪，心里沉浸在一阵神秘的狂热之中。他的精神仿佛摆脱了肉体的束缚，他似乎过着新的生活。他怀着满腔的热情，一心追求尽善尽美的境界。他要把整个身心奉献给侍奉上帝的事业。他下决心要当牧师。当那伟大的日子到来时，他将惊喜交加，不能自已。因为他的灵魂为他所做的一切准备，为他读过的所有的书籍，尤其为校长势不可当的影响深深地打动了。一个念头一直在折磨着他。他知道他将独自一人走过圣坛。他害怕在大庭广众面前暴露出他的跛脚，不仅暴露在参加仪式的全校师生面前，而且暴露在从城里前来观看自己的孩子行坚信礼的学生家长这些陌生人面前。然而一旦那个时刻到来时，他突然觉得能安然接受这种屈辱了；当他一瘸一拐地登上圣坛时，他在巍峨的大教堂的拱顶下显得那么渺小、那么微不足道。他有意识地把自己的残疾当作一份献给爱他的上帝的祭品。

18

然而，菲利普不能在山巅稀薄的空气中长期地生活下去，他第一次受宗教的情绪支配时所发生的情形，现在又发生了。由于他深切地感受到信仰之美，由于自我牺牲的渴望之火在他心中灼热地燃烧，放射出宝石般的夺目光彩，所以他显得心有余而力不足，猛烈的激情使他疲惫不堪。他的灵魂突然变得毫无生气。他开始忘记过去似乎无处不在的上帝。他虽然照样准时地做礼拜，却只是流于形式罢了。起初，他责备自己对宗教的背离，加上对地狱之火的恐惧，驱使他恢复宗教热情；但这种激情消失了，同时，生活中又有别的兴趣逐渐地分散了他的心思。

菲利普没有什么朋友，阅读习惯使他与世隔绝。这种习惯已成了一种需要，以至于在人群中待一会儿，便感到疲倦和坐立不安。他对通过博览群书获得的丰富学识颇为自负。他脑子机灵，丝毫不隐瞒对同伴愚昧无知的轻蔑。他们埋怨他自负；而且，由于菲利普胜他们一筹的，也只不过是一些对他们无关紧要的琐事，因此他们挖苦地责问，究竟他有什么值得骄傲的。他正滋长着一种幽默感，发现自有一套挖苦人的诀窍，能轻而易举地戳到别人的痛处。他说出一些刻薄话，因为它们使他觉得有趣，他很少考虑这些话多么伤人。当被伤害的人对此怀恨在心时，他却很生气。初入学时蒙受的侮辱，使他未能完全摆脱对同伴的恐惧心理。他仍然那样腼腆，沉默寡言。虽然，他千方百计地疏远其他同学，但内心却渴望有人缘，这对某些同学来说简直易如反掌。他暗中高度称赞这些人。尽管他对他们比对其他人讥讽得更无情，而且常常拿他们来开玩笑，然而无论如何，他愿意不惜一切代价去换取他们的地位。他确实乐意跟学校里最愚笨的、四肢健全的学生调换位置。

他养成了一种怪癖：常常想象自己是某一个他特别喜欢的孩子，可以把自己的灵魂掏出来，装进别人的躯壳里去，用自己的声音来说话，用自己的心来笑；他想象自己做着那个孩子所做的一切，他想象得如此逼真，以至于一时间好像自己真的变了一个人似的。这样，他享受了许多短暂的异想天开的幸福时刻。

菲利普行了坚信礼，过了圣诞节后，新学期开始了，他又搬进另一个书房。同书房的同学有一个名叫罗斯，他和菲利普同年级。菲利普总是以妒忌、羡慕的眼光看待他。他长得并不英俊。虽然他的粗大的手和庞大的骨骼说明他将来一定是个大高个，但他长相笨拙。不过他那双眼睛却很迷人。他一笑（他老爱笑）眼睛周围就非常滑稽地布满了皱纹。他既不聪明，也不愚蠢。功课还可以，游戏方面更拿手。他是老师和同学的宠儿，而他也喜欢每一个人。

菲利普被安排在这一间书房后，他不由得发现其他人并不欢迎他来，他们几位已经在这儿住了三个学期了。他心里有些不安，觉得自己是个擅自闯入的外人。然而他学会了掩饰感情，他们也发现他既沉默寡言，又不爱管闲事。和罗斯在一起时，菲利普比平常更腼腆、更别扭了，因为菲利普和别人一样，无法抵御他的魅力。究竟是罗斯无意识地想施展自己独特的魅力呢，还是出于他的心地善良；正是罗斯第一个把菲利普带进他们的圈子中。有一天，罗斯突然问菲利普是否愿意和他一道去足球场。菲利普涨红了脸。

"我走得不快，跟不上你。"他说。

"胡说，走吧！"

他们正要出发，一个同学从书房门口探头进来，叫罗斯和他一块走。

"不行，"罗斯说，"我已经答应凯里了。"

"别为我费心，"菲利普赶快说道，"我不会介意。"

"胡说。"罗斯说。

他用和蔼的眼光看菲利普，笑了。菲利普感到内心一阵颤动。

不久,他们的友谊以孩子气的飞快速度发展起来,两人变得形影不离了。别人对他们的突然亲密感到纳闷,有人问罗斯看中了菲利普什么。

“噢,我不知道,”他回答道,“其实他这个人一点也不坏。”

同学们马上习惯了,并经常看见这两个人手挽手地走进小教堂,或在教堂围地散步聊天。无论在哪儿,只要发现其中的一个,另一个也一定在场。想找罗斯的同学总是给凯里留口信,好像承认他对罗斯的所有权似的。菲利普起初是有保留的。他不让自己完全屈服于这种充满内心的喜悦;但不久,他对命运的不信任在狂热的喜悦面前消失了,他认为罗斯是他平生遇到的最好的人。现在,书籍对他已无足轻重了。当他有更重要的事时,他便把它们撇在一边了。罗斯的朋友常到书房来用茶点,或没有什么事可干就过来闲坐——罗斯喜欢热闹,从不放过喧闹逗乐的机会——他们发现菲利普是个老好人。菲利普满心欢喜。

到了这学期的最后一天,他和罗斯商量返校要乘哪一趟列车,以便可以在车站碰头,并在返校之前先到城里用茶点。菲利普怀着沉重的心情回家了。整个假期他老想着罗斯,幻想着下学期他们一起要做的种种事儿。在牧师住宅,他觉得很烦闷。假期的最后一天,伯父用惯常的滑稽的腔调问他那个老问题:

“喂！你喜欢回学校吗?”

菲利普快活地回答:

“当然喜欢啦!”

为了保证能在火车站和罗斯见面,他搭了比通常早的一班车来了。他在站台等了一小时。从法弗沙姆开来的列车进站时,他知道罗斯必须在法弗沙姆转车,激动得顺着火车跑起来。可是罗斯没来。他向一个脚夫打听另一趟火车到达的时间,又继续等下去。但是,他又一次失望了。他又饥又冷,步行穿过小巷,经贫民窟,抄近路返校。他发现罗斯在书房里,两只脚跷到壁炉架上,正在同五六个同学天南地北地闲聊,同学们东一个西一个地坐在能坐的东西上。罗斯热情地同菲利普握手,菲利普绷着脸,他知道,罗斯早已把约会的事抛到九霄云外去了。

“喂,你为什么来得这么迟呀?”罗斯说,“我还以为你不来了呢。”

“四点半你就在车站了,”另一个同学说,“我来的时候看见你。”

菲利普有点脸红。他不想让罗斯知道自己这么傻,竟会去等他。

“我去拜访家里的一位朋友,”他毫不犹豫地捏造道,“他们要我给她送行。”

可是朋友的爽约使他有点不高兴。他默默地坐着。有人问话时,他只冷冷地回答。他拿定主意,等只剩下他们俩时,要和罗斯澄清这件事。可是其他人一走,罗斯马上走过来,坐在菲利普懒洋洋靠着的那张椅子的扶手上。

“喂,我非常高兴这学期我们又住在同一个书房。太好了,是吗?”

他好像打心眼里高兴见到菲利普似的,菲利普的烦恼顿时烟消云散了。他们又开始兴致勃勃地谈起他们感兴趣的种种事儿,仿佛他们离别还不到五分钟似的。

19

起初,菲利普感激罗斯的友谊,从不对他提任何要求。他随遇而安,生活倒过得挺快活的。不久,他对罗斯无论对哪个人都那么和蔼开始不满起来。他要求更专一的友谊。先前作为一种恩惠所接受的,现在被当作一种权利来要求了。他妒忌地注视罗斯和其他人交往。尽管知道自己这样要求是不合情理的,但有时忍不住要挖苦罗斯几句。要是罗斯花一小时在另一个书房厮混,回来时菲利普总是满脸不高兴,会一整天绷着脸。若罗斯没有注意他的不高兴,或有意不予理睬,菲利普便更加伤心了。尽管他知道自己很蠢,却又常常同罗斯吵嘴。然后,有两三天互相不说话。但与罗斯怄气,时间一长,菲利普便熬不住了,即使自己在理,也还是低声下气地向他赔礼道歉。然后,又有一星期言归于好,又如同以前一样亲密。友谊的高潮已经过去。菲利普看得出罗斯往往是出于老习惯,或担心他生气才同他一块散步。他们不像以前那样,有那么多的话要说。现在罗斯常常感到厌烦。菲利普觉得自己的跛脚开始惹罗斯发火了。

那学期期末,有两三个学生染上了猩红热。风传要把他们统统送回家,以免酿成流行病。可是患者被隔离起来了,由于没有人再染病,人们都认为猩红热已停止蔓延了。菲利普也是患者之一,整个复活节假日一直待在医院。夏季学期开始时,他被送回牧师住宅呼吸新鲜空气。尽管医生已担保菲利普不再传染了,牧师却还是将信将疑。他认为医生让侄子在恢复期来海边,考虑太不周了,只是菲利普再别无去处,才同意他待在家里。

菲利普过了半学期才返校。他已忘了同罗斯的争执,只记得罗斯是自己最要好的朋友,他知道过去自己很糊涂,决心以后通情达理些。在他生病期间,罗斯给他去过两封短信,每次总是用这样的话结尾:"速返校。"菲利普认为,罗斯想必像自己想见到他一样地盼望自己回去。

由于六年级的一个学生患猩红热死去,书房做了一些调整。罗斯不在这个书房了,这实在令人失望。可是菲利普一到校,就一下闯进罗斯的书房。罗斯正坐在书桌旁,和一个名叫亨特的同学做功课。菲利普进来时,他生气地掉过头来。

"究竟是谁呀?"他喊道,然后,见是菲利普,说:"哟,原来是你呀。"

菲利普难为情地站住了。

"我想进来看看你。"

"我们正忙着呢。"

亨特插话说:

"你什么时候回来的?"

"刚到五分钟。"

他们坐着看他,好像他打扰他们似的,显然,他们希望他赶快走。菲利普涨红了脸。

"我这就走。你做完功课随便过来坐坐。"他对罗斯说。

"好吧。"

菲利普顺手把门关上,一瘸一拐地走回自己的书房。他感到很伤心。罗斯不仅不高兴见他,而且看样子似乎觉得恼火,好像他们是泛泛之交似的。他寸步不离地在房里等,生怕罗斯来找不到人,不料却见不到他朋友的影子。第二天早晨他去做早祷时,见到罗斯和亨特手挽着手,大摇大摆地走过去。别人把他不在时的情形告诉了他。菲利普忘了,三个月在学生生活中是一段漫长的时间。况且,他是在孤寂中度过的,罗斯却生活在现实的社会中。亨特已过来填补这一空缺。菲利普发觉罗斯在悄悄地避开他,但他可不是一个逆来顺受,有话闷在肚子里的人。待确信只有罗斯一个人在书房时,他便进去。

"可以进来吗?"他问。

罗斯困窘地望着他,这种困窘的局面使他迁怒于菲利普。

"嗯,你想进来就进来呗。"

"那就谢谢啦!"菲利普挖苦地说。

"你要干什么?"

"唷,自从我返校,你为什么变得这么不友好?"

"唉,别傻了。"罗斯说。

"真不明白你那么看得起亨特。"

"那你管不着。"

菲利普低垂着目光,满肚子的心里话再也说不出来。他怕羞辱自己。罗斯站起身来。

“我得去体育馆了。”他说。

他走到门口时，菲利普硬着头皮开口说道：

“罗斯，别那么固执了。”

“见鬼去吧！”

罗斯顺手“砰”的一声将门关上，撂下菲利普走了。菲利普气得浑身发抖。他回到自己的书房，把刚才的谈话又在脑子里过了一遍。他现在恨罗斯了。他想伤害罗斯，又想刚才本来可以挖苦罗斯一番的。他盘算着如何终结他们之间的友谊，不知别人会怎样在背后议论这件事呢。当同学们再也不把他放在心上时，由于敏感，他似乎从别人的态度中看到了嘲笑和惊讶。他想象别人对这件事如何说长道短。

“毕竟，他们好景不长。我就怀疑他竟会忍受得了凯里的那一套，那个讨厌的家伙！”

为了表示对这件事满不在乎，他开始同一个过去自己所讨厌和瞧不起的名叫沙普的同学打得火热。他是伦敦来的学生，样子很粗野，嘴唇上刚长出胡须，两道浓眉越过鼻梁，连在一起。他的手很柔软，态度温和得和年龄很不相称。说起话来稍带伦敦口音。他属过于懈怠，而干脆不参加游戏的那一类学生。他经常巧妙地找出种种借口，避免参加那些必须参加的活动。教师和同学都不太喜欢他。菲利普现在和他结交，纯粹为了斗气，也出于妄自尊大。两个学期后，沙普打算去德国待一年。他讨厌上学，把上学看作是进入社会之前必须忍受的侮辱。他只喜欢伦敦。关于自己假期在伦敦的所作所为他讲也讲不完。从他的谈吐中——他的声音柔和、低沉，隐约可以勾画出伦敦街头夜生活的传闻。菲利普立即听得既入迷又不胜厌恶。在他活跃的想象中，依稀可以看到剧院正厅大门的汹涌人群；看到低级饭馆和酒吧间的光焰夺目的灯火；那儿，人们喝得半醉地坐在高脚凳上，正和酒吧女招待闲扯；看到路灯下，神秘地来来往往的寻欢作乐的人群。沙普借给他从霍利韦尔街购来的廉价小说。菲利普怀着奇妙的恐惧心情在小寝室里阅读起来。

有一次,罗斯想过来同菲利普和解。罗斯性情温和,不喜欢树敌结仇。

“凯里,你为什么这么不开窍呢?和我断绝来往对你有什么好处呢?”

“我不懂你这是什么意思。”菲利普回答道。

“好啦,我不明白你为什么不和我说话。”

“你使我讨厌。”

“那就请便吧!”

罗斯耸耸肩膀走了。菲利普脸色煞白,他一激动起来总是这样的,心怦怦直跳。罗斯一走,他突然感到无限悲哀。他不知道为什么会那样回答罗斯。本来,要是能和罗斯交朋友,菲利普愿付出任何代价。他恨刚才和罗斯吵嘴。现在看到伤了他的心,菲利普感到很后悔。但他是身不由己的,好像着了魔似的,被迫违心地说出刻薄的话。即使现在,他也还想和罗斯握手,言归于好,更多地迁就他。但想伤害罗斯的愿望已经太强烈了,他想为自己忍受过的痛苦和屈辱进行报复。这是自尊的,也是愚蠢的,因为他知道罗斯一点也不会放在心上,自己却将忍受痛苦。他脑子里忽然闪出一个念头,他应该去找罗斯,对他说:

“对不起,我太粗鲁了。我实在忍不住,咱们言归于好吧。”

然而他知道,自己绝不会这样做的,他怕罗斯嘲笑他。他恨起自己来了。过一会儿,沙普进来时,菲利普一找到个碴儿就同他吵了一架。菲利普有一种揭别人伤疤的残忍本能,能说出惹人怨恨的话,因为这些话都是事实。但这一回沙普却亮出了致命绝招。

“刚才我听到罗斯同梅勒在议论你,”沙普说道,“梅勒说:‘你为什么不踢他一脚?这样可以教训他懂点规矩。’罗斯说:‘我才不干呢,该死的瘸子!’”

菲利普立即满脸绯红,一句话也说不出来,他的喉头哽住,几乎透不过气来。

20

菲利普升入了六年级,可是他如今实在讨厌上课,由于已失去抱负,不管学好学坏,他都无所谓。清晨醒过来,他心情沉重,因为又得熬过沉闷、无聊的一天。由于事事听任安排,他也懒得做事;学校的各种限制使他恼火。并不是因为它们不合理,而是因为它们是清规戒律,他渴望自由。他厌倦重复做那些已懂得的东西,也厌倦教师为照顾愚钝的学生,反复强调自己一开始就懂得的那些内容。

珀金斯先生的课,学不学都随你的便。他既热心又心不在焉。六年级教室是已修建的古修道院的一部分。有一个哥特式的窗子,菲利普把它画了一遍又一遍,借以消磨时间。有时他来劲了,便画起大教室的主塔楼或通往教堂围地的过道。他有画画的癖好。路易莎伯母年轻时画过水彩画。她有好几本画册,里面都是教堂、古桥以及逼真的农舍素描。这些素描常常在牧师住宅的茶会中拿出来供人观赏。有一次她赠送他一盒颜料,作为圣诞节礼物。他学画是从临摹她的水彩画开始的。他临摹得比别人预料的都要好。不久他便开始构思一些简单的画。凯里太太鼓励他学画。因为这是防止他调皮捣蛋的一个好办法,往后,这些素描还可以拿去义卖展销呢。其中有两三幅还装入镜框,挂在自己寝室。

一天,上午的课刚结束,菲利普正懒洋洋地走出教室,珀金斯先生喊住他。

“凯里,我有话要对你说。”

菲利普等着。珀金斯先生用纤细的手指捋着胡子,一边望着菲利普,好像在考虑自己所要说的话。

“凯里,你究竟怎么回事?”他猝然问道。

菲利普红着脸,很快地望了他一眼。现在菲利普已摸透了校长的脾气，也不回答，等着他继续说下去。

“近来我对你的表现很不满意，懒懒散散，心不在焉，对功课毫无兴趣，一直马马虎虎，敷衍了事。”

“我很抱歉，先生。”菲利普说。

“你要说的就只这么一句话吗？”

菲利普不高兴地低下头来。他怎么能回答说他烦得要命呢？

“你明白，这学期你的学业不是走上坡路，而是走下坡路。我不能给你一份优秀的成绩单。”

菲利普想，如果校长知道家里如何对待那份成绩单的话，该做何感想。成绩单是早餐时到的，凯里先生不关心地瞟了一眼，便把它递给菲利普。

“这是你的成绩单，你最好看看上面写些什么。”他说，一面用手指翻着一本旧书目录的封皮。

菲利普看了看成绩单。

“成绩好吗？”路易莎伯母问。

“不如我实际该得的那样好。”菲利普微笑着回答，把成绩单递给她。

“待会儿我戴上眼镜再看。”她说。

可是早饭后，玛丽·安进来说肉商来了。伯母通常将它给忘了。

珀金斯先生接着说：“我对你感到失望。我真不明白这是怎么回事。我知道假如你愿意的话，是完全可以做出成绩来的，可是你好像再也不想努力了。本来我打算下学期让你当班长。现在，我想最好等等再说。”

菲利普脸红了。想起自己会落选，他有点不服气，双唇紧闭。

“此外，你现在必须开始考虑奖学金的问题。除非你现在发奋苦读，否则，你什么也得不到。”

菲利普被这一顿训斥激怒了。他既生校长的气，也生自己的气。

“我不想上牛津大学了。”他说。

“为什么不呢？我认为你是打算当牧师的。”

“我已经改变主意了。”

“为什么？”

菲利普没有回答。珀金斯先生还是保持原来的古怪姿势，宛若佩鲁季诺①的画中人，若有所思地用手指捋胡子，眼睛打量着菲利普，好像要看出他的心思似的，然后，突然对菲利普说他可以走了。

显然，珀金斯先生是不满意的，因为一星期后的一个晚上，菲利普到他书房交作业时，珀金斯先生又恢复前次的话题。但这一次他采取不同的方法：他不是以校长的身份来和学生谈话，而是以人与人的平等关系来谈话。他现在关心的既不是菲利普的功课差，也不是他在劲敌面前没有多少机会获得进牛津大学所必需的奖学金，而是一个更重要的问题：菲利普竟改变了今后的生活目的。珀金斯先生决心使菲利普重新燃起当牧师的热情，他极为巧妙地在菲利普的感情上下功夫，这样做工作容易些，因为珀金斯先生本人也动了感情。菲利普改变主意使珀金斯非常苦恼。他真心认为菲利普莫名其妙地抛弃了获得人生幸福的机会。他的话是很有说服力的。菲利普很容易为别人的情感所打动，尽管表面上很平静，其实却很容易动感情。除了他的脸迅速地红一下之外，他几乎很少显露自己的感情。这部分是由于他的天性，部分是由于这几年在学校里养成的习惯。这时，菲利普深深地被校长的话打动了。他感激校长的关心，想到自己的行为使校长忧虑，良心上深感不安。珀金斯先生要考虑全校的事务，竟然还为他操心，这太令人受宠若惊了。但同时，他自己却又判若两人似的站在校长身边，身不由己地死命地坚持这两个字：“我不！我不！我不！”

他觉得自己支撑不住了，对自身的虚弱无能为力，就像一只落在盛满水的脸盆里的空瓶子，水正在不断地往瓶子里灌。他咬紧牙关，一遍遍地对自己重复着这两个字：

---

① 佩鲁季诺（1446—1523），意大利画家。

“我不！我不！我不！”

最后，珀金斯先生把一只手搁在菲利普肩上。

“我不想左右你，”他说，“你应该自己拿定主意。祈求全能的上帝帮助你，指引你吧！”

菲利普从校长屋里出来，天正下着蒙蒙细雨。他在通往教堂围地的拱道下面行走。周围一个人影也没有，也听不到榆树上白嘴鸦的叫声。他慢腾腾地走着，感到浑身发热，细雨打在他身上，他感到很舒服，他回味珀金斯先生所说的话。如今既然已从个性的狂热中解脱出来，头脑也变得冷静了。谢天谢天，他总算没有让步。

朦胧中，他隐约看到大教堂庞大的轮廓，现在他讨厌它了，因为他不得不去参加冗长而讨厌的礼拜仪式。圣歌一唱起来就没完没了。演唱时，你只好百无聊赖地站着。你根本听不到单调、低沉的布道。你不得不安静地坐着，要想舒展一下四肢，只好扭动身子。接着，菲利普想起在布莱克斯特伯尔的每星期天的两次礼拜。教堂很冷，空荡荡的，处处可闻到浆过的衣服和润发香脂的气味。副牧师做一次布道，伯父做一次布道。菲利普长大后，开始了解伯父的为人；菲利普是个直率的、不容异说的人。他不理解一个人竟可以作为牧师虔诚地讲一套大道理，却不能落实在行动上，这种言行不一的欺骗行为引起了他的义愤。伯父是个软弱、自私的人。他的主要愿望是省去麻烦。

珀金斯先生为他描绘了一幅侍奉上帝的美好的生活图景。菲利普知道他的家乡东英格兰一隅的牧师过的是什么样的生活。离布莱克斯特伯尔不远的怀特斯通教区有一位牧师，他是单身汉，为了找点事干，最近竟开始务农了。地方报经常报道他在郡法院不是跟这个就是跟那个打官司，不是农业工人控告他拒不发工资，就是他指控商人骗取钱财。风传他让自己的牛挨饿，人们议论纷纷，说要对他采取某种一致的行动。另外还有一位弗尼教区的牧师，他蓄着大胡子，体形优美。由于忍受不了他的残忍，妻子不得不离开他。她对左邻右舍诉说了有关他的种种不道德的事。沿海小村庄苏尔勒的牧师,每天晚上都可以看到他在离牧师住宅一箭之遥的酒馆里;而那儿的教会执事曾向凯里先生求教;除了农民或渔夫外,他们再找不到可以商量的人;漫漫冬夜,寒风凄厉地从光秃秃的树上呼啸而过;周围除了一片荒凉的、清一色的犁过的田野外,什么也看不见;这里处处贫穷,像样的工作极少;对于性格上的种种怪癖,他们都任其发展,不受任何约束;他们变得心胸狭窄和脾气古怪。这一切菲利普了如指掌。然而由于他年轻、偏狭,对此一点也不能原谅。他一想起要过这样的生活就不寒而栗;他要闯出去见世面。

21

不久,珀金斯先生发现自己的一席话对菲利普不起作用,这学期的其他时间就再没理睬他。珀金斯先生给菲利普写了一份措辞尖刻的成绩单。成绩单寄到家里,路易莎伯母问菲利普写得如何时,他爽快地说:

“很糟!”

“是吗?”牧师说,“那我得再看看。”

“你看我继续在特坎伯雷待下去有用吗?我想,假如我到德国过一段时间也许会好些。”

“你怎么会有这种想法?”路易莎伯母说。

“难道你不觉得这主意不错吗?”

沙普已离开皇家公学,并从汉诺威给菲利普写信。他那才叫真正开始生活呢。菲利普一想起便坐立不安。他觉得连再忍耐一年也受不了。

“可是那样你就拿不到奖学金。”

“反正我没有希望得到。况且,我也并不那么想上牛津大学。”

“可是,菲利普,你将来不是要当牧师吗?”路易莎伯母惊叫道。

“我早已打消这个念头了。”

凯里太太以惊愕的目光盯着他。不过，她惯于克制自己，随即又给伯父倒了一杯茶。大家都不吭声。一会儿，菲利普看见眼泪从她双颊慢慢地淌下来。他突然心如刀绞，因为她的痛苦是他引起的。她穿着裁缝做的紧身黑色外衣，满脸皱纹，眼睛倦怠无神，灰白的头发还像年轻时那样梳成上浮的鬈发，样子令人觉得既可笑又可怜，菲利普还是第一次看出这一点。

后来，牧师和副牧师有事到书房时，菲利普伸出两只胳膊搂住她的腰。

“路易莎伯母，让你伤心，真对不起，”他说，“假如我的秉性不适合当牧师，勉强当了又有什么好处呢?”

“菲利普，我太失望了，”她呻吟着说，“我早已指望你能当牧师了。我想你可以当伯父的副牧师。这样，我们百年之后——毕竟，我们不能长生不老，对吧？——你就可以接替他。”菲利普浑身发抖。他惊慌失措，心怦怦直跳，好像掉落陷阱，拼命拍击双翅的鸽子似的。伯母的头靠在他的肩上，低声地呜咽着。

“我希望你说服威廉伯伯，让我离开特坎伯雷。我很讨厌那个地方。”

布莱克斯特伯尔牧师并不能轻易改变已做的安排。本来打算让菲利普在皇家公学一直念到十八岁，然后再上牛津。菲利普这时想离开，他无论如何也不听。因为没有事先通知学校退学，这学期的学费不管怎样还得照付。

“那么，你能为我通知学校，说我圣诞节离开吗?”菲利普在一次冗长而激烈的谈话结束时说。

“我将就此事写信给珀金斯先生，征求他的意见。”

“唉，天啊，但愿我现在就二十一岁。听任别人摆布实在太可怕了。”

“菲利普，你不该那样对伯父说话。”凯里太太温和地说。

“可是你难道不明白珀金斯要我待下去吗？他脑子里对学校每个人都了如指掌。”

“为什么你不想上牛津?”

“我不打算任圣职,上牛津有什么用?”

“什么不打算任圣职,你已经身在教会了!”牧师说。

“那么算是牧师了吗?”菲利普不耐烦了。

“那你打算将来干啥,菲利普?”凯里太太问。

“我不知道。我还没有拿定主意,但是不管我干什么,懂外语是很有用的。在德国住上一年,要比继续待在那个鬼地方能学到多得多的知识。”

他觉得牛津并不比继续待在中学强,但他没直说。他满心希望自己成为自己命运的主宰。况且,他的老同学多少知道他这个人,他想远远地避开他们。他觉得他的学校生活是失败的。他想开始新的生活。

正巧,菲利普想到德国去的愿望和最近布莱克斯特伯尔人们所议论的某些观点相吻合。有时,医生的朋友来访,住了下来,也带来了外界的消息;八月份在海边度假的游人也有自己观察事物的方法。牧师听说有人认为,旧式教育现在已不像过去那么管用了,而现代语言正赢得他们年轻时从未有过的重要地位。他本人的想法也是矛盾的。他一个弟弟有一次考试不及格被送往德国,于是开创了先例。可是由于弟弟在那儿死于伤寒,就不能不说明这样的试验是危险的了。经过无数次谈话,最后决定菲利普回特坎伯雷再上一学期然后离开。菲利普对这一协议并不满意。返校几天后,校长就对他说:“我收到你伯父的一封信。看来你想到德国去,他问我对此事有何看法。”

菲利普大吃一惊。他对监护人的食言感到非常气愤。

“我认为这件事已经定了,先生。”他说。

“还差得远呢!我回信说,我认为让你离开是最大的错误。”

菲利普立即坐下来,给伯父写了一封措辞激烈的信。他顾不上斟酌词句。那天晚上,他气得迟迟不能入眠。第二天他很早醒过来,开始郁闷地思索他们对付自己的手法,他焦急地等着回音。两三天以后,回信来了。这是路易莎伯母写来的一封温和的、悲伤的来信。信上说他不该给伯父写这样的信。他的伯父非常苦恼。说菲利普是刻薄的,违反基督教义的。他应该懂得,他们费尽心血,全是为了他好,而且他们的年纪比他大得多,更能够判断什么对他有利。菲利普捏紧拳头。这种话他听得多了,看不出这些话有什么道理。他们并不如自己了解情况。为什么他们如此自作聪明地认为年纪越大就越有智慧呢?信的结尾告诉他,凯里先生已经撤回他给学校的退学通知。

菲利普直到下星期的半天假还憋着一肚子气。他们每星期二、星期四放半日假,因为每星期六下午他们得上大教堂做礼拜。六年级的其他同学都走了以后,他留了下来。

"先生,今天下午我能回一趟布莱克斯特伯尔吗?"他问。

"不行。"校长简单地回答。

"我有要事找伯父商量。"

"你没有听见我说不行了吗?"

菲利普不作声,走了出来,他对这样的侮辱感到很不愉快:低三下四地求人,又遭到无礼的拒绝。他现在痛恨校长。菲利普在残暴的、不讲理的专制下忍受折磨。他太气愤了,以至于不管三七二十一,午饭后便抄熟悉的小路走到车站,正好赶上开往布莱克斯特伯尔的列车。他走进牧师的住宅,看到伯父和伯母正坐在餐室里。

"喂,什么风把你刮回来的?"牧师说。

显然,他是不高兴见菲利普的,看起来有点儿不自在。

"我是回来和你商量离校的。我真不明白,我在这儿时你答应我,可是一星期以后又变卦了,你这是什么意思?"菲利普对自己的胆量有点吃惊,可是他已拿定主意该怎么说了。尽管他的心猛烈地跳动着,却还是硬着头皮说了出来。

"今天下午你回来请假了吗?"

"没有。我向珀金斯请假,他不批。假如你想写信告诉他我回来过,包管你可以让我挨一顿臭骂。"

凯里太太坐着做针线活,双手发抖。她不习惯这种争吵的场面，十分焦虑不安。

“假如我告诉他，你挨骂也活该。”凯里先生说。

“要是你想当一个彻头彻尾的告密者，你就告去吧。你已给珀金斯写过信了。这种事你是能干得出来的。”

菲利普说这些话太傻了，因为这正好给牧师一个求之不得的机会。

“我不打算静静地坐在这里，听任你向我说无理的话。”他神气十足地说。

他站起来，快步走出餐室，进入他的书房。菲利普听到他关了门，还上了锁。

“唉！上帝，但愿我现在二十一岁就好了。像这样受束缚实在糟透了。”

路易莎伯母开始悄悄地落泪。

“噢，菲利普，你不该用这样的态度对伯父说话。去给他赔个不是吧。”

“有什么好赔不是的，是他在捉弄我。把我留在学校还不是白白浪费钱？可是他操什么心呢？花的又不是他的钱。受这种什么也不懂的人监护，实在太残酷了。”

“菲利普！”

菲利普滔滔不绝地发泄自己的愤怒。一听到她的声音立即停住了。那是悲痛欲绝的声音，他还没有意识到自己说了些多么刻薄的话。

“菲利普，你怎能这么冷酷无情呢？你知道我们费尽心机，只是为你好，我们也知道没有经验。如果我们自己有孩子就不会这样了。因此，我们写信向珀金斯先生请教。”她连声音都变了。“我想像个母亲那样待你，疼你，爱你，把你看作自己的亲生儿子。”

她如此瘦小、脆弱，在她那一副老妇女的神态中带有几分感伤，菲利普被感动了，他突然喉咙一阵哽咽，眼睛充满着泪水。

“真对不起，”他说，“我不是有意发火的。”

他跪在她身边，把她搂住，吻着她沾满泪痕的枯皱的脸。她伤心地抽泣着。他突然对她那无用的一生感到可怜。她以前还从未这样充分地表露自己的情感。

“菲利普，我知道我对你一直力不从心，但是我不知道该怎么办。你没有母亲，正像我没有孩子一样糟。”菲利普忘了生气，也忘了自己关心的事，只想到用笨拙的爱抚和结结巴巴的话语来安慰她。这时，时钟响了，他得马上动身，赶乘那趟返回特坎伯雷的列车，以来得及参加晚点名。他坐在车厢的角落里，才发现什么事也没办成。他恨自己的脆弱。只因牧师那副傲慢的神态和伯母的几滴眼泪，自己便放弃了回家的目的，实在没出息。可是，他不知道那老两口是如何商量的，结果校长又接到另一封信。珀金斯先生不耐烦地边读边耸着肩膀。他将信递给菲利普。上面写道：

亲爱的珀金斯先生：

请原谅我为被监护人的事再次打扰你。我和他伯母都对他一直放心不下。他似乎急着要离开学校。他伯母认为他心情不愉快。我们不是他的生身父母，故不知道如何是好。他似乎认为自己的学业不够理想，觉得继续待下去简直浪费金钱。若你能找他谈一次话，我将不胜感激。倘若他不肯回心转意，也许还是按我原来的打算，让他圣诞节离校为好。

您非常忠实的

威廉·凯里

菲利普将信还给他，心里感到一阵胜利的骄傲。他终于如愿以偿，能照自己的意志行事。他心满意足了。他的意志战胜了别人的意志。

“要是你伯父收到你的第二封信又会改变了主意，我再花半个钟头给他回信也无用。”校长恼怒地说。

菲利普一声不吭，脸色十分平静，却掩饰不住眼睛里的炯炯光芒。珀金斯先生看出来了,突然笑了起来。

“你得胜了,是吗?”他说。

菲利普坦然地微笑,再也掩饰不住内心的喜悦。

“你真的急着要离开这儿吗?”

“是的,先生。”

“待在这儿不愉快吗?”

菲利普脸红了。他本能地讨厌别人探究他的感情深处。

“我不知道,先生。”

珀金斯先生慢条斯理地用手指捻着胡子,若有所思地望着他,仿佛在自言自语似的。

“当然,学校是向智力一般的人开设的。反正洞都是圆的,不管钉子是什么形状,无论如何都得钉进去。除了应付一般水平的人外,谁也没有时间去应付其他的。”接着,他突然对菲利普说,“喂,我给你出个点子。这学期快结束了,再待一学期也毁不了你。假如你想到德国去,在复活节后走比在圣诞节走好。春天出门比仲冬要舒服。假如下学期末你还想走的话,那我没意见。这样好不好?”

“太谢谢你啦,先生。”

菲利普为赢得最后三个月的时间而满心欢喜,因此,多待一个学期也不在乎。一想到在复活节以前他将永远离开学校,也就似乎不觉得学校像一所监狱了。他心花怒放。当晚在小教堂里,他环顾周围按年级、座位站着的同学,一想起马上可以不再见到他们,心里暗自得意。这倒使他对他们怀有一种友好的感情,他的目光落在罗斯身上。罗斯认认真真地担任班长:他一心要给学校留个好印象;那天晚上轮到他念祷文,他念得很带劲。一想到自己将永远免受其扰,菲利普微笑了;六个月以后,罗斯是否长高了或者四肢是否健全对他都无关紧要了。他是班长,或是耶稣十一门徒的头头,这又有什么了不起呢?菲利普望着身穿教士服的老师们。戈登死了,他是两年前中风死的,其余的都在。现在,菲利普懂得他们都是一批可怜虫。也许特纳是个例外,他还有点儿男子气概。

可是一想到他们对自己的约束，心里就不是滋味。六个月后，他与他们之间也毫不相干了。他们的褒奖对他毫无意义，至于他们的非难，他将耸耸肩膀一笑置之。

菲利普学会克制自己的情感，在外表上不露声色。腼腆羞怯还在折磨着他，可是他常常兴高采烈。尽管他拘谨地、缄默地瘸着腿独自行走，内心却有说不出的欢乐。他的步伐似乎轻松多了。五光十色的念头在他脑海里欢腾、雀跃。幻想一个紧接着一个，他简直难以捕捉。但是，它们来来往往，使他兴奋异常。现在，由于心情愉快，他可以用功了，那学期剩下的几周，他弥补了荒废多时的学业。他的脑子很管用。他热衷于激发自己的智力。期末考试他成绩优异。珀金斯先生只评论了一句。他正和菲利普分析菲利普写的一篇文章，在做了一般性的批评后，珀金斯先生说："看来你已下决心不那么吊儿郎当了，是吗？"

他朝菲利普笑笑，露出一口洁白的牙齿。菲利普垂下双眼，局促不安地笑了笑。

五六个想在夏季期末瓜分各类奖品的学生，已不再把菲利普当作重要的对手了。可现在却对他感到忐忑不安。他也不告诉他们复活节自己就要离开了，与他们不成为竞争对手了，却让他们去提心吊胆。他知道罗斯对法语自鸣得意，因为有两三个假期在法国度假；罗斯还期望获得英语作文一等奖；罗斯看到这些学科自己远不如菲利普而坐立不安，菲利普对此则感到沾沾自喜。另一个同学是诺顿，若拿不到学校的奖学金，诺顿就无法上牛津大学。他问菲利普是否也在争取奖学金。

"你反对吗？"菲利普反问道。

一想到自己掌握了某些人的命运，菲利普就觉得很开心，先把各种奖赏真正牢牢地抓在自己手里，然后，因为鄙视它们而让给别人，这样做确实有点浪漫色彩。终于，离别的日子到了。他去同珀金斯先生道别。

"你该不是真的想离开吧？"

看到校长露出明显惊讶的神色，菲利普的脸沉下来了。

“你说你并不阻拦，先生。”他回答。

“我想你只是一时心血来潮，因此我最好迁就点。我知道你固执、任性。你究竟为什么现在就要离开呢？无论如何，你只剩下一学期了。你也可以易如反掌地获得莫德林[①]奖学金，我们学校颁发的各种奖品你也可以捞到一半。”

菲利普满脸不高兴地看着珀金斯先生，他觉得自己进了圈套。不过珀金斯许下了诺言，他只好守信用。

“在牛津你会过得很愉快的，你不需要立即决定今后要做什么。不知你是否懂得，对每一个有头脑的人来说，那儿的生活是多么的快活。”

“现在，我已经做好去德国的一切安排了，先生。”菲利普说。

“难道安排好了就不可以改变吗？”珀金斯先生反问道，嘴角挂着一丝挖苦的笑容。“失去了你，我将感到很惋惜。学校里，愚笨而用功的学生总可以比聪明而懒惰的学生学得好。可是，当聪明的学生用功时，那么，他就会获得像你这学期所取得的成绩。”

菲利普满脸通红。他不习惯听恭维话，也没有人说过他聪明。校长把一只手放到菲利普的肩上。

“你明白，向愚笨的学生传授知识是件乏味的工作。然而，当你不时有机会遇上一个聪明的学生，你的话几乎还没有说出来，他就领会了。嘿，这时候，教书便成了世界上最令人振奋的事了。”

菲利普的心被校长的好意软化了。他从未想到珀金斯先生对自己的去留真的在乎。他既感动，又扬扬得意，以优异的成绩结束学校生活，然后上牛津，实在太令人惬意了。瞬间，眼前呈现一幅大学的生活图景：有的是从回来参加皇家公学老校友体育比赛的校友的描述中了解到的；有的是在书房里宣读牛津大学来信时听到的。可是他感到惭愧，假如他现在让步，那他自己也会鄙视自己的。伯父将会为校长的谋略的成功而拍手称快。假如戏剧般地屈从于那些唾手可得的奖品，那简直是屈辱！因为他不屑获得它们，

---

① 莫德林：指英国牛津大学莫德林学院。

不屑像一般的人那样去争夺它们。其实,只需要做一些维护菲利普自尊心的说服工作,他将会照珀金斯先生的意愿行事。但是,菲利普的脸上一点儿也没有流露出任何的感情冲突,他的脸既平静、又忧郁。

“我想还是走好,先生。”他说。

像许多靠个人影响行事的人一样,当珀金斯先生的权力不能立即奏效时,他就变得有点不耐烦了。他有许多工作要做,不能在一个在他看来顽固不化的孩子身上浪费更多的时间。

“好吧,假如你真的想走,我答应你。我恪守诺言。你什么时候去德国?”

菲利普的心怦怦直跳。这一回算是胜利啦,但他不知道是否失利反倒会更好。

“五月初,先生。”他回答。

“那好,回来时一定要来看看我们。”

他伸出手来。此时要是再给菲利普一个机会,菲利普会改变主意的。但他似乎认为这件事已经定了。菲利普走了出来。他的中学时代结束了。他自由了。然而他过去期待的那种欣喜若狂的心情,这时却没有到来。他缓慢地绕着教堂围地踽踽独行,一阵无限消沉的感觉涌上心头。现在,他后悔自己不该那么傻。他不想走了。然而,他知道自己绝不会再去找校长,说自己愿意留下来。他不能蒙受这种耻辱。他不知道自己是否做得对。他对自己、对周围的一切都不满意。他抑郁地责问自己:当你可以随心所欲时,事后是否又后悔呢?

22

菲利普的伯父有位老朋友,名叫威尔森小姐,住在柏林,是位牧师的女儿。凯里先生正是在她父亲——林肯郡某村的教区长那儿担任自己最后一任副牧师职位的。父亲去世后,威尔金森小姐不得不自谋生计。她在法国和德国当过多次家庭教师。她还和凯里太太保持通信联系,曾两三次来布莱克斯特伯尔牧师住宅度假,像偶尔来凯里家的客人一样,付点生活费。事情已经很清楚,满足菲利普的愿望比反对他的愿望更省事,凯里太太于是写信征求她的意见。威尔金森小姐推荐说,海德堡是学德文的好去处,可以住在厄宁教授夫人家,那儿环境很舒适。菲利普可以住在那里,每周交三十马克。教授本人在当地高中执教,可以亲自教他。

菲利普在五月的一个早晨来到海德堡。他把行李放到小推车上,随脚夫出了火车站。蔚蓝的天空,阳光灿烂,他们所经过的大街上绿树成荫。这儿的空气对菲利普来说是那样的新鲜。菲利普怀着几分腼腆羞怯的心情,感到置身陌生人中,开始新生活是件莫大的快事。没有人来接他,他有点闷闷不乐;当脚夫把他带到一幢白房子的正门前径自离开时,他胆怯极了。一个衣衫不整的小伙子把他让进门,领进客厅。客厅里摆满了一大套家具,上面都蒙上绿色的天鹅绒,中间有一张圆桌。桌上有一束鲜花养在清水中,一条羊排似的褶边把鲜花紧紧地扎在一起。花束的周围细心放着皮封面的书籍,厅里散发着一股霉味。

不久,教授夫人带着一股烹调的油烟味,走了进来。她矮个子,很健壮,头发梳得很严实,红扑扑的脸上一双小眼睛像珠子似的闪闪发亮。她举止大方、热情。她握住菲利普的双手,问起威尔金森小姐的情况。威尔金森小姐曾两次在教授夫人家住了几个星期。她讲德语和蹩脚的英语。菲利普无法让她明白自己不认识威尔金森小姐。接着,她的两个女儿露面了。在菲利普看来,她们并不年轻,可是,也许她们没有超过二十五岁;大女儿叫特克拉,和她母亲一样矮,也有同样灵活多变的神态,但脸蛋很美,长着一头浓密的头发;妹妹安娜身材修长,相貌平庸,但她笑得很甜,菲利普立即觉得她更可爱。他们互相寒暄了一阵子后,教授夫人把菲利普领进他的房间就走了。房间在角楼上,可以俯视安莱吉大街上的树梢;床安放在凹室里,因此,当你坐在书桌旁,房子一点也不像寝室的样子。菲利普解开行李，把所有的书都摆好。他终于成了自己的主宰了。

下午一点，电铃响了，唤他去用午餐，他看见教授夫人的客人都聚集在客厅里。他被介绍给她丈夫。教授是个高个子的中年人，头很大，金黄色的头发已经灰白，一双蓝眼睛，目光温和。他用相当古板的、正确的英语同菲利普谈话。他的英语是从英国古典文学中学来的，而不是从日常会话中学来的；他所用的口语词汇听起来很别扭，菲利普只在莎士比亚的剧本中才见过这些词汇。厄宁教授夫人称她的住宅只是个家庭，而不是公寓；但这需要有玄学家的敏锐方能精确地找出其中的差异。他们坐在通往客厅的又长又暗的房间吃饭，菲利普看到席上共有十六人。他非常拘谨。教授夫人坐在餐桌的一端切开熟肉。饭菜还是由那位替他开门的笨手笨脚的小伙子端上来。碗碟碰得叮叮当当响。虽然他端得勤快，但仍应接不暇。最早一批拿到饭菜的人已经吃完了，最后一批还没有拿到饭菜。教授夫人执意要大家只许讲德语，因此，即使菲利普不腼腆的话也只好一声不吭。他观察面前这些将和自己共同生活的人，教授夫人旁边坐着好几位老太太，菲利普对他们不太注意。有两个姑娘，都长着一头金黄色的头发，其中一个很漂亮。菲利普听别人叫她们赫德威格小姐和卡西利小姐。卡西利小姐梳着一条长辫。她们并排坐着。互相叽叽喳喳地攀谈着，一面竭力忍住了笑声，一面不时瞟上菲利普一眼，其中一个低声说些什么，两个人便哧哧地笑起来。菲利普觉得她们在取笑他，尴尬地红了脸。她们旁边坐着一个中国人，黄黄的脸上挂着一丝爽朗的笑容。他在大学里研究西方社会状况，说话很快，带有奇怪的口音。那两位姑娘有时听不懂，于是便哈哈大笑，他也高兴地笑了。他一笑，那双杏眼似乎眯成一道缝。有两三个身穿黑外套的美国人，皮肤又黄又干燥。他们是神学院学生。菲利普从他们不地道的德语中听出他们带新英格兰口音的鼻音。他以怀疑的目光看了他们一眼。学校向他们灌输这样的看法：美国人尽是些粗野、铤而走险的野蛮人。

后来,他们在客厅的那几张蒙有绿色鹅绒的椅子上坐了一会儿。安娜小姐问菲利普是否愿意跟他们去散散步。

菲利普接受邀请。他们一行多人出来散步。有教授夫人的两个女儿,另外两位姑娘,一个美国大学生和菲利普。菲利普走在安娜小姐和赫德威格小姐身边,有点心慌意乱。他从未接触过女孩子。在布莱克斯特伯尔只有农家的女儿和当地商人的闺女。他只知道她们的名字,或只是面熟。可是他很羞怯,老是认为她们讥笑他的残疾。他欣然接受牧师和凯里太太的看法,认为自己的高贵的身份不同于地位低下的庄稼汉。医生有两个女儿,年纪比菲利普都大得多。菲利普还是小孩时,她们就相继嫁给医生的两位助手了。学校里有一些男生认识两三位胆子较大、又不太庄重的女孩子。可能完全出于男性的想象力,学校谣传他们和这些姑娘有儿女私情,然而,菲利普总是摆出一副清高、轻蔑的样子来掩饰自己内心对这类传闻的惊骇。他的想象力和他读过的书,在他心中唤起一种对拜伦式态度的渴望。他一面怀着病态的羞怯心情,一面又认为自己有责任对女孩子献殷勤,真是左右为难。他觉得现在他应该活泼、风趣,可是脑子似乎很空,怎么也想不出说什么好。教授夫人的女儿安娜小姐出于责任感,不时同他攀谈几句,但另一位姑娘却很少开口:她时时拿炯炯发亮的眼睛盯着他,有时竟放声大笑,使他不知所措。菲利普觉得,她一定认为自己特别可笑。他们沿着山坡在松林中漫步,松林怡人的幽香使菲利普心旷神怡。天气暖洋洋的,万里无云。他们终于来到一处高地,居高临下,阳光下的莱茵河流域展现在他们眼前。好一片广阔的田野,闪烁着金色的阳光,远处的城市隐约可见;银带般的莱茵河蜿蜒流过。在菲利普熟悉的肯特郡一隅,难得见到这样空阔的,只有在大海才能见到广阔的地平线。面对漫无边际的远景,他心里唤起了一阵独特的、难以形容的激动。他突然感到得意扬扬。这是他头一回没有掺杂着异国的情感而体会到了美感,尽管自己还不了解它。他们三个人在一条长凳上坐下来,其他人已经继续往前走了。两位姑娘用德语迅速地交谈着。菲利普独自饱览眼前的风光,毫不理会她们就在近旁。

“天啊！我多么幸福!”他不知不觉地自语道。

23

偶尔,菲利普也想起特坎伯雷的皇家公学。每当他回想起过去在某一特定的时间里他们在干什么时,就不禁暗暗发笑。他不时梦见他还待在皇家公学,醒过来发现自己躺在角楼的小房间里时,感到特别满意。从床上他就可以看见蓝天中飘浮着团团积云。他陶醉在自由之中。他想什么时候睡觉就什么时候睡觉,高兴什么时候起床就什么时候起床。没有人来对他发号施令。他忽然想到,再也不需要撒谎了。

根据安排,由厄宁教授教菲利普的拉丁文和德文;有一位法国人每天来给他上法语课;教授夫人推荐了一位正在大学攻读语言学位的英国人教他数学。这个人名叫沃顿。菲利普每天早晨去他那儿。他住在一幢破烂不堪的房子的顶楼上,房间又脏又乱,充满各种臭味。菲利普十点到达时,他一般还躺在床上。这时,他赶快跳下床,穿上一件很脏的晨衣和一双毛布拖鞋。然后,一面吃着简单的早餐,一面给菲利普讲授。他是矮个子,因啤酒喝得过多而发胖。一撮又浓又粗的大胡子,一头乱蓬蓬的长发。他在德国已五年了,已经十足的日耳曼化了。他语带嘲讽地谈起剑桥大学,在那里他得过学位,在海德堡得到博士学位后,他必须返回英国从事教育,对这种生活前景,他心里充满恐惧。他羡慕德国的大学生活,自由自在,且有好友良朋相伴。他是大学生联合会的成员,答应带菲利普上小酒店。他很穷,毫不隐讳地说给菲利普上课意味着午餐有肉,否则就只有面包和奶酪。他有时晚上酗酒过度,第二天头疼得连咖啡也喝不下,便昏昏沉沉地给菲利普上课。为了对付这种场合,他在床下准备了几瓶啤酒。一瓶啤酒一袋烟就能帮助他承受生活的艰辛。

“解酒还须杯中物。”他常常边倒啤酒边说。他倒得很小心，以免泡沫冒得太多，需等很久才能喝。

然后，他就对菲利普讲起了海德堡大学的情况。各校友会之间的争吵啦，决斗啦，这位教授和那位教授的功绩啦，等等。菲利普向他学到的生活知识比数学还多。有时，沃顿向椅背一靠，笑着说：

“瞧，今天我们什么事也没干，这一课你不必付钱了。”

“那没关系。”菲利普说。

沃顿讲的这些事新鲜、有趣。菲利普觉得这比三角学更重要。三角学他怎么也弄不懂。这好比一扇生活的窗户，他有机会凭窗窥视，而且是以激动不已的心情窥视着。“不！把你的臭钱收起来。”沃顿说，“那你午餐吃什么？”菲利普笑着说，对老师的经济状况了如指掌。沃顿曾要求菲利普按周而不是按月付给他每次授课费两先令，这样，算钱比较简便。“哦，别管我的午餐了，我喝了一瓶啤酒当饭已不是第一次了。这样，我的脑子比任何时候都清醒。”说罢，他将头探入床下(床单脏得变成灰色，实在该洗了)，又摸出一瓶啤酒。菲利普还年轻，还不懂得生活的乐趣，拒绝同他对饮。于是，他便自斟自酌起来。“你打算在这儿待多久？”沃顿问。他和菲利普干脆把数学扔在一边，无忧无虑地畅谈。“唉，我不知道。也许一年，然后家里人要我上牛津。”沃顿轻蔑地耸耸肩膀。菲利普这才知道，竟有人不是怀着敬畏的心情来看待这所堂堂的高等学府，这对他倒是件新鲜事。

“你到那里干什么？无非是镀镀金徒有虚名罢了。为什么不在这儿上学呢？一年没有用，要在这儿待它五年。你知道，生活中有两件乐趣：思想自由和行动自由。在法国，你可以有行动自由，可以随心所欲地行事而无人干涉。可是人家怎么想，你也得怎么想。在德国，人家怎么做，你也得怎么做。可是你可以乐意怎么想就怎么想。这两件乐趣都很可贵。我个人还是喜欢思想自由。可是在英国你两者都得不到。陈规陋习把你压得喘不过气来，既不能无拘无束地思考，也不能随心所欲地行动，因为它是个民主国家。我想美国更糟。”

他小心翼翼地将身子往后靠，因为他坐的椅子有条腿摇摇晃晃。要是他高谈阔论，突然摔倒在地，那岂不难堪！

“我今年得回英国去。但是，假如我能积攒点钱，足以糊口的话，我就再待一年。可是到那时候我就非走不可了。我必须告别这一切。”他挥动手臂，指着肮脏的顶楼，那张未收拾的床，堆在地板上的衣服，靠墙根的那一排空啤酒瓶子和几堆散落在各个角落里未装订的破书。“到某个地方大学设法谋个语言学教授的职位。我还要打网球、参加茶会。”他突然停下来，滑稽地望了衣冠楚楚、衣领干净、头发梳得溜光的菲利普一眼。“天啊，我得洗脸了。”

菲利普脸红了，觉得这是对自己穿戴整齐得令人难以忍受的侮辱。近来他开始注意打扮了，离开英国时，他带来了几条经过精心挑选的漂亮领带。

夏天像征服者似的突然来到了这个国家。每天的天气都很晴朗。天空呈湛蓝色，蓝得像踢马刺一样锐利地刺痛人的神经。安莱吉大街上的树木青葱翠绿，一派生机；一排排的房子在阳光的照耀下，反射出炫目的白光。有时，菲利普从沃顿那儿出来，半路上就在安莱吉街上的树荫下的长板凳上纳凉。欣赏阳光透过树叶，洒在地上的斑驳树影。他的心情也如同阳光那么欢快。他沉迷于这些忙里偷闲的时刻。有时，他到这座古老城市的街上漫游。他怀着敬畏的眼光看着大学生联合会的学生。他们的脸上划开深长的伤口，血迹斑斑，戴着五颜六色的帽子，昂首阔步地走过去。下午，他和教授夫人家的姑娘们到山坡上闲逛。有时，他们向河的上游走去，在绿树成荫的露天啤酒店品茶。晚上，他绕着市公园转悠，听乐队演奏。

不久，菲利普知道了这家的各种利害关系。教授的长女特克拉小姐同一个英国人订了婚，他曾在这儿学了一年德语，他们的婚礼原定于年底举行。可是，那位年轻人来信说，住在斯劳做橡胶生意的父亲不同意这门亲事。因此，特克拉小姐常常落泪。有时，可以看到她和母亲两人目光冷峻、紧紧抿着嘴,浏览这位勉强的情人的来信。特克拉会画水彩画。偶尔,她和菲利普再由另一个女孩子陪同,到野外去写生。漂亮的赫德威格小姐也有爱情方面的烦恼。她是柏林一个商人的女儿。有一个风度翩翩的勇敢的轻骑兵爱上了她。他还是贵族出身。他双亲反对他跟她这种身份的女孩子结婚。因此,她被送到海德堡,好让她忘情。可是她永远也忘不了他,不断地给他写信。他也正在尽一切努力劝说愤怒的父亲改变主意。她把这一切都告诉菲利普,一边说,一边羞羞答答、娇柔地连声叹息,还掏出潇洒的陆军中尉的照片给他看。菲利普在教授夫人家中最喜欢她。散步时,他总是设法挨近她,别人开玩笑说他不该如此明显地偏心时,他总是满脸通红。他有生以来第一次向赫德威格小姐表露心迹,但纯属偶然。事情的经过是这样的:晚上,他们如果不出去散步的话,姑娘们就在饰有绿色天鹅绒的客厅里唱唱歌,那位助人为乐的安娜小姐卖力地为她们伴唱。赫德威格小姐最喜欢唱的歌是《我爱你》。有一天晚上她唱过这首歌以后,菲利普和她站在阳台望着星星。他想就这首歌谈谈自己的看法,就开口说:

“我爱你。”

他讲起德语来结结巴巴的,他搜索枯肠,找自己要用的词。停顿的时间极短,他还来不及继续讲下去,赫德威格小姐说:

“你不该以第二人称单数对我说话。”

菲利普顿时周身发烫,其实他根本不敢这么亲昵放肆,一时竟不知说什么好,如果解释说,他并非表示自己的看法,而只是顺口提起那首歌名,又未免对女子缺乏骑士风度。

“请原谅。”他说。

“没关系。”她低声地说。

她笑得很甜,默默地抓住他的手,紧紧地捏着,然后回客厅去了。

第二天,他太难为情了,不敢同她说话。由于羞愧,他尽量回避她。别人邀他像往日一样去散步时,他推说有事,拒绝了。可是，赫德威格小姐瞅准了一个单独和他谈话的机会。

“你何必这样呢？”她和蔼地说，“你知道，对你昨天晚上说的话我并不生气。假如你爱我，那也没有办法，我感到荣幸。然而，虽然我和赫尔曼尚未正式订婚，我决不会再爱别人。我把自己看作是他的新娘了。”

菲利普脸又红了，却装出一副遭拒绝的情人的神态。

“祝你幸福。”他说。

24

厄宁教授每天给菲利普上一课。他开了一个书单，规定菲利普在最终读懂《浮士德》之前必读的著作。同时，他别出心裁地教菲利普学莎士比亚一个剧作的德译本。这时的德国正是歌德名声鼎盛的时期。尽管歌德对爱国主义持恩赐态度，他仍被公认为民族的诗人。自从一八七〇年普法战争以来，他似乎成了民族统一的最可值得赞颂的人物。热情的人们，听到格拉夫洛[①]的隆隆炮声，仿佛沉醉在华尔吉普斯之夜[②]。可是一名作家的一个标志是，不同的人可以从他的作品里感受到不同的灵感。憎恨普鲁士人的厄宁教授，狂热地崇拜歌德。因为他的著作既威严又严肃，为神志清醒的人提供了抵御当代人的猛烈进攻的唯一庇护所。有一位戏剧家，最近在海德堡常听到他的名字。前年冬天，他有个剧本在剧院上演时，追随者们拍手称快，体面人物却以“嘘”声反对。菲利普在教授夫人的长桌旁听到他们议论这件事。遇到这种情况，厄宁教授一反常态，失去了通常的冷静，用拳头拍桌子，低沉、悦耳的

① 格拉夫洛，法国一地名，普法战争中的一个会战地点。

② 华尔吉普斯之夜，4 月 30 日夜，民间传说此夜女巫在德国布罗肯山聚会，进行狂欢酒宴。

咆哮声吞没了一切不同意见的声音。这个剧真是荒唐,简直伤风败俗!他逼着自己看完戏,但他不知道自己究竟是更厌烦呢还是更恶心。假如剧院将来都成了这个样子,那该是警察出面干预、关闭剧院的时候了。厄宁教授并不是一个过分拘谨的人,在皇家剧院看闹剧时,见到诙谐的伤风败俗的表演也会像别人一样捧腹大笑。可是这个剧除了猥亵的内容,没有什么别的。他打了一个有力的手势,捂住鼻子,从牙缝间吹出一声口哨来。说这是家庭的破裂,道德的沦丧和德国的毁灭。

“阿道夫,”教授夫人在桌子的另一端说,“别激动!”

他冲着她挥了挥拳头。他是个最温和不过的人了,没有跟太太商量之前,他从不敢贸然行动。

“不,海伦,你听我说,”他喊道,“我宁愿让我女儿死在我脚下,也不让她们去听那个厚颜无耻的家伙的不伦不类的废话。”

剧名是《玩偶之家》,作者是亨利克·易卜生。

厄宁教授把易卜生同理查德·瓦格纳[1]归入一类。但他谈起瓦格纳并不生气,而是愉快地笑了笑。瓦格纳是个江湖骗子,不过他是个成功的江湖骗子。他的剧作中,还有几分喜剧风格令人喜欢。

“一个疯子!”他说。

他看过《洛亨格林》,这剧还过得去。虽然无聊,还不至于太糟。可是《西格弗里德》,厄宁教授一提起它,就将头靠在手上,哈哈大笑起来。歌剧从头到尾,没有一节悦耳的旋律!厄宁教授想象理查德·瓦格纳坐在包厢里,看着那么多人郑重其事地看戏,不禁大笑,直笑得肚子疼。这是十九世纪最大骗局!他把那杯啤酒举到唇边,头往后一仰,一饮而尽,然后用手背抹抹嘴,说:

“告诉你们,年轻人。不出十九世纪,瓦格纳就会被人们彻底

---

① 瓦格纳(1813—1883),德国诗人、作曲家。《洛亨格林》和《西格弗里德》都是他的歌剧。

遗忘。瓦格纳！我宁愿拿他的全部作品去换杜尼泽堤①的一个歌剧。”

25

菲利普的教师中最古怪的是法语老师。杜克罗兹先生是日内瓦公民，高高的个子，淡黄色的皮肤，凹陷的双颊，灰白的头发又稀又长。他身穿破旧的黑衣，上衣的肘部破了好几个洞，裤子也磨破了。他的衬衫很脏。菲利普从来没有见到他的衣领干净过。他不爱多说话，教课认真，就是缺乏热情。他上课才来，下课就走。他上课收费很低。他沉默寡言，关于他的情况菲利普还是从别人那儿打听来的。他好像曾同加里波的②一起与罗马教皇做过斗争。当他看到自己为了自由，为了建立共和国所做的一切努力已付诸东流，只是换汤不换药，摆脱不了奴役时，他便愤然离开意大利。后来不知道他在政治上犯了什么罪，被逐出日内瓦。菲利普以迷惑、惊奇的眼光看他，因为他的举止和自己脑海中的革命者的形象很不一样：他说话声音很低，待人彬彬有礼。人家不请坐，他从不坐下。偶尔在街上碰到菲利普时，他总是一本正经地摘下帽子。他不曾笑出声，甚至也不曾有笑容，假如有谁比菲利普拥有更完美的想象力，那么，就会想象杜克罗兹当年是一个前途无量的青年。因为，他在一八四八年想必已进入成年期。那年头，国王们对法国兄弟的下场记忆犹新，诚惶诚恐地四处奔走。也许，席卷欧洲的那股渴望自由的热浪，正荡涤着它面前的诸如专制主义和暴政这些一七八九年革命以后重新抬头的反动逆流，在每个人的胸中燃起更炽热的火焰。可以想象他热心追求人类平等和人权理论，同别

① 杜尼泽堤（1797—1848），意大利作曲家。
② 加里波的（1807—1888），意大利爱国者，将军。

人讨论着、争辩着，在巴黎的街垒后面战斗，在米兰的奥地利骑兵队前面驰骋，到处遭到监禁和放逐。他所期望和坚持的也还是那似乎具有魔力的两字：自由。直到最后，饥寒交迫，年老多病，再没有别的谋生手段，只好教书，在穷学生身上挣几个钱。他发现自己在这座表面整洁的小城镇里遭受独裁专制暴政的蹂躏，比在欧洲任何城市都厉害。也许，他的沉默寡言，正掩盖自己对人类的轻蔑，人类已经抛弃了他年轻时所追求的伟大抱负，如今他沉迷于懒散舒适的生活，庸庸碌碌，苟且偷生。或者，三十年的革命使他懂得人是不配享有自由的。他想，他已花费了一生去追求毫无价值的自由。或许，他已精疲力竭，只是默默地等待死亡的超脱。

一天，菲利普出于年幼无知问他过去和加里波的在一起的事是否属实。这位老人对这个问题似乎不太重视，只是慢条斯理地回答，声音像往常一样低。

“是的，先生。”

“他们说你参加过巴黎公社。”

“是吗？我们开始上课好吗？”

他把书打开。菲利普战战兢兢地开始翻译他预备好的那篇文章。

一天，杜克罗兹先生好像病得很厉害的样子，费了好大的劲才爬完那么多级的楼梯，他一进菲利普的房里，一屁股坐下，想歇口气。淡黄色的脸扭曲着，额头上沁出了豆粒般的汗珠。

“恐怕你病了吧？”菲利普说。

“没关系。”

可是，菲利普看到他忍受着病痛，那一节课快结束时，菲利普问他是否待身体好些再上。

“不，”老头以平稳低沉的声音说，“我能坚持，我愿意继续教下去。”

当不得不涉及钱的问题时，菲利普总有一种病态的神经质，这时他满脸飞红。

“但是这对你毫无影响，”菲利普说，“我会照样付钱的。假如你不介意,我就先把下星期的钱付给你。”

杜克罗兹先生的课每小时收费十八便士。菲利普从口袋里掏出一个十马克的硬币,羞怯地放在桌上。他不能把杜克罗兹先生当作乞丐似的将钱塞给他呀。

“这样的话,那我就等身体好些再来。”他拿起硬币,像往常一样,向菲利普深深地鞠了一躬,便走出去了。

“日安！先生。”

菲利普有点失望。他本以为自己如此慷慨解囊,杜克罗兹先生定会对他千恩万谢,感激不尽。老头接受这笔赠金,好像是应得的报酬似的,菲利普感到吃惊。他太年轻了,还不理解受惠者知恩图报的心理比施惠者要淡薄得多。五六天后,杜克罗兹先生又来了。他的步履更加蹒跚了,身体很虚弱,但好像已挺过了病魔的最严峻时刻。他还是像先前那样沉默寡言,依然那么神秘、冷漠、邋遢,直到下课了,他才提到自己生病的事。然后当他一手拉开门,正要离开时,突然停下来。他犹豫着,好像话很难说出口似的。

“要不是你给我那些钱,我就得挨饿。我全靠这些钱过日子。”

他庄重而谄媚地鞠了一躬,走了出去。菲利普感到喉头一阵哽咽,仿佛多少懂得这位老人在绝望中痛苦挣扎,与自己愉快的生活相比,这位老人是多么艰难。

26

菲利普已经在海德堡住了三个月。一天早晨,教授夫人对他说有一位名叫海沃德的英国人要来这儿住。当天晚上吃饭时,他见到一张陌生的面孔。一连好几天,全家都沉浸在激动的气氛中。首先,天晓得是靠什么花招,是靠低三下四的恳求呢,还是凭未明说的威胁,和特克拉小组订婚的英国年轻人的双亲邀请她去英国看望他们。她动身时，带上一些水彩画，以显示自己的多才多艺。同时，还带了一大扎书信，以证明这位年轻人已经做出了多少有损于自己的名誉的事。一星期以后，赫德威格小姐满面春风地宣布：她所深爱的骑兵中尉和他的父母快到海德堡来了。中尉的双亲一方面被儿子死乞白赖的纠缠弄得精疲力竭，一方面为赫德威格小姐的父亲提出的嫁妆所心动。于是，同意途经海德堡时前来和这位姑娘会面。会面的结果令人满意。在市立公园里，赫德威格小姐得意扬扬地让教授家所有的人都和她的情人见面。连挨近教授夫人端坐首席的沉默的老太太们都心绪不宁。当赫德威格小姐说要立即回家举行正式订婚仪式时，教授夫人不惜破费请大家喝酒，以示祝贺。厄宁教授自夸会调配一种清淡的饮料。晚饭后，一大碗莱茵白葡萄酒掺苏打水，上面漂着香草和野草莓，郑重其事地摆在客厅的圆桌上。安娜小姐取笑菲利普，说他这下要与情人告别了。他心里感到很不是滋味，无限伤感。赫德威格小姐唱了好几首歌，安娜小姐演奏《婚礼进行曲》，教授唱《莱茵河畔的卫士》。在欢乐的气氛中，菲利普很少留意这位新来的中尉。晚饭时，他们面对面坐着。可是菲利普只顾和赫德威格小姐谈话，而那位陌生人不懂德语，只好一言不发闷头吃饭。菲利普看到他系一条淡蓝色的领带，立即产生反感。他二十六岁，长得眉清目秀，经常漫不经心地抬手抚弄波纹状的长发。一双蓝色的大眼睛，不过是很淡的蓝色眼睛，看起来已显得很疲乏。他的脸刮得很光。尽管嘴唇很薄，但嘴形长得很美。安娜小姐对相面术很感兴趣。后来，她要菲利普注意观察中尉的颅骨的形状如何好看，脸的下部如何差劲。她说，他的头是思想家的脑袋，可是下颌却缺乏个性。命中注定要当一辈子老处女的安娜小姐高颧骨，鼻子又大又难看，很注重个性。他们正议论他时，他就这么站在一旁，以愉快而有点目空一切的神情观看这闹哄哄的聚会。他身材修长，摆出一副优雅斯文的样子。美国学生中有一个叫威克斯的看到他独自一人，便走过去同他攀谈。这两人形成了奇怪的对照：美国人穿戴整洁，黑外套、椒盐色的裤子，长得又瘦又干瘪，举止中多少带有牧师的热忱；而那位英国人身穿宽松的花呢服,四肢发达,动作迟钝。

菲利普直到第二天才和新来的房客谈上话。午饭前他们发现只有他俩在客厅的阳台上。海沃德跟他攀谈。

“你是英国人吧?”“是啊。”“这儿的伙食老是像昨天晚上那么糟吗?”“差不多就是这样。”“糟透了,是吧?”“糟透了。”菲利普根本没有发现伙食有什么不好。其实他胃口好,吃得津津有味,饭量很大。可是他又不想让人家看出自己是个优劣不分的人,别人认为伙食恶劣,自己却视为佳肴。

特克拉小姐去了英国,妹妹安娜就得操持更多的家务,再抽不出时间经常出来做长时间的散步了。那位金黄色的头发梳成长辫子、小脸蛋上长有狮子鼻的卡西利小姐近来有些厌恶社交。赫德威格小姐已经走了,经常陪他们散步的美国人威克斯也到德国南部旅行了。菲利普很孤寂。海沃德有心结识他;可是,菲利普有个不幸的怪癖,或许由于腼腆,或许由于某种穴居祖先的返祖遗传,他对初次结识的人,总是心生厌恶。只有跟他们混熟了,才能消除最初的印象。这使他令人难以接近。他羞怯地接受海沃德的亲近。一天海沃德邀他出去散步。他只好答应,因为想不出一个得体的托词。他照常表示歉意,同时,对自己不禁又满脸飞红感到恼火。他企图一笑置之,以掩饰这种尴尬的局面。

“恐怕我走不快。”“天啊,我散步又不是要打赌谁走得快。我倒喜欢溜达溜达。你还记得佩特[①]在《马留》一章里谈到悠闲的散步是交谈最好的助兴剂吗?”菲利普善于倾听他人谈话,虽然他也常想说些佳言妙语,可是,往往说话的机会已错过了,也难得想出一两句。海沃德很健谈:任何一个比菲利普更老练的人都会看出海沃德喜欢别人倾听自己说话。他那目空一切的傲慢态度给菲利普留下很深的印象。菲利普不禁怀着敬畏的心情称赞这样的人:他蔑视许多菲利普视为近乎神圣的东西;他对运动不盲目崇拜,把热心于各种形式运动的人斥为“以奖品为唯一目的的运动员”。

---

① 佩特(1839—1894),英国散文家、小说家和评论家。

菲利普没有意识到,他这只不过是以一种迷信代替另一种迷信罢了。

他们信步登上了城堡,坐在台阶上,俯瞰整座城市。城市坐落在风景宜人的内卡河流域。从烟囱冒出来的袅袅青烟,弥漫在古城上空,化作一层淡蓝色的雾气。高耸的屋顶和教堂的塔尖,给城市一种惬意的中世纪的风味。

海沃德谈到《理查·弗浮莱尔》和《包法利夫人》,谈到魏伦[①]、但丁和马修·阿诺德[②],当时,菲茨杰拉德[③]翻译的奥玛开阳[④]诗集还只为特权集团所知晓,海沃德能背给菲利普听。他很喜欢背诵自己的或别人的诗歌,他以单调的节奏背诵,到他们回家时,菲利普对海沃德的猜疑已经变为热情的颂扬了。

他们每天下午经常一起散步。不久,菲利普了解了海沃德的身世点滴。他是个乡村法官的儿子。父亲不久前去世。他继承了一笔每年三百镑的遗产。他在查特豪斯公学学业成绩太优异了,以至于他上剑桥时,"三一学院"的院长特意向他表示欢迎。海沃德准备干一番轰轰烈烈的事业,他跻身于最出类拔萃的知识界人士中:他热情地诵读勃朗宁的诗,却对丁尼生的诗嗤之以鼻。他知道雪莱和哈丽特的不幸姻缘的全部细节。他涉猎艺术史(他房间的墙壁上挂满了华茨[⑤]、伯恩-琼斯和博蒂西里等人的画作的复制品)。他写出了具有悲观主义格调的诗。朋友们奔走相告,说他很有天赋,才气横溢。他们预示他将来要取得的卓越成就时,他听得很入耳。经过一段时间之后,他成了文学艺术方面的权威。他深受红衣主教纽曼的《辩护》的影响,罗马天主教教义的生动逼真迎合了他敏锐的美感,只是害怕父亲的盛怒,他才没有改变宗教信

---

① 魏伦(1844—1896),法国诗人。

② 阿诺德(1822—1888),英国诗人及批评家。

③ 菲茨杰拉德(1809—1883),英国诗人、翻译家。

④ 奥玛开阳(1025?—1123),波斯诗人及天文学家。

⑤ 华茨(1817—1904),英国画家、雕塑家;伯恩-琼斯(1833—1898),英国画家;博蒂西里(1444—1510),意大利画家。

仰(他父亲是个朴实、直率而又思想偏狭的人,平时喜欢读麦考利[①]的作品)。当他毕业只得了及格的成绩时,朋友们都惊讶不已。可是他耸耸肩膀,巧妙地暗示他不愿意受主考人的愚弄。他力求令人觉得,第一流的学生多少总有些庸俗。他饶有兴趣地描述了一次口试:一位围着令人讨厌的领圈的人向他提问逻辑学问题。这次口试确实冗长乏味。忽然,他发现主考人穿着一双紧口靴,怪模怪样的,很可笑。因此,他思想开小差,想起了金斯教堂哥特式建筑的美来。确实,他在剑桥还是度过了一段美好的时光。他的宴会比他所参加过的任何宴会都丰盛豪华;他对在他房间里的高谈阔论迄今还记忆犹新。他给菲利普引用了如下精辟的警句:“他们告诉我,赫拉克利特[②],他们告诉我,你已经死了。”

现在,当他提起主考人及他的靴子的那段栩栩如生的考场轶事时,便哈哈大笑起来。

“当然,这是件蠢事,”他说,“确实,那是一件有着微妙之处的蠢事啊。”

菲利普心里一阵激动,认为这太了不起了。

后来,海沃德到伦敦去学法律。他在克莱门特法学协会的宿舍里租了几间漂亮的房间,都是镶有嵌板墙壁的。他设法把它们布置得像“三一学院”里他过去住过的房间一样。他多少有些政治抱负,自称是辉格党人。他被推荐加入一个自由党的俱乐部,但这个俱乐部的绅士气息很浓。他想开业当律师(他选择了大法官法庭方面的诉讼业务,因为它比较不那么残忍)。一旦为他而做的各种许诺实现了,他就当一名某个合意的选区的议员。同时,他经常上歌剧院,并结识少数几个志趣相投的风流人物。他加入一个座右铭是“全、佳、美”的聚餐俱乐部。他和一位比他年长几岁的夫人建立了柏拉图式友谊。她住在肯辛顿广场。他几乎每天下午同她在昏暗的烛光下品茶、谈论乔治·梅瑞狄斯和沃尔特·佩特。

---

① 麦考利(1800—1859),英国历史学家、作家。

② 赫拉克利特,公元前5世纪的希腊哲学家。

任何傻瓜都可以通过律师会的考试,这是众所周知的事实,因此海沃德只是疲疲沓沓地应付学业。期末考试他考不及格,却把这看作是主考人有意与自己过意不去。就在这时,肯辛顿广场的夫人告诉他说,她丈夫马上要从印度回来休假,她的丈夫是个思想平庸之辈,尽管各方面无可指责,但见到一个年轻人频频来访,恐怕会产生误解。海沃德觉得生活充满着丑恶。一想到他还得再次面对着玩世不恭的主考人,便打心眼里感到厌恶。他发现,把脚边的球干脆一脚踢掉,倒是个绝妙的办法。他负债累累。每年靠三百镑在伦敦要过绅士般的生活是很困难的。他心中向往着约翰·拉斯金[①]描绘得神乎其神的威尼斯和佛罗伦萨。他觉得自己不适合干律师这种庸俗、繁忙的事务,因为他发现,在门上挂起自己的名字来接受诉讼案件是远远不够的;况且,现代政治似乎也缺乏高尚的情操。他觉得自己是位诗人。他退掉克莱门特法学协会宿舍的房间,到意大利去。他在佛罗伦萨和罗马分别度过了一个冬天。现在,他又来到德国,在国外度过第二个夏天,以便可以阅读歌德的原著。

海沃德有种极为宝贵的天赋:他对文学有真切的感受力,能够滔滔不绝地表露自己的激情。他能够与作家在感情上产生共鸣,看到作家身上最宝贵的东西,并能中肯地加以评论。菲利普读过很多书,可是他能拿到什么书,就读什么书,毫不加以鉴别。现在,遇到了这么一位能指导他的欣赏力的良师益友,实在太好了。他向市里的小公共图书馆借书,开始阅读海沃德提到的那些奇妙的书。虽然阅读对他并非一直是种享受,但他锲而不舍,持之以恒地读下去。他渴望自己能有所长进,他觉得自己太无知,太渺小了。到八月底威克斯从德国南部回来时,菲利普已全然置于海沃德的影响之下了。海沃德不喜欢威克斯,他哀叹这位美国人的黑外套和椒盐色的裤子,一谈起他那新英格兰的良心,海沃德总是轻蔑地耸耸肩膀。海沃德辱骂有意同他友好亲善的威克斯,菲利普幸灾乐祸地听着;但是,威克斯对海沃德说出几句不太中听的话时,菲

① 拉斯金(1819—1900),英国作家、美术评论家、社会改革家。

利普却大动肝火。

“你的新朋友看起来像个诗人。”威克斯说，焦虑而刻薄的嘴角上挂着一缕淡淡的笑容。

“他本来就是个诗人。”

“他这样告诉你的吗？要是在美国，我们会管他叫大饭桶。”

“可是我们又不在美国。”菲利普冷冷地说。

“他多大啦？二十五岁？可是他除了待在公寓写诗外，什么事也不干。”

“你不了解他。”菲利普生气地说。

“不，我了解他！像他这样的人我见过了一百四十七个了。”

威克斯的眼睛闪闪发亮。但菲利普不懂这是美国人的幽默，噘着嘴，板着面孔。在菲利普看来，威克斯像是个中年人，但事实上，他不超过三十岁。他身材修长，像个学者似的，有点驼背；脑袋长得又大又丑，头发浅淡稀疏，皮肤呈土褐色，薄薄的嘴唇，细长的鼻子，额骨突出，样子显得粗野。他的态度冷淡、刻板，既无生气，也无激情；但他有一种奇怪的轻浮的气质，这使那些一本正经的人仓皇失措，而威克斯出于本能，自然与这些人混在一起。他在海德堡学神学，但在这儿的其他本国神学生对他却持怀疑态度。他的异端思想使他们望而生畏。他那异想天开的幽默激起了他们的非难。

“你怎么能认识一百四十七个像他这样的人呢？”菲利普一本正经地问。

“我在巴黎的拉丁区见过他；我在柏林和慕尼黑的寄宿公寓里见到过他。他住在佩鲁贾和阿西西[①]的小旅馆里。在佛罗伦萨他这样的人成打地站在包提柴里[②]的画前，他这样的人占满了罗马西斯廷教堂的席位。在意大利，他喝葡萄酒多了一点；在德国，他喝啤酒毫无节制。凡是正确的东西，不论是什么，他一概赞美。不

① 佩鲁贾和阿西西皆为意大利城市。

② 包提柴里(1444？—1510)，意大利画家。

久的将来，他打算写一部巨著。想一想吧，有一百四十七部巨著蕴藏在一百四十七位伟人胸中。可悲的是，这一百四十七部巨著一部也写不出来。然而世界照样在前进。”

威克斯说得很认真，可是长篇大论结束时，他那双灰色的眼睛闪烁着。菲利普脸红了，他明白这位美国人在取笑他。

“你胡说八道！”菲利普生气地说。

27

威克斯在厄宁夫人家的后头租了两间小房间，其中一间做会客室，用来接待客人，倒也够舒适的。每当晚饭后，威克斯也许受诙谐和幽默的驱使，常常邀菲利普和海沃德到屋里聊天，这一点，令他那些在马萨诸塞州坎布里奇的朋友们望尘莫及。他很殷勤地接待他们，定要他们坐在房间里仅有的两张舒适的椅子上。虽然他本人并不喝酒，却客客气气地在海沃德手旁放了两瓶啤酒，菲利普看出了这其中的讽刺意味。每当争论激烈，海沃德的烟斗熄灭了，威克斯非要替他划火柴不可。他们刚结识的时候，出自名牌大学的海沃德对哈佛大学毕业的威克斯摆出一副傲慢的态度；他们偶然谈到希腊的悲剧作家时，海沃德自认为对这个问题可以发表权威议论，于是便摆出一副说教的姿态，而不是互相探讨的口气。威克斯脸上带着谦虚的笑容，彬彬有礼地听海沃德讲完，然后，他向海沃德提出一两个表面听起来很天真，其实很狡诈的问题。海沃德不知是计，照样满不在乎地回答，威克斯先是委婉表示异议，然后纠正了事实上的错误，接着又引用某位不大知名的拉丁评论家的话，继而又提到一个德国权威；最后，事实证明威克斯是个学者。威克斯随和、谦逊地微笑着，把海沃德说的话驳得体无完肤。他客客气气地暴露了海沃德肤浅的学识。他以温和的讽刺嘲笑了海沃德几句。菲利普不能不看出海沃德的傻相，而海沃德还不懂得住嘴，一气之下，更刚愎自用，还力图狡辩。他语无伦次，信口开河。威克斯在一边友好地加以纠正。海沃德虚妄地推论，威克斯则证明他的推论是荒谬的。威克斯承认自己在哈佛教过希腊文学。海沃德轻蔑地付之一笑。

“我早就料到了。当然，你是像一位教师那样来读希腊文学的，”他说，“而我是像诗人那样来读的。”

“那么，当你对作品的意思不甚了解时，你是否反倒觉得它更富有诗意呢？我认为，只有在天主教里，误译才能改善原意。”

最后，海沃德喝完啤酒，心情激动，头发散乱，从威克斯的房子出来。他生气地把手一挥，对菲利普说：

“没错，这家伙是个书呆子，他对美没有真切的感受。精确是办事员的美德。我们着眼的是希腊人的精神。威克斯就像这样一种人，他跑去听鲁宾斯坦[①]演奏，却又埋怨他弹错音符。弹错音符！要是他弹得足够好，那又有什么关系呢？”

菲利普对这番议论印象很深，他不知道有多少无能之辈，正是从这种无知的埋怨中寻求安慰。

海沃德不肯放过威克斯为他提供的任何机会，试图挽回前次丧失的面子。因此，威克斯可以易如反掌地拉他进行争论。虽然，海沃德不得不承认，与这位美国人相比，他的学识何等肤浅，但出于英国人的执拗和受伤害的虚荣心（也许两者是一回事），他不愿就此罢休。海沃德似乎以显示自己的无知、自满和固执为乐。每当海沃德说出一些不合逻辑的话，威克斯就三言两语指出他推理的谬误，然后停下一会儿，享受胜利的喜悦，又匆匆地转入另一个话题，好像基督的仁慈迫使他们饶恕了被征服的敌人似的。菲利普有时想说几句帮朋友解围，但不堪威克斯轻轻一击。然而威克斯对他态度很和气，与反驳海沃德的态度不同，就连极敏感的菲利普也不觉得伤了感情。海沃德常常恼羞成怒，沉不住气，破口大骂。多亏美国人总是彬彬有礼，满脸堆笑，才不至把争论变成争

① 鲁宾斯坦（1829—1894），俄国钢琴家、作曲家。

吵。每当海沃德在这种情况下走出威克斯的房间时，他总是气愤地嘟囔着：

“该死的美国佬！”

争论就此结束了，这就是对一个似乎不能辩驳的论点的最完美的回答。

尽管他们在威克斯房间里开始议论的是各种各样的问题，但最终总是要转到宗教的话题上来：神学院的学生对宗教有一种职业上的兴趣。海沃德也喜欢这样的话题，在这方面，无情的事实不会使他仓皇失措。如果感情是衡量是非的标准，人们当然就可以鄙视逻辑了，若你的逻辑是个薄弱环节，这样岂不正中下怀。海沃德觉得不费一番口舌要向菲利普解释清楚自己的信仰是很困难的。但海沃德是在正统的国教的教育下长大的，这一点很清楚（这种看法与菲利普对事物的自然法则的思想相吻合）。虽然海沃德现在已彻底放弃了成为罗马天主教教徒的念头，他对这个教派仍持同情的态度。他对罗马天主教倍加称颂。他赞赏罗马天主教的豪华的仪式，并拿它与英国国教的简单礼拜做比较。他拿纽曼的《辩护》给菲利普看。菲利普发现它枯燥无味，但还是勉强把它看完。

“这本书，要看它的文体，而不是看它的内容。”海沃德说。

他兴致勃勃地谈起奥拉托利会[1]音乐，谈起烧香与虔诚之间联系的种种趣事。威克斯听着，脸上挂着一丝冷漠的笑容。

“你认为约翰·亨利·纽曼用地道的英语写作和红衣主教曼宁的英俊、潇洒的外表都可以用来证明罗马天主教的真理吗？”

海沃德暗示，他的心灵也经历过种种磨难。他曾在黑暗的大海中漂泊了一年。他用手理了一下金黄色的、波纹状的头发，对他们说，他再也不会为五百镑而忍受精神上的痛苦的折磨了。幸亏他已经进入了风平浪静的水域。

---

① 奥拉托利会，1564 年由圣菲利尼神父创办的一种崇尚通俗说教的天主教神父团体。

“可是你到底信仰什么呢?”菲利普问,他从不满足含糊其词的谈话。

“我信仰‘全、佳、美’。”

海沃德说这话的时候,摆动着他那粗大而灵活的四肢,再加上头部的优美姿势,样子显得十分俊俏,也很有风度。

“你在人口调查表里就是这样填写你的宗教信仰吗?”威克斯语调温和地问。

“我讨厌死板的定义:太丑陋、太明显了。就算我信仰惠灵顿公爵①和格莱思顿先生的教派吧。”

“那就是英国国教嘛。”菲利普说。

“对啦!多聪明的年轻人!”海沃德微笑着说。菲利普脸红了,因为他用平淡无奇的语言表达别人含蓄的言辞,实在有伤大雅。“我属于英国国教。可是我喜欢罗马天主教教士身上穿的金线绸缎,喜欢他们的独身主义、忏悔室和炼狱。置身于意大利昏暗的大教堂里,香烟缭绕,气氛神秘,我诚心诚意地相信弥撒的奇迹。在威尼斯,我看见一个渔妇光着脚丫走进教堂,把鱼篓扔在身边,跪下来向圣母马利亚祈祷;我感到这才是真正的信仰。我怀着相同的信仰和她一起祷告。但我也信仰阿佛洛狄特、阿波罗和伟大的潘神。”②

他嗓音悦耳,字斟句酌,说得抑扬顿挫,娓娓动听。要不是威克斯开了第二瓶啤酒,他还想继续说下去。

“我来给你倒点喝的。”

海沃德以那副颇为使这位年轻人印象深刻的略带几分屈尊俯就的姿态向菲利普转过身来。

“现在你满意了吗?”他问。

菲利普有点手足无措,表示满意了。

---

① 惠灵顿(1769—1852),在滑铁卢击败拿破仑的英国将军。

② 阿佛洛狄特,希腊神话中的爱与美的女神。阿波罗,希腊神话中的太阳神。潘神,希腊神话中的牧羊神。

“你没有再讲点佛教,真叫我失望,”威克斯说,“我承认自己同情穆罕默德,而你却只字不提,实在遗憾。”

海沃德哈哈大笑。那天晚上他心情很好,一连串的妙语依然在他耳际回响。他把啤酒一饮而尽。

“我不指望你能了解我,”他回答说,“凭你们美国人那点不起眼的智力,你只能采取批评态度,如爱默森[①]之流。但什么是批评呢?批评纯属破坏性的。任何人都会破坏,但并非每个人都能创造。你是个书呆子,亲爱的伙计。重要的是建设,我是富有建设性的。我是个诗人。”

威克斯注视着海沃德,目光中似乎既带有严肃的神色,同时又露出快活的笑意。

“我想你有点醉了,假如你不介意我这么说的话。”

“这点酒算不了什么,”海沃德兴致勃勃地说,“要让我醉倒,在争论中输给你,这还差得远呢。得啦,我已推心置腹地说了。现在,谈谈你的宗教信仰吧。”

威克斯将头侧向一边,看起来活像一只栖于树上的麻雀。

“多年来,我一直在琢磨这个问题。我认为我是个唯一神教派教徒。”

“可那就是非英国国教徒嘛。”菲利普说。

他们都同时哈哈大笑起来。海沃德纵声狂笑,威克斯滑稽地咯咯笑。菲利普感到莫名其妙。

“在英国,不信奉英国国教者就都不是绅士,是吗?”威克斯说。

“怎么!假如你直率地问我,那么,我认为他们不是绅士。”菲利普很不高兴地回答。

他讨厌受人讥笑,而他们偏又笑起来了。

“那你告诉我怎样才算绅士好吗?”威克斯说。

“唉,我说不上来;反正这是尽人皆知的。”

---

① 爱默森(1803—1882),美国评论家、哲学家、诗人。

“你是绅士吗？”

菲利普对这个问题从未怀疑过，可是他知道，这件事不该由自己来申辩。

“假如一个人大言不惭地对你说他是个绅士，那你有把握断定他不是绅士吗？”菲利普反驳道。

“那我是绅士吗？”

菲利普为人老实，觉得很难回答这样的问题。不过，他生来很讲礼貌。

“噢，你不一样，”他说，“你是个美国人嘛！”

“那么，是不是可以这样认为：只有英国人才算得上是绅士。”威克斯神情严肃地说。

菲利普不反驳他。

“你能不能说得稍微详细点？”威克斯问。

菲利普脸红了。由于气愤，他也顾不得会不会出洋相了。

“我可以给你讲得很详细。”他记得伯父说过，需要三代的时间才能培养一名绅士，俗话说，瓜藤上长不出茄子。“首先，他必须是个绅士的儿子，上过公学，上过牛津或剑桥大学。”

“念爱丁堡大学还不行吧？”威克斯问。

“他得像绅士那样讲英语，衣着得体。假如他是绅士，他总能辨出别人是不是绅士。”

菲利普越讲下去越觉得论据站不住脚，然而，这也正是菲利普的意思，他过去认识的每个人也都是这么说的。

“显然，我不是绅士，”威克斯说，“我不明白，为什么我一说自己是不信奉国教者，你就这样吃惊。”

“我不太懂唯一神教派教徒是怎么回事。”菲利普说。

威克斯又奇怪地将头歪向一边，你简直以为他会像鸟儿那样叽叽喳喳地叫。

“唯一神教派教徒真的不相信任何人相信的一切，而对自己不太了解的事物却有着热烈的持久的信仰。”

“我不明白你为什么要取笑我，”菲利普说，“我真心想了解嘛。”

“亲爱的朋友，我并不是在取笑你。我是经过多年的努力，绞尽脑汁地研究才得出这一定义的。”

菲利普和海沃德起身要走时，威克斯递给菲利普一本薄薄的平装书。

“我想，现在你阅读法文书大概没问题了吧，不知道你喜欢不喜欢这本书。”

菲利普向他道了谢，接过书来，看了看书名，原来是雷南[①]写的《耶稣传》。

28

海沃德和威克斯都没有想到，他们借以打发那些无聊夜晚的谈话，后来竟会反复地萦绕在菲利普活跃的脑海里。他以前从未想到宗教是一个可以探讨的问题。对他来说，宗教指的是英国国教。不信奉国教的教义乃是任性妄为的表现，肯定迟早要受到惩罚的。他脑子里对不相信国教者要受到惩罚这一点也有些怀疑。专门拿地狱之火等待着那些信奉伊斯兰教、佛教和其他宗教的异教徒的慈悲的法官，饶恕不信奉国教者和罗马天主教徒是可能的（虽然，他们要蒙受多大的耻辱，付出多大代价，才被迫承认自己的错误）。上帝怜悯那些没有机会学到真理的人也是可能的——这是完全合情合理的，虽然让人了解真理是传道团体的活动，然而活动范围很有限，不过，如果他们有机会而有意置若罔闻（显然，罗马天主教徒和不信奉国教者属于这一类）！那么，惩罚是难免的和咎由自取的。很清楚，异教徒处于危险的境地。也许，菲利普从未受过这么多的教诲，可是，只有国教徒才真正有希望得到永恒的幸

---

① 雷南（1823—1892），法国语言学家、批评家及历史学家。

福。这无疑给他留下很深的印象。

菲利普听人明确地提到的一点:不信奉国教者是邪恶的、阴险的人。尽管威克斯对菲利普所信仰的一切几乎一点也不相信,然而他却过着基督徒的圣洁的生活。菲利普并没有从生活中得到多少慈爱;现在,他被这位美国人乐于帮助他的愿望所感动了。有一次,他因感冒在床上躺了三天,威克斯像母亲一样地护理他。在威克斯身上,既没有什么邪恶,也没有什么阴险,有的只是真诚和慈爱。显然,具有美德而不信教,这是完全可能的。

菲利普还从别处了解到,人们只是由于顽固或是自身的利益才坚持信仰的。他们心里都知道这些信仰是假的,却故意欺骗别人。现在,为了学德文,他习惯星期天早晨参加路德教堂的礼拜。但海沃德来了以后,又开始跟他去做弥撒。他注意到:新教教堂几乎门可罗雀,做礼拜的会众也个个无精打采。而耶稣会教堂却门庭若市,做礼拜的人似乎都在虔诚地祷告,他们的样子不像伪君子。菲利普对如此鲜明的对照感到惊诧不已。因为他当然知道,路德教的信仰接近英国国教,也就比罗马天主教更接近真理。大多数信徒(大部分会众是男信徒)是德国南部人;他不禁暗自思量:要是他出生于德国南部,当然就成了罗马天主教徒。他虽生于英国,但同样可以生于一个罗马天主教国家;在英国,他幸好诞生在一个信奉国教的家庭,但同样可以诞生在一个信奉美以美教派、浸礼会或卫理会的家庭里。好险啊,要是投错了娘胎,那就完了。想到这儿,菲利普有点透不过气来。菲利普和那位瘦小的中国人交情日深,每天两次与他同桌共餐。他姓宋,总是笑眯眯的,为人和蔼,举止文雅,只因他是中国人,就得到地狱受煎熬,这岂不是咄咄怪事!然而,假如不论一个人的信仰如何,他的灵魂都能得到拯救,那么,信奉英国国教也似乎没有什么特别的好处了。

菲利普有生以来,从未像现在这么迷惘、困惑,便去试探威克斯对这个问题的看法。他必须特别小心,因为他对别人的奚落特别敏感。这位美国人对待英国国教的辛辣幽默使他为难。威克斯使他更迷惑不解了。威克斯迫使菲利普承认,他在耶稣会教堂里看到的那些德国南部人，笃信罗马天主教就像他笃信英国国教一样。威克斯进而引导他承认，伊斯兰教徒和佛教徒也同样对各自的宗教的教义深信不疑。看来，认为自己正确毫无意义。大家都认为自己正确。威克斯并无意要破坏这个孩子的信仰，但他对宗教深感兴趣，发现它是谈话中引人入胜的话题。当威克斯说他真的不相信别人所相信的一切时，他已准确地阐述了自己的观点。有一次，菲利普问他一个问题，那是在牧师住宅时，菲利普听到伯父提出来的。当时，他们谈到了一部温和的唯美主义的著作，这部著作引起了报纸上的激烈争论。

"为什么你是正确的，而像圣安塞姆①和圣奥古斯丁②这些人却是错误的呢？"

"你的意思是，他们都是聪明过人，学问渊博的人，而你怀疑我是否也那么聪明、博学，是吗？"威克斯问。

"是的。"菲利普含含糊糊地回答，因为刚才那样提问题似乎有点不礼貌。

"圣奥古斯丁认为地球是平的，而太阳绕着地球转。"

"我不明白这说明什么问题。"

"怎么？这说明你随着同代人的信仰而信仰。你的那些圣人们生活在一个信仰的年代里，那时候，那些我们现在绝对不可信的事物，他们却不能不相信。"

"那么，你怎么知道我们现在掌握着真理呢？"

"我不知道。"

菲利普沉吟了片刻，又接着说：

"我不明白，为什么我们现在所坚信不疑的，就不会和他们过去相信的一样，同样也是错误的呢？"

"我也不明白。"

"那你究竟怎么还能相信任何事物呢？"

---

① 圣安塞姆（1033—1109），英国坎特伯雷大主教（1093—1109）。

② 圣奥古斯丁（354—430），早期基督教的拉丁创始人之一，北非希波主教，作家。

“我不知道。”

菲利普问威克斯对海沃德的宗教信仰的看法。

“人类总是按照自己的形象来造神的，”威克斯说，“他信仰的是逼真的事物。”

菲利普停了片刻，又说道：

“我真不明白，人究竟为什么要信奉上帝。”

这话刚一出口，他就意识到自己已不再信上帝了。这好比一头栽进冷水那样令人透不过气来。他以惊慌的眼光看着威克斯，突然害怕起来，赶紧离开威克斯。他想独自一个人思索。这是他未曾有过的最令人震惊的经历。他想把这个问题彻底想透。这件事十分令人兴奋，因为它似乎关系到他的一生（他认为，他对这问题做出的决定，会深深地影响他今后的人生历程）。一有差错就会导致永远的毁灭。他越想越相信自己是正确的。虽然，在以后的几周里，他兴致勃勃地研读帮助了解怀疑主义的辅助书籍，结果只是更坚定了他本能感受到的东西。事实是，他已不再相信上帝了，这不是出于这样或那样的理由，而是由于他没有宗教气质。信仰是从外部强加给他的，完全是环境和榜样在起作用。新的环境和新的榜样给他自我认识的机会。他轻而易举地抛弃了儿童时代的信仰，好像脱去一件他不再需要的斗篷似的。起初，抛弃了信仰之后，生活似乎是陌生的、孤独的，虽然他过去没有意识到这一点，但信仰一直是他可靠的精神支柱，他觉得自己就像是一个扶着拐杖走路的人，突然被迫甩开它走路似的。白天确实好像变得更冷清些，夜晚更孤寂一些，但内心的兴奋在支撑着他。生活仿佛成了一场更加惊心动魄的冒险；不久以后，那甩到一边的拐杖和从肩上滑落的斗篷，似乎成了被卸掉的令人难以忍受的重担。多年来一直强加在他身上的那套宗教仪式，是他的宗教信仰的一部分。他想起了他要背诵的祈祷文和使徒书；想起大教堂里的那些冗长的礼拜仪式。礼拜的自始至终他得一动不动地坐着，他四肢发痒，多么希望能活动一下啊。他记起夜里如何沿着泥泞小道，走到布莱克斯特伯尔教区教堂，以及那座建筑物的阴森、寒冷。他坐在教堂里，双脚冻得像冰似的，手指都麻木、不灵活了。周围都是令人恶心的润发香脂味。啊，他厌烦透了。看到自己已经永远摆脱了这一切，他兴奋得心跳不已。

菲利普对自己感到诧异，竟如此轻易地停止信仰了。他不明白之所以会有这样的感受，是由于内在天性的微妙作用，却把这归因于自己的聪明。他高兴得忘乎所以。因为年轻，对任何不同于自己的处世态度缺乏同情，他很瞧不起威克斯和海沃德，认为他们只满足于那种他们称之为上帝的模糊的感情，不愿跨出在菲利普看来明显更深的一步。一天，他独自登上一座山冈，饱览秀丽风光。不知何故，大自然的景色总能使他心旷神怡、欢喜若狂，眼下正值秋天，白天还常常万里无云，天空似乎放射出更灿烂的光辉，仿佛大自然有意把更加饱满的热情，投入剩余的晴朗的日子里。他俯瞰着眼前在阳光下微微颤动着的平原，远处是曼海姆楼房的屋顶，更远处是朦胧的沃姆斯。莱茵河处处闪烁着更加夺目的光芒，宽阔的河面金光闪闪。菲利普站在那里，心房止不住激烈地跳荡，想起当初魔鬼如何和耶稣站在一座高山上，为他指点寰宇世间。菲利普陶醉在眼前美丽的风景之中，在他看来展现在他眼前的似乎就是整个世界，他渴望走下山，去尽情享受尘世的欢乐。他已经摆脱了堕落的恐惧，也摆脱了世俗的偏见。他可以走自己的路而不怕难忍的地狱之火。突然，他意识到自己也失去责任的重担，这种重担使他过去生活中的一举一动，都受到后果的约束。他可以在一个更轻松愉快的气氛中更自由地呼吸。他只需要对自己所做的事负责就行了。自由！他终于成为自己的主宰了。出于老习惯，他不知不觉地感谢上帝，感谢那个他再也不信奉的上帝。

菲利普一面自豪地陶醉在自己的智慧和无畏之中，一面从容地开始了新的生活。然而，信仰的丧失对自己行为的影响，比原来预料的要小得多。尽管他把基督的教义抛到一边，但他从未想到要去批判基督教的伦理道德。他接受基督教宣扬的种种美德，并认为，为了这些美德的缘故而身体力行，毫不考虑奖或罚，那真是好极了。在教授夫人家里，表现这些优秀品质的机会是很少的。

但是他比以往更真诚一些了。他强迫自己对偶尔找他聊天的那些乏味的上了年纪的太太们比平常更殷勤些。文雅的咒语、激昂的形容词是我们英国语言的特征,菲利普过去一向把它们作为男子气的象征而加以锤炼,现在却努力地加以回避。

圆满地解决了整个宗教问题之后,他想将它置之脑后,但说起来容易做起来难。他既不能避免后悔的念头,也不能抑制那些不时折磨着自己的忧虑。他太年轻,朋友又太少,因此,灵魂的不朽对他并没有特别的吸引力。他能够毫不费力地放弃对英国国教的信仰,可是有一件事使他悲哀:他暗自责备自己不近情理,企图对这些哀愁付之一笑。然而,每当他想起再也见不到美丽的母亲时,就忍不住热泪盈眶。他的母亲去世后,随着时光的流逝,母亲的爱对他来说变得越来越珍贵了。有时,好像无数敬神的、虔诚的祖先在暗中对他施加影响。一阵恐怖向他袭来:也许这一切都是真的,在蓝色的苍穹后面藏着一个不可不信的上帝,将用永不熄灭的烈火来惩罚这位无神论者,在这种时候,理智帮不了他什么忙。他想象着无休止的肉体的折磨带来的极大痛苦,就吓得浑身直冒冷汗,最后,他绝望地自语道:“毕竟,这不是我的过错。我不能强迫自己去信仰。假如真有上帝,并因为我诚实地表示不相信他而惩罚我,那我也毫无办法。”

29

秋去冬来。威克斯到柏林听保尔森讲学去了。海沃德开始考虑去南方。地方剧院开演了,菲利普和海沃德每周要去剧院两三次。他们想提高德语水平的精神实在可嘉。菲利普发现,用这种方法掌握外语比听布道要有趣得多。他们发觉自己正处于戏剧复兴的浪潮中,易卜生的好几个戏剧安排在冬季准备上演的剧目中。

苏德曼[1]的《荣誉》当时是新剧。它上演后，在这座僻静的大学城引起了极大的骚动。它既受到了过分的追捧，也遭到猛烈的抨击。其他剧作家也跟着纷纷写出受现代思潮影响的剧本。菲利普亲眼见到一系列剧作，在这些作品中，人类的卑劣在他眼前暴露无遗。在此之前，他还从未看过戏剧。过去一些差劲的巡回剧团有时也到布莱克特伯尔的会场演出，可是他伯父，部分由于他的职业，部分由于他认为这种戏庸俗不堪，从来不去看戏。舞台的激情吸引了他。他一走进那个粗陋不堪、灯光暗淡的小剧院，心里就感到一阵激动。不久，他渐渐地了解到这个小剧团的特点。通过角色的分配，他马上就能知道剧中人物的性格特征，但这对他无关紧要。在他看来，戏剧是真实的生活，是暗无天日的，受尽折磨的奇怪的生活。男男女女都把内心的邪恶暴露在众目睽睽之下，美貌的面孔包藏着堕落的思想；有德行者以德行作为假面具，掩盖其秘密的罪恶。外表强壮者由于自身的弱点而变得色厉内荏。诚实者堕落，贞洁者淫荡。你好比住在这样一个房间里，前一夜有人在此纵酒宴乐，清晨，窗户还未打开，空气浑浊，屋里充满着残剩的啤酒味、难闻的烟味和闪亮的煤气灯的油烟味。台下没有笑声，你充其量只窃笑剧中的某个伪君子或傻子罢了：剧中的人物用冷酷的语言表达自己的意思，仿佛是羞辱和痛苦逼着他们从心底里挤出来的。

菲利普被剧中的卑鄙程度迷住了。他似乎重新看到了另一种样式的世界。他也急于要了解这个世界。演出结束后，他和海沃德一道上酒店，坐在暖和、明亮的地方，吃三明治，喝杯啤酒。周围都是三五成群的学生，他们谈笑风生；全家光顾酒店的也处处可见，父亲、母亲、两个儿子和一个女儿。有时，女儿们说句尖刻的话，父亲仰靠在椅背上哈哈大笑，笑得很开心。这是亲切、纯真的笑声。这场面充满着欢乐的、无拘无束的家庭气氛。可是，菲利普对此视而不见。他在回味刚看过的剧情。

---

① 苏德曼(1857—1928)，德国戏剧家及小说家。

“你难道不认为这就是生活吗?”他激动地说,“你知道,我不会在这儿久待了。我想到伦敦去,开始真正的生活。我想获得一番生活经历。老是为生活做准备,实在烦透了,我现在就要投入生活。”

海沃德有时让菲利普独自回公寓。他从未精确地回答菲利普提出的那些热切的问题,却轻快地傻笑着,暗示了一件风流韵事。他引用了罗塞蒂[1]的诗句。有一次,他拿一首十四行诗给菲利普看。诗中那热情和华丽的言辞,悲观和哀愁的情调,全集中在一名叫特鲁德小姐的专题上,海沃德把自己肮脏的、庸俗的、微不足道的艳遇蒙上一层诗歌的光晕,并且认为他的风格堪与培里克里斯[2]及菲狄亚斯[3]媲美。因为在描述他所追求的意中人时,他选用了“hetaira”[4]这个词,而不用英语所提供的更直截了当、更贴切的词。白天,菲利普受好奇心的驱使,到那条离古桥不远的小街上走了一趟。街上有整洁的白色房子,装有绿色的百叶窗。据海沃德说,特鲁德小姐就住在那儿,但是,那些走出门外,对他打招呼的女人,个个满脸凶相,涂脂抹粉。菲利普害怕极了,惊恐地推开想拦住他的那双粗糙的手,撒腿就跑。他尤其渴望经验,觉得自己幼稚可笑,因为像他这样的年龄,竟尚未享受过所有的小说无不渲染的那种“人生最重要的事”。可是,他具有洞察事物本来面目的不幸天赋。出现在他面前的现实,同他梦幻中的理想真有天壤之别。

他不知道,一个人一生必须艰苦跋涉,越过一大片土地贫瘠、地势险峻的原野,方能跨入现实的门槛。说青春是幸福的,这只是一种幻想,是已经失去了青春的人们的一种幻想。但是,年轻人知道自己是不幸的,因为他们脑子里充满了灌输给他们的种种不切实际的幻想。他们一旦同现实接触,总是碰得头破血流。看来,他们似乎是某种阴谋的牺牲品,因为他们所读的书——由于必要的

---

① 罗塞蒂(1830—1894),英国女诗人。

② 培里克里斯,公元前5世纪雅典最伟大的政治家、大将军及演说家。

③ 菲狄亚斯,公元前5世纪的希腊雕刻家。

④ hetaira,希腊语,意为妾、妓女或艺妓。

选择而很理想;还有长辈们之间的谈话——他们是透过健忘的玫瑰色的雾霭来回首青春的,这一切都为他们准备好了一个不真实的生活。他们必须自己发现,他们所读过的书,所听到的话,全是谎言!谎言!谎言!而每一次的发现,都是往那具已被钉在人生十字架上的身躯再打入一枚钉子。奇怪的是,每一个经历过痛苦幻灭的人,由于受到他自身抑制不了的力量的驱使,又总是无意中增添了这种痛苦的幻灭。对菲利普来说,和海沃德的交往是一种最糟糕的事。他任何东西都不肯亲眼去观察,而只是通过书本知识来认识。他是危险的,因为他欺骗自己,达到了如痴如狂、诚心诚意的程度。他真诚地将自己的淫荡误认为是浪漫的感情,把自己的优柔寡断误认为是艺术家的气质,把自己的偷懒误认为是哲学家的冷静。他的思想因为追求风雅而变得庸俗起来。他把一切事物都看得比实物大,轮廓模糊,还给它们蒙上一层多愁善感的金色雾霭。他扯谎,自己却没有意识到。别人为他指出来时,他却说谎言是美好的。他是个理想主义者。

30

菲利普心情烦躁,事事不满足,海沃德富有诗意的暗示,害得他想入非非。他的心灵渴望着浪漫,至少,他对自己是这样理解的。

碰巧,在厄宁夫人家里发生的一件意外的事,促使菲利普对性的问题越发关注。他沿着山坡散步时,有两三次遇到卡西里小姐独自一人在徘徊。走到她身边时,菲利普向她一躬身就继续朝前走了。没走多远就见到了那位中国人。起初,菲利普对这件事一点也不在意。可是,一天傍晚,在回家的路上,夜幕已经降临,他碰见两个人紧挨着走。可是,一听见他的脚步声他俩立即散开。尽管朦胧中他看不太清楚,但是,他几乎可以断定这两个人就是卡西里和宋先生。他们迅速分开的动作,意味着他们刚才是臂挽着臂散步的。菲利普既困惑,又惊讶。他过去对卡西里不怎么注意。她是个很平常的女孩子,方方的脸,相貌呆板,最多十六岁,因为金黄色的长发还梳成辫子。当天晚上用餐时,他好奇地盯着她。虽然近来她在吃饭的时候很少说话,但她还是同他攀谈。

“凯里先生,你今天上哪儿散步了?”

“哦,我往御座山方向走了走。”

“我没有出门,”她主动地说,“我头疼。”

那位中国人回过头来,坐在她身边。

“很遗憾,”他说,“希望你现在好些了吧。”

显然,卡西里小姐心神不安,因此她又对菲利普说:

“你在路上遇到很多人吗?”

当菲利普扯了一个彻头彻尾的谎言时,他不由得脸红了。

“没有,连个人影也没见到。”

菲利普觉察到她的眼睛里流露出慰藉的神色。

然而不久,这两人之间存在的暧昧关系已不容置疑了。教授夫人家的其他人看见他俩在阴暗的角落里鬼鬼祟祟。坐在首席的上了年纪的太太们,开始谈论这件丑闻了。教授夫人很生气,也很为难,她尽量装作什么也没看见。冬天即将来临,这不像夏天那样容易使她的公寓住满房客。宋先生是个好主顾。他在一楼租了两个房间,每餐都要喝一瓶莫塞尔白葡萄酒。教授夫人每瓶收费三马克,赚头不少。其他房客都不喝酒,有些甚至连啤酒也不喝。她也不希望失去卡西里,她的双亲在南美洲经商,对教授夫人慈母般的照顾付了一笔可观的酬金。她知道,要是写信告诉卡西里那位住在柏林的叔叔,他会立即将她带走的。因此她只满足于吃饭时,给他俩一点严厉的眼色。显然,她不敢冒犯那位中国人,却尽可能拿卡西里的无礼来出气。可是,那三位上了年纪的太太还不满意。她们有两位是寡妇,另一位是男性相貌的荷兰老处女。她们支付的食宿费极少,却给人添了不少麻烦。可是她们是永久性的房客,所以不得不对她们忍着点。她们找教授夫人,要求采取措施,因为此事有伤风化，寓所的名声都要给败坏了。教授夫人使出种种伎俩，时而固执己见，时而大发雷霆，时而痛哭流涕，但终于斗不过这三位老太太。教授夫人突然摆出一副对这样的不道德行为义愤填膺的样子，表示要处理这件事。

午饭后，她把卡西里带进自己寝室，开始严厉地训斥她。可是这姑娘采取了厚颜无耻的态度，使她大吃一惊；她打算爱上哪儿就上哪儿。假如她愿意和这位中国人一块散步，那也是她自己的事，看不出这同旁人有何相干。教授夫人威胁说要写信告诉她叔叔。

"那么，赫恩里奇叔叔会安排我在柏林的一户人家过冬的，这对我来说更好，宋先生也将一块到柏林。"

教授夫人哭了。眼泪沿着她那红润、肥胖的脸上淌下来。卡西里却在一边取笑她。

"这意味着整个冬天得有三间房空着。"她说。

接着，教授夫人又改变对策，她迎合了卡西里天性中好的一面，如善良、懂事、忍让；她不再拿卡西里当小孩看待，而是当成年女人看待。她说，本来也没有什么大不了的事，只是那位中国人，黄黄的皮肤、扁扁的鼻梁，还有那双小眼睛！这就太可怕了，一想起那副样子，就令人作呕。

"别说了，别说了！"卡西里迅速地吸了一口气说，"我不愿听别人说他的坏话。"

"可你这是闹着玩的吧！"厄宁夫人喘着气说。

"我爱他！我爱他！我爱他！"

"我的上帝！"

教授夫人吃惊地盯着她；她本来以为这姑娘只不过淘气、天真无知罢了；可是听她那热情的声音便一切都明白了。卡西里用那双灼热的眼睛望了她一会儿，然后耸耸肩膀，走出房去。

厄宁夫人没有把这次谈话的详情透露出去。一两天以后她调换了一下用膳时的座位。她问宋先生是否愿意坐到她这一头来。他照样彬彬有礼、欣然从命。卡西里对这一变动满不在乎。但是他俩的关系在公寓里公开之后，他们好像变得更不知羞耻了。现在，他们不必偷偷摸摸地一块散步了。每天下午他们公开地到小山冈去溜达。显然，他们已不在乎旁人怎么议论了。最后，连温和的厄宁教授也沉不住气，定要妻子找那位中国人谈谈。她把这位中国人拉到一边，告诫他：他毁坏这姑娘的名誉，危害了整个寓所的名声；他必须明白他的行为是多么的错误，多么的不道德。可是他却笑眯眯地矢口否认；宋先生不知道她在说些什么，他对卡西里小姐一点也不感兴趣。他不曾跟她一起散步；一切都是凭空捏造，没有一句是真的。

"唉，宋先生，你怎么能这么说呢？人家看见你们在一起已经好多次了。"

"不，你搞错了，没有这回事。"

他望着她，不停地微笑着，露出一排整齐、洁白的细牙。他很镇定，什么也不承认。他厚着脸皮、温和地百般抵赖。最后，教授夫人发脾气，说那姑娘已承认她爱他了。他还是不动声色，继续微笑着。

"荒唐！荒唐！全是胡扯。"

她无法从他嘴里问出什么来。天气变得很恶劣，又是下雪又是降霜。接着冰雪消融，又是一连串沉闷的日子。在这些日子里散步也索然无味。一天晚上，菲利普刚从教授先生那儿上完德语课，站在客厅里正和厄宁夫人说话，一会儿，安娜飞快地跑进来。

"妈妈，卡西里在哪儿？"她问。

"大概在她的房间里吧。"

"她房间里没有灯光。"教授夫人惊叫一声，神情沮丧地望着女儿，安娜脑子里的念头也闪现在她脑海里。

"按铃叫埃米尔来。"她以沙哑的声音说。

埃米尔就是那个傻乎乎的愣小子，吃饭时他端汤送饭，在桌前伺候，平时大部分家务也丢给他一个人干。

"埃米尔，到楼下宋先生的房间去，不用敲门就进去，有人在的话，就说是进来照看炉子。”

埃米尔呆滞的脸上毫无惊讶的神色。

他慢吞吞地走下楼。教授夫人和安娜让门开着，倾听楼下的动静。不久，她们听到埃米尔又上楼来了，便唤住他。

“屋里有人吗？”教授夫人问。

“有，宋先生在。”

“就他一个人吗？”

他抿着嘴，露出狡黠的笑容。

“不，卡西里小姐也在。”

“噢，太丢人了。”教授夫人叫了起来。

这时，埃米尔咧开嘴笑了。

“卡西里小姐每天晚上都在那儿，经常是几个钟头。”

教授夫人开始扭动着双手。

“唉，真讨厌！你为什么不早告诉我？”

“这不关我的事。”他回答道，慢腾腾地耸了耸肩。

“恐怕他们给了你不少好处吧。走开，滚！”

他蹒跚地向门口走去。

“妈，他们应该滚蛋。”安娜说。

“那谁来付房租呢？税单快要到期了。他们应该滚蛋，说得倒轻松。如果他们走了，我可付不了账。”她满脸泪水，转身对菲利普说，“啊，凯里先生，你不要把听到的这些话传出去。假如福斯特小姐——就是那位荷兰老处女——要是让她知道了，她会立即离开这儿的。假如他们都走了，我们的公寓就得关门。我可负担不起。”

“当然，我什么也不会说的。”

“假如卡西里继续待下去，我就不理睬她。”安娜说。

当天晚上吃饭时，卡西里的脸比平常更红些，带着一副执拗的神色，准时入席就座。可是，宋先生却没有露面。菲利普认为他有意逃避这种难堪的局面。最后宋先生满脸堆笑地走进来了，为自己的姗姗来迟连声道歉,一双小眼睛滴溜溜地转个不停。他照常硬要为教授夫人斟一杯莫塞尔白葡萄酒,又给福斯特小姐倒了一杯。屋里很热,因为炉子整天烧着,窗户又很少打开。埃米尔跑起来颠颠的,但还是能迅速地、有次序地为每个人端汤送菜。那三位老太太默默地坐着,满脸不高兴的样子。教授夫人泪痕未干;她丈夫一言不发,心事重重。大家都不愿启口。在菲利普看来,这些天天和他同桌共餐的人身上有着某种可怕的东西。在那两盏吊灯的灯光下,他们看上去同往常不同。他有些心神不安。有一回,他的目光偶尔和卡西里的目光相遇。他依稀觉得她对自己投来仇恨、轻蔑的目光。房间的空气很闷,好像这对情人的兽欲搅得大家透不过气来似的。这儿有一种东方人堕落的气氛:闷人的香火味,隐藏着不道德行为的神秘气氛,似乎令人窒息。菲利普可以感到额头上的动脉在跳动。他不懂得是什么奇怪的情感,搅得他心慌意乱;他似乎感觉到某种东西强烈地吸引着他,同时又使他感到厌恶和恐怖。

一连好几天,情况仍然这样持续下去。人们都感到周围充满着那股反常的恋情。小小寓所中每个人的神经似乎都绷得紧紧的。只有宋先生还是那样无动于衷。他依然那样笑容可掬,那样和蔼可亲,那样彬彬有礼:谁也说不出他的态度是文明的胜利呢,还是东方人对被征服的西方的一种轻蔑。卡西里得意扬扬、玩世不恭。最后教授夫人对这种局面再也忍受不了啦。她突然恐慌起来,因为厄宁教授粗暴而坦率地暗示,这件尽人皆知的私通事件可能造成的恶果。她看到,她在海德堡的好名声和寓所的声誉,将被这件掩盖不住的丑闻毁于一旦。由于某种原因,她竟利令智昏,从未想到这种可能性。现在她因恐惧而丧失理智,几乎想立即把这女孩子撵出门去。多亏安娜有见识,给柏林的那位叔叔写了一封措辞谨慎的信,建议把卡西里带走。

由于决意放弃这两位房客,教授夫人再也按捺不住压抑已久的怒气。现在,她可以对卡西里爱怎么说就怎么说了。

“卡西里,我已经写信给你叔叔,叫他把你带走。我不能让你在这儿继续待下去。”

她注意到姑娘的脸色唰的一下变白时,那双溜圆的小眼睛不由得一闪一闪地发亮。

“你不要脸！不要脸!”她继续说。

她臭骂了卡西里一顿。

“教授夫人,你对我叔叔赫恩里奇说了些什么?”姑娘问道,原先那种扬扬得意、我行我素的神态突然消失了。

“噢,他本人会告诉你的。我想明天就能收到他的回信。”

第二天,为了让卡西里当众出丑,教授夫人在晚饭的时候,故意大声地申斥卡西里。

“卡西里,我已收到你叔叔的信。你晚上就收拾好行李,明天早晨我们送你上火车。你叔叔将亲自在柏林中央车站接你。”

“太好了,教授夫人。”

宋先生还是冲着教授夫人微笑,并不顾她再三拒绝,硬给她斟了一杯酒。这顿晚饭教授夫人胃口很好。可是她高兴得太早了。就在睡觉之前,她把仆人唤来。

“埃米尔,要是卡西里小姐的箱子收拾好了,你最好今天晚上把它搬到楼下去,脚夫明天早餐前要来取走。”

仆人去了,但不一会儿又回来了。

“卡西里小姐不在她房里,她的手提包也不见了。”

教授夫人惊叫一声,赶忙跑到卡西里房间:箱子放在地板上,已经捆好并上了锁。可是,手提包、帽子和斗篷统统不见了,梳妆台也空了。教授夫人喘着粗气跑下楼,来到那位中国人房间。二十年来,她从未走得这么快。埃米尔在她背后大喊,叫她当心别摔倒。她门也不敲,便扑进房里。房间空空如也,行李已无影无踪。通往花园的门敞开着,表明他们是从那儿逃跑的。桌上的一只信封里装着几张钞票,算是偿付当月的膳宿费和一笔近似额外的小费。教授夫人呻吟着,刚才这阵子慌乱把她累坏了。她沉重地瘫坐在沙发上。无疑,这对情人已经私奔了。埃米尔还是那么呆头呆脑、无动于衷。

31

海沃德一个月来老是说第二天就要到南方去,可是却一星期又一星期地拖延着,迟迟不能下决心整理行装,进行单调乏味的旅行。在圣诞节前,他终于被准备节日的气氛赶走了。一想起条顿民族的狂欢他就受不了;一想起节日期间那种纵情放浪的欢乐场面,他便浑身起鸡皮疙瘩。为了逃避这种场面,他决定在圣诞节前夕动身旅行。

菲利普为他送行,心里并不难过,因为他是个爽直的人,任何人优柔寡断拿不定主意,他都感到气愤。虽然他受海沃德影响很深,可他不同意优柔寡断说明一个人具有讨人喜欢的敏感性的说法;他埋怨海沃德多少带点嘲笑来对待自己的正直,他们有书信来往。海沃德是个擅长写信的人,他知道自己在这方面的才能,写信时特别下功夫。他的气质使他对接触的各种美好的事物有良好的感受力,他可以使他从罗马的来信中带有意大利的幽香。他认为这座古罗马人的城市有点俗气,只有在帝国衰落时才出了名。但是教皇们的罗马却在他心头引起了共鸣。他以精雕细琢的优雅文字,把“洛可可式”(十七和十八世纪欧洲流行的一种纤巧华丽的建筑和音乐形式)的美描绘得活灵活现。他信中写到古色古香的教堂音乐和奥尔本山,写到炷香袅袅,令人昏昏欲睡,以及雨夜迷人的街景:人行道闪闪发光,街灯摇曳,神秘莫测。也许他向许多朋友重复过这类令人赞叹的书信。他哪里知道这些信对菲利普起着多么扰乱心思的效力,对比之下,菲利普的生活显得多么乏味无聊。春天的来临唤起了海沃德狂热的诗兴。他提议菲利普应该到意大利去。在海德堡纯粹是虚度光阴。德国人粗野,在德国的生活平淡无奇;在那呆板的景色中,灵魂怎么能开窍呢?而托斯卡纳[1]春意正浓,鲜花盛开。菲利普已十九岁了,到意大利来吧,他们可以一起逛遍翁布里亚[2]山城。这些地方的名字在菲利普的心中回响。卡西里和她的情人也跑到意大利去。一想起这对情侣,菲利普心里便有一种莫可名状的烦乱不安之感。他埋怨自己运气不佳,因为他没有钱旅行。他知道伯父给他的钱不会超过原先商定的每月十五镑。菲利普又不善精打细算,付了膳宿费和学费之后,他的钱已所剩无几了;他发现同海沃德四处玩很花钱。海沃德常常邀他郊游、看戏或者喝瓶啤酒,由于他年轻愚昧,总是不愿意承认自己禁不起这样的挥霍。

幸而海沃德的信不常来,在这期间菲利普又能定下心来过节俭的生活。他进了海德堡大学,听了一两门课程。库诺·费希尔当时正是名声鼎盛之时,那年冬季,他做了关于叔本华[3]的一系列出色的讲座。这是菲利普学哲学的入门。菲利普的脑子注重实际,一接触抽象思维便茫然不知所措了。他发现听形而上学的学术讲座有一种意想不到的魅力。他屏息恭听这些讲座,有点像观看走钢丝的演员做惊险的表演,下面是无底的深渊。然而这种表演是很令人激动的。悲观主义的主题吸引他那颗年轻的心,他相信,他正要进入的这个世界是一个冷酷的、可悲的和暗无天日的地方。虽然如此,他还是渴望踏入这个世界。不久,当凯里太太来信转达他监护人的意见,说该是他回英国的时候了,他便满口答应了。他现在必须下决心,究竟将来打算干什么。假如他七月底离开海德堡,他们就可以在八月份商量这件事,这倒是做出安排的大好机会。

离开海德堡的日期定了。凯里太太又来了一封信,她提醒他

---

① 托斯卡纳,意大利一地区。

② 翁布里亚,古代意大利中部一地区,现为一州。

③ 叔本华(1788—1860),德国厌世哲学家。

别忘了威尔金森小姐，承蒙她的帮助，他才能住在海德堡厄宁夫人的寓所里。她信中还告诉他威尔金森小姐准备到布莱克斯特伯尔同他们一块住几个星期。她将在某月某日从弗拉欣乘船来。假如他同时动身的话，他可以一路上关照她，陪她到布莱克斯特伯尔。菲利普生性腼腆，他回信推托说他得再等一两天才走。他想象自己在人海之中寻找威尔金森小姐的情形：摇摇摆摆地向她走过去，询问她是否就是威尔金森小姐（他很可能认错人而碰一鼻子灰）。再说，他也不懂得在火车上是应该同她聊天呢，还是不理她，只顾自己看书。

他终于离开了海德堡。整整三个月来他什么也不想，一直在考虑自己的将来，他毫无遗憾地离开了，他从未觉得他在那儿是快乐的。安娜小姐赠他一本《赛金根的号手》。他回赠她一册威廉·莫里斯[①]的著作。他们都很明智，谁也不曾去读对方赠送的书。

32

菲利普见到伯父和伯母时，不禁大吃一惊。他先前从未注意到他们已这么苍老了。牧师还是如往常一样，以不冷不热的态度接待他，他身体胖了点，头秃得更厉害了点，白发也多了点。菲利普看出他是多么微不足道啊。他的脸上露出虚弱和自我放纵的神色。路易莎伯母把菲利普搂在怀里，不停地亲他，幸福的热泪从双颊淌下来。菲利普被感动了，又有点忸怩不安。他从不知道，她对他竟如此疼爱！

“哦，菲利普，你走后，日子似乎过得很慢。”她抽泣着说。

她抚摸着他的双手，用喜悦的目光端详着他的脸庞。

---

① 威廉·莫里斯（1834—1896），英国诗人，艺术家及社会主义者。

“你长高了,简直像个大人。”

他的上唇长出一撇小胡子。他买了一把剃刀,不时小心翼翼地把光滑的下巴的软毛刮掉。

“你不在,我们可寂寞了,”接着,她声音突变,羞怯地问,“你回到自己家里很高兴吧?”

“那当然啦!”

她瘦得几乎快皮包骨了,搂住他脖子的胳膊瘦骨嶙峋,令人联想起鸡骨头来。她憔悴的脸上布满了皱纹,仍然按照年轻时流行的发式梳成的斑白的鬈发,使她显得古怪和感伤。干瘪的身躯就像秋天的一片落叶,一阵凛冽的寒风就会把它刮走。菲利普感到这两个默默无闻的小人物的生命已经完结了。他们是属于过去的一代,正在那儿耐心而麻木地等待死亡;而他却充满青春活力,渴望刺激和冒险,对他们这样虚度年华感到骇然。他们一事无成,一旦去世,就好像他们不曾存在一样。他十分可怜路易莎伯母。他突然感到自己喜欢她,因为她疼爱他。

这时,威尔金森小姐走进屋来。她刚才一直小心回避,好让凯里夫妇有机会和侄儿亲热一番。

“菲利普,这是威尔金森小姐。”凯里太太说。

“浪子回家了,”她边说边伸出手来,“我给浪子上衣的纽扣眼带来了一朵玫瑰。”

她笑容可掬地把刚从花园摘来的那朵玫瑰花别在菲利普上衣的纽扣眼里。菲利普的脸唰地红了,觉得自己傻乎乎的。他知道威尔金森小姐是威廉伯父的前任教区长的女儿。他知道伯父认识很多牧师的女儿。她们穿着剪裁很差的衣服和粗笨的靴子,通常穿一身黑衣服。菲利普早年在布莱克斯特伯尔时,手织物尚未传到东英格兰来。而牧师家的太太小姐也不喜欢穿花衣服。她们的头发梳得乱七八糟,浑身散发出一股浆过的内衣的呛人气味。她们认为女性的魅力外露不体面。因此,无论老少,全是一样的打扮。她们因自己信仰的宗教而妄自尊大。同教会的密切关系,使她们对其他人采取了几分傲慢专横的态度。

威尔金森就大不一样。她穿一件白纱长袍，上面印有灰色的小花簇图案，脚上穿一双尖尖的高跟鞋，配上一双网眼长袜。在阅历浅的菲利普看来，她似乎穿得很华丽；他哪知道她的上衣既便宜又妖艳。她的头发做得很精致，前额的正中留着一绺整齐的发卷，发丝又黑、又亮、又硬，看上去根本不会散乱似的。她的眼睛又大又黑，鼻梁呈钩状，从侧面看她多少有点像猛禽，可是从正面看却很讨人喜欢。她常微笑，但是因为嘴大，微笑时总是千方百计地不让那排又大又黄的牙齿露出来。然而菲利普感到最窘的，是她涂了很厚的脂粉。他对女性的行为举止的看法是很严格的，从未想过一个有身份的女子还要抹粉。威尔金森当然是个有身份的小姐了，因为她是牧师的女儿，而牧师属于绅士。

菲利普决意全然不喜欢她。她讲话略带法国口音，他不晓得为什么她会这样，因为她是在英格兰内地土生土长的。他认为她的微笑不自然，她那副忸怩作态的轻浮样子使他感到恼火。有两三天他保持沉默，心怀敌意，可是威尔金森小姐显然没发觉，她非常和蔼可亲，几乎只跟他一个人谈话，并且不断地就某个问题征求菲利普的意见，这种做法着实有些讨人喜欢。她还逗他发笑，菲利普总是经不起别人逗他：他有一种不时说出妙语的天赋，现在有位欣赏这种天赋的知音，他真是喜上眉梢。牧师和凯里太太都没有幽默感，他无论说什么他们都笑不起来。他和威尔金森小姐厮混熟了的时候，就不再那么羞怯了，渐渐地也就喜欢她了。他觉得她的法国脸独特而有趣。在医生家举行的游园会上，她穿得比任何人都漂亮。她穿着印有大白点花纹的蓝色软绸衣，菲利普心荡神怡，心里喜滋滋的。

“我敢肯定，他们会认为你行为不端。”他笑着对她说。

“让人看作是放荡的轻佻女子是我平生之愿呀。”她回答说。

有一天，威尔金森在自己的房间时，菲利普问路易莎伯母她年纪多大了。

“哟，亲爱的，你不该问一个小姐的年龄；不过你要和她结婚的话，她的年纪可就太大了，这是肯定的。”

牧师肥胖的脸上慢慢地绽开了笑容。

“她不是小娃娃了，路易莎，”他说，“咱们在林肯郡的时候她就差不多是大姑娘了，而这是二十年前的事啦，当时她背后拖着一条辫子。”

“她当时也许不超过十岁吧？”菲利普问。

“不止十岁了。”路易莎说。

“我想她当时接近二十岁了。”牧师说。

“哦，不，威廉，最多十六七岁。”

“那她早已超过三十岁啦。”菲利普说。

就在这时，威尔金森小姐哼着本杰明·戈达德的一首歌，轻快地跑下楼来，她戴上帽子，正准备和菲利普出去散步。她伸出手来，让他为她扣上手套的纽扣，他笨手笨脚地扣着。觉得难为情，然而却颇有骑士风度。现在他们之间的谈话已无拘无束。

他们一面闲逛着，一面天南地北地聊着。她对菲利普讲起柏林的情况，而他告诉她在海德堡的生活。他谈话时，那本来无足轻重的小事，现在讲起来却有了新的意义：他描述了在厄宁夫人寓所的房客；对于跟海沃德和威克斯的几次谈话，此时似乎更重要，他略加歪曲，以便显得荒唐可笑些。他对威尔金森小姐的笑声感到飘飘然。

“吓死我了，”她说，“你太会挖苦人了。”

接着，她又开玩笑地问他在海德堡是否有什么艳遇。他不假思索地坦率相告，说他没有，可是她不相信。

“你太守口如瓶了，”她说，“到了你这样的年龄，怎么可能呢？”

“你想了解的太多了。”他红着脸笑着说。

“啊，我猜对了，”她得意扬扬地笑着，“看你脸都红啦。”

他感到高兴，因为她竟会认为自己放荡。他转换话题，以便让她相信，他还隐瞒了一桩桩风流韵事。他恨自己没有这样的经历，因为过去一直没有机会。

威尔金森小姐不满自己的命运。她怨恨自己不得不去谋生，给菲利普讲她母亲的一位叔父的事儿。她本想从母亲的一个叔父那儿继承一笔财产，可是他跟厨娘结婚，把遗嘱改了。她暗示自己早先家境的奢华，并且拿在林肯郡有马骑，有车乘的阔绰生活同眼下寄人篱下的穷困生活相比较。后来菲利普向路易莎伯母提起这件事，她告诉他，当她认识威尔金森一家时，他们不过只剩下一匹马及一辆单马拉的双轮马车罢了。这倒使菲利普有些糊涂了。路易莎伯母听说过那位有钱的叔叔，可是他已结了婚，并在埃米莉（威尔金森小姐）出生以前就有了孩子，她根本没有希望继承他的财产。威尔金森小姐把柏林说得一无是处，眼下她在那儿供职。她埋怨德国的生活粗俗乏味，并悲痛地将它和巴黎的丰富多彩的生活相比较。她曾在巴黎待了好几年，但没说究竟住了多少年。她曾在一名时髦肖像画家家里当家庭教师，画家娶了一个有钱的犹太人做妻子。在他们家里遇到了许多知名人士。她一口气说出了许多人的名字，菲利普听得津津有味。法兰西喜剧院的演员是他家的常客，吃饭时坐在她旁边的科奎宁①告诉她说，他从未遇见过一个外国人能讲这么地道的法语。阿尔方斯·都德②也常来，还赠送她一本《萨福》，他答应在这本书上写上她的名字，但她后来忘了提醒他。她迄今仍珍藏着这本书，并愿意借给菲利普看。还有莫泊桑也常常来，威尔金森小姐意味深长地看着菲利普，发出一阵哧哧的笑声。多么伟大的人啊，多么了不起的作家！海沃德曾谈过莫泊桑，他的名气菲利普是熟悉的。

“他向你求爱了吗？”他问道。

这话似乎很奇怪地在他喉咙里哽住了，然而他还是问了。现在他非常喜欢威尔金森小姐了。她的谈话使他激动不已。然而他

---

① 科奎宁（1841—1909），法国著名男演员。

② 都德（1840—1897），法国小说家，《萨福》是1884年发表的小说。

很难想象会有人向她求爱。

“瞧你问的!”她嚷道,“可怜的盖伊[①],他每见到一个女人都向她求爱。这是他改不了的毛病。”

她轻轻地叹了一口气,似乎温情脉脉地回忆着往事。

“他是个迷人的男子。”她小声说道。

稍微比菲利普有经验的人从这句话就可以猜出他们之间邂逅的场面:这位著名的作家应邀前来参加午宴,家庭女教师领着她教的两个身材修长的姑娘默默地进来了。主人介绍道:

“这位是我们的英国小姐。”

“小姐。”

席间,名作家同男女主人交谈着,而这位英国小姐默默地坐在一旁。

她的话唤起了菲利普更多的浪漫的想象。

“快把他的情况都告诉我。”他激动地说。

“没有什么好说的啦!”她真诚地说,可是那神态好像在告诉他:纵然写上三本书也写不完他们之间的风流艳史。

她开始谈起巴黎来了。她喜欢巴黎的林荫大道和参天树木,每条街道都优美雅致。爱丽舍宫田园大街的树木更是独特。他们现在坐在公路旁边的栅栏阶梯上,威尔金森小姐轻蔑地看着他们面前的几棵高大的榆树。还有巴黎的剧院:节目十分精彩,演技无与伦比。她那两个学生的母亲福约太太每次去试穿时装时,她常常陪同前往。

“唉,没钱多么痛苦啊!”她大声地嚷道,“那些漂亮的时装,只有巴黎人才懂得穿戴打扮,可惜我买不起!可怜的福约太太没有好身材。有时裁缝悄悄地对我说:‘啊,小姐,她要是有你这样风姿绰约的身段就好了。’”

菲利普这时才观察到威尔金森小姐体态丰满,并为之感到

---

① 盖伊,莫泊桑的名字。

自豪。

“英国的男人很蠢,他们只注意脸蛋。法国才是懂得爱情的民族,他们知道身段比脸蛋重要得多。”菲利普以前从未想过这类事,可是现在他观察到威尔金森小姐的脚踝又粗又难看。他迅速地将目光移开。

“你应该到法国去,为什么不去巴黎待它一年?你可以学法语,法语将使你变得老练起来。”

“那是什么意思?”菲利普问。

她狡猾地笑着。

“你去查查字典。英国男人不懂得怎么对待女人。他们太羞怯了,而男人腼腆是可笑的。他们不懂得如何向女人求爱,甚至对一个女人说她是迷人的,也免不了面红耳赤,露出一副傻相。”

菲利普觉得自己荒唐可笑。显然,威尔金森小姐期望他的行为与现在大不一样。这时,他要是能说出几句殷勤的、妙趣横生的话该多高兴啊。可是他无论如何也想不出来,即使真想出来了,也担心会闹笑话而说不出口。

“啊,我爱巴黎,”威尔金森小姐感叹地说,“可是我只好去柏林。我在福约家一直待到那两个姑娘出嫁。而后,我就找不到事干了。后来,我在柏林找到这个职业。他们是福约太太的亲戚,我接受了。我在布雷达街有一小套公寓房间:它在五楼,一点也不体面。你了解布雷达街的那些贵妇人,是吧?”

菲利普点点头,根本不知道她说的是什么意思,只是模糊地猜到一点,担心让她看出自己太无知了。

“可我不在乎。我太随便了,是吧?”她很喜欢讲法语,也确实讲得好。“在那儿,我曾经有过一次奇遇。”

她停了下来,菲利普催她讲下去。

“你也不愿把你在海德堡的奇遇告诉我呀。”她说。

“实在太平淡了。”他说。

“要是凯里太太了解我们在一块谈论这种事,真不知道她会怎么说的呢。”

“你想我怎么会告诉她呢?”

“你敢保证吗?”

他做了保证后,她告诉他,她的楼上住着一位学美术的学生,但她打断自己的话。

“你为什么不搞美术呢?你画得挺好的嘛。”

“还差得远呢。”

“那得由别人来评判。依我看,我相信你是个大艺术家的料子。”

“假如我突然告诉伯父说我要到巴黎去学美术,你难道想象不出威廉伯父的脸色吗?”

“你可以自己做主嘛!”

“别想拿这些话来搪塞、改变话题了,还是把刚才的事说下去吧。”

威尔金森小姐微微一笑,继续讲下去。这个学美术的学生在楼梯上曾多次从她旁边经过,她并不怎么特别留意。她看出他有一双漂亮的眼睛,并且还很有礼貌地脱帽致意。有一天她发现有一封信从门底下塞进来,这是他写的信。他告诉她,他爱慕她已有好几个月了,并且说他故意在楼梯旁等她走过。啊,这是一封很迷人的信!她当然不回信,可是又有哪一个女人被人奉承还能忍耐得住的呢?第二天另一封信又来了!写得妙极了,热情洋溢,扣人心弦。后来,她在楼梯遇到他时,真不知道眼睛该往何处看才好,他天天来信,恳求她见他。他说他晚上大约九点要来,她不知如何是好。当然,这是办不到的,他可以一个劲地按铃,但她是绝不会开门的。可是,正当她全神贯注倾听铃声时,他突然站在她面前。她进来时忘记关门了。

“这是命运。”

“后来呢?”菲利普问。

“故事结束啦。”她回答说,发出一阵轻快的笑声。

菲利普沉默了片刻，心跳得厉害，心中翻腾着一阵阵奇异的情感。他依稀看到那黑洞洞的楼梯，那一次次的邂逅。他赞赏那些人的勇气——唉，他永远也不敢那样做——接着是那神不知鬼不觉的，几乎是神秘地摸进她的房间。在他看来，这才是真正的风流韵事呢。

“他长得怎么样？”

“噢，仪表堂堂，是个迷人的小伙子。”

“现在还同他来往吗？”

菲利普问这话时，心里有点儿不是滋味。

“他待我坏透了。男人全是一路货色，你们无情无义，没有一个好货。”

“这我一无所知。”菲利普不无为难地说。

“咱们回家吧。”威尔金森小姐说。

33

威尔金森小姐的那段风流事一直萦绕在菲利普的脑海里，尽管她缩短了故事情节，但她的意思是够清楚的。他有点吃惊，这类事情对已婚的女人倒还说得过去。他读过许多法国小说，也懂得在法国这确实是司空见惯的。可是，威尔金森小姐是英国人，未婚，她父亲又是个牧师。接着他又想起，这个学美术的学生可能不是她的第一个，也不是最后的一个情人，他感到透不过气来。他从未这样看待威尔金森小姐，竟有人会向她求爱，简直不可思议。由于天真无知，他对她讲的故事，就像从书本上所看到的东西一样深信不疑。像这类奇妙的事从来轮不到他头上，他感到懊恼。他竟没有什么可说的，多丢脸啊！他有些虚构力，这是事实，但是，能否使她相信自己寻花问柳，无恶不作，这他没有把握。他从书本上读到，女人是富于直觉的，她可以很容易地识破他在扯谎。一想起她的掩面窃笑他就满脸通红。

威尔金森小姐一边弹钢琴，一边以困倦的声音伴唱着。她唱的是马斯奈①、本杰明·戈达德②和奥古斯塔·霍姆斯的歌曲，这些对菲利普来说是新鲜的，他们一起在钢琴旁边玩了好几个钟头。有一天她想知道他是否有个好嗓子，非要他试试嗓音不可。她夸他有悦耳动听的男中音嗓子，并主动提出要教他唱歌。起初，他出于惯有的腼腆拒绝了，可是她一再坚持。于是，每天早饭后有空就教他一小时。她有当教师的天赋，显然，她是个出色的家庭女教师。她教学有方，严格要求，尽管她还带有很重的法国口音，可是她讲课时，平常那嘻嘻哈哈的举止不复存在了。她一本正经，容不得半句废话。口气中带有几分命令式的意味，并本能地制止和纠正不注意听讲及邋遢懒散的行为。她知道自己所要干的事，让菲利普唱音阶和练声。一讲完课，她便毫不费劲地恢复她那诱人的微笑，说话的声音又变得柔和动听了。但是菲利普不能像她收起教员的架子那么容易地收起充当学生的身份，这种印象和她的那些故事在他心里唤起的感受是互相矛盾的。他更加仔细地观察她。他发觉她晚上要比早晨更好看些。早晨她脸上的皱纹多，颈部的皮肤有点儿粗糙。他希望她能把脖子遮住，可这时天气很暖和，她穿的宽松的罩衣的领口裁得很低。她非常喜欢白色的衣服，早晨她穿白衣不合适。夜晚她的模样就很吸引人，她拖着像晚宴服一样的长裙，颈上戴着一串石榴石项链，长裙前胸和肘部的花边有一种赏心悦目的柔软的感觉。她身上那股香水味诱人神魂颠倒，并常有撩人的异香（在布莱克斯特伯尔人们只使用科隆香水，况且只有在星期天或者头疼时才用）。这时她确实显得很年轻。

菲利普对她的年龄还是很操心。他把二十和十七加起来，总得不出一个满意的加数。他不止一次地问路易莎伯母为什么她认

---

① 马斯奈（1842—1912），法国作曲家。

② 本杰明·戈达德（1849—1895），法国小提琴手和作曲家。

为威尔金森小姐是三十七岁:她的外表不超过三十岁,况且每个人都知道外国人老得比英国女人快,威尔金森小姐在外国待的时间长得几乎可以算作是一个外国人。他本人认为她不超过二十六岁。

“不止啦!”路易莎伯母说。

菲利普不相信凯里夫妇说话的精确性,他们唯一记得清清楚楚的是在林肯郡最后一次见到的威尔金森小姐时,她还梳着辫子呢。那么,她当时可能才十二岁,年久日深了,而牧师的记忆力总是靠不住。他们说那是二十年前的事,人们总是喜欢用整数,很可能是十八年前或在十七年前。十七岁加十二岁才二十九岁,哼,岂有此理!那也不算老呀。当年安东尼为了克娄巴特拉而舍弃整个天下时,那位埃及女王已经四十八岁了。

这是晴朗的夏天。日复一日,天气炎热,碧空无云。然而因受到邻近大海的气候调节,暑气有所冲淡,空气很清爽,人们兴致很高,并没有被八月的骄阳晒烤得受不了。花园里有一口水池,池中喷泉飞溅,水中长着睡莲,金鱼浮游到水面晒太阳。菲利普和威尔金森小姐常在午饭后把小地毯和坐垫带到池边,躺在高高的玫瑰树篱下那阴凉的草地上。他们整个下午躺下来聊天、看书,有时还抽抽烟。在屋里牧师不允许抽烟,认为抽烟是个坏习惯,并且常常说任何人成了习惯的奴隶是可耻的。他忘了自己是午后用茶点习惯的奴隶。

有一天,威尔金森小姐给菲利普看一本《波希米亚人的生活》。这是当她在牧师书房里翻箱倒柜的时候偶然发现的。它是连同牧师要的某一批书一起买来的,却藏了十多年没人发现。

菲利普开始阅读米尔热[①]的勾魂夺魄、文笔拙劣、荒谬绝伦的杰作,并立即被迷住了。书中把饥荒描绘得那么风趣,把贫穷刻画得那么逼真,把下流的恋情描写得那么浪漫,把无病呻吟的悲哀描

---

① 米尔热(1822—1861),法国诗人和小说家。《波希米亚人的生活》一书对奋斗中的作家、艺术家进行了浪漫的、感伤的描绘。

绘得那么动人，菲利普感到心花怒放，乐不可支。罗多尔夫和米密，缪塞蒂和肖纳德！他们徘徊在拉丁区的灰暗的街道上，穿着离奇古怪的路易菲力普[①]时代的服装，哭笑无常，无忧无虑，不顾后果，时而在这个顶楼栖身，时而在另一个顶楼寻找避难所。谁能不受他们的诱惑呢？只有当你以更健全的鉴别力，再回头重新看这本书时，你才会发现他们的欢乐是如何的粗野；他们的思想是如何的庸俗；你会发现这伙放荡不羁的人作为艺术家或者凡人是多么一钱不值啊！但菲利普却为之欢喜若狂。

"现在你想去的是巴黎，而不是伦敦了吧？"威尔金森小姐问道，对他的热情一笑置之。

"即使我想去，现在也太迟了。"他回答说。

在他从德国回来的两星期中，他和伯父多次讨论他的前途问题。他坚决反对上牛津。既然他没有机会得到奖学金，甚至凯里先生也得出结论，说他无力上牛津。他的全部财产只有两千镑，虽然以百分之五的利息用抵押契据进行投资，他也不可能靠利息过活。现在这笔款又减少了一些。在牛津大学念三年，每年花二百镑，这是在大学里的最低费用，花这笔钱读大学，简直荒唐极了，因为他不见得出来就能养活自己。他急于直接到伦敦去谋生。凯里太太认为绅士只有四项职业可供选择：陆军、海军、法律和教会。因为她的小叔子是医生，所以她增加了一项医学，但却没有忘记她年轻时根本没有人把医生看作绅士。第一、二项职业别提了，而菲利普又坚决拒绝担任圣职，只剩下法律这一行了。本地医生说现在有许多绅士从事工程技术，可是凯里太太马上反对这个意见。

"我不喜欢菲利普去学手艺。"她说。

"没错，但他必须有个职业呀。"牧师回答道。

"为什么不像他父亲一样当医生呢？"

"我不喜欢这种职业。"菲利普说。

---

① 路易菲力普(1773—1850)，法国国王，在位期间为1830—1848年。

凯里太太并不感到惋惜。他不上牛津，所以当律师是不可能的。凯里夫妇认为，要想在这项职业中获得成功，有个学位还是必要的。最后建议他去给一个律师当学徒。他们写信给家庭律师艾伯特·尼克松，他和布莱克斯特伯尔牧师是已故的亨利·凯里的遗产的共同执行人，并问他是否愿意接纳菲利普做徒弟。一两天过后，他回信说他没有空缺，并且很不赞成这个计划。干这一行的人太多了，如果没有钱或者没有什么社会关系的话，充其量当个事务所的业务办事员就不错了。因此他建议菲利普应该当特许会计师。牧师和他妻子却一点也不懂这玩意儿，菲利普也从未听过什么人当会计师，可是家庭律师的另一封信解释说，随着现代商业的发展以及公司的增加，许多以审查账目，处理委托人的财政事务为业的会计师事务所也应运而生，这是旧式的财务管理方法所没有的。自从几年前取得皇家特许证书之后，这项职业变得更受人尊重，更有利可图，更举足轻重了。艾伯特·尼克松雇用了三十年的几位特许会计师中，碰巧有个合同学徒的空缺，他们愿意招收菲利普，费用三百镑。其中有一半在五年的合同期间，以薪水的形式付给本人。前景并不太理想，但菲利普觉得必须选定某种职业，他想住在伦敦的念头超过自己心里的畏难情绪。布莱克斯特伯尔牧师写信问尼克松先生，这是不是一个适于绅士干的职业，尼克松先生回信说，自从有了特许证书以来，上过公学或大学的人都从事这一职业。况且，假如菲利普不喜欢这个职业，一年以后想离开的话，那个会计师赫伯特·卡特愿意归还合同费的一半，于是就这样定了，约定安排菲利普九月十五日开始上班。

“我还有整整一个月的时间。”菲利普说。

“然后你将走向自由，而我却身陷罗网。”威尔金森小姐回答说。

她的假期是六周，她将比菲利普早一两天离开布莱克斯特伯尔。

“不知道咱们能不能再见面。”她说。

“我不明白为什么不能。”

“噢,别说得那么世故,我还没有见过像你这么不动感情的人。”

菲利普脸红了。他怕威尔金森小姐把自己看成懦夫,毕竟她是个年轻女人,有时还挺漂亮的,而他快二十岁了,如果只谈论艺术和文学,不谈论别的,这未免太荒谬了。他应该向她求爱。他们已经谈论了许多关于恋爱的故事,有布雷达街那个学美术的学生,接着又有位巴黎肖像画家,她在他家里住了很久。他要求她给他当模特儿。他开始如痴如狂地向她求爱,以至于她不得不找了种种借口不再给他当模特儿。显然,威尔金森小姐对这类献殷勤的事很熟悉。现在她戴着一顶大草帽,看上去十分漂亮。那天下午天气特别炎热,是他们遇到的最炎热的一天,她的上唇冒出了一串汗珠。他回想起卡西里小姐和宋先生。过去他想起卡西里时,从未动过感情,她的模样平庸。而今回顾一下,他俩的暧昧关系似乎十分富有浪漫色彩。他现在也有浪漫的机会。威尔金森实际上是法国人,这就给可能发生的风流韵事增添了一番情趣。每当他晚上躺在床上想起这件事,或独个儿坐在花园里看书的时候,他便兴奋不已,可是一见到眼前的威尔金森小姐,又觉得此事不那么浪漫动人了。

无论如何,在她对他讲了自己的那些艳遇之后,假如他向她求爱,她是不会觉得吃惊的。他觉得,要是他无动于衷,那她才觉得奇怪呢。这也许是他的幻觉,可是最近这一两天来他已觉察到她的目光里有点轻蔑的神色。

“你呆呆地在想什么啦?”威尔金森小姐说,微笑着望了他一眼。

“我不告诉你。”他回答说。

他正在想此时此地应该吻她,他不知道她是否巴望他这样做。但他毕竟知道自己不该如此单刀直入,贸然行事。她会以为他疯了,或者扇他一记耳光,也许还会向他伯父告状。他不晓得宋先生和卡西里小姐是如何恋上的。要是她告诉伯父,那就糟了。他了解伯父的为人,他会把这件事告诉医生和乔赛亚·格雷夫斯。而他将会被人看作是个大傻瓜。路易莎伯母一直说威尔金森至少有三十七岁了。他一想起事情败露后遭到的耻笑就毛骨悚然,人家会说她年龄那么大够当他的妈妈了。

“你又呆呆地在想什么啦?”威尔金森小姐嫣然一笑道。

“我在想你呢。”他大胆地回答。

无论如何,这句话并没有出格。

“你想我什么?”

“啊,现在你想知道的太多了。”

“淘气鬼!”威尔金森小姐说。

她还是这句话!每当他好不容易才使自己来劲,她总是说些使他想起她是家庭女教师的话;当他的练唱不令她满意时,她开玩笑似的叫他淘气鬼。这一回他真的不高兴了。

“希望你别把我当小孩。”

“你生气啦?”

“生气极了。”

“我只是开个玩笑。”

她伸出一只手,他握住了。近来有一两次他们晚上握手时,他想她有意轻轻地捏着他的手,这一回是无疑的了。

他不怎么清楚接下去该说什么,终于冒险的机会来了,假如他不抓住这个机会那简直是傻瓜,只是有点太平淡了,他原期望更富有魅力才是。他看过了大量关于爱情的描写,他觉得自己一点也没有小说里描写的那种放荡不羁的感情冲动,他并没有被一阵阵的情欲弄得神魂颠倒。威尔金森小姐也并不理想。过去他常常想象有那么一个娇媚可爱的姑娘,长着一双紫罗兰色的大眼睛和雪花石膏一样雪白的皮肤。他还想象将自己的脸埋进她那波纹状的浓密的褐发中。他不能想象自己将脸埋入威尔金森小姐的头发里,总觉得她的头发有点儿黏。然而风流艳事毕竟是令人倾倒的,一想起这次的成功将在自己的心里激起的自豪感，他激动得心都颤抖了。这全靠他去勾引她。他拿定主意要吻威尔金森小姐，不过不是这时候，而是在晚上。在黑暗中吻她比较容易些。一旦吻了她，其余的事都会接着发生。他当天晚上就要吻她，他发了诸如此类的誓言。

他心里盘算着。晚饭后，他建议他们到花园去散步。威尔金森小姐同意了，他们肩并肩地闲逛。菲利普很紧张，不知道为什么，谈话总是引不上正轨；他已决定，首先要做的第一件事是用胳膊搂住她的腰，可是当她正在谈着下星期要举行的赛艇会时，他总不能突然伸手去搂她的腰吧。

他巧妙地领她到花园的最暗的地方，但一到那儿，他的勇气又没了，他们坐在长凳上，他真的拿定主意，认为这下机会来了。可这时，威尔金森小姐说她敢肯定这儿有蠼螋，坚持要换个地方。他们又绕着花园走，菲利普拿定主意在他们又走回长凳之前要采取行动。可是当他们从屋子经过时，看见凯里太太站在门口。

"你们年轻人最好进来，夜间的空气对你们没有好处。"

"我们最好还是进去，"菲利普说，"我不想让你着凉。"

他宽慰地舒了一口气说。那天晚上他一事无成。可后来独自一人在房间时，他对自己大动肝火。他是个十足的傻瓜。他肯定威尔金森小姐指望他去吻她，否则她根本不会到花园去。她总说只有法国人才知道怎样对待女人。菲利普读过法国小说。要是他是个法国人，他将会把她搂在怀里，同时深情地对她诉说他的爱慕之情，他将把嘴唇紧贴在她的脖子上，他不懂得为什么法国人总是吻她们的脖子，他自己也看不出脖颈有什么特别吸引人的地方。当然，法国人干这些事容易得多，他们的法语帮了忙。菲利普不由觉得，用英语表达深情的话听起来有点荒唐可笑。现在，他但愿自己不曾袭击威尔金森小姐的贞操。前两星期过得很愉快，现在他却很痛苦。然而他决不屈服，假如他屈服，就会永远瞧不起自己。他拿定主意，第二天晚上非吻她不可。

第二天，他起床时，外头正下着雨，他首先想到的是当天晚上不能到花园去。早餐时他心情很好。威尔金森小姐差玛丽·安进来说她头疼，下不了床，一直到用茶点的时候她才下来。这时她穿着合适的睡衣，脸色苍白；可是到晚饭时她身体好多了，晚饭也吃得很香。祷告完毕，她说要直接上床睡觉。她吻了凯里太太，然后转身对菲利普说：

"天啊！"她叫道，"我也正想吻你呢。"

"为什么不呢？"他说。

她笑了，把手伸了出去。她明显紧捏着他的手。

翌日，天空没有一丝云彩，雨后的花园显得格外清新。菲利普去海滨游泳，回家时午饭吃得很香。他们下午在牧师住宅举行网球聚会，威尔金森小姐穿上最漂亮的衣裳，她当然知道该怎样穿戴打扮了。菲利普突然发觉她在副牧师的妻子及医生的已婚的女儿身边显得多么风雅。她的腰带上缀着两朵玫瑰。她坐在草地边的花园椅上，头上打着一把红阳伞，脸上的光线很协调。菲利普喜欢打网球，他发球发得好。由于跑步不便，所以打球离网很近：尽管他的脚畸形，可动作却十分麻利。要从他手里赢个球是困难的。他很高兴，因为每一局都赢。用茶点时，他在威尔金森小姐的脚边躺下来，浑身燥热，气喘吁吁。

"你穿法兰绒运动衣很合身，"她说，"今天下午你看上去挺帅的。"

他高兴得脸都红了。

"我可以老实地回敬你的恭维。你的样子令人陶醉。"

她微笑了，那双黑眼睛久久地瞪着他。

晚饭后他定要她出去散步。

"你玩了一天，还没有玩够吗？"

"今晚花园里一定很迷人，星星都出来了。"他兴致勃勃地说。

"为了你，凯里太太一直在训斥我呢，你知道吗？"当他们漫步穿过菜园时，威尔金森小姐说，"她说我不应该跟你调情。"

“你跟我调情了吗？我可没有注意到。”

“她不过开开玩笑罢了。”

“你昨天晚上不吻我,太不友好了。”

“要是你看到了我说要吻你时,你伯父瞪我的那副神色就好了!”

“你不吻我,就这个原因吗?”

“我亲吻的时候不喜欢有人在场。”

“现在没有人在场了。”

菲利普搂住她的腰,吻她的嘴唇。她只是笑了笑,并无退缩之意。这一步进行得很自然,菲利普感到非常自豪。他说要做的,已经做到了,这是世界上最容易的事。早就该吻她了。他又吻了她一下。

“噢,你不该这样。”她说。

“为什么?”

“因为我喜欢让你吻呀。”她笑了。

34

第二天吃过午饭,他们把地毯、坐垫和书本搬到喷泉去,但他们并不看书。威尔金森小姐把自己安顿得舒舒服服的,还打开那把红阳伞。菲利普现在一点也不害羞了,但起初她不让他亲她。

“昨天晚上我太有失检点了,”她说,“我睡不着,觉得自己干了一件很丢人的事。”

“胡说八道!”他喊道,“我敢肯定你一定睡得很香的。”

“要是让你伯父知道了,你看他会怎么说呢?”

“他根本不会知道。”

他向她俯过身去,心怦怦直跳。

“你为什么要吻我？”

他知道他该回答说：“因为我爱你。”但他实在说不出口。

“你说呢？”他反问道。

她眉开眼笑地瞅着他，用指尖触摸他的脸。

“你的脸多光滑！”她低声说。

“我得刮脸了。”他说。

他发觉说些浪漫的话竟如此困难，这实在令人惊讶。他觉得沉默倒比言语更能帮他的忙。他可以用表情来表达难以用语言表达的情感。威尔金森小姐叹了一口气。

“你真的喜欢我吗？”

“非常喜欢。”

当他又想吻她时，她没有拒绝。他装出一副更加多情的样子。他成功地扮演了一个自以为很出色的角色。

“我开始有点怕你了。”威尔金森小姐说。

“晚饭后你出来好吗？”他央求道。

“除非你答应守规矩点。”

“我什么都答应。”

现在这股带有虚情假意的情焰真的燃到他身上了。用茶点时他简直得意忘形。威尔金森小姐心情紧张地盯着他。

“你那双眼睛不该那么熠熠发亮。”后来她对他说。

“你路易莎伯母会怎样想呢？”

“管她怎么想。”

威尔金森小姐轻快地笑了笑。他们刚用完晚饭，他就对她说：

“你陪我出去抽支烟好吗？”

“你为什么不让威尔金森小姐休息？”凯里太太说，“别忘了她不像你那么年轻了。”

“噢，凯里太太，我也想出去走走呢。”她有点尖刻地说。

“午饭后走一里，晚饭后要休息。”牧师说。

“你伯母人很好，可是有时惹得我心烦。”他们刚顺手关上边门,威尔金森小姐就说。

菲利普把刚点燃的烟扔掉,张开双臂搂住她。她企图推开他。

“菲利普,你答应要老老实实的。”

“你想我会履行那样的诺言吗?”

“菲利普,别这样,离房子太近了,”她说,“要是有人突然从屋里出来怎么办?”

他带她到没有人会来的菜园里,这一回威尔金森小姐也没想到有蠼螋了。他热烈地吻她。有一点令他感到困惑不解:早晨他一点也不喜欢她,下午也不太喜欢,可是到了晚上一触到她的手便使他兴奋不已。他说了一些连自己也想不到能说得出口的娓娓动听的情话,大白天他是肯定说不出来的,他又惊又喜地倾听自己说话。

“你的求爱多美啊。”她说。

他自己也是这么想的。

“啊!要是能把心底里燃烧的话统统抖出来该多好哇!”他深情地喃喃道。

妙极了!这是他最感人肺腑的表演,奇妙的是他所说的也就是心里想的,只是有点儿言过其实罢了。他对这件事在她身上产生的明显的效果很感兴趣,也很激动。显然,她费了好大劲才开口说她要回屋。

“哦,请先别走。”他嚷道。

“我必须走,”她喃喃说,“我害怕。”他突然产生了一种直觉,懂得这时他应该如何行事。

“我还不能进去,我要待在这儿思索,我的双颊发烫,我需要夜间凉爽的空气,晚安!”

他严肃地伸出手来,她默默地握住。他觉得她在竭力克制不让自己发出呜咽声。啊,真是妙不可言!他独自一个人在漆黑的花园里待了相当长一段时间后,无聊了,便走进屋里,发现威尔金森小姐已经睡着了。

从此以后,他们之间的关系大不一样了。第二天和第三天,菲利普充当一个热恋中的情人角色。他得意扬扬地发现威尔金森小姐爱上了他:她用英语告诉他,又用法语告诉他。她恭维他,以前从来没有人说他的眼睛是迷人的,说他的嘴是肉感的。他以前不太关心自己的容貌,可是现在一有机会,他就满意地照镜子。当他吻她时,感到有一股使她心灵震颤的激情,简直妙极了!他经常吻她,因为他发现这比绵绵情话容易些,而他本能地觉得她期望他说出这些话。到如今说他崇拜她之类的话,仍然使他觉得太愚蠢了。他希望周围有个人好让自己向他吹吹牛,他乐意同他谈论自己行为的种种细节。有时她说了一些莫名其妙的话,他感到摸不着头脑。海沃德要是在这儿就好了,可以向他请教,究竟她的话是什么意思,下一步最好该采取什么行动。他拿不定主意,究竟自己应该仓促行事呢,还是顺其自然。现在只剩下三星期了。

"一想到假期快就结束了,我简直受不了,"她说,"我的心都要碎了。况且,我们也许再也见不到面了。"

"要是你真的喜欢我,就不会对我这样不友好。"他悄声说道。

"噢,咱们的关系一直这样保持下去,你还不满意吗?男人都是一路货色,他们从不知足。"

当他对她步步进逼时,她说:"难道你不明白这是不可能的吗?在这儿怎么行呢?"

他提出种种方案,可是她都不干。

"我不敢冒这个险,要是被你伯母发觉了,那就糟透了。"

过了一两天,他想出了一个似乎是万无一失的主意。

"喂,假如星期天晚上你假装头疼,提出要留下来看家,那么,路易莎伯母会去做礼拜的。"

凯里太太星期天晚上一般都留在家里,好让玛丽·安去做礼拜,但是她巴不得有机会去做晚祷。

菲利普在德国已改变了对基督教的看法,但他觉得没有必要告诉亲戚,也不指望他们理解他,还是默默地去做礼拜才是上策。

可是他只有早晨才去做礼拜，他把这看作是对社会偏见的一个体面的让步，而把拒绝去第二次看作对自由思想的一个适当的维护。

他提出这个建议时，威尔金森小姐沉默了片刻，接着摇摇头说："不，我不干。"

可是星期天用茶点时，她使菲利普大吃一惊。

"我今晚不想去做礼拜了，"她突然说，"我头疼得要命。"

凯里夫人很关心，定要给她一些平常习惯用的"滴剂"。威尔金森小姐谢了她，一用完茶点就说要回自己房间休息。

"你真的不需要什么了吗？"凯里夫人焦虑地问。

"什么也不要了，谢谢你。"

"因为，假如那样的话，我想去做礼拜了，晚上我常常没机会去。"

"哦，放心去吧！"

"我留下来，"菲利普说，"假如威尔金森小姐需要什么，她可以随时唤我。"

"菲利普，你最好让会客室的门开着，这样，如果威尔金森小姐打铃，你就听得见。"

"行。"菲利普说。

这样，六点以后，屋里只剩下菲利普和威尔金森小姐两人了。菲利普忧心忡忡，真希望自己不曾提出这个计划，但现在已经太晚了。他必须抓住这一既得的机会，不然威尔金森小姐会怎么想！他走进门厅，侧耳倾听着，什么声音也没有。他不晓得威尔金森小姐是否真的头疼。也许她已经把他的建议忘了。他的心痛苦地跳着，蹑手蹑脚地爬上楼梯，楼梯一发出叽嘎声，他便吓了一跳停下来。他站在威尔金森小姐的房外，悄悄地听着。他将手按住门把，等待着。他足足等了五分钟，竭力想拿定主意，他的手都发抖了。要不是怕事后会后悔，他早就逃之夭夭了。他知道自己会后悔的。这犹如爬上游泳池最高的跳水板，从底下看倒没有什么，可是当你爬上去，再俯瞰水面时，你的心一下子就凉了，唯一迫使你硬着头皮跳下去的原因，是从刚才爬上来的阶梯又一步步胆怯地走下来所蒙受的耻辱。菲利普鼓起勇气，轻轻地扭动门把，走进房里，只觉得浑身抖得像一片树叶。

威尔金森小姐背着门，正站在梳妆台前。她一听到开门声就迅速地转过身来。

“哦，是你呀！你要干什么？”

她已脱去裙子和罩衫，只穿着衬裙站着。衬裙很短，下摆只到靴子的顶端，衬裙的上半部是黑色的，是用发亮的料子缝制的，镶着一条红色的荷叶边。她上身穿着一件短袖白布衬衣，显得怪模怪样。菲利普一看，心里便凉了半截，仿佛她从未这般缺乏风韵。然而现在为时已晚，他随手把门关上，并上了锁。

35

第二天早晨，菲利普醒得很早。他一夜没睡好，可是当他伸了伸腿，望着从威尼斯软百叶窗帘透进来的阳光投射在地板上的斑驳图案时，他满意地舒了一口气，他感到沾沾自喜。他开始想起威尔金森小姐。她要他叫她埃米莉，但不知是何缘故，他叫不出口。他总是想到她是威尔金森小姐。既然称她威尔金森小姐会受到她的责骂，他干脆避免叫她的名字。他小时候常常听人叫路易莎伯母的妹妹，即一个海军军官的遗孀为埃米莉婶婶。现在，要他叫威尔金森小姐那个名字，他觉得很不是滋味。他也想不出任何更合适的称呼。她一开始就是威尔金森小姐，他对她的印象和这个名字似乎是分不开的。他微微皱起眉头，不知道为什么，他现在总是从最糟的角度来看待她。他忘不了当她回过头来，看到她穿着短袖衬衣和衬裙时自己的沮丧心情。他记起她的皮肤有点粗糙，以及脖子边的又深又长的皱纹。他的胜利的喜悦转瞬即逝了。他又算起她的年龄来。他相信她不会少于四十岁，这使得这段风流韵事变得滑稽可笑。她容貌一般，年纪又大。他用敏捷的想象力勾画出她形象来：她穿着对她的身份来说太妖艳，而对她的年龄来说又显得过分年轻的上衣，满脸皱纹，憔悴不堪，涂脂抹粉。他感到不寒而栗，突然觉得他再不想见到她了；一想起吻她，他就受不了。他对自己感到厌恶，难道这就是爱情吗？

他穿衣服时尽量拖延时间，以便推迟时间见她。当他最终走进餐厅时，他的心情闷闷不乐。祷告完毕，他们坐下来用早饭。

“懒鬼！”威尔金森小姐快活地喊道。

他望着她，宽慰地松了一口气。她背朝着窗口坐着，其实她还挺漂亮的。他不晓得为什么他对她会有那些想法，他重又自鸣得意起来。

他对她的变化感到吃惊。一吃完早饭，她便对他说她爱他，她激动得声音都颤抖了。过了一会儿，他们进入会客室上音乐课时，她坐在琴凳子上，一行音阶奏了一半，她就仰起脸，说：“拥抱我。”

他一弯下身来，她就伸出双臂搂住他的脖子。这有点不舒服，因为这姿势使他透不过气来。

“啊，我爱你，我爱你，我爱你！”她用很重的法国口音喊道。

菲利普希望她讲英语。

“喂，不知你想到没有，那个花匠随时都会从这个窗口经过。”

“啊，我不在乎那个花匠，我不在乎，我一点也不在乎。”

菲利普认为这一切简直像一部法国小说，他不知道为什么心里觉得有点恼火。

最后他说：“好了，我想到海滨那儿去溜达溜达洗个海水澡。”

“哦，有的是时间，你为什么偏偏今天早晨要离开我呢？”

菲利普不太清楚为什么今天早晨不能离开，但这没有什么要紧的。

“你要我留下来吗？”他微笑着说。

“哦，亲爱的！不，去吧，去吧，我要想象你驾驭带咸味的大海的波涛，在宽阔的大海里畅游的情景。”

他拿起帽子悠闲地走了。

“女人尽胡说八道。”他暗暗地自言自语道。

但是他感到兴奋、快活、飘飘然。显然，她已被他迷得神魂颠倒。当他沿着布莱克斯特伯尔的大街一瘸一拐地走着的时候，他带着目空一切的神情，望着过往的行人。他同不少人有点头之交。

他微笑着向他们打招呼时，他暗自想，他们要是知道自己这件事就好了！他确实希望有人知道。他认为他应该写信给海沃德，并在脑子里构思起来。他将谈到花园和玫瑰，还有这位娇小的法国家庭女教师，她犹如玫瑰丛中的一朵有着异国情调的花朵，芬芳馥郁、不同凡响。他要把她说成是法国人，因为——可不是吗？她在法国待了那么多年，差不多算得上是法国人了：而且，把整件事毫无保留地和盘托出未免显得太粗俗了。他要告诉海沃德，初次见面时她穿着漂亮的薄纱衣裙，把鲜花插在他的大衣纽扣眼上。他把这封信写成一首优雅的田园诗：阳光和大海赋予爱情以激情和魅力，星星增添了它的诗情与画意，古香古色的牧师住宅的花园，正是谈情说爱的好地方。他笔下的情人颇有梅雷迪思①的风味，虽比不上露西·费弗雷尔，也比不上克拉拉·米德尔顿，但却娇媚动人，难以形容。菲利普的心激烈地跳动着，他对这些想象感到如此喜悦，因此，当他游回来时，浑身水淋淋的，冷得直打战，钻进更衣车后，又开始遐想起来了。他想起自己所钟爱的情人，她长着极可爱的小鼻子和一双棕色的大眼睛——他要这样向海沃德形容——有一头浓密的棕色的柔发，将脸埋入这样的头发里真是妙不可言；还有那白亮如象牙，光洁似阳光的皮肤；她的面颊犹如一朵红红的玫瑰。她的芳龄多大？也许是十八岁吧，他叫她穆赛蒂。她的笑声清脆，宛若潺潺的溪流，她说起话来声音既温柔又低沉，

---

① 梅雷迪思（1828—1909），英国小说家、诗人。露西·费弗雷尔是他的小说《理查·费弗雷尔的苦难》（1859）中的女主人公。克拉拉·米德尔顿是《利己主义者》中的女主人公。

是他曾经听过的最优美悦耳的音乐。

“你在想什么?”

菲利普突然止步。他正慢慢地走着回家。

“我在四分之一英里之外就一直向你招手了,你却心不在焉。”威尔金森小姐站在他面前,笑他那副吃惊的样子。

“我想我得来接你。”

“你太好了。”他说。

“让你受惊了吗?”

“有点。”他承认道。

他照样给海沃德写信,一共写了八页。

剩下的两周转眼过去了。虽然,每个晚上当他们晚饭后到花园去的时候,威尔金森小姐总是感叹又一天过去了,但菲利普兴致勃勃,丝毫不让这想法来败兴。有一天晚上,威尔金森小姐提出,要是她能辞去柏林的工作而在伦敦谋个职位,那该多好哇。这样他们就可以经常见面了。菲利普说那简直好极了,但这种前景并没有唤起他多少热情,他期待着伦敦奇妙的新生活,他不愿受拖累。他说起要做的事太随便了,威尔金森小姐一眼看出,他已经巴不得离开这儿了。

“假如你爱我,就不会说那样的话了。”她喊道。

他大吃一惊,默然不语。

“我真傻!”她喃喃地说。

使他更吃惊的是她竟哭了。他的心肠软,不喜欢看到别人伤心落泪。

“噢,很抱歉。我都说了些什么呀?别哭了。”

“哦,菲利普,别离开我。你不知道,你对我多么重要。我的生活多么不幸,而你使我感到多么幸福。”

他默默地吻着她。她的声调确实是痛苦的,他感到骇然。他不曾想到她的话是非常认真的,句句发自肺腑。

“我实在太抱歉了。你知道我非常喜爱你。但愿你能到伦敦来。”

“你知道我来不了,这儿职业难找,我也讨厌英国的生活。”

他被她的悲伤感动了,几乎不知不觉地扮演着一个角色,时时将她拥抱,越搂越紧了。她的眼泪使他有点飘飘然,而他出于真情热烈地吻着她。

可是过了一两天,她却大闹了一场。布莱克斯特伯尔举行了一次网球会,来了两位姑娘,她们是近日在布莱克斯特伯尔定居的一个退休的印度陆军少校的女儿。她们都长得很漂亮,一个与菲利普同龄,另一个比他小一两岁。由于她们惯于与年轻小伙子交往(她们满脑子充满了印度避暑地的趣闻逸事。当时,拉迪亚德·基普林[①]的短篇小说正风靡一时),她们开始嘻嘻哈哈地同他开玩笑,他也觉得新奇,玩得很开心。过去,在布莱克斯特伯尔的年轻小姐们对待牧师的侄儿总有点严肃。他像着了魔似的,放肆地同姐妹俩调情。由于是这儿唯一的年轻小伙子,她们也乐意迎合他。正巧她们网球都打得很好,菲利普厌倦了和威尔金森小姐打球(她来到布莱克斯特伯尔才开始学的),因此当用完茶点安排球局时,他建议威尔金森小姐和副牧师搭配,跟副牧师的妻子对阵;然后,他才和新来的这两位交锋。他在年长的奥康纳小姐身边坐下来,小声地对她说:

“我们先把这些笨蛋打发走,然后再痛痛快快地玩一局。”

显然这话被威尔金森小姐听到了,她把球拍往地上一摔,说她头疼,扭头就走。大家都看出她生气了。菲利普对她把他们的事公开化感到恼火。这一局就不安排她了。不久,凯里太太唤他。

“菲利普,你伤了埃米莉的心,她回到房里,正在哭呢。”

“为什么哭呢?”

“唉,关于‘笨蛋的一局’的事呗,快到她那儿,说你无意伤她的心,好孩子,去吧。”

---

① 基普林(1865—1936),生于印度的英国作家、诗人。

“好吧。”

他敲了威尔金森小姐的门,见没有人应声,便走了进去。他发现她正趴在床上伤心地落泪,他轻轻地碰碰她的肩膀。

“喂,到底怎么回事?”

“别管我,我再不想和你说话了。”

“我做了什么错事呢?假如我伤了你的心,我非常抱歉,我不是有意的。喂,快起来吧!”

“唉,我真不幸。你怎能对我这么残酷呢?你知道我讨厌那愚蠢的玩意儿,只是想跟你一块玩才打的。”

她站起身,向梳妆台走去,往镜子里迅速地瞟了一眼。然后颓然地倒进椅子里。她把手帕捏成一个球,轻轻地拭擦眼泪。

“一个女人能给男人的最宝贵的东西,我都给了你了——哦,我真傻呀,而你全无感激之情,你一定是个没心肝的人。你怎么能同那些贱货打情骂俏,这么残酷地折磨我呢?我们只剩下一个多星期了,你连这几天也不能陪陪我吗?”

菲利普满脸不高兴地站在一边看着,觉得她的行为幼稚可笑,对她在陌生人面前要态度感到很恼火。

“但是你知道我对这两个奥康纳小姐一点也不在意。你为什么认为我喜欢她们呢?”

威尔金森小姐把手帕收起来。她的粉面上泪痕斑斑,头发有点蓬乱。这时那件白衣裙对她不那么合适了。她以如饥似渴的火热的目光望着他。

“因为你二十岁。她也二十岁,”她以沙哑的声音说,“而我老了。”

菲利普脸红了,把眼睛移向别处。她那悲痛欲绝的声调使他异常不安。他只希望从前不曾与威尔金森小姐有过什么关系。

“我不想让你难过,”他尴尬地说,“你最好下楼去关照一下你的朋友,她们不晓得你到底怎么啦。”

“好的。”

他很高兴总算得以脱身。

他们很快就言归于好了,可是剩下的那几天里,菲利普有时感到十分厌烦。他不想谈别的,只想谈论将来,但一谈起将来,威尔金森小姐就掉泪。起初,她的眼泪打动了他的心。他觉得自己是个畜生,一再向她表白自己永恒的爱情;可是现在她的眼泪却激怒了他;如果她是个少女,那还说得过去,可是一个成年妇女这么哭哭啼啼的,实在太蠢了。她不断地提醒他那笔他永远付不起的感情债。既然她强调这一点,他也愿意承认这一层,可是他真的不懂得为什么他更应该感激她。她期望他采取种种令人讨厌的方式来表示他的感激之情。他习惯孤单地生活,这种生活有时对他是必要的;可是假如他不老是唯命是从,厮守左右,威尔金森小姐就认定他对她无情无义。奥康纳一家邀请他俩一起去用茶,菲利普想去,可是威尔金森小姐说只剩下五天了,他必须全部时间陪着她。这既讨人喜欢又讨人嫌。威尔金森小姐给他讲了法国男人遇上了漂亮的女人,就像他和威尔金森小姐的情况那样,是如何体贴入微、温文尔雅的种种趣事佳话。她称赞他们殷勤周到,渴望自我牺牲,十足的老练。威尔金森小姐似乎要求很高。

菲利普听她列举了一个完美的情人应具备的种种品质后不禁暗自庆幸,幸亏她住在柏林。

“你会给我来信的,是吗?每天都要给我来信。我想了解你所做的一切,不要对我有任何隐瞒。”

“我将会很忙的,”他回答,“我尽量经常写信就是了。”

她伸出双臂热烈地搂住他的脖子。有时他被她如此露骨地表现自己的感情搞得狼狈不堪。但愿她被动一些,她竟给他做出如此明显的暗示,他感到有点震惊。这同他早先形成的女性性情端庄的看法大不一样。

终于,威尔金森小姐动身的那天到了。她下楼用早饭时脸色苍白,情绪低落,穿一件黑白格子旅行便服,看上去像是一个很称职的家庭女教师。菲利普也沉默不语,他不太懂得在这种场合该说些什么，他担心说出一些简慢的话，威尔金森小姐就会当着伯父的面忍不住大哭大闹起来。他们前天晚上已经在花园里互相道别了，而现在他们再没有机会单独在一块了，菲利普松了一口气。早饭后他一直待在会客室里，免得威尔金森小姐硬要在楼梯上亲他。他不愿意在有失体面的情况下让玛丽·安撞见。玛丽·安已接近中年，说话尖酸刻薄。她不喜欢威尔金森小姐，管她叫"老猫"。路易莎伯母因身体不适不能到车站，就由牧师和菲利普为她送行。火车刚要开的时候，她探出身子。吻了凯里先生。

"菲利普，我也得吻吻你。"她说。

"行。"他红着脸说。

他站到台阶上，她迅速吻了他一下。火车开了，威尔金森小姐坐在车厢的角落里，伤心地垂泪。菲利普走回牧师住宅时，显然觉得如释重负。

"喂，把她平平安安地送走了吗？"他们进屋时，路易莎伯母问道。

"是啊，她哭哭啼啼的，硬要吻我和菲利普。"

"噢，这个，在她那样的年纪，不会有什么危险，"凯里太太指着餐具柜说，"菲利普，有你一封信，是第二班邮件送来的。"

信是海沃德寄来的，全文如下：

亲爱的老兄：

我立即给你回信。我冒昧地将你的信念给我的一位挚友听，她是一个很迷人的女子，她的帮助和同情对我非常宝贵。而且她又是一位对文学艺术有着真正的鉴赏力的女人。我们一致认为你的信写得很动人。这是封发自内心的信，你不知道，字里行间洋溢着快乐天真的话语。同时因为你在恋爱，所以写起来像位诗人。啊，老兄，这才是真正的爱情：我依稀感觉到你身上闪耀着青春激情的火花。你的散文出自你真诚的感情，因此，如音乐那么悦耳动听。你一定很幸福吧！当你们手挽手像达夫尼斯和克洛[①]一样在花园中散步的时候，我多么希望自己也能在场，躲在那座迷人的花园里啊。我能够看见你，我的达夫尼斯，温存、陶醉、热烈，眼睛闪烁着初恋的光芒。而你怀里的克洛，如此年轻温柔、娇嫩，发誓她决不同意——最后还是同意了。玫瑰、紫罗兰和忍冬！啊，朋友，我羡慕你，想到你的初恋富有纯洁的诗意，实在太好了。珍惜这宝贵的时光吧。因为不朽的众神已经给了你最珍贵的礼物，它将是一个甜蜜而悲哀的记忆，直到你生命的终结。你将再也享受不到这种无忧无虑的狂喜了。初恋是最宝贵的爱情，她美丽，而你年轻，整个世界都是你们的。当你以简洁的语言告诉我，你将脸埋在她那头长长的秀发中时，我感到自己的脉搏加快了。我相信那准是一头优雅的闪耀着光泽的栗色头发。我愿你们肩并肩地坐在枝叶茂密的树荫下，共同阅读《罗密欧与朱丽叶》；然后，我愿你跪下来，替我吻吻那留有她的脚印的地面，并转告她，这是一个诗人对她那灿烂的青春和你对她的爱情所表示的敬意。

你的
G. 埃思里奇·海沃德

“胡说八道！”菲利普读完信说。

说来够奇怪的，威尔金森小姐曾建议他们应该在一起读《罗密欧与朱丽叶》，可是菲利普坚决拒绝了。当他将信塞进口袋时，他感觉一阵莫名其妙的痛苦，因为现实和理想竟如此大相径庭。

---

① 达夫尼斯和克洛，希腊神话中，描写田园生活的文学中的两个恋人。

36

几天后菲利普到了伦敦。副牧师给他介绍了巴恩斯的几个房间。菲利普写信以每周十四先令的房租预订了这些房间。他是黄昏到达那儿的，女房东替他预备了正式茶点。她是个古怪的、瘦小的老太太，身子干瘪，脸上的皱纹很深。餐具柜及一张方桌占了会客室的大部分位置。一张铺着马鬃的沙发靠在一堵墙上，壁炉旁边配置了一张扶手椅：椅背上罩着白色的椅套，因为椅面的弹簧已经坏了，上面放了一块硬垫。

用完茶点，他打开铺盖，整理书籍，然后坐下来，想看看书，但他闷闷不乐。街上的静寂使他有点不自在。他觉得很孤单。

第二天他起得很早。他穿上燕尾服，戴上在学校用过的大礼帽。礼帽已经很旧了，他决定在去事务所的路上进百货商店买一顶新的。买了帽子后他发现时间还很早，便沿着斯特兰德河滨走。赫伯特·卡特先生公司的事务所坐落在法庭街附近的小街上。他不得不问了两三回路，觉得人们老是盯着他。有一次他摘下帽子，看看是否一时疏忽，把标签留在上面了。到了事务所，他敲了敲门，没有人应声开门，看看表，刚刚九点半，他来得太早了。他走开了，十分钟后又折回来，看见一个长鼻子，满脸粉刺，操一口苏格兰口音的办公室勤杂工在开门。菲利普要找赫伯特·卡特先生。但他还没上班呢。

"他什么时候来？"

"十点到十点半之间。"

"我还是等等他吧。"菲利普说。

"你要干什么？"勤杂工问。

菲利普有点紧张，却故作诙谐来掩饰。

“好啦,假如你不反对的话,我打算在这儿工作。”

“噢,你是新来的办事员?你进来吧,古德沃西先生一会儿就来。”

菲利普走进去,边走边发现这位勤杂工在注视他的脚。他和菲利普的年纪不相上下,自命为初级办事员。他脸红了,赶忙坐下来,将那只畸形脚藏在另一只脚后面。他环视一下房间,室内又暗又脏,靠天窗透进点光线,里头有三排办公桌,桌前靠着高脚凳,壁炉架上挂着一幅肮脏的职业拳击赛版画。不一会儿有个办事员进来,接着又来了一个,他们瞟了菲利普一眼,低声问勤杂工他是什么人(菲利普发现勤杂工名叫麦克杜格尔)。这时,响起了一声口哨,麦克杜格尔站起身来。

“古德沃西先生来了。他是主管办事员。要我告诉他你在这儿吗?”

“好的,请吧。”菲利普说。

勤杂工出去了,过了一会儿又回来了。

“这边走好吗?”

菲利普跟他穿过走廊,走进一间几乎没有家具的小斗室,里面有个瘦小的男人背对壁炉站着。他比中等身材还矮了一大截,一颗大脑袋松散地长在身躯上,脸形又宽又平,一双无神的眼睛向外凸起,稀疏的头发黄中带红;络腮胡子长得参差不齐,皮肤发青且呈蜡黄。他向菲利普伸出手来,笑的时候,露出一口龋齿。他说话神气十足,同时又有几分胆怯,好像他想摆出一副了不起的派头,却又觉得自己微不足道似的。他说他希望菲利普热爱这个工作,这里做的是大量单调乏味的工作,可是一旦习惯了还是很有趣的,况且,能够挣钱,这才是首要的,是吗?他带着优越和羞怯混合在一起的古怪神情笑了起来。

“卡特先生很快就要来了”,他说,“他星期一早晨有时来得晚一点。他来了我会叫你。现在我得给你找点事干。你懂得点簿记和会计的知识吗?”

“恐怕不懂。”菲利普回答说。

“我想你不懂，那些商业中很管用的学问，中学里是学不到的。”

他沉吟片刻道：“我想我可以给你找点事干干。”

他走进隔壁房间，一会儿出来时捎来了一个大硬纸板盒，里头堆满了乱七八糟的信件，他告诉菲利普按写信人的姓氏字母顺序整理出来。

“我带你到学徒办事员平常办公的房间，里头有个很好的小伙子，他名叫沃森，是酿酒商沃森－克拉格－汤普森联合公司老板沃森的儿子。他要在我们这儿学一年业务。”

古德沃西先生带菲利普穿过有七八个办事员在工作的那间昏暗的办公室，来到后面一间狭窄房间。这是用玻璃隔板隔成的单独的套间，他们看到沃森靠着椅背在看《运动员》杂志。他是个身材高大、体格健壮的年轻人，衣着很考究。古德沃西先生进去时，他抬起头来。他直接叫主管办事员的名字以显示自己的身份不凡。主管办事员反对如此随便，直截了当地叫他“沃森先生”，可是沃森看不出这是非难，却把这一称呼看作对他的绅士派头的恭维。

“我看到他们让里戈莱托退出比赛了。”屋里只剩下他们两人时，他对菲利普说。

“是吗？”菲利普说，他对赛马一无所知。

他怀着敬畏的心情望着沃森华丽的衣服。他的燕尾服很合身，大领带中间艺术性地别着一枚贵重的饰针。壁炉架上放着他的大礼帽，一顶时髦的、钟形的、闪闪发亮的礼帽。菲利普觉得自己太寒酸了。沃森开始谈论狩猎——自己得在这该死的办公室里浪费时间，简直烦透了，他只能在星期天打猎——话锋一转，又说到了狩猎场：全国各地都热烈地邀请他，他当然只好婉言谢绝。真是厄运啊！但他也不打算长此忍受下去，他只打算在这个鬼地方待一年。然后他要去经商。他将每周打四天猎，只要有猎场就行。

“你得待五年,是吗?”他将手臂朝小房间的四周一挥,说道。

“我想是的。”菲利普说。

“我想,咱们以后会经常见面的。你也知道,卡特负责我们的账目。”

菲利普被这位年轻绅士的屈尊纡贵的气度深深打动了。在布莱克斯特伯尔,人们对酿酒业总有些瞧不起,牧师也常常拿酿酒业来开些小玩笑。菲利普发现沃森竟是这样重要和了不起的人物。这对菲利普倒是次出乎意料的经历。他在温切斯特和牛津念过书,交谈中他反复提到这一点。给人留下深刻的印象。在他了解了菲利普受教育的细枝末节后,他的态度更加神气十足了。

“当然啰,假如你不上公立学校,那类学校算是仅次于最好的学校了,是吗?”

菲利普问起了事务所里其他人的情况。

“哦,我不太管他们,”沃森说,“卡特的为人不坏。我们时常邀他吃饭,余者尽是些可怕的鲁莽汉。”

不久,沃森开始忙着手头的事儿,菲利普也着手整理信件。接着,古德沃西进来说卡特先生来了。他把菲利普带到自己办公室隔壁的一个大房间。房里放着一张大办公桌,两张大扶手椅;地板上铺着一条土耳其地毯,墙上布置着体育图片。卡特先生坐在办公桌旁边,一见到他们,便站起身来和菲利普握手。他身穿长礼服,样子像个军人,胡子上了蜡,灰白的头发又短又整齐。他腰板笔直,昂首挺胸,谈笑风生,家住恩菲尔德。他非常喜欢体育,热衷乡间生活的种种情趣。他是哈福德郡义勇骑兵队的军官,也是保守党协会的主席。当他听一个地方权贵说没有人会把他当作伦敦城里人看待时,他觉得自己总算没有虚度此生。他愉快地、随便地跟菲利普交谈:古德沃西先生会照应他的,沃森这个小伙子不错,是个地道的绅士,又是一个好猎手——菲利普打猎吗?遗憾!这可是绅士们的娱乐。现在他没有多少机会打猎了,只好让给儿子啦。他的儿子在剑桥上学。以前上过拉格比,那是一所好学校,全是品学兼优的学生。一两年以后,他的儿子也将签约当学徒了。这对菲利普倒好,菲利普会喜欢他儿子的,他是个训练有素的好猎手。他希望菲利普进展顺利,喜欢这项工作,不要错过他的业务讲座。他们正在提高这个职业的质量,需要许多绅士来从事这种职业。好啦,好啦,古德沃西先生在那儿呢,假如菲利普还想了解什么,古德沃西先生会告诉他的。菲利普的字写得怎么样?啊,好啦,古德沃西先生会考虑的。

菲利普为他潇洒的绅士风度所倾倒:在东英格兰,人们知道谁是绅士,谁不是绅士,然而绅士从来不谈这个。

37

起初,由于工作新奇,菲利普倒还感兴趣。卡特先生向他口授信稿,他还得誊清账目报告单。

卡特先生喜欢按绅士的方法来处理事务所的工作。他不需要什么打字员,也不赞成速记法。勤杂工懂得速记法,但只有古德沃西先生才利用他这一特长。菲利普经常和较有经验的办事员去检查某个商会的账目。他逐渐懂得哪些顾客必须以礼相待,哪些顾客手头拮据。不时有长串长串的数字要他累计。为应付第一次考试,他跑去听课。古德沃西先生反复对他说此项工作最初是无聊的,但他会渐渐适应的。菲利普六点离开办公室,步行过河到滑铁卢区去。他到达寓所时,晚饭已准备好了。他整个晚上在家里看书。每逢星期六下午他去国家美术馆参观。海沃德向他推荐了一本根据拉斯金著作编成的参观指南。他手里捧着这本指南,热心地参观各陈列室:他先仔细研读这位评论家对某幅画的评论,然后竭力设法领略出同样的东西来。星期天是难挨的,他在伦敦一个人也不认识,只好独自一人度假。律师尼克松先生请他到汉普斯特德过个星期天，菲利普于是在那儿和许多陌生人过了愉快的一天；他大吃大喝，在石楠丛生的荒地散步，告辞时主人礼节性地邀请他有空再来。是他生怕自己的造访打扰主人。于是，他等待正式的邀请。当然，他再也没接到正式的邀请，因为尼克松先生有那么多的朋友，哪会想到这个孤独、沉默的年轻人呢，况且他也没有什么权利要求他们款待他。因此，每逢星期天，他很晚才起床，然后沿着河滨的小路散步。在巴恩斯，河水浑浊、肮脏，随潮水时涨时落；它既没有船闸上游泰晤士河的绮丽风光，也没有伦敦桥下浪漫的湍湍激流。下午他就在公有地散步。这里也是灰不溜秋，脏得要命，它不像农村又不像城镇，金雀花长得又矮又小，到处都是文明的产物：垃圾、杂物。他每星期六晚上都去看戏，兴致勃勃地在顶层楼座的厅门旁站上个把钟头。在博物馆关门后和上普通咖啡店吃饭之前，尚有一段时间间歇，不值得回一趟巴恩斯。他真不知如何消磨这段时间。于是，他沿邦德大街溜达，或者穿过伯林顿拱道，走累了就在公园坐下来；若遇到下雨天，就到圣马丁街的公共图书馆看看书。他看着过往的行人，羡慕他们有朋友，有时这种羡慕变成憎恨，因为他们那么幸福，而他却如此不幸。他万万没想到，在这样的大城市里竟会如此孤单。有时，当他站在顶层楼座的厅门旁时，身边的人总想跟他搭讪。可是菲利普有着乡村小孩对陌生人固有的疑心，总是冷淡回答，致使对方无法深入交谈。看完剧后，他只好把自己的观感闷在心里，匆匆忙忙地过桥到滑铁卢区。他回到自己的房间，为省钱起见，房里尚未生炉子，他一下子心灰意懒了。生活多么凄凉可怕啊！他开始厌恶寓所，也讨厌在此度过孤寂的漫漫长夜。有时他孤独得连书都看不下去，便凄凄惨惨地一小时又一小时地坐在那儿看着炉火出神。

他在伦敦已住了三个月，除了在汉普斯特德度过的那个星期天，他除了同事，再没有跟任何人说话。有一天晚上，沃森请他到一家饭馆吃饭。然后，他们一块到杂耍剧场去，可是他感到羞怯、不自在。沃森老谈些他不感兴趣的事。他一面把沃森看成是个市侩，一面又情不自禁地佩服他。他生气，因为沃森显然地看不起他的文化修养。可是，拿别人对他的评价来重新估量自己，他开始鄙视一向对他似乎举足轻重的那些学识来了。他平生第一次感到贫穷的耻辱。伯父每月寄十四镑给他，他必须添置很多衣服。那套晚礼服就得五畿尼。他不敢告诉沃森这套礼服是从斯特兰街买来的。沃森说伦敦只有一家像样的裁缝店。

“我想你不跳舞吧？”有一天，沃森朝菲利普的畸形脚看了一眼说。

“不跳。”菲利普说。

“真遗憾。人家请我带几个男舞伴去跳舞。不然的话我可以给你介绍几个讨人喜欢的姑娘。”

有一两回，实在不愿意回巴恩斯去，他便留在城里。深夜了，他还在西区逛荡。这时，他发现有一家正在举行晚会。他混进一小群衣衫褴褛的人里面，站在仆人后面，注视纷至沓来的宾客，倾听从窗口传来的悠扬的音乐。有时尽管天气寒冷，仍然有成对的男女上阳台站一会儿，呼吸新鲜空气。菲利普想象他们在相爱，赶紧转身，怀着沉重的心情，沿着街道一瘸一拐地离去。他永远也无法处于阳台上那个男人的位置。他觉得没有一个女人真的对他的残疾不感到厌恶的。

于是，他又想起威尔金森小姐。他不满意地想起了她，分手前他们约定，在知道他的确切地址之前，她先把信寄到查宁克罗斯邮局。他一到邮局便发现她的三封来信。她使用紫色墨水和蓝色信纸，用法语写。菲利普不明白为什么她不能像个明智的女人那样用英语写；同时，她那情意绵绵的措辞使他回想起法国小说，因此他也燃不起热情来。她责备他不给去信，他回信时推说自己一直很忙。他不太懂得信如何开头，他实在不能用“最亲爱的”或者“心爱的人儿”之类的字眼，他又不喜欢称呼她埃米莉，所以最后信以“亲爱的”开头。孤零零几个字，样子既古怪又有几分傻气。但他凑合着写。这是他写的第一封情书，他也意识到信写得平淡，觉得应该对她倾吐种种热情洋溢的情话，说他如何每时每刻都在思念她呀，如何渴望吻她那双美丽的手啦，如何一想起她那两片红色的嘴唇便心跳不已啦。但是出于某种难言的羞怯，他未能这样写，而是对她谈起了他的新寓所和事务所。回信是由下一班回程邮递带回的。她生气、伤心，信中充满责备的言辞：他怎么能这么冷淡呢？难道他不知道她渴望他的来信吗？她已经给了他一个女人所能给的一切，而这就是她得到的回报！是不是他已经对她厌倦了？接着，因为他好几天没有回信，威尔金森小姐向他发来了连珠炮似的信件，她无法忍受他的薄情寡义，她等待邮差，可是却没有他的来信。她夜夜都是哭着入睡的。现在她满脸病容，大家都议论纷纷：假如他不爱她，为什么不直说？她接着又说，没有他，她活不下去。唯一的办法是自杀。她说他冷酷、自私和忘恩负义。这些全是用法语写的，菲利普知道她这是为了卖弄学问，然而他照样被搞得忧心忡忡。他不想使她不愉快。不久，她又来信说她再也忍受不了这种别离的痛苦了，她准备到伦敦过圣诞节。菲利普回信说她能来，这再好不过了，只是他已经和朋友约定到乡下过圣诞节了，他没有理由失约呀。她回信说她不想强加于人，他不想见她，这是明摆着的。她伤心透了，她从来没有想到他会这样恩将仇报。她的信是动人的，菲利普依稀见到了信纸上的泪痕；他一时感情冲动，回信说他非常遗憾，恳求她来；可是她回信说她脱不开身。他这才松了一口气。现在她的信一到，他便心灰意懒。他迟迟不愿拆信，因为他知道信中的内容无非是愤怒的责骂和可怜的哀求；这些信会使他觉得自己是个十足的坏蛋。可是他不明白自己有什么该责备的。他一天天地推迟回信，接着另一封信又寄来了，说她病了，感到孤独和不幸。

“上帝啊。但愿我不曾跟她有过任何关系。”他说。

他佩服沃森，因为他能轻而易举地处理这类事。这个年轻人曾经和巡回剧团的一个姑娘勾搭上了，而他对此事的绘声绘色的叙述，让菲利普听得既羡慕又惊奇。可是过了不久，沃森变心了，有一天他向菲利普描述他们断绝关系的经过。

“我认为这件事再犹豫下去没有什么好处，所以我只对她说我对她已经厌倦了。”他说。

“她没大吵大闹吗？”菲利普问。

“这是免不了的，你也知道。但是我告诉她，跟我来这一套没什么用处。”

“她哭了吗？”

“她开始哭了，然而女人哭哭啼啼我可受不了，所以我叫她最好走开。”

随着年龄的增长，菲利普的幽默感也越发敏感了。

“她就这么走掉了吗？”他微笑着问。

“可是，她不走还能有什么办法呢？”

圣诞节假日临近了，整个十一月份凯里太太一直在闹病。医生建议她和牧师在圣诞节前后到康沃尔去住上几周，让她恢复元气。结果菲利普没地方可去，就在寓所里过圣诞节。在海沃德的影响下，菲利普已相信伴随这个节日的一切庆祝活动都是庸俗、粗野的。他拿定主意对这个节日不予理睬；可是到了这一天，周围欢乐的节日气氛却莫名其妙地感染了他。房东太太和丈夫同已婚的儿女过节去了。为了省事，菲利普宣布他要到外头去吃饭。将近中午，他到伦敦去，在加蒂饭馆独自吃了一片火鸡和一些圣诞节布丁。后来因为闲着没事，便上威斯敏斯特教堂去做午后礼拜。街上空荡荡的，过往的行人有一种心不在焉的神情，他们不闲逛，都有一定的目标，而且几乎没有人踽踽独行。在菲利普看来，他们似乎都很幸福。他从未像现在感到这样的孤单。他本想设法在大街上消磨一天，然后到一家饭馆吃饭，但是再也不能面对这些谈笑风生、寻欢作乐的人群了。所以他又回滑铁卢区去。在通过威斯敏斯特桥路时，他买了一些火腿和几块碎肉馅饼回到巴恩斯来。他在自己那个冷冷清清的小房间里吃这些食物，然后伴着一本书度过这个夜晚。他沮丧得几乎无法忍受。

节后重新回事务所上班时,他听到沃森对短短的假日的描述,心里难受极了。他们家的客人中有几位活泼可爱的姑娘。饭后,他们腾出会客室来跳舞。

“我一直到三点才睡,也不知道当时是怎样爬上床的。我确实喝醉了。”

最后,菲利普绝望地问:

“在伦敦怎样结识朋友呢?”

沃森吃惊地望着他,暗暗觉得好笑,神色略带几分轻蔑。

“噢,我不知道,就这么认识的嘛!假如你去参加舞会,马上就能认识很多人的。只要你能受得了,要认识多少有多少。”

菲利普恨沃森,可是他愿付出一切来换得沃森的地位。他又回想起先前在学校就有过的想法。他想将自己的灵魂投入别人的躯壳中,想象自己假如是沃森,生活将会是什么样子。

38

年终,要处理的事务繁多。菲利普和一个名叫汤普森的办事员四处奔忙,整天单调地报出一项项的开支项目,由另一位办事员核对;有时给他一页页的长数字,要他累计。他向来不善计算,只能慢慢来。汤普森对他的计算错误百出大为恼火。他的同事是个瘦高个,四十来岁,皮肤呈灰黄色,头发乌黑,胡须蓬乱,双颊深陷,鼻梁两侧皱纹很深。这人不喜欢菲利普,因为菲利普是个学徒办事员,也因为他能支付三百畿尼,无忧无虑地维持五年,今后说不定还有飞黄腾达的机会;而自己既有经验又有能力,充其量也只能当个周薪三十五先令的办事员。他脾气暴躁,因为家庭人口多,生活的重担压得他喘不过气来。他自觉菲利普身上有股傲气,因而对此大为不满。他嘲笑菲利普,因为菲利普受到比他本人更良好的教育；同时，他讥讽菲利普的发音，他不能原谅菲利普讲话不带伦敦腔；当他同菲利普讲话时，挖苦地将字母“h”音发得特别响。起初，他只是态度粗暴，令人反感罢了。可是当他发现菲利普没有当会计师的天赋时，就专以出他的洋相为乐事；他的攻击又粗野又愚蠢，却足以伤害菲利普的自尊心。菲利普为了自卫也摆出一种自己以前从未意识到的优越感。

“今天早上洗澡了吧？”汤普森问道，这天，菲利普迟到了。菲利普已不像早先那么严守时间了。

“是啊，你没有洗吗？”

“没有，我又不是绅士，只是个办事员，我只在星期六晚上洗澡。”

“我想，这就是你星期一比平常更让人讨厌的缘故吧。”

“今天委屈你把几笔账简单地加一加好吗？我想这对一个懂得拉丁文和希腊文的绅士来说要求太高了吧。”

“你的挖苦话不太高明。”

但菲利普也不得不承认其他工资低、举止粗俗的办事员比自己管用得多。有一两回古德沃西先生对他变得不耐烦起来。

“如今你实在该有点长进了，”他说，“你甚至还不如那个勤杂工精明呢。”

菲利普绷着脸听着。他不喜欢受人责备。有时古德沃西先生不满意他誊写的账目，又交给另外一个办事员重做，这使他丢脸。起初，因为这项工作新奇所以还过得去，可是现在变得令人厌倦了；当他发现自己没有这方面的才能时，他开始讨厌这项工作了。他把分内的工作扔在一边，常常在办公时画画，白白浪费时间。他为沃森画了各式各样但凡能想象得出的表现不同姿势的素描。他的绘画才能给沃森留下很深的印象。他突然想到把画带回家，第二天上班时带来了他全家的赞扬。

“不晓得你怎么没有去当个画家，”他说，“当然，只是干这一行不赚钱。”

过了两三天,卡特先生恰巧和沃森一家一块吃饭,这些素描也拿给卡特先生看了。第二天早晨,他把菲利普叫去,菲利普很少见到他,对他有些害怕。

“喂,年轻人,你下班时干什么我都不管,可是我见到你这些画,都是用办公纸画的。古德沃西先生告诉我你工作马马虎虎,除非你卖力,否则就干不好特许会计师的工作。这是个很好的职业,我们正吸收一大批有才干的人来从事这个职业,可是要干这一行就得……”他想找个恰当的词来作为结束语,但一时想不出来,最后只好平平淡淡地结束道:“卖力。”

也许,要不是合同上规定假如他不喜欢这一个工作,一年以后可以走,并可收回已付合同费的一半的话,菲利普也就安心干下去了。他觉得他更适合于干比累计账目强的工作。区区小事竟干得这么糟,实在丢脸。和汤普森吵嘴也使他心烦。三月,沃森在事务所一年的合同期满了。尽管菲利普不太喜欢他,但见到他走心里又有点惋惜,事务所的其他办事员都讨厌他们俩,因为他们属于比自己更高一点的阶层,这一事实无形中促使他们结成同盟。菲利普一想起自己还得和这些无聊的家伙相处四年多,心一下子就凉了。他本期望从伦敦获得美好的事物,结果却一无所获。他现在恨伦敦了,他一个人也不认识,也不知道如何去结识朋友。他自己一个人也懒得到处逛。他开始觉得,这样的生活他再也忍受不了了。他常常夜里躺在床上,想着如果能再也见不到那肮脏的事务所和所里的人,能离开这死气沉沉的寓所,那心里该多高兴啊。

春天,有件事使他大失所望。海沃德本来说春季要到伦敦来,菲利普也非常期望再和他见面。他近来看了很多的书,也想了很多,脑子里充满着各种想法,他想找人探讨。对这些抽象的问题感兴趣的人,他一个也不认识。一想到能和一个知音谈个痛快,心里就很激动。谁料,海沃德写信说意大利今年春天比任何一年都可爱,他不忍心离开,这使菲利普大为扫兴。接着,他问菲利普为什么不到意大利来。世界这么美好,却闷在办公室里浪费青春,蹉跎岁月，有何用呢？信中接着写道："真不晓得为什么你还能受得了。我现在一想起弗利特街和林肯旅馆就厌恶得浑身发抖。世界上只有两件事使人值得活下去，那就是爱情和艺术。很难设想你坐在办公室里，整天埋头算账。你是不是还头戴大礼帽，手里拿着雨伞和小黑包？我认为人应该把人生看作是一场冒险，一个人的心中应该燃起熊熊的、宝石般的火焰；人应该冒险，应该经风浪。你为什么不到巴黎学美术呢？我一向认为你有美术才能。"

这个建议正与菲利普一段时间以来一直考虑的念头不谋而合。起初这种念头使他吃惊，但他又不能不加以考虑。经过反复思考，他发现这是逃脱目前这种可悲境地的唯一办法。他们都认为他有才华；在海德堡他们赞扬他的水彩画，威尔金森小姐反复称赞它们很迷人。甚至像沃森一家这样的陌生人也被他的素描吸引住了。《波希米亚人的生活》一书给他留下了很深的印象。他把它带到伦敦，心情极度消沉的时候，只要看上几页，就仿佛被带进那些迷人的小阁楼去。那儿罗多尔弗和其他人在唱歌、跳舞、谈情说爱。他像过去向往伦敦那样，又开始向往巴黎了。然而他并不害怕第二次的幻灭；他渴望浪漫、美和爱情，而巴黎似乎能给予他这一切。他对绘画有强烈的爱好，为什么他不能画得同别人一样好呢？他写信给威尔金森小姐，问她住在巴黎生活费用需要多少。她告诉他，每年有八十镑日子就很容易打发了。她热情地称赞他的计划，说他有才能，怎能在办公室里浪费青春。她生动地问道：能成为伟大的艺术家，谁愿意当办事员呢？她恳求菲利普要相信自己：那才是重要的。可是菲利普生性谨慎。海沃德当然可以奢谈冒险之类的话了，他每年有三百镑上等股票；菲利普全部财产才不过一千八百镑，他犹豫了。

碰巧有一天古德沃西先生突然问他是否想到巴黎去，这家商行替圣奥诺雷郊区的一家旅馆管账，这家旅馆归某家英国公司所有。古德沃西先生和一个办事员每年要去两次，那个经常跟他去的办事员碰巧病了，由于工作紧张，其他人也无法脱身，古德沃西先生想起了菲利普，因为他最容易抽得出身来。他的学徒契约也规定他有权要求承担一件该公司有趣味的工作，菲利普高兴极了。

“白天一整天都得忙，”古德沃西先生说，“可是晚上由我们自由支配。巴黎毕竟是巴黎。”他意味深长地微笑着。“旅馆里的人待我们很周到，伙食全由他们包下来了，所以我们不必花什么钱。这就是我喜欢去巴黎的原因，由别人掏钱。”

抵达加来港时，一见到那么多打着手势的脚夫，菲利普顿时心花怒放。

“真是名不虚传。”他自言自语道。

火车飞驰在乡间的田野，菲利普目不转睛地往外望，他羡慕沙丘。在他看来，这些沙丘的颜色比他见过的任何东西都可爱；他被一道道的运河和一行行的白杨树迷住了。他们出了巴黎北站，乘一辆摇摇晃晃、嘎吱作响的出租马车，沿着鹅卵石街颠簸向前的时候，他觉得自己正呼吸着令人陶醉的新鲜空气；兴奋得几乎想放声高喊起来。经理在旅馆门口迎接他们，他身材矮胖，举止文雅。他讲的英语还算过得去。古德沃西先生是经理的老朋友，他热情地欢迎他们。他们在他的私人房间进餐，他的妻子也一块作陪。菲利普好像从未吃过像土豆牛排这么美味可口的佳肴，也从未喝过像摆在他们面前的普通葡萄酒这么醇香甘美的饮料。

在古德沃西先生这样一个道貌岸然的体面的当家人看来，法国的首都是一个淫乐的天堂。第二天早晨他便问经理有什么“出格”的东西可一饱眼福。他总是尽情地享受巴黎之行，说这样才不致使你的脑子僵化。晚上，做完了一天的工作，吃过饭以后，他就带菲利普去“红磨坊”舞厅和“牧羊女”剧场。每当他看到色情淫秽的场面，他那双小眼睛便闪闪发亮，脸上带着一丝狡猾的淫笑。他走遍了专门为外国人安排的各色各样下流的场所。事后，他又说一个国家允许这类事情是不会有什么好结果的。有一次观看一场轻松歌舞时，见到台上出现一个几乎一丝不挂的女人，他就用胳膊轻轻地碰了碰菲利普。他还把那些在剧场里四下闲逛的身材高大的名妓指给菲利普看,他让菲利普看到的是一个庸俗的巴黎,可是菲利普却用一双被幻觉蒙住的眼睛来看这光怪陆离的巴黎。清晨,他常常跑出旅馆,来到爱丽舍田园大街,站在协和广场前。时值六月,空气清新,巴黎呈银白色。菲利普觉得自己的心飞往人群之中,他想这儿才是他梦寐以求的城市。

他们在那儿待了不到一周,星期天便走了。菲利普深夜到巴恩斯那肮脏的寓所时,他的主意已定。他将解除学徒契约,到巴黎学美术。他决定待满一年后再走,以免别人说他不近情理。八月中旬他有两周假期,临走之前,他要告诉赫伯特·卡特,说他不打算回来了。尽管他勉强每天到事务所上班,但要他装作对工作感兴趣他却办不到。将来的前途占据着他的心。七月中旬以后,业务不多,所以他借口为应付第一次考试要听课而常常不上班。他用这些时间上国家美术馆阅读关于巴黎和绘画的书籍。他埋头阅读拉斯金的书。另外他还看了瓦萨里[1]写的许多画家传记。他喜欢葛雷基欧[2]的故事,想象自己站在某幅伟大的杰作跟前高声喊道:我是个画家。他现在不再犹豫了。他确信自己有成为伟大画家的素质。

"毕竟我可以试试,"他自言自语地说,"人生贵在冒险。"

八月中旬终于来到了。卡特先生这个月要到苏格兰度假,由主管办事员负责事务所的工作。自从巴黎那次小旅行回来,古德沃西先生似乎对菲利普很有好感。现在既然菲利普知道自己很快就要得到自由了,因此,也就不跟这个可笑的人过多计较了。

"凯里,你明天要去度假吗?"傍晚,古德沃西先生对他说。

菲利普整天一直在对自己说,这是最后一次坐在这可恨的办公室里了。

"是啊,我一年期满了。"

"恐怕你干得不那么出色。卡特先生对你很不满意。"

---

① 瓦萨里(1511—1574),意大利画家、建筑家及传记作者。

② 葛雷基欧(1494—1534),意大利画家。

“总比不上我对卡特先生的不满意吧。”菲利普高高兴兴地回答。

“凯里，我想你不该这么说。”

“我不想回来了。合同规定，假如我不喜欢会计工作，卡特先生将退还我交的一半学徒费，待满一年，我就可以不干了。”

“你不该仓促地做出这样的决定。”

“早在十个月前，我就开始讨厌这儿的一切。我讨厌这个工作，讨厌这个事务所，也讨厌伦敦。我宁愿扫马路也不待在这儿。”

“那么，说实在的，我认为你不适合干会计工作。”

“再见了，”菲利普边说边伸出手来，“我想谢谢你对我的好意，要是我给你们添了麻烦，请原谅。我几乎从一开始就知道自己干不好。”

“好吧，假如你真的拿定了主意，那就再见吧。我不知道你打算做什么，但是你什么时候上这一带来，一定进来看看我们。”

菲利普笑了笑。

“恐怕我的话很不中听，但我衷心希望从今以后，再也不要见到你们中间的任何一个了。”

39

布莱克斯特伯尔牧师对菲利普向他提出的计划不予理睬。他的高见是，一个人不论开始干什么，都应该坚持不懈，善始善终。像一切软弱无能的人一样，他过分强调不要轻易改变主意。

“是你自愿要当会计师的。”他说。

“我之所以选择这项职业，是因为我知道这是去伦敦的唯一机会。我现在讨厌伦敦，讨厌这项工作，说什么我也不回去了。”

显然，凯里先生和太太对菲利普想当画家的念头感到震惊。

他们说他不该忘记他的父母都是上流人士,而绘画不是一项正经的职业。它是放荡不羁,声名狼藉和道德败坏的职业。况且又是在巴黎!

“只要我对此事还有发言权,我就不让你住在巴黎。”牧师口气坚决地说。

那儿是罪恶的渊薮,娼妓和巴比伦的荡妇在那儿公开地显示她们的卑劣无耻。一般的城市都比不上它的邪恶。

“你是按绅士和基督教徒的标准培养起来的,假如我允许你经受这种诱惑,那我就辜负了你已故的父母对我的信任。”

“好啦,我知道我不是一个基督教徒,也开始怀疑我是不是一个绅士了。”菲利普说。

争论变得更加激烈了。菲利普还要一年才能继承那一小笔财产。在这一年中,凯里先生提出,假如他继续待在事务所,才给他发生活费。菲利普心里很清楚,假如他真的不想干会计的行当,他必须马上离开,才能要回半数已支付的学徒费。可是,牧师根本听不进去。菲利普由于失去自制力,说了很多伤人、恼人的话。

“你没有权利浪费我的钱,”他最后说,“毕竟,这是我的钱,不是吗?我又不是小孩。假如我拿定主意去巴黎,你也拦不住我。你不能强迫我回伦敦。”

“除非你做的事我认为合适,否则我就不给你钱,我只能如此。”

“那么,我不在乎,我已下决心去巴黎。我要把衣服、书籍和我父亲的首饰卖掉。”

路易莎伯母默默地坐在一边,心里又着急又难过,她发现菲利普气昏了,这时她无论说什么只能是火上浇油。最后,牧师声称他不愿再听这件事了,说罢神气十足地离开房间。后来有三天菲利普和他彼此不说话。菲利普写信给海沃德,询问巴黎的情况,并拿定主意一收到回信就动身。凯里太太脑子里不断地捉摸这件事。她觉得菲利普讨厌她丈夫,连她也一起讨厌了。这个想法使她心如刀绞,她一心一意地疼爱着他。最后,她找他谈话;她专心地听他诉说对伦敦的幻想的破灭以及对将来的满怀憧憬。

“也许,我没有什么本事,但至少得让我试试,总不至于混得比在那个可恶的事务所差劲吧。我觉得我还能画,我知道我还行。”

她不像她丈夫那么自信,认为他们阻挠这么强烈的爱好是正确的。她看过一些伟大画家的传记,他们的父母曾反对他们学画的愿望,结果证明他们多么愚蠢;毕竟,一个画家照样能像会计师一样过高尚的生活,为主增添荣誉。

“我非常担心你到巴黎去,”她可怜地说,“要是你在伦敦学画那倒也无妨。”

“要学就得学出个样子来,而真正的绘画艺术,只有在巴黎,才能学到手。”

凯里太太根据他的建议,写信给律师,说菲利普不满意在伦敦的工作,征求他对其改变职业的看法,尼克松先生的回信如下:

亲爱的凯里太太:

我已见过赫伯特·卡特先生,恐怕我得告诉你,菲利普并不像预料的干得那么出色。假如他坚决地反对这一项工作,也许现在趁早废约方为上策。当然,我感到很失望,然而也知道,带马到河边容易,而逼马饮水难。

你忠诚的

艾伯特·尼克松上

信拿给牧师看了,结果反而使他更固执了。他很希望菲利普从事其他职业。他提议菲利普从事他父亲的行当,去学医,但是假如菲利普去巴黎,他无论如何不给菲利普生活费。

“这无非是自我放纵和耽于声色的借口罢了。”他说。

“听你责备别人自我放纵,我感到很有趣。”菲利普辛辣地反驳道。

可是这时候，海沃德的回信来了，提到一家旅馆，菲利普每月只需花三十法郎便可在那儿租一间房间。信中还附了一封给某美术学校的公积金女司库的介绍信。菲利普把信念给凯里太太听，并告诉她，他打算九月一日动身。

“可是你一分钱也没有呀！”她说。

“今天下午我要到特坎伯雷去变卖首饰。”

他父亲留下了一块金表和表链，两三枚戒指，几副链扣和两枚饰针，其中一枚是珍珠饰针，可以卖得很可观的一笔钱。

“一件东西能值多少钱和这件东西能卖多少钱是两回事。”路易莎伯母说。

菲利普微笑着，因为这是他伯父的一句口头禅。

“这我知道，但我想这些至少可以卖一百镑，这就够我维持到二十一岁了。”

凯里太太没回答，却跑上楼，戴上那顶黑色小女帽，到银行去了。一小时以后她回来了，向正在会客室看书的菲利普走去，交给他一只信封。

“这是什么？”他问。

“给你的小礼物。”她羞涩地微笑着说。

他打开信封，发现有十一张五镑钞和一个鼓鼓地装着金镑的小纸包。

“我不忍心让你卖掉你父亲的首饰。这是我存在银行里的钱。将近一百镑。”

菲利普脸红了，不知道为什么，眼泪顿时夺眶而出。

“哦，亲爱的，这个钱我不能收，”他说，“你简直太好了，但我不忍心收下这笔钱。”

凯里太太结婚时有三百镑，这些钱细心地存着，只用来解决意料不到的开支，如燃眉之急的施舍或者为她丈夫和菲利普购买圣诞节和生日的礼物。随着时光的流逝，这笔钱已大大地减少，可是它仍然是牧师说俏皮话的话题。他说他妻子是个阔女人，还常常谈到她的“私房钱”。

“噢,菲利普,请收下吧。很抱歉,我过去大手大脚,现在只剩下这些了。但假如你收下,我会很高兴的。”

“可是你将来还用得着。”菲利普说。

“不,我想我用不着了。我存着只是预防你伯父比我早归天,我想,手头有点钱总是方便,可以应急。现在,我想我活不了多久了。”

“噢,亲爱的,快别这么说。嗯,当然啦,你会永远活下去的,我不能没有你啊。”

“哦,我可以死而无憾了。”她的声音变了,掩面而泣。过一会儿,揩干眼泪,她又破涕为笑了。

“起初,我常向上帝祷告,祈求他不能先让我归天,因为我不想让你伯父孤苦伶仃地留在世上,我不愿让他受苦。可现在我明白你伯父看待受苦并不像我看得那么严重。他想活得比我长,我从来就不是他理想中的妻子。我想,要是我有什么三长两短的话,他肯定再婚。所以我愿意先归天。菲利普,你认为我自私吧?但是假如他先归天,我可受不了。”

菲利普吻她那布满皱纹的、瘦削的脸颊。他不晓得为什么,见到她对伯父那胜过一切的爱,竟莫名其妙地感到羞愧。她竟会关心一个如此冷淡、自私和粗野放纵的人,简直不可思议;他隐约地觉察出她心里也知道丈夫的冷漠和自私。这些她都清楚,可是却照样谦恭地爱着他。

“你会收下这笔钱的吧,菲利普?”说着,她轻轻地抚摸着他的手,“我知道你没有这些钱也行,但你收下来会使我多么快活。我总想替你做点什么。你瞧,我自己没养过孩子,我疼爱你,好像你是我的亲生儿子一样。你小时候,我几乎常常希望你生病了,这样我可以日夜地守护着你,我也知道这样想不对。不过你只病过一回,并且是在学校的时候。我很想帮助你,这是我唯一的机会。也许有朝一日你真的成了伟大的艺术家,你就不会忘记我,你会记得当初是我助你一臂之力的。”

“你太好了,”菲利普说,“我非常感激。”

她那双疲惫的眼睛里露出了幸福的笑容。

“噢,我太高兴了。”

40

几天以后,凯里太太到火车站为菲利普送行。她站在车厢门口,竭力忍住泪水。菲利普的心情既不安又急切。他渴望远走高飞。

“再吻我一下。”她说。

他将身子探出窗外,吻了吻她。火车开动了,她站在小站的木头站台上,挥动手帕直至见不到火车。她心情异常沉重,回牧师住宅的这几百码似乎特别的远。她想,他渴望离开,这再自然不过。他是青年人,未来在向他召唤;而她——她咬紧牙关,不让自己哭出来。她心里默默祈祷,求上帝保佑他,让他免遭诱惑,赐他幸福和好运。

但菲利普在车厢坐下来不久就不再想她了,他只想起自己的未来。他已写信给海沃德介绍的奥特太太——那位女司库,海沃德已将菲利普的情况告诉她。此时,菲利普口袋里还装着她请他第二天去用茶点的一份请帖。到了巴黎,他将行李堆在出租马车上,慢慢地穿过喧闹的大街,过了大桥,沿着拉丁区狭窄的街巷行走。他在德埃科勒斯旅馆租了一个房间。这家旅馆位于离蒙帕纳斯大街不远的一条简陋的街上。从这儿到他学画的阿米特拉诺美术学校很方便。一位侍者提着他的箱子登上了五段楼梯,把菲利普领进一间小房间,房里因窗户紧闭而散发出一股霉臭,一张木床占去了大部分的空间,床上撑着红棱纹平布帐幔。窗子挂着失去光泽的用同样布料制成的厚窗帘，五斗橱兼作脸盆架。大衣橱的式样令人想起开明国王路易·菲利普。糊墙纸因年深日久颜色已褪，成了深灰色，但上面褐色叶子的花环图案还依稀可见。菲利普认为这房间古雅、迷人。

虽然夜深了，但他激动得无法入眠。他走出旅馆，步入大街，向着灯光走去。他来到了火车站。车站前面的广场闪烁着强烈的弧光灯。黄色的电车似乎从四面八方通过广场，喧闹异常。他兴奋得放声大笑。周围到处是咖啡馆。偶尔，由于口渴，也想接近人群，菲利普便在凡尔赛咖啡馆外头的露天小桌旁坐下来。其他的桌子都坐满了，因为这天晚上天气很好。菲利普好奇地注视着周围的人，有小家庭聚会，也有戴着奇形怪状的帽子、留着怪模怪样胡子的男人在指手画脚、粗声粗气地聊天。他的邻座是两个样子像画家的男人，身边还有女人陪着。菲利普希望她们不是画家的合法妻子，那才浪漫呢。背后，他听到有几个美国人大声地争论艺术问题。他兴奋极了。他就这样坐在那儿，筋疲力尽，却高兴得懒得起身，很晚才回去。当最终上床时，他全无睡意，侧耳倾听巴黎的五花八门的嘈杂声。

第二天大约用茶点的时候，他上贝尔福狮子街，在通往拉斯佩尔街的一条新街上找到了奥特太太家。她是个三十来岁的小人物，带乡下气并有意摆出一副贵妇人的派头。她将他介绍给她母亲。没聊几句他发现她已经在巴黎学了三年美术了。后来，又知道她和丈夫分居。小会客室里有一两幅她画的肖像画。在没有经验的菲利普看来，它们似乎很有艺术造诣。

“不晓得将来我能不能画得这么好。”他对她说。

“噢，我想没问题。”她不无得意地回答。

她非常和蔼，还给了他一个商店的地址，在那儿可以买到画夹、画纸和炭笔。

“明天九点左右我会到阿米特拉诺画室去，假如你也那个时候到那里，那么，我可以设法替你找个好位子，并关照一切。”

她问他打算做什么,菲利普觉得不能让她看出自己对整个事儿没有一个明确的打算。

“我想先学素描。”他说。

“听你这么说我很高兴,人们总是急于求成。我来这里两年了才开始接触油画,你看看效果吧。”

她瞟了她母亲的肖像画一眼,那是钢琴上方一幅黏糊糊的画。

“如果我是你的话,我会对要接触的人非常谨慎。我不和任何外国人厮混,我自己就非常小心。”

菲利普感谢她的指点,但他觉得奇怪,不知道为什么需要小心。

“我们就像在英国时那样生活,”奥特的母亲说,直到这时候她还几乎没开过口,“我们到这儿时把所有的家具都带来了。”

菲利普四下打量了一下房间,它塞满了一套笨重的家具,窗户挂着白色花边窗帘,同夏天牧师住宅里路易莎伯母挂的窗帘一模一样。钢琴用自由绸覆盖着,壁炉架也是这样,奥特太太的眼光随着菲利普那双东张西望的眼睛来回转动。

“晚上一关上百叶窗,就真的好像回到了英国一样。”

“我们吃饭也和在英国老家一样,”她母亲补充道,“早餐有肉食,正餐放在中午。”

告辞了奥特太太家,菲利普便去购买绘画用品。第二天早晨刚九点,他便到校了,竭力装出一副自信的样子。奥特太太已经来了,她面带友好的笑容向他走来。他一直担心自己作为一名新生会受到什么样的接待,因为他看过不少书描写新生在画室如何遭到愚弄和嘲笑。但奥特太太再三地请他放心。

“哦,这儿没有这类事,”她说,“你瞧,我们这儿大约有半数学生是女的,她们左右了这儿的风气。”

画室很大,空荡荡的,灰色的墙上挂着一幅幅获奖的习作。模特儿披着宽大的长外衣坐在椅子上,周围男男女女站了十多人,有的在谈话,有的在继续画素描。这是模特儿第一次休息的时间。

“你最好先从简单的入手，”奥特太太说，“把画架放在这儿，你会发现这个姿势最容易画。”

菲利普照她指点放好画架。奥特太太把他介绍给坐在他身边的一个姑娘。

“凯里先生——普赖斯小姐。凯里先生以前从未学过画，开始的时候你帮他点，好吗?”接着，她转身对模特儿说，“摆好姿势。”

模特儿把正看的报纸《小共和国报》扔在一边，不高兴地脱掉长外衣，登上画台。她端正地站着，双手十指交叉，托着后脑勺。

“这姿势很蠢，”普赖斯小姐说，“不知道他们为什么要选这个姿势。”

菲利普刚进来时，画室里的人好奇地看着他，模特儿冷淡地望了他一眼。现在他们不再注意他了。菲利普面前铺着漂亮的画纸，尴尬地盯着模特儿，他不知道从何处下手。以前，他从未见过裸体女人。她已经不年轻，乳房已经萎缩。那色泽暗淡的金发乱蓬蓬地垂在额前，脸上布满雀斑。他看了普赖斯小姐的习作一眼，这幅画她刚画了两天，看样子好像遇到了麻烦，因为她老用橡皮擦，画面已经弄得一塌糊涂，在菲利普看来，她画的人体大大地走了样。

“我想我也能画得像她那样好。”他想。

他先画头部，心想慢慢地从上往下画。可是不知为什么，他发现画那模特儿的头比画一个自己想象的头要难得多，他遇到困难了。他瞟了一眼普赖斯，她正在紧张认真地画着。她心情热切，眉头都皱起来了，眼里流露出焦虑的神色。画室闷热，她的额头沁出了一颗颗的汗珠。她是个二十六岁的姑娘，长了一头暗淡浓密的金丝柔发；头发是漂亮的，但梳得马虎，从前额往后一挽，草草地打了一个发髻。她的脸盘很大，五官宽阔而扁平，眼睛很小；肤色苍白，带有几分异常的病态，面颊毫无血色。她的样子显得很不整洁干净，人们不禁怀疑她晚上是否和衣而睡。她既严肃又沉默。第二次休息时，她后退一步，端详着自己的画作。

“我不知道为什么有这么多伤脑筋的地方。”她说，“但我打算把它纠正过来，”她转身对菲利普说，“你画得怎么样？”

“一点也不好。”他苦笑着说。

她看了看他的画。

“你这种画法不行，你应该量好比例，同时应在画纸上打格。”

她麻利地为他示范，该如何下手。菲利普被她的热心所感动，但因她缺乏魅力而感到不快。他感谢她的指点，又开始画起来了。同时，其他学画的人也进来了，大部分是男人，因为女人总是先来。就季节而论，这时画室算是相当满的了。不久，进来了一个年轻人，稀疏的黑发，特大的鼻子，脸那么长，让人联想起马脸来。他在菲利普身边坐下来，并隔着菲利普向普赖斯小姐点头。

“你来得太迟了，”她说，“刚刚起床吗？”

“天气太好了，我觉得应该躺在床上，想象一下户外的景色有多美。”

菲利普笑了，可是普赖斯小姐对他的话却认真看待。

“这样做未免太可笑了。我倒觉得应该爬起来，到外头尽情地享受这大好的天气，那才更合情理。”

“要想当个幽默家可真不容易呀。”这个青年人严肃地说。

他似乎无心绘画。他注视着他的画布，他的画正要着色，这个模特儿的素描他前天就画好了。他转身对菲利普说：

“你是刚从英国来的吗？”

“是的。”

“你怎么会到阿米特拉诺学校来？”

“它是我唯一知道的一所美术学校。”

“我希望你到这儿来，不要过于奢求，认为可以多少学到对你有点用处的本事。”

“这是巴黎最好的美术学校，”普赖斯小姐说，“这是唯一认真地对待艺术的学校。”

“难道对待艺术就一定得认真吗？”年轻人问。由于普赖斯小姐的回答只是轻蔑地耸耸肩膀,他又自己接着说下去:“但关键在于,一切美术学校都坏,显然它们都学究气十足。这所学校之所以比多数学校为害较浅,是因为这儿的教学比别处更无能,因为你什么也学不到……”

“那么为什么你要上这儿来呢?”菲利普打断了他的话。

“我找到了较好的捷径,但我不遵循它。有文化教养的普赖斯小姐一定会记得这句话的拉丁语吧。”

“我希望你说话时不要把我牵扯进去,克拉顿先生。”普赖斯小姐粗暴地说。

“学绘画的唯一途径,”他泰然自若地继续说,“是开个画室,雇个模特儿,自己闯出一条路子来。”

“这似乎很容易办到。”菲利普说。

“只需要钱。”克拉顿回答说。

他开始画了,菲利普斜着眼瞟他。他是个高个儿,非常瘦;他那粗大的骨骼好像要从身体突出来似的;他的两肘太尖了,简直要把那件破外套的袖子撑破。他的裤管磨破了,每只靴子都有一块难看的补丁。普赖斯小姐立起身来走到菲利普的画架旁。

“要是克拉顿先生肯闭起嘴,安静一会儿,我就会帮你点忙。”她说。

“普赖斯不喜欢我,是因为我有幽默感,”克拉顿先生若有所思地看着他的画布说,“可是她痛恨我,因为我有才气。”

他一本正经地说,那又大又丑的鼻子使他说的话变得更离奇古怪。菲利普忍不住大笑起来,但普赖斯小姐却气得满脸通红。

“你是唯一说自己有才气的人。”

“我也是唯一一个认为自己的意见对自己最无价值的人。”

普赖斯小姐开始批评菲利普的习作了。她滔滔不绝地谈起解剖和结构,平面和线条以及其他菲利普不懂的许多东西。她在画室已经很长时间了,知道老师强调的绘画要点。可是虽然她能够指出菲利普的习作有什么毛病,却无法告诉他如何纠正。

“你太好了，这么不厌其烦地帮助我。”菲利普说。

“哦，没什么，”她尴尬地红着脸回答，“我刚来时，别人也是这样帮助我。同样我也乐意帮助任何人。”

“普赖斯小姐想表明，她给你传授知识是出于责任感，而不是因为你本人有什么迷人的魅力。”克拉顿说。

普赖斯小姐狠狠地瞪了他一眼，又回座位画自己的画去了。十二点到了，模特儿如释重负地叫了一声，从画台上走下来。

普赖斯小姐收拾起自己的画具。

“我们有些人上格雷维尔饭馆去吃午饭，”她望了克拉顿一眼对菲利普说，“我总是自己回家吃。”

“假如你愿意，我带你到格雷维尔饭馆去。”克拉顿说。

菲利普感谢他并准备离开画室。这时奥特太太过来问他学画进展如何。

“范妮·普赖斯帮你了吗？”她问，“我特意把你安排在她旁边，因为我知道，假如她愿意她会帮忙的。这姑娘不讨人喜欢，脾气又坏，自己一点也不会画，但是她懂得绘画的秘诀，假如她不怕麻烦的话，对初学者是能指点一二的。”

当走在街上的时候，克拉顿对菲利普说：

“你给范妮·普赖斯小姐留下的印象不错，你最好留点神。”

菲利普笑了，像她这样的女人，他根本不想给她留下什么好印象。他们来到了有好几个学生正在吃饭的经济小饭馆。克拉顿在一张已坐了三四个人的桌子旁边坐下来。只要花一法郎，他们就可以买一个蛋、一盘肉、奶酪和一小瓶酒。咖啡另外收费。他们坐在人行道上，黄色的电车在大街上来回穿梭，铃声响个不停。

“请问，你叫什么名字？”他们就座时克拉顿问。

“凯里。”

“请允许我向你们介绍一位可信赖的老朋友，他名叫凯里，”克拉顿一本正经地说，“这位是弗拉纳根先生，这位是劳森先生。”

在座的人哈哈大笑，又继续谈起来。他们海阔天空无所不谈。

而且各谈各的，谁也不去注意旁人在谈些什么。他们谈到了夏天去过的那些地方，谈到了画室和各种各样的流派；还提到了一些菲利普不熟悉的名字：莫奈①、马奈②、雷诺瓦③、毕沙罗④、狄加⑤等。菲利普聚精会神地听着，尽管有点懵懵懂懂的，心情却万分激动。时间过得真快，克拉顿站起身说：

“假如你愿意来，我希望你今天晚上能在这儿找到我。你会发现这是拉丁区最好的一家饭馆，只消花几个钱，就能让你吃得消化不良。”

41

菲利普沿着蒙帕纳斯大街闲逛。眼前一点也不像春天他到圣乔治旅馆结账时见到的巴黎——他一想起那段生活就不寒而栗——倒和他心目中的外省城市的风貌差不多。周围的气氛显得轻松自在，阳光灿烂，天空广阔，激起人们无限的遐想。一行行修剪得整整齐齐的树木，一幢幢粉刷得干净洁白、富有生气的房子，宽阔的街道，这一切令人心旷神怡，觉得完全像在家里一样自在了。他在街上漫步，打量着过往的行人。在他看来，就连穿着肥大裤子，结着宽宽的红腰带的最普通的工人，以及穿着漂亮的旧制服的年轻士兵，都有其风雅之处。不久，他又来到了天文台大街，面对着如此壮观、优美的景色，他不禁兴奋地叹了一口气。他来到卢森堡公园，小孩在玩耍嬉戏；头上结着长丝带的保姆成双结队地漫

① 莫奈(1840—1926)，法国印象派画家。

② 马奈(1832—1883)，法国印象派画家。

③ 雷诺瓦(1841—1919)，法国画家。

④ 毕沙罗(1830—1903)，法国印象派画家。

⑤ 狄加(1834—1917)，法国印象派画家。

步;忙碌的男人夹着皮包匆匆而过;青年人穿着奇异的服装。风景优美雅致,自然景色经人工修整,井然有序,精巧极了,相比之下,那些未经修整过的自然景色显得有些粗俗、原始。菲利普被迷住了。站在这个他在书中多次读到的地方,他兴奋极了;对他来说,这里是具有古典风味的文艺圣地;他的心情如同一位老学者第一次见到明媚的斯巴达平原时那样既敬畏又喜悦。

他正在闲逛时,偶尔发现普赖斯小姐独自坐在一条长凳上。他犹豫起来,这时候他不希望见到任何熟人,而她那副粗鲁的举止似乎与自己周围的欢乐气氛很不相称。可是凭直觉他能看出她是一个对有意冒犯极为敏感的人,既然她已看见自己了,他觉得出于礼貌,也应该同她说说话。

“你来这儿干什么?”他过来时,她问道。

“玩玩,你呢?”

“哦,我每天下午四点至五点都要上这儿来,我认为一个人整天埋头工作没有什么好处。”

“我可以在这儿坐一会儿吗?”他问。

“随你便。”

“这话听起来不太亲切吧。”他笑着说。

“我不是一个善于甜言蜜语的人。”

菲利普感到有点儿窘,默默地燃了一支烟。

“克拉顿对我的画作说了些什么吗?”她突然问道。

“没有,我印象里他没说什么。”菲利普说。

“他这个人是个废物。他以为自己是个天才,其实不然。首先,他太懒惰了。天才具有吃苦耐劳的精神,最要紧的是坚持不懈。假如一个人下足够决心要做某件事,那么他就一定会去做。”

她说话慷慨激昂,这点非常引人注目。她头戴一顶黑色水手草帽,身穿一件不太干净的白衬衫和一条棕色的裙子。她不戴手套,那双手也不干净。她太难看了。菲利普真后悔当初不该跟她搭话。他弄不清她是希望他留下呢,还是希望他走。

“我愿尽力为你效劳，”她猝然说道，与前面的谈话毫不相干，“我懂得这是很费劲的。”

“太感谢你了。”菲利普说。过一会儿他又说：“咱们找个地方用茶点好吗？”

她迅速看了他一眼，脸唰地红了。她一脸红，苍白的脸上顿时呈现出一种杂色，样子很怪，就像是草莓掺进了变了质的奶油似的。

“不，谢谢，你想我为什么要用茶呢？我刚吃过午饭。”

“我想可以消磨消磨时间。”菲利普说。

“要是你觉得不耐烦就别为我操心了，我并不介意一个人待着。”

这时，两个身着棕色棉绒衣服和肥大的裤子，头戴巴斯克帽的男人从一旁走过去，他们年纪很轻，都蓄着胡子。

“哎呀，他们是美术学校的学生吗？”菲利普问道，“他们准是从《波希米亚人的生活》那本书里走出来的。”

“他们是美国佬，”普赖斯小姐轻蔑地说，“法国人已经有三十年不穿那种衣服了，可是从美国西部来的人一到巴黎就去买这种衣服，并穿着去照相。这就是他们所理解的艺术。然而他们倒不在乎，因为他们有的是钱。”

菲利普喜欢美国人装束的大方、别致；他认为这体现了浪漫色彩。普赖斯小姐问他现在几点了。

“我得上画室去了，”她说，“你去上素描课吗？”

菲利普对此一无所知。她告诉他，每天晚上五点到六点有个模特儿，供人写生，愿意去的需付五十生丁。每天换个模特儿，这是个很好的习画机会。

“我想你现在的水平还画不了，最好过一阵子再去。”

“为什么我不能去试试，反正我又没有别的事。”

他们站起身来，朝画室走去。菲利普从她的态度看不出究竟她乐意他陪她呢，还是宁愿自个儿走。他困窘着，不知道该离开她呢，还是留在她身边。可是她不想说话，总是粗声粗气地回答他的问话。

一个男人手里端着一只大盘子站在画室门口，凡是进去的人都往盘里放半法郎。画室这时比上午拥挤多了，这儿的英国人、美国人的人数不再占优势，女人的比例也不那么高了。菲利普没料到习画者的人数会有这么多。天气很暖和，屋里的空气很快就变得浑浊不堪。这回的模特儿是个老头，下巴长满银须。菲利普想将上午所学到的那点技巧拿来实践，结果画得很糟；他才意识到他远不能画得如自己想的那么好。他羡慕地望了望坐在他身边的一两个习画者的素描。他不知道将来是否也能那么熟练地运用炭笔。一小时飞快地过去了。他不想再给普赖斯小姐添麻烦，便在离她一定距离的地方坐下来。末了，当他从她身边走出去时，她鲁莽地问他画得怎么样。

“不怎么样。”他笑着说。

“要是你刚才屈尊坐在我身边，我还可以给你一些指点，我看你有点自以为是。”

“不！哪儿的话。我怕你觉得我讨厌。”

“要是那样的话，我会直说的。”

菲利普看出，尽管她态度粗鲁，却是乐意帮助他的。

“好吧，明天就靠你啦。”

“我不介意。”她回答道。

菲利普走了出来，不懂得晚饭之前这段时间如何打发。他渴望干点有特色的事。苦艾酒，对了，要喝苦艾酒。他悠闲地朝火车站走去，在一家咖啡馆的露天餐席下坐下来，要了一杯苦艾酒。喝下苦艾酒，他既感到恶心，又感到很满足。这酒的味道令人作呕，可是振奋精神效果甚佳，他觉得自己是个地地道道的美术学校的学生了。同时，由于空腹喝酒，他的精神马上振奋起来。他望着四周的人群，颇有四海之内皆兄弟之感慨。他高兴极了。他来到格雷维尔饭馆时，克拉顿坐着的餐桌客满了，但是当他看到菲利普一瘸一拐地过来时马上大声招呼他,给他腾出位子。晚饭很节俭,一盆汤、一碟肉、水果、奶酪和半瓶酒。菲利普对吃的并不在意,只顾注意同桌用膳的人。弗拉纳根晚上又来了:他是美国人,一个矮个子,狮子鼻的青年人,生就一张有趣的脸孔,嘴上老是挂着笑容,穿一件图案鲜明的诺福克夹克衫,脖子上围着一条蓝色的硬领巾,头上戴着一顶奇形怪状的花呢帽。当时,印象派在拉丁区占支配地位,然而它战胜旧流派还是最近的事。卡罗路斯·杜兰①、布格路②之流被捧出来与马奈、莫奈和狄加等人分庭抗礼。欣赏老一派画家的作品仍然是一种高雅的标志。惠斯勒③对英国人及其同胞的影响颇大,还有那套颇有洞察力的日本版画集。古典大师们的作品受到了新标准的检验。许多世纪以来,世人对拉斐尔的推崇与尊敬,成了聪明的年轻人的笑柄。他们宁愿用他的所有的作品,去换陈列在国家美术馆里的那幅维拉斯凯④画的菲力普四世的头像。菲利普发现关于艺术的争论很激烈。午餐时见过面的劳森坐在菲利普的对面。他是个满脸雀斑,红头发、身材瘦小的年轻人,长着一双炯炯有神的绿眼睛。菲利普坐下来后,劳森目不转睛地盯着他,突然发表起一通议论来:

"拉斐尔只是在临摹别人的作品时才算过得去,比如他临摹裴路几诺⑤和平吐雷克鸠⑥的作品时,是很拿手的;而想画出自己作品时,他就只是个——"他轻蔑地耸耸肩膀说,"拉斐尔。"

劳森说话太放肆了,菲利普感到吃惊。但菲利普不必回答他,因为弗拉纳根早已不耐烦地插话说:

"哦,让艺术见鬼去吧!"他喊道,"让咱们尽情地喝杜松子酒吧。"

---

① 卡罗路斯·杜兰(1837—1917),法国画家。

② 布格路(1825—1905),法国画家。

③ 惠斯勒(1834—1903),美国画家及雕刻家。

④ 维拉斯凯(1599—1660),西班牙画家。

⑤ 裴路几诺(1446—1523),意大利画家。

⑥ 平吐雷克鸠(1454—1513),意大利画家。

“弗拉纳根,昨晚你才喝醉呢。”劳森说。

“昨晚是昨晚,我现在指的是今晚,”弗拉纳根说,“你想想看,身在巴黎,整天光想着艺术、艺术。”他说话时西部口音很重。“啊,人生多么美好,”他打起精神,然后将拳头“砰”的一声砸在餐桌上,说,“依我说,让艺术见鬼去吧!”

“说一遍就够了,何必婆婆妈妈地重复个不停。”克拉顿严厉地说。

同桌的还有一个美国人,他的装束和菲利普那天下午在卢森堡见到的那些漂亮小伙子一样。他眉清目秀,脸庞瘦削,一副苦行僧的样子,眼睛乌黑发亮。他那身古怪的装束,有点像个亡命的海盗。一头浓黑的头发不时垂下来遮住眼睛。他的习惯动作是戏剧性地将头往后一扬,把那绺长发甩开。他开始谈论起马奈的那幅名画《奥林匹亚》,当时这幅画挂在卢森堡。

“今天我在这幅画前站了一个小时,它确实不是一幅好画。”

劳森把刀叉放下来,绿色的眼睛闪着火焰,愤怒地喘着粗气;可以看出,他在竭力抑制自己心中的怒火。

“倾听无知的野蛮人的见解是很有趣的,”他说,“你给我们说说,它究竟不好在哪里,好吗?”

这位美国人尚来不及回答,又有另一个人激动地插话道:“你的意思是你看到那幅人体画,认为它不好吗?”

“我没有这么说,我认为右乳房画得很好。”

“什么右乳房!”劳森喊道,“整幅画是绘画艺术上的奇迹。”

他开始详细地描绘那幅画的美来了。可是在格雷维尔饭馆的这张餐桌上,那些长篇大论的人都只顾自我陶醉,没有人听他的。那位美国人气愤地打断劳森的话。

“你该不是说,你认为那个头部画得好吧?”

劳森激动得脸色煞白,开始为那幅画的头部辩解了;可是脸上露出愉快而轻蔑的神色,默然坐在那里的克拉顿插话说:

“把那颗脑袋给他吧,我们不需要。它对整幅画的完美毫无影响。”

“好的,我就把这颗脑袋给你了,”劳森喊道,“提着它,见你的鬼去吧。”

“那黑线条是怎么回事?”美国人喊道,得意扬扬地把那绺几乎掉进汤里的头发往后一掠。“自然界的万物中,还没有见过四周有黑线条的。”

“噢,上帝啊,快降下天火来惩办这个渎神者吧,”劳森说,“这与大自然有什么关系?没有人说得清自然界有什么,没有什么,世人是通过艺术家的眼睛来观察自然的。多少世纪以来,世人总是见到马把四只腿伸直跳越篱笆的。老天在上,先生,四只腿确实伸得直直的。世人过去一直看到影子是黑的呀,直到莫奈才发现影子是有色彩的。先生,老天在上,影子确实是黑的呀。假如我们用黑线条来勾画物体,世人就会看到黑色的轮廓线,就存在一条黑线条了;假如我们把草画成红色的,把牛画成蓝色的,那么,世人也就看到它们是红色和蓝色的了。而且,老天在上,它们就成为红色的和蓝色的。”

“让艺术见鬼去吧,”弗拉纳根喃喃道,“我要的是杜松子酒。”

劳森不理会他的插话,继续说:

“请注意,当《奥林匹亚》在巴黎艺术展览会展出时,在庸人市侩的冷嘲热讽声中,在守旧派画家、院士和公众的一片唏嘘声中,左拉当众宣称说,‘我期望有那么一天,马奈的画将会挂在卢浮宫里安格尔的《女奴》对面。相形之下,《女奴》绝不会占上风’。《奥林匹亚》肯定会挂在那儿的。每天,我都看这一天越来越近了。十年之内,《奥林匹亚》一定会挂在卢浮宫的。”

“绝不会的,”美国人喊道,突然双手把头发使劲地往后一掠,好像想永远解决这个问题似的。“不出十年,那幅画就会被人遗忘。它只是一时时髦罢了。一幅画如果缺乏某种有价值的东西,就不会有生命力,而马奈的画离这条标准,还差十万八千里。”

“什么是有价值的东西呢?”

“缺乏道德因素，任何伟大的艺术都不可能存在。”

“哦，天哪！”劳森怒吼道，“我早就明白是这么回事了。他需要的是道德说教。”他双手合拢伸向苍天，做出祈求的样子说：“哦，克里斯托弗·哥伦布，克里斯托弗·哥伦布，当你发现美洲大陆的时候，你都干了些什么呢？”

“拉斯金说……”

他还来不及多说一个字，克拉顿突然使劲用刀柄猛敲桌子。

“先生们！”他以严肃的声音说，那只大鼻子激动得皱了起来。“刚才有人提到了一个名字，我万万没想到在上流社会还会再听到它。言论自由固然很好，但是我们应该遵守共同的礼节，注意分寸。你假如愿意，尽可以谈谈布格路：在令人发笑的声音中有着轻松的、令人作呕的成分。可是我们千万别让杰·拉斯金、格·弗·华茨[1]，或者埃·伯·琼斯[2]这样一些名字来玷污我们纯洁的嘴。”

“究竟拉斯金是谁？”弗兰纳根问道。

“他是维多利亚女王时代的伟人之一，是英国文坛的大师。”

“拉斯金文体——不过是由支离破碎、浮华的辞藻拼凑起来的大杂烩，”劳森说，“再说，让维多利亚时代的伟人统统见鬼去吧！当我打开报纸，看到某个维多利亚时代的伟人的讣告时，我就谢天谢地，他们又少一个了。他们唯一的能耐是长寿，而艺术家一过四十岁，就该让他们去见上帝。一个人到了这个年龄，最优秀的作品已经完成了，过了四十岁，他所做的只不过是老调重弹罢了。你难道不认为济慈、雪莱、波宁顿[3]和拜伦的早夭对他们来说是世界上最幸运的事吗？要是斯文本恩[4]在第一卷《诗歌与民歌》出版的那一天谢世，我们该会认为他是多么伟大的天才啊！”

这些话说得大家心花怒放，因为在座的没有一个人超过二十

① 华茨(1817—1904)，英国画家及雕刻家。

② 琼斯(1833—1898)，英国画家。

③ 波宁顿(1802—1828)，英国画家。

④ 斯文本恩(1837—1909)，英国诗人及评论家。

四岁，他们又兴致勃勃地谈开了。只有这一次他们的观点取得了一致。他们挖空心思，有人建议把四十岁院士的所有著作拿来燃篝火，维多利亚时代的名人凡是满四十岁者都要往火堆里扔，这个主意博得一片欢呼声。卡莱尔[①]和拉斯金、但尼生[②]、布朗宁[③]、基·弗·瓦茨、伊·巴·琼斯、狄更斯、萨克雷，将被匆匆地抛进火堆里；格拉德斯通先生、约翰、布赖特[④]和科布登[⑤]也将遭到同样的厄运。关于乔治·梅雷迪恩[⑥]，曾有过短暂的争论，但是马修·阿诺德[⑦]和爱默生[⑧]则被大家愉快地赦免了。最后谈到沃尔特·佩特[⑨]。

"沃尔特·佩特就算了吧。"菲利普喃喃地说。

劳森那双绿眼睛瞪了菲利普一会儿，然后点点头说。

"对啦，沃尔特·佩特是《蒙娜丽莎》的唯一辩护人。你认识克朗肖吗？他过去与佩特很熟。"

"克朗肖是谁?"菲利普问道。

"克朗肖是个诗人，他就住在这儿附近，我们现在到丁香园去吧。"

丁香园是一家咖啡馆。晚饭后他们常常到那儿去。在晚上九点和凌晨两点之间总可以在那儿找到克朗肖。弗兰纳根一整夜已经听腻了这种高雅之谈，一听到劳森的建议，便转身对菲利普说：

"喂，伙计，我们找个有姑娘的地方去玩吧，"他说，"到蒙帕纳斯娱乐场去，我们去喝个一醉方休。"

"我宁愿去见克朗肖，让脑子清醒清醒。"菲利普笑着说。

---

① 卡莱尔(1795—1881)，苏格兰作家、历史学家和哲学家。
② 但尼生(1809—1892)，英国诗人。
③ 布朗宁(1812—1889)，英国诗人。
④ 布赖特(1811—1889)，英国演说家及政治家。
⑤ 科布登(1804—1865)，英国经济学家、政治家。
⑥ 梅雷迪恩(1839—1891)，英国政治家及诗人。
⑦ 阿诺德(1822—1888)，英国诗人及批评家。
⑧ 爱默生(1803—1882)，美国哲学家、散文家及诗人。
⑨ 佩特(1839—1894)，英国散文家及批评家。

42

席上的人一哄而散,弗兰纳根和两三个人去杂耍剧场,菲利普则和克拉顿、劳森慢慢地向丁香园走去。

"你该到蒙帕纳斯娱乐场去看看,"劳森对他说,"那是巴黎最美的地方,我打算三两天内把它画下来。"

在海沃德的影响下,菲利普也认为杂耍剧场不值得光顾。他到达巴黎时正赶上杂耍剧场的艺术成就刚被发现。灯火设计得新颖别致,大片大片的暗红和失去光泽的金黄色,深沉的暗影和装饰线条,这些都为艺术创作提供了新的主题。拉丁区大半的画室里都陈列着这家或那家剧场的写生画。文人们也步画家的后尘,突然不谋而合地探索起杂耍演员的艺术价值;红鼻子的喜剧演员,因为他们的性格特征而被捧上了天;那些默默无闻地唱了二十年的肥胖的女歌手,人们现在也发现她们有着无与伦比的诙谐;还有一些人在耍狗戏中寻求美的享受;另一些人则使尽了华丽的辞藻来赞扬魔术师和飞车演员的精湛技艺。在某方面的影响下,观众也成了人们同情、关注的对象。菲利普和海沃德一样早已整个儿地蔑视人类。他采取隐居者的态度,厌恶地观看平民百姓的滑稽表演。可是克拉顿和劳森却一个劲地谈论民众,他们绘声绘色地描述了巴黎各类集会的闹哄哄的情景,人山人海、摩肩接踵,在乙炔灯光下人们的脸孔若隐若现;喇叭的喧闹声,汽笛的嘟嘟声和人群的嘈杂声汇成一片。他们所谈论的这些对菲利普来说都是新奇的。他们对他谈起了克朗肖。

"你读过他的作品吗?"

"没有。"菲利普说。

"他的作品发表在《黄皮书》上。"

他们以画家对待作家固存的眼光看待克朗肖,对他既有几分轻蔑，因为他在绘画上是个门外汉；又有几分宽容，因为他搞的是另一种艺术；还有几分敬畏，因为他运用了一种艺术媒介，画家们对此媒介都感到很不自在。

“他是个非同凡响的人。起初你会对他感到有点失望，他只是在喝醉了的时候，才会露出非凡的才能。”

“伤脑筋的是，”克拉顿补充说，“要喝很长时间他才会醉。”

到达咖啡馆时，劳森告诉菲利普他们还得往里走。秋高气爽，一点寒意也没有，但克朗肖对风寒有一种病态的恐惧心理，即使是最暖和的天气也要坐在最里头。

“凡是值得结交的人他都认识，”劳森解释道，“他认识佩特和奥斯卡·王尔德，他还和马拉梅①这一类人物有来往。”

他们所要寻找的人坐在咖啡馆的最遮风的角落。他披着外套，衣领朝上翻起，为了不着凉，他将帽子往下拉，盖住前额。他身材高大、壮实，但并不肥胖，圆圆的脸，蓄着小胡须，一双小眼睛呆板无神。和他的身材相比，他的头显得小了点，看起来像一颗豆子很不稳当地放在一个鸡蛋上。他正同一个法国人玩多米诺骨牌，不动声色地微笑着向刚进来的人打招呼。他没有说话，但推开桌子上的小茶碟，好像给他们腾出位置似的。桌上有多少小茶碟就说明他已经喝了多少杯酒。别人向他介绍菲利普时，他点点头，继续玩他的骨牌。菲利普的法语懂得不多，但尚能听得出克朗肖的法语讲得很糟，虽然他在巴黎已经住了好几年了。

终于他带着胜利的微笑将身子往椅背上一靠。

“你输啦，”他讲的法语口音很重，“伙计！”

他大声喊侍者，然后转过头来对菲利普说：“刚从英国来吗？看过板球赛没有？”

菲利普对这个出其不意的问话感到有点不知所措。

“克朗肖对二十年来每个一流板球选手的得分平均数了如指掌。”劳森笑着说。

---

① 马拉梅（1842—1898），法国象征派诗人。

那位玩牌的法国人离开了他们,到另一张桌子找他的朋友去了。克朗肖慢条斯理地——这是他的特点之一,开始谈论肯特郡和兰开夏队两队的优劣。他对他们讲了上回观看过的板球比赛,一个球一个球地详细描述那场球赛的过程。

“那是我来巴黎后唯一惦念的事情,”当他喝光侍者端来的黑啤酒时说,“这儿你见不到一场板球赛。”

菲利普感到失望,劳森因急于要炫耀一下拉丁区的这位名人而变得不耐烦了。克朗肖当天晚上迟迟不见醉意,尽管堆在他旁边的小茶碟表明了他至少是诚心地想把自己灌醉。克拉顿饶有兴味地看着这一场面,他认为克朗肖那点微不足道的板球知识,多少有点装腔作势。他喜欢谈一些讨人嫌的话题来逗弄人。克拉顿插进一个问题。“你近来见过马拉梅吗?”

克朗肖慢条斯理地望着他,似乎在思索他的盘问。克朗肖先拿一只小茶碟敲打大理石餐桌,然后回答道:

“把我那瓶威士忌拿来,”他大声喊道,再次转过脸对菲利普说,“我自己存了一瓶威士忌,买那么一点点就得花五十生丁,我付不起。”

侍者把那瓶酒端来了。克朗肖举起来对着灯光看了一下,说道:

“侍者,他们把我的酒喝了,谁偷喝了我的威士忌?”

“没有人喝过呀,克朗肖先生。”

“我昨晚特地做了一个记号,你看看这儿。”

“先生是做了记号,可是过后还继续喝,照这样子,先生做记号简直是白费时间。”

侍者是个快活的小伙子,同克朗肖混得很熟。克朗肖紧紧地盯着他。

“如果你像贵族和绅士那样用名誉向我担保,除了我之外,没有人喝过我的威士忌,那么我就接受你的解释。”

这句话经他直译为最生硬的法语,听起来非常滑稽。在柜台旁的女掌柜忍不住哈哈大笑。

“太滑稽了。”她喃喃道。

克朗肖听见了，羞涩地冲着她丢了一个媚眼。她是个粗壮、沉着的中年妇女，克朗肖一本正经地给了她一个飞吻。她耸了耸肩。

“太太，别害怕，”他吃力地说，“我已经老啦，对半老徐娘的眷顾和感激已不感兴趣了。”

他自斟了一点威士忌，掺上些苏打水，慢慢喝起来。他用手背抹了抹嘴。

“他很会讲话。”

劳森和克拉顿明白，克朗肖的这句话是关于马拉梅问题的回答。克朗肖常常在星期二晚上参加聚会，接待文人和画家。人们向他提出的任何话题，他都能对答如流。显然，克朗肖最近去过那里。

“他能说会道，可是废话连篇。他谈论艺术，好像它是世界上最重要的事情似的。”

“那是当然的，要不我们上这儿干吗？”菲利普问道。

“你为何上这儿来我不知道，这不干我的事。但艺术是件奢侈品，人们只看重自我保护和人类的繁衍。只有当他们的这些本能得到满足时，才会顾及作家、画家、诗人为他们提供的消遣。”

克朗肖稍停片刻，喝了一口酒。究竟他的贪杯是因为酒助长谈话的兴致呢，还是他喜欢言谈，因为谈话使他口渴而借酒解渴呢，这个问题他已推敲了二十年了。

接着他说：“昨天我写了一首诗。”

不待人请，他便开始朗诵起来了。他朗诵得很慢，一边伸出食指打着节拍。也许这是一首很好的诗，但就在这时一个年轻女人走了进来。她的嘴唇涂得鲜红。显然，她两腮那鲜艳的颜色并非出于她那粗俗的本色。她把睫毛和眉毛描黑，把上下眼睑涂上醒目的蓝色，而且一直涂到眼角处勾成三角形，显得古怪可笑。一头黑发从耳朵上方往后绾起，这种发式因克莱奥·德梅罗小姐的提倡而流行起来。菲利普的一双眼睛直勾勾地望着她，克朗肖朗诵完后，宽容地朝菲利普微笑。

“你没在听啊。”他说。

“哦,不,我听着呢。”

“我不责备你,因为你已经对我刚才说的话做了一个适当的说明。离开了爱情,有何艺术可言?刚才你出神地望着这位妩媚动人的年轻女人,却对我的佳作无动于衷,为此,我对你表示敬意和赞赏。”

她从他们坐的餐桌旁走过时,克朗肖一把拉住了她的手臂。

“过来坐在我身边,宝贝,让我们演一出神圣爱情的喜剧吧。”

“让我安静些!”说着,她用力将他推开,又继续闲荡了。

“艺术,”他挥了一下手,继续说道,“只不过是聪明人在酒足饭饱、玩够了女人之后,为了避免生活的单调而发明出来的玩意儿。”

克朗肖又斟满了一杯酒,继续高谈阔论了。他讲起话来,声音圆润,措辞谨慎。他把精辟的妙语和荒诞的昏话糅合在一起,令人听了惊叹不已。他一会儿严肃地取笑他的听众,一会儿又开玩笑似的给他们合理的忠告。他谈起了艺术、文学和人生。他时而虔诚恳切,时而淫词秽语,时而兴高采烈,时而声泪俱下。他已喝得酩酊大醉,接着,又朗诵起诗来了,朗诵他自己的和密尔顿的,他自己的和雪莱的,以及他自己的和基特·马洛[①]的诗。

劳森困乏了,终于站起来要回家。

“我也要走了。”菲利普说。

他们之中最沉默的克拉顿,嘴上挂着一丝讥诮的笑容,继续留下来听克朗肖唠叨。劳森陪菲利普回旅馆,然后同他道了晚安。可是上床后菲利普却睡意全无,面前的这些新的思想在他脑海里翻腾着,他兴奋极了。他感到自己身上凝聚着无穷的力量,他从未这么自信过。

“我知道我将成为一个伟大的艺术家,”他自言自语地说,“我觉得自己能行。”

---

① 马洛(1564—1593),英国剧作家、诗人。

当另一个念头涌上心头时，他不由得浑身一阵激动。可是，即使对自己，他也不愿意把这个念头说出来：“的确！我相信我有天才。”

他其实非常醉了，然而，他最多才喝了一杯啤酒，这只能归咎于一种比酒精更危险的麻醉剂。

43

每逢星期二、五的上午，画师到艾米特拉诺画室来，对学生的习作进行评讲。在法国，画家除非画肖像画能得到有钱的美国人的赞助，否则，他们的收入甚微。甚至知名的画家也乐于每周抽两三个小时到一个教画画的画室去兼课，以增加收入。这类画室在巴黎很多。星期二是米歇尔·罗林到艾米特拉诺画室授课的日子。他是个上了年纪的人，胡子苍白、面色红润。他给政府画过许多装饰画，如今这些画却成了学生的笑柄。他是安格尔的弟子，对艺术的发展无动于衷，一听到马奈、狄加、莫奈和西斯利[①]等丑类的名字，他就火冒三丈。但他是个出色的教师，诲人不倦、彬彬有礼，善于勉励引导学生。相比之下，每星期五上画室巡视的福内特却很难相处。他个子瘦小、干瘪，满口龋牙，易动肝火，蓄着蓬乱的灰胡子，眼露凶光，嗓门高且语气刻薄。过去，卢森堡美术馆曾购买了他的几幅画。他二十五岁的时候本指望立足画坛，有个远大的前程。可惜他的艺术才华只是由于年轻，而不是出自个性。因此，二十年来除了重复早年使他成名的风景画外，他一事无成。当人们责备他的作品千篇一律时，他回驳道：“葛鲁[②]只画一样东西，为什么我就不可以呢？”

---

① 西斯利(1840—1899)，法国印象派画家。

② 葛鲁(1796—1875)，法国画家。

无论对哪个人的成功他都忌妒,尤其厌恶印象派画家,因为他将自己的失败归咎于疯狂的时尚。公众——该死的畜生——全被印象派的作品吸引过去了。米歇尔·罗林对印象派虽也蔑视,但只是温和地称他们是骗子,而福内特却和之以连声咒骂,“流氓”“恶棍”算是最客气的字眼了。他以攻击他们的私生活自娱,以讽刺性的幽默,以侮慢的和诲淫的细节来攻击他们出生的合法性和夫妻关系的纯洁性。他使用东方人的比喻手法和东方人的强调语势,来强调他对他们的不敬和蔑视。即使对待他检查习作的这些学生,他也无法掩盖自己对他们的轻蔑之意。学生们既恨他又怕他;女学生常常被挖苦得流泪,于是又招致他的一顿奚落。尽管他遭到他严酷地打击过的学生的强烈抗议,他还是留在画室执教。因为,他无疑是巴黎非常优秀的画师,有时,学校的管理员,即那位老模特儿冒昧地劝他几句,可是在这位蛮横粗暴的画家面前,他的规劝转眼就变成了赔礼道歉。

菲利普第一个接触的就是福内特。菲利普来的时候他已经在画室里了。他一个画架一个画架地巡视过去。画馆的公积金司库奥特太太在他身边陪着,替那些不懂法语的学生翻译他的话。坐在菲利普旁边的范妮·普赖斯起劲地画着。她的脸色因紧张而发灰,不时放下画笔,把手往上衣上擦,因为焦急,她的手发烫出汗。她突然以忧虑的神色转向菲利普,她皱眉蹙额、满脸愁容,想以此来掩饰焦虑的神色。

“你看我画得好吗?”她问道,一边朝她的画点了点头。

菲利普站起来看她的画。他大吃一惊,她准是缺乏观察力,画得一塌糊涂,简直不成样子。

“但愿我画得能有你的一半好。”他回答说。

“这你休想,你刚来嘛,你现在就想画得像我这样好,这要求太高了,我已经在这儿两年了。”

范妮·普赖斯使菲利普迷惑不解。她的自负着实令人吃惊。菲利普发觉画室里每个人都讨厌她。这也难怪,因为她似乎故意伤害别人。

“我向奥特太太抱怨福内特。”她说，“上两周他不看我的画，只因奥特太太是画馆的司库，他就为她下了半小时功夫。毕竟，我没有比别人少付钱，我想，我的钱也和他们的一样。我不明白，为什么我不能和别人一样受重视。”

她又拿起炭笔，可是不一会儿呻吟一声，搁下了笔。

“我再也画不下去了，我太紧张了。”

她望着福内特，他和奥特太太正向他们走过来。奥特太太性情温和、见解平庸、自满自足，摆着一副了不起的神气，福内特在一位名叫鲁思·查莱丝的英国姑娘的画架边坐下来。她衣衫不整，身材瘦小，有一双漂亮的黑眼睛，目光倦怠而热情，那张瘦削的脸显得冷峻而性感，皮肤像旧象牙。这种肤色，正是那个时候在伯恩－琼斯的影响下，伦敦切尔西区的年轻小姐们所追求的。福内特今天的情绪似乎很好，他对她没多说什么，却用她的炭笔迅速、果断地画了几笔，点出了她的错误。他站起来的时候，查莱丝小姐满脸春风。他又来到克拉顿跟前。这时菲利普也跟着紧张起来了，可是奥特太太答应不会跟他过意不去。福内持在克拉顿的画架前站了一会儿，默默地咬着拇指，然后心不在焉地把咬掉的那一小块皮吐在画布上。

“这个线条画得不错，”他终于开口道，一边用拇指指出使他满意的地方，“你开始摸到门道了。”

克拉顿不搭腔，还是以他惯有的满不在乎的讥讽神情望着他的老师。

“我开始认为你至少有些才华。”

奥特太太不喜欢克拉顿，噘着嘴听着。她看不出克拉顿的画有什么独到之处。福内特坐下来，开始详细地讲解绘画技巧，奥特太太渐渐站得不耐烦了。克拉顿一声不吭，只是时而点点头。福内特感到很满意，因为他的话克拉顿心领神会，而且还懂得其中的道理。多数人都在听着，但显然他们都没有听懂。事后，福内特立起身来，向菲利普走过来。

“他刚来了两天，”奥特太太赶紧解释说，“他是初学者，以前没学过。”

“看得出来。”老师说。

他继续朝前走,奥特太太低声对他说:“这位就是我告诉你的那个小姐。”

他望着她,好像她是什么令人讨厌的动物似的。他说话的声音变得更刺耳了。

“看来你认为我对你不够重视,你老是向司库抱怨。好吧,拿出你要我重视的大作来,让我开开眼界吧。”

范妮·普赖斯脸红了。病态的皮肤下,血液似乎呈现出一种奇怪的紫色。她没有争辩,只是默默地指着星期一以来一直在画的那幅画。福内特坐了下来。

“哼,你希望我对你说些什么呢?你希望我对你说,这是一幅好画吗?不是好画;你希望我对你说这幅画画得好吗?画得不好;你希望我对你说,这画有价值吗?毫无价值;你希望我指出画的毛病吗?全是毛病;要我告诉你怎么处理吗?撕掉它。现在你该满意了吧?”

普赖斯小姐脸色苍白,怒不可遏。因为他竟当着奥特太太的面如此奚落她。虽然她到法国这么久,完全听得懂法语了,可是她气得连一句话也说不出来。

“他没有权利这样对待我,我的钱跟别人的一样,我付钱是要他来教我,可这哪儿是在教我。”

“她说什么?她说什么?”福内特问。

奥特太太犹疑着不敢翻译。普赖斯小姐用蹩脚的法语重复了一遍。

“我付钱是要你来教我的。”

他的眼睛里闪着怒火。他提高嗓门,挥着拳头。

“但是,对着上帝起誓,我不能教你,我教一头骆驼还比教你容易些。”他对奥特太太说,“问问她,究竟她画画是为了消遣呢,还是为了靠它谋生?”

“我打算当个画家谋生。”普赖斯小姐答道。

“那么,我有责任告诉你,你这是白白浪费时间,你没有才能,这倒不打紧。如今有才能的人也并非比比皆是,可是你连起码的悟性都没有。你来这儿多久了?一个五岁的小孩上了两堂课也会画得比你好。我只想奉劝你一句话,放弃这一毫无希望的努力吧。你还是去当个女仆吧,这可能比你当个画家谋生来得更合适。瞧!”

他抓起一根炭笔,可是它刚碰上画纸就折成两半了。他破口大骂,用断笔头画粗线条。他边说边迅速地画着,口里恶言恶语,骂个不停。

“你看,那两只手臂不一样长,那个膝盖奇形怪状,我告诉你,一个五岁的小孩也比你强,你看,这两条腿叫她怎么站得住,还有那只脚!”

每说出一个字,炭笔就在画上狠狠地做一个记号,不一会儿,范妮·普赖斯花了这么多时间和心血画出来的画已经面目全非了,画面上尽是一片乱糟糟的线条和斑点了。最后,他扔下炭笔,站起身来。

“听我的忠告,小姐,去试试当个裁缝吧,”他看了看表,“十二点了,下周见吧,先生们。”

普赖斯慢慢地收拾画具,菲利普有意让别人先走,想安慰她几句。他想不出别的话,只是说:“唉,我很难过。这个人多粗鲁。”

她恶狠狠地冲着他发火:“这就是你为什么要等我的原因吗?等我需要你的同情时,我会求你的。现在,请别挡住我的去路。”

她从他身边走出画室。菲利普耸耸肩膀,一瘸一拐地到格雷维尔饭馆吃午饭去了。

“她活该,”菲利普把刚才的事告诉劳森后,劳森说道,“坏脾气的邋遢女人。”

劳森对批评很敏感,每当福内特上画室授课,他总是退避三舍。

“我不需要别人对我的作品评头品足,”他说,“是好是坏,我自己心里明白。”

“你意思是不要别人对你的作品做坏的评论。”克拉顿冷冷地说。

下午，菲利普想到卢森堡去看画，穿过公园时，他一眼看见范妮·普赖斯坐在老位置，他对她一片诚意，想安慰她，不料她却如此粗暴无礼，想起来心里很懊恼。他从旁边走过去，好像没看到她似的。但她立即站起身朝他走来。

“你想装作没看见我?”她说。

“不，当然不是，我想你也许不希望别人和你说话。”

“你上哪儿?”

“我想去看看马奈的名画，我常常听人提起。”

“要我陪你去吗? 我对卢森堡相当熟悉，可以领你去看一两件佳作。”

他知道，她不愿直接向他道歉，却以此来表示悔过。

“太好了，我非常愿意你陪我去。”

“要是你宁肯自个儿去，就不必这么说。”她怀疑地说。

“我不愿自个儿去。”

他们朝美术馆走去，那里最近正公开展出凯博特的私人藏画。学生第一次有机会自由自在地仔细观看印象派画家的作品。在此之前，只有在拉菲特街的杜兰德－吕埃尔商店（这个商人与那些自以为高画家一等的英国同行不同，总是乐意地把画拿给穷学生看，他们想看什么，就让看什么），或者在他的私人寓所里才能见到这些作品。每星期二你弄一张入场券到他寓所并不难，况且在那儿你可以见到许多世界名画。普赖斯小姐领菲利普径直来到马奈的《奥林匹亚》跟前。他默默地看着这幅画，心中惊愕不已。

“喜欢吗?”普赖斯小姐问。

“说不上来。”他无可奈何地回答。

“你相信我的话好了，美术馆里也许除了惠斯勒为他母亲作的肖像画外，再没有比这幅画更上乘的了。”

她给他一定的时间观看这幅杰作，并领他去看一幅描绘火车站的画。

“喏,这是一幅莫奈的画,”她说,“画的是圣拉扎尔火车站。”

“可是铁道线不平行。”菲利普说。

“那有什么要紧?”她傲气十足地反问道。

菲利普为自己感到惭愧。范妮·普赖斯捡起了各个画室喋喋不休争论的话题,在自己的知识范围内轻而易举地给菲利普留下了深刻的印象。她滔滔不绝地向他解释画作,目空一切,但尚有见地。她告诉他画家们的创作意图是什么,而他应该探求的是什么。她不时用拇指做手势。她所说的对菲利普来说都是新鲜的。他听得津津有味,却又迷惑不解。在此之前,他一直崇拜瓦茨和伯恩-琼斯,前者的绮丽的色彩,后者工整雕琢的素描术完全满足了他的审美观。他们模糊的理想主义,寓意于画作标题的哲学思想,正和他勤奋地阅读拉斯金著作所领悟到的艺术功能相吻合。但此处有些差异:这儿没有道德的感染力,观赏这些作品无助于把人们引向更纯洁、更高尚的生活。菲利普感到困惑不解。

最后他说:“你看,我简直累坏了,我的脑子再也装不进任何有益的东西了。咱们去找条长凳坐下来吧。”

“最好不要一下子吸收这么多的艺术。”普赖斯小姐说。

他们走出美术馆时,菲利普对她不辞劳苦陪他参观深表谢意。

“哦,那算不了什么,”她有点冷淡地说,“我这样做是因为我喜欢。要是你愿意,明天我们可以去卢浮宫。然后,我再带你去杜兰德-吕埃尔的店里去看看。”

“你待我太好了。”

“你不像他们多数人那样,认为我是个讨厌的人。”

“我不那么认为。”他微笑道。

“他们以为可以把我从画室撵走,可是他们办不到,我愿意在画室待多久就待多久。我知道,今天上午全是露西·奥特搞的鬼。她历来恨我,以为这样一来我会乖乖地走掉。我想,她巴不得我走呢,她害怕我太了解她的底细了。”

普赖斯小姐给他讲了一个冗长而且错综复杂的故事，说这个平庸的、体面的瘦小女人奥特太太，有过许多有伤风化的私通事件。接着又谈起鲁思·查莱丝，即上午受到福内特赏识的那个姑娘。

“她同画室里的每个小伙子鬼混，简直是个妓女，况且她不卫生，一个月也不洗一次澡，我一点也没瞎说。”

菲利普不安地听着。关于查莱丝小姐他已听到了各种各样的流言蜚语。然而，怀疑和母亲住在一块的奥特太太的贞洁，这未免太离奇了。走在他身边的这个女人，恶意地造谣中伤，确实叫他反感。

“我不在乎他们说些什么。我将照样继续干下去。我知道自己有才能。我觉得自己是个艺术家，我宁愿自杀也不放弃艺术。在学校里遭人嘲笑的，我又不是第一个。结果，往往那些受人嘲笑的人成了唯一的天才。艺术是我唯一关心的，我愿一生献身于艺术。关键是坚持不懈，锲而不舍。”

她发现每个对她的自我评价有异议的人都怀有不可告人的动机。她讨厌克拉顿。她告诉菲利普，克拉顿其实并没有什么才能，只是华而不实，肤浅得很。他一辈子也不能创作一幅像样的画。至于劳森，她说：

“红头发、满脸雀斑的小畜生，怕福内特怕得连习作也不敢让他看。毕竟，我并不害怕，不是吗？福内特对我说的话我不在乎，反正我知道自己是个真正的艺术家。”

他们到了她住的那条街上。菲利普舒了一口气，离开了她。

44

然而，下星期天普赖斯小姐提出要带菲利普去参观卢浮宫时，他还是接受了。她领他看了《蒙娜丽莎》。他望着这幅名画,心里有点失望。但是他把沃尔特·佩特的评论背得滚瓜烂熟,他的金玉之言使这幅世界上最著名的画锦上添花。现在他向普赖斯小姐重复这段话。

"那纯粹是文学,"她有点轻蔑地说,"你不要去理会它。"

她让他看伦勃朗[1]的名画,并做了恰如其分的介绍。她站在《伊默斯的信徒》的面前。

"当你领悟到这幅画的妙处时,"她说,"你就会对绘画略知一二了。"

她又领他看安格尔的《女奴》和《泉》。范妮·普赖斯是个专横的向导,她不让他看他自己想看的画。她企图强迫他赞扬她所欣赏的画。她对画的研究非常认真。通过长廊的一个窗口时,透过此窗口,可以眺望五彩缤纷、阳光明媚、温文雅致的土伊勒利王宫,犹如拉斐尔的一幅名画,菲利普惊叫道:

"啊,太美了! 在这儿待会儿吧。"

她冷冷地说:"好吧,可以。不过我们是来看画的呀。"

秋天的空气既凉爽又清新,菲利普感到心旷神怡。临近中午时分,当他们站在卢浮宫宽敞的庭院时,他真想如费拉纳根一样大喝一声:让艺术见鬼去吧!

"我说呀,咱们到圣米歇尔大街找一家饭馆用快餐好吗?"菲利普提议说。

普赖斯小姐迟疑地望了他一眼。

"我家里已备好了午饭。"她回答道。

"那没关系,你可以留着明天吃,中午我请客。"

"我不知道你为什么要这样。"

"这会使我感到高兴。"他微笑着回答。

他们过了河,在圣米歇尔大街的拐角处有一家饭馆。

---

① 伦勃朗(1609—1669),荷兰画家。

“我们进去吧。”

“不,我不进去,这馆子看样子太昂贵了。”

她执意往前走,菲利普只好跟着。没走多远,他们来到了一家小饭店,十来个人已经在人行道的凉篷下吃午饭,饭店的橱窗上写着醒目的白色大字:午餐一法郎二十五生丁,酒资在内。

“再也找不到比这儿更便宜的了,看样子也挺不错的。”

他们在一张空桌旁坐下来等煎蛋卷。这是菜单上的第一道菜。菲利普兴高采烈地望着过往行人,他的心飞向他们。他虽疲倦但是很快活。

“喂,你看那个穿短外套的男人,太妙了!”

他向普赖斯瞟了一眼,使他惊奇的是,他见她只低头瞧着盘子而不注意街上的景致,两颗热泪从脸颊滚下。

“你究竟怎么啦?”他惊叫道。

“假如你再对我说什么,我马上就走。”她回答。

他完全搞糊涂了,幸而这时煎蛋卷来了,他将它分成两半,他们开始吃起来。菲利普尽量谈一些无关紧要的话。普赖斯小姐也似乎努力迎合他。然而这顿饭并不怎么成功。菲利普本来胃口就不好,看到普赖斯吃饭的模样,更使他倒胃口了。她吃起饭来嘴巴发出“吧唧”“吧唧”的响声,那副狼吞虎咽的馋相,有点像动物园里的一头野兽。她每吃完一道菜,就用面包片来抹盘子,直抹得盘子又白又亮才住手,好像连一滴汁都舍不得丢掉似的。他们要了卡门伯特奶酪。看到她把奶酪皮和给她的那份全吃得精光,他不由得感到厌恶。即使她饿扁了,也不至于这样饿鬼似的吃饭。

普赖斯小姐性情孤僻,今天同你友好告辞,说不定明天就翻脸不认人,对你怒目相视,粗野无礼。可是他向她学到不少东西。虽然,她自己画得不好,但一切能传授的知识她都懂得一点。她的不断指点有助于他进步。奥特太太对他也很有帮助。有时,查莱丝小姐也指出他习作中的毛病;他学了劳森的能言善辩,学了克拉顿的范本。可是范妮·普赖斯只许他采纳她的意见。他一接受别人的指点，她便耿耿于怀。每当菲利普找了别人后再去向她求教，她就粗声粗气地加以拒绝。其他人，如劳森、克拉顿和弗拉纳根就拿她来取笑他。

“要当心啊，小伙子，”他们说，“她爱上你了。”

“哦，胡说八道，”他笑着说。普赖斯小姐也会同人恋爱，这种想法是十分荒谬的。菲利普想起她那丑陋的长相，肮脏的头发和那双肮脏的手，以及那件老是不离身的、褪了色的，衣边磨破了的褐色衣服，就不寒而栗。他想她手头拮据，他们这些人手头也都拮据，但她至少应该保持整洁，用针线把裙子缝补整齐点，这总可以办得到吧。

菲利普开始把自己对周围人的印象归纳一番。现在，他已不像在海德堡时那么天真了，那些日子似乎是很久以前的事。当他开始较审慎地对人感兴趣时，他倾向于持审察和批判的态度。三个月来和克拉顿朝夕相处，菲利普发现对他的了解，也难以比第一次遇到他时了解得更深。在画室里克拉顿给人总的印象是能干，大家都认为他会干出一番了不起的事业，他自己也是这么认为的。可是他究竟打算干些什么，别人和他本人都不大清楚。到艾米特拉诺画室之前，他曾经在好几个画室学过画，如“朱利昂”画室，“美术”画室，“麦克弗森”画室。他在艾米特拉诺画室待的时间比其他地方更长一些，因为他发现这儿更无人约束。他不喜欢出示自己的画作，也不像大多数学画的年轻人那样向别人征求意见或指点别人。据说在首战路的一间工作室兼寝室的小画室里，他画过许多出色的画。要是他愿意拿这些画去展览，准能一举成名。他雇不起模特儿，只能画静物画。劳森老是谈起克拉顿画的一盘苹果，断言它是幅杰作。克拉顿爱挑剔，好高骛远，一心追求连自己也心中无数的目标，总是对自己的画作不满意：也许有某一部分他觉得满意的，如一幅人体画的前臂啦，或一条腿或一只脚啦，静物画中的一只玻璃杯或茶杯啦，他便将这些部分剪下来收藏，把其余的画面毁掉。因此当人们要欣赏他的画时，他可以如实地回答说没有一幅完整的画可供观赏。在布列塔尼他遇到一名默默无闻的画家。他是一个怪人，曾经是个证券经纪人，中年才开始学画。克拉顿受他作品的影响很深，正想抛弃印象派画家，自己艰苦地闯出一条画画和观察事物的独特的路子来。菲利普觉得克拉顿身上确实有一股特别富于独创性的劲头。

无论在他们用饭的格雷维尔饭馆，还是晚上在凡尔赛或丁香园咖啡馆里，克拉顿总是沉默寡言。他默默地坐着，瘦削的脸上露出讥讽的神情，只有看到有机会插一两句俏皮话时他才开口。他喜欢有个嘲笑的对象，要是有他可以讽刺的人在场，他会特别来劲。除了画画他很少谈别的，或是在一两个他认为值得交谈的人面前他才发表高见。菲利普不知道他是否真有些料；他的沉默寡言，那憔悴的神色，那尖刻的幽默，这一切似乎都表明了他的个性，但说不定这只是掩饰他不学无术的有效的假面具罢了。

另一方面，菲利普和劳森很快就亲热起来了。劳森兴趣广泛，是个讨人喜欢的同伴。他读的书比大多数学生都多，虽然收入少，但他喜欢买书，并乐意将书借给别人。菲利普开始熟悉福楼拜①和巴尔扎克，熟悉魏尔伦②、埃雷迪亚③和维利埃·德利尔·亚当④。他们一块去看戏，有时到歌剧院的顶层楼座去看喜剧。他们住处附近就是奥代翁剧院。不久菲利普也同劳森一样，热烈地迷上了路易十四时期的悲剧作家和声音洪亮的亚历山大体诗歌。在泰布街常举行红色音乐会，花上七十五生丁，他们可以欣赏到优美的音乐，另外还可能喝上免费饮料。座位不舒服，地方也很拥挤，空气中弥漫着劣质的烟草味，令人透不过气来。但出于青春的热情，他们都不在乎。他们有时候也上比利埃舞厅。在这些场合，弗拉纳根总是陪他们去。他容易激动，吵吵嚷嚷，热情洋溢，常逗

---

① 福楼拜(1821—1880)，法国小说家。

② 魏尔伦(1844—1896)，法国诗人。

③ 埃雷迪亚(1842—1905)，法国诗人。

④ 维利埃·德利尔·亚当(1838—1889)，法国作家。

得他们发笑。他善于跳舞。他们进舞厅不到十分钟,他就同刚认识的年轻女店员翩翩起舞了。

他们每个人都想找个情人。情人成了巴黎美术学生的一件装饰品。一旦有了情人,同伴们便会刮目相看,他自己也可以吹吹牛。困难的是他们这些穷学生连养活自己都成问题。虽然,他们争辩说,法国女人很聪明,即使养个情妇,两个人的开销也不见得比单身汉大多少。但是他们发现很难找到赞成这种看法的年轻女子。他们大多数只能满足于嫉妒和谩骂。那些臭娘们瞧不起他们这些穷学生,都去委身于那些社会地位更稳固的画家。在巴黎找个情人竟如此困难,真是咄咄怪事。劳森结识了一个年轻姑娘,并同她定下了约会时间;二十四小时之内,他便心急如焚,逢人便夸那个女妖精如何迷人,可是在约好的时间她却不来。他往往很晚才回格雷维尔饭馆大发脾气,破口大骂:

“该死,又跑了!我不明白她们为什么不喜欢我。我想是因为我法语讲得不好,或者因为我的红头发。来巴黎一年多了竟连一个也没有逮住,真扫兴!”

“你还没有摸着门道。”弗拉纳根说。

弗拉纳根有一连串令人羡慕的辉煌战绩可以标榜,尽管他们不相信他的话,可是事实迫使他们承认他并非全在撒谎。只是他并不寻求永久性的结合。他来巴黎只有两年:他说服家里的人让他来学画,而不是上大学。可是两年之后,他打算回西雅图继承父业。他拿定主意尽情地玩乐,在恋爱问题上,他但求新鲜,不求持久。

“我不懂得你是如何把她们搞到手的。”劳森愤愤不平地说。

“这有什么难的,伙计,”弗拉纳根回答道,“瞄准目标,一个劲儿地追求就是了。难的倒是如何甩掉她们,这才需要耍点手腕。”

菲利普太忙于绘画、读书、看戏、听别人谈话了,哪有心思与女孩子交往。他认为,只要能讲一口流利的法语,干这种事有的是机会。

自从上次他见到威尔金森小姐到现在已经有一年多了，刚来巴黎的最初几周他太忙了。她在他刚离开布莱克斯特伯尔时寄给他的信他没有回。来了第二封时，他知道她一定牢骚满腹，况且他也没有这种心境看信，就搁在一边，打算以后再打开看；可是他忘了，一个月后他打开抽屉，想找一双没有破洞的袜子时才碰巧发现。他心慌意乱地望着那封未拆开的信，想到威尔金森小姐一定伤心透了。他觉得自己太残酷了。可是现在她可能已经熬过来了，无论如何最痛苦的时刻已经过去了。他想女人在表达感情时总是夸大其词。同样的话出自男人之口，分量就重得多。他决心今后无论如何不再同她见面。他太久没给她写信了，因此，现在似乎不值得提笔回复她。他拿定主意不去读那封信。

"我想她不会再来信了，"他自言自语地说，"她不会不明白这件事已了结。毕竟她年纪够大的了，简直可做我的老娘了。她本来就应该有自知之明。"

有一两个小时他心里感到有点不舒服。显然，他应该采取这种断然的态度，可是他不由得对整件事感到不满。然而威尔金森小姐不再写信来了，也没有像他可笑的担心那样，突然出现在巴黎，让他在朋友面前出丑。不久，他就把她忘得一干二净了。

同时，他明确地抛弃了往日崇拜的偶像。当初他对印象派画作的惊奇现在已变成钦佩，不久他发现自己同其他的人一样反复谈起马奈、莫奈和狄加的成就。他买了一张安格尔的名作《女奴》和一张《奥林匹亚》的画照。它们并排挂在他的脸盆架上，以便刮脸时可以欣赏。现在，他确信在莫奈之前根本未曾有过什么风景画。当他站在伦勃朗《伊默斯的信徒》或者维拉斯凯的《鼻子不像样的太太》面前时，他心里真的感到一阵兴奋。"鼻子不像样"不是她的真名，然而为了强调画的美，她也因此绰号而在格雷维尔饭馆闻名，尽管模特儿的容貌有令人讨厌的特征。他已把拉斯金、伯恩－琼斯和瓦茨等人，连同他刚来巴黎戴过的圆顶礼帽和整洁的带白点的蓝领带丢在一边。现在，他戴着柔软的宽边帽，结着飘动的旧式黑领带，披着剪裁得颇浪漫的斗篷，四处嬉戏玩乐。他沿着蒙帕纳斯大街漫步，好像他生来就熟悉这条街似的。同时，凭着一股坚韧不拔的毅力，他学会了喝苦艾酒而不再感到苦涩难咽。他留起长发，心里还想蓄起胡子，只是造物主不讲情面，对年轻人长久的渴望不予理睬，没让他长出胡子，他只好作罢。

45

不久，菲利普意识到，赋予他的朋友们活力的是克朗肖的精神。劳森正是从他那儿学会了似是而非的反论，甚至连竭力追求个性的克拉顿，在谈话中也有意无意地使用了从克朗肖这位长者那儿捡来的词句。他们在餐桌上议论的正是克朗肖的思想，并以他的权威见解构成他们判断事物的是非标准。除了对他的尊敬外，他们也不自觉地嘲笑他的怪癖，痛惜他的种种恶习。

"当然啰，可怜的老克朗肖再也干不了什么大事了，"他们说，"他已无可救药了。"

他们感到自豪，因为只有他们才欣赏他的天才。虽然，怀着青年人对中年人的愚蠢行为固有的轻蔑，他们自己独处时常常对他摆出一副屈尊俯就的样子。然而，假如他选择只有一个特别杰出的人物在场的时候，他们总是把他的天才看作一件值得夸耀的事。克朗肖不上格雷维尔饭馆来了。近四年来，他一直同一个女人同居，境遇非常凄惨。只有劳森见过那个女人一次，他们住在大奥古斯丁街一幢破烂不堪的公寓二楼一个狭小的房间里。劳森津津有味地描述那地方遍地污物、乱七八糟、凌乱不堪的景象。

"那股臭味简直要把你熏死了。"

"劳森，吃饭时别谈这些。"有人劝道。

可是劳森正在兴头上，哪里控制得住，硬是把那股呛鼻子的熏天臭气绘声绘色地描述了一番。他怀着现实主义的强烈的喜悦，描述那个给他开门的女人的模样。她皮肤黝黑，身材矮胖，年纪很轻，一头乌发好像随时要散开似的。她身着不整齐的罩衫，没穿紧身胸衣。那红扑扑的脸颊，那张肉感的大嘴和那双炯炯发亮的充满色情的眼睛，会使你想起卢浮宫里弗朗兹·哈尔斯[①]那幅《波希米亚女人》。她那副扬扬得意的庸俗劲既可笑又可怕，一个蓬头垢面的婴孩正趴在地上玩。据说，这个荡妇同拉丁区最卑鄙的无赖勾勾搭搭，欺骗克朗肖。这对于那些前来咖啡馆的餐桌上汲取克朗肖的智慧的天真无知的青年人简直是个谜：才智过人，热爱美的克朗肖，竟会与这样的女人结合在一块。可是他又似乎很欣赏她的满口粗话，还常常引用散发着贫民窟臭气的粗话，诙谐地称她为"我的管家婆"。克朗肖很穷，他靠为一两家英国报纸撰写评论画展的文章勉强度日，同时还搞点翻译。他曾任巴黎某英国报纸的编辑，但因酗酒而被解雇，然而他仍然替该报打杂，报道往鲁奥旅馆举行的大拍卖啦，或者介绍杂耍剧场上演的时事讽刺剧。巴黎的生活已经渗入了他的骨髓，尽管这里的生活肮脏、劳苦和艰辛，然而他宁肯舍弃世界上的一切，也不放弃这儿的生活。他一年到头待在巴黎，甚至夏天他的熟人几乎都走了，他还待在那儿，只有在离圣米歇尔大街一英里以内的地方，他心里才会感到自在。奇怪的是他一直没学好法语。并且老是穿着在"美丽的园丁"商店里买的那身寒酸的衣服，仍保持一副根深蒂固的英国人的派头。

克朗肖生不逢时，要是在一个半世纪以前，他的生活一定会混得很好的。因为那时候，能说会道是结交名流的通行证。而且喝得酩酊大醉也畅通无阻。

"我本该生活在十九世纪，"他自言自语地说，"我需要的是一个艺术保护人。我应该靠捐助来出版我的诗集，并将它奉献给一位贵族；我渴望能替某个伯爵夫人的狮子狗写几行韵文对子。我

---

① 哈尔斯（1580？—1666），荷兰画家。

渴望能同达官贵人的侍女谈情说爱,同主教大人谈古论今。”

他援引了浪漫诗人罗拉[1]的诗句:

“在这古老的世上,我生得太迟了。”

他喜欢陌生的面孔,对菲利普有好感。菲利普同人交谈似乎掌握了一种难得的技巧,言语不多,刚够引出话题,又不至于影响对方的滔滔不绝的谈话。菲利普被克朗肖迷住了,他没有认识到克朗肖说的简直没有什么新的东西。克朗肖的谈吐个性鲜明,他的声音悦耳、洪亮,他的表达方式对年轻人有无穷的吸引力。他所说的似乎很发人深省。劳森和菲利普从饭馆回来,常常在陪对方回各自寄宿的旅馆的路上,讨论克朗肖偶尔提出的某个观点,出于青年人凡事热衷于追求结果的菲利普来说,因克朗肖的诗歌有负众望而感到困窘不安。克朗肖的诗从未出过集子,大多数发表在期刊上。经过一番劝说,克朗肖总算拿出从《黄皮书》《星期六评论》和其他杂志撕下的一扎纸片,每页都登有他的一首诗。菲利普惊奇地发现大多数的诗作,都使他回想起亨利[2]或者斯文本恩的作品。克朗肖把他们的诗变成自己的,倒也需要运用他卓越的表达才能。他向劳森说出了自己对克朗肖的失望,而劳森又无意中把这些话传出去,因此,菲利普下一次上丁香园时,这位诗人圆滑地笑着对他说:

“我听说你认为我的诗不怎么样。”

菲利普局促不安。

“没这回事,”他回答,“我非常喜欢读你的诗。”

“别来安慰我了,”克朗肖说,挥动了一下那只肥胖的手。“我对自己的诗作并不太重视。生活是为了让人体验,而不是为了让人写。我的目的是探索生活提供的各式各样的经验,汲取生活每时每刻激发出来的情感。我把写诗看作是一种优雅的成就,它不是吸收生活的乐趣,而是增添生活的乐趣。至于子孙后代如何评

---

① 罗拉(1300—1349),英国隐士、神秘主义者、诗人。

② 亨利(1849—1903),英国诗人、批评家及剧作家。

价——让他们见鬼去吧。”

菲利普微笑着，因为人们可以一目了然地看出，眼前的这位艺术家一生中从未创作出什么像样的作品。克朗肖若有所思地盯着他，为自己斟满了一杯酒，打发侍者去买盒香烟。

“我这么说话，你会觉得好笑。你也知道我贫穷，同一个对我不忠实，跟理发匠和咖啡馆侍者胡来的下流邋遢的女人住在顶楼上。我为英国读者翻译拙劣的书籍，为那些连骂都不值得骂的、可鄙的画作写评论。然而，请告诉我，人生的意义是什么？”

“哎呀，这倒是个难题，还是你自己回答吧。”

“不，除非你自己找到答案，否则便毫无价值的。你想活在世上究竟为了什么？”

菲利普不曾想过这个问题，他沉吟了一会儿，然后回答说：“哦，我不知道，我想是尽自己的责任吧，最大限度地发挥自己的才能，同时，避免伤害别人。”

“总之，人以德待我，我以德待人。”

“我看是这样。”

“基督教的精神。”

“不，才不是呢，”菲利普愤愤地说，“这与基督教的精神毫无关系。这只是抽象的道德。”

“但根本就没有什么抽象的道德。”

“要是那样的话，假如你喝醉了，走的时候忘了拿钱包，而我捡了，为什么你认为我该归还你呢？并没必要害怕警察呀。”

“那是因为你怕犯了罪要下地狱，也因为你希望积德行善好上天堂。”

“可是我既不相信地狱，也不相信天堂。”

“那也可能。康德提出‘绝对命令’之说时，也是什么都不相信的。你已把一个信条抛在一边，但你保存了以这一信条为基础的伦理。实际上，你仍然是个基督教徒；同时，假如天上真有上帝的话，你无疑会得到报偿的。上帝绝非教会所说的那样傻，要是你遵守他的法规，不管你信不信他，我认为他丝毫不在乎。”

“可是假如是我忘了拿走钱包，你当然会归还给我的。”菲利普说。

“那并非出于抽象道德的动机，而只是由于害怕警察。”

“警察几乎绝无可能查出此事。”

“我的祖先长期生活在文明国度，因此，对警察的恐惧已渗入我的骨子里。我的管家婆将毫不犹豫地把钱包拿走。你说她属于犯罪的阶层，其实不然，她只是缺少庸俗的偏见罢了。”

“这么说荣誉、德行、善良、体面及其他一切就统统得去掉了。”菲利普说。

“你犯过罪吗？”

“我不知道，也许犯过吧。”菲利普回答说。

“你说话的口气像是一个非国教派的牧师。我可不曾犯过罪。”

克朗肖穿着破大衣，竖着领子，帽子扣得很低，红红的胖脸上一双小眼睛闪烁着，样子显得异常滑稽。菲利普太认真了，竟笑不起来。

“你从未做过让自己后悔的事吗？”

“我所做的都是不可避免的，怎么会后悔呢？”克朗肖反问道。

“可那是宿命论。”

“人有一种错觉，即以为他的意志是自由的，这种错觉太根深蒂固了，因此，我乐于接受它。我像一个不受任何制约的人那样行动。一个行动能完成，显然是由于永恒的宇宙间的各种力量协力促成的。我无力阻止它。它是不可避免的。若它是件好事，我不请功求赏；若是件坏事，我也不受任何非难。”

“我有点头晕了。”菲利普说。

“喝点威士忌，”克朗肖把酒瓶递过来，说，“要想使脑子清醒，这玩意儿最灵。如果你老喝啤酒，你的脑子就会变迟钝。”

菲利普摇摇头，克朗肖继续说：“你是个很不错的小伙子，可惜你不喝酒。节制饮酒妨碍谈话。可是当我讲到好与坏……”菲利普明白，他又接起刚才的话题，“我是按照传统的说法，并没有给这些话附加什么意义。我拒绝对人类的行为划分等级，把荣誉归一些人，而把污名归另一些人。善与恶对我毫无意义，我不赞扬也不责备：我只是接受。我是衡量一切的标准。我是世界的中心。”

“但是世界上总还有其他一两个人吧。”菲利普反驳道。

“我只代表自己讲话。只有当人们限制我的活动时，我才知道他们的存在。世界也是围绕每个人转的。每个人也都独自成了宇宙的中心。我对他们的权力，只限于我的力量所及的范围。我能够做的也只局限于我可以做的。我们在社会中生活，因为我们爱群居交际，而社会是靠力量，也就是靠武力（即警察）和舆论力量（即格伦迪太太[①]）而结合在一起的。你的面前既有社会的一方，又有个人的一方：每一方都是力求自我保存的有机体。这是力量与力量的对抗。我势单力薄，必定要接受社会现实，但是也并非不情愿地接受。因为我向社会纳税，社会保护我这个弱者免遭另一个比我强的强者的欺凌，以此作为回报。我服从社会的法律，因为我必须服从；我不承认法律的公正：我不知道公正，我只知道权力。当我为取得警察的保护而纳了税，同时，假如我生活在一个法律上规定实行征兵制的国家，又在保卫我的房屋、土地不受侵犯的军队里服役，那么我便偿清社会的债务了；至于其他情况，我以足智多谋来与社会的力量周旋。社会为了自身的生存而制定法律。假如我犯了法，社会就将我投进监狱或将我处死：它有力量这样做，它也有这种权利。假如我犯法，我将接受国家的报复，但是我不会把这看作是对我惩罚，也不认为自己犯了罪。社会用名誉、金钱和同胞的夸奖来引诱我替它效劳；然而我不在乎他们的夸奖，我视名誉如草芥。我虽无万贯家资，但照样活得很好。”

---

① 格伦迪太太，18 世纪，英国戏剧家托马斯·莫顿喜剧中的人物，其邻居事事怕她挑剔，以致谨小慎微。后来格伦迪太太成为“社会舆论”的代名词，现常用来指心胸狭窄、拘泥礼俗、事事好挑剔他人的人。

“但是，假如每个人都像你这样想，一切都崩溃了。”

“我与别人无关，我只关心我自己。其实，人类绝大多数都是为了报酬才去干事的，他们干的事直接或间接地给我带来方便，我正是利用了这一事实。”

“在我看来，这样看问题太自私了。”

“但是，你认为人们干事有不出于自私动机的吗？”

“是的。”

“这是不可能的。当你年纪大点的时候，你就会发现，要使世界成为一个尚可忍受的生活场所，首先需要认识到人类的自私是不可避免的。你要求别人不自私，要求别人应该为你牺牲他们的愿望，这种要求是荒谬的。他们为什么应该牺牲呢？当你承认这样的事实：人生在世都是为了自己，你也就不会对同胞有所奢求了。他们不会使你失望，你也会更加宽容地看待他们。人在一生中只追求一件事——享乐。”

“不对！不对！不对！”菲利普喊道。

克朗肖咯咯地笑了。

“我用了一个在你的基督教精神中被认为是贬义的词，你就像一匹受惊的小马那样跳了起来。你有价值的等级观念，享乐在阶梯的最底层；而你有点兴奋地谈到了自足、责任、慈善和真诚。你把享乐只看作是种官能享受。创造你们的道德的可怜的奴隶们，鄙视他们几乎无力享受的欲望的满足。假如我说的是幸福，而不是享乐，你也不至如此吃惊。幸福这个词儿听起来不那么令人震惊，而你的心也从伊壁鸠鲁[①]的猪圈进入了他的花园。但我还是要说享乐，因为我看出人们图的正是这个。我不认为他们图的是幸福。正是快乐潜伏在你的每个德行之中。人之所以有所行动，是由于行动对他有好处。当这些行动对别人也有益处时，它们就被认为是美德了。假如他发现施舍是种享乐，那么他是大慈大悲

---

① 伊壁鸠鲁（公元前342？—前270），古希腊杰出的唯物主义者和无神论者。

的；假如他发现帮助别人是种享乐，那么他是乐善好施的；假如他发现为社会工作是种享乐，那么，他就是热心公益的。但是，你给一个乞丐两便士，那是为了你个人的享乐，正如我喝另一瓶威士忌加苏打水是为了我个人的享乐一样。我比你诚实，既不为自己的享乐自吹自擂，也不要求你的赞扬。”

“可是，你难道从来不知道有人会做他们不想做的事，而不是去做他们想做的事吗？”

“不，你的问题提得太蠢了，你的意思是人们宁愿接受即刻的痛苦，而不愿接受即刻的享乐。反对你的这个问题，便犹如你提出的方式一样蠢了。显然，人们宁愿接受即刻的痛苦，而不愿接受即刻的享乐，只是因为他们期望将来得到更大的享乐。享乐常常是虚幻的，但人们算计上的错误不能归咎于规律的错误。你感到迷惑不解，是因为你不能抛弃享乐只是感官上享受的想法的缘故。可是，孩子，一个为国捐躯的人牺牲了，是因为他喜欢这个国家，正如一个人吃腌白菜是因为他喜欢一样。这是宇宙的一条法则。假如人们宁可受苦而不愿享乐是可能的话，那么人类早就灭绝了。”

“可是假如这一切都是真的，”菲利普嚷道，“那么一切又有何用呢？假如你去掉了责任，善与美，那么，我们又何必到这个世界上来呢？”

“灿烂的东方提供答案来了。”克朗肖微笑道。

他指了指两个刚进来的人，他们推开咖啡馆的门，带进了一股冷气。他们是地中海东岸一带的人，是肩挑便宜地毯叫卖的小贩，每人的胳膊上都挽了一捆地毯。那天是星期天晚上，咖啡馆座无虚席。这两个小贩穿过一张张餐桌，叫卖他们的地毯。店里充满着浓烈的烟草味和顾客的汗臭味，空气浑浊，他们的到来更增添了一股神秘的气氛。他们穿着破旧的西服，单薄的大衣上绒毛已磨光了，每人头上都戴了一顶土耳其帽，脸色冻得发灰。一个是中年人，蓄着黑胡子；另一个是约莫十八岁的青年人，满脸麻子，独眼。他们从克朗肖和菲利普身边经过。

“真主伟大，穆罕默德是真主的预言家。”克朗肖引人注目地说。

那中年人脸上挂着谄媚的笑容，样子就像是一条挨惯了棍子的杂种狗，凑上前来。他斜着眼朝门口瞟了一眼，鬼鬼祟祟而又动作麻利地亮出一幅色情画来。

“你是亚历山大[①]的商人马斯埃德·迪恩吗？或者是从遥远的巴格达带来了这些货色？噢，我的大叔，瞧那边那个独眼的青年，从他身上我仿佛看到谢赫勒扎德给他的君主讲的三国王故事中的一个国王。”

小贩的笑容变得更加巴结了，尽管克朗肖说的话他一句也听不懂。他像个魔术师似的拿出一只檀香木盒。

“不，还是让我们看一看东方织布机的无价织品吧。”克朗肖说，“因为我要以实例来训导，为我的故事增添几分情趣。”

那个东方人摊开一块台布，图案红黄相间，俗里俗气，古怪难看。

“三十五法郎。”他说。

“哟，我的大叔，这块台布既不是出自撒马尔罕[②]织工之手。又不是布哈拉[③]染缸里染的色。”

“二十五法郎。”小贩谄媚地微笑着说。

“它的产地是天涯海角，说不定还是我老家伯明翰的产品呢。”

“十五法郎。”蓄黑胡子的小贩战战兢兢地说。

“伙计，走开吧，”克朗肖说，“愿野骡在你姥姥的坟上拉屎拉尿！”

东方人收起了笑容，不动声色地带着他的宝贝到另一张桌子

---

① 亚历山大，埃及港口。

② 撒马尔罕，中亚乌兹别克共和国境内之一城市。

③ 布哈拉，苏联一商业城市。

推销去了。克朗肖转过脸来对菲利普说，“你到过克卢尼[①]博物馆吗？在那儿，你将见到色彩优雅，图案复杂，绚丽多姿，令人赏心悦目的波斯地毯。从这些地毯中你将看到东方的神秘和美感，看到哈菲兹[②]的玫瑰和奥玛[③]的酒杯，你不久将会看到更多的东西。刚才你问到人生的意义是什么。去看看那些波斯地毯吧。不久你就有了答案了。”

“你太神秘了。”菲利普说。

“我醉了。”克朗肖回答。

46

菲利普发现住在巴黎的开销并不像当初所闻的那么省。到二月份，他带来的钱已花得差不多了。他秉性高傲，不愿意向他的监护人求助，也不希望路易莎伯母知道他手头拮据。因为他相信她一定会尽力掏自己的腰包给他寄点。而他知道她力不从心，她的钱很有限。三个月以后他将达到法定的成年年龄，那一小笔财产就可由他支配了。他靠变卖父亲留下来的那么几件首饰，度过眼下这段青黄不接的日子。

大约就在这时候，劳森建议他们把直通拉斯帕尔大街的一条街上的一个空画室租下来。租金很便宜，还附有一个房间，可用来做卧室。因为菲利普天天上午去学校上课，劳森这段时间便可以毫无干扰地独自使用。劳森换了一所学校又一所学校，最后得出结论，只有独个儿干才能干得最出色，他还打算雇个模特儿，每周来三四天。起初，菲利普考虑费用大，有点犹豫。但经过合计，似

---

① 克卢尼，法国东部一城市，位于里昂之北。
② 哈菲兹（1320—1389），波斯诗人。
③ 奥玛开阳（1050—1123），波斯诗人和天文学家。

乎租个画室的费用并不比住在旅馆高多少(他们都急着要有一间自己的画室而采取实用主义的算法),虽然房租和门房的清洁费加起来费用会大点,但可从早餐中节省,他们可以自己做早饭。要是在一两年以前,菲利普因为对那只畸形的脚太敏感,肯定不愿意和别人合住,可是他的这种病态心理渐渐变得淡薄了:在巴黎,他的残疾似乎关系不太大。同时虽然他自己从未忘记,却也不再感到别人老是在注意他的跛足了。

他们搬了进去,买了两张床,一个脸盆架,几张椅子,平生第一次感到一种占有的喜悦。他们太激动了,第一天晚上,在可以称之为"家"的屋子里,他们一直躺着谈到凌晨三点。第二天,他们发现穿着睡衣生炉子,煮咖啡是件很快乐的事,以致菲利普快十一点才到艾米特拉诺画馆。菲利普兴致很好,他向范妮·普赖斯点头打招呼。

"近来进展如何?"他兴致勃勃地问。

"这与你有何关系呢?"她反问道。

菲利普忍不住笑了。

"别这样粗声粗气的,我只想显得有点礼貌罢了。"

"谁稀罕你的礼貌。"

"你认为和我吵架值得吗?"菲利普温和地问,"事实上,和你关系好的人已经为数不多了。"

"那是我的事,不是吗?"

"没错。"

他开始画起来,心里有点纳闷,范妮·普赖斯为什么要这么讨人嫌呢。他已得出结论:他完全不喜欢她了。每个人都不喜欢她。人家对她客气一点,只是害怕她的刻薄话罢了,因为她不管当着你的面,或在背后都会恶语伤人。菲利普心情太愉快了,甚至连普赖斯小姐,也不愿让她对自己怀有恶意。他要出了先前常常奏效的手腕,想让她消却心头的怒气。

"喂,我希望你能过来看看我的画,我弄得一团糟。"

“很感谢你,可是我还有更要紧的事,没有闲工夫。”

菲利普惊奇地盯着她,因为他以为只要开口向她求教,她就会欣然从命。她继续快速低声说,语气因怒气冲冲变得十分粗暴。

“现在劳森走了,你想来迁就我了吗?多谢你了,去找别人帮忙吧,我可不要捡别人的破烂。”

劳森有当教师的天性,每当他有心得体会,总是乐意传授给别人。由于他乐于传授,别人也能从他那儿得到裨益。菲利普对此并没有别的心眼,习惯坐在他旁边领教。他从不曾想到范妮·普赖斯竟因妒忌而心劳神疲,看到他接受别人的教诲而怒气日增。

“当初,这儿的人你一个也不认识的时候,你就高兴来找我,”她悲哀地说,“但是你交上新朋友,便像甩旧手套似的把我给甩了,”——她满意地重复这一陈腐的比喻——“像甩掉一只旧手套。好吧,我不在意,但是下一回我再不当傻瓜了。”

她说的话多少是事实。菲利普气得心里想到什么,就立即脱口而出:“岂有此理,我向你求教,不过想让你高兴罢了。”

她喘着气,突然朝他投以痛楚的目光,接着两行眼泪从双颊滚落下来。她的样子又邋遢又古怪。菲利普不懂得究竟这一新的态度是何含义,又继续忙他的画去了。他心里不自在,受良心的谴责,可是又不愿向她说,如果他伤了她的心,请她多包涵之类的话。因为他害怕她会乘机奚落他。接着,她有两三个星期不跟他说话。在菲利普克服了受她冷落的难堪之后,倒因能摆脱这么难对付的朋友而感到宽慰。过去她对他采取的那种非己莫属的态度,菲利普一直感到有点为难。她是个非常奇怪的女人,每天八点上班,模特儿一摆好姿势,她便着手作画。她一个劲儿地画,不同任何人说话,一小时一小时地同自己难以克服的困难搏斗,直到钟敲十二点才离开画室。她的画作是没有希望的。她的作品离多数年轻人来画室学上几个月就能取得的普通水平还相差甚远。她天天穿那一身丑陋的棕色衣服,折边上还留着上一个雨天沾上的泥巴,菲利普第一次同她见面就注意到的破洞迄今尚未缝补。

可是有一天她红着脸走到他跟前，问菲利普以后可以不可以和她说话。

“当然可以了，你愿意说多少都行，”菲利普微笑说，“十二点时我留下来等你。”

一天的功课结束时，他去找她。

“你陪我走一段路行吗？”她说，窘得把目光移向别处。

“当然行。”

他们默默地走了两三分钟。

“你记得几天前对我说过的话吗？”她突然问道。

“唉，我说呀，咱们别吵架了，”菲利普说，“确实不值得。”

她急促而痛苦地吸了一口气。

“我不想同你吵架。你是我在巴黎唯一的朋友，我本以为你有点喜欢我，觉得你我之间还有某种共同之处。我被你吸引住了——你知道我的意思，被你的跛足吸引住了。”

菲利普脸红了，本能地想装出正常人的走路姿势。他不喜欢任何人提及他的缺陷。他懂得范妮·普赖斯的意思。她长得丑，又很粗野，而他身患残疾，因此他们之间理应同病相怜。他对她很恼火，但强忍住不说话。

“你说你向我请教只是为了让我高兴。难道你认为我的画一钱不值吗？”

“我仅在画室见过你的画作，很难就此做出判断。”

“不知道你是否愿意去看看我其他的作品，我从未让任何人看过，我愿意让你看看。”

“你太好了，我很想看一看。”

“我住的地方离这儿很近，”她略带歉意地说，“只需要十分钟。”

“嗯，那没关系。”他说。

他们沿着大街走，接着她拐入一条小街，又领他进入另一条更破烂的小街。沿街房屋的一楼都是小铺子，他们总算到了。他们爬上一层又一层的楼梯，她打开一扇门锁，走进一间小顶室，屋顶倾斜，开着一扇小窗户。窗子关着，房间散发着霉臭。天气虽然很冷，但没有生火，而且也没有生过火的痕迹。床没收拾。一张椅子，一个兼作脸盆架的五斗柜，一只便宜的画架，这些就是全部的家具。这地方本来就够脏的了，再加上乱堆杂物，凌乱不堪，让人看了感到恶心。壁炉架上，胡乱堆放着颜料和画笔，还有一只杯子、一个脏盘子和一把茶壶。

“请你站在那儿，我把画放在椅子上，让你看得更清楚些。”

她让他看了二十幅大约十八寸长、十二寸宽规格的小幅油画，她把画一幅幅地放在椅子上，一边留神察看他的脸色；他每看完一幅就点点头。

“你确实喜欢这些画，是吧？”过了一会儿她热切地问道。

“我想先把所有的画看完了，”他回答，“然后再发表意见。”

他让自己镇定了下来，他感到恐慌万状，不知说什么好。这些画不仅画得很糟，色彩上得不好，像是没有美术眼光的外行人胡乱涂上去的，而且似乎不求明暗的配合，透视也很古怪，看起来像是出自五岁小孩的手笔。可是即使小孩也有其天真，至少也会努力画出他所看到的。而眼前这些画是脑子塞满了庸俗画面的俗不可耐的庸人之作。菲利普记得她天花乱坠地大谈起莫奈和印象派画家，而这些画却承袭了皇家艺术院最拙劣的传统。

“喏，”她最后说，“就这么些。”

虽然菲利普并不比别人诚实，可是让他故意撒下弥天大谎却着实很难。他说下面这些话的时候脸涨得通红：

“我认为它们都画得太好了。”

她那不健康的脸颊泛起一层淡淡的红晕，微微一笑说：“你如果不是这样想的，就不必这样说，我要你说实话。”

“可我确实是这样想的。”

“难道不提出什么批评意见？总有一些你不喜欢的画嘛。”

菲利普无可奈何地看了看，他看到一幅风景画，一幅代表业余爱好者的别致的风景小品，画着一座古桥，一幢蔓草覆盖的小农舍和绿树成荫的河岸。

“当然，我并不假装自己对绘画懂行，”他说，“但我对这幅画的明暗配合不大有把握。”

她的脸上泛起淡淡的红晕，迅速地将那幅画反扣过来。

“我不知道你为什么偏偏挑这幅画来讥笑我。这是我的画作中最好的一幅。我相信我的明暗配合没问题，这一点你还没资格指导别人，不论你对明暗配合懂还是不懂。”

“我认为它们都画得太好了。”菲利普重复了一句。

她带着沾沾自喜的神情看着那些画。

“我认为它们完全拿得出手，没什么可丢脸的。”

菲利普看了看表。

“哎呀，时间不早了，我请你吃一顿午饭好吗？”

“我这儿已备好了午饭了。”

菲利普见不到午饭的影子，心想，也许他走了以后，门房会把午饭端上来。他只想赶快离开这儿，屋里的霉臭熏得他头疼。

47

三月，画室沸腾起来了，人们忙着为一年一度的巴黎美术展览会送画稿。克拉顿与众不同，什么也没准备，却对劳森送来的两幅头像画嗤之以鼻。这两幅画显然是学生的作品，是模特儿的简单画像，不过还有些气魄。追求尽善尽美的克拉顿对不中意的作品无法容忍。他耸耸肩膀，告诉劳森说，把一些连自己画室的门都拿不出去的作品拿去展览简直太冒失了。后来那两幅头像被画展采纳时，他的轻蔑并不因此而减少。弗拉纳根也去碰碰运气，结果他的画被退回来了。奥特太太送去一幅无可挑剔的、有一定艺术造诣的二流作品《母亲像》，被挂在一处显眼的地方。

自从菲利普离开海德堡以来一直未曾谋面的海沃德也到巴黎来，他打算在巴黎住上几天，正赶上参加劳森和菲利普在自己画室里为劳森的画作入选展出举行的晚宴。菲利普一直盼望再次见到海沃德。而他们终于见了面时，菲利普却感到有些失望。海沃德在外表上有点变化：一头柔发变稀了，随着容颜的迅速衰败，他变得干瘪、苍白。一双蓝眼睛比往日更无神，相貌显得无精打采。另一个方面，他的见解似乎一点也没变，他那使十八岁的菲利普留下深刻印象的文化素养，对二十一岁的菲利普来说似乎产生了轻蔑之感。菲利普自己变了很多，他轻蔑地看待自己过去对艺术、人生和文学的见解。对持有这些旧见解的人他简直无法容忍。他几乎没有意识到自己要在海沃德面前卖弄。但是当他带海沃德上美术馆参观时，他向海沃德倾吐了新近才接受过来的全部革命观点。菲利普把海沃德领到马奈的《奥林匹亚》画前，并风趣地说："除了维拉斯凯、伦勃朗和威梅尔[①]外，我宁愿拿古典大师的全部作品来换眼前的这幅画。"

"威梅尔是谁?"海沃德问。

"哟，老弟，你难道连威梅尔是谁都不知道吗？你还没有开化呢。不认识威梅尔，你还活着干啥？他是唯一具有现代画家风格的古典大师。"

他硬是把海沃德从卢森堡拖出来，匆忙地带他上卢浮宫。

"这儿再没有别的画了吗?"海沃德带着游客追根究底的劲头问道。

"剩下的都是没有什么价值的了，你以后可以带旅行指南自己来看。"

一到卢浮宫，菲利普就带他朋友到长廊。

"我想看看《蒙娜丽莎》。"海沃德说。

"哦，老兄，那只是文学作品的吹捧。"菲利普回答。

最后，在一间小房子里，菲利普在威梅尔·迈·德尔夫特的

---

① 威梅尔(1632—1675)，荷兰画家。

《花边织工》跟前停了下来。

"看,这是卢浮宫里最好的画,简直像马奈的作品。"

菲利普竖起大拇指,富有表情,雄辩而详细地介绍这幅迷人的佳作。他满口画室里的行话,令人无不叹服。

"恐怕我看不出画中有什么非凡之处。"海沃德说。

"当然,这是一幅画家的作品,"菲利普说,"我相信门外汉是看不出其中的妙处的。"

"什么人看不出来?"海沃德问。

"门外汉。"

像大多数艺术爱好者一样,海沃德急于证明自己的见解是对的。对那些不好出风头,不敢断然发表自己见解的人他是很武断的;但遇到锋芒毕露、固执己见的人他就变得很谦虚。他被菲利普的自信所感动。他谦和地接受了菲利普的言外之意:即只有画家才是绘画的唯一评判人的这一狂妄的主张,虽说有点鲁莽,倒有其可取之处。

一两天后,菲利普和劳森举行晚宴,克朗肖这回也破例赏脸,答应来吃饭。查莱丝小姐主动提出要替他们做菜。她对女性毫无兴趣,拒绝他们为了她再去请别的女孩子的建议。出席宴会的还有克拉顿、弗兰纳根、波特和另外两位客人。家具缺乏,只好把模特儿的站台拿来做餐桌。客人要么坐在旅行包上,要么只好坐在地板上。宴会包括查莱丝做的一盘蔬菜肉汤,一只从附近餐馆买回来的烤羊腿,热气腾腾,美味可口(查莱丝小姐已做好了土豆,整个画室还弥漫着煎胡萝卜的香味,这是她的拿手好菜)。接着上来是白兰地烧梨,这是克朗肖自告奋勇要做的。最后一道菜是一大块布里奶酪,这时正靠窗口放着,给充满各种气味的画室增添了一股扑鼻的清香。克朗肖端坐首席,就坐在大旅行包上,活像个土耳其帕夏①,向围着他的年轻人慈祥地微笑。虽然,小小的画室生了火,很热,但他出于习惯,还穿着大衣,竖起领子,戴着圆顶硬礼帽。

---

① 土耳其的官员。

他满意地看着摆在面前的四大瓶西昂蒂红葡萄酒。这四瓶酒排成一行,中间夹着一瓶威士忌。他说,这使他回想起一位身材苗条的彻尔加西亚[①]美女,被四名肥胖的太监守护着。海沃德为了使其他人不感到拘束,穿一套花呢服,结一条"三一堂"领带。他这副英国式打扮显得特别古怪。其他人都竭力对他彬彬有礼。喝蔬菜汤的时候,他们谈到天气和政局。那只羊腿端上来之前,他们稍停片刻,查莱丝小姐点上了一支烟。

"拉蓬泽尔,拉蓬泽尔,把你的头发放下来吧。"她突然说道。

她以优雅的姿势,解开头上的丝带,让头发披落在肩上,她摇了摇头。

"把头发放下来我总觉得更舒服些。"

她那双棕色的大眼睛,那张苦行僧似的瘦削的脸庞,苍白的皮肤和宽阔的前额,宛若从伯恩－琼斯的画走下来一般。她有一双纤长漂亮的手,指头被尼古丁熏得蜡黄。她身穿紫红色和绿色的拖地衣裙,身上洋溢着一股肯辛顿大街淑女们特有的浪漫风度。她风流放荡,但她是个极出色的人,善良、和蔼。她的感情比较浅薄。这时,听到有敲门声,大家都高兴地喊起来。查莱丝小姐站起来开门。她接过那只羊腿,高高地举过头顶,仿佛放在大盘子里的是施洗礼者约翰的头似的。她嘴里还叼着烟,迈着庄严、神圣的步伐。

"万岁！希罗底[②]的女儿!"克朗肖喊道。

大家津津有味地吃着羊肉,看这位脸色苍白的小姐胃口这么好,真令人开心。克拉顿和波特分别坐在她两旁。大家都知道,他们两个谁也没有发现她过于忸怩。对大多数男人,不出六星期,她就感到厌倦了。可是她很懂得以后该如何对付这些拜倒在她的石榴裙下的年轻先生。她对他们不怀有恶意,虽然她曾一度爱过他

---

① 彻尔加西亚,苏联的一地区,位于高加索山脉北部、黑海东北海岸。

② 希罗底,《圣经》故事,Salome 之母,施洗约翰被杀,系其唆使的结果,见马可福音第 6 章 17—18 节。

们，现在不爱了，她同他们友好相处，但并不亲密。她时时以忧郁的眼光望着劳森。由于有白兰地，再加上他们把白兰地烧梨和奶酪合起来一起吃，因此吃起来非常可口。

“我不知道这玩意儿确实是美味可口呢，还是令人作呕。”她品尝了混合物后说。

咖啡和科涅克白兰地被赶紧端上来，以防出现呕吐等不良后果。他们舒舒服服地坐着抽烟。鲁思·查莱丝凡事都有意显出她的艺术家风度，她姿势优美地坐在克朗肖身边，把她那颗优雅的脑袋靠在他的肩上。那双郁郁沉思的眼睛窥视着神秘莫测的无限之时，并不时若有所思地朝劳森投去长长的深沉的一瞥，深深地叹息着。

夏天到了，这些年轻人都坐不住了。蔚蓝的天空诱使他们投入大海的怀抱；怡人的习习微风吹拂着林荫道上的法国梧桐树叶，驱使他们到乡间消夏。人人都打算离开巴黎。他们讨论该带什么尺寸的画布最合适。他们还备足了许多画板供写生之用，他们争论了布列塔尼的各避暑地的优点。弗兰纳根和波特上康坎纽；奥特太太和她母亲，生性喜欢一览无余的风光，于是决定到庞德艾文；菲利普和劳森决定到枫丹白露的森林去；而查莱丝小姐知道莫雷有一家很好的旅馆，那里有许多东西值得画。枫丹白露靠近巴黎，但菲利普和劳森对火车费也并非毫不在乎。鲁思·查莱丝也要去那儿，劳森想在露天替她画一幅肖像画。当时，巴黎美术展览会充塞着这类人物画像：有的在花园里，有的阳光下，眨巴着眼睛，阳光透过繁枝茂叶撒落在人们脸上，呈现出斑驳绿影。他们邀克拉顿一道去，但他宁愿自个儿消夏。他刚刚发现塞尚[1]，急着要去普罗旺斯。他喜欢阴沉沉的天空，火辣辣的犹如天空中滴落下来的豆粒般的汗珠。他喜欢尘土飞扬的宽阔的白色公路，阳光晒褪

---

① 塞尚（1839—1906），法国画家。

了色的屋顶和被烤成灰色的橄榄树。

临走的前一天，上午上完课后，菲利普一边收拾画具，一边对范妮·普赖斯兴冲冲地说：

“我明天要走了。”

“上哪儿？”她迅速地问，“你不会离开这儿吧？”她的脸沉了下来。

“我要去消夏，你呢？”

“我不走，我要待在巴黎。我以为你也要留下来呢，我本来想……”

她没说下去，耸了耸肩膀。

“可是这儿太热了，对你的身体很不利。”

“你才不关心对我有利还是不利呢。你去哪儿？”

“莫雷。”

“查莱丝也要上那儿？你该不会同她一块走吧？”

“我和劳森一块走。她也要上那儿，我不晓得我们竟然同路。”

她在喉底咕噜了一声，大脸庞沉了下来，涨得通红。

“太卑鄙了！我还以为你是个正派人，大概这儿只有你是正派人。她曾经与克拉顿、波特、弗兰纳根好过，甚至也同那个福内特老头勾勾搭搭——这就是他对她如此关照的原因——现在又是你们两个，你和劳森，真叫人恶心。”

“唉，太荒唐了！她是个很正派的女人，人们只把她看作男孩似的。”

“哦，少跟我啰唆，少跟我啰唆。”

“可这跟你有什么关系？”菲利普问道，“我到哪儿消夏，跟你有何相干？”

“我多么盼望这个夏天啊，”她喘着气，仿佛在自言自语，“我还以为你没有钱出去，这样，这儿就再没有其他人了，我们可以一块儿作画，一块儿出去看画。”接着，她又猛然想到鲁思·查莱丝，“那个贱货，”她骂道，“还不配跟我说话呢。”

菲利普沮丧地看着她，他不是那号自认为女孩子会爱上他的人；他对自己的缺陷太敏感了。他对女人总觉得尴尬，不能得心应手；他不懂得她这阵子的感情发作还能有什么弦外之音。范妮·普赖斯，穿那套肮脏的棕色衣服，披头散发，拖泥带水，衣衫不整，站在他的面前，愤怒的眼泪从她的面颊滚滚而下，她是讨人嫌的。菲利普朝门口望了一眼，本能地希望有人会进来，好结束这种尴尬的场面。

"我非常抱歉。"他说。

"你和他们全是一路货。能捞的你都捞走了，可是你甚至连谢谢都不说一声。你所知道的一切，都是我教的，别人谁也不肯关照你。福内特关照过你吗？我敢肯定，你可以在这儿画一千年，也不会有什么出息。你毫无才能，你毫无创造力。这不光是我一个人说的。他们也都是这么说的，你一辈子也成不了画家。"

"那也不干你事，不是吗？"菲利普红着脸说。

"哦，你以为这是我发脾气说的吗？你去问问克拉顿，问问劳森，问问查莱丝。成不了！成不了！你不是画家的料子。"

菲利普耸耸肩膀走了出去。她在后面大喊：

"成不了！成不了！成不了！"

当时，莫雷是位于枫丹白露森林边沿只有一条街的一座古香古色的城镇。"金盾"旅馆是一个仍然保留有古代王朝遗风的旅馆。它面临蜿蜒的洛英河。查莱丝小姐的房间有个小阳台，俯瞰这条河，从那儿可以看到那座古桥及其设防的桥口通路，风景迷人。晚饭后他们坐在那里，喝咖啡，抽烟，谈论艺术。不远处，一条运河汇入洛英河，河面狭窄，两岸种植着白杨树。工作之余，他们常常沿运河两岸散步。他们整个白天都用来画画，像他们多数的同代人一样，他们老是害怕风景如画的景色，对这座小城的旖旎风光，他们偏偏不予理睬，而去寻找质朴无华的主题，这些主题没有他们鄙视的绮丽之物。西斯莱和莫奈画过两岸植有白杨的运河。对如此典型的法国风光他们也跃跃欲试；可是他们害怕眼前景色的那种刻板美，于是有意地避开它。尽管劳森对女流的艺术作品很瞧不起，但心灵手巧的查莱丝小姐仍然给他留下了深刻的印象。她着手画一幅画，设法将树梢略去不画，以避免落入俗套；劳森别出心裁，在画的前景画了一块蓝色的梅尼尔巧克力糖的大广告，以强调他对巧克力糖盒的厌恶。

菲利普现在开始学画油画了。当他首次使用这些讨人喜欢的艺术媒介时，心里感到一阵兴奋。早晨，他带着小画箱同劳森一道出去，坐在他旁边，在油画板上作画。他心满意足地画着，竟没有意识到他干的只不过是依样画葫芦罢了。他受他朋友的影响太深了，他只是用他朋友的眼睛来观察。劳森的画色调很低，他们都将鲜绿色的草地看成深色的天鹅绒。天空的鲜明色彩在他们的笔下成了一片深蓝。整个七月里一个晴天接着一个晴天，天气闷热；暑气烧灼着菲利普的心，他终日昏昏欲睡，再也画不下去了。他思绪万千，上午常常在运河边的白杨树荫下消磨时光，看上几行书，然后魂不守舍地幻想半小时。有时，他租一辆东倒西歪的自行车，沿着通往森林的那段尘土飞扬的小路骑去，然后在一处林中的空旷地躺下来。脑海里充满了浪漫的幻想，他依稀看到瓦都[①]笔下那些快活的无忧无虑的淑女在骑士们的陪伴下，在参天的大树间漫游。她们窃窃私语，互相倾诉着快乐的、迷人的情话。但不知何故，又似乎受到难以名状的恐惧的困扰。

旅馆里除了他们之外还住了一个肥胖的中年法国女人。她像极了拉伯雷[②]笔下的人物，笑起来淫猥放浪。她白天耐心地在河里钓鱼，可是从未钓上一条。菲利普有时走过去跟她搭讪。菲利普发现，她过去干过那种行当，这一行当中，在他们这一代最臭名昭著的角色，莫过于华伦太太[③]了。在获得了相当的资产以后，她现在过着舒适悠闲的资产阶级生活，她给菲利普讲了一些淫秽的

① 瓦都（1684—1721），法国画家。

② 拉伯雷（1494？—1533），法国讽刺家及幽默家。

③ 萧伯纳剧本《华伦太太的职业》中的人物，以开妓院为生。

故事。

“你必须到塞维利亚去，”她说——她能讲几句蹩脚的英语，“那儿有世界上最漂亮的女人。”

她色眯眯地睨视着他，又朝他点了点头。她那三层的肥下巴和腆起的大肚子，因发出低沉的笑声而不停地抖动着。

天气变得愈来愈热，晚上几乎无法入眠，暑气就像是一件有形的物质停留在树下不散。他们舍不得离开这星光灿烂的夜景。三个人常坐在鲁思·查莱丝房间的阳台上，默默地，一小时一小时地坐着。太疲倦了，谁也懒得再说话，只顾享受夜晚的宁静。他们倾听河流潺潺的流水声，直到教堂的钟敲了一下，两下，有时三下，他们才拖着疲乏的身子上床。

他凭直觉，从那姑娘凝视这位年轻画家的目光，以及青年画家那副着了魔的样子，判断出鲁思·查莱丝和劳森是一对情人。当菲利普同他们坐在一起时，他觉察出周围有一种射流——他俩眉目传情，好像空气也因夹带了某种特别的东西而变得沉闷起来。这一发现使菲利普感到震惊。菲利普把查莱丝小姐看成很好的伙伴，喜欢同她谈话，但他似乎从未想到能同她建立更进一步的关系。有一个星期天，他们都带着茶具篮到林子里去，当他们来到一处树木环抱的理想的林中空地时，因为这儿有点田园风味，查莱丝小姐坚持要脱掉鞋子和袜子。要不是她的脚太大而且每只脚的第三趾上都长了个大鸡眼，否则，她那双脚是很迷人的。菲利普觉得这使她的步态有些滑稽可笑。可是现在他对她另眼相看了，那双大眼睛和淡绿色的皮肤具有某种女性的温柔。他真是个傻瓜，先前没有看出她如此动人。他觉察出她有点蔑视他。因为原来他竟没有感觉到她的存在。他还觉察出劳森带有几分的傲慢神气。他忌妒劳森，但不是忌妒劳森本人，而是忌妒他的爱情。他真希望能取代劳森，体会一下爱情的滋味。他心烦意乱，担心爱情会从他身边悄悄溜走。他希望有一股激情突然间向他袭来，把他卷走，不管这股激情的巨大冲力将他带向何方，他都毫不在乎。在他看来，查莱丝和劳森现在似乎有点不同了，不断地和他俩在一起使他坐立不安。他对自己很不满意。生活没有给他渴望得到的东西。他不安地觉得自己在虚度光阴。

那位矮胖的法国女人很快猜出这对青年男女之间的关系，并坦率地向菲利普谈起这件事。

“你呢？”她带着靠同胞的色欲而发财的人所特有的宽容的微笑说，“你有女朋友吗？”

“没有。”菲利普红着脸说。

“为什么不去找一个呢？你已经到了谈情说爱的年龄了。”

他耸耸肩膀，手里捧着一本魏尔伦的诗集走开了。他想看书，可是他的情欲太强烈了。他想起了弗兰纳根向他讲起的艳遇，想起他偷偷摸摸地探访那条死胡同里的住宅，客厅里装饰着乌得勒支天鹅绒，想起那些涂脂抹粉的女人为金钱卖笑的风流样儿。他浑身战栗起来，猛然躺倒在草地上，像一头刚醒过来的小动物那样舒展着四肢。潺潺的流水，微风中轻轻摇曳的白杨树和蔚蓝色的天空，这一切简直使他无法忍受，他害了相思病。在他的想象中，他似乎感到两片温暖的嘴唇印着他的嘴唇，温柔的双手搂着他的脖子。他想象自己如何倒入鲁思·查莱丝的怀里。他想到了她那双乌黑的眼睛和细腻光滑的皮肤。他真傻，竟让这样一场妙不可言的艳遇白白地错过。劳森干得，他为什么干不得呢？然而这些想象只是她不在跟前时，或者当他在晚上睡不着时；或者是在运河边悠闲遐思时才会出现。一见到她时，他的感情就突然迥然不同了；这时他既不想把她搂在怀里，也想象不出自己如何吻她。他觉得她妩媚动人，记住的只是她那双勾魂夺魄的眼睛和那张奶油色的白皙的脸；可是当他和她在一块时，他看到的只是她扁平的胸脯和微蛀的龋牙，他忘不了她脚趾上的鸡眼。他不能理解自己。难道他总是在背地里爱，并由于那畸形的想象力将缺点夸大，妨碍他有机会享受任何爱情吗？

当气候转凉，宣告漫长夏天的结束，驱使他们统统回巴黎时，他并不感到遗憾。

48

菲利普回到艾米特拉诺画室时,发现范妮·普赖斯已经走了。她把专用柜的钥匙也交出来了。他向奥特太太打听她的情况,奥特太太耸耸肩膀,回答说她可能已回英国去了。菲利普松了一口气。她那副暴躁的脾气他实在受不了。况且,她执拗地要对他的画指手画脚,他不按她的意见办,她便认为他有意怠慢。她无法明白,他已觉得自己不再是初来时那样的笨蛋了。他很快地把她忘得一干二净。现在他,正在学油画,而且兴致极高。他希望创造出几幅像样的作品,参加来年的巴黎美术展览会。劳森正在画查莱丝小姐的肖像。她是很值得画的,拜倒在她石榴裙下的所有年轻人都替她画过肖像。天然的惰性,加上喜欢忸怩作态,搔首弄姿,使她成了一个绝妙的模特儿。再说,她也有足够的技巧和知识对画作提出有益的批评。由于她热衷于艺术,主要是热衷于过艺术家的生活,所以她对荒废自己的工作毫不在乎。她喜欢画室里的热闹气氛,也喜欢有机会抽大量的烟;她以低沉悦耳的声音谈到对艺术的爱和爱的艺术。她对这两者之间不加以明显的区别。

劳森不遗余力地画着,直画到有好几天直不起腰来,然后又将所画的统统刮掉。幸好是鲁思·查莱丝,换个人谁都会不耐烦的。最后,他弄得一塌糊涂。

"唯一的办法是换块画布,从头开始,"他说,"这回我心中有数了,不要花很多时间了。"

这时菲利普也在场,查莱丝小姐对他说:

"你为什么不也给我画一张?看看劳森先生怎么画,你会学到很多东西的。"

查莱丝总是称她情人的姓,这是她待人接物的周到之处。

"若劳森不介意,我当然乐意。"菲利普说。

“我一点儿也不在乎。”劳森说。

菲利普还是第一次画人像，一开始又紧张又得意。他坐在劳森旁边，一边看劳森画，一边自己画，有了劳森的样板，又有劳森及查莱丝小姐在旁毫无保留的指导，菲利普得益匪浅。最后劳森完成了这幅画，请克拉顿过来批评指教。克拉顿刚回巴黎。他从普罗旺斯又顺路游览到西班牙，一心想看马德里的维拉斯凯的作品。他从马德里到了托利多，又逗留了三个月。回来后他带回了一些年轻人听起来陌生的名字：艾尔·格列柯[1]。关于这位画家，他可以讲得天花乱坠，看来，要想学他的画，只能去托利多。

“哦，是他，我听人说过，”劳森说，“他是个古典大师，他的主要特征，就是他同现代画家画得一样糟。”

克拉顿比先前更缄默，这时他没有吭声，却以嘲笑的神情望着劳森。

“你打算让我们看看你从西班牙带回来的画作吗？”菲利普问。

“我在西班牙没有画，我太忙了。”

“那么你干什么呢？”

“我思考问题。我相信自己与印象派一刀两断了，总觉得过几年以后他们的作品就会变得很空洞、肤浅。我要把过去所学的统统抛弃，重新开始。我回来后把我所画的全毁了。我在画室里除了一个画架、颜料和几块干净的画布外，什么也没有了。”

“你打算干什么？”

“还说不上来，对自己今后要干什么只有一些模糊的想法。”

他神情古怪，讲话慢条斯理，好像在竭力倾听某些微微勉强可闻的东西一样。在他身上似乎有一股连自己也不明白的神秘力量，但这一力量正在暗暗地寻找发泄的途径。他的力量给人留下深刻的印象。劳森口口声声要求别人指教，心里却害怕别人的批评，对任何意见假装轻蔑，借此来冲淡自己认为可能得到的批评。

---

① 艾尔·格列柯(1541—1614)，西班牙画家。

可是菲利普心里很明白，再没有比克拉顿的赞扬更能使劳森高兴的了。克拉顿默默地看了一会儿那幅画像，然后又朝菲利普画架上的画瞟了一眼。

“那是什么呀？”他问。

“哦，我也试着画个人像。”

“依样画葫芦。”他喃喃道。

他又重新看劳森的油画。菲利普红着脸，但不吭声。

“好了，你看怎么样？”劳森终于忍不住问道。

“立体感相当不错，”克拉顿说，“我认为画得很好。”

“你认为明暗搭配如何？”

“相当好。”

劳森高兴地笑了，笑得像一条落水狗那样浑身抖动着。

“哎呀，你喜欢这幅画，我非常高兴。”

“不，我认为它一点价值也没有。”

劳森的脸一下子沉了下来，他惊愕地盯着克拉顿：他不知道克拉顿是什么意思。克拉顿没有语言表达的天赋，讲话好像很费力。他所说的话混乱、犹豫、啰唆。菲利普理解克拉顿那通杂乱无章的话。克拉顿向来不读书，这些话最初还是他从克朗肖那里听来的。当时虽然印象不深，可还是留在记忆里。近来，这些话又突然浮现在自己的脑海里，他从中得到了启示：一个好的画家要抓住作画的两个主要目标，即人和其心灵意向；印象派画家着眼于别的问题，他们画人画得很好，可是他们像十八世纪的英国画家那样，很少注意其心灵意向。

“可是假如你打算做到这一点，那岂不成了文学作品了。”

劳森打断他说，“让我能像马奈那样画人，而让心灵意向见鬼去吧。”

“假如你在这一方面能够胜过马奈那当然很好，但你根本一点也比不上他。前天你还得靠别人指点呢！底色已上好，你必须走回头路。只是当我看到艾尔·格列柯的作品时，我才感到可以从肖像中获得比我们先前所知道的更多的东西。”

“那又回到拉斯金的老路上去了。”劳森嚷道。

“不,他追求的是寓意,我才一点也不管它什么寓意不寓意呢。除了激情和情感,什么伦理之类的教义统统行不通。最伟大的肖像画家两者都画:人和心灵意向。伦勃朗和艾尔·格列柯就是如此;二流的画家才光画人。山谷里的百合花即使没有香味也很可爱。但假如它能发出芳香,就更显得可爱。“那幅画”——他指劳森的画——“好吧,画得不错,立体感也可以,只是落入俗套;绘画和立体感应该让人看出那姑娘是个风流情种。画得精确固然是好,可艾尔·格列柯把人画八尺高,因为不这样便不足以表达他想要表达的意趣。”

“让艾尔·格列柯见鬼去吧,”劳森说,“我们连他的作品都没见过,却在这里喋喋不休地谈论他有什么用处?”

克拉顿耸耸肩膀,默默地抽着烟,走了。菲利普和劳森面面相觑。

“他说得有些道理。”菲利普说。

劳森满脸不高兴地盯着自己的画。“除了准确地画出人所看到的,究竟还要怎样画出心灵意向呢?”

大约在这个时候,菲利普结交了一位新朋友。星期一早晨,模特儿都集中到学校来,好选出本星期的模特儿。有一天,有个年轻人被选上。显然,他并不是职业模特儿。菲利普被这个人的风度吸引住了。当他登上画台,便端端正正地站稳,握紧双拳,头部傲然前倾,他的姿态突出了优美身段。他并不胖,肌肉鼓突像是铁铸的一般。头发剪得短短的,头部造型很美,他蓄着短胡子;眼睛乌黑,浓眉大眼。他一小时一小时地保持那个姿势,毫无倦意。他的神态羞怯而坚定。他这副热情洋溢,生气勃勃的神情唤起菲利普浪漫的想象力。结束时,菲利普见他穿上衣服。在菲利普看来,他穿上衣服,犹如一个衣衫褴褛的国王。他沉默寡言。过一两天后,奥特太太告诉菲利普,那个模特儿是西班牙人,以前从未当过模特儿。

“我想他一定在挨饿了。”菲利普说。

“你注意到他的衣服吗?很整洁、体面,不是吗?”

凑巧,在艾米特拉诺画室习画的一个美国人波特打算到意大利去两个月,愿意把自己的画室借菲利普使用。菲利普很高兴。他对劳森的命令式的训导已有些不耐烦,想自个儿干。周末,菲利普去找那个模特儿,并借口自己的画尚未完成,问他是否肯为自己当一天模特儿。

“我不是模特儿,”西班牙人说,“下星期我还有其他事要做。”

“现在和我一块去吃午饭,我们可以商量,”菲利普说,见那个人还在犹豫,又笑着说,“陪我吃顿饭并不伤害你。”

模特儿耸耸肩膀,同意了。他们便到了一家小饭店。那西班牙人讲一口蹩脚的法语,流利可是难懂,菲利普设法同他友好相处。他原来是个作家,到巴黎来写小说的,同时采取身无分文的人可能采取的各种权宜之计来维持生活。他代课,翻译抓得到手的东西,主要是商务文件的翻译,最后竟不得不靠优美身段来赚钱。当模特儿待遇高,上周挣的还足以维持两周;他告诉菲利普说他一天两法郎便可轻易将日子打发过去,菲利普大为惊讶。但他羞愧万分,因为他不得不靠裸露身子挣钱。他视当模特儿为堕落,只有饥饿方能原谅。菲利普解释说不要画他的全身,只画头部,希望为他画一幅肖像,可以送下一届巴黎美术展览会展出。

“可是你为什么非要画我不可呢?”西班牙人问。

菲利普说他的头部使自己感兴趣,且认为自己能画出一幅成功的肖像画。

“我没有时间,挤出写作时间的每一分钟我都心疼。”

“只占用你下午的时间,上午我在学校作画。毕竟,给我摆个姿势总比翻译法律文件强吧。”

据传说,居住在拉丁区的各国留学生曾一度友好相处,可是这早已成为往事了。现在,各国留学生几乎像东方城市那样互不来往。在朱利安画室和美术学校,一个法国学生要是同外国人交往,就会遭到同胞的冷遇。一个居住在巴黎的英国人要想与当地居民深交,实在很困难。事实上,许多在巴黎住了五年的学生所学到的法语,只能应付去商店买东西,他们仍然过着英国式的生活,好像在肯辛顿工作一样。

醉心于追求浪漫的菲利普，巴不得有机会接触一个西班牙人；于是他使出浑身解数，凭他三寸不烂之舌来说服对方。

“我告诉你该怎么办，”西班牙人终于说，“我愿意给你做模特儿，但不是为了钱，而是为了自己高兴。”

菲利普劝他接受报酬，但他很坚决。最终商定，他下星期一下午一点钟来。他给菲利普一张名片，上面印有他的名字：米格尔·阿胡里亚。

米格尔定期来当模特儿。虽然他拒绝接受报酬，却时时向菲利普借上五十法郎：这比在正常的情况下菲利普付给他的报酬还要多，可是却使这位西班牙人感到满意，因为自己可不是以堕落的方式谋生。他的国籍使菲利普把他当作浪漫民族的代表。菲利普向他问起塞维利亚和格拉纳达[①]，维拉斯凯和卡尔德隆[②]，但米格尔瞧不起自己国家的灿烂文化。他也像他的许多同胞一样，认为法国才是唯一人才荟萃的地方，而巴黎是世界的中心。

“西班牙完了，”他喊道，“没有作家，没有艺术，什么也没有。”

渐渐地，米格尔以其民族所特有的浮华的言辞，向菲利普披露自己的抱负。他正在写一部小说，希望以此一举成名。他受左拉的影响，以巴黎作为小说的背景。他最终把故事情节告诉了菲利普。在菲利普看来，作品内容粗俗而乏味，幼稚的猥亵——这就是生活，亲爱的，这就是生活！——他喊道——幼稚的猥亵只会更突出故事的陈规俗套。他已经写了两年了，置身于艰难困苦中，抛弃了吸引他到巴黎来的种种生活乐趣，为了艺术与饥饿搏斗。他坚信不疑，什么东西也不能阻止他取得伟大的成就。这种奋斗精神实在可嘉！

“你为什么不写西班牙呢？”菲利普叫着，“那有趣得多了，你熟悉那儿的生活。”

“巴黎是唯一值得一写的地方。巴黎就是生活。”

---

① 格拉纳达，西班牙南部城市。

② 卡尔德隆（1600—1681），西班牙剧作家及诗人。

一天，他带来部分手稿，用蹩脚的法语一边念，一边激动地翻译，菲利普简直听不懂。他念了好几段，实在拙劣不堪。菲利普困惑不解地望着正在画的肖像；那宽阔的额头后面的脑子竟如此平庸，那双炯炯有神、多情的眼睛，除了生活中显而易见的表象外，竟什么也没看见。菲利普对自己画的肖像不满意，每一次结束时，总想把自己所画的刮掉。人物肖像，旨在表现心灵意向，这说法果然中听，可是当人们处于一大堆的矛盾之中的时候，谁能说得出其心灵意向是什么呢？他喜欢米格尔，但他意识到，米格尔如此动人的奋斗结果将是徒劳的，心里不免感到难过。米格尔成为一个好作家的一切条件都具备，就是缺乏天才。菲利普看看自己的作品，谁能看得出这幅画是有点价值呢，抑或是纯粹浪费时间呢？显然，想取得成功的意志帮不了你的忙，自信毫无意义。菲利普想起范妮·普赖斯，她对自己的才能深信不疑。她的意志力是非凡的。

“要是我料想自己成不了才，我宁愿就此放弃画画，”菲利普说，“我看不出当个二流的画家有什么用。”

一天早晨，他正要出门，看门人喊住了他，说有他的一封信。除了路易莎伯母以及海沃德外，再没有人和他通信。这封信的笔迹他认不出来。信的内容如下：

> 望见信后速来。我再也熬不下去了。请亲自前来。想到让别人来碰我的身体，我简直受不了。我要把所有的东西都留给你。
>
> 范·普赖斯
>
> 我已经三天没吃东西了。

菲利普突然感到一阵恐惧。他匆匆赶到她的住处，她竟还在巴黎，这使他吃惊。他已经好几个月没见到她，还以为她早已回英国去了。一到她的住处，他便问门房她是否在家。

“在家。我已经两天没有见她出门了。”

菲利普跑上楼，敲敲房门，没有人应声。他喊她的名字。门锁着,他弯腰一看,发现钥匙插在锁眼里。

“哦,天啊,但愿她不会干出什么可怕的事来!”他大叫起来。

他冲下楼,告诉门房她肯定在屋里,他接到她一封信,担心她会出事。并建议把门撬开。那个门房起初一直绷着脸,不愿听他说话,后来知道事态严重,一时慌了手脚;门房担当不起破门的责任,坚持要把警察局长请来。他们一块走到警察局,然后又找来锁匠。菲利普发现普赖斯小姐第四季度的房租还没交:元旦那天她也没有给门房礼物,而按习俗他是有权得到的。他们四个人一齐上楼,又敲了一下门,还是没有人应答。锁匠开始开锁,大家终于进了屋。菲利普大叫一声,本能地将双手捂住眼睛。这个可怜的女人用一条绳子套住脖子悬梁自尽了。绳子的一端系在天花板的铁钩上。这铁钩是以前某个房客用来挂床帘的。她把小床挪开,先站到一张椅子上,然后将椅子踢翻,侧倒在地。他们割断绳子,把她抱下来。尸体早已冰冷了。

49

菲利普从多方面了解的有关普赖斯的情况,确实是够骇人听闻的。女生们因范妮·普赖斯从不和她们一块在饭馆里用餐而抱怨她。原因很清楚:极度的贫穷一直压得她喘不过气来。他记得初来巴黎时他们一块吃午饭的情景,她那副令他作呕的饿鬼似的馋相。如今他明白了,她那样吃饭是因为她饿坏了。看门的人告诉他,她平常都吃些什么:每天给她留一瓶牛奶,她自己买回面包。中午从学校回来时,她吃半只面包喝半瓶牛奶,剩下的就留在晚上吃,天天如此。菲利普想,她该忍受多大的痛苦啊。她从不让人家知道自己比别人穷,但,显然她的钱已花光了,最后只好离开画室。她的小房间里几乎没有什么家具,除了她身上老穿的那套破旧的棕色衣服外,就再没有别的衣服了。菲利普在她的遗物中想找到她亲友的地址,好同他们联系。她只留下一张小纸条,在上面反复地写着菲利普的名字。这使他特别震惊。他想她的确爱上了他;他想起了那裹在棕色衣服里的消瘦的尸体,吊在天花板上的铁钩上,不禁毛骨悚然。但假如她喜欢他,为什么不接受他的帮助呢?他将乐意尽力而为。他后悔自己当时明知她对自己有特殊的感情,却置之不理。现在,她信上的那句话确实令人无限伤感:想到让别人来碰我,我简直受不了。她活活饿死了。

菲利普终于找到了一封署名为"家兄艾伯特"的信件。信是两三星期前从萨比顿某条街发出的。信中拒绝借给她五镑的要求。写信的人说他有妻室儿女之累,不能随意将钱借给别人。他劝范妮应该回伦敦设法找个职业。菲利普给艾伯特·普赖斯发了一份电报,不久,回电如下:

> 不胜悲痛。商务缠身,难以脱身,非去不可吗?普赖斯。

菲利普又发了一份简短而肯定的回电。第二天早晨,一位陌生人出现在他的画室。

"我叫普赖斯。"菲利普开门时。他说道。

他是个普通的人,穿一身黑衣服,圆顶礼帽上扎着丝带。他那副粗笨的神态有点像范妮。他蓄着短胡子,说话带着伦敦腔。菲利普请他进来,然后把出事的详情和自己料理后事的情况告诉他,他不时斜着眼打量画室。

"我不必去看遗体了,是吗?"艾伯特·普赖斯问,"我的神经很脆弱,稍微一点刺激都受不了。"

他渐渐无拘无束地聊开了。他是个橡胶商,家里有妻子和三个孩子。范妮原是个家庭教师,他不明白为什么她不继续当家庭教师却跑到巴黎来。

"我和内人都告诉她,巴黎可不是女孩子待的地方,而且搞画画这一行赚不了钱——历来如此。"

不难看出,他和妹妹的关系不好。他对她自寻短见很不满,认为这是对他的最后伤害。他不同意她是由于贫穷而被迫自杀的看法,那样似乎是在给他们家抹黑。他认为她的举动可能另有更为体面的理由。

"我想,她不会跟男人有什么纠葛吧,会吗?你明白我的意思。在巴黎什么事都可能发生。她可能为了保全自己的名誉才去寻短见的。"

菲利普感到自己脸红了,心里暗暗咒骂自己的软弱。普赖斯那双老鼠眼似乎在怀疑菲利普和他妹妹有过什么私情。

"我相信你妹妹向来是很贞洁的,"他尖刻地回答说,"她是因为挨饿而自杀的。"

"那么,凯里先生,这样使她家里人太难堪了。她只要给我来信,我总不至于让妹妹缺吃少穿的。"

菲利普正是在读到他拒绝借款的那封信时才发现他的住址的。然而菲利普耸耸肩膀,责备他是没有用的。菲利普讨厌这个矮小的人,想尽快地打发他走。艾伯特也希望马上了结这件差事,及早回伦敦。他们来到可怜的范妮住的小房间。艾伯特望着那些画和家具。

"我承认自己对艺术懂得不多,"他说,"也许这些画可以卖些钱,是吗?"

"一钱不值。"菲利普说。

"这些家具还值不了十先令。"

艾伯特不懂法语,只好什么事都靠菲利普。让这具可怜的尸体安葬似乎需要没完没了的手续:证件要到一个地方去领,到另一个地方去盖章,还得求见很多官员。菲利普从早到晚忙了三天。最后,他和艾伯特·普赖斯随灵车到蒙帕纳斯公墓。

"我想把丧事办体面些,"艾伯特·普赖斯说,"但浪费钱也没有用。"

简短的葬礼在寒冷、阴晦的早晨举行,显得格外凄凉。参加送葬的还有范妮·普赖斯在画室里的五六位同窗。奥特太太因为身为司库自认为送葬是她的责任；鲁思·查莱丝是出于心地善良；还有劳森、克拉顿和弗兰纳根，在她生前他们都不喜欢她。菲利普看着公墓四周墓碑林立，心中不寒而栗。有的粗劣、简单，有的庸俗、造作，丑陋不堪，一派凄凉的景象。

当他们从墓地出来的时候，艾伯特·普赖斯邀请菲利普同他吃午饭。菲利普厌恶他，况且又很疲倦。菲利普一直没睡好觉，经常梦见范妮·普赖斯穿着那套棕色的破旧衣裳，挂在天花板的铁钩上。但是，他又找不出回绝的理由。

“你带我到一家馆子，咱们吃一顿真正第一流的午餐。这种事真叫我的神经受不了。”

“拉夫纽饭馆差不多是这儿最好的馆子。”菲利普回答。

艾伯特如释重负地松了一口气，在一张天鹅绒椅子上坐下来。他要了一份丰盛的午餐和一瓶酒。

“好啦，我高兴这事总算办完了。”他说。

他提了一些巧妙的问题。菲利普发现他渴望了解巴黎画家的生活。他自认为画家的生活是悲惨的，可是他又急于了解自己想象中画家所过的放荡生活的细节。他不时狡黠地眨着眼，颇有城府地窃笑，表明他对这些事了如指掌，菲利普吐露的只不过是九牛一毛罢了。他是个见过世面的人，对这类事也略知一二。他问菲利普是否去过蒙马特区①那些地方，从坦普尔酒吧到伦敦交易所，都是世界闻名的地方，他很想说自己曾经到过“红磨坊游乐场”。这顿午餐美味可口，酒也是上等的。艾伯特·普赖斯几杯美酒下肚，变得更加心花怒放了。

“咱们再喝点白兰地吧，”咖啡端上来时他说，“干脆破费点钱。”他搓着手。

“我有点想在此过夜，明天回去，懂吗？晚上咱们一块儿过，怎么样？”

“假如你的意思是要我今天晚上带你去蒙马特逛，我可不

---

① 蒙马特区，巴黎北部靠山之一地区，艺术家之中心地。

干。”菲利普说。

“我想我并没有这个意思。”

他回答得如此认真，倒把菲利普逗乐了。

“况且，你的神经恐怕也受不了。”菲利普一本正经地说。

艾伯特·普赖斯最后决定还是搭当天下午四点的火车回伦敦。不久，他与菲利普分手了。

“那好，再见吧，老朋友，”他说，“我告诉你，三两天内我将设法再来一趟巴黎，我会来拜访你。然后咱们再痛饮一场。”

菲利普那天下午心烦意乱，无法工作，干脆跳上一辆公共汽车，过河去看看在杜兰德－吕埃尔画店是否有画展。而后，他沿林荫道闲逛。天气很冷，又刮着寒风。行人裹着大衣匆匆而过，他们缩成一团，以抵御风寒。他们愁眉苦脸，忧思苦虑。蒙帕纳斯公墓那林立的白色墓碑底下是冰冷的。菲利普感觉在人世间孤零零的，特别想家。他需要朋友。这个时候，克朗肖正在工作，克拉顿从来不欢迎客人。劳森正忙着给鲁思·查莱丝画另一幅肖像，不喜欢人家打扰。他决定去找弗兰纳根。他发现弗兰纳根正在作画，可是弗兰纳根很高兴地停下来和他聊天。画室很舒适、暖和，这位美国人比他们大多数人都有钱。弗兰纳根忙着沏茶。菲利普注视那两幅准备送交巴黎美术展览会的头像。

“我要送画展，脸皮太厚了吧，”弗兰纳根说，“但我不在乎，我还是要送，你看画得很糟吗？”

“并不像我原来想象得那么糟。”菲利普说。

事实上，那两幅画显示出了惊人的灵巧。难点都被他巧妙地回避了；着色用彩很有气魄，令人惊讶，甚至引人注目。弗兰纳根没有绘画知识和技巧，但他那放荡不羁的绘画风格，倒像是一个终身从事艺术的画家。

“要是规定观看一幅画不得超过三十秒钟，那么，弗兰纳根，你将成为一名非凡的大师。”菲利普笑着说。

这些年轻人还不习惯用过分的恭维话来互相吹捧。

“在美国，我们时间很紧，看一幅画从不超过三十秒钟。”弗兰纳根笑着说。

尽管弗兰纳根是世界上最轻率浮躁的人,但他心肠软,这不仅出人意料,也很可爱。每当有人病了,他便像护士一样地护理。他的乐天的性格本身比任何药方都灵验。他像大多数的美国同胞一样,不像英国人那样紧紧地抑制住自己的感情,害怕别人说自己多愁善感。由于他认为表露感情并没有什么错,因此,他那深切的同情心,常使苦恼中的朋友感激涕零。他发现菲利普正因经历过的事而心情沮丧,他便谈笑风生,真心实意地设法让菲利普兴奋起来。他故意加重自己的美国腔,他知道这样常常使英国人捧腹大笑。他滔滔不绝地扯淡着,异想天开、兴致勃勃、乐不可支。随后,他们上街吃饭,饭后,他们上蒙帕纳斯游乐园,那儿是弗兰纳根最感兴趣的娱乐场所。

入夜,弗兰纳根变得更风趣了。他喝了很多酒,但他那副醉态,主要的还是由于他自己生性活泼快乐,而不是酒力所致。他建议上比里埃舞厅,菲利普觉得太累了,但睡不着,便欣然同意。他们在靠舞池的平台上的一张桌子旁坐下来,这儿的地势略有些高,可以一边喝黑啤酒,一边看跳舞。不一会儿,弗兰纳根突然发现一位朋友。他大喝一声越过栅栏,跳进舞池去了。菲利普打量着周围的人。比里埃舞厅并不是上流社会的娱乐场所。那是个星期四晚上,舞厅里挤满了人,有来自各院校的大学生。可是,大多数的男人是小职员和售货员。他们穿着便服、现成的花呢衣服或奇异的燕尾服,都戴着帽子。因为他们进来时都戴着帽子,跳舞时帽子无处搁,只好戴在头上。有一些女人看上去像女用人,有些则是浓妆艳抹的轻佻的女人,但绝大多数还是女店员。她们穿得很寒酸,拙劣地仿效对岸的时兴式样。那些轻佻的女子打扮得妖里妖气,像杂耍剧场里的艺人或声名狼藉的舞女;她们的眉毛画得又浓又黑,双颊抹得鲜红,真不知羞耻。舞厅里的白炽灯,低低地垂着,使人们脸上的阴影越发突出。在强烈的灯光下,线条显得更死板,色调也显得粗俗不堪。这是一个乌烟瘴气的场面,菲利普斜靠着栏杆,目不转睛地俯视台下。他耳朵里不再听到音乐声了。舞池里的人疯狂地跳着。他们绕着舞厅,慢慢地跳着,很少讲话,全神贯注地跳舞。舞厅里又闷又热,人们的脸上闪烁着汗珠。在菲利普看来,他们已扔掉了平时戴着的假面具,抛弃了对常规礼俗的尊崇。他现在看到了他们的真面目了:在忘情的狂欢中,他们都是些奇形怪状的动物,有的像狐狸,有的像狼,还有的像绵羊那样长着愚蠢的长脸。由于他们吃的是恶劣的食物,又过着不健康的生活,因此他们皮肤变成了灰黄色。由于追求卑下的利益,他们的相貌显得很呆板,而他们的小眼睛诡诈、狡猾。他们的举止一点儿也不高尚。你会觉得,对他们所有的人来说,生活是一长串的琐事和肮脏的思想。舞厅的空气浑浊,散发着人身上的汗臭。可是他们像着了魔似的狂舞。在菲利普看来,他们是受享乐欲望的驱使。他们拼命地想从这个恐怖的世界中逃遁。克朗肖说过享乐的欲望正是怂恿他们盲目向前的唯一的动机。然而,正是享乐欲望的暴烈,使人类的行为丧失了一切欢乐。他们无可奈何地,被一阵狂风撵着仓促向前。他们不知道为什么,也不知道要往何方。命运似乎凌驾在他们头上。他们跳呀跳,仿佛永恒的黑暗就在他们脚下。他们的沉默有点令人惊慌,仿佛生活吓坏了他们,夺去了他们的说话能力,使他们心中的哀鸣在喉头消失。他们的眼神凶暴而残忍;尽管兽欲使他们的外貌变丑;尽管他们的脸部表情显得卑劣、残忍;尽管最糟糕的还在于他们的愚蠢,然而,那一双双眼睛显露出来的极度痛苦,使这群人变得既可怕又可怜。菲利普既讨厌他们,却又因对他们充满无限同情而感到痛心。

他从衣帽间取出大衣,走到门外,进入刺骨的寒夜之中。

50

菲利普忘不了那桩不幸的事,最使他不安的是范妮徒劳的努力。没有人比她更刻苦、更有诚意的了;她一心相信自己。很显然,自信没有多少意义,他所有的朋友都有自信心,米格尔·阿胡里亚也是这样。菲利普感到震惊的是:西班牙人所费心血之多和所得成果之微两者之间的差异。菲利普早年学校生活的不幸,使他回想起了自我解剖能力。这一积习犹如吸毒一样微妙,使他着了魔。因此,他现在对自己的感情的解剖特别敏锐。他不能不看到自己对艺术的感受和别人不同。一幅好画能立即使劳森一阵兴奋。他的欣赏力是凭本能的。甚至弗兰纳根也感受到了某些菲利普不得不深思熟虑的东西。菲利普自己的欣赏力却是运用智力的。他不禁想到,假如他身上具有艺术家的气质(他讨厌这个词,但一时找不到别的),那么,他就会像他们那样,借助感情,而不是借助推理来感受美。他开始怀疑,自己除了有一手精确地依样画葫芦的雕虫小技外,是否还有更大的才能。光有这一手算不了什么!他已渐渐地学会蔑视技巧了。重要的问题是用作品来表达作画人的感受。劳森用某种方法作画,是因为出于他的天性;而通过一个对各种影响敏感的习画者的模仿力,便可洞察其个性。菲利普自己画的那幅鲁思·查莱丝肖像,现在三个月过去了。他意识到那只是彻底地模仿劳森的作品,他觉得自己思想贫乏。他是用脑子作画的。而他心里明白,唯一有价值的作品都是用心灵画出来的。

他的钱不多,仅有一千六百镑。他必须最大限度地节约开支。十年之内,他不能指望挣到一个子儿。绘画史上,一无所获的艺术家比比皆是。他必须听任自己贫穷下去;假如他画出一幅不朽之作那还值得。可是他极害怕,自己充其量只能当个二流的画家。为了这,难道也值得牺牲一个人的青春、生活的乐趣和生存的种种机会吗?他很熟悉侨居巴黎的许多外国画家的生活,知道他们所过的生活是褊狭和粗俗的。他知道有些画家为了追名逐利而挣扎了二十多年,最后总是一事无成,一个个穷困潦倒,沦为酒鬼。范妮的自杀唤起了他的回忆。菲利普听人说过这个或那个画家为了摆脱绝望而自杀的种种可怕的情况。他记住老师对可怜的范妮的挖苦式的忠告:假如她听他的忠告而放弃那毫无希望的努力,她就不至落到那种结局。

菲利普完成了米格尔·阿胡里亚的肖像,并决定送交巴黎美术展览会。弗兰纳根打算送两幅去。菲利普认为自己可以画得像弗兰纳根一样好。他在这幅画上花了那么大的功夫,不由得认为它肯定有些价值的。诚然,他审视这幅画时觉得有些毛病,虽然一时还说不出来。可是,他一丢开它,就又来劲了,也不觉得不满意了。他将它送去展览会,可是落选了。他不太放在心上,因为他已事先努力说服自己,入选的机会极少。过了几天,弗兰纳根兴冲冲地跑来告诉劳森和菲利普,他的一幅画被采纳了,菲利普向他表示祝贺,脸上毫无表情。弗兰纳根只顾为自己庆贺,一点儿也没有注意到菲利普的声调里情不自禁地流露出的讽刺口吻。才思敏捷的劳森发觉他话中有话,好奇地望着菲利普。劳森自己送去的画入选不成问题,他一两天前就知道,因此,他对菲利普的态度有点不满。可是那个美国人一走,菲利普突然地发问,使劳森大为吃惊。

“假如你处在我的地位,你会洗手不干吗?”

“你这是什么意思?”

“我不晓得当一名二流的画家是否值得。你看,干其他行业,如你是一个医生,或者你是个商人,若你能力平庸,那问题不太大,你照样谋生,打发日子。可是净画些二流的作品有什么用呢?”

劳森喜欢菲利普,一想到菲利普因为画落选而气馁时,便竭力安慰他:众所周知,许多被展览会退回的作品,后来成了名作。菲利普首次投稿送展,遭拒绝是意料中的事。弗兰纳根的成功是解释得通的。他的画是华而不实的肤浅之作,这正是没精打采的评奖团常常会赏识的。菲利普不耐烦了。真丢脸,劳森竟会认为他是遭受这点挫折而烦恼,而没有意识到,他的气馁是由于对自己的能力产生了由来已久的怀疑。

近来,克拉顿有点疏远同在格鲁维尔饭馆用餐的朋友,过着离群索居的日子。弗兰纳根说克拉顿爱上了一个姑娘。可是,克拉顿不苟言笑的神色看不出他在谈恋爱的样子。菲利普认为他回避朋友,很可能是为了反思一下自己脑子里的新思想。那天晚上,其他人离开饭馆看戏去了,只剩下菲利普一个人闲坐着。这时,克拉顿走进来,点了晚餐。他们开始聊起来,菲利普发现他比平时健谈,也不像平常那么挖苦人。菲利普决定,趁他今天心境好,顺水推舟,向他求教。

“我说呀,我希望你能来看看我的画,”他说,“我想听听你的意见。”

“不,我不干。”

“为什么不呢?”菲利普红着脸问。

他们都是互相请求对方看画的,谁也没有想到会被拒绝。克拉顿耸了耸肩膀。

“人们嘴上要求你批评,可是他们要的实际上是赞扬。况且,批评有什么用处呢?你的画好或者坏有何关系呢?”

“这对我有关系。”

“不。人之所以作画,是因为他非画不可。它也是人体的一种功能,就像其他的功能一样,不过只有少数人有这种功能。一个人作画只是为了他自己,否则,他就会去自杀。试想一想吧,天晓得你费了多长的时间,在画布上画了一些东西,把心血都倾注上去了,可结果呢?十之八九要被展览会退回来。即便被选上了,人们走过去也不过看上十多秒钟;假如你运气好,某个无知的傻瓜买下了它,挂在他家的墙上,那他也很少去看它,犹如他很少去看他的餐桌一样。批评与艺术家毫无关系。批评是客观的评价,但是客观与艺术家没有关系。”

克拉顿用双手捂住了眼睛,好让自己的心思集中在自己所要说的话上。

“艺术家从所见的事物中获得特殊的感受,他非表现它不可。他自己也不知道为什么,只知道用线条和颜色来表达自己的感受。这犹如音乐家一样。音乐家看上一两行文字,某些音符的组合就浮现在他的脑海里,他也不知道这样那样的词儿为什么会使他想起这样那样的音符。此外,我还要告诉你为什么批评没有意义的另一个原因：一位伟大的画家总是强迫世人像他那样观察自然，可是下一代另一位画家又用另一种方法来观察世界，而公众不是以他本人，而是以他的前辈的眼光来判断他的作品。所以，巴比逊派[①]教我们的前辈用某种方法来观察树木。后来又出了个莫奈，他用不同的方法画树，于是，人们便说：树不是那个样子。他们从来没有想到，树的样子取决于画家如何观察它们。我们作画是由里及表的——假如我们能迫使世人接受我们的眼光，那么人们就称我们是伟大的画家；假如不能这样，他们就蔑视我们。可是我们无所谓，我们并不看重什么伟大和渺小。我们的作品以后的遭遇如何，那是无关紧要的。我们作画的时候，已经从中得到了所能得到的一切了。"

谈话暂时中断，克拉顿狼吞虎咽地将面前的食物一扫而光。菲利普抽一支廉价雪茄，仔细地打量着他。他那颗凹凸不平的脑袋，像是雕刻家用凿子将一块难以加工的顽石雕刻而成，再加上那又粗又硬的黑发，那只大鼻子，那粗大的颚骨，表明他刚劲有力。可是菲利普怀疑，也许在这副假面具之下，掩盖着特别虚弱的本质。克拉顿拒绝让别人看他的作品，可能纯属虚荣心；他经不起别人的批评，更不愿意遭到展览会的拒绝。他希望别人承认他是个画家，但他不冒险把自己的作品拿出来和别人较量。一比较，便担心自愧不如。在菲利普认识克拉顿的十八个月里，克拉顿已经变得越发严厉和刻薄了。虽然他不愿意公开出来和伙伴们竞争，但是，对于同伴轻易取得的成功，他感到气愤。他对劳森无法容忍，他们俩也不再像菲利普刚认识他们时那么友好相处了。

"劳森会很不错，"他轻蔑地说，"他将回到英国去，当一名时髦的肖像画家，每年挣一万镑，并在四十岁之前就成为皇家艺术院准会员，专门为贵族绅士们画肖像。"

菲利普也展望着未来，他依稀看到二十年后的克拉顿刻薄、孤

---

① 巴比逊派，19 世纪中叶的法国画派，专描写乡村生活、风景等。

独、粗暴、默默无闻；他将老死在巴黎，因为巴黎的生活已渗入了他的骨髓，粗声粗气地主持着一个艺术家沙龙。他跟自己，也跟世人过不去。由于他越来越狂热地追求无法达到的尽善尽美，他的作品很少，最后也许在酗酒中沉沦。近来，菲利普的脑际里老是想着这样一个问题，既然人只有一次生命，因此，成功对于人的一生来说至关重要。然而，他并不认为成功只是获得金钱、名望。究竟成功指的是什么，他自己也还不太清楚，也许是丰富的经验和充分发挥自己的才能吧。无论如何，克拉顿打算过的一生，显然是失败的，除非他今后能画出不朽的杰作。他回想起克朗肖关于波斯地毯所做的古怪的比喻，他常想起它。但是具有农牧神似的幽默感的克朗肖拒绝把意思讲清楚，克朗肖再三地说，除非自己找到答案，不然就没有意思。菲利普在是否继续自己的艺术生涯的问题上的举棋不定，正是由于渴望自己的一生能获得成功的缘故。这时，克拉顿又说话了。

“我告诉你我在布列坦尼遇到的那个家伙，你还记得吧？几天前我在这儿又见到他了。他正要动身到塔希堤[①]去。他穷困潦倒，身无分文。他原是个事业家，我想也就是你们英语中的股票经纪人。他有妻子、家庭，收入也很可观。为了当画家他把这一切都抛弃了。他一走了之，在布列坦尼安顿下来，开始他的艺术生涯。他身无分文，就差没饿死。”

“他妻子和家庭呢？”菲利普问。

“哦，他丢下他们，任他们挨饿。”

“这未免太下作了。”

“唉，老朋友，假如你想当正人君子，就不能当画家，二者毫不相干。你听说过有人为了赡养老母而画一些粗制滥造的玩意儿去骗取钱财吧？——是的，这说明他们是孝子，可是坏作品是不能原谅的。他们只能算是商人。艺术家会让自己的母亲进济贫院的。我认识这里的一位画家，他告诉我，他妻子分娩时去世，他非常爱

---

① 塔希堤，南太平洋中的一岛屿（法属）。

她，因此，悲伤得几乎发疯。可是当他坐在床头，看着她死去时，他发现自己心里正暗暗地记下她的音容笑貌，以及自己的感受。颇有绅士风度，是吧？”

“你朋友是位有造诣的画家吗？”菲利普问。

“不，还谈不上，他画得就像皮沙罗①一样，他还没意识到自己的才能。可是他有色感和美感。但问题不在于此，他有的是感受。他对待老婆孩子像个十足的无赖。他的行为始终像个十足的无赖。他对待帮助过他的人（有时他全靠朋友们的好意接济，才免受饥饿）态度恶劣，简直像个畜生。可是他恰恰是一位伟大的艺术家。”

菲利普细细地想过，那个人为了用颜料在画布上表达人世给予他的情感，竟心甘情愿地牺牲一切：舒适、家庭、金钱、爱情、荣誉、责任。这是很了不起的，可是菲利普没有这种勇气。

想到克朗肖，菲利普才记起已有一周左右没见到他了。因此，克拉顿一走，他便逛到一定可以找到这位作家的咖啡馆去。刚到巴黎的头几个月里，菲利普把克朗肖所说的话一概作为自己的生活准则。但菲利普现在已有了实用的观点。他对克朗肖那毫无实际行动的空头理论开始不耐烦了，克朗肖那一扎薄薄的诗稿似乎并不是他一生悲惨生活的丰硕成果。菲利普出身于中产阶级，他无法把这一阶级的本能从自己的秉性中摒除。克朗肖一贫如洗，为了糊口，他充当雇佣文人的角色。他往来于邋遢的小阁楼和咖啡馆的餐桌之间，这种单调的生活与他的威望极不相称。克朗肖很精明，他知道这个年轻人对他不以为然，便以讽刺的口吻来抨击菲利普的市侩作风。他的讽刺有时是开玩笑的，但常常是非常尖锐的。

“你是个商人，”他对菲利普说，“你妄图将人生投资于统一公债里，这样可以稳稳当当地拿到百分之三的年息。我是个败家子，我把老本都花光了。我将在咽气之时花完最后的一便士。”

---

① 皮沙罗（1830—1903），法国印象派画家。

这一比喻激怒了菲利普,因为这个比喻使克朗肖显出了一种浪漫的处世态度,却诋毁了菲利普的人生观。菲利普本能地想为他的看法辩白几句,可他一时想不起来。

但这天晚上,菲利普犹豫不决,想谈谈关于自己的事。幸而天色已晚,克朗肖堆在桌子上的碟子(每个碟子表示已喝了一杯酒),表明他已准备对人生世事发表一通独特的见解。

“不知你能不能给我提出一些忠告。”菲利普突然问道。

“你不会接受的,是吧?”

菲利普不耐烦地耸了耸肩膀。

“我想在绘画方面我不会有多少长进。我看不出当一个二流的画家有什么用处。我正想放弃它。”

“为何不放弃呢?”

菲利普犹豫了一会儿。

“也许是喜欢画家的生活。”

克朗肖那平静的圆脸上神色变了。嘴角突然垂了下来,眼珠呆滞地陷在眼窝里;他好像变得弯腰弓背、老态龙钟。

“这个吗?”他环视了一下咖啡馆,大声地说。声音确实有点打战。

“假如你能够放弃它,那就趁早放弃。”

菲利普惊奇地盯着克朗肖,这种动感情的场面,常使他觉得羞怯不安。他垂下了眼睑。他清楚自己正面临着一场失败的悲剧。一阵沉默。菲利普想,克朗肖这时一定是在回顾自己的一生。也许,他想到自己的青年时代既充满光辉的希望,也充满着失意,种种失意把希望的光辉渐渐磨灭;想到可怜的单调的欢乐和暗淡的前途。菲利普的目光落在那叠碟子上,他知道克朗肖的目光也落在那叠碟子上。

51

两个月过去了。

菲利普细细地将这些事反复思考之后，觉得真正的画家、作家和音乐家身上，有一种驱使他们一心扑在工作上的力量。因此，他们不可避免地要让生活来服从于艺术。由于屈从于一种他们从未认识到的影响，他们只不过是被主宰他们的本能愚弄，而生活从他们的指缝中溜走了，好像忘却他们过去曾经生活过一样。但是他有种感觉，认为生活是为了体验，而不是为了描绘；他要体验纷繁复杂的生活经历，并每时每刻从中汲取生活所提供的一切情感。他终于下决心采取某一步骤并承担后果。下定了决心以后，他决定马上行动。幸好第二天早晨碰巧是福内特的课，菲利普决意直截了当地问他，自己是不是值得继续学艺。他从未忘记这位老师对范妮·普赖斯的蛮横坦率的忠告。那个忠告是很正确的。菲利普不能彻底地忘掉范妮。画室没有了她，似乎显得生疏。偶尔在这儿画画的某位女人的手势或说话的声音会使他吓一跳，使他想起她来。现在她死了，可是她的存在比她生前更引人注目。夜里他常梦见她，惊叫一声继而醒过来。一想起她可能忍受的一切痛苦的煎熬，他就感到恐怖。

菲利普知道，福内特前来画室上课的时候，总是在奥得萨街的小饭馆吃午饭。他自己匆忙吃完午饭，以便赶到那儿，在饭馆外头等这位画师出来。菲利普在拥挤、嘈杂的大街上来回走着，终于看见了福内特正低着头朝他走来。菲利普心情很紧张，但硬着头皮走到他跟前。

“对不起，先生，我想同你谈一会儿。”

福内特迅速地向他扫了一眼，认出了他，但并没有微笑着和他打招呼。

“说吧。”他说。

“我在这儿向你学画已经快两年了,我想请你坦率地告诉我,你觉得我值不值得继续学下去。”

菲利普的声音有点发颤。福内特头也不抬地继续走。菲利普注视着他的脸,发现它毫无表情。

“我不明白你的意思。”

“我非常穷,假如我没才能,我宁可及早改行。”

“你难道不知道自己有没有才能吗?”

“我所有的朋友个个都认为自己有才能,但我晓得他们有些人错了。”

福内特刻薄的嘴上挂着一丝笑意,他问道。

“你住在这儿附近吗?”

菲利普告诉他自己的画室在哪儿,福内特转过身来。

“我们上你画室去,如何? 你得让我看看你的画作。”

“现在吗?”菲利普惊问道。

“有什么不可以呢?”

菲利普一时无话可说,在老师身边默默地走着,心里怪难受的。他从来没想到福内特会当场去看他的画作。他本来想问福内特是否以后再来,或是自己拿画作到福内特的画室去,好让自己有时间准备一下。菲利普急得直发抖。他心里希望福内特看着他的画,脸上浮现出难得的笑容,还握着自己的手说:“不错呀,继续干下去,小伙子,你有才能,真正的才能。”一想起这些菲利普便心花怒放,这是多么大的安慰,多么令人高兴啊! 现在他有勇气继续干下去了;只要他能最后获得成功,艰难、贫困和失望又算得了什么?他一直很用功,假如他的一切努力都是徒劳的,那未免太残酷了。突然,他心里一惊,记得范妮·普赖斯曾经也正是这么说的。他们来到公寓,菲利普心慌意乱。假如有胆量,他就会叫福内特走开。他不想了解事实真相。他们进去时看门人交给他一封信。他瞥了一眼信封,认出是伯父的笔迹。福内特随他上楼。菲利普想不出话题。福内特不吭声,沉默使他发烦。教授坐下来,菲利普二话没说，把美术展览会退回来的画摆在他面前，福内特点点头但不吭声，菲利普又让他看两幅给鲁思·查莱丝画的肖像画，两三幅在莫雷画的风景画和若干素描。

“就这些了。”过了一会儿，他不安地笑着说。

福内特先生自己卷了一支烟，点上火。

“你个人的财产很少吗？”他终于问道。

“很少，”菲利普突然心里凉了半截，回答说，“尚不够维持生活。”

“再没有比不断地为自己的生计操心更丢脸的了。我蔑视那些瞧不起金钱的人。他们不是伪君子就是傻瓜。金钱好比人的第六感官，没有它，你就无法充分地发挥其他五个的作用。没有足够的收入，生活中能办到的有一半你就办不了。唯一须加小心的是，不要入不敷出。你常听到人们说，贫穷是对艺术家的最大的鞭策。其实，他们从未亲身体会到其中的严酷，他们不知天高地厚。他们不懂得贫穷使你变得多么小气，使你蒙受无穷的耻辱。它砍断了你的翅膀，像癌症一样地吞噬你的灵魂。人们并不要求巨富，只要求足以维护人的尊严、不影响工作，做个慷慨、直率、自立的人。我真心地可怜那些纯粹靠艺术糊口的艺术家们，不论他们是作家还是画家。”

菲利普悄悄地收拾刚才拿出来让教授看的画。

“听您那么说，好像您认为我没有多少成功的希望。”

福内特先生轻轻地耸了耸肩膀。

“你具有某种手工上的灵巧，经过刻苦努力和坚持不懈，没有理由成不了一个认真的，还算能干的画家。你能够找到数以百计比你画得差的人，也可以找到数以百计画得同你不相上下的人。在你让我看的所有画作中我看不到才华，只看到勤奋和聪明。充其量你也只能当个平庸的画家。”

菲利普迫使自己相当沉着地回答：“太难为您了，我非常感激，真不知如何谢您才好。”

福内特先生站起来准备要走。可是他改变主意，收住脚步，将一只手搭在菲利普的肩上。

“要是你问我的忠告,我会说,拿出勇气来,在别的方面去碰碰运气吧。这话虽然逆耳,但是恕我直言:当我处于你这样的年纪时,假如有人给我这样的忠告,而我接受了,那么,我将愿意把我在这个世界上所拥有的一切都献给他。”

菲利普抬起头惊奇地望着他。画家强作笑颜,但目光仍然是严肃、阴郁的。

“只有当你追悔不及之时才发现自己的平庸,那才是令人痛苦的,才是可怜的啊。”

说完最后一句话时,他呵呵一笑,迅速走出房间。

菲利普机械地拿起伯父的来信。见到伯父的笔迹,他感到惴惴不安,因为平常总是伯母给他写信。近三个月来她一直闹病,他曾提出要回英国去探望她;可是她怕妨碍他的学业而婉言拒绝了。她不想使他为难;她说她将等到八月份,那时,她希望他回牧师住宅来逗留两三个星期。假如病情恶化,她会告诉他的。因为她临终之前还想见他一面。现在伯父给他写信,想必她病得无法提笔。菲利普拆开信,信上写道:

> 亲爱的菲利普:我沉痛地告诉你,你亲爱的伯母已于今天清晨逝世。她猝然去世,但很安详。由于病情急剧变化,来不及唤你回来。她自己对此早有充分准备。她全然相信天国的复活,服从我主耶稣的神圣意志,与世长辞。你伯母一定希望你前来参加葬礼,我相信你将会尽快赶回。自然有大量的工作落在我肩上,我心烦意乱,相信你将能为我料理一切。
>
> 你亲爱的伯父
>
> 威廉·凯里

52

第二天，菲利普赶回布莱克斯特伯尔。自从他母亲去世后，他还不曾失掉一个近亲。伯母的仙逝使他震惊，也使他心里充满无可名状的恐惧。他第一次感到自己必死的命运。菲利普无法想象，伯父失掉这位爱他和伺候他达四十年之久的伴侣，生活将会变成什么样子。他料想伯父一定会悲痛欲绝，身体整个儿地垮下来。他害怕最初的见面。他知道自己在这种场合说不出什么有用的话来安慰伯父，便暗自反复地背诵几段恰当的吊慰之词。

他从边门进入牧师住宅，来到餐室。威廉伯父正在看报。

“你这趟列车晚点了。”他抬起头说。

菲利普预备痛哭一场，可是平淡的接待场面使他愕然。伯父情绪压抑，但心境宁静，把报纸递给他。

“《布莱克斯特伯尔时报》有一则关于她的短讯，写得不错。”他说。

菲利普机械地读着。

“你想上楼去看看她吗？”

菲利普点点头，他们一块上楼。路易莎伯母安详地躺在大床的中央，遗体四周摆满鲜花。

“要不要做个短祷告？”牧师说。

牧师跪下来，菲利普也跟着跪下来，他知道牧师期望他这样做。

他望着那张萎缩的小脸，心中只有一个感觉：多么无用的一生！过一会儿，凯里先生咳嗽了一声，站起身来。他指着床脚处的一个花圈。

“那是乡绅[1]送的。”他说话的声音很低，仿佛在做礼拜似的。然而人们觉得，他身为牧师，此刻显得异常自如。

“我想茶点准备好了。”

他们又下楼回到餐室。餐室的百叶窗放下来了。气氛显得有点忧伤。牧师坐在他妻子常坐的那张桌子的一端，拘礼地倒茶。菲利普心想他们俩肯定谁也吃不下什么东西。可是他却发现伯父的食欲并没有受影响，他也只得照样津津有味地吃起来。有一会儿他们谁也没吱声。菲利普狼吞虎咽地吃着一块可口的蛋糕，脸上却露出哀伤的样子，他觉得这样才得体。

“自从我当上副牧师以来，情况发生了很大的变化，”不一会儿，牧师说道，“我小时候凡是送葬的人都要给一副黑手套，帽子上蒙一块黑绸。可怜的路易莎常常用这些黑绸来做衣服，她总是说参加十二次葬礼，黑绸就够做一件新衣服了。”

接着，他告诉菲利普谁送了花圈，已经收到二十四个花圈了。弗尼教区的牧师的妻子罗宁森太太去世的时候，曾收到了三十二个花圈。也许明天还会送来很多。出殡的行列将于十一点钟从牧师住宅出发。到时候花圈数可易如反掌地超过罗宁森太太。路易莎向来不喜欢罗宁森太太。

“我将亲自主持葬礼。我答应过路易莎，我不让别人来为她安葬。”

当伯父拿起第二块蛋糕时，菲利普不满地看着他。在这种场合下，他不禁觉得伯父太贪恋口腹之欲了。

“玛丽·安做的当然是顶好的蛋糕。恐怕没有一个人能做得这么好。”

“她不会走吧？”菲利普吃惊地问道。

自从菲利普记事起，玛丽·安就一直在牧师家里。她从未忘记过菲利普的生日，总要送他一件小礼物，虽然荒唐，但很动人。他真心地喜欢她。

---

① 英国的绅士名称，特指一区域中的第一大地主。

“要走的，”牧师回答说，“我想家里用一个独身女人不方便。”

“可是，天啊，她想必四十多岁了。”

“是的，我想她有四十多岁了。可是她近来很惹人厌，她太过于自行其是了。我想这正是辞退她的好机会。”

“那当然是个难得的机会了。”菲利普说。

他拿出一支香烟，但伯父不让他点着。

“菲利普，等到出殡后再抽吧。”他温和地说。

“好吧。”菲利普说。

“只要你那可怜的路易莎伯母还在楼上，在屋里抽烟总是不太像话吧。”

葬礼结束后，教会执事兼银行经理乔赛亚·格雷夫斯到牧师住宅用餐。百叶窗已拉开。菲利普违心地觉得有种奇怪的如释重负之感。屋里停放尸体使他感到不自在：生前，这位可怜的女人向来善良、温和。然而，当她身躯冰冷、直挺挺地躺在楼上的卧室时，似乎给活着的人笼罩着不吉利的阴影。这个念头使菲利普感到骇然。

有一两分钟餐室里只有他和教会执事两人。

“希望你能够留下来和你伯父住一段时间，”他说，“我看眼下不宜撇下他一个人。”

“我还没有什么打算，”菲利普回答说，“假如他要我留下来，我将很乐意。”

吃饭时，教会执事为了让这位丧妻的丈夫高兴起来，谈起了布莱克斯特伯尔最近发生的一场火灾。这场大火把美以美教会的小教堂烧毁了一部分。

“听说他们没有给教堂上过保险。”他微笑着说。

“那也没有什么关系，”牧师说，“他们想要多少钱就能弄到多少钱来重建。非国教教徒总是乐意捐款的。”

“我注意到霍尔登也送了一个花圈。”

霍尔登就是那个非国教派牧师。虽然，看在为他们双方而捐躯的基督的面上，凯里先生在街上同他点头致意，但并不和他说话。

“我想这一次可出足风头了，”他说，“一共有四十一个花圈，你送来的花圈很漂亮，我和菲利普都赞不绝口。”

“哪儿的话。”银行家说。

他满意地注意到他送的花圈比谁的都大，样子挺不错。他们开始谈论参加葬礼的人。商店也因举行葬礼而停止营业。教会执事从口袋里掏出一张布告，上面印着：兹因凯里太太的葬礼，本店下午一点前停止营业。

“这是我出的点子。”他说。

“他们真好，都关了店门，”牧师说，“可怜的路易莎在天有灵也会感激的。”

菲利普只顾自己吃饭。玛丽·安把那一天当作星期天看待，他们吃了烧鸡和鹅莓馅饼。

“大概你还没有想到墓碑的事吧?”教会执事说。

“我想到了，我想立一个朴素的石十字架。路易莎向来反对铺张浪费。”

“我认为再也没有比十字架更好的了。如果你正在考虑碑文，这么写你看怎么样：与基督同在，岂不更有福分?”

牧师噘起嘴。这执事简直像俾斯麦，什么事都得由他决定。牧师不喜欢那句碑文，这似乎是在中伤自己。

“我想我不会那么写的。我倒喜欢这一句：主赐予的，主已取走。”

“噢，是吗？我总觉得这一句有点儿冷淡。”

牧师有些尖刻地回答，而格雷夫斯在这个场合回敬的语调，这位鳏夫认为太命令式了。要是连妻子的碑文都不能自己选择，那就太过分了。一阵沉默之后，话题转入教区事务。菲利普进花园去吸一袋烟。他坐在一张长凳上，突然歇斯底里地大笑起来。

几天以后，伯父表示希望他在布莱克斯特伯尔再住几星期。

“好的，这样安排对我很适宜。”菲利普说。

“你大概九月份回巴黎吧。”

菲利普没有回答。他对福内特的话想了很多。可是他还很拿不定主意,因此不打算谈将来的事。放弃艺术是明智的,因为他深信自己在这方面不能超过别人。遗憾的是,似乎只有自己才这样想,在别人看来这是承认失败,而他不想承认失败。他生性倔强,明知自己某方面没有天才,却偏偏想战胜逆境,往这方面努力。朋友们的嘲笑,他可受不了。这也许会阻止他采取决然的步骤放弃学画。可是不同的环境使他从不同的角度来看问题。像许多人一样,他发现横渡了海峡,使原来似乎是很重要的事变得微不足道了。曾经如此迷人的他舍不得离开的生活,现在似乎是愚蠢的。对那儿的咖啡馆,对饭菜做得很糟的饭馆,以及他们那伙人过着的那种寒酸的生活,他感到厌恶。他再也不在乎朋友对他会有什么样的看法了:能言善辩的克朗肖、正经体面的奥特太太、装模作样的鲁思·查莱丝、争吵不休的劳森和克拉顿,所有这些人,他统统感到反感。他写信给劳森,请劳森把他所有的东西寄回来。一星期后,行李到了。当他解开油画时,发现自己能够冷静地审视自己的画作了。他觉得这种情况很有意思。伯父急着想看看他的画。虽然,他极力反对菲利普去巴黎,现在却泰然自若地接受这一既成的事实了。他对学生的生活颇感兴趣,老是向菲利普问起这方面的问题。事实上,他为菲利普感到有点自豪,因为他是个画家。有人在场的时候,他总是试图诱使菲利普说出真情。他兴致勃勃地观赏菲利普让他看的那几幅模特儿习作。菲利普将米格尔·阿胡里亚的肖像摆在他面前。

“你为什么要画他呢?”凯里先生问道。

“噢,我需要一个模特儿。他的头部使我感兴趣。”

“反正你在这儿没事干,干吗不给我画一张。”

“你会坐得不耐烦的。”

“我想我会喜欢的。”

“我们再考虑考虑。”

菲利普被伯父的虚荣逗乐了。显然他极渴望让人画像。这种不费钱可得到的好处,当然不能白白地放过。接连两三天他都做了暗示。他责备菲利普懒,问菲利普什么时候可以开始给他画。后来,他逢人便说菲利普要为他画像。最后,遇上了一个下雨天,吃过早饭,凯里先生对菲利普说:

“喂,今天早上开始替我画像,怎么样?”菲利普将手里正在看的书放下来,身子往椅背上一靠。

“我已经放弃画画了。”他说。

“什么?”伯父惊愕地问。

“我认为当个二流的画家没有什么意思,我得到的结论是:我将一事无成。”

“你真使我惊奇。你去巴黎之前,不是非常相信自己是个天才吗?”

“我错了。”菲利普说。

“我原来以为,你既然从事了一项职业,就会有那种坚持下去的自尊心。现在看来你缺乏的是毅力。”

伯父竟没有看出他下了那么大的决心,菲利普感到有点生气。

“滚石不生苔,转业不聚财。”牧师说。

菲利普尤其讨厌这条谚语,他认为这条谚语毫无意义。菲利普离开会计师事务所之前,伯父同他争论时就常常重复这句话。显然,他的监护人又想起了当时的情景。

“你已经不是小孩了,你也知道,你必须考虑成家立业了。起初,你坚持要当会计师,没多久,你腻了,又想当画家。现在心血来潮,又改变主意。这说明……”

他犹豫了一会儿,以考虑这究竟说明性格上的哪些缺陷。菲利普替他把话讲完。

“优柔寡断、软弱无能、目光短浅、缺乏决心。”

牧师抬起头来,扫了他一眼,看他是不是在嘲笑自己。菲利普脸色严肃,可是那一双眼睛一闪一闪的,这激怒了牧师:菲利普应该严肃点才是。牧师觉得应该好好地训斥菲利普一顿。

“现在,你的钱和我无关了。你可以自己做主了。但是,你必须记住,你的钱不是花不完的。况且,由于你不幸身患残疾,谋生对你来说不是那么容易的。”

菲利普现在懂得了,不论何时,任何人一生他的气,第一个念头就是提到他的跛足。几乎没有人能抵制住这种诱惑,这一事实决定了菲利普对人类的看法。但是他已经学会在别人提及他的跛足时,不露声色。孩提时代一直折磨着他的脸红的毛病,现在他也能控制自如了。

“你说得对,”他回答说,“我的钱与你无关,我可以自己做主了。”

“无论如何,你必须说句公道话,承认当初是你执意要学画,我的反对没错吧。”

“这一点我不那么清楚。我想凭自己的努力而出了点差错,比靠别人的指点规规矩矩地行事得益更大。我已放纵过一阵子了,现在我不反对找个工作安定下来。”

“干哪一行?”

菲利普对这个问题没有思想准备。事实上他并没有拿定主意。他想过了十几种的职业。

“你所能做的最合适的是干你父亲那一行,当个医生。”

“怪哉,我也正是这么打算的。”

在别的职业中他会想到当医生,主要是因为这个职业让人享受到更多的个人自由。他过去在事务所的生活经验,使他决心永远不再干与任何一个与事务所有关的工作。回答牧师问话几乎是无意识的脱口而出,带有随机应变的巧答的性质。以这种偶然的方式拿定了主意,他觉得很有意思。他当场决定秋季就进入他父亲念过书的那家医学院。

“那么你在巴黎那两年岂不是白费时间吗?”

“这我不知道。这两年我过得很愉快。我还学到了一两样本事。”

“什么本事?”

菲利普沉吟片刻,他的回答有点儿故意惹人生气。

“我学会了看手相,过去我从未看过。我还学会借天空为背景来观察房屋和树木，而不是光看到房屋和树木。我还懂得影子不是黑色的，而是有颜色的。”

“你自以为很聪明吧。我倒认为你口出狂言，愚蠢透顶。”

53

凯里先生拿着报纸回书房去了。菲利普换了个座位，坐到他伯父刚坐过的那张椅子（那是房间里唯一舒服的椅子），望着窗外的倾盆大雨。即使在这么阴暗的天气里，那一片一直延伸至天际的绿色田野仍是那样恬静。这田园风光自有一种感人的亲切的魅力，菲利普记不起先前是否感受到这一点。在法国的两年生活，提高了他的审美能力，使他能觉察到自己乡村的美之所在。

他微笑着想起了伯父的话。其实他主意的改变，还多亏自己的脾性倾向于轻率呢。他已开始意识到双亲的早逝，使他蒙受了多大的损失。这就是他一生与众不同的地方，因此他不能像别人那样来观察事物。父母对孩子的慈爱是唯一无私的感情。在陌生人中间，他尽最大的努力总算长大成人了。可是极少有人能耐心和宽容地对待他。他为自己的自制力感到自豪，这自制力是在同伴们的讥讽嘲笑中磨炼出来的。到头来，同学们反而说他愤世嫉俗、冷漠无情。他已养成了镇静自若的举止，在大多数情况下，能够不露声色。因此，现在他能使自己的感情不随便流露出来。人们说他缺乏感情，可是他明白自己完全受感情的支配。偶尔得到谁的帮助，他会感动得什么似的，有时连话也说不出口，以免声音里露出内心的激动。他回想起学校里痛苦的生活，他所受到的侮辱，同学们的嘲笑以及这种嘲笑使他病态地害怕自己成为别人作弄的对象。从那时起，他就开始直面人生，由于自己想象力活跃，对生活充满着美好的幻想。但美好的幻想和现实生活两者之间的差距太大了，致使他感到了孤寂、幻灭和失望。尽管如此，他还是能够客观地看待自己,并且一笑置之。

“天啊,假如我不是这样超脱的话,我早就得上吊了。”他快活地想。

他又回想起伯父问他在巴黎学到了些什么时,自己回答他的那些话。他学到的远比告诉伯父的要多得多。他与克朗肖的一席话深深地留在他的记忆里。克朗肖的一句极平常的话,便使他的头脑开了窍。

“老朋友,”克朗肖说,“抽象的道德是没有的。”

当菲利普不再信仰基督教的时候,心里顿感如释重负;基督教使他的一举一动都要对不朽灵魂的安宁负责,一旦抛弃掉对每一行动负责的责任感,他感受到了强烈的自由感。可是现在他明白,这是一种错觉。他是在宗教的熏陶下成长起来的。他抛弃哺育过他的宗教时,却完好无损地保留着它的重要组成部分——道德观念。因此,他决心独立思考问题,不受任何偏见的支配。他把关于德行和邪恶的陈腐观念,善与恶的现存法则,统统从脑子里清除出去。一心为自己寻找另一套生活的准则。他不知道生活中的准则是否必要。这就是他想探究的问题之一。显然,世界上许多似乎是正确的准则之所以正确,只是因为从幼年时人们就是这样教育他的,不外乎如此罢了。他读过许多书,但这些书对他的帮助不大,因为作者都是按照基督教的道德观著书立说的。甚至那些再三强调他们不相信基督教义的作家们,最后也满足于按照基督登山训众的戒律制定出一个伦理道德的体系。如果只是为了随波逐流,像别人那样安身立命,那实在不值得去读那些洋洋洒洒的长篇巨著。菲利普想弄清楚,自己究竟该如何为人处世。他认为自己能够不受周围议论的影响。可是他还得继续生活下去,因此在建立一套处世哲学之前,他为自己制订了一条临时性的标准。

“随心所欲地去做,但要适当地留神拐角处的警察。”

他认为他在巴黎期间最宝贵的收获,就是精神上的完全自由,他终于觉得自己绝对自由了。他曾随意浏览过许多哲学著作。而今他高兴地期望享受往后几个月的闲暇。他开始任意阅读。他怀着兴奋的心情涉猎各种体系的书籍,希望从中获得某一能够规范他的行为的指南。他觉得自己犹如在陌生国度里的旅行者。当他不畏艰险,向前推进时,他也被这种进取精神迷住了。他像别人阅读纯文学书籍一样,充满激情地阅读着这些哲学著作。他在高尚的语言中发现了自己朦胧可感的东西时,心就怦怦直跳。他的思想是具体的,因而一迈进抽象领域便步履艰难。然而,即使他弄不懂作者的推理,也可追随着作者迂回曲折的思路,在玄奥艰深的学海边缘上敏捷穿行,这也有一番说不出的痛快。有时,大哲学家们的话似乎对他没有什么意义,可是有时他又在他们的著作中辨认出一个他感到舒适自在的思想。他好比是深入中非腹地的探险家,突然进入一片广阔的高原,高原上有参天的树木和一望无际的草地。因此,竟使人恍如置身于一个英国公园里。他喜欢托马斯·霍布斯[①]的生动又通俗易懂的见解,对斯宾诺莎[②]则充满了敬畏。他以前从未接触过如此高尚,如此质朴严峻的思想。这使他联想起他热烈推崇的罗丹[③]的雕像"青铜时代"。另外就是休姆[④]:这位可爱的哲学家的怀疑论曾引起了菲利普的共鸣。菲利普沉迷于这位大哲学家的简明的文体,这种文体似乎用具有音乐感和节奏感的简洁语言,就能把复杂的思想表达出来。他读休姆的哲学书就如欣赏小说一样,嘴角上挂着一丝快乐的微笑。但是他在所有的书中都找不到他所需要的。他在一本书上读到过:一个人是天生的柏拉图主义者还是亚里士多德[⑤]的信奉主义者,是禁欲主义者还是享乐主义者,这都是天生就注定的。乔治·亨利·刘易斯[⑥]的一生经历(除了告诉你哲学都是无聊的空话外),表明了每个哲学家的思想是与他的为人紧密联系在一起的。只要了解这个

---

① 霍布斯(1588—1679),英国哲学家。

② 斯宾诺莎(1632—1677),荷兰哲学家。

③ 罗丹(1840—1917),法国雕刻家,现代写实派代表。

④ 休姆(1711—1776),苏格兰哲学家及历史学家。

⑤ 亚里士多德(公元前384—前322),希腊大哲学家。

⑥ 刘易斯(1817—1878),英国哲学家及批评家。

哲学家的为人,你就能在很大程度上猜出他所阐述的哲学思想。看起来似乎你没有以某种方式行动,是因为你用某种方式思维;实际上,你之所以用某种方式思维,是因为你是用某种方式造就出来的。真理与此无关,根本不存在“真理”这种东西。每个人都有自己独特的一套哲学。而昔日伟人所苦心经营的哲学体系,只是对作者本人才有效。

那么,关键问题是,只要发现某一个人是什么样的人,他的哲学体系也就昭然若揭。菲利普认为,需要查清三件事:个人和他生活的这个社会的关系;个人和生活在他周围的人的关系;最后是个人与他自己的关系。他精心制订了一个学习计划。

生活在国外的好处是,通过具体接触你周围人们的风俗习惯,你可以从外部来观察这些风俗习惯,从而看出那些被当地人虔诚实行、信以为真的风俗习惯,其实并无遵循的必要。你一定能够发现,你认为是不言而喻的信条,在外国人的眼里却是荒唐可笑的。在德国的那一年,以及在巴黎长时间的逗留,使菲利普接受怀疑论学说有了思想准备,所以如今这种学说一摆到他的面前,便立即引起他的共鸣,他感到无比的宽慰。他看出世间的一切事物无所谓善也无所谓恶,无非是为了达到某种目的罢了。他读了《物种起源》,这本书似乎对许多使他困惑不解的问题做出解释。他像个探险家,推断出某种必然出现的大自然的特征。他沿着大河溯源而上,果然在那儿发现他所预料中的支流。那儿有人口稠密的肥田沃野,再远处是连绵的山峦。每当伟人有了某种重大的发现,世人后来总是感到惊奇;这一发现为何当初没有立即被人们所接受?为何对那些承认其是真理的人,竟然也没产生任何重大影响?《物种起源》的第一批读者们以他们的推论接受这本书,可是作为他们行为的基础——感情,却未被触动。这部伟大著作出版后又隔一代之久,菲利普才诞生。书中许多使同时代人骇然的东西,此时,已经为这一代的人们所接受,因此菲利普能够心情舒畅地接受它。他深深地为宏伟壮观的生存竞争所打动,书中提出的伦理准则似乎符合他原有的想法。他心里想,“是啊,强权即公理嘛。”社会为一方，它是一个有其自身生长和自我保护能力的有机体，而个人为另一方。凡是对社会有益的行为就被称为美德；凡是对社会有害的就被唤作邪恶。善与恶无非就是这个意思。而罪恶更是自由人应该摆脱的一种偏见。社会在与个人的对抗中有三件武器，这就是法律、舆论和良心；前两件可以用狡诈来对付，狡诈是弱者对付强者的唯一武器。当公共舆论宣称罪恶已被发现时，它的使命也就完成了。可是良心是内心的叛徒，它在每个人的心里为社会打仗，致使个人败阵投降，成为敌人繁荣的牺牲品。显然，这二者是不可调和的，国家和个人各自都明白。社会为了自己的目的而使用个人，当他反对它时，就将他踏在脚下；如果他忠心耿耿地为它服务，便以勋章、养老金和荣誉来奖励他。个人一方呢，它的唯一的力量只在于自身的独立性，为方便起见挤入社会，他得提供金钱和服务，但他毫无一点义务感和责任感。况且，他不在乎奖励，只要求别人不要干涉他。他是不受约束的旅行者，为了消灾避祸而使用库克[①]的车票，可是对于亲自陪伴的随行人员却投以愉快、轻蔑的眼光。自由人的行为谈不上犯错误。他随心所欲地干他喜欢干的事——假如他可以的话。他的权力就是他的道德观的唯一标准。他承认国家的法律，又能够违反这些法律而毫无犯罪感。可是，假如他遭到惩罚，他也毫不怨恨地接受惩办。社会毕竟是强有力的。

菲利普认为，如果对于个人来说，没有所谓的正确与错误，那么，良心也就失去了它的约束力量。他发出了胜利的欢叫声，一下逮住良心这个恶棍，并把它从自己的胸膛里狠狠地扔了出去。可是，他并不比先前更懂得人生的意义。为什么有这个大千世界，人来到这世界上究竟为了什么？这一问题仍如从前一样费解。但可以断定，一定是有某些原因的。他想起了克朗肖对“波斯地毯”所打的比方，他说这是对人生之谜的解答，还神秘地加了一句：除非你自己找出它，否则就不成其为答案。

---

① 库克，19 世纪英国一家著名的旅行社。

“我不明白他究竟是什么意思。”菲利普笑了。

就这样，在九月的最后一天，菲利普急于要实践这些人生的新理论，带着一千六百镑的财产，拖着一只跛脚，第二次前往伦敦，开始他在人生道路上的第三次尝试。

54

菲利普给会计师当学徒之前曾通过一次考试，这个成绩足以保证他有资格进医学院。他选择了圣卢克医学院，因为他父亲曾在这所学校上过学。夏季学期结束之前，菲利普抽出一天去了趟伦敦，找学校的秘书。他从秘书那儿拿到一份寄宿房间一览表，随后他在一幢昏暗的屋子里租了间房间。这儿有个好处，就是上医院只要走两分钟。

“你得安排好一个解剖的部位，”秘书告诉他，“你最好从腿部开始，他们一般都这样，他们好像觉得腿部容易解剖些。”

菲利普发现第一课是解剖学，十一点开始。大约十点半，他一瘸一拐地穿过马路，朝医学院走去，心里有点紧张。一进门，就见到那儿贴着许多布告、课程表、足球海报等。他悠闲地观看着，竭力显得若无其事。一群年轻学生运着球走了进来，一边在信架上翻找信件，一边互相交头接耳，然后下楼进入地下室。学生阅览室就在那儿。菲利普见到好几个样子散漫、羞怯的人在四下闲逛。他推测他们也和他一样是第一次来这儿的。看完了布告，他发现一扇玻璃门，显然，它是通往陈列馆的。因为离上课还有二十分钟，他便走了进去，里面陈列着各种病理学标本。不久，有个大约十八岁的学生走到他跟前。

“喂，你是一年级的吗？”他问道。

“是啊。”菲利普回答。

“你知道教室在哪儿吗？快十一点了。”

“我们最好找找看。”

他们走出陈列馆，进入一条又长又暗的走廊，两边的墙上漆成两种深浅不一样的红色。在走廊里还有其他小伙子，这表明前面就是教室。他们来到了一扇写有“解剖学教室”的门前。菲利普发现里面已坐了很多人。座位是阶梯式的。正当菲利普进门时，有个服务员在教室的讲台桌上放了一杯水。然后，又拿来一个骨盆和两块一左一右的大腿骨。又有一些人进来就座，到十一点，教室几乎座无虚席。大约有六十名学生。他们大多数是比菲利普年轻得多，嘴上无毛的十八岁的小伙子，但有少数比他年纪大。他看见一个高个子，脸上长满了红胡须，样子很凶狠，可能有三十岁了；另一个是黑头发的小个子，比前者小一两岁；还有一个戴着眼镜，胡子已经有点灰白了。

讲师卡梅伦先生走了进来，他眉目清秀，五官端正，满头银发。他顺着花名册挨个点名，然后来了一段开场白。他讲话声音悦耳，用词得当。他似乎喜欢细心地推敲用词。他向学生推荐了一两本该买的书，并劝他们购买一副骨骼。他兴致勃勃地讲起解剖学：这是学习外科必不可少的。了解解剖学可以提高艺术鉴赏力。菲利普洗耳恭听。后来他听说，卡梅伦先生也给皇家艺术院的学生上课。他在日本待过多年，在东京大学供过职。他自以为对美有鉴赏力。

“你们将不得不学习许多乏味的东西，”他豁然微笑着，结束自己的讲话，“一旦你们通过期末考试就会把它们忘得一干二净，可是，就解剖学而言，学了再丢了总比一点也不学要强。”

他拿起放在桌上的骨盆，开始讲课。他讲得头头是道，娓娓动听。

讲演结束时，那个在病理博物馆跟菲利普讲话的小伙子，上课时坐在他身边的学生，建议菲利普跟他一起到解剖室看看。菲利普同他又沿着走廊走去，有位服务员告诉他们解剖室的地点。他们一进门，菲利普就明白刚才在过道里察觉到的那股难闻的气味是什么了。他点了一袋烟，那个服务员嘿嘿一笑。

“你会很快适应这股气味的,我已经闻不出来了。”

他问菲利普的名字,并看看布告板上的名单。

“你解剖一条腿——四号。”

菲利普看到还有一个名字同他的名字括在一起。

“这是什么意思?”他问。

“眼下尸体紧缺,我们只好两个人合着解剖一个部位。”

解剖室很大,漆得像走廊一样,上部漆成鲜艳的橙红色,下部的护壁板漆成深赤褐色。沿房间的两侧每隔一段距离都摆着一块块铁板,铁板与墙交成直角,并像盛肉的盘子那样开有槽,上面各放一具尸体,大多数是男尸。由于长期搁在防腐剂里,颜色变得很深,皮肤看上去几乎像皮革一样。尸体干瘦、皱缩不堪。服务员把菲利普带到一块铁板跟前。旁边站着一个年轻人。

“你叫凯里吗?”他问。

“是的。”

“那么我们一块解剖这条腿。幸亏是男尸,不是吗?”

“为什么?”菲利普问。

“他们一般较喜欢解剖男尸的,”陪从医生说,“女尸多半脂肪太多。”

菲利普看那具尸体,胳膊和腿瘦得不成样子。肋骨突起,外面的皮肤绷得很紧。这个人大约四十五岁,留着稀疏的灰白胡子,脑门上稀稀拉拉地长着几根失去光泽的头发。眼睛紧闭,下颌凹陷。菲利普想象不出这也曾经是个人,那一排排的尸体给人一种阴森、恐怖的感觉。

“我想下午两点开始解剖。”和菲利普合着解剖的年轻人说。

“好吧,我两点来。”

前一天菲利普已买好了所需要的器械箱,现在又给了他一个小柜。菲利普看看那个陪他到解剖室的学生,发现他脸色苍白。

“你感到不舒服吗?”菲利普问他。

“以前我从未见过死人。”

他们沿着走廊走,一直走到校门口。菲利普想起了范妮·普赖斯。她是他第一次看到的死人。他还记得那具尸体给他多么奇怪的感受。生者和死者之间仿佛有无边无际的距离:他们似乎属于不同的物种;想起来也觉得很奇怪。不久以前,这些人还在说话、走动、吃饭、嬉笑呢。死者身上有一种令人恐惧的东西。可以想象,死者会给活人带来一种不祥的影响。

"去吃点东西你看怎样?"他的新朋友对菲利普说。

他们走进地下室,那儿有一间由昏暗的房间装修成的餐厅。这儿,学生可以弄到在用二氧化氮发的面包店里能吃到的那一类食品。吃饭时(菲利普要了一份烤饼、奶油和一块巧克力),他知道这个同伴名叫邓斯福特。这小伙子气色不错,有一双可爱的蓝眼睛和一头黑色的鬈发,四肢发达,说话和动作都慢条斯理。

他刚从克里夫顿来。

"你打算修联合课程吗?"他问菲利普。

"是的,我想尽快取得医生资格。"

"我也要修这门课程。但以后我将修皇家外科医学会会员的课程,我要当外科医生。"

大多数学生修内外科医学会联合委员会规定的课程;然而,那些更有抱负更勤奋的学生,还要攻读一段时间,以取得伦敦大学的学位。菲利普进入圣卢克医学院时,规章刚刚有所变动,学制需五年,而一八九二年秋天以前入学的学生实行四年制。邓斯福特对自己的计划了如指掌。他告诉菲利普课程的一般情况。"第一次联合课程"考试包括生物学、解剖学和化学。但可以分期分科考试。多数学生入学三个月后参加生物学考试,这门学科近来才列入必修课程,但需要掌握的知识量很少。

菲利普回到解剖室时已迟到几分钟了,因为他忘了买保护衬衫的袖套。他看到很多人已经在解剖了。他的同伴按时解剖,正忙着解剖出皮肤神经。另外两个人在解剖另一条腿,多数人在解剖上肢。

"我先开始你不介意吧?"

"没关系,继续做吧。"菲利普说。

他拿起书,翻到腿的解剖图,看看他们必须找出的部分。

“你在这方面可是个老手啊。”菲利普说。

“噢,你知道,我以前读预科时,做过大量的动物解剖。”

解剖时,有不少人在谈话,有谈解剖工作的;有谈足球比赛季节的前景的;也有议论解剖示范老师和讲座的。菲利普觉得自己的年纪比他们大了很多,他们都是单纯的学生。然而关键问题是知识掌握的问题,而不是岁数问题。纽森,这个和菲利普一起解剖的年轻人很活跃,对这门课很熟悉。他也许觉得卖弄学问并没有什么不好,因此,详细地向菲利普解释自己的做法,尽管菲利普满肚子学问,也只好洗耳恭听。接着,菲利普拿起手术刀和镊子开始解剖,纽森在旁边观看。

“太妙了,碰上这么瘦的尸体,”纽森揩着手说,“这家伙可能有一个月没吃东西了。”

“不知道他是怎么死的。”菲利普小声说道。

“噢,我不知道,凡是老家伙,差不多都是饿死的,我猜想……喂,注意,别切断动脉了。”

“别切断动脉,说起来倒很轻巧,”解剖另一只腿的一个学生说道,“这个老蠢货的动脉长错了地方。”

“动脉总是长错地方,”纽森说,“实际上,正常的你一次也遇不到,正因为如此,才称之为‘正常’。”

“别说这种话了,”菲利普说,“否则我会割破手。”

“假如你割破手,”见多识广的纽森回答说,“立即用防腐剂洗,这一点你必须当心。去年这儿有个人只扎了一下,他不当一回事,就染上了败血症。”

“他好了吗?”

“噢,没有,不到一星期就死了,我还上太平间去看他。”

到了用茶点的时候,菲利普已经腰酸背疼了。他午饭吃得很少,所以早就盼望用茶点了。他的手发出当天早上在走廊闻到的那股特殊的气味。他认为手中的松饼也有这种气味。

“唉,你会习惯的,”纽森说,“闻不到解剖室那股臭味时,你还会觉得很寂寞呢。”

“我可不想让这股臭味来弄坏我的胃口。”菲利普说道。松饼刚吃完，他马上又拿了一块蛋糕。

55

菲利普对医科学生的生活的想法，像一般公众的想法一样，是以查尔斯·狄更斯十九世纪中叶描绘的生活图景为根据的。不久，他就发现，就算鲍伯·索耶真有其人，他也根本不同于现在的医科学生。

投身医界的人鱼龙混杂，自然有懒鬼和冒失鬼。他们认为学校生活很安逸，可以吊儿郎当地混上几年，然后，钱挥霍尽了，或者愤怒的双亲拒绝接济他们了，便离开医学院。另一些人发现考试太难，接二连三的不及格使他们灰心丧气。而且，由于他们惊慌失措，一进入那令人生畏的联合课程委员会的大楼，就把以前背得滚瓜烂熟的知识全忘了。他们在学校待了一年又一年，成为低年级学生嘲笑的对象；他们有些人勉强通过药剂师考堂的考试；有些人没有取得资格，只好当助手，这是一个任凭雇主摆布的不安定的职业。他们的命运是贫穷、酗酒，天晓得他们的结局。然而，大多数的医科学生是出身于中产阶级的勤奋的年轻人，他们有足够的津贴，可以维持他们早已习惯了的体面的生活方式。许多人是医生的子女，早已有了副医生的派头了。他们的前途也筹划好了：他们一取得资格，就申请在一家医院任职（也许会当一名随船大夫到远东旅行），然后他们就同他们的父亲一起在乡村开业，安度余生。也有一两个特别出类拔萃的学生，他们将拿走每年为那些当之无愧者设立的各种奖品和奖学金，在医院里谋得一个又一个职位，成为医院的正式职员，在哈利大街开设一个诊所，专门研究某一两个科目，成为一名富裕且声名显赫有头衔的医生。

医生的职业是唯一不受年龄限制、随时有机会谋生的职业。菲利普同年级的同学中,有三四个人青春韶华已逝:有一个当过海军,据说因酗酒被开除,他三十岁,红扑扑的脸,举止粗鲁,大嗓门;另一个结过婚,已有两个小孩,由于家庭律师玩忽职守而把他的钱赔光了。他有点驼背,好像承受不了生活重担似的。他默默地埋头苦读。显然,在他这样的年龄要死记硬背点东西是困难的。他脑子迟钝,看他如此用功,实在令人难受。

菲利普在自己那套小房间里住得舒适、自在。他整理书籍,将手头的画和素描挂在墙上。在他楼上,即会客厅那层楼,住着一个名叫格里菲思的五年级学生,可是菲利普很少见到他,一来由于他大部分时间待在病房里,二来由于他上过牛津。这些上过大学的人常常凑在一块:他们采取了年轻人惯于采用的种种手段,以便使那些运气欠佳的人深深感到自己低人一等,自愧不如。其余的学生对他们那种尊贵的、架子十足的派头难以忍受。格里菲思是个高挑个儿,长着一头浓密的红鬈发,蓝眼睛,白皮肤,嘴唇鲜红。他是人人喜欢的那种幸运儿,总是情绪高昂、喜气洋洋的。他能胡乱弹奏一两下钢琴,津津有味地唱几首滑稽歌曲。而且,天天晚上,当菲利普待在孤寂的房间里看书时,都能听到楼上格里菲思那伙朋友大喊大叫,笑个不停。他想起在巴黎那些快乐的夜晚。他们常常待在画室里,劳森和他,弗兰纳根和克拉顿谈论起艺术和道德,谈论眼下的风流韵事以及展望将来的名扬天下。他觉得很伤心。他发现做出一个英雄的姿态很容易,但要承担由此引起的后果就难了。最糟糕的是,他觉得目前的学习似乎很乏味。他对示范教师没完没了的提问已经厌烦了。他听课心不在焉。解剖学是一门枯燥的科学,尽死记硬背一大堆条条框框;解剖实验使他厌烦。当你毫不费劲地从书上的图解,或病理学陈列馆里的标本中就能够了解神经和动脉的位置时,辛辛苦苦地解剖出那些东西又有什么用处呢?

他偶尔也交几个朋友,但并不亲密,因为他似乎没有什么特别的话可对同伴们说。有时,他尽量对他们的事表示兴趣,但又认为他们觉得自己是屈尊俯就。他并不是那种谈起自己感兴趣的话题,便滔滔不绝而不顾人家讨厌不讨厌的人。有个人听说他曾在巴黎学过绘画,便自以为他们志趣相投,想和他讨论艺术,但菲利普容不得和自己不同的观点。

况且他很快地发现对方的思想守旧,不久他们便话不投机了。菲利普希望讨人喜欢,可是又不肯主动去接近别人,他因怕遭到冷遇而不敢向别人献殷勤。他以冷若冰霜的沉默,来掩饰迄今仍然很强烈的羞怯、腼腆的老毛病。他正在经受先前在皇家公学里经受过的同样的事情。幸亏医科学生的生活自由得多,他可以尽量不和人来往。

菲利普毫不费力地同邓斯福特友好相处来。他是学期初认识那位气色红润、举止粗笨的小伙子。邓斯福特同菲利普亲近,仅仅由于菲利普是他在圣卢克医学院第一个认识的人。他在伦敦没有朋友。每逢星期六晚上,便习惯和菲利普一块上杂耍剧场,坐在正厅后座,或者上剧院,在顶层楼座观看。他生性愚笨,但为人和善,从不生气。他总是说些大家都很清楚的话。菲利普嘲笑他,他只是微笑。他笑得很甜。虽然菲利普拿他当笑料,但是心里是喜欢他的。菲利普欣赏他的直率,也喜欢他随和的脾气:邓斯福特具有一种菲利普本人所缺少的魅力。

他们经常上国会街茶馆去用茶点,因为邓斯福特喜欢那儿的一位年轻女招待。菲利普看不出她有什么迷人之处。她又高又瘦,臀部狭窄,胸脯平平像个男孩。

“要是在巴黎,谁也不会看上她。”菲利普轻蔑地说。

“她的脸蛋很漂亮。”邓斯福特说。

“脸蛋又有什么要紧?”

她相貌端正,小巧玲珑,蓝眼睛,前额宽且低,莱顿[1]男爵、阿尔马·塔德马[2]及其他许许多多维多利亚女王时代的画家,劝诱

---

① 莱顿(1830—1896),英国画家及雕刻家。

② 阿尔马·塔德马(1836—1912),英国画家,生于荷兰。

世人相信，这种宽且低的前额乃是一种类型的希腊美。看上去她的头发长得很密并梳理得特别精致，她自称为亚历山大刘海，垂在额前。她患有严重的贫血症。薄薄的嘴唇十分苍白，细嫩的皮肤呈淡绿色，连双颊也没有一丝血色。她的牙齿洁白、整齐。工作时，她小心翼翼，生怕糟蹋她那双又瘦又白的手。她以不耐烦的神色伺候客人。

邓斯福特见到女人十分腼腆，迄今尚未能同她搭上腔。他怂恿菲利普帮他的忙。

"你只要开个头就行了，"他说，"然后我会自己来。"

菲利普为了使他高兴，主动和她搭一两次腔。可是她只是冷冷地回答。她打量过他们，他们不过是孩子罢了，她推测他们是学生。她不愿意再和他们打交道。邓斯福特每次上茶馆，总是发现有个长着沙茶色头发，胡子拉碴，样子像个德国人的人，颇得她的青睐。而他们想要什么，非得招呼两三次她才答应。她对不认识的顾客冷若冰霜、傲慢无礼。她和朋友谈话时，有急事的顾客喊破了嗓子，她都全然不理。她对前来用点心的女客，自有一套应付的本事。她傲慢无礼地激怒她们，却又掌握分寸，不让她们抓到向经理告状的把柄。有一天，邓斯福特告诉菲利普，她的名字叫米尔德里德。他听到茶馆里另外一个女招待这么称呼她。

"多讨厌的名字。"菲利普说。

"为什么？"邓斯福特问道，"我倒挺喜欢这个名字呢。"

"太矫揉造作了。"

碰巧这一天德国人没来。她端来茶点时，菲利普微笑着说："你的朋友今天没有来。"

"我不晓得你这是什么意思。"她冷冷地说。

"就是那位留着沙茶色胡子的贵族呗。他甩掉你另觅新欢了吗？"

"有些人最好少管闲事。"她回嘴道。

她撂下他们走了。过了一两分钟，因为再没有别的顾客，她便坐下来看一份顾客留下来的晚报。

“你惹她生气了,真是傻瓜。”邓斯福特说。

“哼,我才不理她这一套呢。”菲利普回答说。

但菲利普生气了。他本想迎合一个女人,可是她却不识抬举,这怎不叫他恼羞成怒。付账时,他又斗胆同她搭腔,想逗她开口。

“我们互相再也不说话了吗?”他微笑道。

“我在这儿只是端茶送点心、伺候顾客的。我没有什么话要对他们说的,也不要他们对我说些什么。”

她丢下了一张写着他们该付的款项的纸条,扭头朝刚才她坐的餐桌走去。菲利普气得满脸通红。

“凯里,给你碰钉子啦。”他们到了外面时,邓斯福特说。

“没礼貌的臭婊子,”菲利普说,“我再也不上那儿去了。”

他的话对邓斯福特很有影响,邓斯福特乖乖地跟他上别的地方用茶点。而邓斯福特很快又找到了另一个同他调情的年轻女人。可是那个女招待对菲利普的故意怠慢激起他内心的阵阵隐痛。假如她待他彬彬有礼,他将会对她全然不理。不过,很显然她不喜欢他,菲利普的自尊心被伤害了。他内心有种报复她一下的强烈欲望。他为自己的心胸狭窄而生自己的气,因而他一连三四天不上那个茶馆去,但这并不能使他克服这种报复欲望。他最后得出的结论是去看看她,这是最省事的办法,以后他就再也不会想她了。一天下午,他托词有个约会,甩掉邓斯福特,直奔他曾发誓再也不去的那家茶馆,心里却一点也不为自己的软弱感到羞愧。他一进门便一眼看到那个女招待,就在她负责的餐桌旁边坐下来。他巴望她会问起他为什么一个星期没有来之类的话,哪知她走过来后一声不吭,只等他点茶,刚刚他还听到她对别的顾客说:“你好面生,是第一次来这儿的吧?”

她脸上的表情就好像先前从不认识他似的,为了弄清她是否已真的把自己给忘了,当她为他端来茶点时,他便问道:“今天晚上见到我的朋友了吗?”

“没有,他已经好几天没上这儿来了。”

他想以此为谈话的开端,和她交谈几句,可心里一紧张,反而想不出什么可说的话来。她没有给他斟酌的机会,马上一扭头走开了。一直等到他向她要账单时,才又抓住谈话的机会。

“天气太糟了,是吗?”他说。

他预备了老半天,到头来冒出的竟是这么一句话,真是气死人。他弄不明白,在这个女招待面前,自己会弄得如此狼狈。

“天气的好坏同我没有多大关系,因为我整天都得待在这儿。”

她的语调那么傲慢,叫他特别恼火,可想好了的挖苦话到了嘴边,却还是忍了忍,强咽了下去。

“上帝啊,但愿这女人说出些不知羞耻的话,”他很气愤地对自己说,“这样我就可以到经理那儿告她一状,把她解雇,那她才真他妈的活该!”

56

他心里老想着她。他气愤地嘲笑自己的愚蠢:竟会把一个贫血的小女招待对他说的话放在心上,真是荒唐。同时,他也感到屈辱。虽然,除邓斯福特外,谁也不知道,而邓斯福特肯定也忘了,但菲利普觉得不洗刷这种耻辱,心里就不能平静。他思索着最好的办法,最后拿定了主意,每天上茶馆。显然,他已经给她留下一个很不好的印象,但是他能够消除它。他将注意谈吐,使最敏感的人听了也不生气。他这样做了,却毫无结果。每当他走进茶馆,跟她打招呼时,她还是老一套。有一次他有意不打招呼看她是否会先开口,她却一声不吭。他心里嘀咕一句对女性虽合适,但在上流社会不常用的话。他点了茶点,脸上毫无表情。他决心一言不发,离开时也不像平常那样告辞。他心想再也不上茶馆了。可是第二天吃茶点时间一到,他又坐不住了。他竭力想别的事,但脑子不听使唤。他终于绝望地说:“想去就去,何苦与自己过意不去呢!”

他思想斗争了很久,进入茶馆时已经快七点了。

“我以为你不来了。”他坐下时,那姑娘说道。

他心跳得厉害,觉得脸上火辣辣的。“有事耽误了,不能早来。”

“挑别人的毛病吗?”

“不至于那么坏。”

“你是学生,是吗?”

“是的。”

她的好奇心似乎得到了满足,走开了。由于很迟了,她负责的桌位再没有别的顾客,她埋头看一本中篇小说。那时尚未流行廉价的重印本小说。为满足识字不多的市民的需要,总有那帮穷雇佣文人定期写的廉价小说供应。菲利普昂然自得,因为她主动过来跟他搭腔。他看出快时来运转了,他要把自己对她的看法和盘托出。对她极尽轻蔑将是件乐事。他望着她,她的侧身确实漂亮。他惊奇于这一阶层的英国女孩子竟会有如此令人惊叹的外貌,但她冷若冰霜,淡绿色的娇嫩皮肤给人一种病态的感觉。所有的招待员都一式打扮:黑素服、白围裙、套袖和小帽。菲利普从口袋里拿出半张纸,为她低头看书画速写。临走时,他把画放在桌上。这一招倒很灵验,第二天他一进来时,她便冲着他微笑了。

“不晓得你还会画画。”她说。

“我在巴黎学了两年美术。”

“我把你昨天晚上留下的画拿给经理看,她被迷住了。是画我吗?”

“没错。”菲利普说。

当她为他端茶点时,另一位女招待向他走来。

“我看见你替罗杰斯小姐画的像,好极了。”她说。

这是他第一次听到她的名字,结账时,他叫她的名字。

“看来你知道我的名字。”她走过来时说道。

“是你的朋友对我谈起那张画时提到的。”

“她想让你给画一张。你别替她画,假如开个头,就没个完。

她们都想让你替她们画。”她紧接着前言不搭后语地说：“过去常跟你一块来的小伙子上哪儿去了？他走了吗？”

“想不到你还惦记着他。”菲利普说。

“小伙子长得挺俊的。”

菲利普心里有一股说不出的滋味，他不知道是什么滋味。

邓斯福特有一头讨人喜欢的鬈发，好气色的脸容和甜蜜的微笑。菲利普妒忌地想到他这些长处。

“他忙着谈恋爱。”他微笑着说。

菲利普一瘸一拐地走回家时，心里回味着谈话中的每句话。她现在对他相当友好了。有机会，他将提出为她画更完美的速写。他相信她会喜欢的。她的脸蛋很吸引人，侧面很可爱，微黄的肤色特别迷人。他努力想它像什么颜色。起初，他想到豌豆汤颜色，可是，立即气呼呼地打消这种想法；他想起了黄玫瑰花蕾的花瓣，在它开放之前撕成碎片的颜色。现在，他对她不怀敌意了。

“这丫头长得不赖。”他喃喃道。

对她所说的话发脾气是傻瓜，无疑这全是他的过错；她毫无存心跟自己过不去的意思，迄今，他准是习惯一见面就给人留下坏印象。他对自己画画的成功感到飘飘然。既然她了解他的雕虫小技，对他更感兴趣了。第二天他坐立不安。他想上茶馆去吃午饭，可是他知道那时茶馆一定很拥挤，米尔德里德将顾不上跟他谈话。在此之前，他已设法避免跟邓斯福特一块用茶点了。四点半，他走进茶馆。

米尔德里德背向着他。她正坐着跟那个德国人谈话。菲利普直到两周前还见他天天上那儿，此后就再没见到他。她正在笑他说的话。菲利普觉得她的笑声是粗俗的，使他感到毛骨悚然。他喊她，但她没有听见。他又喊了一次，后来，他生气了，不耐烦了，便用手杖使劲往桌上敲。她绷着脸走了过来。

“你好！”他说。

“你好像急得不得了。”

她傲慢地俯视着他，他对这种神情太熟悉了。

“喂，你怎么啦？”他问道。

“如果你点茶点我会替你端的，但整夜地谈话我可受不了。”

“请来份茶和烤面包。”菲利普简短地回答。

他对她大为恼火。他带来《明星报》，故意装作看报，她端来了茶。

“假如你现在开出账单，就不必劳神再跑一趟了。”他冷冷地说。

她开出账单，放在桌上，又去找那个德国人了。不一会儿，她又跟他谈笑风生。德国人中等身材，具有本民族特点的圆脑瓜，灰黄色的脸，胡子又粗又密。他上穿燕尾服，下着灰裤子，戴着一条大金表链。菲利普觉察到其他女招待窥视他，又看看那一对，互相会意地挤眉弄眼。他觉得她们正在嘲笑他，他火冒三丈了。现在他真的憎恨她了。他知道，唯一的办法是停止上这家茶馆，可是一想起这件事自己吃了亏，这口气怎能咽得下去。他想了一个对策，要显示他对她的蔑视。第二天，他坐到另一个桌位，向另一个女招待点茶点。米尔德里德的朋友又来了，她只顾跟他谈话，没有注意菲利普。因此，菲利普有意趁她不得不从他前面走过时起身向门外走去，他不理她，好像她是陌生人似的。他如此重复了三四天，期望她不久就会找机会跟他说说话，他想她会问为什么现在不上她的桌位来。而他已预备好了对她充满厌恶的答话，他明知惹麻烦是荒唐的，但是他抑制不住了。她又一次挫败了他。德国人突然不来了，菲利普仍然坐在别的桌位。她不理睬他。他突然意识到，他这么做，她根本就不在乎。他可以永远这样继续下去，却不会有什么结果。

“这事还不算完呢！”他自言自语道。

此后，他又坐到原先的桌位，她走过来，他和她打招呼，好像不曾有一星期不理她似的。他的脸部表情是平静的，虽然无法抑制内心的激动。当时，人们喜欢音乐剧。他相信米尔德里德也一定喜欢的。

“喂，”他突然说道，“不知道你能不能找个晚上跟我出去吃饭，然后去听《纽约美女》音乐剧。我弄两张头等票。”

为了怂恿她，他加上最后那句话。他知道，女孩子上剧院时要么在后座，要么由某个男人带她们去，也很少有机会坐到比楼座更昂贵的座。米尔德里德苍白的脸上毫无表情。

“行。”她说。

“你什么时候有空？”

“每逢星期四我下班早些。”

他们做了安排。米尔德里德跟姑妈住在赫尔内希尔。歌剧八点开始，因此他们必须七点吃饭。她建议他在维多利亚火车站二等候车室接她。她没有高兴的表示，她接受人家的邀请像对人家施恩似的。菲利普有点恼火。

57

菲利普提早将近半小时来到维多利亚车站，坐在二等候车室。他等呀等，而她没有来。他开始焦急起来，走进车站，观看正在进站的郊区列车。约定的时间已经过了，仍然见不到她的影子。菲利普不耐烦了。他走进其他候车室四下查看，突然，他的心猛地一震。

“你在这儿，我还以为你不来呢。”

“你倒说得出口，让我久等了。我正想折回去呢。”

“可是我们说好到二等候车室。”

“我没说这样的话。我能够坐在一等候车室，干吗要坐在二等的呢？”

菲利普相信自己没听错，但他二话没说，他们一块登上一辆出租马车。

“我们上哪儿吃饭？”她问。

“我想去艾德尔菲饭馆，你看合适吗？”

“上哪儿吃都行。”

她粗声粗气地说。因为菲利普让她久等而憋了一肚子气。菲利普想与她拉话,她却爱理不理。她穿一件深色粗料的长斗篷,头上盖着钩针编织的披巾。他们来到饭馆,在一张桌子旁坐下来。她满意地环视一下四周:桌上的红色蜡烛灯罩,金灿灿的装饰品和一面面的镜子,房间显得很豪华。

“这儿我从未来过。”

她向菲利普嫣然一笑。她已将斗篷脱掉。他见她穿着一件淡蓝色的方领外衣,头发比先前梳得更加考究了。他要了香槟,见酒端上来,她的眼睛亮了。

“你太浪费了。”她说。

“因为我点了香槟酒吗?”他毫不在乎地反问道,好像他向来只喝香槟似的。

“你邀我上剧院时我感到意外。”

谈话进行得不太顺利,因为她好像没有多少话说。菲利普不安地意识到,他并没有使她高兴。她心不在焉地听着他说话,眼睛盯着其他顾客,无意掩饰对他的不感兴趣。他开了一两句玩笑,可是她却一本正经。只有当他谈及茶馆里的其他女招待的时候,她才活跃起来。她受不了女经理的气,反复地数落着她的种种不是。

“无论如何我受不了她的气,也受不了她的那副臭架子。有时,我真想当着她的面揭她的老底,她还以为我不知道呢。”

“什么事?”菲利普问。

“嗯,她不时跟一个男人上伊斯特本度周末。有一个女招待的姐姐已出嫁,有一回同她丈夫上那儿撞见女经理,女经理和她住在同一个公寓里,还戴上了结婚戒指。据我所知,她不曾嫁人。”

菲利普为她斟酒,希望香槟能使她温存些。他渴望这次小夜游能获成功。他注意到,她握刀叉就像拿笔杆似的。喝酒时翘起小指。他换了好几个话题,可是都很难使她开口。他记得她跟那个德国人谈笑风生,好不亲热,实在可恨。吃罢饭,他们去听歌剧。菲利普是个很有教养的年轻人,蔑视音乐剧。他认为剧中的玩笑庸俗轻浮,曲调平淡无奇。在他看来法国的音乐剧要好得多,可是米尔德里德却听得津津有味,笑得直不起腰。听到了兴奋处,不时瞟菲利普一眼,跟他交换一下愉快的眼色,拼命地鼓掌。

"这儿我来过七次了,"第一幕演完后她说,"再来七次我也愿意。"

她对周围头等座位的女人很兴趣,告诉菲利普,哪些人搽脂粉,哪些人戴假发。

"太可怕了,这些西区人。"她说,"不知道她们怎么能够干得出来。"她伸手摸摸自己的头发,"我的头发都是真的,每一根都是。"

没有一个是她看得上的。每谈到一个人,她总是说些不好听的话。菲利普感到惴惴不安。他想,她第二天会告诉茶馆里的女招待,说他带她出去,把她烦得要命。他不喜欢她,可是,又不知何故,却想跟她在一块。在回家的路上他问道:"你玩得痛快吗?"

"那还用说。"

"哪天晚上再跟我出去好吗?"

"可以。"

他无法从她那里得到比这更亲热的话了。她的冷漠把他气疯了。

"听起来好像你去不去都不在乎。"

"哦,你不带我出去,别的小伙子也会带我去。我从来不稀罕。"

菲利普默然。他们来到车站,他朝票房走去。

"我有月票。"她说。

"假如你不介意,我送你回去,时间很晚了。"

"哦,要是这样能使你高兴,当然可以。"

他先替她买了单程票,又为自己买了来回票。

"好啦,你并不小气,我应该替你说句公道话。"当他打开车厢门时,她说道。

当别的乘客进来,他们不可能谈话时,菲利普不知道心里究竟是高兴，还是遗憾。他们在赫内尼希尔下车。他陪她走到了她住处的街口。

“我们在这儿分手吧，晚安。”她伸出手来说道，“你最好不要送到门口。人言可畏，我不愿让人讲闲话。”

她道了晚安匆匆离去。黑暗中他可以看见那条白披巾。他满以为她会回过头来，可是没有。菲利普看她走进那幢屋子。过了一会儿，他走过去打量了一番，那是一幢整齐、普通的黄砖房子，同街上别的小屋一模一样。他在外头站了一会儿。不久，顶楼的窗户暗了。菲利普慢慢地逛回车站。这个晚上他一直很扫兴，他感到又气又恼，内心无限悲哀。

他躺在床上，似乎仍然看得到她坐在列车的角落，头上披着钩针编织的披巾的样子。不知道他再见到她之前，如何打发这段难挨的时光。他迷迷糊糊地想起了她那张瘦削的脸，纤巧的容貌和苍白得呈绿色的皮肤。跟她在一块不愉快，然而离开她也不愉快。他想坐在她身边看她，他想抚摸她，他想……他想起这个念头，还没有想完，突然，脑子就豁然清醒……他想吻她那张瘦削苍白的小嘴唇。终于他明白过来了，他爱上了她。这简直不可思议。

他过去常常想到恋爱，他反复想象着这么一个场面。他看到自己来到了舞厅，目光落在一群正在聊天的男女身上，其中一个女郎回过头来，含情脉脉地凝视着自己。他屏息着，她喘着气，他们的心都在燃烧。他木然地立着。她那修长的身材，黝黑的皮肤，乌黑的眼睛，漂亮极了。她穿着白色舞衣，黑发上的宝石闪闪发光；他们相互凝视了片刻，忘记了周围的人。他径直向她走去，她也挪开纤步向他靠近。双方都觉得寒暄的俗套是多余的。

“我一生都在寻找你。”他说。

“你终于来了。”她喃喃道。

“跟我跳舞好吗？”

她投入了他伸出的双臂，他们一道翩翩起舞（菲利普总是想象自己没瘸）。她跳得太好了。

“我还没有跟像你跳得这么好的人跳过舞呢。”她说。

她放弃原来的安排,他们跳了一个通宵。

“我为等你而感到欣慰,”他对她说,“我知道最终一定会遇到你。”

舞厅里的人们呆呆地盯着他们,他们毫不在意,丝毫不想掩饰他们内心的激情。最后他们一块走进花园。他替她披上了一件轻便斗篷,扶她登上正在等候的马车。他们赶上子夜开往巴黎的列车,趁着静谧的星光灿烂之夜奔向陌生的国度。

他沉浸在昔日的幻想之中。他怎么会爱上米尔德里德·罗杰斯这样的女人?她的名字古怪,菲利普认为她不漂亮,也太瘦了。那一天晚上,他便注意到她的胸骨从她那晚礼服中突出来。他对她的外貌逐一琢磨,他不喜欢她的嘴,病态的肤色引起他的反感。她很平庸,老是重复,说明她脑子空洞。她的词汇贫乏,谈吐索然无味。他回忆起她对音乐剧里的笑话发出的庸俗的笑声。他还记得当她举杯啜饮时小心翘起的小指头,她的举止就像她的谈话一样故作斯文,令人作呕。他记起她的傲慢,有时他真想给她两巴掌。可是,他突然感到一阵冲动。他不知为什么,也许是要揍她的念头,或是回忆起她那两只又小又漂亮的耳朵的缘故。他渴望她,想将她瘦弱的身子搂在怀里,吻她苍白的嘴唇,用手指抚摸那微微发青的面颊。他需要她。

他曾幻想过爱情是销魂的,一旦他堕入情网,好像整个世界都像春天似的。他期望着心醉神迷般的幸福,但这并不是幸福,它是灵魂的饥渴,是痛苦的思慕,是他以前从未尝过的极度的痛苦。他试图回忆这种感情从何时开始。他不知道,他只记得,经过头两三次以后,每次上茶馆,心里总有着莫名其妙的痛苦的感觉。他还记得,每当她跟他说话时,他便感到呼吸急促;每当她离开了他时,他便感到怅然若失;而当她又回来时,他又感到失望。

他像一条狗一样在床上伸着懒腰,不知道如何忍受这无休止的灵魂的痛楚。

58

第二天,菲利普很早醒来,首先想起的是米尔德里德。他想,可以到维多利亚车站去接她,然后陪她到茶馆。他赶紧刮脸,急急忙忙地穿上衣服,搭上公共汽车到火车站。他七点四十分到了那儿,留心进站的一趟趟列车。拥挤的人群下了火车——净是些职员、店员,拥上了站台:他们匆匆而过,时而成双结对,时而三五成群,但多数是独个儿走。他们大多面色苍白,在清晨里显得难看,有种心不在焉的样子。年轻人步履轻快,好像水泥月台踩起来很痛快似的。可是其他人走起路来却好像被机器催赶着似的,满脸愁容。

终于,菲利普见到了米尔德里德,赶快迎了过去。

“早安,”他说,“我想我得来看看你。过了一夜你身体可好?”

她穿着一件旧的棕色宽大长外套,戴着水手帽。显然,她露出不悦的神色。

“我很好,我赶着上班。”

“我陪你沿维多利亚街走一程好吗?”

“时间不早了,我得走快点。”她看着菲利普的跛足,说道。

他的脸红了。

“对不起,我不耽误你。”

“随你便。”

她继续往前走,而他则垂头丧气地回家吃早饭。他恨她,为她操心真是傻瓜。她这种女人,才不会把他放在眼里呢,对他的残疾也一定感到厌恶。他决定当天上午不上茶馆。可是他痛恨自己,又去了。当他进来时,她向他点头微笑。

“我想今天早上对你有点失礼,”她说,“你瞧,我没想到你会来,太突然了。”

"哦,那没关系。"

他觉得心上的石头突然落地了。一句温柔的话就使他无限感激。

"干吗不坐下来?"他问道,"现在又没有顾客。"

"我不介意。"

他看着她,却想不出什么话说,他搜索枯肠,急着寻找话题,好使她待在他身边;他想告诉她,她对他多么重要。然而,他既热切地思慕着,却又不知该如何向她表达。

"你那位蓄着金黄色胡须的朋友上哪儿了?最近怎么没有看见?"

"噢,他已回伯明翰了。他在那儿做生意,只是偶尔上伦敦来。"

"他爱上了你吗?"

"你最好问他本人。"她笑着说,"我不知道,假如他爱上我,跟你有什么关系。"

尖刻的回话已到了嘴边,但是他已学会了自我克制。

"你怎么那样说话。"他只说这么一句。

她冷眼望着他。

"看来你好像不把我放在眼里。"他又说道。

"我何必呢?"

"确实没必要。"

他伸手取他的报纸。

"你性情暴躁,"当她见到他那副姿态时说,"动不动就发脾气。"

他微笑着,以企求的目光望着她。

"你能答应我一件事吗?"他问道。

"那得看什么事。"

"今天晚上让我陪你走到车站。"

"行。"

喝完茶,他走出来,回自己的公寓。到了八点茶馆关门,他已在外头等候了。

“你这个要提防的家伙!”当她走出来时说道,“我摸不透你的心思。”

“要了解我并不难。”他尖锐地回答说。

“茶馆里别的女招待看见你等我吗?”

“我不知道,也不在乎。”

“她们都在笑你,懂吗?她们说你被我迷住了。”

“才不呢。”他咕哝道。

“好啦,你这个好斗嘴的。”

到车站他买了一张车票,说要陪她回家。

“你好像闲得没事干。”她说。

“我想我可以随意打发时间。”

他们似乎随时会吵起来。事实是他恨自己竟爱上了她。她似乎在不断地羞辱他。他每忍受她的一次奚落,便对她增加一分怨恨。可是那天晚上她心情好,话也比平日多:她告诉菲利普,她的双亲都已去世;她有意让他知道,她工作不是为了谋生,而是为了消遣。

“我姑妈不赞成我在服务行业做事,在家里我要什么有什么,你别以为我是迫不得已才去工作的。”

菲利普知道她说的不是真话。她那阶层的人都喜欢摆阔,也怕别人说她是挣钱糊口,面子上不好看,所以她用这一借口遮丑。

“我家也有很阔的亲戚朋友。”她说。

菲利普微微发笑,被她注意到了。

“你笑什么?”她抢白了一句,“你不相信我说的是真话吗?”

“我当然相信。”他回答说。

她怀疑地望着他。然而,过一会儿,她还是忍不住要向他夸耀往昔优越的家境。

“我父亲有辆双轮马车,我们有三个仆人:一个厨子、一个女仆和一个打杂工。我们常常栽种美丽的玫瑰。人们常常在门口停下来,询问这是谁家的房子,玫瑰太漂亮了。当然,我跟茶馆里的女招待混在一块是不太体面的。我不习惯那个阶层的人,有时我真想因此不干了。我介意的不是这项工作,而是得与那个阶层的人混杂在一起。”他们在列车上面对面坐着。菲利普同情地倾听她的言论,心里很高兴。对她的天真他不但感到好玩,也有所触动。她的双颊微带红晕。他在想,要是吻她的下巴一定很销魂的。

“你一踏进茶馆,我就看出你是个地地道道的绅士。你父亲是专家吗?”

“他是医生。”

“专家可以看得出来,总有些与众不同的地方,是吗?我也说不上,然而我一看就知道了。”

他们从车站出来,一块往前走。

“喂,我想请你跟我再去看一场戏。”他说。

“我不介意。”她说。

“你就不能说一声,我很想去吗?”

“为什么?”

“我们约个时间吧!星期六晚上怎么样?”

“行。”

他们做了进一步的安排,然后,发现不觉已到了她住的街口。她向他伸出手来,他握住了。

“喂,我真想叫你米尔德里德。”

“你喜欢就叫呗,我不在乎。”

“那你叫我菲利普,好吗?”

“假如我能记得起来的话。不过称你凯里先生似乎更自然一些。”

他轻轻地将她朝自己拉了一下,但是她却往后仰。

“你要干什么?”

“你不吻吻我再走吗?”他小声地说。

“放肆!”她说。

她猛地把手抽回,匆匆地往屋子走去。

菲利普购买了星期六晚上的戏票。那一天她不能早下班，因此没时间回家更衣；但她打算早晨带件上衣，在茶馆匆匆换上。碰上女经理心情好，说不定会七点钟就让她下班。菲利普答应七点一刻开始在外头等候。他热切地盼望着这次约会，因为在从剧院到车站的马车里，米尔德里德会让他亲吻的。这种车为男人搂住姑娘的腰肢提供了种种方便（这是马车优越于当今的出租汽车的地方），光这种乐趣就值得当晚的开销了。

可是星期六下午，他进茶馆用茶点，想进一步确定原先的安排时，却遇到那个蓄着金黄色胡须的男人从茶馆出来。他现在知道他的名字叫米勒。他是入了英国籍的德国人，他的名字已英国化了，在伦敦住了多年。菲利普听过他说话，虽然他的英语流利、自然，但腔调仍与本地人不大一样。菲利普知道他正在和米尔德里德调情，对他很嫉妒，但是见她性情冷淡而感到宽慰，同时又感到沮丧。想到她燃不起热情，他觉得他的对手的境况并不比他强。但是，现在他心情沉重，因为他首先想到，米勒的突然出现可能会影响他跟米尔德里德这次盼望已久的约会。他忧心忡忡地进入茶馆。这位女招待向他走过来，为他点茶，很快就端上来。

“我太抱歉了，”她说道，脸上现出了真正忧虑的神色，“我今天晚上实在走不成啦。”

“为什么？”菲利普问道。

“何必为这样的事板起脸呢？”她笑了，“这不是我的过错，我姑妈昨天晚上病倒了，女仆今晚又休息，所以我必须去护理。她身边不能没有人，你说是吗？”

“那没有关系，让我送你回去吧。”

“可是你已买了票，浪费很可惜。”

他从口袋里掏出戏票，故意把它们撕碎。

“何必这样呢？”

“你别以为我会一个人去看那种无聊的音乐剧的。我只是为了你才坐在那儿的。”

“假如你是这个意思，那你不能送我回家。”

“你已另有约会了吗?”

“我不懂你这是什么意思,你跟别的男人一样自私,光想自己。我姑妈身体不舒服,怎能怪我!”

她迅速地开出账单,扭身就走。菲利普对女人根本不了解,否则,他就知道,她们分明在扯谎,你也得假装信以为真。他决定盯住茶馆,看看米尔德里德是否真的跟那个德国人一块出去。他具有一种追根究底的傻劲儿。七点,他站在茶馆对面的人行道上。他东张西望,寻找米勒,可是连个影子也没有。十分钟后,她从店里出来了。她穿着他带她上谢夫茨布里剧院穿的斗篷和披巾。显然,她不是回家。他躲闪不及,被她看到了。她先是一怔,然后径直走到他跟前。

“你在这儿干什么?”她说。

“兜兜风。”他回答说。

“你在监视我,你这卑鄙小人,我还以为你是个正人君子呢。”

“你以为正人君子会对你感兴趣吗?”他嘟哝道。

他无法控制自己,这一下把事情搞得更糟了。她要以牙还牙。

“只要我愿意,我就可以改变主意,又不是非跟你出去不可。告诉你,我要回家了,我不愿被人跟踪、盯梢。”

“你今天见过米勒吗?”

“那不关你的事,事实是我没见到他。因此你又错了。”

“今天下午我看见他,我进茶馆时,他正从里面出来。”

“他来了又怎么啦?假如我愿意,我可以跟他出去,不行吗?你有什么好说的?”

“他让你久等了,是吗?”

“哼,我宁愿等他,也不让你等我。你仔细想想吧!现在,你回家去,以后少管闲事。”

他的情绪突然由生气转为失望,说话时声音都发抖了。

“喂,米尔德里德,别对我太残忍了。你知道我很喜欢你,我是一心一意爱你的。难道你不愿回心转意吗?我多么盼望今天晚上啊。你瞧,他没有来,其实他一点也不喜欢你,跟我一块去吃饭好吗？我再去买两张戏票，你愿意上哪里就上哪里。”

“我告诉你我不去，再说也没用。我已拿定主意。我一拿定主意，就不会改变。”

他盯了她一会儿，心如刀割，悲痛欲绝。人行道上行人从他们身边匆匆而过，马车、公共汽车川流不息，发出一阵阵的隆隆声。他看见米尔德里德正在四处张望，她害怕在人群中错过米勒。

“我不能再这样下去了，”菲利普呻吟着说，“太丢人了，假如我现在走，就永远地走了，除非你今晚跟我去，否则你就别想再见到我。”

“你好像以为我会很难过，我的回答是——真是一大解脱。”

“那好，再见。”

他点点头，一瘸一拐地慢慢走开了，因为他一心希望她会把他喊回来。他在另一根路灯柱前停了下来，回头看了看，以为她会向他招手——他愿意忘记一切，预备忍受一切侮辱——可是她已经走了。显然，她已经不理睬他了。他这才明白，她巴不得甩掉他呢。

59

菲利普凄凄惨惨地过了一夜。他已告诉女房东晚上不回来，因此，他没有吃的，只好到加蒂饭馆吃晚饭。然后，他回自己的公寓。但他楼上的格里菲思正在开晚会，喧闹声使他的痛苦更难熬。他上杂耍剧场去，可是星期六晚上只有站票，站了半个钟头之后，他的腿也酸了，节目又乏味，于是便回家了。他想看书，注意力却集中不起来。用功是必要的，过两周就要考生物了。虽然简单，可是近来他荒废学业，什么也不懂。幸而那只是口试。他相信，两周以后可以把这门学科掌握得足能应付过去。他对自己的聪明充满信心。他把书本扔到一边，专心地考虑萦绕在他脑子里的事。

他狠狠地责备自己当天晚上的行为。为什么要她要么跟他一块吃饭，要么就别想再见他？她当然拒绝。他应该原谅她的自尊心。他已破釜沉舟了。如果他认为她现在正在难过，那他心里也就会好受些，可是他是深知其人的：她对他全然冷漠。要是他放聪明点，就会假装相信她的谎言；他应该有点意志力来掩饰他的失望；有自制力控制自己的脾气。他说不出为什么会爱她。他在书中读过，在爱情方面人们往往会理想化爱恋对象，可是从她身上，他看到的是她本来的面目。她既不风趣也不聪明。她脑子平庸，却有着令人厌恶的狡黠的市民习气。她既不文雅，也不温柔；她标榜自己是机警的。她所赞赏的是对老实人耍小聪明。欺骗人总能使她心满意足。当他想起她的"教养"和吃饭时的"文雅"时，菲利普不禁放声大笑。她受不了一句粗话。她的词汇有限，却偏爱玩弄委婉的言辞。忌讳也特别多，处处指责这也不恰当，那也不合适。她从来不说"裤子"，而说"下装"；她认为擤鼻子有点不雅观，因此她每逢擤鼻子，总是露出不得已而为之的神情；她贫血得厉害，并伴有消化不良症。菲利普对她的扁平的胸部、狭小的臀部十分反感，也不喜欢她把头发梳得那么俗里俗气。他为自己爱上她而感到厌恶和悲哀。

其实，他无能为力。他觉得犹如中学时偶尔受一个较大的男孩欺侮时的感觉一样。他跟强者进行搏斗，直到使尽全身力气，无力地屈服——他记得那种四肢无力，好像瘫痪一般的感觉——因此他根本无能为力，犹如死了似的。现在他也感到同样的虚弱。他深深地爱上了这个女人，因此，他知道之前从未曾爱过谁。他不计较她在人品和性格上的缺陷，甚至连这些缺陷他也爱上了；无论如何这些缺陷对他都算不了什么。他本人似乎也并不关心这件事，只觉得有股力量在支配他，促使他违反自己的意志，违背自己的利益。而且，由于他渴望自由，他憎恨束缚他的锁链。当他想到他渴望体验无法控制的情欲时，他嘲笑自己、咒骂自己，因为他向它屈服。他想起了这件事的起因，要是不跟邓斯福特上茶馆，这一切就不会发生。这全该怨自己。要是没有自己那可笑的虚荣心，那么他是绝不会为这个撒野的婊子烦恼的。

无论如何，当天晚上发生的事已把这一切都了结了，除非他完全丧失了羞耻心，否则是不会走回头路的。他渴望摆脱掉缠住他的爱情的羁绊。这是可耻的、可恨的。他必须避免再想起她。过一会儿，他遭受的痛苦准会减轻的。他回想往事。他不晓得埃米莉·威尔金森和范妮·普赖斯为了他是否也像他现在忍受过这样的痛苦。他感到悔恨交加。

“我当时不知道爱情是怎么回事。”他自言自语道。

他睡不好。第二天是星期天，他温习生物。他坐着，前面放着书。为了集中注意力，他口里念着，却什么也记不住。他发现他每时每刻都想着米尔德里德。他暗地里回忆着他们吵嘴时的每句话。他不得不把注意力又集中到书本上来。他出去散步。泰晤士河南面的那些街道平日就够破烂的了，但街上车水马龙，行人熙熙攘攘，多少还有点活力。可是每逢星期天，店门关闭，马路没有车辆，这里又静谧又萧条，显得格外的凄凉。菲利普认为这一天特别长，没有尽头似的，然而他太累了，睡得很死。星期一，他又充满信心地开始投入紧张的生活了。圣诞节即将来临，许多学生已经到乡下度假，伯父邀他回布莱克斯特伯尔，菲利普推说要准备考试而拒绝了。其实，他舍不得伦敦和米尔德里德。他的学业荒废了，现在，只剩下两周时间来学习三个月的课程了。他开始认真起来。他发现不想米尔德里德，一天天地好受了些。他庆幸自己坚强的性格。他遭受的痛苦不再是极度的痛苦，而是隐隐作痛，犹如从马上摔下来免不了的疼痛。虽没有骨折，但遍体鳞伤，震荡受惊。菲利普发现他能够好奇地观察几周来的处境。他饶有兴趣地分析自己的感情，觉得有点好笑。有一点使他深有感触，在这种情况下，一个人的理智是多么的无足轻重！他得意扬扬构思出来的个人哲学体系竟帮不了他的忙。他感到迷惑不解。

可每当在街上看到一个长相像米尔德里德的姑娘，他的心便似乎骤然停止了跳动。而后，他情不自禁地，急急忙忙地追上去，可走近一看，才发现原来是个十足的陌生人。学生从乡下回来了，他跟邓斯福特到一家低级茶室去用茶。女招待熟悉的制服使他想起米尔德里德,他竟难过得连话都说不出来。他想,也许她已经调到她所在公司的另一家茶馆,可能会在不经意间遇到她。他心慌意乱起来,担心让邓斯福特看出他的心事:他想不出要说的话,只是假装听邓斯福特说话。他越听越烦,竭力不使自己喊出声来,叫邓斯福特看在上帝的面上住口!

接着,考试的日期到了。轮到菲利普时,他蛮有把握地向主考官的桌位走去。他回答了三四个问题,然后他们让他看各种各样的标本。他上的课太少,一旦提问书上没有的问题时,就被难倒了。他尽量掩饰自己的无知,主考官也不勉强,十分钟的考试很快就过去了。他相信能及格。可是第二天,他上考试大楼去看张贴在门上的成绩,发现及格者的名单里没有他的号码,他感到骇然,反复将榜上的名单读了三遍。邓斯福特站在他旁边。

"唉,你不及格,真遗憾。"他说。

他刚才询问了菲利普的号码。菲利普回过头来,见他满面春风,知道他及格了。

"哦,一点也没关系,"菲利普说,"你及格我为你高兴。我七月份再拼上去。"

他竭力装作不介意的样子。在沿着泰晤士河河堤回家的路上,净谈一些无关紧要的事。邓斯福特出于好意,想讨论菲利普不及格的原因,但菲利普仍然漫不经心。他非常沮丧,然而,连活泼但很愚蠢的邓斯福特都及格了,这比自己的不及格更使他难堪。他历来以自己的聪明为豪,如今,他扪心自问,这种自我看法是否正确。在冬季学期的三个月时间里,那些十月份入学的学生已经分化了。哪些学生才华出众,哪些聪明、勤奋,而哪些学生是废物都一目了然了。菲利普意识到他的失败只有自己才感到意外,别人却不然。吃茶点的时间到了,他知道许多学生正在医学院的地下室用茶点,及格的学生欢呼雀跃;那些不喜欢自己的人会幸灾乐祸地望着他,而那些不及格的可怜虫将会同情他,其实无非是希望彼此能同病相怜罢了。出于本能,他想一星期内不走进医院,待人们不再想起这件事时再去。然而正因为如此,他偏偏去了医院:他想处罚自己。他暂时忘记随心所欲,适当地留心拐角处警察的生活准则;否则,假如他按照这一准则行事,那么他的性格会出现奇怪的病态,使他在自我磨难中获得一点快乐。

后来,他果真忍受了自作自受的痛苦,夜里从抽烟室喧嚷的谈话中走出来时,他感到异常的孤单。他似乎觉得荒唐、徒劳。他迫切地需要安慰,想见米尔德里德的诱惑不可抗拒。他难过地想,不可能从她那儿得到多少安慰。然而,即使不跟她说话,也想见她一面;她毕竟是个女招待,不得不侍候他。她是他在世界上唯一挂怀的人。不承认这一事实是没有用的。当然,若无其事地上茶馆是丢脸的,可是他已经没有多少自尊心了。尽管他嘴上不承认,心里却天天盼望她会给他写信。她知道只要给医院写一封信就能找到他。可是她没有写。显然,她对见面不见面一点也不在乎。他私下不断地重复道:

“我必须见她。我必须见她。”

这种欲望太强烈了,以至于他连步行也嫌慢,于是便跳上出租马车。他可节省时尽量节省,非万不得已是舍不得乘马车的。他在茶馆外头站了一会儿。他想,也许她已经走了,便慌里慌张地走进去。他一眼就见到她。他坐了下来,她走到他跟前。

“请来一杯茶、一块松饼。”他说。

他几乎说不出话来,一时间他真担心自己会哭出来。

“我还以为你死了。”她说。

她微笑着。她笑了!她似乎完全忘记了菲利普私下重复着千遍万遍的最后那次吵架。

“我想假如你想见我,你会写信。”他回答道。

“我太忙,没想到写信。”

她似乎不会说一句亲切的话。菲利普咒骂自己倒霉,交上了这样一个女人。她走去为他端茶。

“要我坐一会儿吗?”端了茶,她问道。

“坐吧。”

“这么久你上哪儿去了?”

“我一直在伦敦。”

“我当你度假去呢。为什么不上这儿来?”

菲利普以憔悴、深情的目光望着她。

“你忘了我说过再也不见你了吗?”

“那你现在干吗?”

她似乎急于要羞辱他。但是他对她够了解的了,知道她信口开河,随便说说而已。她伤透了他的心,但从来不是有意的。他不回答。

“你那么卑劣地捉弄我,盯我的梢。我一直认为你是个堂堂的正人君子呢。”

“别对我这么残酷,米尔德里德。我受不了。”

“你真是个怪人,我摸不透你。”

“这很简单。我是个该死的大傻瓜,一心一意地爱着你,我知道你一点也不喜欢我。”

“假如你是个正人君子,我想你第二天会来赔不是的。”

她不留情面。他盯住她的脖子,恨不得用吃松饼的小刀戳她。他学过解剖学,足能准确地刺到颈动脉。然而同时,他又想吻遍她那张苍白、消瘦的脸。

“要是能让你了解我多么热烈地爱着你就好了。”

“你还没有向我赔礼道歉呢。”

他脸色发白。她觉得那一回她并没有错。她想杀杀他的威风。他很骄傲。他一时很想叫她见鬼去,可是他不敢。情欲使他低三下四,只要见到她他宁愿忍受一切。

“很对不起,米尔德里德,请原谅。”

他费了好大的劲儿才憋出了这几句话。

“既然你已认错,我不妨告诉你,真后悔那天晚上我没跟你一块儿出去。我以为米勒是个君子,现在发现我错了。我很快把他撵走了。”

菲利普倒抽了一口气。

“米尔德里德，晚上跟我出去好吗？我们出去找个地方吃饭。”

“哦！那不行，我姑妈等我回家呢。”

“你给她发个电报。你就说店里脱不开身，她一点也不知道。哦，看在上帝的面上，答应吧，好久不见了，我想和你聊聊。”

她低头看了看自己的衣服。

“那没关系，我们可以找个随便点的去处，那儿不管你穿什么衣服都没关系。然后我们到杂耍剧场去。答应了吧，我会很高兴的。”

她犹豫了一会儿。他以哀求的目光望着她。“好吧，去就去。我不知有多久哪儿都没去了。”他费了九牛二虎之力才避免当场拉着她的手，将它吻个够。

60

他们在索霍区吃晚饭。菲利普兴奋极了。这不是体面人和穷人认为的那种既豪放不羁又确保经济实惠的那些拥挤不堪的低级餐馆。它是菲利普无意中发现的，是从法国鲁昂来的一对善良的夫妇经营的小饭店。菲利普被法国式橱窗吸引住了。橱窗上通常放着一盘未煮的牛排，两边各放两碟生菜。一个衣衫褴褛的服务员，试图在这儿学英语，可是顾客却全都讲法语。顾客是一些水性杨花的女人，一两个包饭的法国家庭，还有一些进来用俭省快餐的怪人。

这儿，菲利普跟米尔德里德可以自己找个桌位，菲利普让服务员到附近的酒店买一瓶葡萄酒。他们可以喝一碗香草汤，从橱窗要一盘牛排和一盘樱桃酒炒蛋。饭菜和地点确实浪漫。起初米尔德里德有点不以为然——“我不相信这些外国饭馆，谁也不知道他们这些乱七八糟的碟子里盛的是什么货色。”不多久，她也不知不觉被同化了。

“我喜欢这地方,菲利普。”她说,“咱们可以自由自在,不必拘束,你说是吧?”

这时,进来了一个高个子,他长有鬃毛般的灰发,蓬乱、稀疏的胡子,穿一件破烂不堪的斗篷,戴一顶阔边呢帽。他向菲利普点头,菲利普以前曾在这儿见过他。

“他像个无政府主义者。”米尔德里德说。

“他是欧洲最危险的人物。欧洲大陆的每个监牢他都蹲过。他暗杀的人只有上绞刑架的杀人魔王才能与之相比。他口袋里老是装着一颗炸弹,当然,这样谈话就有点困难了,因为如果你不同意他的意见,他便以引人注目的姿势‘啪’的一声将炸弹放在桌上。”

她诚惶诚恐地看着那人,然后又以怀疑的目光瞟着菲利普,发现菲利普的眼里露出笑意。她皱眉蹙额,有点不高兴。

“你拿我开心。”

他快活地笑了。他太高兴了。可是米尔德里德不喜欢被人嘲笑。

“撒谎有什么好笑的!”

“别生气。”

他握住她那只搁在桌上的手,轻轻地捏着。

“你很可爱。我情甘屈辱,甘拜下风。”

她那白得发青的皮肤使他陶醉,两片没血色的薄嘴唇特别迷人。贫血使她的呼吸短促,她的嘴微微张着,她的脸庞更迷人了。

“你确实有点喜欢我,是吗?”他问道。

“唉,如果我不喜欢你,我就不会在这儿。说句公道话,你是个堂堂正正的君子。”他们吃罢饭,正喝着咖啡。菲利普把节俭的念头抛到九霄云外,抽起三便士一支的雪茄。

“你不知道坐在你对面,看着你,多么快乐。我想念你,渴望见你一面。”

米尔德里德嫣然一笑,脸上微微泛起红晕。这时,她没有出现平时饭后消化不良的情况。她待菲利普比任何时候都好。她异常温柔的目光使他心旷神怡。他本能地知道完全拜倒在她的脚下简直是昏了头,要想赢得她的欢心,就应该在她面前佯作漫不经心的样子,不让她看出在胸中燃烧着的放荡不羁的恋情。她专会利用他的弱点。但他现在谨慎不了:他告诉她离开她所忍受的一切痛苦。他对她谈起他的思想斗争,如何试图摆脱恋情,以为成功了。又如何发现它跟以往一样强烈。他知道他从未曾真的想摆脱它。他太爱她了,痛苦也算不了什么。他向她推心置腹,自豪地把所有弱点和盘托出。

再没有比坐在这舒适的、简陋的饭馆里使他更高兴的了。但是他知道米尔德里德需要娱乐。她坐立不安,不管上哪儿,过一会儿,总想换个地方。他不敢惹她生气。

“喂,上杂耍剧场如何?”他建议道。

他心里马上想道:“假如她对他有点意思,会说她宁愿待在这儿。”

“我正在想,假如我们要去那儿,现在就该走了。”她回答道。

“那就走吧。”

菲利普耐着性子等待演出结束。他早已拿定主意。当他们登上出租马车时,他假装无意地顺手搂住她的腰肢。但是,他叫了一声迅速把手缩回来。他被刺了一下,她咯咯笑了。

“你瞧,谁叫你的手不老实,放在不该放的地方。”她说,“我知道男人什么时候想搂我的腰,他们总会被饰针扎到。”

“我这回小心点。”

他又搂住她的腰肢,她没有拒绝。

“这样太舒服了。”他惬意地叹息道。

“只要你高兴。”她回答道。

他们驶过圣詹姆斯大街进入公园。菲利普迅速地吻了她一下。他特别害怕她,这需要他的全部勇气。她默默地将嘴唇向他凑过去,她似乎既不介意也不喜欢。

“你不知道我想吻你有多久了。”他喃喃道。

他想再吻她一下,可是她把头扭过去了。

“一次就够了。”她说。

为了再吻她一次,他陪她走到赫尔内希尔,到她住处的街口时,他问她:

“不再让我吻一次吗?”

她冷漠地望着他,然后往街上瞥了一眼,看到周围确实没人。

“好吧。”

他一把将她搂在怀里,热烈地吻着,可是她将他推开。

“当心我的帽子,傻瓜,你可真是笨手笨脚。”她说。

61

从那以后,他天天和她见面。他开始上茶馆去吃午饭,但是米尔德里德制止他,说是这样会引起女招待们的闲话。因此,他只好满足于用茶点,然而他老是在附近等着陪她一道走到车站;他们每周出去上馆子一两次。他送给她一些小礼物:金手镯、手套、手帕之类。他虽然花费颇大,入不敷出,可是没法子:给她东西她才显出点热乎劲儿。她知道一切东西的价格,一分礼物,一分感激。他不在乎这些。当她主动吻他时,他高兴得忘乎所以,也顾不得考虑自己付出多大代价才赢得她的欢心。他发觉她星期天待在家里很无聊,于是他早晨到赫尔内希尔去,在街口接她,然后陪她去做礼拜。

“我老想上一次教堂,”她说,“它气势非凡,是吧?”

然后她回家吃饭,他在旅馆里随便将就一餐。下午,他们又上布罗克韦尔公园散步。他们之间没有多少话说。菲利普特别害怕她感到厌烦(她极容易烦),便绞尽脑汁,想出许多话题。他意识到他们对散步都不感兴趣,可是又舍不得离开她,只好尽量多走一会儿,直到她累了,发脾气为止。他知道她不爱他,而他却想从她那儿得到爱情。他的理智告诉他,她的天性里不存在这种爱情:她冷若冰霜。他对她虽然没有提出要求的权利,可是却身不由己。既然他们更加亲近,他觉得更难以控制自己的脾气了。动不动就发怒,止不住口出怨言。他们动辄就吵架,她便一段时间不跟他讲话。结果他不得不在她的面前俯首听命。他为自己如此丧失尊严而生气。一旦看见她跟茶馆的任何男人谈话,他便醋劲十足,而当他嫉妒时便控制不住自己了。他经常故意当众羞辱她,然后悻悻而去,可到了晚上却在床上辗转反侧,悔恨交加,度过一个不眠之夜,第二天又上茶馆哀求她饶恕。

“别生我的气,”他说,“我太喜欢你了,所以不能够控制自己。”

“总有一天你会做得太过火的。”她回答道。

他急于到她家去,这样,他们之间这种更亲密的关系,比起她在工作时间里所偶然结识的人来便略胜一筹了。可是她不让他上门。

“我姑妈会觉得莫名其妙的。”她说。

他怀疑她的拒绝只是由于不想让他见到她姑妈。米尔德里德声称她姑妈是个有身份的寡妇,丈夫是专业人员(在她眼里,专业人员就是有身份)。她自己也不安地意识到,这个妇人很难称得上身份高贵。菲利普揣测她充其量只不过是个小商人的遗孀。他知道米尔德里德是个势利小人。然而他觉得自己无法向她表示:她姑妈即使身份多么平庸他也不在乎。

最凶的一次吵嘴发生在一天晚上他们吃饭的时候,她告诉他有个男人请她一块去看戏。菲利普黯然失色,脸色又冷酷又严厉。

“你不会去吧?”他问道。

“为什么不去呢?他是个很有教养的人。”

“我带你出去,你喜欢上哪儿都行。”

“这是两码事。我不能老是跟你一个人呀,况且,他让我自己定个日子。当我不跟你出去时,我只跟他出去一个晚上。这对你毫无影响。”

“假如你还有点自爱之心,稍有感激之情,就绝不会去的。”

“我不知道你说的‘感激’是什么意思。假如你指的是给我的那些东西,你可以拿回去,谁稀罕!”

她的话有时很刻薄。

“老是跟你出去没什么意思,总是‘你爱我吗? 你爱我吗?’问得人都腻了。”

(他知道再问下去是愚蠢的,可是他非问不可。)

“没错,我是喜欢你的。”她常这么回答说。

“只是这样? 可我一心一意地爱你呀。”

“我不是那种人,我不善花言巧语。”

“要是你知道一个词就能使我多么快乐就好了!”

“嗯,我的老话是:请你不要苛求,不喜欢时也得忍着点。”

可是有时她表白得更坦率,当他问及这个问题时,她回答道:

“哦,别再这样问下去了。”

而后,他绷着脸不吭声。他恨她。

而现在他说:“好吧,假如你是这么想的,我真不知道你为什么要屈尊跟我出去。”

“这不是我要的,这你最清楚,是你要我出去的。”

这句话强烈地伤了他的自尊心,他气愤地回答:“你以为我只配在没人邀你时请你吃饭、看戏,而一旦来了个什么人我就得见鬼去吗? 多谢你了,我被人利用够了。”

“任何人都不能这样对我说话,我要让你看看我多么想吃你的臭饭!”

她站了起来,披上外套,疾步走出餐馆。菲利普仍然坐着。他决定一动也不动地坐着。可是过了十分钟,他又跳上出租马车去追她。他估计她会搭公共汽车到维多利亚火车站,因此他们将大约同时到达。他见到她在站台上,便避开了她的视线,乘同一列火车到赫尔内希尔。他打算待到她踏上回家的路,避开不了他的时候才和她说话。

她一拐出灯火通明、车马嘈杂的大街,他就赶了上来。

“米尔德里德!”他喊道。

她继续往前走,既不看他一眼也不回答。他又喊一声,她才停下来面对着他。

“你要干什么?我看见你在维多利亚车站徘徊。为什么还来缠我?”

“我太对不起你了,你能原谅我吗?”

“不,我讨厌你的脾气和嫉妒心。我不喜欢你,从来就没喜欢过你,永远也不会喜欢你。我再也不想跟你来往了。”

她匆匆地往前走,他只好快步赶上。

“你从来不体谅我,”他说,“当你对一个人不在乎时,你尽可以显得高兴、温和,可是当你像我这样堕入情网时,就难了。可怜我吧,你不喜欢我,我并不在乎,毕竟不能强求,我只要你让我爱你。”

她不讲话,继续往前走。眼看离她住的房子只剩下几百码了,菲利普感到揪心的痛苦。他低声下气,语无伦次地倾吐爱情和忏悔。

“只要你原谅我这一回,我保证再也不会让你受委屈。你愿意跟谁出去就跟谁出去,如果你有空,想跟我出去那我再高兴不过了。”

她又停下来,因为他们已经到了那个街口,他们总是在这儿分手。

“现在你可以走了,我不要你走到我的家门口。”

“你要说你原谅我,我才走。”

“我对这一切感到厌倦。”

他犹豫了一会儿,因为他本能地觉得他能说一些话来打动她的心。但这些话要说出口连他自己都感到恶心。

“太残酷了,我真受不了。你不知道一个跛脚的人心里是什么滋味。你当然不喜欢我,我不能指望你喜欢我。”

“菲利普,我不是这个意思。”她赶忙回答说,声音里突然带有几分怜悯。“你知道不是这么回事。”

现在,轮到他演戏了,他压低嗓门,带着沙哑的声音说:

"唉,我已有这个感觉。"

她握住他的手,望着他,两眼泪汪汪。

"我向你保证这对我无关紧要。除了起初的一两天,以后我就不曾想起你的跛脚。"

他保持阴郁、悲哀的沉默,要让她认为他激动得说不出话来。

"菲利普,你知道我很喜欢你,只是你有时候太令人难堪了。我们和好吧。"

她将双唇向他凑了过去,他舒了一口气,吻了她一下。

"现在高兴了吧?"她问道。

"高兴极了。"

她向他道了晚安,赶快回家。第二天,他带来了一块带饰针的小怀表给她别在衣服上。她一直想买这种表。

可是三四天以后,当她替他上茶点时,对他说:"记得那天晚上向我做的保证吗?你说的话还算不算数?"

"算呀。"

他非常明白她的意思,心里想着如何对付她下面的话。

"因为今天晚上我要和上次告诉你的那位先生出去。"

"好吧,希望你玩得痛快。"

"你不吃醋吗?"

他如今能够很好地控制自己的感情了。

"我不喜欢你这样,"他微笑说,"可是我尽量不使自己变得更加讨厌。"

她对这次约会很激动,滔滔不绝地谈论着。菲利普不知道她是有意使他难受呢还是出于无情。他习惯于想起她的愚蠢,以宽恕她的残忍。她很迟钝,竟然没意识到自己正在伤他的心。

"爱上一个既没想象力又没幽默感的女孩子真没意思。"他边听边想。

但是这些缺点使他原谅了她,他觉得假如他不意识到这一点,就永远也不能原谅她所加之于他的痛苦。

"他买了蒂沃利剧院的票,"她说,"他要我选择,我便选了这剧院。我们打算在皇家咖啡馆用餐。他说这是伦敦最豪华的地方。”

“他可是个十足的绅士。”菲利普想,但是他咬紧牙关,一声不吭。

菲利普到蒂沃利剧院去,看到米尔德里德跟一个年轻人坐在正厅头等座的第二排,年轻人油头滑脑,穿戴整整齐齐,样子像个推销员。米尔德里德戴着一顶黑色宽边女帽,上面插有鸵鸟羽毛,打扮挺得体的。她正带着菲利普所熟悉的默然的微笑倾听东道主的谈吐。她没有轻松愉快的表情。只有荒唐滑稽的笑话才能引起她哈哈大笑。然而菲利普可以看出她兴致勃勃。他酸溜溜地暗自寻思,那位外表潇洒、性情快活的同伴跟她正是天生的一对。她那不活泼的气质使她赞赏喧闹的人。菲利普喜欢探讨问题却不擅长闲聊。他赞赏他的一些朋友是畅快诙谐的大师,譬如劳森。而他的自卑感使他既腼腆又别扭。他感兴趣的东西,米尔德里德感到厌烦。她期望男人谈论足球和赛跑,可他对这两者一窍不通。他不懂得令她发笑所需要的时髦话。

印刷品一直是菲利普崇拜的,现在为了使自己变得风趣些,他一个劲儿地阅读起《体育时报》来。

62

菲利普不愿沉溺于这样的恋情中,它使自己变得憔悴不堪。他深知人生的一切都是虚幻的,因此,这种恋情总有一天也会熄灭的。他热切地盼望这一天的到来。爱情犹如心脏里的一只寄生虫,依靠他的生命之血来滋养维生。爱情如此强烈地吸引他,以至于他对其他的一切都毫无兴趣。他习惯光顾詹姆斯街公园,以获得无限的乐趣,他常常坐下来观赏在蓝天衬托下的树枝。它宛若一幅日本版画;他发现美丽的泰晤士河上的驳船和码头对他有无穷的魅力。伦敦变幻无穷的天空,使他心灵里充满着五光十色的愉快的幻想。可是如今美景对他毫无意义。米尔德里德不在身边,他便感到心烦意乱。有时他想通过看画聊以自慰,可是他走马观花似的走过国家美术馆的画廊,却没有一幅画能唤起他的激情。他不知道还会不会对以前所热爱过的东西感兴趣。他喜欢读书,可现在书本却索然无味;业余时间他在医院俱乐部的吸烟室翻阅着无数的期刊。这种爱情简直是折磨,他怨恨自己堕入情网,成了爱情的囚犯。他渴望自由。

有时,他清晨醒来,什么感觉也没有;他的灵魂在雀跃,以为他自由了,不再恋爱了。可是过了一会儿,当他彻底地醒过来时,痛苦犹存,他知道他并没有根治它。尽管他疯狂地思念米尔德里德,却鄙视她。他想,世界上再没有比又是爱慕又是鄙视更痛苦的了。

惯于探索自己的感情状态的菲利普不断地解剖自己,得出的结论是:只有把米尔德里德当情人,方能根治这种堕落的恋情。他欲火中烧,如饥似渴,假如这点能得到满足的话,他便能从束缚他的难忍的锁链中挣脱出来。他知道米尔德里德对这方面一点也不感兴趣。当他热烈地吻她时,她本能地厌恶地躲开他。她没有这种欲望。有时他谈起在巴黎的风流韵事试图让她嫉妒,可是这些也不能引起她的兴趣。有一两回,他坐在茶馆里别的桌位,假装跟其他端茶的女招待调情,可是她完全不在乎。可以看得出她不是装出来的。

“下午我没坐在你的桌位你不怪我吧?”有一回陪她到火车站时他问道,“你的桌位好像都客满了。”

这话并不符合事实,可是她也不争辩。即使他对她故意冷淡也毫无作用,只要她假装有点在意,他也许会感激的。一句嗔怪的话也足以对他心灵给予极大的安慰。

“我认为你很傻,天天坐在同一个桌位,你应该时时光顾其他女招待。”可是他越来越相信让她完全委身相就,是他获得自由的唯一途径。他好比一个中了妖术而变形的年迈的骑士,寻找着恢复原状的灵丹妙药。菲利普只有一线希望。米尔德里德很想去巴黎。巴黎对于她，犹如对大多数的英国人一样，是个时髦欢乐的中心：她听说过罗浮商场，在那儿，你只要花上大约在伦敦的一半的价格，便能买到很时新的东西。她的一个女友在巴黎度蜜月整天待在罗浮。况且，天啊，她跟她丈夫在那儿时总是到第二天凌晨六点才睡觉。什么红磨坊啦等等，说不清楚也道不尽。哪怕她满足他的欲望，只是为了实现自己赴巴黎的愿望而付出的一种不得已的代价，菲利普也不在乎，只要能满足他的情欲。他曾经有过灌醉她的疯狂的惊人的念头。他硬劝她喝酒，希望使她兴奋，但是她不喜欢喝酒。虽然她喜欢叫他点香槟酒，那也是因为这样看起来大方，但是她喝酒从来不超过半杯。她喜欢原封不动地留下漫边儿的一大杯。

"向招待显示显示你的身份。"她说。

当她好像比平常更亲热时，菲利普瞅准个机会把这事儿提了出来。三月底菲利普要参加解剖学测验。再过一周就是复活节，米尔德里德将有三天假。

"我说呀，到时候去巴黎怎么样？"他提议道，"我们可以痛痛快快地玩它几天。"

"那怎么行呢？要花很多钱。"

菲利普已想过了，至少要花二十五镑。这对他来说是一大笔钱，但他乐意为她花完最后一个便士。

"这有什么关系？答应吧，亲爱的。"

"有比这更荒唐的事吗？我倒想见识见识。我不能跟一个未和我结婚的男人去呀，亏你想得出来。"

"那有什么关系？"

他夸大了和平大街的繁华和牧羊女游乐厅的富丽堂皇，描绘了卢浮宫和旧货商场，谈起夜总会、修道院以及许多外国人常涉足的地方。连他蔑视的巴黎的另一面也被他绘声绘色地瞎吹一通。他怂恿她跟他一块去。

"你说你爱我，可是假如你真爱我，为什么你不想跟我结婚，你从未向我求婚。"

“你知道我没有钱结婚，毕竟我现在才上一年级，在六年内我一便士也挣不了。”

“唉，我不怪你。你就是跪下来向我求婚我也不会嫁给你。”

他已不止一次想到结婚，可是这是他所不敢跨越的一步。在巴黎他便形成了婚姻是可笑的市侩习俗的看法。他还认为终身的婚姻会毁了他。他有着中产阶级的本能，和女招待结婚对他说来似乎是可怕的。一个平庸的妻子将妨碍他找到像样的职业。况且，他的钱只够维持到毕业，即便不生小孩，他也养不起一个妻子。一想起克朗肖受那个下流的懒女人的拖累，他便惊恐万状。他预见得到虚荣心强、脑子庸俗的米尔德里德将会变成啥样子：跟她结婚是不可能的。可是，他只是依据自己的理智行事。他觉得无论如何应该占有她；假如不跟她结婚就不能搞到手，那他就结婚，将来的事情也就顾不得那么多了，也可能以灾难告终，但他不介意。他一有了什么主意便老摆脱不掉，再也想不起别的。他有一种不寻常的本领：能说服自己相信执意要做的事都合乎情理。他发觉自己推翻了反对结婚的一切明智的论点。他发现每天都对她更加钟情；而他那未得到满足的恋情却变成怨和恨。

“真的，假如我跟她结婚，我非要她偿还我所忍受的一切痛苦不可。”他自言自语道。

终于他再也忍受不了这种痛苦了。一天晚上，他们在索霍街的小饭馆，吃完了饭之后（他们最近常去那儿），他对她说：“喂，你前天对我说假如我向你求婚你也不会答应。这话算不算数？”

“算呀，怎么啦？”

“因为没有你我可活不了，我要你永远在我身边。我想把这件事忘了，可是办不到。现在更忘不了啦，我要你跟我结婚。”

她读过太多通俗小说了，懂得如何应付这一场面。

“菲利普，我确实很感激你，对你的求婚感到受宠若惊。”

“哦，别来这套废话。你要和我结婚，是吗？”

“你认为我们会幸福吗？”

“不会。但这有什么关系？”

这些话几乎是违背他的本意说出来的,她大吃一惊。

“你这个人很怪,那么你为什么要和我结婚呢？那天你还说没钱结婚呢。”

“我差不多还剩下一千四百镑。两个人一块生活几乎跟一个人过日子一样省钱。这样可以勉强维持到我毕业以及得到医院的委任。那时,我可以当个助理医生。”

“这么说你将有六年没有收入,我们每周只有四镑左右过日子吗?”

“三镑多一点。我还得付学费。”

“当助理医生以后呢?”

“每周三镑。”

“你的意思是你必须一直念书,靠一小笔钱维持,到头来每周只挣三镑？我看不出我将来的日子会比现在好过多少。”

他沉默了片刻。

“你的意思是不和我结婚?”他问道,嗓音嘶哑。“难道我崇高的爱情对你毫无意义吗?”

“在这些问题上你不得不为自己考虑,是吧？结婚我不反对,但是假如结婚后的生活不能比现在好,我就不想结婚。我看不出结婚有什么用。”

“假如你爱我你就不会这么想。”

“也许不会。”

他沉默了,呷了一杯酒,消却喉头的哽塞。

“看看那个刚刚走出来的女孩子,”米尔德里德说,“她在布里克斯顿的廉价商场买了那些皮货。上回我到那儿时还见到它们在橱窗里摆着哩。”

菲利普不禁冷笑起来。

“你笑什么?”她问道,“是真的嘛,那时候我对姑妈说,摆在橱窗里的东西我可不买,这样一来每个人都知道你付多少钱买来的。”

“我真不了解你,你伤透了我的心,接着又胡扯了这么多无关紧要的话。”

“你存心跟我闹别扭，”她不满地回答，“我没法不注意那些皮货，因为我对姑妈说……”

“你对姑妈说了些什么关我屁事。”他不耐烦地打断她的话。

“菲利普，跟我说话请你不要用粗话，你知道我不爱听。”

菲利普笑了笑，但眼睛闪着怒火。他沉默了一会儿，绷着脸望着她，对她又气愤、又蔑视、又爱怜。

“假如我有一丁点理智，就绝不会见你，”他终于说，“你知道因为爱你，我多么鄙视自己！”

“这样对我说话不太文雅了吧。”她不高兴地回答说。

“是不文雅，”他笑道，“我们上凉亭去吧。”

“你这个人太有意思了。没想到不该笑的时候你竟笑了。既然我让你那么不高兴，为什么又要领我上凉亭？我要回家了。”

“只是因为跟你在一起比离开你要痛快些。”

“我倒想知道你对我的真正想法。”

他放声大笑。

“亲爱的，要是你知道的话，就再也不会跟我说话了。”

63

菲利普没有通过三月底的解剖学考试。考试前，他和邓斯福特以菲利普的骨骼做标本温习这个专题，互相问答，直到两人都背熟了人体骨骼上所有的附着物以及每个关节、骨槽的意思为止。可是一上考堂，菲利普突然惊慌失措，因害怕答错而未能做出正确的解答。他知道会不及格，甚至第二天都懒得到大楼去看考试的成绩。第二次考试的失败无疑使他被列入了那个年级的无能与游手好闲之辈的行列。

他倒不是很在意。他有别的心事。他想米尔德里德必定也是血肉凡胎,也有七情六欲,问题在于如何唤醒它们。他有一套关于女人的理论,认为女人本质上是色厉内荏的。只要你缠住不放,她们就会俯首就范,关键是等待时机,耐着性子,用小小的殷勤来感化她,趁她身体疲劳,分担她工作中的烦恼,来赢得她的欢心。他对她谈起他巴黎的朋友与他们所爱慕的漂亮女人之间的关系。他描绘的生活是迷人、欢乐却毫无粗俗的成分。他把对往事的回忆编成了米米和鲁多尔夫、缪塞特及其他朋友们的艳史。他向米尔德里德滔滔不绝地讲述,欢声笑语如何使贫穷变得富有诗情画意,青春和美貌如何使放纵的恋情披上浪漫色彩。他不曾直接攻击她的偏见,而是旁敲侧击地指出这些偏见太偏狭了。他从不曾因她的怠慢而受干扰,也不因她的冷漠而愤怒。他认为他已令她厌烦了。他努力使自己变得和蔼、风趣。他从不让自己生气,也不曾要求什么,既不埋怨,也不责骂。当她订好约会而又失约时,第二天他见到她时照样满脸堆笑。当她表示歉意时,他说那没关系。他不曾让她看出她使他痛苦。他知道他的热情和忧虑令她生厌。他小心翼翼地掩饰自己的感情,哪怕会引起小小麻烦的情感也不流露出来,他表现得够高尚的了。

尽管她不曾提及菲利普的这种变化,因为她并非有意识地加以注意。然而这一变化还是打动她,她对他更推心置腹了,向他倾诉苦衷,总是抱怨茶馆的女经理或者其他女招待,或者她姑妈。现在她的话够多的了。虽然,她说的尽是一些琐事,菲利普还是不厌其烦地听着。

“你不再想着向我求爱的时候,我倒喜欢你。”有一回她对他说。

“这使我太高兴了。”他笑着说。

她不晓得她的话使他多么伤心,也不晓得他需要费多大的劲才能回答得这么轻松。

“你不时吻我一下我也无所谓,这不伤害我,又使你高兴。”

偶尔她甚至主动要他带她出去吃饭,这简直使他欣喜若狂。“我从来不对别人提出这种要求,”她带着抱歉的口吻说,“可是我知道我可以跟你去吃饭。”

“再没有比这更使我高兴的了!”他微笑道。

四月底的一个晚上,她要他带她出去。

“好吧,”他说,“饭后你想上哪儿?”

“哪儿也别去,我们坐下来聊聊,好吗?”

“好啊!”

他认为想必她已经开始喜欢他了。三个月前,只要一想到花一个晚上谈话她准会烦得要命。这天风和日丽,外面春光明媚,菲利普的兴致更浓了。他现在很容易感到满足。

“喂,等夏天到来时不是更带劲儿吗?”他们坐在公共汽车的顶层去索霍时他说。她主动提出乘出租马车太浪费了。

“每逢星期天我们可以在河边玩,用食篮带午餐去。”

她嫣然一笑。见此,他有了勇气去捏住她的手,她并不缩回。

“我真的认为你开始有点喜欢我了。”他微笑着说。

“你真傻,你知道我喜欢你,不然我就不到这儿来了,不是吗?”

如今,他们已成了索霍小饭馆里的老主顾了。他们一起进饭馆,老板便向他们微笑,招待也向他们点头哈腰。

“今晚我来点菜。”米尔德里德说。

菲利普将菜谱给她,心想她比以前更迷人。她选了她喜欢的菜。菜的花色不多,这饭馆所做的菜他们都吃过好几次了。菲利普很高兴。他注视着她的眼睛,仔细端详她那张苍白的脸上的每一点动人之处。饭毕,米尔德里德破例抽了一支烟。她极少抽烟。

“女人抽烟叫人看着怪不顺眼的。”她说。

她犹豫了一会儿,说道:“我今晚要你带我出来吃东西,你觉得奇怪吗?”

“我很高兴。”

“菲利普,我有话要对你说。”

他迅速地瞟了她一眼,虽已心灰意懒,可是他已经学会沉得住气了。

“好,说吧!”他微笑着说。

“我说了你不感到吃惊吧!我就要结婚了,真的。”

“是吗?”菲利普说。

他想不出别的话说,他以前也常常考虑到这种可能性,并设想自己该做何反应。一想到即将遭到的失望,他心如刀绞。他想过自杀,想到他的感情将会爆发。可是也许正因为他对这一局面早有充分的思想准备,现在反倒只感到筋疲力尽。他觉得自己好像是一个生命垂危的病人,因为气息奄奄,对一切问题都不感兴趣,只希望别人不要去惹他。

“你看,”她说,“我都快——我已经二十四岁了,也该成家了。”

他无言以对,望着坐在柜台后面的老板,目光落在一个女顾客帽子的一根红羽毛上。米尔德里德恼怒了。

“你应该为我祝贺才是。”她说。

“应该?可不是吗?我真不敢相信这是真的。我太常想象这回事了。你要我带你出去吃饭,我竟这样高兴,真有意思。你要和谁结婚?”

“米勒。”她回答说,脸有点红。

“米勒?”菲利普惊叫起来,“可是你已有好几个月没有见他了。”

“上星期,有一天他来吃午饭,就那一次他向我求婚的。他挣很多钱,现在每周挣七镑,可有奔头哩。”

菲利普又沉默了。他记得她向来喜欢米勒。米勒能逗她笑;她不知不觉地被他外国血统中的异国的魅力迷住了。

“我想这是不可避免的。”他终于说道,“你一定会接受出价最高的求婚者的。你们什么时候结婚?”

“下星期六,我已发通知了。”

菲利普感到心中一阵痛。

“这么快吗?”

“我们打算到登记处结婚,埃米尔喜欢这样。”

菲利普感到非常疲倦。他想离开她，马上去睡觉。他要求结账。“我叫一辆马车送你上维多利亚车站。我想你不用等很久就可搭上火车。”

“你不陪我去吗？”

“你要是不介意，我就不去了。”

“随你的便，”她高傲地回答；“我想明天用茶点的时间你会来吧？”

“不啦，我想我们最好现在就一刀两断。为什么我还要继续自讨没趣呢？车费我已付了。”

他向她点头告辞，苦笑着，然后跳上一辆公共汽车回家了。睡觉前他抽了一斗烟，可是眼睛几乎都睁不开。他不觉得痛苦，脑袋往枕头上一靠便酣然入睡了。

64

可是大约凌晨三点钟菲利普就醒来，再也睡不着了。他开始想米尔德里德。他竭力不去想她，可是毫无办法。他翻来覆去地想这件事，直弄得他头昏眼花。她要结婚是不可避免的：对一个不得不自己谋生的女孩子来说，生活是艰难的。倘若有一个能给她一个舒适的家的人向她求婚，而她接受了，这也无可非议。菲利普晓得，在她看来，跟自己结婚简直是发疯。只有爱情方能忍受这样的贫穷，而她并不爱他。这不是她的过错，而是他必须接受的一个事实，像接受其他事实一样。菲利普暗自想，隐藏在他的心灵深处的是受伤害的自尊心。他的恋情起源于受伤害的虚荣心，而心底的这种自尊心，正是引起他现在如此悲痛的主要原因，他看不起她，也一样地鄙视自己。而后，他想起将来的打算，翻来覆去的老是同样的计划，不断地为在她那柔嫩、苍白脸颊上亲吻的场景、为她拉长音调的说话声的回忆所打断；要做的事多如牛毛。夏天，他因两次不及格需要补考,还要修化学课程。他已疏远了医院里的朋友,可是现在他需要友谊。有一件开心的事:海沃德两周前来信说他将路过伦敦,并邀菲利普去吃饭;但是菲利普因不愿意被人打扰,拒绝了。海沃德是为初夏伦敦社交季节而来的,菲利普决定给他写信。

当八点的钟敲响时他感到欣慰,因为他可以起床了。他脸色既苍白又憔悴。可是当他洗了澡,穿上衣服,用过早餐之后,他觉得自己又完全与外界合拍了,痛苦也较容易忍受些了。那天早晨他不想去上课,却上“陆海军商场”为米尔德里德买了一件结婚的礼品。犹豫了好一会儿之后,他决定买个化妆手提包。它的价钱是二十镑,超出了他的支付能力,但是它既华丽又俗气;他知道她完全了解它的确切的价值,他所选择的礼物既使她称心如意,又能表示对她的轻蔑,这使他获得一种伤感的满足。

菲利普不安地盼望着米尔德里德结婚的日子,他期待着难熬的痛苦;星期六早晨接到海沃德来信,说他当天一早抵达伦敦,要菲利普帮助他找房子,菲利普这才松了一口气。菲利普很想散散心,便去查阅了列车时刻表,找出海沃德可能乘坐的那一趟列车的时间。菲利普去接他,朋友重逢的场面是动人的。他们将行李放在车站,然后兴致勃勃离开了。海沃德特地建议他们应该首先到国家美术馆参观一小时;他已经很久没有去看画了。他声称需要走马观花地看一看,以便使他和伦敦的生活旋律合拍。好几个月来,菲利普找不到一个人可以谈论艺术和书籍。自从去巴黎以来,海沃德一直生活在蹩脚的法国现代诗人之中。在法国这类诗人比比皆是。他要告诉菲利普几个后起的天才诗人。他们互相指点着彼此最喜欢的画。走过了画廊,他们谈得很投机,一个话题接着一个话题。此时阳光灿烂,风和日丽。

“我们到公园坐一会儿。”海沃德说,“午饭后再去找房子。”

公园里春光明媚。这样的日子令人觉得活着是幸福的。蓝天下,树木嫩绿,美极了。苍茫、蔚蓝的天空点缀着朵朵白云,一湾秀水的尽头聚集着一群身穿灰色制服的骑兵护卫队。那整齐优雅的景色，具有十八世纪画作的妩媚，使你回忆起的不是瓦都[1]的画作，他那些风景画富有田园诗味，只能使人们联想起梦境中的幽谷林地，而是使你回想起更平淡质朴的吉恩－巴普蒂斯特·佩特的作品。菲利普心情轻松愉快。他领悟到他以前读过的书上的一句话：艺术能够把人的心灵从痛苦中解救出来（因为艺术的存在犹如他认为自然界的存在一样）。

他们上一家意大利饭馆去吃午餐，买了一瓶意大利红葡萄酒。他们慢慢地边谈边吃，一道回忆起在海德堡的熟人，谈到菲利普在巴黎的朋友，还谈论书籍、绘画、道德和人生；菲利普忽然听到时钟敲了三下，他记得这正是米尔德里德结婚的时间，心里感到一阵刺痛。有几分钟时间，他听不见海沃德说了些什么。可是他斟上了红葡萄酒。他喝不惯酒，并感到昏昏然。无论如何他已暂时摆脱了忧虑。他那敏捷的脑子已荒废好几个月了，现在谈起话来兴奋极了。他高兴有人跟他谈论彼此都感兴趣的东西。

“我说呀，别浪费这样的大好时光去找房子了，晚上到我那儿住，明天或星期一再去找吧。”

“好吧。我们干什么呢？”海沃德回答说。

“搭上小汽艇上格林尼治去。”

这正投海沃德所好，他们跳上了前往威斯敏斯特大桥的出租马车，赶在汽艇快开动时上船。菲利普的嘴角露出一丝笑意，说道：

“我记得刚到巴黎时，是克拉顿吧，他高谈阔论，说什么美是画家和诗人赋予事物的。他们创造了美，在他们看来，乔托的钟楼和工厂的烟囱都一样。尔后，美丽的事物由于一代代人们所唤起的感情而变得更加光彩夺目，这就是为什么旧的东西比现代的东西更漂亮。《希腊古瓮颂》[2]现在就比刚问世时更加可爱，因为一百年来情侣们都读它，悲痛烦闷的人也在它的字里行间获得安慰。”

---

① 瓦都（1684—1721），法国画家。

② 《希腊古瓷颂》，英国著名诗人约翰·济慈（1795—1821）所作。

菲利普让海沃德自己去推断，面对眼前的美景，听了这番话，能悟出些什么。他发现海沃德对他的暗示毫无觉察，不觉沾沾自喜。正是由于长期生活经验突然反映在菲利普心中，他深深地被感动了。伦敦天空优雅的彩虹，给建筑物的灰石蒙上了一层轻淡柔和的色彩。而那一个个的码头和仓库，却带有日本版画的那种庄严、优雅的色彩。汽艇继续往前开。那象征伟大帝国的堂皇的河道越来越宽了，河面上交通拥挤。菲利普想起把这一切描绘得如此漂亮的画家和诗人们，心里充满感激之情。他们的汽艇来到了泰晤士河伦敦桥下面的水域，又有谁能描绘它的庄严呢？他思绪万千，激动不已，天晓得怎么解释人们是如何把浩瀚的河面变得如此平静的。约翰逊博士旁边站着伯斯韦尔，老佩皮斯登上一艘军舰：是灿烂的英国历史，是浪漫悲壮的冒险！菲利普转向海沃德，双目熠熠发光。

"亲爱的查尔斯·狄更斯。"他喃喃道，对自己的情感觉得有点好笑。

"你放弃学画，不感到后悔吗？"海沃德问道。

"不后悔。"

"也许你喜欢当医生。"

"不，我恨这职业。可是没有什么别的事干，头两年单调乏味的功课真可怕，况且很遗憾我没有科学家的气质。"

"不过，你总不能老是改行呀。"

"不，我想坚持学医。我想一旦到了病房，就会更喜欢这一职业的。我觉得，在世间一切事物中我对人最感兴趣。就我所知当医生是个唯一有个人自由的职业，你将知识装进脑子里，有一只医药箱，装上医疗器具和几味药，便可到处谋生了。"

"难道你以后不开业行医吗？"

"那是将来的事了，"菲利普回答，"我一谋到医院职位就搭上轮船。我想去东方——马来群岛、泰国、中国等地——然后，我就打工，总会有事干的，如在印度为人治霍乱等。我想到处走走，见见世面，为此，穷人只好从事医学。"

这时他们来到了格林尼治。宏伟的英尼古·琼斯大楼庄严地临河屹立着。

“看,那准是可怜的杰克为了几个便士潜入烂泥的地方。”菲利普说。

他们在公园里溜达。衣衫褴褛的孩子们在公园里玩耍,他们喊叫着,闹哄哄的。到处可以看到年迈的海员在晒太阳,这儿有一种百年前的古朴的气氛。

“你在巴黎浪费了两年,似乎是件憾事。”海沃德说。

“浪费?看看那个小孩子的动作,看看阳光透过树叶,筛落在地面上的斑驳的树影,看看天空——啊,要是我没去过巴黎,我就不会见到这样的天空了。”

海沃德觉察到菲利普语塞哽咽,惊愕地凝视着他。

“你怎么啦?”

“没什么。对不起,我太动感情了。六个月来我一直渴望着观赏大自然的风采。”

“你过去是很讲究实际的呀!听你这么说倒很有趣。”

“该死的,我可不要有趣,”菲利普哈哈大笑,“我们去喝杯浓茶吧。”

65

海沃德的拜访对菲利普大有好处,日益冲淡了他对米尔德里德的思念。他厌恶地回顾着过去,不明白为什么自己会堕入这样不体面的恋情中去。每当他想起米尔德里德便又气又恨,因为她使他蒙受这么大的耻辱。现在,他对她的想象只是夸大了人身和举止方面的缺陷了,因此,一想起跟她的纠葛便浑身发抖。

“这正说明我是多么的脆弱。”他自言自语道。这次经历,犹如一个人在社交聚会上犯下的过错。它太严重了,以至于无论如何也宽宥不了，唯一的补救办法是忘却。对自己过去的堕落的厌恶帮了他的忙。他好像一条正在蜕皮的蛇，厌恶地鄙视原来的旧躯壳。他很兴奋，因为又一次控制住了自己。他意识到，当他沉溺于所谓爱情的疯狂之中时，他失去了人生中多少别的乐趣啊。这样的爱情他已经受够了。假如爱情是这么回事，他再也不想恋爱了。菲利普把自己的一些经历告诉海沃德。

"索福克勒斯[①]不是祈求有朝一日能摆脱吞噬他心灵的那只情欲野兽吗？"他问道。

菲利普似乎真的获得了新生。他呼吸周围的空气，好像从来没有呼吸过似的。他像个小孩一样，对世间万物都感到喜爱。他把他这一段疯狂期称为六个月的苦役。

海沃德在伦敦没有住上几天，菲利普便接到从布莱克斯特伯尔发来的请帖，邀他参加一家美术馆举办的画展。他带海沃德一道去。一看展出目录，发现里头也有劳森的一幅画。

"我想是他发的请帖，"菲利普说，"我们去找他，他肯定站在自己那幅画的前面。"

这幅鲁思·查莱丝的半身像被摆在角落里，劳森就在这幅画附近。他戴着一顶大软帽，穿着宽大的浅色衣服，站在那些前来参加画展的赶时髦的人群当中，样子有点茫然。他热情地跟菲利普打招呼，和以前一样滔滔不绝地告诉菲利普，他已经到伦敦居住了；鲁思·查莱丝是个轻佻的女子；他已经租了一个画室；巴黎已经不时髦了；有人委托他画一幅肖像画；他们最好一块去吃饭以便好好地叙旧云云。菲利普提醒劳森，他与海沃德也是旧相识。并且饶有兴味地看着劳森对海沃德的风雅的服饰和潇洒的风度的那副敬畏的神态。他俩奚落劳森比起在劳森和菲利普合用那个简陋的画室时还要厉害。

吃饭时，劳森继续讲他的新闻，弗拉纳根已返回美国了，克拉顿不见了。克拉顿得出结论说，一个人只要跟艺术或艺术家接触，

---

① 索福克勒斯（公元前496—前406），希腊悲剧作家。

他便一事无成,唯一的办法是赶紧离开。为了使这一步迈得更顺利些,他和所有在巴黎的朋友都闹翻了。他养成了一种专揭人家伤疤的习惯,迫使他们以极大的耐心听他宣布,他在巴黎已经住够了,打算在赫罗纳定居。赫罗纳是西班牙北部的一个小城镇,他乘火车去巴塞罗那的途中一见到它就被迷住了。现在他独自一个人住在那儿。

“我怀疑他能有什么出息。”菲利普说。

克拉顿喜欢做出努力,以表达人们脑子里非常模糊的问题,因此他变得心理病态和易怒。菲利普模糊地觉得自己也是这样。可是对他来说,老是使他困惑不解的是他整个的生活行为。那就是他自我表现的方法,至于该怎么办他却不清楚。然而,他没有时间继续按这一思路进行思索,因为劳森直率而详细地叙述了他跟鲁思·查莱丝的风流韵事。她离开了他,跟一个刚从英国来的年轻学生打得火热,闹出许多丑闻。劳森确实认为应该有人出来干预,拯救那个年轻人,否则她会把他毁了的。菲利普推测,劳森最伤心的还是他正在画她的肖像时他们就闹翻了。

“女人对艺术没有真正的感受力,”他说,“她们只是装模作样罢了。”但是末了他足够明智地说:“然而,我画了她四幅肖像,我不能肯定我正在画的最后这一幅是否成功。”

菲利普羡慕这个画家对他的爱情纠葛处理得如此轻松,他愉快地度过了十八个月,一分钱不掏地得到一个这么漂亮的模特儿,最终又没有多少痛苦就和她分手了。

“那么克朗肖怎么样了?”菲利普问道。

“噢,他已经完了,”劳森以年轻人特有的硬心肠回答,“他活不了半年了。去年冬天他得了肺炎,在一家英国医院住了七个星期。出院时,他们告诉他康复的唯一的机会是戒酒。”

“可怜的家伙。”向来饮食有节制的菲利普微笑着说。

“他戒了一阵子酒,同时他照样常常去莱拉斯酒店。他戒不掉酒,但他常常喝热牛奶加橘子汁,他已经麻木不仁了。”

“我想你没有对他隐瞒真情吧。”

“哦,他自己知道。不久前他又开始喝威士忌了。他说他太老了,无法重新开始。他宁愿痛痛快快地活半年而死去,也不愿再苟延残喘地活五年。他近来生活一定很困难。你想,他病的时候没有收入,跟他同居的那个荡妇一直使他受尽了苦头。”

“记得我初次见到他时,我非常敬佩他,”菲利普说,“我认为他了不起。庸俗的中产阶级的德行竟然要受此惩罚,真是令人恶心。”

“当然他是个废物,迟早会死在贫民窟里的。”劳森说。

劳森对克朗肖不抱同情,菲利普却感到伤心。当然,这是因果报应,但是一切的生活悲剧全存在于因果相随的必然之中。

“哦,我忘了,”劳森说,“你刚走时,他托人给你捎来了一件礼物。我想你会回去,也就没把它放在心上,而且,我想不值得给你寄来。它将会随我的其他行李运到伦敦来,假如你要的话,哪一天上我的画室去取。”

“你还没有告诉我那是什么东西呢。”

“哦,那是一小块破地毯,我想它一点也不值钱。有一天我问他,究竟为什么要送那个脏玩意儿。他告诉我,他在雷恩街的一个商店见到,用十五法郎买来的,原来是条波斯地毯。他说你曾问过他人生的意义,而这地毯就是答案。可是他已经喝得酩酊大醉了。”

菲利普笑了。

“哦,是的,我知道了,我会去取这条地毯。这是他喜欢开的玩笑,他说我必须自己找出答案,否则答案就毫无意义。”

66

菲利普干得很出色、很顺利。他要做的事很多。因为他正准备参加七月的第一轮联试。联试的三个科目当中有两科他前次没考及格。不过，他觉得生活很愉快。他结识了一位新朋友。劳森在物色模特儿时找到一个姑娘，她在某剧院里当替角演员。劳森为了诱使她给他当模特儿，于一个星期天安排了一次小型午餐会。她带来了一个女伴——内斯比特太太。菲利普也应邀前往，凑足了四人，劳森要他陪伴那位姑娘的女伴。菲利普觉得这件事好办，因为这女伴随和、健谈，说起话来很风趣。她邀请菲利普去看她。她在文森特广场有房子，常常在下午五点在家用茶点。他去了一次，为所受到热情款待而感到高兴，以后又登门造访。内斯比特太太至多二十五岁，个子矮小，她的脸蛋虽说不上好看，却显得温柔可爱。她眼睛晶莹明亮，高高的颧骨宽宽的嘴巴。她面部各种色调的显著差异，使人想起一位法国现代画家的一幅肖像画。她的皮肤白皙，双颊绯红，浓眉毛，黑头发，结果显得有点古怪、有点不自然，但不至于使人感到反感。内斯比特太太同丈夫分居，靠写稿酬廉价的中篇小说来维持自己和孩子的生活。有一两家出版商专营这类小说，所以她能写多少就可以写多少。稿酬很低，写一篇三万字的小说，只得十五镑，可是她很满足了。

"读者毕竟只花两便士就行了。"她说，"而且读者喜欢一次又一次地读故事情节一样的作品，我只要把人物的名字改一改就行了。每当我感到厌倦时，想到要付洗衣费，又要付房租，还要给孩子添置衣服，就又继续写下去了。"

此外，她跑了许多剧院，那儿需要跑龙套的角色，若被雇上，每周可以挣十六先令到一畿尼。干完了一天后，她疲惫不堪，晚上睡得很香。她很善于应付她的困境，强烈的幽默感使她能够从烦恼的处境中寻得乐趣。有时事情出了岔子，身无分文，她便到沃克斯霍尔大桥路的当铺，去典当她那些微不足道的家当，每天只吃黄油和面包，直到境况好转为止。她很乐观，从来不垂头丧气。

菲利普对她那得过且过的生活颇感兴趣，她讲述的那些为生活奔忙、挣扎的离奇古怪的故事逗他发笑。他问她，为什么不试着写一点比较像样的文学作品，可是她知道自己没有这方面的才能。她创作的那几千字一篇的粗制滥造的小说，不仅稿酬说得过去，而且也是她能够写得最好的东西了。她并不奢望什么,只求生活下去。她好像没有什么亲戚,她的朋友们也同她一样穷。

“我不考虑将来,”她说,“只要我付得起三个星期的房租,外加一两镑买吃的,我便不担忧了。要是我既要想着今天,又要操心明天,生活就没意思了。每当事情糟到不能再糟的地步时,我总发现天无绝人之路。”

菲利普不久就养成每天跟她一起用茶点的习惯。他带上一块蛋糕,或一磅黄油,要不就带些茶叶去造访,这样就不会使她难堪了。他们开始用教名称呼对方了。女性的同情心对他来说是陌生的。有人乐意倾听他诉说自己的一切烦恼,他感到高兴。时间过得特别快。他并不掩饰对她的好感,她是个讨人喜欢的伴侣。他不禁把她跟米尔德里德比较一番。一个是既固执又愚蠢,凡是她不懂的东西一概不感兴趣;另一个则有敏锐的鉴赏力和敏捷的才华。想到自己可能会一辈子跟像米尔德里德这样的女人过日子时,他便心灰意懒了。有一天晚上,他把自己的恋爱史告诉了诺拉。他这样做倒不是因为他的爱情生活值得炫耀,而是因为他能得到诺拉如此动人的同情,他为此感到无限欣慰。他讲完的时候,她说道:

“我想你现在已经完全解脱了。”她有时会把头偏向一边,那滑稽的姿势就跟亚伯丁(苏格兰一地名)小狗一样。她坐在一张竖式椅子上做针线活,因为她没有时间可以偷闲。菲利普舒适地坐在她脚边。

“这一切总算结束了,我无法告诉你,我是多么感激你啊!”他叹了一口气说。

“怪可怜的,那段时间里你一定很不痛快。”她低声说道。为了表示同情,她将一只手搁在他肩上。

他握住她的手,吻了它。可是她把手迅速地抽回去。

“干吗要这样?”她红着脸问道。

“你不愿意吗?”

她用那双闪亮的眼睛看了他一会儿,笑了。

“不是的。”她说。

他跪立起来，面对着她，她愣愣地盯着他的眼睛，那张宽宽的嘴上挂着一丝发颤的微笑。

“怎么啦？”她说。

“你是个好人，懂吗？你待我这么好我非常感激，我太喜欢你了。”

“别说傻话了。”她说。

菲利普抓住了她的双肘，将她拉过来。她没有反抗，反而将身子微微向前倾。他吻着她那红润的嘴唇。

“干吗要这样？”她又问道。

“因为这样舒服。”

她没说什么，眼里流露出温柔的神色，她伸手轻轻地抚摸着他的头发。

“你这样太傻了。我们是这么要好的朋友，就保持这样不是挺好吗？”

“假如你真的要我规矩点，”菲利普回答说，“你现在最好不要那样抚弄我的脸颊。”

她轻声地笑了，但是没有住手。

“我这么做很不应该，是吗？”她说。

菲利普又惊讶又开心地窥视着她的眼睛。只见她那双眼睛变得更加含情脉脉，晶莹透亮，那神情简直把他给迷住了。他的心不由得一阵激动，眼里噙着泪水。

“诺拉，你不喜欢我，是吗？”他怀疑地问道。

“你是个聪明的孩子，却问这么蠢的问题。”

“啊，亲爱的，我从没想到你会喜欢我。”

他挥开双臂搂着她吻了起来。而她呢，红着脸，笑着，叫着，顺从地让他拥抱。

不一会儿他松开了她，向后蹲坐在自己的脚后跟上，好奇地端详着她。

“啊，真该死！”他说。

"为什么?"

"真想不到。"

"高兴吗?"

"高兴极了。"他发自内心地喊道,"我多么自豪! 多么幸福! 多么感激!"

他拿起她的双手,不住地吻着。对于菲利普来说,这是一种既牢固又持久的幸福的开端。他们成了情侣,但仍然是朋友,诺拉身上有一种母爱的本能,这种本能在她对菲利普的爱情中获得满足。她需要有人受她抚爱、责骂、唠叨。她具有持家的气质,可以在照料菲利普的健康和穿戴中找到乐趣。她对菲利普的残疾深表同情,而菲利普对此是非常敏感的。她的怜悯是以一种温存的方式本能地表达出来的。她年轻、强壮、健康,对她来说,奉献自己的爱情是很自然的。她精神好,心境愉快,她喜欢菲利普,因为凡是生活中合她心意的趣事,他都同她一起开怀欢笑,但最重要的还因为他是菲利普。

当她把这点告诉他时,他愉快地回答说:"胡说,你喜欢我是因为我是个沉默寡言的人,从不插嘴。"

菲利普一点也不爱她,只是非常喜欢她,喜欢同她在一起,对她的谈吐感兴趣。她恢复了他的自信心,治好了他心灵上的创伤。诺拉的关心使他万分高兴。他钦佩她的勇气、她的乐观精神以及她对命运的大胆的蔑视。她也有一点自己的人生哲学,很坦率,讲究实际。

"你知道,我不相信教堂、牧师之类的东西。"她说,"但我信奉上帝。只要你收支平衡并且能力所能及地帮助别人,那么我不相信上帝还会管得那么宽。我认为人总的说来是善良的,对那些不正直的人我表示遗憾。"

"你今后怎么办呢?"菲利普问道。

"哦,真的我也心中无数。"她笑着说,"可是我做最好的打算。总之,只要不必再付房租,也不用再写小说。"

她具有女性的巧妙地奉承别人的天赋。她认为菲利普自知自己成不了一个伟大的艺术家而离开巴黎，这是果敢的行为。诺拉的热情赞扬使他陶醉。原先，他一直无法断定他离开巴黎这一举动究竟是意味着勇敢呢还是优柔寡断。听她说这是果敢的行为，他感到不胜欣慰。诺拉居然敢跟他谈起他的缺陷，这是他的朋友们都本能地回避的问题。

“你对你的跛脚这么敏感是很傻的。”她说。她看到他的脸涨得通红，但还是继续往下说，“要知道，人们并不像你想得那么多，他们头一回见到你时会注意到，以后就忘了。”

他不吭声。

“你不生我的气吧！”

“不。”

她伸出手臂，搂住他的脖子。

“你知道，我是因为爱你才跟你说这个，你别不高兴。”

“你对我说什么都行。”他微笑着说，“但愿我能做点什么来表达我对你有多么的感激。”

她又用别的方法掌控他、开导他，不让他粗鲁。当他发脾气时她便嘲笑他。她使他变得更加温文尔雅了。

“只要你喜欢，叫我干什么都行。”有一次他对她说。

“你不介意吗？”

“不，我想做你所喜欢的事。”

他意识到了自己的幸福。在他看来，诺拉把一个妻子所能给予丈夫的一切都给了他，而他还保持着自己的自由。她是他所有的朋友中最好的，具有男人所没有的同情心。两性关系不过是他们的友谊中最牢固的纽带罢了，它使他们之间的友谊得到完善，但并不是必不可少的。由于菲利普的欲望得到满足，他变得更加心平气和易于相处了。他觉得自己完全能够控制住自己了。他有时会想起那年冬天，那时他曾被可怕的情欲所困扰。想到这，心里充满了对米尔德里德的厌恶，对自己的痛恨。

考试迫近了，诺拉对这些考试像对他一样关心。她的热心使他感到非常愉快，也很感动。诺拉要他考试一结束就马上回来告诉她结果。他答应了。这一回他顺利地通过了三门考试。当他来告诉她的时候，她哭了。

“啊！我太高兴了，我原先多焦急啊！”

“你这小傻瓜。”他喉头哽咽着，笑不出声来。

看她那副表情，谁能不满意呢？

“现在你打算干什么？”她问道。

“我可以问心无愧地度个假。到冬季开学之前我都没事。”

“大概你将回布莱克斯特伯尔的伯父那儿去吧？”

“你完全猜错了，我打算留在伦敦和你一起玩。”

“我倒希望你离开。”

“为什么？你讨厌我了吗？”

她笑了，将两只手放在他的双肩上。

“因为你一直用功，看你都累垮了，你需要新鲜空气，需要休息，你还是走吧。”

他有好一会儿不吭声，用深情的目光凝视着她。

“你知道，除了你之外，其他人我一概不相信。你总是为我着想。我不明白你看中了我哪一点。”

“我让你离开一个月，看你回来还会不会说我的好话！”

她愉快地笑了。

“我将会说你体贴人，待人厚道，又不苛求于人。你从不发愁，也不令人讨厌，还很容易满足。”

“尽是荒唐话。”她说，“不过我可以这么告诉你：我曾经见过少数能向经验学习的人，我是他们中的一个。”

67

菲利普急不可待地盼望着回伦敦。他在布莱克斯特伯尔度假的两个月当中，诺拉频频来信。信都写得很长，笔触有力、大方。

信中她以风趣、幽默的笔调描述日常琐事、女房东的家庭纠纷、妙趣横生的笑料、排练节目时滑稽好笑的烦恼——她正在伦敦某家剧院的一个重要剧目里当配角——以及她跟小说出版商之间的种种奇遇。菲利普读了很多书、游泳、打网球、航海。十月初,他又在伦敦住了下来准备参加第二轮联试。他急于要通过这次考试,这样他就可以结束那些枯燥无味的课程。此后,学生就可以在门诊部实习,除了跟书本打交道外,还得接触各色各样的男女病人。菲利普每天都去看望诺拉。

这个夏天劳森一直在普尔,他在港口、海滨都作了许多写生画。他受委托画了两三幅肖像画。他打算待在伦敦,直到光线不好,没法画下去时再走。海沃德也在伦教,他意欲到国外过冬,不过由于下不了决心,所以逗留了一周又一周。海沃德这两三年来发福了——菲利普第一次在海德堡见到他迄今已有五年——他过早地秃顶了。他对这一点很敏感,所以特地留长发掩盖住头顶那块不雅观的地方。但他的眉毛现在很俊俏,这是他唯一的安慰。他的蓝眼睛已经黯然失色,无精打采地低垂着,那张嘴失去了青春的丰满,显得苍白无力。尽管他仍然含含糊糊地谈论着将来的打算,可已经逐渐缺乏说服力了。他也意识到他的朋友们不再相信他,两三杯威士忌一下肚,就流露出悲哀伤感的情绪。

“我是个失败者,”他嘟哝着,“我适应不了人生斗争的残忍,我所能够做的是靠边站,让那些庸俗之辈蜂拥而过,去追名逐利。”

他给人的印象是:失败比成功更加微妙、更加高雅。他暗示他的冷漠是由于厌倦了一切平庸、低下的东西。他大谈特谈起柏拉图。

“我以为你现在不再研究柏拉图了呢。”菲利普不耐烦地说。

“是吗?”他扬了扬眉毛问道。

他并不想继续谈这一话题。近来,他发现沉默对于保持尊严很有效。

“我真不明白,老是读同样的东西有什么用。”菲利普说,“那是变相的懒惰。”

“你认为你有那么好的脑子，仅仅读一遍就能理解这个最渊博的作家的作品吗？”

“我不想理解，我不是一个评论家。我不是为了他，而是为了我自己才对他感兴趣的。”

“那你为什么要读书呢？”

“部分是为了消遣，部分也是为了了解我自己。读书是我的一种习惯，不看书就好像不抽烟那么难受。我读书，似乎只用眼睛，不用脑子，但偶尔遇到某一段，也许只是一个词，它对我有所启发，我就把它吸收了。既然我已经从这本书上得到一切对我有用的东西了，再读十几遍也不会获得更多的东西。你看，一个人就好像是一朵没有开放的花蕾，你所读的以及你所做的对它基本上不起什么作用。可是有些东西对它却有特殊的意义，它们能打开花蕾的一片花瓣，花瓣一瓣瓣地开放，终于开成了一朵花。”

菲利普对自己的比喻并不满意，但他不知道除此之外该如何表达一件他虽然感觉到了，但又尚未弄清的事。

“你想干一番事业，还想出人头地。”海沃德耸了耸肩膀说，“这多么庸俗。”

菲利普到现在已经很了解海沃德了。他既软弱又虚荣。他虚荣心太强了，你得时时留心，以免伤害他的感情。他混淆了懒惰和理想主义，分不清这两者。有一天海沃德在劳森的画室遇到一名记者，这个记者被他的滔滔不绝的谈话迷住了。一星期后，一家报纸的编辑写信来，建议海沃德写一篇评论。海沃德整整四十八小时坐立不安，拿不定主意。长期以来，他一直说要从事这类职业，因此，不好意思断然拒绝。可是一想到要具体地做点事，他又感到恐慌。最后他还是谢绝这一请求，这才松了一口气。

“干这种事会影响我的工作。”他告诉菲利普说。

“什么工作？”菲利普粗声粗气地问道。

“我的精神生活。”他回答说。

接着，他又继续谈起日内瓦教授艾米尔的轶事。这位教授没有取得与他的才华相匹配的成就，直到他去世的时候，才在他的文件中发现了他的详尽而绝妙的日记。它记录着他失败的原因和对自己的辩解。海沃德莫名其妙地微笑着。

海沃德尚能兴致勃勃地谈论书籍。他情趣高雅，目光敏锐，一直对幻想感兴趣，这使他成了一名风趣的伙伴。幻想对他其实并没有什么意义，因为它们从来不曾对他有过什么影响。他只不过把它们当成拍卖店里的瓷器，兴致勃勃地玩味着这些瓷器的造型和釉彩，心里掂量着它们的价值，然后又把它们放回盒子里，再也不去想它们了。

但正是海沃德获得了重大的发现。一天晚上，在做了一定的准备之后，他把劳森和菲利普带到比克街的一家酒馆。这家馆子不仅本身的店面不一般，它的历史也不平凡——它保留着十八世纪那些能够激起浪漫想象和荣耀事迹的回忆——而且，它的鼻烟也是伦敦最闻名的。同时，这里的混合饮料尤其享有盛誉。海沃德领他们进入一间又长又大的房间，房间里色调暗淡，气派非同一般，墙上挂着大幅大幅的裸体女人画：它们是海登派的巨幅寓言画。屋里的烟味、煤气味和伦敦的气氛使它们更富有风采，看起来仿佛是古代画家的真迹。深色的镶板，粗大的、失去光泽的烫金檐口、桃花心木的餐桌，这一切使房间显得豪华而舒适。沿墙排列的皮椅，既柔软又舒适。大门对面一张桌子上放着一只公羊头，里头盛有驰名的鼻烟。他们要来了混合饮料，开怀畅饮。这是一种掺有朗姆酒的热的混合饮料，其妙处真是难以用文字来表达。要描述它光靠朴实无华的词汇和有限的形容词是远远不能胜任的。而华丽绝顶的辞藻，珠光宝气的外来语只能唤起人们激动不已的想象力。这种饮料能使人热血沸腾，头脑清醒，心旷神怡。它可以立即使人情趣横溢，同时也能领略别人的妙语。它有着音乐的捉摸不定，又有着数学的精确严密。只有其中的一种特性可以同其他东西相比：它有着一种好心肠的温暖，而它的滋味、气味以及给人的感受，都是难以用语言来形容的。如果查尔斯·拉姆[1]愿意的

---

① 查尔斯·拉姆(1775—1834)，英国散文家、文艺批评家。

话，以他无穷的智慧，完全可以描绘出他那个时代的动人的生活图景的；要是拜伦勋爵在《唐璜》的一节诗里来描述这件难以描绘的事，完全可以取得非凡的效果；如果奥斯卡·王尔德在拜占庭的织锦上堆饰伊斯法罕①珠宝的话，也许会创造出扰人心思的美好事物来。想到这，眼前不觉闪现出伊拉加贝勒斯②的盛宴，令人头晕目眩。德彪西③的微妙的和声与旧衣柜中散发出的霉味和芳香——衣柜里装的尽是不知哪一代人的旧衣裳、皱领、长袜和紧身上衣，与山谷里的百合花的清香和茄达奶酪的香味混杂在一起。

海沃德之所以会发现出售这种名贵饮料的酒馆是由于在街上遇到一位名叫麦卡利斯特的人。此人是他过去在剑桥的同学。他既是股票经纪人，又是哲学家。他习惯于每周光顾一次这家酒馆，不久，菲利普、劳森和海沃德也养成了每逢星期二晚上都在那儿聚会的习惯。社会风俗的改变使这家酒馆不如从前那么门庭若市了，这倒有利于喜欢在这儿聊天的人。麦卡利斯特这个人骨骼粗，显得过于矮胖，宽阔的脸胖墩墩的，说起话来，声音柔和。他是康德的学生，一切问题都从纯理性的观点出发。他喜欢阐述他所信奉的学说。菲利普听得津津有味。菲利普早就认为形而上学比什么东西都有趣。不过，形而上学在实际生活中是否有用，他并不太清楚。他在布莱克斯特伯尔苦思冥想而得出的一套完整的小小的思想体系，在他迷恋于米尔德里德的期间，并不曾有过明显的效用。他不能肯定理性对于指导生活有多大的帮助。在他看来，生活是不以人们的意志为转移的。他曾经受到强有力的情感支配，无能为力，好像被绳子拴在地上似的，无法挣脱。这情景迄今还历历在目。他从书本上看到许多明智的东西，可是只能根据自身的经验来加以判断（他不知道别人是否也是这样）。他采取一个行动，从不去权衡它的利弊，也不去考虑其利害得失。他好像被一种

① 伊斯法罕，伊朗城市。

② 伊拉加贝勒斯（204—222），罗马帝国皇帝，在位期为公元218—222年。

③ 德彪西（1862—1918），法国作曲家。

无法抗拒的力量驱使着。他行动起来不是一心二意的,而是全力以赴。那种左右着他的力量似乎与理性毫无关系。理性的全部作用,只不过向他指出要达到他心里想达到的目标所必须采取的途径而已。

麦卡利斯特提醒他注意“无上命令”[1]的论点:

“你应该这样行动,使你的每个行为都能成为一切人的行为的普遍准则。”

“依我看,这纯属无稽之谈。”菲利普说。

“你敢对伊曼纽尔·康德的理论发表这样的意见,太狂妄了。”麦卡利斯特反驳道。

“这有什么?崇拜某人说的话是愚蠢的:当今世界上盲目崇拜的现象简直屡见不鲜。康德之所以思考问题,并不是因为这些问题是真实的,而是因为他是康德罢了。”

“那么,你对‘无上命令’有什么不同看法?”

(他们争论着,好像帝国的命运处于危急关头似的。)

“它表明一个人可以凭意志力去选择自己的道路。它还指出理性是最可靠的向导,为什么它的旨意就一定比情欲的旨意强呢?它们并不是一回事,仅此而已。”

“你好像心甘情愿地充当自己情欲的奴隶。”

“是它的奴隶,因为我无能为力,但不是心甘情愿的。”菲利普笑着说。

他一边说着,一边想起驱使他去追逐米尔德里德的狂热劲儿。他记得自己如何恼怒,又如何感到这种情欲的堕落。

“谢天谢地,我现在已经完全解脱了。”他想。

然而,即使他这么说了,他仍不敢肯定自己说的是真心话。他受到情欲的驱使时,总感到有一种不寻常的活力,脑子特别活跃。他会变得更加生气勃勃,不仅有全身的兴奋,而且有心灵的激情,

---

① “无上命令”(Categorical Imperative),是德国哲学家康德提出来的(无上命令是良心至上的道德观),又译作“绝对命令”。

这一切使现在的生活显得枯燥无味。尽管他已忍受了一切痛苦，他却从那种意义上的充满激情、势不可当的生活中得到补偿。

菲利普的令人遗憾的议论，使他卷入了一场关于意志的自由的讨论。麦卡利斯特凭借丰富的记忆力提出了一个又一个的论点。他酷爱玩弄辩术，逼得菲利普自相矛盾。他将菲利普逼入窘境，使他不得不做出不利于自己的让步。他运用逻辑来挑他的毛病，引经据典，驳得他体无完肤。

菲利普最后说："好了，对别人的事我没有什么可说的，我只能谈谈自己的看法。在我脑子里自由意志的幻想太强烈了，我无法逃脱。可是我相信这只是幻想罢了。然而，这种幻想恰恰是我的行为的强烈的动机，在行动之前我觉得自己有选择权，这支配了我所做的事；可是后来事情做过后，我相信那样做是永远无法避免的。"

"你从中得出什么结论呢?"海沃德问道。

"噢，即后悔是徒劳的。牛奶打翻了，哭也没用，因为宇宙间的一切力量都一心要把它打翻嘛!"

68

一天早晨，菲利普起床时觉得头晕，于是又躺了下来，突然发觉自己病了。他四肢疼痛，浑身冷得直打战。女房东给他送早饭的时候，他隔着敞开的门，对她说他身体不舒服，要她送一杯茶，一片烤面包来。过了几分钟，有人敲门，格里菲思走了进来。他们住在同一幢公寓已一年多了，但除在走廊互相点头打招呼外，并无更深的交往。

"喂，听说你不舒服，"格里菲思说，"我想我应该进来看看，你究竟怎么啦。"

菲利普不知何故竟脸红起来，对自己的病不当一回事，说过一两小时就会好的。

“好吧，你最好让我量量你的体温。”格里菲思说。

“那没有必要。”菲利普烦躁地说。

“来吧。”

菲利普将体温计放进菲利普嘴里，格里菲思坐在床沿与菲利普兴致勃勃地聊了一会儿，然后取出体温计来，看了看。

“喏，你瞧，老兄，你必须卧床休息，我去请老迪肯来给你看病。”

“胡扯，”菲利普说，“我没事，你不必替我操心。”

“这谈不上操心。你在发烧，应该卧床休息。你躺着，好吗？”

他的举止有一种特殊的魅力，既庄重又和气，显得特别动人。

“你的临床风度简直太妙了。”菲利普低声说道，微笑着合上眼睛。

格里菲思替他抖了抖枕头，利索地把床单捋平，帮他塞紧被子。他走进菲利普的会客室找虹吸瓶，没找到，就回自己的房间拿了一只来。他将百叶窗拉下来。

“睡吧！等老迪肯查完了病房我就把他带来。”

似乎过了好几个钟头才有人来看菲利普。他觉得头好像要炸开似的，四肢剧痛，他担心自己会哭起来。这时，有人敲门，健壮而又风趣的格里菲思走了进来。

“迪肯大夫来了。”他说。

医生走上前来。他是个态度和蔼的长者，菲利普跟他只是面熟。医生问了问病情，简单地检查了一下，然后做出诊断。

“你看他是什么病？”他微笑着问格里菲思。

“流感。”

“完全正确。”

迪肯大夫打量了一下这间光线很差的房间。

“去住院好吗？他们会把你安置在单人病房，在那儿你可以被照顾得好一些。”

“我宁愿待在这儿。”菲利普说。

他不想受人打扰，对新环境总是畏首畏尾的。他不愿意护士为他忙这忙那的，也不喜欢医院那种令人沉闷的气氛。

“先生，我可以照料他。”格里菲思立即说道。

“哦，那太好啦！”

他开了处方，又嘱咐了几句就走了。

“现在，你得完全听我的。”格里菲思说，“我既是白班护士，又是夜班护士。”

“你真是太好了，可是我什么也不需要。”菲利普说。

格里菲思把手放在菲利普的额头上，那是一只又凉又干的大手，菲利普觉得这样一摸倒很舒服。

“我拿这个方子到药房配了药就回来。”

过了一会儿，他把药取来了。他让菲利普吃了一剂，然后他上楼拿书去了。

“今天下午我就在你的会客室学习，没关系吧！”他下楼时说道，“我把你房间的门开着，你需要什么，就喊我一声。”

当天晚些时候，菲利普迷迷糊糊地打了个盹，醒来时听到他会客室里有人说话的声音，是格里菲思的一个朋友找他。

“喂，你最好今晚别来。”他听到格里菲思这么说。

一两分钟后，又有一个人走进屋来，他看到格里菲思在那儿，感到很惊奇。菲利普听到格里菲思解释说：“我在照顾一个二年级学生，这是他的房间。这可怜的家伙得了流行性感冒，今晚别玩惠斯特牌了，老兄。”

不久，会客室又剩下格里菲思一人了，菲利普便招呼他。

“喂，你何必辞掉今晚的约会呢？”他问道。

“不是为了你才辞掉的，我得读外科学。”

“你还是玩你的吧，我不要紧，你不必为我担心。”

“好的。”

菲利普病情加重了。到夜幕降临时，他变得有点神志不清。他夜里没睡好，第二天天没亮就醒过来了。他看见格里菲思离开扶椅，跪在地上，用手指把煤一块块地往壁炉里添。他身上穿着一套睡衣裤和一件晨衣。

“你在这里干什么?”菲利普问道。

“把你吵醒了吗?我想一声不响地把炉子添好。”

“你为什么不睡,几点了?”

“大约五点,我想今晚还是替你守夜,于是我搬一张扶椅,坐在这儿,要是铺上床垫的话,我怕会睡熟了,你要什么的话我也听不见。”

“希望你别对我太费心了。”菲利普呻吟道,“要是你也被传染上呢?”

“那你就来护理我,老兄。”格里菲思笑着说。

早晨,格里菲思拉开百叶窗。由于守了一整夜,他脸色显得苍白、疲倦,但是精神尚好。

“我给你擦洗一下吧!”他兴冲冲地对菲利普说。

“我自己能洗。”菲利普不好意思地说。

“胡说。要是你住在小病房,护士会帮你洗的。我可以做得跟护士一样好。”

菲利普太虚弱、太狼狈了,只好听命,让格里菲思替他洗手、洗脸、洗脚、擦胸、擦背。格里菲思的动作非常温柔,一边洗一边亲切地跟他聊天,然后,像在医院里的做法一样,给他换了床单,抖松枕头,整理好被褥。

“如果阿瑟护士长来看我就好了,她对我的护理工作一定大为惊讶。迪肯大夫一早就会过来看你。”

“我真不明白为什么你会对我这么好。”菲利普说。

“这是个很好的实习机会,护理病人是件乐事。”

格里菲思给他端来早点,然后上楼穿衣服吃东西去了。将近十点格里菲思又回来了,手里捧着一串葡萄和几枝鲜花。

“你真是太好了!”菲利普说。

他在床上一连躺了五天。

诺拉和格里菲思两个人轮流护理。格里菲思和菲利普年纪相仿,可是他却以一种幽默的、慈母般的态度对待菲利普。他很体贴人,既温存又善于勉励人。可是他最优秀的品质还在于他有一股朝气,仿佛这股朝气能为接触他的每个人都带来健康似的。菲利普不习惯多数人从他们的母亲或姐妹那里得到的那种抚爱,这位强壮的年轻人的女性般的温存体贴深深地感动了他。菲利普的病情逐渐好转了。格里菲思无所事事地坐在菲利普的房间里,尽讲些感情上的风流韵事让菲利普开心。他是个轻佻的人,可以同时与三四个女人鬼混。他把为了摆脱纠缠而不得不采取的种种手段描述得娓娓动听。他有一种天赋,能使他遇到的每件事都蒙上了浪漫的色彩。他负债累累,把所有值钱的东西都拿去典当了。但他总是设法保持快活、大方和慷慨。他生来就是一个冒险家。他喜欢那些从事不三不四的职业以及随机应变、反复无常的人。他结交了许多经常出没于伦敦酒吧间的流氓。放荡的女人把他视为知心朋友,向他诉说她们生活中遇到的烦恼、艰辛和成功。以诈术赌纸牌为生的人也体谅他的清贫,请他吃饭,还借他五镑钞票。他的考试接二连三地不及格,但他对此满不在乎。他对父母的规劝总是以迷人的风度毕恭毕敬地顺从,因此,在利兹开业行医的父亲也就不忍心去跟他发脾气了。

"读书方面我是个大笨蛋。"他快活地说,"我的脑子就是不灵活。"

他的生活太快乐了。但是,显然,当他度过风华正茂的青年时代,最终取得医生资格以后,他将会在事业上有所成就,单凭他那翩翩的风度与魅力就能替人治病。

菲利普崇拜他,正如在学校里崇拜那些身材高大、为人正直、气魄非凡的男孩子一样。到他病愈时,他们已成了牢固紧密的朋友了。格里菲思似乎很喜欢到他的小会客室坐坐,以风趣的闲聊和不停地抽烟来消磨菲利普的时间,菲利普的心里感到特别愉快。有时菲利普带他上里金特大街的酒馆。海沃德认为格里菲思很蠢,可是劳森能看出他的魅力,渴望给他画像。他的体态生动,有着蓝蓝的眸子、白皙的皮肤和卷曲的头发。他们经常讨论他什么也不懂的问题,而他默默地坐着,俊美的脸上挂着温厚的笑容,理所当然地觉得他的在场就可以给同伴们增添不少乐趣。当他知道麦卡利斯特是个股票经纪人的时候,他就急想探听一下行情。麦卡利斯特带着严肃的笑容告诉他,如果他在某个时候能买一些股票,他就能发一大笔财了。这使菲利普垂涎三尺,因为在某种程度上他也是入不敷出,如果他能照麦卡利斯特指点的窍门捞一些钱,这对他是再合适不过的了。

"下回我打听到确切的好消息,就告诉你。"股票经纪人说,"机会总是有的,只是要等候时机。"

菲利普情不自禁地想,要是能赚上五十镑该多好哇!这样,他就可以为诺拉添置她冬天急需的皮大衣了。他望着里金特街上的商店,心里挑选着他将可以用这笔钱购买的物品。她什么都应该有,因为她使他的生活充满阳光。

69

一天下午,他从医院回来,像往常一样,到诺拉处用茶点之前总要先梳洗打扮一番。他掏出钥匙要开门时,女房东替他把门打开了。

"有位小姐等着要见你。"她说。

"见我?"菲利普惊奇地问道。

他感到诧异。来者一定是诺拉,不知道她过来有什么事。

"我本不该让她进来,只是她来了三趟,没有找到你似乎很难过,我才让她在这儿等着。"

他撇开正在解释的女房东,一头冲进屋里。他的心一下子沉了:是米尔德里德!她坐着,见他进来,赶快站起来。她既不向他走去,也不说话。他大吃一惊,连自己在说些什么也不知道。

"你到底要干什么?"他问道。

她不回答,却哭起来。她没用手捂住眼睛,却双手垂在身边,样子像一个来找工作的女仆。她的举止显得异常谦卑。菲利普不知道自己心里是什么样的滋味。他真想立即转身离开房间。

“没想到我还会再看见你。”他终于开口了。

“但愿我死了的好。”她呜咽着。

菲利普让她站在原地。此刻,他只想到让自己镇静下来。他的双膝在发抖,他望着她,绝望地呻吟着。

“出什么事了?”他说道。

“埃米尔——他抛弃了我。”

菲利普的心怦怦直跳。这时,他知道他还像过去一样深深地爱着她,对她的爱从未停止过。她站在他面前,那样的谦恭柔顺。他真想把她搂在怀里,在她那泪痕斑斑的脸蛋上吻个够。多么漫长的分离啊!他不知道自己是怎样熬过来的。

“你还是坐下吧。我给你弄点儿喝的。”

菲利普把椅子往壁炉那边挪了挪,她坐了下来。他替她调了一杯威士忌苏打水。她边喝边抽泣着,用那双充满悲哀的大眼睛望着他。她的眼睛下布满深色的晕圈。她比他上回见到她时瘦多了,脸色更苍白了。

“上次你向我求婚时我要是嫁给你就好了。”她说。

不知道为什么,这句话似乎使他心里热乎起来了。他再也无法强迫自己不去亲近她了。他将一只手搭在她肩上。

“你遇到这样的不幸我非常难过。”

她把头偎依在他胸前,歇斯底里地大哭起来。她嫌帽子碍手碍脚,就将它摘了。他做梦也不曾想到她会哭得那样伤心。他一次又一次吻着她。她这才稍微平静了一点。

“过去你一直待我好,菲利普。”她说,“所以我知道可以来找你。”

“告诉我出了什么事啦。”

“噢,我不,我不。”她叫喊着,从他怀里挣开。

他跪在她身边,将他的脸颊紧贴着她的脸颊。

“你难道不知道,你什么都可以对我讲吗?我绝不会责备你。”

她把事情的经过一点一点地告诉他。有时她抽泣得很厉害，他几乎听不明白。

“上星期一，他上伯明翰去，说是星期四一定回来。可是他根本就没回来，到星期五还是没有回来。于是我写信问他到底出了什么事，他根本不回信。所以我又写信说，要是他还不回信，我就要去伯明翰找他了。今天早晨，我收到他律师的来函，说我无权对他提出要求，假如我去干扰他，他就要寻求法律保护。”

“真是岂有此理，”菲利普大声叫道，“一个男人绝不可这样对待自己的妻子。你们吵过嘴没有？”

“哦，吵了。星期天我们吵了一架，他说他讨厌我，以前他也这么说，但最后还是回来了。我以为他不会当真。我告诉他快要生孩子了，他吓坏了。我以前尽量瞒着他，后来我不得不告诉他。他说这是我的过错，说我本来应该更懂事一点。你听听他说的是什么话！但我很快发觉他根本不是一个绅士。他一点钱也没留下就走了，连房租都没付，我又没钱，女房东冲着我说——算了，照她的说法我简直就是贼了。”

“我以为你们要租一套房子呢。”

“他是这么说过，但我们只在海伯里租了套带家具的房间，他实在太小气了。他说我花钱大手大脚，可他给我多少钱，让我挥霍？”

她有个特点，讲起话来事无巨细全混在一起。菲利普都听糊涂了，整个事情简直不可思议。

“没有一个男人会这么混账。”

“你不了解他。现在，即使他跪在我面前请我回去我也不回去了。我过去真傻，怎么会想到跟他的呢？他也不是他所说的挣那么多的钱，他尽对我扯谎！”

菲利普思索了一会儿。他被她的悲哀深深地打动了，因此顾不得想到自己过去的痛苦。

“要我去一趟伯明翰吗？我可以去见他，设法替你们和解。”

“哦,不可能了。现在他绝不会回心转意的,我了解他。”

“但他必须赡养你。他不能逃脱这个责任。这种事我一窍不通,你最好去找个律师。”

“我哪能呢?我没有钱。”

“这由我来付好了。我给我自己的律师写封信。就是那位运动员,也是我父亲的遗嘱执行人。现在我就同你一块去好吗?我想他还在办公室。”

“不,你给他写封信让我交给他,我自己去。”

她现在平静些了。菲利普坐下来写了一封短信,旋即,又想到她身边没钱,幸亏他前天兑换了张支票,可以给她五镑。

“你对我真好,菲利普。”她说。

“能替你做点事,我很高兴。”

“你还喜欢我吗?”

“还和以前一样喜欢。”

她仰起嘴唇让他亲吻。从前他从来没见到她这么顺从过。仅此一点,遭受过的一切痛苦都是值得的了。

她走了。他发觉她在这儿待了两小时,他感到心里乐滋滋的。

“可怜,可怜!”他自言自语道,心中燃烧着比以前更加强烈的爱情。

八点钟左右他收到一份电报,在这以前他根本没有想到诺拉,用不着打开电报他就知道这是诺拉拍来的。

出了什么事?诺拉。

他不知道该怎么办,也不知道如何回复。她正在一家剧院担任配角,他可以在她演出结束后去接她,并且像有些时候那样陪她一起漫步回家,但是他打心眼里不想那天晚上见到她。他想给她写信,但却无法像平时一样称呼她“最亲爱的诺拉”。他决定给她拍个电报。

遗憾，走不开，菲利普。

他眼前浮现出了诺拉的模样。想起她那丑陋的小脸蛋，高凸的颧骨和粗鄙的脸色，他觉得有点儿厌恶。一想到她那粗糙的皮肤，他浑身就起鸡皮疙瘩。他知道发出电报之后，他这一方应紧接着采取某个行动，但无论如何，这份电报推迟了这一行动。

第二天他又发了一份电报：

遗憾，不能来，详见信。

米尔德里德提出下午四点钟来，他不愿告诉她这个时间不方便，毕竟是她先来的。他焦急地等着她，他在窗口守着，看到她来了，就亲自去开门。

"哦，见到尼克森了吗？"

"见到了，"她回答，"他说这么做没用，什么办法也不行。我只得咬咬牙默默地忍受。"

"那是不可能的。"菲利普大声说。

她疲乏地坐了下来。

"他说出什么道理了吗？"他说。

她给菲利普一封捏皱了的信。

"这是你写给尼克森的信，菲利普，我没有送去。我昨天不能告诉你，确实不能。埃米尔没有和我结婚，他不能同我结婚。他已经有妻子还有了三个孩子。"

菲利普感到一阵突如其来的妒意和痛苦。他简直无法忍受。

"所以我不能回我姑妈那儿，眼下除了你这儿，我没有地方可去。"

"是什么促使你跟他走呢？"菲利普强作镇定，压低声音问道。

"我不知道。起初我不知道他结过婚。当他告诉我的时候，我当面责骂他。后来我好几个月没见到他。他又回到店里并向我求婚时，我不知道我是怎么鬼迷心窍的。只觉得好像是情不自禁似的，不得不跟他走。”

“那时你爱他吗？”

“我不知道，他说的话我总是忍不住发笑。同时，他确实也有些身份——他说我一定不会后悔，答应每星期给我七镑——他说他挣十五镑。这全是扯谎，他没有挣这么多。当时，我讨厌天天早晨去茶馆上班，与我姑妈又合不来；她不拿我当亲戚看待，却拿我当用人，说我应该自己整理房间，要不就没有人会替我整理。唉，我悔不该跟他走。可是当他到店里向我求婚时我觉得实在没法拒绝。”

菲利普从她身边走开了，他在桌子旁边坐下来，两手捂着脸，只觉得自己蒙受着奇耻大辱。

“你不生我的气吧，菲利普？”她以哀怜的声调问道。

“不，”他抬起头来，但是没有看她，“只是伤心透了。”

“为什么？”

“你知道我非常爱你，为了让你喜欢我，我能做的事都做了。我想你不可能去爱别人。我万万没有想到你甘愿为那个鲁莽汉子牺牲一切，我不知道你看中了他哪一点。”

“菲利普，我太遗憾了。后来我后悔极了，我敢向你保证，真的后悔极了。”

菲利普想起了埃米尔·米勒，想起他那苍白的病容，那双狡黠的蓝眼睛，以及那副油头滑脑的精明相。他老是穿那件鲜红的针织背心。菲利普叹了一口气。她站起身来，向他走去，将一只手臂搂着他的脖子。

“我永远忘不了你提出要和我结婚，菲利普。”

他握住她的手，抬头望着她。她弯下身子来吻他。

“菲利普，如果你还要我，现在你愿意让我干什么都行。我知道你是一个十足的正人君子。”

他的心仿佛停止了跳动。她的话使他觉得有些恶心。

“你真的太好啦，但我不能。”

“难道你不再爱我了吗？”

"我一心一意地爱着你。"

"那么,既然我们有这个机会,为什么不乘机玩个痛快呢？你知道,现在没关系啦!"

他挣脱了她的搂抱。

"你不明白。自从我见到了你,我就一直爱着你,可是现在——那个男人。不幸的是我有着丰富的想象力,一想起他我就恶心。"

"你很滑稽。"她说。

他又抓住她的手,对着她微笑。

"你别认为我薄情寡义。我太感谢你了。可是,你也知道,这种情感比我的感激强多了。"

"你是个好朋友,菲利普。"

他们继续谈着,不久,他们又恢复到昔日亲密的同伴关系。天色已晚,菲利普建议他们一块吃饭,然后去杂耍剧场。她让菲利普做了一番劝说工作,因为她想装出一副与目前的处境相称的姿态。她本能地感到,以她现在这副狼狈相是不宜到娱乐场所去的。最后,菲利普说请她去是为了使他高兴,直到她认为这是一种自我牺牲的举动时,她才答应了。她比以前会体贴人了,这使菲利普很兴奋。她要求菲利普带她上索霍街的小饭馆,他们过去经常去那里。他对她无限感激,因为她的建议勾起了他对幸福的往事的美好回忆。吃饭的时候她的精神好多了,从街道拐角处的小酒店买来的法国红葡萄酒温暖着她的心。她甚至忘了她应该保持悲伤的表情。菲利普心想现在可以安然地和她谈起将来的打算了。

"你身上大概一点钱都没有了吧!"菲利普找个机会问道。

"只有你昨天给我的五镑,我得给女房东三镑。"

"这样吧,我再给你添十镑钞票先凑合着用。我再去找我的律师,让他给米勒写封信去。我们一定可以叫他定期付一笔款子的。要是能够从他身上弄到一百镑的话,这你就可以维持到生孩子了。"

"我宁可挨饿,也不拿他一个便士。"

“但是他这样把你撂下不管,也太可恶了。”

“我有我的自尊心。”

菲利普有点为难。他需要尽量节省开支,这样才能维持到取得医生资格。他还得留一笔钱,作为今后在这所医院或其他医院当住院内科或外科医生时的生活费用。可是米尔德里德对他讲起了埃米尔如何如何的一毛不拔,他也不敢去规劝她,以免她也指责自己不够慷慨大方。

“我宁愿沿街讨饭,也不要拿他一个便士。要不是目前我这种身体状况,我早就着手找工作了。你总还得考虑身体状况,是不是?”

“眼下你不必发愁,”菲利普说,“在你能够再工作之前,我可以满足你的一切需要。”

“我知道我可以指望你。我告诉埃米尔,别以为我走投无路,我告诉他,你是个十足的正人君子。”

菲利普渐渐知道了他们是怎么分手的。原来,这家伙的妻子发觉了他定期赴伦敦期间所干的风流事,于是她就去找他公司的老板。她威胁着要和他离婚。公司说假如她和他离婚,他们就要解雇他。他很疼爱他的孩子,舍不得离开他们。当他不得不在情妇和妻子之间做出抉择时,他选择了妻子。他老是担心,要是这一头有了孩子,那就糟透了。当米尔德里德再也不能隐瞒下去,把真相告诉他时,他惊慌失措,找碴儿跟她吵了一架,一走了之。

“你什么时候分娩?”菲利普问。

“三月初。”

“还有三个月。”

有必要筹划一下。米尔德里德声称她不住海伯里的公寓了。菲利普也认为她应住得离自己近些,这样就方便多了。他答应第二天去找房子。她提出沃克斯霍尔桥大街是个理想的地点。

“而且从今后考虑,这地方也不远。”她说。

“你这是什么意思?”

“哦,我在那儿只能待两个月或更长一点时间,然后就要搬进一幢房子。我知道有一处很体面的地方,那里住的都是很有身份的人,每星期付四畿尼,不必付其他杂费,当然请大夫的钱还得另给,仅此而已。我的一个朋友上那儿住了,管房子的太太一丝不苟,我打算告诉她,我的丈夫是个驻印度的军官,我是到伦敦来生孩子的,因为这样更有利于我的健康。"

菲利普听她这么说感到很离奇。她那纤秀的相貌和苍白的脸庞看起来十分冷静,像一位文静的少女。想起她胸中熊熊燃烧着如此出人意料的情火,他的心里感到一阵不可名状的忧虑和不安,脉搏也加快了。

70

菲利普回寓所时盼望能收到诺拉的信,可是什么也没有。第二天早晨仍然没有。这一沉默激怒了他,同时也引起他的恐慌。自从去年六月他住在伦敦以来,他们一直天天见面。这两天他没拜访她,也没说明为什么没去,她该会觉得奇怪。他不知道是否她碰巧见到他和米尔德里德在一块了。想到她的伤心和不快,他觉得于心不忍,决定当天下午去拜访她。他几乎有点想责备她,因为他竟然容许自己跟她保持这么亲昵的关系。一想起要继续保持这种关系,他内心就充满厌恶。

他在沃克斯霍尔桥大街一幢房子的三楼替米尔德里德租了两间房子。那地方声音嘈杂,不过,他知道她喜欢窗外的来往车辆的喧闹声。

"我不喜欢死气沉沉的街道,整天连个人影也见不着。"她说道,"给我一点生活的气息吧。"

接着,他便硬着头皮到文森特广场去。他按铃时内心充满忧虑,总觉得这样对待诺拉太过分了,生怕诺拉会责备他。他知道她脾气不好,他不喜欢吵架,也许最妥当的办法是坦白告诉她米尔德里德又回到他身边,而他对她的爱仍如先前一样热烈;他很遗憾,但再也不能爱诺拉了。接着,他想起了她极度的痛苦,因为他知道她爱他;以前她的爱曾经使他飘飘然,他不胜感激;可现在这种爱却是可怕的。她不应该忍受他强加于她的痛苦。他暗自想:现在她会如何接待自己呢?上楼时,他脑海里浮现出她可能出现的各种举动。他敲了门。他感到脸色煞白,不知如何掩饰内心的紧张。

诺拉正在奋笔疾书,菲利普一进来,她便跳了起来。

"我听出你的脚步声,"她叫道,"这几天你躲到哪儿去了?你这淘气鬼!"

她喜气洋洋地向他走过来,双臂搂着他的脖子,她见到了他高兴极了。他吻了她。然后,为了使自己镇定下来,说他很想喝茶,她赶忙捅一下炉子,把壶里的水烧开。

"我一直很忙。"他笨拙地说道。

她开始眉飞色舞地扯开了,她告诉他,她最近又受托为一家出版商写一篇中篇小说,这家出版商还是第一次雇她。这样她可以挣十五畿尼。

"这笔钱简直是从天上掉下来的。我告诉你我们怎么花,我们可以做一次短途旅游,到牛津大学去玩一天,好吗?我很想去看一看那里的几所学院。"

他注视着她,看她眼里是否有责备的神色。但它们如平常一样的爽朗、快活:见到他,她开心极了。他心灰意懒了。他能把那件残酷的事实告诉她吗?她给他烤了点面包,切成一小片一小片的,然后递给他,好像他是小孩似的。

"吃饱了吗?"她问道。

他微笑着点点头。她替他点了一支烟,然后,又像她平时喜欢的那样,走过来坐在他腿上。她的体重很轻。她发出一声甜蜜的幸福的长叹,将身子往后靠,偎依在他怀里。

"对我说些亲切的话。"她喃喃道。

"要我说什么呢?"

"你可以尽量地想象,说你多么喜欢我。"

"你知道我喜欢你。"

他无意在这时候告诉她。无论如何这一天也要让她平平静静地度过。也许,他可以写信告诉她,这比较容易办到。他不忍心想到她痛哭流涕的样子。她要他吻她,而当他吻她的时候,他想起了米尔德里德,想起了她的苍白的薄薄的嘴唇。对米尔德里德的回忆每时每刻都萦绕着他,她好像是一个比影子更实在的充实的形体,不断地分散着他的注意力。

"你今天很沉默。"诺拉说。

她的喋喋不休常常是他们之间的笑柄,他回答道:

"你从来不让我有插嘴的机会,因此我已经没有说话的习惯了。"

"可是你也不注意听我说话呀,这样很不礼貌。"

他有点脸红,怀疑她是否已微微觉察出他内心的秘密。他不安地将目光移开。今天下午她的体重使他讨厌,他不想让她碰他。

"我的脚发麻了。"他说。

"真对不起,"她跳起来,大声说道,"假如我改不掉坐在男人腿上的习惯,我非节食减肥不可。"

他煞有介事地在地板上跺跺脚,在房间里来回走着,然后,站在壁炉前面,以免她又坐到他腿上。她谈话的时候,他觉得她要比米尔德里德强十倍,她更能使他快乐。同她谈话他也更愉快;她比米尔德里德聪明,性情也好得多。她是个善良、勇敢、诚实的小妇人。而米尔德里德呢,他怨恨地想,这些形容词她一个也配不上。要是他有一点理性的话,他就应该坚持和诺拉好下去,和她在一起会比和米尔德里德在一起更幸福;毕竟诺拉爱他,而米尔德里德只是感激他的帮助而已。可是,爱别人毕竟要比被别人爱更有意思。他一心一意爱米尔德里德。他宁可和她待十分钟,也不愿意同诺拉待整整一个下午。他把在她那冰凉的嘴唇上吻一吻,看得比诺拉能给他的一切吻都更加珍贵。

"我没法摆脱,"他想,"我已经被她迷住了。"

即便她无情无义、卑鄙庸俗、愚昧贪婪,他还是爱她。他宁愿同这一个受苦,也不愿意和另一位享福。

当他起身要走的时候,诺拉漫不经心地说:

“明天能见到你吧,嗯?”

“能。”他回答。

他知道他明天不能来,因为他要帮米尔德里德搬家,可是他没有勇气说出口。他打定主意给诺拉发一份电报。米尔德里德早晨去看房子,很满意。午饭后,菲利普跟她一块上海伯里。她有只衣箱,另外还有一只箱子装着零碎杂物,坐垫、灯罩、相框等等。她打算用这些东西把房子摆设得像个家的样子。此外,她还有两三个大纸板箱,可是所有这些财产无非只够放在四轮马车的车顶而已。他们乘马车通过维多利亚大街时,菲利普尽量往马车的后座蜷缩,免得被碰巧路过这儿的诺拉撞见。他没有机会去拍电报,也不便从沃克斯霍尔桥街邮电所给她拍电报,因为诺拉会怀疑他到那儿去干什么。况且假如他人在那儿,就毫无借口不到近在咫尺的她的寓所去。他决定最好还是花半小时去拜访她。但是这件不得不做的事激怒了他。他生诺拉的气,因为她迫使他不得不采取庸俗卑劣的手段。同米尔德里德在一起他觉得很愉快。帮她打开行李他感到很有趣。把她安置在由他找的,由他支付房租的寓所,使他体验到一种富有魅力的占有感。他不肯让她动手,替她做事是件乐事,而她也没有心思去做别人似乎热心替她做的事。他替她把衣箱里的衣服拿出来放好。她没打算再出去,所以他替她拿拖鞋,代她脱靴子。他对履行仆人的职责感到莫大的喜悦。

“你可把我宠坏了。”他跪下来替她解靴扣时,她一边说,一边用手指柔情蜜意地抚弄他的头发。

他拉起她的双手吻了起来。

“有你在这儿,真是妙极啦。”

他整理坐垫和相框,她有好几只绿色的陶瓶。

“明天我买一些花来插。”他说。

他得意地四下打量着自己的手艺。

“我不再出门了,我想还是穿件宽松的女袍。”她说道,“帮我从后面解开纽扣,好吗?”

她若无其事地背过身子,好像他是个女人似的。他的性别对她无关紧要。但他对于她这句话表示的亲昵劲儿充满着感激之情。他笨拙地解开她衣服上的一个个的纽扣。

“第一天踏进茶馆时,我没想到今天会替你干这事。”说着他勉强地笑了笑。

“总要有人干。”她回答说。

她进寝室换了一件淡蓝色的宽松女袍,上面装饰着许多廉价的花边。然后,菲利普将她安顿在一张沙发上,便为她沏茶。

“恐怕我不能留下来和你一起用茶了,”他抱歉地说道,“我有个很不愉快的约会,不过半小时我就回来。”

假如她问他是什么约会,他真不知道该如何回答,但她没有这种好奇心。他租房子的时候就订了两个人的饭,本来打算和她安安稳稳地过一个晚上。他急着要赶回来,所以就乘坐电车穿过沃克斯霍尔桥大街。他想,最好一见面就向诺拉讲明他最多只能待几分钟。

“喂,我仅有向你打个招呼的时间,”他一跨入她的房间便说,“我实在太忙了。”

她的脸一下子沉了下来。

“怎么?出了什么事?”

她竟迫使他撒谎,这触怒了他。他回答说他必须上医院去参加一场手术示范时,他自觉脸红了。他觉得她的神情好像不相信他似的,这使他越发恼火了。

“哦,那好,没关系,”她说,“明天一天你可以陪我。”

他茫然若失地看着她。明天是星期天,他一直盼望着和米尔德里德一起过呢。他思忖着出于礼貌他也应该这么做,总不能把她一个人孤零零地撇在陌生的屋子里。

“太对不起了,我明天有事。”

他知道这是一场争吵的开端。而他本来是想不惜一切代价避免的。诺拉的脸涨得更红了。

“可是我已经邀请戈登夫妇来吃午饭，”——戈登是个演员，他们夫妇正在外省旅游，这一天要在伦敦过，“这事我一星期前就告诉你了。”

“实在对不起，我忘了。”他支支吾吾地说，“我可能来不了。你就不能另请别人？”

“那你明天要干什么？”

“我希望你不要盘问我。”

“你不愿意告诉我，是吗？”

“告诉你我倒一点也不介意，可是被迫说明一个人的一举一动，这可是件恼人的事。”

诺拉的脸色突然变了，她尽力克制着自己才没有发脾气。她站起身来，拉起他的双手。

“明天别让我失望，菲利普，我多么盼望能和你一块过这一天啊！戈登夫妇想见见你，我们会玩得很痛快的。”

“要是能来我就来了。”

“我并不苛求，是吧！我很少找你的麻烦的。你就不能取消你那个讨厌的约会吗？——就这一次？”

“很抱歉，我不能取消。”他满脸不高兴地回答说。

“告诉我是什么约会。”她以哄孩子似的口吻问道。

他不慌不忙地编造了一个理由。

“格里菲思的两个妹妹要来过周末，我们要带她们出去玩。”

“就这么点事？”她高兴地说，“格里菲思可以很容易地另找别人嘛。”

他后悔没有想到更紧要的事。这一谎言编得太糟了。

“不，很抱歉，我不能——我答应了，我必须遵守诺言。”

“可是你也答应我了呀，肯定是我先提出来的。”

“希望你别坚持了。”他说。

她发火了。

“你不想来，所以才不来。最近这几天不知道你在干些什么，你完全变了。”

他看了看手表。

“恐怕我得走了。”他说。

“你明天不来吗?”

“不来。”

“那你以后也别再来了。”她大发脾气,大声嚷道。

“随你便。”他回答说。

“别再让我耽误你了。”她讥讽地说。

他耸了耸肩膀,走了出来。他松了一口气,总算没有把事情闹大,还没有出现眼泪。他一边走,一边暗自庆幸这么容易就了却这件事。他走进维多利亚大街,给米尔德里德买一些鲜花。

简单的晚餐十分成功。菲利普早先送上了一小缸鱼子酱,他知道米尔德里德喜欢。女房东给端来了一盘蔬菜炒肉片和一道甜食。菲利普要了她最喜欢的红葡萄酒。敞开的窗帘,熊熊的炉火,灯泡安在米尔德里德的灯罩,房间显得舒适、惬意。

“真像一个家。”菲利普微笑着说。

“我的处境也许会越来越糟,会吗?”她回答说。

饭毕,菲利普拉了两张扶椅放在壁炉前面,他们坐了下来。他舒舒服服地抽了斗烟,感到怡然自得。

“明天你要干什么?”他问道。

“我要到塔尔士山,你还记得茶馆里的那位女经理吧。喔,她现在已经结婚了,她邀我去和她过星期天。当然她认为我也结过婚了。”

菲利普的心凉了半截。

“可我回绝别人的一个邀请,为的是和你一块过星期天呀。”

他想,假如她爱他,她将会说,既然这样,她就留下来陪他。他很清楚,要是诺拉的话,一定会毫不犹豫的。

“唉,你太傻了,三个多星期以前我就答应要去了。”

“可是你一个人怎么去呢?”

“哦,我会说埃米尔有事到外地去了。女经理的丈夫是做手套生意的,他是一个很有教养的人。”

菲利普沉默了，痛楚的心情涌上心头。她瞟了他一眼。

“你不会连这一点快乐也不肯给吧，菲利普？要知道，这是我出去走走的最后一次机会了，谁知要多久才能再出去呢，何况我已经答应了。”

他拉起她的手笑着说：

“不，亲爱的。我愿你尽情地玩，只希望你能快乐。”

一本蓝皮小书打开着反扣在沙发上，菲利普顺手把它拿起来。这是一本价值两便士的廉价中篇小说，作者是考特尼·佩吉特，那是诺拉的笔名。

“我实在喜欢他的书，”米尔德里德说，“他的书我全都读过，写得太美了。”

记得诺拉谈起自己的时候曾经说过：

“我在帮厨女工中名气大着呢。她们都认为我很有教养。”

71

菲利普为报答格里菲思对他的信任，把自己错综复杂的风流韵事一五一十地告诉了他。星期天早晨用过早饭后，他们穿着晨衣坐在壁炉旁抽烟，这时他又谈起了前天跟诺拉争吵的经过。格里菲思对他轻而易举地摆脱困境表示庆贺。

“勾上一个女人是世界上最简单不过的事，”他精辟地说道，“可是要甩掉就麻烦了。”

菲利普想到自己了结这件事的手腕，不由得沾沾自喜。不管怎么说他现在心安理得。想到米尔德里德在塔尔士山玩得很痛快，他为她的幸福而感到心满意足。尽管她的快乐是用他的失望换来的，但是他并没有因此而嫉妒她，在他看来这是一种自我牺牲的高尚行为，他内心感到由衷的喜悦。

然而星期一早晨他在桌子上看到诺拉的一封来信。她写道：

最亲爱的：

星期六我对你发脾气，真对不起。原谅我，像往常一样下午来用茶吧。我爱你。

你的诺拉

他心情沮丧，不知道该怎么办才好。他把信拿去给格里菲思看。

“你最好别回信。”他说。

“唉，那怎么成。”菲利普嚷道，“想到她在那里等呀等的，我会很难过的。你不知道盼望邮递员的敲门声是什么滋味，我可深有体会。不忍心让别人也受那种折磨。”

“老兄，没有哪一方受点苦，你就别想断绝这种关系。你要咬紧牙关。要知道，这种痛苦只是一时的。”

菲利普觉得诺拉不应该忍受由他加之的痛苦。格里菲思哪里会晓得她痛苦的程度呢？记得米尔德里德对他说她打算结婚的时候，那时他多么痛苦啊。他不想让任何人来体验他那时所饱尝的痛苦。

“假如你那么不愿意叫她痛苦，那就去找她好了。”格里菲思说。

“我不能这么做。”

他站起身来，在房子里局促不安地踱来踱去。他恨诺拉，因为她不肯就此罢休。她该明白，他对她已经没有感情了。人们都说女人对这类事是很敏感的。

“你也许能帮我的忙。”他对格里菲思说。

“老兄，别这么大惊小怪的。总可以摆脱的，懂吗？何况她也许并不像你所想象的对你那么多情。人们往往过高估计自己在别人心目中的地位。”

他顿了一下，饶有兴味地望了望菲利普。

“听我说，你唯一的办法是写信告诉她此事已经了结。话要说得干脆，以免发生误解。这样做是会伤她的心的，但你做得狠心点，比半心半意地搪塞倒会使她少受点罪。”

菲利普坐下来，写了下面这封信：

亲爱的诺拉：

使你不愉快，我很抱歉，可是我想我们最好还是维持星期六那种样子吧。既然已经没有什么意思了，我看就不必再拖下去了。你叫我走，我就走了，我也不想再回去，再见。

菲利普·凯里

他把信拿给格里菲思看，征求他对信的看法。格里菲思看完信后，眨巴着眼望着菲利普，不愿说心里话。

“我看这封信定能达到目的。”他说。

菲利普出去把信寄了。他整个上午都感到很不自在，反复地揣测着诺拉接到这封信后的感受。他为她可能掉泪的念头所苦恼，但同时又觉得松了一口气。想象中的悲伤总要比亲眼见到的悲伤容易忍受。他现在可以自由自在地专心地去爱米尔德里德了。一想起医院的工作一结束，当天下午就可以去看她，他心里就异常激动。

像往常一样，他要回自己房间梳理一下，刚把钥匙插进锁孔就听到身后有人说话了。

“我可以进去吗？我已经等你半个钟头了。”

原来是诺拉。他觉得自己的脸唰地红到了耳根。她说话的声调很轻松，没有丝毫的怨恨，也听不出他们已经闹翻了。他觉得自己很尴尬，心里很害怕，但还是强装着笑脸说：“可以，进来吧。”

他打开门，她先走进他的会客室。他心里很紧张。为了使自己镇定下来，他给她递了一支烟，自己也点了一支。诺拉望着他，双目炯炯发亮。

“为什么给我写那么一封可怕的信？你这淘气鬼。我要是拿它当真的话，真会叫我悲痛万分的。”

“这封信是当真的。”他郑重其事地回答。

“别这么傻里傻气的。那天我发脾气，已写信赔不是了。你还不满意，所以我特地到这里来再向你请罪，你毕竟可以自己做主，我无权向你提出任何要求。我不会强求你做不愿意做的事。”

她从椅子里站起来，伸出双手，感情冲动地向他走过来。

“我们和好吧，菲利普。假如我得罪了你，我很抱歉。”

他只好让她拉着他的手，但是他不敢正视她。

“恐怕太迟了。”他说。

她一屁股坐在他身边的地板上，紧紧抱住他的双腿。

“菲利普，别傻了。我的性子也太急了，我知道我伤了你的心，可是为了这个而生气也太蠢了。弄得我们俩都不愉快有什么好处呢？我们的友谊一直很令人愉快。”她的手指缓慢地抚弄着他的手。“我爱你，菲利普。”

他挣脱了她，站了起来，走到房间的另一头。

“实在对不起，我无能为力，这件事到此为止。”

“你意思是说你再也不爱我了？”

“恐怕是这样的。”

“你只是在找机会甩掉我，而你就抓住了这个机会？”

他不回答。她两眼直勾勾地盯了他一会儿，这一会儿似乎令人难以忍受。她仍然坐在原地不动，身子靠着扶椅，开始默默地哭泣，丝毫不想捂着脸，任凭大滴大滴的泪水从脸上滚落下来。她没有抽泣，看她这副样子真叫人痛苦。菲利普把头掉过去。

“我伤了你的心，很对不起。要是我不爱你这也不是我的过错。”

她不吭声，木然地坐在那儿，似乎痛苦已极，泪水从脸上淌下来。假如她把他痛骂一顿，他心里也许要好受点。他原以为诺拉忍不住要大发脾气，他也做了这种思想准备。他在思想深处觉得，当真大吵一场，双方互相臭骂一顿，就多少能为他的行为做些辩解了。时间在流逝，终于他被她那默默的哭泣吓坏了。他走进寝室倒了一杯水，朝她俯下身去。

"你不喝点水吗？这样心里会好受点。"

她无精打采地将嘴唇凑到杯沿，喝了两三口，然后，精疲力竭低声地向他要一条手帕，揩干了眼泪。

"当然，我知道，你爱我从来不曾像我爱你那么深。"她呻吟道。

"恐怕事情往往就是那样，"他说，"总是有人去爱别人，而有人被人爱。"

他想起了米尔德里德，心里掠过一阵剧疼。诺拉沉默了好一会儿。

"我一直是如此的悲惨不幸，我的生活又是如此可恨。"她终于说道。

这话不是对他说的，而是自言自语。菲利普以前从来没有听她抱怨过她跟她丈夫所过的生活，或者埋怨她的贫穷。他过去一向钦佩她敢于无畏地正视人间的精神。

"后来，你走进了我的生活，待我又很好。我赏识你，因为你很聪明，而且找到一个自己能信赖的人是多么难得啊！我爱你，我万万没有想到这种爱情会终结，而且根本不是我的过错。"

她的眼泪又涌出来了，但现在她稍微能够控制自己了。她用菲利普给她的手帕掩住脸，竭力控制自己。

"再给我一点水。"她说。

她擦了擦眼泪。

"很遗憾，竟闹出这样的笑话，我实在没有一点思想准备。"

"请你原谅，诺拉。你要明白，你为我所做的一切我是很感激的。"

他不知道她对他是怎么看的。

"唉，反正都一样，"她叹了一口气说，"倘若你想让男人待你好，你就得待他们狠；要是你待他们好，他们就叫你受罪。"

她从地上站起来，说她得走了。她目不转睛地盯住菲利普看了好一会儿，然后叹息道：

“太不可思议了,这究竟是怎么一回事呢?”

菲利普突然拿定了主意。

“最好对你实话说了吧,我不愿意让你把我看得太坏了。我要你明白,我也是无能为力的。米尔德里德又回来了。”

她涨红了脸。

“为什么你早不告诉我? 我当然应该知道。”

“我不敢告诉你。”

她照了照镜子,戴好帽子。

“替我叫一辆马车好吗?”她说,“我怕走不动了。”

他走到门口,拦了一辆过路的小马车。当她随着他到街上时,他发现她脸色非常苍白,不禁愕然。她的步履沉重、迟缓,仿佛一下子苍老了许多。她的气色太差了,因此他不忍心让她独自一人回去。

“要是你不在意的话,我送你回去。”

她没有回答,他上了马车。他们默默地驶过了桥。穿过一些破破烂烂的街道,孩子们正在马路上嬉戏打闹。到了她寓所的门口时,她没有马上下车。好像她没有足够的力气来挪动两腿似的。

“希望你原谅我,诺拉。”他说。

她将目光转向他。他发觉,她眼睛里又闪烁着晶莹的泪花。然而她还是竭力从嘴角露出一丝微笑。

“可怜的人儿! 你太为我担心了,用不着为我担心,我不怪你,我会想开的。”

她轻快地抚摸着他的脸,表示对他不怀怨恨之心。这个动作也仅是暗示罢了。然后,她跳下马车,走进屋里去了。

菲利普付了马车钱,朝米尔德里德的寓所走去。他的心情格外沉重,真想责备自己。但这又何苦呢? 除此之外还能有什么办法? 路过一家水果店时,他想起米尔德里德喜欢吃葡萄。他实在太感激自己了,竟然能通过回忆记起她的每一种嗜好来对她表示爱情。

72

以后的三个月，菲利普天天都去看米尔德里德。他带着书去，喝完茶后，便温习一点功课，而米尔德里德则躺在沙发上看小说。他有时抬头瞅上她一会儿，嘴上挂着一丝幸福的微笑。她可以觉察到他在看她。

“别浪费时间瞅我了，傻瓜，继续温习功课吧。”她说。

“暴君。”他愉快地答道。

女房东进来铺台布准备开饭时，他放下书本，兴冲冲地和女房东开玩笑。她是伦敦人，个子瘦小，已届中年，讲起话来幽默风趣，伶牙俐齿。米尔德里德已和她成了好朋友。米尔德里德巧妙地编造了一番自己的来历，向她诉说为什么自己会落到目前的境地。这位好心肠的瘦小女人居然被感动了，不辞劳苦尽力使米尔德里德过得舒服。米尔德里德出于面子上的需要，提议菲利普假装成她的弟弟。他们一起吃饭。每当菲利普点的菜迎合米尔德里德那变幻莫测的胃口时，他就感到特别高兴。看到她就坐在他对面简直令他陶醉。他按捺不住内心的喜悦，不时地拉住她的手，紧紧地捏着。饭后，她坐在壁炉边的扶手椅上，他就挨着她坐地板上，身子靠着她的双膝，抽着烟。他们常常什么话也不说，有时菲利普发现她打起瞌睡了，这时他便一动也不动，生怕惊醒她。他默默地坐着，眼睛懒洋洋地望着炉火，陶醉在幸福之中。

“睡得挺香吧？”她醒过来时，他微笑着说道。

“我一直没睡，”她回答说，“我只是合了合眼。”

她绝不会承认自己刚才睡着的。她的性情冷漠迟钝，她的处境并没有真正给她带来多大的不便。她很注意保养身体。凡是养身之道，不管出自谁的建议，她一概采纳。天气好的时候她每天早晨出去做“保健运动”，并在室外待一段时间。要是天气不太冷，她就去圣詹姆斯公园里坐一坐。但一天中其余的时间她悠然自得地坐在沙发上，看一本又一本的小说，要不就和女房东闲聊，扯起来简直没完没了，从来不会感到疲倦。女房东也好，会客室那层楼的房客以及左邻右舍的人也好，这些人的陈年旧事、逸事趣闻她都无所不知，并详细地告诉菲利普。有时她会惊慌失措，向菲利普倾诉自己害怕分娩的痛苦，害怕自己会因生孩子而死去。她对菲利普详细叙述女房东以及会客室那层楼的一位太太的分娩情况（米尔德里德还不认识那位太太）。她既诚惶诚恐又津津乐道地述说着其中的详情。不过她多半还是泰然自若地等待此事的来临。

“毕竟，我又不是第一个生孩子的女人，是吧？医生说我不会难产。你瞧，看来我不是生不了孩子的女人。”

产期临近时米尔德里德找了房东欧文太太，她给米尔德里德推荐了一名医生。米尔德里德每星期去医生那里检查一次，诊费十五畿尼。

“当然，我可以找一位便宜点的，不过他是欧文太太极力推荐的。我想，因小失大是不值得的。”

“只要你高兴、舒适，钱我一点也不在乎。”菲利普说。

菲利普为她所做的一切，她都心安理得，好像这是天经地义的事。而他呢，也乐于为她花钱：他每给她一张五镑的钞票，都会在他心头激起一阵阵的幸福感和自豪感。他给了她许多钱，因为她花钱随意。

“我不知道钱到哪儿去了，”她自言自语道，“它像水一样，都从我的手指缝里淌走了。”

“没关系，”菲利普说，“能为你做点什么，我是再高兴不过。”

她不大会做针线活，也就没有为婴儿缝制必不可少的衣裳。她告诉菲利普，到时候干脆去买，这要便宜得多。菲利普的全部财产是一些抵押契据，最近他卖掉了一张。因此，银行里便有了五百镑存款，正等着投资到比较容易获利的事业，所以眼下他感到自己异常的富足。他们经常谈起将来。菲利普希望米尔德里德自己带孩子，但是她拒绝了，理由是她还要谋生。假如她不必自己带孩子，找工作就会容易得多。她打算回到她过去工作过的那家公司的某一个店里工作，孩子可以放到乡下，交给一个体面的妇女抚养。

"我可以找到一个人，每周七先令六便士就会照顾好我的孩子。这对我，对孩子都有好处。"

这在菲利普看来似乎是无情的，但是当他想说服她的时候，她却装作认为他只是怕花钱。

"你不必担心，"她说，"我不会叫你付钱的。"

"你知道我付多少钱都不在乎的。"

她心里希望这孩子是个死胎。这种想法虽然没有过多暗示，但菲利普还是看得出她的心思。起初，他感到震惊，尔后，他自个儿思量了一番，还是不得不承认，鉴于种种因素，果真如此，倒是令人满意的结果。

"说倒轻巧，"米尔德里德发牢骚说，"可是叫一个女孩子独自谋生又谈何容易，有了孩子就更难了。"

"幸亏有我做你的后盾。"菲利普拉起她的手，微笑着说。

"你一向待我很好，菲利普。"

"哦，别胡说！"

"你总不能说我一点也没酬报你吧！"

"天啊，我不要你酬报。要说我为你做点什么的话，那是因为我爱你才这么做的。你什么也没欠我，我不需要你做什么，只要爱我就行了。"

她竟然认为她可以把自己的肉体当成一种商品，毫不在乎地用来酬谢别人替她做的事，他觉得有点可怕。

"但我确实很想报答你，菲利普，你向来对我这么好。"

"好吧，再等等也没有什么害处，等你身体又好了以后，我们去度个小蜜月。"

"淘气鬼。"她微笑着说。

米尔德里德估计三月初分娩。她身体一恢复就要到海边去过上两周。这样可以让菲利普不受干扰地准备应考。接着便是复活节假日了,他们已经安排好要一块去巴黎。菲利普没完没了地谈起他们要做的事。巴黎那个时候是十分宜人的。他们将在他熟悉的拉丁区的一家小旅馆租个房间,上各式各样的迷人的小饭馆去用餐;他们还准备去看戏,带她上杂耍剧场。会会他的朋友将会使她感到高兴。他已经对她谈起过克朗肖这个人,这一回她将会见到他。还有劳森,他已经去巴黎好几个月了。他们将到皮里埃舞厅,还将去凡尔赛、夏尔特尔、枫丹白露游览。

“那得花很多钱呀!”她说。

“嗨,钱?管它呢!你想我是多么盼望有这个机会啊!难道你不知道这对我是多么重要吗?除了你,我还没有爱过任何人,今后也绝不会去爱别人。”

她笑眯眯地倾听着他的热情话语。他认为从她的眼睛里看到了一种新的温柔,他很感激她。她比过去温柔多了。她身上,那种曾经激怒过他的傲慢神情也不见了。如今她对他太熟悉了,不再煞费苦心地故作姿态了。她也不再像从前那么精心地梳头了,而只是打一个发结。过去留着的厚厚刘海也去掉了,随意的发式对她更合适。她的脸很瘦,她的眼睛因此而显得特别大。眼睛下面有几道很深的皱纹,在苍白的双颊的衬托下,显得更显眼了。她神情阴郁,显得格外的哀婉动人。从她身上,菲利普仿佛看到圣母玛利亚的风韵。他希望他俩能够永远这样继续下去。他一生中还从未像现在这么幸福过。

他常常每天晚上十点钟离开她,一来因为她喜欢早睡,二来因为他还得回去再用功两三小时,把晚上损失的时间补回来。临走之前,他总要替她梳头。吻别的时候,他自成一套仪式,先吻她的手心(她的手指多纤细啊,指甲又很漂亮,因为她花了很多工夫来修剪),然后先右后左地吻她合上的双眼,最后才亲她的嘴唇。离开她时,他心里洋溢着爱情。他渴望能有机会来满足他那心劳神疲的自我牺牲的欲望。

不久,她搬到私人医院去,打算在那儿分娩。这时,菲利普只能下午去探望她。米尔德里德又换了一套说法,称自己是一个士兵的妻子,丈夫回印度他所在的部队去了。菲利普以她的小叔子的身份被介绍给医院女主人。

"我说话得特别谨慎小心,"她告诉他说,"因为这儿还有位丈夫在印度任文职的太太。"

"我要是你的话,才不去操这份心呢,"菲利普说,"我相信她丈夫和你丈夫是乘同一条船出国的。"

"什么船?"她天真地问道。

"鬼船。"①

米尔德里德平安地生了一个女孩,菲利普被允许去探望她时,那婴儿正躺在她身边。米尔德里德身体很虚弱,但值得宽慰的是一切都过去了。她给他看了婴儿。她自己也好奇地看着她。

"这小东西看起来挺滑稽的,是吗?真不敢相信她是我的。"

婴儿浑身红红的,皱皱巴巴的,样子很古怪。菲利普边看边笑,不知说什么好。医院的护士就站在他身边,他感到非常尴尬。从护士打量他的那副神色看来,他觉得她不相信米尔德里德的复杂的谎言,她认为菲利普就是孩子的父亲。

"你打算给她起个什么名字?"菲利普问。

"我拿不定主意是叫她马德琳好呢还是塞西莉亚。"

护士走开了,让他们单独待了几分钟。菲利普弯下腰吻了一下米尔德里德的嘴。

"亲爱的,一切都顺利地过去了,我多么高兴啊。"

她张开纤细的双臂搂住了他的脖子。

"你待我太好了,亲爱的菲尔。"

"现在,我觉得你终于是我的了,我一直等了你这么久,我亲爱的。"

他们听到护士到了门口的脚步声,菲利普慌忙站起来。护士进来时,嘴角露出一丝淡淡的笑意。

---

① 鬼船,传说中注定要永远在海上漂流直至最后审判日的荷兰水手所乘的船,被认为是一种不祥之兆。此处系戏谑语。

73

三周后,米尔德里德带着孩子去布赖顿,菲利普到车站为她们送行。她身体恢复得很快,看上去她的气色比以往任何时候都好。她打算住在一家公寓,以前她和埃米尔·米勒曾在那儿度过两三个周末。她已经给那里去信说,她丈夫不得不到德国办事,她只带着孩子来。她以编造谎言为乐,并且在编造细节方面还颇有丰富的创造力。米尔德里德打算在布赖顿找个愿意照料她孩子的女人。她这么急于甩掉孩子,这种冷漠无情使菲利普感到吃惊。但是她争辩说,最好趁孩子尚未同她熟悉之前就把孩子送到别处,还说这是人之常情。菲利普本来指望孩子生出来两三星期以后,她可能会意识到自己母性的本能。因此他想借这种本能来说服她把孩子留在身边,可是她根本没有显示出这种本能。米尔德里德对孩子也不能说不好,该做的她也都做了。有时孩子也给她带来乐趣,她也常常谈到孩子。可是她心里对这孩子是冷淡的。她不能够将这孩子看作是她身上的骨肉。她认为孩子的长相已经很像她父亲了。她老是担忧孩子长大后该如何处理,她怨恨自己太傻,竟怀了这么个孩子。

"要是我当初像现在这么理智就好了。"她说。

她讥笑菲利普为孩子的幸福发愁。

"即便你是她父亲,也不至于这么大惊小怪的,"她说道,"我倒愿意看到埃米尔为她犯愁。"

菲利普的脑海里充满着曾经听说过的育婴堂的事,那些自私、残酷的父母把孩子送进去,可怜的孩子们在里头受专以恐吓为乐的歹徒的虐待和折磨。

"别这么傻,"米尔德里德说,"那是你雇个女人照看孩子,钱给少了的缘故。你一星期付这么多的钱,她们会精心照料的,这对她们也有好处。”

菲利普坚持要米尔德里德把孩子寄养在自己没有孩子，且答应今后不再领别人的孩子的人家里。

“不要计较工钱，”他说，“我宁愿一星期付半畿尼，也不愿让孩子冒挨打受饿的风险。”

“你真是个有趣的老家伙，菲利普。”她笑着说。

菲利普看到孩子无依无靠，心里觉得难过。孩子很小、很丑，还动不动就发脾气。她是在耻辱和痛苦的盼望中诞生的。谁也不要她，她得依靠他这个陌生人为她提供吃的、住的，给她提供蔽体的衣裳。

火车开动时，他吻了米尔德里德，他本来也想吻那孩子，但生怕米尔德里德会嘲笑。

“你会给我写信的，亲爱的，对吗？我盼着你回来，唉，多么焦急的等待啊！”

“注意考试可要通过啊。”

他一直用功地准备应考，现在只剩下十天了，他想最后再加一把劲儿。他急于要通过考试，首先，这样可以节省时间和开支。这四个月来，他的开销很大；其次，考试及格意味着单调乏味的课程就此结束。从此以后，他将与药物学、助产和外科打交道，这些要比过去所学的解剖学和生理学要生动得多、有趣得多。菲利普颇有兴趣地期待着这些课程。此外，他也不想在米尔德里德面前承认自己不及格。尽管考试很难，大多数学生第一次都不及格，但是他知道，假如他考不及格，她就会小看他。她在表达自己的看法时有一套讽刺人的独特的方法。

米尔德里德给他寄来了一张明信片，报告她平安抵达。他每天挤出半小时给她写一封长信。口头表达时他总带有几分羞怯，但是他发现靠手中的笔，他可以把平时羞于启口的话尽情向她倾诉。利用这一发现，他向她倾诉了他的全部心迹。以前，他从未能告诉她，他全身都浸透了对她的爱慕，因此，他的一切行动，他的一切思想都与此息息相关。他在信中谈了对未来的憧憬，呈现在他面前的幸福,以及他对她的感激之情。他扪心自问(他以前也常常问自己但从未用语言表达),她身上究竟有什么使他如此欣喜若狂呢?他不明白,他只知道当她跟他在一块时,他感到幸福,而当她一旦离他而去,整个世界便骤然变得又阴冷又暗淡了。他只知道,一想起她,他的心脏似乎就膨胀了,连呼吸都感到困难(好像那颗心压迫着肺部一样),他的心剧烈地跳荡着。这时,她一旦出现,他的喜悦几乎反倒成一种痛苦;他双脚发抖,异常虚弱,像是没吃东西而站不稳似的。他望穿秋水地盼着她的回信。他并不指望她经常来信,因为他知道写信对她来说有困难。每去四封信能收到她一封字迹歪歪扭扭的短信,他就心满意足了。信中提到她在那家公寓租了一个房间,谈到天气和婴儿,告诉他她刚刚和一位太太到海滨的人行道散步。这位太太是她在公寓结识的,而且这位太太很喜欢小孩。信中还说她星期六晚上打算去看戏。最后说布赖顿到处客满为患等等。菲利普的心被打动了,因为她太实际了。她那难辨的字迹和拘谨的内容,都使他想发笑,也很想将她一把搂在怀里亲个够。

他满怀信心,愉快地参加考试,两张试卷上的题目都没有把他难住。他知道自己考得不错。考试的第二部分是口试,他比较紧张,但还是设法给予恰如其分的回答。成绩一公布,他便给米尔德里德拍了一份告捷的电报。

他回到自己的房间时发现有她来的一封信,说她在布赖顿再待一星期会更好些。她已找到了愿意照料孩子的女人,每周七先令。但她想再去了解一下这个女人的情况,她还说海边的空气对她的身体大有好处,她相信,在那里多待几天对她的身体会受益无穷。她说她不愿向菲利普要钱,但是如果他回信顺便给寄一点去,那就再好不过了。她得给自己买一顶新帽子,总不能老是戴那顶帽子和女友出门吧,何况这位女友穿戴是很讲究的。她的信使菲利普感到一阵悲哀与失望,把通过考试的喜悦的心情冲得一干二净了。

要是她爱我的程度能有我爱她的四分之一的话,她就绝不会忍心在那里多待一天。

但他很快地打消这种想法,这纯粹是自私自利。她的健康当然比什么都重要,可是现在他没事可做,他可以到布赖顿和她度过这一周,这样他们就可以整天在一起了。想到这里他的心就怦怦直跳。要是他突然出现在她面前,告诉她说他已经在同一所公寓也租了一个房间,那才有趣呢。他去查阅列车的时刻表,可是又犹豫了。她会高兴见他吗?他没有把握。她已经在布赖顿有了朋友了;他不大爱讲话,而她却喜欢热闹与欢乐。他意识到她同别人在一起要比跟他在一起快乐。要是他稍稍觉察到自己妨碍了她,这个念头就会折磨他。他不敢去冒这个风险。他甚至不敢写信建议说,由于他在城里闲着无事,想到他每天都可以看见她的地方去过一周。她知道他闲着,要是她愿意他去的话,她早就叫他去了。假如他提出要去,而她却找借口阻拦他,这岂不自讨苦吃,他可不敢冒这个险。

第二天,他给她回了封信,给她寄去一张五镑钞票,在信的结尾说,要是她开恩,想在周末见他的话,他将乐意前往。不过她不必改变她原定的计划。他焦急地等待她的回音。她回信说,假如她早知道的话她就会做出安排了,但是她已经答应人家星期六晚上去杂耍剧场了。此外,假如他待在那儿的话,公寓里的人也会讲闲话的。他为何不星期天早晨来,并在那儿玩一个白天呢?他们可到米特罗波尔饭馆吃午饭,尔后,她带他去见见打算照料她孩子的那位不同凡俗的贵妇人似的女人。

星期天,谢天谢地,天气晴朗。火车渐近布赖顿时,阳光透过列车的窗口射了进来。米尔德里德在站台上等他。

“你太好了,前来接我!”他拉起她的手大声说道。

“你盼望我来接你,不是吗?”

“我期望你来接。唷,你的气色真好!”

“这儿对我的身体大有好处,我想我尽量在这儿多待一些时间是明智的。公寓里住的都是非常体面的人。好几个月来我什么人也没见,我需要乐一乐。有时我闷得慌!”

她戴着新帽子,显得很漂亮。那是一顶黑色的大草帽,上面插着廉价的花。她脖子上围着的那条长长的仿天鹅绒的围巾迎风飘着。她还很瘦,走起路来有点驼背(她历来如此)。不过,她的眼睛似乎不像原来那么大了。尽管她的脸从来没有什么血色,但原先皮肤上的那种土黄色已经褪去了。他们向海边走去。菲利普记得有好几个月没同她散步,突然意识到自己的跛足,为了掩饰这点,他尽量迈着僵直的步伐。

"你见到我高兴吗?"他问道,心中燃烧着爱情的火焰。

"当然高兴。这还用问。"

"对了,格里菲思向你问好。"

"脸皮真厚!"

他曾对她谈起格里菲思的许多事情。他告诉过她格里菲思如何轻浮,还常把格里菲思的风流韵事也讲给她听,以取悦她。而这些事是在菲利普答应格里菲思保密的情况下透露出来的。米尔德里德有时假装厌恶的样子,但一般总是好奇地听着。而菲利普则赞不绝口、加油添醋地夸大他朋友漂亮的外貌和迷人的魅力。

"你一定会跟我一样喜欢他的,他非常快活、有趣,为人可好了。"

菲利普告诉她,他生病的时候,他和格里菲思还素不相识,但是格里菲思从头到尾护理他。提到这件事时,格里菲思那种自我牺牲的精神被描绘得淋漓尽致。

"你会情不自禁地喜欢上他的。"菲利普说。

"我不喜欢漂亮的男人,"米尔德里德说,"他们太傲慢了。"

"他想认识你,我向他谈到了许多关于你的事。"

"你对他说了些什么?"米尔德里德问。

除了格里菲思,菲利普再没有别人可以倾吐他对米尔德里德的爱情了,他一点一点地把他和米尔德里德的关系全向格里菲思说了。他对格里菲思描绘她的容貌足足五十次。他情意绵绵地描述了她外貌的每个细节。格里菲思对她那双纤细的手是什么形状,她的脸蛋如何白皙统统了如指掌。菲利普谈到她的苍白的薄嘴唇的魅力时,格里菲思便嘲笑起他。

"天啊,我很高兴我并不像你那么拙劣地看待事物,"他说,"否则,生活还有什么意思。"

菲利普笑了。格里菲思哪里懂得热恋的喜悦。它好比酒、肉和人呼吸的空气,好比一切赖以生存的基本要素一样。格里菲思知道这个女孩子怀孕时菲利普照料过她,而现在就要跟她一块出去度假了。

"好了,我得说你理应得到某种报偿了,"他说,"你一定花了不少钱的,幸亏你花得起。"

"我花不起,"菲利普说,"可是我一点也不在乎!"

用午餐的时间还早,菲利普和米尔德里德便在广场找个避风的角落坐下来,一边晒太阳,一边观看过往的行人。有三三两两挥着手杖的布赖顿男店员,还有一群群布赖顿女店员咏咏地笑着,迈着轻快的步伐走过去。他们一眼就可以认出哪些人是从伦敦来这儿度周末的,清爽的空气使他们疲乏的身体为之一振。还有许多犹太人,敦实的太太穿着紧身的缎子衣服,浑身上下,珠光宝气;肥胖的男人则讲话时打着手势,表情丰富;还有住在某个大旅馆度周末的中年绅士,衣着很考究,他们在丰盛的早餐之后不停地散步,以便有好胃口享受更丰盛的午餐。他们在星期天拜访朋友,谈论布赖顿博士和伦敦的海滨之类的闲话。时而有一位著名的男演员走过去,引人注目,而他自己却显出旁若无人的样子;有时他脚上穿着漆皮靴子,身着阿斯特拉罕羔皮领子的外套,手里握着银质把手拐杖;有时,好像是打了一天猎刚回来似的,他穿着灯笼裤和哈里斯呢的长外套,后脑勺戴着一顶花呢帽。阳光洒在蔚蓝的海面上,大海波光粼粼,一平如镜。

午饭后他们到霍夫看望那个照看孩子的女人。她就住在后街的一栋小房子里,房子收拾得很整洁。她叫哈丁太太,是个上了年纪的健壮的妇人,头发灰白,脸又红又胖。她戴着帽子,一副慈母相。菲利普认为她看上去挺善良的。

"你不觉得照料婴儿太麻烦吗?"他问她道。

她解释说,她丈夫是个副牧师,年纪比她大得多,他很难找到一个永久性工作，因为牧师们喜欢录用年轻人当他们的助手。只有某位牧师去度假或者生病的时候，他才去代理一段时间，挣几个钱。要不就是慈善机构给他一点津贴；她的生活寂寞，照看孩子总算有点事干，而且一星期挣的那几个先令也能帮助她维持生计。她承诺要好好照料孩子。

“像个贵妇人似的，是吗？”他们离开时，米尔德里德说道。

他们回米特罗波尔饭馆用茶点。米尔德里德喜欢那里的人群和乐队。菲利普懒得说话，注视着她的脸，只见她那双敏锐的眼睛盯着进店的女客身上的服饰。在估计东西的价格方面米尔德里德有独特的眼力，她不时凑过来低声地把她琢磨出来的结果告诉他。

“你看到那儿的白鹭羽毛了吗？每一根能值七个畿尼。”

要不就是：“菲利普，快看那件貂皮长袍。那是兔皮，那是——那不是貂皮。”她得意扬扬地笑了，“我老远也能认出来。”

菲利普愉快地笑着。看到她这么快乐，他也很高兴。她谈话时的那种坦率使他既觉得有趣，又深受感动。乐队正演奏着伤感的乐曲。

晚饭后，菲利普挽着她的胳臂往火车站走去。他把他为他俩所做的法国之行的安排告诉她。她周末应返回伦敦，但是她说她要到下周的星期六才能回去。他已经在巴黎一家旅馆预订了一个房间。他正急切地盼着去订船票呢。

“乘二等舱你不介意吧？我们花钱可不能大手大脚呀，关键是到了那里我们能够过得舒服。”

他对她谈起拉丁区足足有一百次了。他们将在拉丁区那古色古香的大街小巷漫游，将悠然自得地坐在迷人的花园里。要是天气好，又在巴黎玩够了之后，他们说不定还会去枫丹白露。那边的树木大概刚刚吐出嫩芽。

春天里，森林一片翠绿，这景色比什么都美。它就像一首歌，一曲交织着苦与乐的恋歌。米尔德里德默默地听着。菲利普转过脸来，凝视着她。

“你确实想去，是吧！”他说。

"当然啰!"她微笑着。

"你不晓得我多么盼望此行啊!往后这几天我真不知道该怎么过,生怕夜长梦多,最终去不成。有时我无法告诉你,我是多么爱你呀,这简直要使我发疯了。现在,终于,终于……"

他突然不说了。他们到了火车站,刚才在路上耽搁了,菲利普几乎来不及同她告别,匆匆忙忙地吻了她一下,便拼命往售票窗口跑去。她站在原地不动。菲利普跑起来的姿势真是怪极了。

74

下个星期六,米尔德里德回来了。当晚,菲利普一直守在她身边。他买了戏票。晚餐时他们还喝了香槟。她在伦敦这么长时间,这还是她第一次这么开心,于是,她尽情地享受一切乐趣。看完戏后他们乘马车回平姆利科去,菲利普在那里为她租好了房间。一路上,米尔德里德紧紧地偎依着菲利普。

"我想你见到我一定很高兴。"他说。

她没有回答,只是温存地捏着他的手。她对他表露这么亲昵的感情是很罕见的,菲利普简直被弄得神魂颠倒了。

"我已经邀请格里菲思明天跟我们一块吃饭。"他告诉她。

"噢,那太好了,我正想见见他。"

星期天晚上没有什么娱乐场所可带她去玩,菲利普唯恐她整天和他在一块会感到无聊。格里菲思很风趣,他会帮助他们打发这一夜的。菲利普很喜欢他们俩,希望他们互相认识,互相喜欢上对方。临走时,他对米尔德里德说:"只剩下六天了。"

他们预备星期天上罗曼诺餐馆的走廊吃饭,因为那儿的菜肴可口,价廉物美又显得排场。菲利普和米尔德里德先到一步,只得坐下来等候格里菲思。

"这家伙老不准时,"菲利普说,"他情人不少,说不定这时正在同其中一位厮混呢。”

可是不久，他就来了。他长得挺帅的，瘦高个，那颗脑袋与身材适成比例，这使他具有一种使人为之倾倒的迷人风度。他那头鬈发，那双豪放、友善的蓝眼睛，以及他那红润的嘴唇都非常迷人。看到米尔德里德带着欣赏的目光打量着他，菲利普感到一种莫名其妙的满足。格里菲思微笑着和他们打招呼。

“你的事我已经听到很多了。”他同米尔德里德握手时对她说道。

“恐怕还没有我听说的关于你的事多呢！”她回答说。

“也没有那么坏。”菲利普插话。

“他一直说我的坏话，是吗？”

格里菲思哈哈大笑。菲利普看到米尔德里德注意到格里菲思的牙齿多么洁白、整齐，他的微笑多么令人愉快。

“你们理应像老朋友一样，”菲利普说，“我已经为你们做了一番详细的介绍了。”

格里菲思的心情好极了。因为他终于通过了最后考试，获得了医生资格，刚被委任为伦敦北部一家医院的住院外科医生。他五月初就要赴任，同时还要回家度假。这是他在伦敦的最后一周，所以他决心趁此机会尽情地欢乐。他又开始谈那些乱七八糟的趣闻了。菲利普很佩服，因为他自己就讲不来。他的话其实并没有什么内容，可是他的活泼劲儿给他的话增添了分量。他身上洋溢着一股生命力，感染着每个认识他的人。这股生命力几乎如同身上的体温那么敏感。菲利普从未见到米尔德里德这么活跃过。看到他的小聚会很成功，菲利普感到很高兴。米尔德里德纵情欢乐，笑声越来越高，完全忘掉业已成为她第二天性的那种装腔作势的斯文与矜持了。

不久，格里菲思说道：“喂，要我称你米勒太太实在太难了。菲利普向来只称你米尔德里德。”

“如果你也那么称呼她，我敢担保她不撕破你的脸才怪呢！”菲利普笑呵呵地说。

“那她必须叫我哈里。”

他们继续闲聊,菲利普默默坐着,心想看到大家这么高兴是件愉快的事。格里菲思时时友好地取笑他一两句,因为他老是那么一本正经。

“我相信他很喜欢你,菲利普。”米尔德里德笑着说。

“他这位老兄挺好的。”格里菲思接口说道,一面抓起菲利普的手快活地晃着。

格里菲思喜欢菲利普这件事似乎使他更富有魅力。他们都是不怎么喝酒的人,一喝脑子便昏昏沉沉的。格里菲思的话越来越多,也越来越激动了。菲利普虽觉有趣,但不得不恳求他有所收敛。他具有讲故事的天赋,他的风流韵事从来不乏浪漫情调,不断引人发笑。他在一切艳遇中总是扮演着豪爽、幽默的角色。米尔德里德兴奋得双眼熠熠发亮,一再怂恿他继续往下讲。他滔滔不绝地讲了一则又一则逸事,直到餐馆准备熄灯时她才大为惊讶。

“天啊,今晚过得多快啊,我以为还不到九点半呢。”

他们起身走出餐馆。告别时,她又补了一句:“明天我上菲利普那儿用茶,可能的话,你不妨也来。”

“好的。”他微笑着说。

在他们回平姆利科的路上,米尔德里德仍声声不离格里菲思。她完全被他的堂堂的仪表、剪裁入时的服装、说话的声音和快活的性格迷住了。

“你喜欢他我真高兴,”菲利普说,“还记得吗?你当初还不屑见他呢!”

“我认为他真好,这么喜欢你,菲利普。他是你难得的好朋友。”

她仰起脸来让菲利普吻她,这是她很少有的举动。

“菲利普,我今天晚上玩得很痛快,太感谢你了。”

“别胡说了。”他笑了起来。她这一番称赞打动了他的心,他感到双目湿润了。

她打开房门,正要进去,又回过头来对菲利普说:

“告诉哈里,我爱他爱得发疯。”

“好的,”他笑呵呵地回答,“晚安。”第二天他们正在用茶点时,格里菲思进来了。他懒洋洋地坐进一张扶手椅,缓慢的身体动作里有着某种奇异的情感。他们俩开始闲扯后,菲利普默默不语,但是他还是很快活,他太羡慕他们俩了,因此他们俩互相爱慕是再自然不过的事。他并不在意格里菲思是否把米尔德里德的心夺走,反正一到晚上她是属于自己的:他有点温顺的丈夫风度,笃信自己妻子的忠贞,饶有兴味地在一旁看着妻子和一个陌生人无伤大雅地打情骂俏。但是七点半时,他看看表说:

“我们该出去吃晚饭了,米尔德里德。”

房间里一阵沉默,格里菲思一副若有所思的样子。

“是啊,我得走了,”他终于说道,“我不知道已经这么迟了。”

“你今晚有什么事吗?”米尔德里德问道。

“没有。”

又是一阵沉默,菲利普心里有点不高兴。

“我这就去洗一洗,”他说,对米尔德里德他又补充道,“你不洗个手吗?”

她没有搭理他。

“为什么你不和我们一块吃饭?”她对格里菲思说。

格里菲思看了看菲利普,见到他沉着脸在盯着自己。

“昨天晚上我刚和你们吃过,”他笑着说,“我会妨碍你们的。”

“唉,那没关系,”米尔德里德坚持说,“叫他一起去吧,菲利普,他不会妨碍我们的,是吧?”

“他愿意就去呗。”

“那好,”格里菲思马上说道,“我上楼去梳理一下。”

他离开房间时菲利普生气地对米尔德里德说:

“你究竟为什么要请他跟我们一块吃饭?”

“我有什么办法。他说他没有事,你一句话也不说不显得奇怪吗?”

“哼,真荒唐!可你干吗非要问他有事没有事呢?”

米尔德里德抿了抿苍白的嘴唇。

“有时候我需要一点娱乐,老和你在一块我会发腻。”

他们听到格里菲思咚咚下楼来了。菲利普回自己寝室梳洗去了。他们在邻近的一家意大利饭馆吃饭。菲利普生着闷气一声不吭,然而很快意识到和格里菲思一对比他这样恰好表明自己处于不利的地位,于是他竭力掩饰自己的怨气,他喝了许多酒,想借酒浇灭心头的痛苦。他迫使自己谈话。米尔德里德似乎对刚才说的话感到后悔,便想尽一切办法来取悦他。她既温存又多情,菲利普马上觉得自己吃醋简直是傻瓜。饭后,他们乘一辆马车上杂耍剧场,米尔德里德坐在两个男人中间,她伸出一只手主动让菲利普握着。他的怨气顿时烟消云散了。突然,不知怎的,他觉得格里菲思也握住她的另一只手。痛苦又一次猛烈地向他袭来。这真是一种肉体上的痛苦。他诚惶诚恐地自问先前早该想到的一个问题:米尔德里德和格里菲思是否互相爱上了?他眼前仿佛飘浮着一团怀疑、气愤、沮丧和悲哀的迷雾。舞台上的演出他什么也看不见,但他尽力装作若无其事的样子,继续谈笑风生。接着,他心里突然出现一种奇怪的自我折磨的欲望。他站起来,说他要去喝点饮料。米尔德里德和格里菲思从未曾单独地在一起,他想让他们单独在一块。

“我也去,”格里菲思说,“我口也很渴。”

“咳,别瞎说了,你留下来陪米尔德里德说说话。”

菲利普不知道自己为什么要这么说。他将他们俩推到一块,好让自己遭受更加难以忍受的痛苦。他没有到酒吧间去,却上了阳台,从那儿他可以注视他们而不被发觉。他们的眼睛不再往舞台上看,而是在互送秋波,相视而笑。格里菲思像原来那样眉飞色舞地侃侃而谈,米尔德里德似乎听得很入神。菲利普头疼得像要裂开了似的,一动也不动地站在那里。他知道,他回去会妨碍他们的。没有他在场,他们玩得很愉快,而他却备受折磨。时间飞逝,现在他觉得更不好意思回他们那儿去了。他知道,他们心目中根本就没他的存在。他万分懊悔不该花钱请他们吃饭,不该请他们上剧场。他们把他愚弄成什么样了呀！他羞耻得浑身热辣辣的。他看得出来，没有他，他们是多么开心啊！他本想撇下他们先回家，但是他的帽子和外衣还在那儿，而且还需要做没完没了的解释。他又回座位去了。他发觉，米尔德里德向他投来了恼人的目光，他的心凉了。

“你去了好长时间啊。”格里菲思说，脸上堆起了欢迎的笑容。

“我遇到几个熟人，一聊起来就脱不了身了。你们在一起不错吧。”

“我快乐极了，”格里菲思说道，“不知米尔德里德怎么样。”

她发出一声短促的心满意足的笑声。鄙俗的笑声使菲利普听起来毛骨悚然，他提议他们该回去了。

“走吧，”格里菲思对米尔德里德说，“我们俩一道送你回去。”

菲利普心想这一定是她出的主意，这样她就不必单独和他在一起了。在马车里，他不握她的手，她也不把手伸过来。可他知道，她一直握着格里菲思的手。他首先想到的是，这一切多么下流啊！马车开动时，他思忖着不知他们背着他做了什么幽会的安排。他诅咒自己不该让他们单独在一块，他的离开正好让他们如愿以偿。

“咱们也坐马车回去吧，”他们来到米尔德里德的住处时，菲利普说道，“我太累，走不回去了。”

回寓所的路上，格里菲思谈笑风生，对菲利普的冷冷的回答似乎并不在意。菲利普心里想格里菲思一定会注意到这里面出了什么问题。菲利普的沉默变得越来越难以忍受，格里菲思突然紧张起来，不再说话了。菲利普想说些什么，又羞于启齿。然而机不可失，时不再来，最好马上弄清事实真相，他硬着头皮开口了。

“你爱上米尔德里德了吧？”他突然问。

“我？”格里菲思大笑起来，“今天晚上你这么古怪就因为这个缘故吗？我当然不爱她，亲爱的老兄。”

他想挽起菲利普的胳膊，但菲利普挣脱开了。他知道格里菲思在撒谎。他不能逼着格里菲思告诉自己：他刚才没有一直握住米尔德里德的手。他骤然觉得浑身无力、心力交瘁。

“这对你倒没什么,哈里,”他说,“你结交了那么多女人——别从我这儿把她抢走。这意味着我的整个生命,我的生活一直够可怜的了。”

他的声音嘶哑了。他禁不住呜咽起来,他为自己感到羞愧。

“亲爱的老伙计,你知道我绝不会做出任何伤害你的事。我非常喜欢你,不会做出那样的事,我只不过是闹着玩的。早知道你这么伤心,我就会谨慎一点了。”

“真的吗?”菲利普问道。

“我根本不把她放在心上,我以名誉担保。”

菲利普宽慰地舒了一口气。马车在他们寓所门前停了下来。

75

第二天,菲利普心情很好。他不想过多地去找米尔德里德,以免使她感到厌烦。因此,他打算到吃晚饭时才去找她。他去接她时,她已经准备好了。他拿她这次罕见的准时践约和她开玩笑。她穿着他送给她的新衣服,他评论这件衣服很时髦。

“还得拿回去翻改一下,”她说道,“裙子不合身。”

“假如你要把它带去巴黎,要叫裁缝快点。”

“会来得及的。”

“只剩下三整天了,我们乘十一点的船去,好吗?”

“随你的便。”

将近一个月时间他将完全和她在一起。他以爱慕的、贪婪的目光盯着她。他对自己的恋情觉得有点好笑。

“我不晓得我看中了你哪一点?”他微笑着说。

“说得在理。”她回答道。

她的身体瘦得能见到骨架,她的胸部扁平得像男孩的胸部。

她的嘴巴因双唇狭小、苍白而显得难看。她的皮肤呈淡绿色。

“到了巴黎以后，我想给你服用大量的布劳氏药丸，”菲利普笑着说，“让你回来时长得又胖又红润。”

“我不想发胖。”她说。

她没有提起格里菲思。菲利普自信自己能支配她，于是不久在吃饭时，他突然半开玩笑半正经地对她说：“看来昨天晚上你和哈里一个劲儿地调情。”

“我告诉你我爱上了他嘛。”她笑起来了。

“我很高兴地知道他并不爱你。”

“你怎么知道？”

“我问过他。”

她迟疑了一会儿，看着菲利普，眼睛发出了奇异的光芒。

“你想看看今天早上他给我的信吗？”

她递给他一封信。菲利普认出格里菲思那粗犷、清晰的笔迹。这封信共八页。写得很好，既坦率又动人。这是一封惯于向女人求爱的男人写的信。他告诉米尔德里德，他狂热地爱着她，而且一见钟情；他无意爱她，因为他知道菲利普非常喜欢她，可是他身不由己。菲利普很可爱，他也为自己感到羞愧，但这并非他的过错，他只是着了魔。信中对她说了许多委婉动听的恭维话。最后，他感谢她同意第二天和他一道吃午饭，并说他焦急地等待和她见面。菲利普注意到信是前天晚上写的，格里菲思准是和菲利普分手后才写的，并且趁菲利普以为他已睡觉时不辞劳苦溜出去寄的。

看信时，他的心突突地跳，直感到恶心，但表面仍不露声色，他微笑着不慌不忙地将信交还米尔德里德。

“你们的午餐吃得痛快吗？”

“相当痛快。”她加重了语气说。

他觉得自己的手在发抖，只好将手藏到桌底下。

“你可别太拿格里菲思当真了，他只不过是一个朝三暮四的浪荡货罢了。”

她拿起那封信，又看了看。

“我也是身不由己呀，”她竭力装作若无其事的样子，“我自己也不知道为什么。”

“这使我有点难堪，不是吗？”菲利普说。

她迅速地瞟了他一眼。

“你对这件事倒是挺冷静的，我得这么说。”

“你要我怎么样呢？难道要我一把一把地把自己的头发扯下来吗？”

“我原先以为你会生我的气的。”

“奇怪的是，我一点也不生气。这事我早该料到。我真傻，把你们俩拉到一块。他哪一点都比我强，这我清楚。他比我活跃得多，又仪表堂堂，也很风趣，他会讲那些你感兴趣的事。”

“我不懂你这是什么意思。如果我不聪明，那我也没法子，可是我也不像你所想象的那么蠢，绝非如此，老实告诉你，你有点太盛气凌人了，年轻人！”

“你想和我吵架吗？”他温和地问道。

“不。但是我不明白为什么你会这样对待我，好像我什么也不懂似的。”

“对不起，我不是有意得罪你，我只是想平心静气地把事情谈一谈。假如我们都能沉住气，尽量不要把事情弄得那么糟。我看得出来，你被他吸引住了，在我看来这是很自然的。唯一使我伤心的，是他竟然会这样怂恿你。他明明知道我非常喜欢你。他对我说他一点也不喜欢你，可是五分钟之后又写了那么一封信，这太卑鄙了。”

“要是你以为讲他的坏话，就可以使我不那么喜欢他，那你就打错算盘了。”

菲利普沉默了一会儿，他不知道该怎么说才能使她明白。他想说得冷静些、慎重些，可是他的心绪太紊乱了，一时理不清。

“为了一时的迷恋而牺牲一切是不值得的。你知道那是不会长久的。他爱任何人从不超过十天，况且你又很冷淡，这种事对你没多大的意义。”

“那是你的想法。”

她的态度倒使他更难发脾气了。

“要是你爱上了他，那也没办法，我尽力忍受痛苦就是了。你我两人相处得很好，我待你也不坏，是吧！我向来知道你并不爱我，可你毕竟还是喜欢我的呀。我们到了巴黎，你就会忘了格里菲思的。要是你下决心忘掉他，你会发现这样做并不难，而我也值得你为我做点什么事。”

她一声不响，他们继续吃饭。当沉默得令人难以忍受时，菲利普开始谈些无关紧要的事。米尔德里德心不在焉，他装着没听见。她的答话是敷衍了事的，又从不主动开口。最后，她突然打断他的话。

“菲利普，恐怕我星期六不能走。大夫说我不该走。”

他知道这是谎话，但他问道：

“那你什么时候才能走呢？”

她瞥了他一眼，见他脸色发白，神情严肃，赶紧将目光移开。这时她有点怕他。

“算了，我还是对你直说了吧，我根本不能同你一块去。”

“我早知道你有这个意思。可是，现在改变主意已经太迟了。我已经买了船票，一切都准备好了。”

“你说过除非我愿意，否则不勉强。而我现在不想去。”

“我已经改变主意了，我可不愿意让人家捉弄，你必须去。”

“菲利普，作为一个朋友我是很喜欢你的。但超过这一限度我可受不了，那样我就不喜欢你了。菲利普，我不能。”

“一星期以前你还是很愿意的。”

“那时候不一样。”

“因为那时你还没有遇到格里菲思，是吗？”

“你自己说过，要是我爱上了他，我也无能为力。”

她绷着脸，两眼直直地盯住盘子。菲利普气得脸色发白，他恨不得用攥紧的拳头揍在她的脸上。他想象她被打得鼻青脸肿的模样。离他们不远的一张桌子旁边坐着两个十八岁的年轻人，他们时时瞟着米尔德里德。他怀疑是不是他们嫉妒他和一个漂亮的女孩子一块吃饭。也许他们正想取代他的位置呢。最后还是她打破了沉默。

“我们一块走有什么好处呢？我会老想着他的，这样对你也没有什么意思。”

“那是我自己的事。”他回答说。

她将此话的真正含义细细玩味之后，不觉脸红了。

“可这太恶劣了。”

“有什么恶劣的？”

“我还认为你是个真正的绅士呢！”

“你错了。”

他对自己的回答感到满意，说完便哈哈大笑起来。

“看在上帝的面上，别笑了，”她叫道，“菲利普，我不能陪你去。实在对不起，我知道我一向待你不好，可谁也不能强迫自己呀。”

“你落难时，我什么事儿都帮你，难道都忘了吗？我二话没说掏钱供养你，直到你的孩子生下来；我为你付医疗费及其他一切费用；我出钱让你到布赖顿去，出钱养你的孩子，出钱为你买衣服，你身上穿的一针一线都是我付钱买的。”

“假如你是绅士，就不会当着我的面炫耀你替我做的事。”

“哦，看在老天爷的面上，住嘴吧！你以为我还在乎自己是不是个绅士吗？要是我是个绅士，我就不会把时间都浪费在像你这样一个下流的荡妇身上了。你喜欢不喜欢我，我才不在乎呢！我被人愚弄够了。星期六好好跟我去巴黎，否则你得自食其果！”

她气得满脸通红，一开口她的声音变得生硬粗俗了，而平常她总是装得温文尔雅的。

“我从来就不喜欢你，一开始就不喜欢，全是你强加给我的。我一向讨厌你来吻我。现在，即使我挨饿，也不让你再碰我一下。”

菲利普想咽下盘里的食物，可是喉咙的肌肉不听使唤。他把酒一饮而尽，然后，点了一支烟。他浑身发抖，一声不吭，等待她起身。但是她默不作声、一动不动地坐着，眼睛盯着那张白桌布。假如这儿只有他们两人的话，他就会挥开双臂搂着她狂吻。他想象着他用嘴唇贴住她的嘴唇时她仰起的纤细的雪白的脖子。他们就这样默默地坐了一小时。最后，菲利普感到侍者开始好奇地盯着他们了，便叫侍者来结账。

“我们走吧！”他平心静气地说道。

她没吱声，却收拾好提包和手套，穿上了外套。

“你什么时候再去见格里菲思？”

“明天。”她冷冷地回答。

“你最好跟他商量一下。”

她机械地打开手提包，看到里头有一张纸条。她把它取出来。

“这是这件衣服的账单。”她吞吞吐吐地说道。

“那又怎样？”

“我答应明天给女裁缝付钱。”

“是吗？”

“这件衣服是你答应给我买的，你意思是现在你不打算付钱了？”

“是的。”

“那我叫哈里付。”说完，她的脸一下子红了。

“他会乐意帮你的。现在他还欠我七镑。上星期他把显微镜都典当了，因为他身无分文。”

“别以为这样就能够吓唬我，我完全能够自己谋生。”

“那再好不过了，我一文钱也不想给你了。”

她想到星期六就得付房租了，想到她孩子的抚养费，可是她什么话也没说。他们离开了饭馆。到了街上，菲利普问她：“要不要我替你叫一辆马车？我想去散散步。”

“我一点钱也没有，今天下午我还得付一笔账。”

“走一走又怎么啦？要是明天想见我，大约在用茶点时间我在家。”

他摘下帽子，逍遥自在地走了。过了一会儿他回头看了一下，只见她无可奈何地站在原地，茫然地望着街上来往的车辆。他折回来,笑了一声往她手里塞了一枚硬币。

“喏,两先令,可以回去了!”

她还来不及开口,他已扬长而去了。

76

第二天下午,菲利普坐在自己房里,不晓得米尔德里德是否会来。昨天夜里他没睡好。上午,他在医学院的俱乐部看了一份又一份的报纸。这时正值假期,他认识的学生很少在伦敦,但他找了一两位聊聊天,下下棋,打发了沉闷难熬的时光。午饭后,他觉得乏极了,头也疼得厉害,便回宿舍躺下来。他想看本小说。他没见到格里菲思,前天夜里菲利普回来时他不在。他听见格里菲思回来了,可是格里菲思不像通常那样顺便到菲利普的房间看看他是否睡着了。清晨,菲利普听到他很早就出去。显然格里菲思想避开他。突然,有人轻轻地敲门。菲利普一骨碌从床上跳下来开门。米尔德里德一动也不动地站在门口。

“进来吧。”菲利普说。

她进来后,他随手把门关了。她坐了下来,犹豫了一下才开口。

“谢谢你昨天晚上给了我两先令。”她说。

“喔,那没什么。”

她向他淡然一笑,这使菲利普想起一条小狗因为淘气挨打后又想和主人和好的那副胆怯、谄媚的可怜相。

“我和哈里吃午饭去了。”她说。

“是吗?”

“菲利普,假如你还要我星期六陪你一道走的话,我就跟你走。”

他心里立刻感到一阵胜利的喜悦。但这种感觉瞬息即逝,心中的疑团随之而来。

“是为了钱吗?”他问道。

“部分是的,”她简单地回答,“哈里无能为力,他欠这儿五个星期的房租,欠你七镑,裁缝也催着他要钱。他把能典当的东西都拿去当,但已当光了。为了这套新衣服,我费了好大的劲才将裁缝打发走。到星期六还得付房租。我又不能在五分钟里找到工作,要找个空缺总需要稍等一段时间。”

她以平静却带着抱怨的声调说了这番话,似乎在历数着命运的种种不公正,但这些不公正又是生来如此,只好逆来顺受。菲利普不回答。他对她这番话了如指掌。

“你刚才说‘部分’。”他终于说道。

“是啊,哈里说你一向对我们俩好。他说你是他真正的好朋友,而你替我做的事也许没有其他男人肯做。他说,我们应该干正经事;他还说了你对他说的话,说他天性就喜新厌旧,不像你;说我若为了他而抛弃你是傻瓜,他不能长久,而你能,他自己这么说的。”

“你想跟我一道走吗?”菲利普问道。

“我不介意。”

他看了她一眼,痛苦地抿了抿嘴角。他确实获胜了,他可以随心所欲了。他笑了一声,嘲笑自己蒙受的耻辱。她迅速地瞟了他一眼,却一言不发。

“我一直真心实意地盼望能够跟你一道走,我认为经过这一切不幸之后,我终将会得到幸福……”

他还没有将他要说的话说完。米尔德里德突然泪如泉涌。她坐的那张椅子,诺拉也曾坐在那儿哭泣过,而且像她一样,将头埋在椅子靠背上,向着椅背中间搁脑袋的凹陷部分微微隆起的那一侧。

“我和女人无缘分。”菲利普想道。

她那瘦弱的身子因抽泣而颤抖着。菲利普从未见过一个女人哭得这么伤心。这太令人痛苦了,他的心都碎了。他身不由己地向她走过去，搂住她。她没反抗，在悲痛中任凭他去安慰。他柔声细语地在她耳旁讲一些安慰的话。他也不知道自己在说些什么话，他向她俯下身子，不停地吻着。

“你很难过吗？”他终于说道。

“我死了就好啦！”她呻吟道，“但愿我分娩时就死去。”

她的帽子碍手碍脚的，菲利普替她摘下来。他把她的头搁在椅背更舒适的部位，然后，自己坐在桌子旁边，端详着她。

“爱情太可怕了，不是吗？”他说道，“想不到人们竟然还想恋爱。”

不久，她那猛烈的抽泣减弱了，精疲力竭地坐在椅子上，头往后仰，双臂无力地垂在两旁。她那副奇怪的样子就如画家用来挂衣服的人体模型。

“我不知道你竟如此地爱他。”菲利普说道。

他完全理解格里菲思的爱情。他设身处地，把自己放在格里菲思的位置上，用他的眼睛去看，用他的手去摸，用他的嘴唇吻她，用他那双色眯眯的眼睛向她微笑。正是她的感情使他吃惊，他从未想到她也会有恋情，这就是恋情：没错儿。他的想法有点动摇了。有时，他心里似乎有什么东西支撑不住了，真的觉得好像什么东西在撕裂着，他觉得虚弱不堪。

“我不想叫你难过，假如你不想跟我走，那你可以不去，我会照样给你钱。”

她摇摇头。

“不，我说过我要跟你走，我就一定会走。”

“假如你一心爱着他，去了又有什么用处？”

“是的，说得对，我一心爱着他，正如格里菲思一样，我也知道这种爱情是不能长久的，可是眼下……”

她止住了，闭上了眼睛，好像她就要昏过去似的。菲利普突然闪现了一个怪念头，并且不假思索地脱口而出：

“你为什么不跟他一道走呢？”

“我哪能呢？你知道我们没钱呀！”

“我给你们钱。”

“你？”

她站了起来，望着他。她的眼睛开始亮起来了，双颊也渐渐有了血色。

“也许你最好先了结这件事，然后再回到我这儿来。”

提出了这项建议，他心中非常痛苦，可是这种折磨使他有种奇怪的、微妙的感觉。她瞪大了眼睛盯着他。

“噢，我们怎么好花你的钱？哈里是不会答应的。”

“唉，假如你劝他的话，他会的。”

她的反对倒使他更坚持自己的意见了，但是他打心眼里希望她坚决地拒绝。

“我给你一张五镑的钞票，星期六到星期一你们就可以一起走了。这你们很容易就能办到。星期一他要回家，直到他在伦敦北部上任为止。”

“哦，菲利普，这是真的吗？”她拍着手叫道，“只要你让我们走——我以后会更爱你，我会为你做任何事情。我相信假如你这么办的话，我就会断念的。你真的给我们钱吗？”

“真的。”他说。

她完全变成另一个人了。她开始笑了，他可以看出她欣喜若狂。她站起身来，拉着他的手，跪在菲利普身边。

“菲利普，你真好，你是我认识的最好的人。以后你会不会生我的气呀？”

他微笑着摇头，可是他内心是多么痛苦啊！

“我可以现在就去告诉哈里吗？我可以对他说你不介意吗？除非你答应说没关系，他是不会同意的。啊，你不知道我多么爱他！以后你要我干啥都行。星期一我就和你上巴黎，去哪儿都成。”

她站起来，戴上帽子。

“你上哪儿？”

“我去问他带不带我去。”

“这就去吗?”

“你要我留下吗?只要你乐意,我就待下来。”

她坐了下来,可是他笑了一下。

“不,没关系,你最好马上就走。只是有一件:现在我见到格里菲思受不了,这太伤我的心了。就说我对他没有什么恶意之类的话,但请他离我远一点。”

“好的,”她跳了起来,戴上手套,“我会将他说的话告诉你的。”

“你今晚最好同我吃饭。”

“好啊。”

她仰起脸来让他亲吻,当他的嘴唇贴住她的嘴唇时,她一下子搂住了他的脖子。

“菲利普,你真是个可爱的人儿。”

一两个小时后她差人给他送来了一张条子,说她头痛不能同他一道吃饭。这几乎是菲利普预料中的事。他知道她正同格里菲思用餐,他嫉妒极了。可是,那迷住这两人的心窍的突如其来的恋情,好像是从外界来的似的,好像是爱神造访他们似的,他觉得无能为力。他们相爱是非常自然的。他看到了格里菲思胜过自己的种种优点,并且承认,假如他处于米尔德里德的地位,他也会像她那样做的。最使他伤心的是格里菲思的背信弃义,他们曾经是那么好的朋友。格里菲思也知道他多么热烈地爱着米尔德里德,他对菲利普应该手下留情。

一直到星期五他才见到米尔德里德,他盼望能见她一面。可是当她来了的时候,他意识到她压根儿没想到他,她的心思全倾注在格里菲思身上了。他突然恨起她来了。现在他明白了,她和格里菲思为什么会相爱。格里菲思是愚蠢的。哦,太蠢了!他老早就知道这一点了,但却视而不见。他既愚蠢,又头脑简单。他的魅力掩盖了十足的自私。为了满足自己的欲望,他不惜牺牲任何人的。他过的生活是多么空虚啊,整天不是在酒吧间闲逛,就是在杂耍剧场饮酒作乐,再就是到处寻花问柳。一本书也不读,除了轻佻无聊,庸俗下流的东西外,他一概不感兴趣。

他不曾有过高尚的念头:他经常挂在嘴边的字眼是“漂亮”,这就是他对男人、女人的最高赞扬。漂亮!难怪他讨米尔德里德的欢心。他们臭味相投,真是天生的一对。

菲利普对米尔德里德谈论些无关紧要的事。

他知道她想谈谈格里菲思的事,但是他不给她机会,也不提及两天前的晚上她借口不和他吃晚饭的事。他对她漫不经心,想让她认为他突然变得毫不在乎了。他施展特殊的技巧,专挑一些琐碎的事说,他知道这样会伤害她。可是他的话又那么含混不清,那么柔中有刚,因此她也生气不得。最后,她站了起来。

“现在我该走了。”她说。

“你大概挺忙的吧。”他回答说。

她伸出手来,他和她握别,为她打开房门。他知道她想说的是什么,也知道他那副冷漠、讥讽的神态把她吓住了。他的腼腆常常使他显得很冷漠,无意中令人感到害怕。当他发现了这一点以后,每逢必要时他便装出这副神态。

“你没有忘记你的诺言吧?”他打开门时,她终于说道。

“什么诺言?”

“关于钱的诺言。”

“你要多少?”

他说话的口气冷淡、从容,令人听起来特别不舒服。米尔德里德的脸红了。他懂得此刻她对他恨之入骨。对她能克制自己不向他大发脾气,他感到惊讶。他想让她难受一下。

“就是那套衣服和明天要付的房租,就这么一些。哈里不走了,所以我们不需要那笔钱了。”

菲利普的心猛跳了一下,他松开门把手,门又关上了。

“为什么不去了?”

“他说我们不能去,不能花你的钱。”

一个魔鬼抓住了菲利普。这是一个潜伏在他体内的自我折磨的魔鬼。虽然,他一心希望格里菲思和米尔德里德不要一块走,然而他身不由己,竭力通过米尔德里德去说服格里菲思。

“我不明白,只要我愿意,为什么不能去呢?”他说。

“我对他也是这么说的。”

“我倒认为要是他真的想去,就不会犹豫了。”

“噢,不是那么回事,他倒是想去。要是他有钱马上就走。”

“要是他如此拘谨的话,那我就把钱给你。”

“我对他说,假如他愿意去,你会借钱给我们的,我们尽快地归还就是了。”

“跪下来求一个男人带你去度周末,你可真变了。”

“真变了,不是吗?”她厚颜无耻地笑着说。

菲利普浑身打了一个寒噤。

“那你们打算干什么呢?”他问道。

“不干什么,他明天就要回家了,他必须回去。”

菲利普有了救星了。没有格里菲思的挡路他就能将米尔德里德拉回来。她在伦敦一个熟人也没有,她只好回来找他。他们单独在一块时,他能够立即使她忘记这段疯狂的爱恋。假如他不再说什么,那就什么事都没有了。可是,他有一种残忍的愿望,他要打消他们在廉耻方面存在的顾忌。他想知道他们对待他究竟会可恶到何等地步。只要他稍加引诱,他们便耐不住了。一想到他们将蒙受耻辱、声誉扫地,他的心里感到异常的兴奋。虽然他说的每个字都在折磨着自己,可是在折磨中他发现了莫大的乐趣。

“看来机不可失,时不再来啊!”

“我对他也是这么说的。”她说。

她话中亢奋的声调触动了菲利普。他神经质地咬着指甲。

“你们想到哪儿去?”

“哦,去牛津。他在那儿上过大学,他说要带我去各个学院转转。”

菲利普记得他曾经建议到牛津去玩一天,她却断然拒绝,说她一想到那儿的风景就觉得厌烦。

“看来你们会遇上好天气的。眼下那儿一定很好玩的。”

"我已经尽力劝他去了。"

"为什么不再试试?"

"要不要说是你要我们去的?"

"我认为你不应该说得这样直截了当。"菲利普说。

她停了两分钟,看着他。菲利普竭力以友好的眼光看她。他憎恨她、蔑视她,但又一心一意地爱着她。

"我把我的打算告诉你吧,我去看看他是否能行,要是他说行的话,我明天就来取钱。你什么时候在家?"

"午饭后我就回来等你。"

"那好。"

"你衣服和房租的钱我现在就给你。"

他走到书桌旁,拿出手头所有的钱。那件衣服是六畿尼,还有她的房租和食物,以及小孩一星期的生活费,他给了她八镑十先令。

"多谢。"她说。

她离开他走了。

77

在医学院的地下室吃过午饭后,菲利普回到自己的屋里。那是星期六下午,女房东正在打扫楼梯。

"格里菲思先生在吗?"他问道。

"不在,先生,今天早上你走后不久他也走了。"

"他不回来了吗?"

"我想不会回来了,先生。他把行李带走了。"

菲利普不明白格里菲思这么做是什么意思。他拿起一本书读了起来。这是伯顿写的《麦加之行》,是他刚从威斯敏斯特公共图书馆借来的。他读了第一页,却不知所云,因为他心不在焉。他一直在听有没有人按门铃。格里菲思不带米尔德里德就回坎伯兰老家了吗?他不敢存这样的奢望。米尔德里德不久就会来取钱。他硬着头皮继续读下去,竭力地集中自己的注意力。这样一来句子倒是灌进脑子里了,可是其意思却由于他忍受着痛苦的困扰而走了样。他多么希望没有做出给钱的可怕建议啊,然而既然做出了,他没有勇气收回。这倒不是为了米尔德里德,而是为了他自己。他身上有一种病态的任性,驱使着他去做他决心要做的事。他发觉读了三页书,脑子里却一点印象也没有。他又翻回来,从头读起:发现自己翻来覆去老是读着同一个句子,而今这句子同自己的思绪交织在一起,犹如一场噩梦中反复出现的一个公式。他唯一能做的事就是躲到外面去,直到半夜再回来。这样,他们就走不成了。而他在想象中看到他们每小时都上来打听他是否在家。想到他们的扫兴和失望的样子,他心里感到乐滋滋的。他机械地重复着那个句子。可是他不能这样做。让他们来拿钱吧,那时,他就可以知道人类可能堕落到什么地步。现在他再也读不下去了,简直连字都看不见了。他背靠着椅子,合上眼睛,痛苦得昏昏沉沉,等待着米尔德里德的到来。

女房东走进来。

"先生,你想见米勒太太吗?"

"叫她进来。"

菲利普打起精神来接待她,一点儿也不露声色。他一时情不自禁地想给她跪下来,抓住她的手,哀求她别走。但他知道没有什么办法能打动她的心;她将会把他的一言一行、一举一动都告诉格里菲思。他感到羞愧。

"喂,出去旅游的事怎么样了?"他乐呵呵地问道。

"我们就要走了,哈里在外头。我告诉他你不愿意见他,因此他避开了。可是他想知道能不能进来一会儿和你告别。"

"不,我不见他。"菲利普说。

他看得出来,她不在乎他是否见格里菲思。既然她来了,他就要快点打发她走。

“喏,这是五镑,我要你现在就走。”

她接过钱,说声谢谢,掉头离开了房间。

“你什么时候回来?”他问道。

“呃,星期一。那时候哈里得回家。”

他知道,他所要说的话是丢脸的,无奈心中充满着妒忌和欲望,他再也控制不住自己的感情了。

“那时候我能见到你吗?”

他说话时难免带着恳求的腔调。

“当然行啦,我一回来就告诉你。”

他同她握了握手。透过窗帘,他看见她跳进一辆停在大门旁边的四轮马车。马车辘辘地走了。随后,他一头栽在床上,双手捂住脸,泪如泉涌。他恨自己。他攥紧拳头,扭动着身子强忍着不让眼泪掉下来。但是他忍不住,爆发出一阵撕心裂肺般的啜泣。

他终于站起来,精疲力竭,羞愧万分。他洗了脸,喝了一杯威士忌掺苏打水饮料。尔后他觉得好受些了。这时,他看见了放在壁炉架上的去巴黎的船票。他一把抓起船票,一气之下把它们扔进炉子里。他知道,船票本来是可以退钱的,但是毁了船票他心里才觉得解恨。接着,他走出去想找个人陪陪他。俱乐部空空如也。他觉得除非他找个人来聊天,否则他会发疯的。但劳森在国外。他又往海沃德的住处走去:开门的女仆告诉他,海沃德已经到布赖顿度周末去了。然后,菲利普到美术馆去,不巧美术馆快要关门了。他不知道该怎么办。他心烦意乱。他想起这时格里菲思和米尔德里德正在去牛津的路上,面对面坐在列车上,兴高采烈的。他回到寓所,可是这儿使他充满恐惧,他曾经在这儿伤心痛哭过。他想重新读伯顿的那本书。可是他一边读着,一边不断地对自己说我多傻呀。是他建议他们走的,是他供给他们的钱,还是他强塞给他们的呢。当初,他把格里菲思介绍给米尔德里德时,就该知道会产生什么后果。光是自己灼热的恋情就足以煽起别人的欲望了。这时候,他们该到牛津了。他们将会住到约翰大街的一家公寓里。菲利普不曾到过牛津,可是格里菲思对他谈得太多了,他完全知道他们要上哪儿。他们将到克拉伦登餐馆用餐。格里菲思要狂欢闹饮时习惯到那儿去用餐。菲利普在查宁十字广场附近的饭馆胡乱吃了点东西,他决定去看戏。后来,他挤进一家剧院的后座,这家剧院正在上演奥斯卡·王尔德的一出戏。他不知道米尔德里德和格里菲思那天晚上是否去看戏。反正,他们得设法消磨时光的。他们俩都太蠢了,光聊天是满足不了他们的:回想起他们的庸俗下流,臭味相投,他心里有说不出的高兴。他心不在焉地看着戏,每次幕间休息都要喝威士忌,借酒浇愁。他不习惯喝酒,酒性很快就发作了。他喝得酩酊大醉。他的醉态时而狂暴不羁,时而愁眉苦脸。散场后他又喝了一次。他不能去睡觉,也知道自己睡不着。他害怕他那生动的想象力会在他眼前呈现出种种画面。他尽力不去想他们。他知道自己喝得太多了。这时,一种想干出一些可怕的、下贱的事儿的欲望攫住了他的心。他想滚到路边的臭水沟里去,他浑身渴望着发泄一通淫秽的兽性,他想趴到地上。

他心里满怀着愤怒和悲哀,醉醺醺的,拖着那只跛脚朝皮卡迪利大街踉跄走去。他被一个油头粉面的妓女拦住。她挽着他的胳臂。他破口大骂,狠狠地将她推向一边。他继续走了几步,然后停下来。她和别的女人还不是一样!他后悔对她说了那么粗鲁的话。他走到她跟前。

“喂。”他开口道。

“见鬼去吧!”她说。

菲利普哈哈大笑。

“我只是想问你今晚是否愿意赏脸和我一块吃饭。”

她惊奇地看着他,犹豫了一会儿,她看出他喝醉了。

“我不介意。”

她竟使用了米尔德里德常挂在嘴边的一句话,他觉得有趣。他带她到一家他过去经常和米尔德里德吃饭的饭馆。他注意到,当他们一道走路时,她的目光老是往下看着他的跛脚。

“我有一只脚是跛的,”他说,“你感到厌恶吗?”

“你是个怪人。”她笑着说。

他回到自己的寓所时浑身骨头都酸痛不已,头疼得犹如被一只榔头在敲打一般,他差一点尖叫起来。他又喝了一些威士忌加苏打水来镇定自己,然后才爬上床,不久便呼呼大睡,一夜无梦,直睡到第二天中午。

78

星期一终于到了,菲利普以为漫长的折磨结束了。他查阅了列车时刻表,发现格里菲思那天晚上能赶回家的最后一趟车,是下午一点后不久由牛津发出,他估计米尔德里德会乘几分钟以后的一趟列车回伦敦。他真想去接她,可是他想米尔德里德也许喜欢独个儿地待上一天;说不定她在晚上会给他来一封短信,说她已回来了。假如没来信,他第二天早晨会去她住处找她:他不敢贸然行动。他对格里菲思恨之入骨;至于米尔德里德,尽管出了那么多事,他对她却只怀有心酸的欲望。现在他庆幸海沃德星期六下午不在伦敦,不然,他心慌意乱,为寻找人生的安慰,会抑制不住把一切都告诉他。而海沃德准会对他的软弱感到惊讶,准会蔑视他,也许会对他竟然能容忍一个委身于第二个男人的女人,并把她当作情妇而感到震惊和恶心。震惊和恶心算得了什么呢?只要能满足自己的欲望,他预备做任何妥协,准备蒙受更辱没人格的耻辱。

到了傍晚,他身不由己地违心地走向她的住处。他抬头往她的窗口张望,屋里黑洞洞的。他不敢冒昧地去问她是否回来了。他坚信她的诺言。可是第二天早晨她没来信。大约中午他拜访时,女用人说她尚未回来。他真不明白这是怎么回事。他知道,格里菲思前天就一定得回家,因为他要在一次婚礼上充当男傧相,况且,米尔德里德没有钱。他心中反复考虑着各种可能发生的事。他下午又去了一回,留了一张条子,请她当天晚上和他一块吃饭,措辞口气平和，好像上两星期什么事也没有发生似的。他在条子中提及他们会面的地点和时间，并抱着她会守约的一线希望：虽然他等了一小时，她还是没来。星期三早晨，他不好意思再到她住处打听，便差个信童带一封信去，并吩咐他捎个回音。可是，一小时后信童原封不动地拿着菲利普的信回来了，说那位太太尚未从乡下回来。菲利普简直气疯了。最后的这一骗局真叫他受不了。他反复地喃喃自语，说他厌恶米尔德里德。同时，将这一新的失望归咎于格里菲思。他对格里菲思恨之入骨，以致他体味到了谋杀的快感。菲利普踱来踱去，考虑如何在一个漆黑的夜晚冲向他，将一把刀子戳进他的喉咙，不偏不倚戳在颈动脉上，让他像一条狗一样死在街上，这该多开心！菲利普伤心、气愤得发昏了。他并不喜欢威士忌，可是他喝它以麻醉自己。星期二和星期三晚上他喝得醉醺醺地上床睡觉。

星期四早晨，他起得很迟。他睡眼惺忪、脸色灰黄、懒洋洋地进入会客室看有没有信件。当他见到格里菲思的笔迹时，一股奇特的感情涌进了他的心。

亲爱的老兄：

我几乎不知道该如何给你写信，然而又觉得非写不可。我希望你不至于太生我的气，我知道我不该跟米利一道走，可是我简直身不由己。她简直将我迷住了，为了得到她我将不惜任何代价。当她告诉我你要给我们旅费时，我简直耐不住了。现在，一切都过去，我真为自己感到害臊，要是当初不那么蠢就好了。我希望你回信，说你不生我的气，同时让我去看你。你告诉米利说你不想见我，我觉得很伤心。一定给我写上几句，好朋友，告诉我你原谅我，以慰我的良心。我想你不在乎，否则你就不会给我们钱了。可是我知道我不该接受的。我星期一回家，米利想独自在牛津再待两三天。她星期三回伦敦。因此，当你接到这封信的时候，你可能已经见到她了。我希望一切都会平安地过去。一定来信说你原谅我了，请速回信。

你永久的朋友

哈里

菲利普狠狠地将信撕得粉碎，他绝不会回信。他鄙视格里菲思的道歉。格里菲思对自己良心的谴责使他感到厌烦：一个人完全可以干出一件卑怯的事，但是过后又后悔，那是可鄙的。他认为这封信是懦弱的、虚伪的。他对信中的多情感到厌恶。

“你可以干一件伤天害理的事，”他喃喃地说，“然后说声对不起就万事大吉了，这太便宜了吧！”

他满心希望有朝一日能有机会向格里菲思报复一下。

但是，无论如何他知道米尔德里德已回到伦敦了。他赶紧穿衣服，等不及刮脸，喝一杯茶后便雇一辆马车到她的寓所。马车似乎在爬行。他心急如焚地盼望见到她。无意中他向自己已不相信的上帝祷告，祈求上帝让她温和地接待他。他只想忘记一切。他怀着一颗激烈地跳荡的心举手按了门铃。他热烈地希望再次将她搂入怀里，竟将过去所受的一切痛苦抛之脑后了。

“米勒太太在家吗？”他快活地问道。

“她已经走了。”女用人回答说。

他茫然若失地望着她。

“大约一小时之前她回来把她的东西搬走了。”

他一时不知道说什么好。

“你把我的信给她了吗？她说她到什么地方去吗？”

这时，他明白米尔德里德又一次欺骗了他。她并不打算回到他身边来。他竭力挽回自己的面子。

“哦，好吧，我肯定会接到她的信的，她可能将信寄往另一个地址了。”

他转身就走，无可奈何地回自己的寓所。他早该料到她会这么干的；她不曾爱过他，她从一开始就愚弄他；她没有同情心，没有仁爱心，没有慈悲心。唯一的办法是逆来顺受。他遭受的痛苦是可怕的，他宁愿死去，也不愿忍受这种痛苦；他脑子中闪过最好一死了之的念头：他可以投河或者卧轨；可是这念头刚出现他就排除了。理智告诉他，总有一天他将忘记这一切不幸。假如他竭尽全力，他就能够将她忘掉。为了一个下流的荡妇而自杀那太可笑了。他只有一条生命，将它轻抛简直是发疯。他觉得他将永远无法克服自己的情欲，可是他知道，这毕竟只是个时间问题。

他不愿待在伦敦了。这里的一切都使他回忆起自己的不幸遭遇。他拍了电报给伯父，说他要回布莱克斯特伯尔。他匆忙整理行装，搭乘最早的一趟车走了。他要离开使他忍受这么多痛苦的污秽的房间。他要呼吸一下新鲜空气。他唾弃自己。他觉得自己有点儿疯了。

自从他长大以后，菲利普一直享有牧师住宅最好的空房，那是间拐角房。一个窗口的前面有棵古树遮住了视线，可是从另一个窗子可以看到在花园和教区的田野以外的辽阔的草地。菲利普很小的时候就记得房子里的糊墙纸。墙四周是维多利亚早期的离奇古怪的水彩画，那是牧师青年时代的一个朋友画的，虽然画面已褪色，但仍有迷人的风韵。梳妆台的四周围着硬硬的平纹细布。房里还有一个放衣服的旧高脚柜。菲利普兴奋地舒了一口气。他从未曾意识到所有这一切对他有什么意义。在教区，生活如常，没有任何家具被移动过。牧师每天吃同样的食物，说同样的话，进行同样的散步；牧师稍胖了些，稍沉静了些，心胸也稍狭窄了些。他已过惯了没有妻子的生活，也很少想念她。他仍然和乔赛亚·格雷夫斯拌嘴。菲利普去看望了这位教堂执事。他稍微瘦了些，脸色白了些，态度更为严厉些。他仍然独断独行，仍然反对祭坛上摆蜡烛。商店依然呈现一种古雅的怡人的气氛。菲利普站在那家专售海员用品的商店面前，这儿卖高筒雨鞋、防雨油布衣帽和帆的滑车索具之类。他记得童年在这儿感受着大海的乐趣以及探索未知世界的魔力。

每当邮差敲门时，他的心就止不住怦怦直跳，心想也许有一封来自伦敦的女房东转来的米尔德里德的信，尽管他知道这根本不可能。自然他能更冷静地考虑这件事了。他知道，试图强迫米尔德里德爱他，无疑是在追求一件不可能实现的事。他不知道，一个男人给予一个女人的，一个女人给予一个男人的究竟是什么，而这种东西又为什么能使其中的一个人成为奴隶：不妨称之为性本能吧；可是如果仅仅是性本能而已，他又不明白为什么它能对某一个人引起这么大的吸引力，而对另一个则不能。这种性本能是不可抗拒的：理智斗不过它。和它相比，友谊、感激、利益都显得软弱无力了。由于他在性欲上对米尔德里德没有吸引力，因此无论他干什么都对她不起作用。这一想法使他反感，这么一来性本能就使人类的本性变成了兽性。他突然觉得人类的内心充满着阴暗面。因为米尔德里德对他态度冷淡，他便认为她缺乏性感。她那贫血的容颜，薄薄的嘴唇，窄小的臀部和扁平的胸脯，那副有气无力的样子，都使他得出这个结论。可是她却能够突然爆发性欲，为了满足它而愿意冒一切风险。他从来不理解她和埃米尔·米勒的风流韵事；这看来和她很不相称，她也从未能做出解释；然而，他目睹了她和格里菲思的勾搭，他明白那时正发生着同样的事：她被一种放纵的性欲迷住了心窍，无法自制。他试图找出究竟是什么东西使那两个男人对她有如此神奇的吸引力。他们都有一种挑起她那简单的幽默感的庸俗的逗笑本领，以及某种猥亵的天性。但是那迷惑她的也许是入骨的性欲，这是他们最显著的特征。她的矫揉造作和假斯文使她在现实生活面前发抖。她认为肉体的官能是不光彩的。她对普通的事物使用各种委婉的说法，总是精心选择恰当的词儿，认为这样比简单的词更贴切。这两个男人的兽性犹如一根鞭子抽打在她纤弱白嫩的肩上，而她因为肉欲的痛苦而浑身发抖。

有一件事菲利普拿定了主意。他决不回到他曾遭受痛苦的那个公寓去了。他写信给女房东，通知她退掉房间。他想将自己的家具杂物留在身边。他决定租不带家具的房间：住起来舒适又便宜。

这也是个应急措施。因为过去一年半期间他花掉了将近七百镑。现在他必须厉行节约来弥补亏损。他时时瞻望未来,感到不寒而栗。他过去真傻,在米尔德里德身上花了那么多钱;可是他知道,假如再遇到这种情况,他还会照样这么干的。有时他寻思:因为他的表情上不能生动地表达自己的感情,动作又相当迟缓,他的朋友们便认为他意志坚强、深思熟虑、沉着冷静,他不禁觉得好笑。他们认为他有理智,称赞他通情达理;可是,他知道,那平静的表情只不过是无意中采取的假面具罢了,就像蝴蝶的保护色一样。他却为自己意志如此脆弱而感到吃惊。在他看来,稍有微不足道的情感他就会左右摇摆,像是随风飘倒的小草。一旦情欲攫住了他的心,他就无能为力。他毫无自制力。他只是表面上显得还有自制力,因为许多能打动别人的事,他却无动于衷。

他近乎自嘲地考虑了他自己演绎的那套哲学。因为,在他所经历过的紧要关头,他的人生哲学对他没起过多大作用。他不知道,思想是否在人生的任何危急关头真的能有什么帮助:在他看来,他倒是受某种外来的,然而又存在于体内的力量摆布。这种力量在驱赶着他,犹如地狱的飓风不断地驱赶着保罗和弗兰切斯卡①一样。他想到了他所要干的事,但到了该行动的时候,由于受莫名其妙的本能和情感的支配而显得无能为力。他好像是一台被环境和个性两种力量驱动下运转的机器;他的理智是旁观者,看到了事实,却无力干预:就像伊壁鸠鲁描绘的诸神,在九天之上坐视人类的所作所为,可是对于发生的事却丝毫也无力改变。

---

① 弗兰切斯卡,13 世纪意大利的女贵族。意大利诗人但丁在《神曲》第一部的《地狱篇》中使她名传千古。

79

菲利普在开学前两三天赶回伦敦找房子。他在直通威斯敏斯特大桥路的街道里四处寻觅,但由于这一带的房子很脏,他都不满意。最后,他在幽静、古朴的肯宁顿街找到一幢房子。它有点令人回想起萨克雷所熟悉的泰晤士河这一侧的伦敦,当初纽科姆[①]一家乘大型四轮马车到伦敦西区时肯定经过这儿。法国梧桐正吐着嫩叶。菲利普看中的那条街上的房子全是两层的,大多数的窗口上都贴有出租告示。有一家称出租不带家具的公寓,菲利普敲了一下门,一个稳重而沉默寡言的女人领他看了一套四间的小房间,其中有一间还带厨房炉灶和洗涤槽。房租每星期九先令。菲利普并不需要这么多房间,可是房租低廉,他也希望赶快定下来。他问女房东能不能替他打扫房间和做早饭,可是她回答说即使不干这两件事就已经够忙的了。这样,他倒觉得高兴,因为她暗示除了收他的房租外,不想和他有过多的往来。她告诉他说,假如他向附近一家兼作邮电所的杂货店打听,就能找到一位愿意替他"干杂活"的女人。

菲利普有几件家具,是陆续搬迁时收集起来的,一张从巴黎买来的扶椅,一张方桌,几幅画,还有克朗肖赠他的那小块波斯地毯。他伯父现在已不在八月份出租房子,因此便将用不着的折叠床送给他。另外,菲利普又花了十镑,买了其他必需品。他花了十先令买了一种金黄色的糊墙纸把一间房间裱糊起来,预备把它作为会客室。他在墙上挂了劳森送给他的《奥古斯丁码头》的素描,以及安格尔的《女奴》和马奈的《奥林匹亚》照片。当年在巴黎时他常

---

① 纽科姆,英国著名小说家萨克雷(1811—1863)的小说《纽科姆一家》的主人公。

常边刮胡子边对着这两张照片沉思。为了使自己忆起他也曾涉足艺坛的经历,他还挂起了那张年轻的西班牙人米格尔·阿胡里亚的木炭肖像画:这是菲利普的最佳画作。这是一幅紧握双拳的裸体立像画,画中人的双脚以奇特的力量紧紧地踩住地板,脸上露出一副刚毅的神情,给人以深刻的印象。虽然,隔了这么长时间以后,菲利普对这幅画的缺点仍看得很清楚。可是由它勾起的种种联想,使他抱有宽容的态度来看待这幅画。他不知道究竟米格尔情况如何。世界上再也没有比没有才华的人去追求艺术更可怕的了。也许,风餐露宿、饥寒交迫、病魔缠身,他已在某家医院了却终生;或者在绝望中已跳进浑浊的塞纳河寻死去了。也许他那南方人的三心二意已使他自动地放弃了这场奋斗,现在已经在马德里的某家事务所里当上一名职员,把他的慷慨激昂的言辞用于政治和斗牛方面上去了。

菲利普邀请劳森和海沃德来参观他的新居。他们来了,一个带来一瓶威士忌,另一个带了一缸肥鹅肝酱。当他们赞扬他的鉴赏力时,他兴奋极了。他本来也想邀请那位苏格兰股票经纪人,可是他仅有三张椅子,因此只能招待有限的客人。劳森知道菲利普通过他,同诺拉·内斯比特关系密切。这时,他说几天以前遇到了诺拉。

"她还向你问好呢。"

一提起她的名字,菲利普就脸红了。他改不了一发窘就脸红的习惯,劳森以困惑的目光望着他。长年待在伦敦的劳森如今已入乡随俗了。他剪了短发,穿一身整洁的哔叽衣裤,戴一顶圆顶硬礼帽。

"我猜你们俩的事已经吹了吧。"他说道。

"我有好几个月没见到她了。"

"她看起来挺漂亮的,头上戴着非常时髦的帽子,上面还装饰着许多雪白的鸵鸟羽毛。她准是混得不错。"

菲利普换了个话题,可是他老想着她。过了一会儿,当他们三个人正在谈论别的事时,他突然问道:

“你认为诺拉生我的气吗?”

“一点也不。她讲了你许多好话。”

“我有点儿想去看望她。”

“她不会吃掉你的。”

菲利普常常想起诺拉。米尔德里德离开他后,他的第一个念头就是她。他辛酸地对自己说,她绝不会这样虐待他。他一时冲动,真想回到她身边。她一定对他非常怜悯,可是他羞愧万分;她一向待他很好,而他待她却那么绝情。

劳森和海沃德告辞后,他吸着睡前的最后一斗烟,自言自语地说:“要是有点理智,不对她变心就好了。”

他回想起他们在文森特广场街的舒适的起居室里一起度过的愉快的时光,回想起他们到美术馆参观,到戏院看戏的情景,以及亲密地交谈的那些迷人的夜晚。他回想起她对他的幸福的关心,对涉及他的一切的兴趣。她以一种善良的、坚贞的爱情爱着他,这爱情不仅是情欲,而几乎是母性的爱。他始终懂得,这种爱情是很宝贵的,为此他真该衷心地感谢诸神。他下决心祈求她的宽恕。她一定遭受了极大的痛苦,可是她有着豁达的胸怀,会饶恕他,她不会记仇的。他是不是该给她去信呢?不。他要突然出现在她面前,一下子扑倒在她脚下,他知道,到时候他会觉得太惭愧而演不出这个富有戏剧性的动作,可是这是他喜欢想起的一个情节并告诉她,假如她答应原谅他,她可以永远信赖他。过去他患的可恨的毛病已经治愈了。他懂得了她的价值,现在,她可以信赖他了。他的想象力一下子飞向了未来。他想象他俩星期天泛舟在河面上。他要带她到格林尼治去。他不曾忘记同海沃德那次愉快的远足。伦敦港的美景永远珍藏在他的记忆里。夏天炎热的下午,他们要坐在公园里闲聊:他想起她的欢声笑语,犹如一道溪水汩汩地流过小鹅卵石发出的声音,趣味、俏皮又富有个性。想到这儿,他暗自笑了。那时候他所蒙受的痛苦将好像一场噩梦似的从脑海里消失。

但是,第二天大约用茶点时分,他确信这时候一定能够在她家里找到诺拉。当他敲她的门时,他的勇气突然消失了。她会宽恕他吗?未征得她的同意而强行去见她,这太可恶了吧。一个女用人出来开门,她是新来的,以前他天天去拜访时都没见过她。他问内斯比特太太是否在家。

“请问她能否见见凯里先生?”他说道,“我在这儿等。”

女用人上楼去了,过了一会儿又噔噔地下楼了。

“请上楼好吗?先生,在三楼的正面。”

“我晓得。”菲利普说道,脸上露出一丝笑容。

他忐忑不安地走上楼去,敲了敲门。

“进来。”一个熟悉的快活的声音说道。

这声音似乎在招呼他走进平静的、幸福的新生活。他一进屋,诺拉便迎上去欢迎他。她同他握手,好像他们是前一天才分手似的。一个男人站了起来。

“这位是凯里先生——这位是金斯福德先生。”

菲利普发现她不是独自一个人,大失所望。他坐了下来,端详着这位陌生人。菲利普从未听到她提起他的名字,但在菲利普看来,他坐在那张椅子上,显得很自在。他四十多岁,脸刮得光溜溜的,金黄色的长发梳得整整齐齐。他的皮肤微红,长着一对韶华已逝的美男子特有的充满倦意的失神的眼睛。他鼻子大、嘴巴宽、颧骨高高的,长得很壮实。他中等身材,肩膀宽大。

“我正在猜想你现在怎么样啦。”诺拉爽快地说道,“我上回遇到劳森先生——他告诉你了吗?——我告诉他说,你也该来看看我了。”

在她的表情里菲利普看不到任何尴尬的痕迹。他很佩服她对这一次自己觉得这么别扭的会见处理得如此坦然。她给他倒茶,她正要搁糖,这时他制止了她。

“我多蠢啊!”她叫起来,“我把这个给忘了。”

他不相信这一点。她该会记得很清楚的,他喝茶从来不搁糖的。他从这件小事看出她的无动于衷是假装的。

菲利普打断了的对话又继续下去。他很快觉得自己有点碍手碍脚的。金斯福德并不特别注意他。他侃侃而谈,说话得体,谈吐不无幽默,只是有点武断的口气。看来,他是个记者。对涉及的每个话题他都能说得趣味盎然,引人发笑。可是这激怒了菲利普,因为他发现自己慢慢地被挤出了谈话的圈外。他决心待到这个客人离去才告辞。他不知道金斯福德是否爱慕诺拉。以往,他们常常谈起那些想和她调情的男人,并且一道讥笑他们。菲利普试图将话题引向只有他和诺拉知道的事情。可是每一回这个记者总是插进来,并成功地引向菲利普不得不沉默的题目。他有些恨诺拉,因为她一定明白他受到了奚落。不过,也许她这么干是为了要惩罚他。这么一想,菲利普又恢复了愉快的心情。最后,挂钟响了六下,金斯福德站了起来。

"我得走了。"他说道。

诺拉和他握握手,陪他到了楼梯口。她随手将门关上,在外面站了两三分钟。菲利普不知道他们讲了些什么。

"金斯福德先生是什么人?"当她进来后,他兴冲冲地问道。

"噢,他是哈姆斯沃思杂志的编辑。他近来采用了我的许多作品。"

"我以为他不走了呢。"

"我高兴你留下来了。我想和你聊聊。"她将脚和全身蜷缩在那张大扶手椅里,只有她那么小的身子才能那样子,她点燃一支香烟。他看见她摆出了过去总是使他发笑的姿势时,他微笑了。

"你看起来就像一只猫。"

她那双乌黑、妩媚的眼睛向他瞟了一眼。

"我确实应该改掉这一习惯了。像我这样的年龄,动作还像个小孩真是荒唐。可是把腿压在下边我觉得舒服。"

"又坐在这个房间里了,我太高兴了。"菲利普愉快地说道,"你不知道我多么想念这个房间啊!"

"你以前到底为什么不来呢?"她快活地问道。

"我害怕。"他红着脸说道。

她报以充满慈爱的目光,嘴角露出一丝迷人的笑意。

“你根本不必害怕。”

他犹豫了一会儿，心怦怦直跳。

“你记得我们最后那次见面吗？我待你太不像话了——我为自己感到万分羞愧。”

她双眼直直地凝视着他，没有回答。他着了慌，好像是来办一件现在才意识到是荒谬绝伦的差事似的。她并不帮他解围，他只能直率地脱口而出：

“你能原谅我吗？”

然后他急急忙忙地告诉她说米尔德里德已经离开了他，他万分痛苦，差点儿自杀。他将他们之间发生的一切都告诉她，谈到那孩子的出世、与格里菲思的相遇，以及他的愚笨、对米尔德里德的信赖和蒙受的巨大的欺骗。他告诉她，他经常想起她的慈爱和爱情，而他将这些抛弃后感到多么痛苦和后悔：只有当他跟她在一起的时候，他才觉得有过幸福。现在他知道她具有多大的价值。他的声音激动得嘶哑了。有时他为自己所说的话感到惭愧，说话时将眼睛死死盯住地板。他的脸痛苦得扭曲了，可是，把这些都讲出来，他反而觉得特别宽慰。说完，他精疲力竭地往后靠在椅子上，等待着。他什么也不隐瞒。甚至自我作践，拼命将自己讲得比实际上还要可悲。她一声不吭，他感到惊奇。最后他抬起头来。她不是在看他。她的脸色很苍白，似乎陷入了沉思之中。

“你就没有话要对我说吗？”

她吃了一惊，脸唰地红了。

“恐怕你过得很不愉快，”她说，“我非常难过。”

她欲言又止，他耐心地等待着。终于，她像是迫使自己说话似的：

“我和金斯福德先生订婚了。”

“你为什么不马上告诉我？”他嚷道，“你不该让我在你面前羞辱自己。”

“对不起，我没法打断你的话……我遇到他是在你——”她似乎是在寻找不使他伤心的字眼——“告诉我你的朋友回来后不久。

我难过了好一阵子。他对我太好了。他知道有人使我蒙受着痛苦,当然他不知道是你。当时要是没有他,我真不知道该怎么办。况且,突然间,我觉得自己不能老是这样没完没了地干啊,干啊,干啊。我太累了,身体很不好。我把我丈夫的事告诉他了。他提出,假如我能尽快地和他结婚的话,他就出钱让我办理离婚手续。他有份好职业,因此,除非我愿意,我不必事事都去张罗。他非常喜欢我,急于想要照顾我。我非常感动。眼下,我也非常、非常喜欢他。"

"那么你离婚了吗?"菲利普问道。

"我已拿到了离婚判决书,七月份才最后生效。到那时候我们就马上结婚。"

有好一会儿菲利普一言不发。

"但愿我自己不闹出这样的笑话来。"他终于喃喃地说道。

他正在回味刚才那篇长长的、羞辱的自供。她好奇地看着他。

"你从来就没有真正地爱过我。"她说道。

"恋爱并不是件愉快的事。"

然而他总是能够很快地镇静下来。他站起身,伸出手来,说道:

"希望你会很幸福。毕竟,你能有这样的归宿,真是最好不过了。"

诺拉拉着他的手握着,有点依依不舍地望着他。

"你会再来看我吗?"她问道。

"不,"他摇摇头说道,"看到你们幸福,我会很嫉妒的。"

他慢慢地从她的寓所走开。她说他不曾爱过她,这毕竟是对的。他很失望,甚至有点恼怒。他很伤心,但更严重的还是虚荣心受到伤害。对此他自己心里明白。他立即意识到诸神捉弄了他。他悲伤地嘲笑起自己来了。以自己的荒唐行为自娱的滋味可真是不好受啊!

80

在以后的三个月,菲利普攻读以前没接触过的一些新学科。不出两年时间,先前蜂拥进入医学院学习的学生越来越少了:有的发现考试比他们所想象的要难得多而离开学校;有的被预先没有料到伦敦生活费用之昂贵的双亲们领走了;有的改行去了。菲利普认识的一个青年人想出了一个赚钱的妙计。他廉价买入物品,然后再转手典当。不久,发现典当赊买的物品更能赚钱。当有人在违警罪法庭的诉讼程序中供出了他的名字时,在医院里引起了一阵小小的骚动。接着他受到拘押,由他担惊受怕的父亲来作保。最后这个青年人出走海外,履行"白人的使命"去了。另一个是个从不曾进过城的年轻人,他一下子迷上了音乐厅和酒吧间,成天混迹于赛马迷、提供赛马的情报者及驯马师中间,现在已成了一名赛马登记赌注者的助手。菲利普在皮卡迪利广场附近的一家酒吧间曾见过他一回。他穿着紧腰外套,头上戴着宽边的棕色帽子。第三个人是个具有歌咏和模仿天才的人。他依靠模仿大名鼎鼎的喜剧演员,曾在医学院允许吸烟的音乐会上获得成功。他弃医参加音乐喜剧团的合唱队。还有一个学生,菲利普对他颇感兴趣。这个人举止粗鲁,说起话来大喊大叫的,这表明他不可能有任何深刻的情感。在伦敦的楼宇房舍中的生活使他感到窒息。他因成天关在房间里面而变得形容憔悴,那连他自己也不知道是否存在的灵魂,犹如一只被捏在手心的麻雀,拼命地挣扎,受惊地微微地喘着气,心脏怦怦狂跳不已。他渴望辽阔的天空和空旷的荒野,他的童年就是在这种环境中度过的。有一天,他趁两门课之间的间隙,没有对任何人说一声就出走了,后来他的朋友们听说他已经放弃学医而到一个农场干活。

现在,菲利普上内科和外科的课程,他每星期有几个上午去门诊给病人包扎,他乐于借此来赚一点钱。他学了听诊和如何使用听诊器。他学会配药。七月份他要参加药物学的考试。摆弄各种药物,调制配方,滚压药片,制造软膏等,他自觉有一番乐趣。只要能从中汲取人生情趣,不管是什么,菲利普都热心去做。

菲利普有一次远远地见到格里菲思,但是,为了不愿忍受不理睬他带来的痛苦而回避他。当他意识到格里菲思的朋友们知道他们之间的纠纷,并推测其中的原委时,菲利普对他们感到不大自然。这些人有的已成了他的朋友了。他们中有一个年轻人,个子特别高大,长着个小脑袋,一副无精打采的样子,名叫拉姆斯登。他是格里菲思最忠诚的崇拜者,他告诉菲利普说,格里菲思因为菲利普不给他回信而感到非常伤心。格里菲思想和他言归于好。

"这是他叫你给我捎的口信吗?"菲利普问道。

"噢,不是。这只是我自己的意思,"拉姆斯登说道,"他对自己所干的事遗憾极了。他还说你以往待他一直很好。我知道他会乐意和好的。他不上医院来是怕遇到你。他认为你会不理睬他。"

"我就不理睬他。"

"他为此难过极了,真的。"

"我有足够的毅力来忍受他感到的这点儿别扭。"菲利普说道。

"他会尽力来求得和解的。"

"多么幼稚!多么歇斯底里呀!他为什么要放在心上呢?我是个微不足道的人。不和我来往他照样可以过得很好。我对他再也不感兴趣了。"

拉姆斯登认为菲利普冷酷无情。他稍停了片刻,迷惑不解地看着菲利普。

"哈里真的希望和那个女人没有过任何瓜葛。"

"是吗?"菲利普说道。

他冷冷地说着,自己觉得心安理得。没有人能够猜出他的心跳得多么厉害。他不耐烦地等着拉姆斯登继续说下去。

"我想你现在也差不多把这件事忘了吧?"

“我吗?”菲利普说道,“差不多忘了。”

他渐渐地了解了米尔德里德和格里菲思的瓜葛的始末。他嘴上挂着一丝微笑地倾听着,装出一副镇定自若的神态,瞒过和他说话的这个迟钝的学生。她与格里菲思在牛津度的那个周末与其说是扑灭她燃起的情火,倒不如说是使之更炽热化了。当格里菲思回家时,她突然心血来潮,决定独自在牛津再待两三天,因为她在这儿过得太愉快了。她觉得什么也无法诱使她回到菲利普身边去。他使她反感。格里菲思对由自己惹起的这场情火感到吃惊,因为他发现和她在乡下度过的这两天有些乏味;他也不希望将这场有趣的插曲变成讨厌的恋爱关系。她迫使他答应要给她写信。而他是个诚实的体面的人,生来礼貌周全,乐意和每个人友好相处。因此,当他回家时,给她去了一封娓娓动听的长信。她给他回了一封多情而又蹩脚的信,她不善表达感情,写得言辞拙劣,俗不可耐,使他生厌。当第二天接着来第二封,隔天又来第三封时,他开始觉得她的爱情不再令人喜欢,而是令人惊恐了。他没有回信。她便接连不断地给他发电报,问他是否生病了,是否已接到她的信。她说他的沉默使她忧心如焚。他不得不回信,极力使回信写得既随便又不太唐突。他央求她别拍电报,因为这样很难向他母亲解释。他母亲是个连一份电报也会引起恐慌的旧式女人。她的信由下一班回程邮递带回,说她必须见他,并且提醒他,她要典当物品(她有菲利普送她作为结婚礼物的那个梳妆盒,它可以典当八镑),以便能够到离他父亲开业的村子四英里的市镇住下来。这吓坏了格里菲思。这一回,他拍了电报,告诉她不能这么干。他答应他一到伦敦便让她知道。他到了伦敦时,发现她已经在他将赴任的医院找过他了。他不喜欢这样,见到她时,他告诉米尔德里德说她不能利用各种借口上这儿来。现在,三个星期不见她以后,他发觉她实在叫人讨厌。他不知道为什么过去会与她有过瓜葛,决心尽快与她一刀两断。他是个害怕吵架的人,也不喜欢给别人造成痛苦。然而同时他有别的事要做。他打定主意不让米尔德里德来打扰他。当他遇到她时,他装得笑容可掬、谈笑风生、诙谐风趣、温柔多情:他捏造出自上回见面以来这段时间不见面的令人信服的种种借口,千方百计地避开她。她强迫他约会,每到最后的时刻他都给她拍电报推掉了。而他吩咐女房东(他任职的头三个月住在公寓里)在她上门找他时说他出去了。米尔德里德采取在街上拦截他的办法。当他知道她在医院附近等他出来等了两三个小时时,他会对她说些亲切动听的话,然后推说有事务上的约会撒腿就跑,他变得能神不知鬼不觉地溜出医院。有一回,他半夜回公寓去,看到一个女人站在公寓前栏杆旁,便猜到这个女人是谁,于是到拉姆斯登房间里去临时求宿一夜。第二天,女房东告诉他说,米尔德里德坐在门口的台阶上哭了好几个钟头。女房东最后不得不告诉她,假如她再不走的话,她可要去叫警察了。

“我说呀,老兄,”拉姆斯登说道,“你已脱离干系了,这倒自在。哈里说假如他当初能稍微觉察到出她是这么个讨人嫌的女人而还与她有任何关系的话,那他就不得好死。”

菲利普想起她在夜里坐在门口那么久的情景。当她木然地抬头望着驱赶她的女房东时,他仿佛看到了她脸上的表情。

“不知道她现在在干什么?”

“哦,她在某处找了个工作,谢天谢地。这下子够她整天忙的了。”

夏季学期结束之前,菲利普最后听到的消息说,格里菲思被她不断地纠缠激怒了,也顾不得温文尔雅了。他告诉米尔德里德说,他讨厌受人这样纠缠,叫她最好走开,别再来打扰他了。

“他也只能这样,”拉姆斯登说道,“这事做得有点儿太过分了。”

“事情就这么了结了吗?”菲利普问道。

“哦,他已经有十天没见着她了。要知道,哈里甩人可有两下子呢!这可能是他遇到过的最难对付的一个了,但他还是应付过来了。”

后来,菲科普再也没听到有关她的什么消息。她消失在伦敦的芸芸众生之中。

81

冬季学期初，菲利普当了门诊医生的助手，负责门诊病人的共有三个助理医生，每人每周值班两天。菲利普报名在蒂勒尔大夫手下当助手。蒂勒尔大夫在学生中颇有名望，大家都争着当他的助手。蒂勒尔大夫是个瘦高个，三十五岁，脑袋很小，红色的头发剪得很短，一双蓝眼睛鼓凸凸的；他脸色红润，嗓音悦耳，口才好，喜欢说笑话，还有点儿玩世不恭。他是个有造诣的人，有丰富的临床经验，有希望获得爵位。由于常跟学生和穷人打交道，他有一副恩人的气派；又由于常与病人打交道，他具有健康人的乐善好施的神态，这是某些会诊医生所具有的职业风度。他使病人觉得自己好比是站在一位和蔼可亲的教师面前，而他的疾病是一个荒唐的恶作剧。它与其说使人烦恼，倒不如说给人带来乐趣。

学生必须每天到门诊部，观察病例，尽量学得一些医疗知识。可是在他执行助手职务时，他的责任就比较明确了。那时候圣卢克医院的门诊部有三间相通的就诊室，和一间有许多大石柱和长板凳的阴暗的大候诊室。病人们在中午拿到了"挂号"后就在这儿候诊。他们排着长队，手里提着瓶子和药罐。有的衣衫褴褛，浑身污垢，有的穿得很体面，男女老少坐在昏暗的候诊室，给人一种古怪、可怕的印象。他们那副样子使人想起多米尔的那些阴森恐怖的画面。所有的房间都被漆成一模一样，橙红色的墙壁和栗色的高高的护壁板。房间里有消毒水的气味，渐近黄昏时，还混合着人体发出的汗臭味。第一间房子最大，中间摆着医生用的一张桌子和一张办公椅。桌子的两旁各放一张略小一些也略矮一些的桌子，一边坐着住院医生，另一边坐着负责当日"病历簿"的助手。病历簿是厚厚的一本，上面记着病人的名字、年龄、性别、职业及病情的诊断。

下午一点半，住院医生走进来，打铃吩咐门房将老病号叫来。老病号总是有许多人，需要在蒂勒尔大夫两点来之前尽量处理完这些病人。菲利普接触的住院医生是个小个子，短小精悍，过分地自命不凡：他在助手们面前总是摆出一副屈尊降贵的架势，而对那些年纪与其相仿的高年级学生对他的随随便便的态度，没有对他目前的地位表示应有的尊敬，他却没有表现出明显的怨恨和不满。他开始看病，一个助手协助他，病人们鱼贯而入。男病人先进来。慢性支气管炎和“令人头痛的咳嗽”是这些男病人的主要病症。一个人走到住院医生跟前，另一个走到助手跟前，递出“挂号证”。假如事情进行得顺利的话，住院医生或助手就会在挂号证上写明“重复十四天”的字样，于是，病人就提着药瓶、药罐到药房去领取足够再服用十四天的药品。有些滑头的病人退到后面去，以便能够让医生亲自诊断。但他们也很难如愿以偿，只能留下三四个病情特殊、需要医生亲自诊视的病人。

蒂勒尔大夫迈着轻快的步伐飘然而至。他使人联想起那个一边喊着“我们又见面了”，一边跃上马戏团舞台的丑角。他的那副神情似乎在说：生病又有什么？看我妙手回春、手到病除。他坐下来，问是否有老病号要让他看。接着便迅速地检查这些病人，一双锐利的眼睛审视着他们，同时和住院医生讨论病人的症状，不时插一个笑话，逗得助手们哈哈大笑。住院医生也笑得很开心，但却摆出一副认为助手们的笑太冒失的神气。接着，他说天气很好，或者天气炎热之类的话，然后按铃叫门房去将新病人带进来。

他们一个个地进来，走到蒂勒尔大夫的桌子跟前。他们有老人、年轻人和中年人，大多数是劳动人民，如码头工人、运货的马车车夫以及酒吧侍者；可是有一些人也衣冠楚楚，显然是些社会地位较优越的售货员、职员之类。蒂勒尔大夫以怀疑的眼光看着这些人。有时候，他们故意穿破衣裳装穷。但他目光犀利，能制止他认为是弄虚作假的把戏。有时，他干脆拒绝给那些他认为可以付得起医疗费的人看病。女人是最令人头痛的重犯者，不过她们总是伪装得很笨拙。她们会穿着破烂不堪的外套和裙子，却忘了把手指上的金戒指摘掉。

“你既然能够戴得起首饰,也一定能够请得起私人医生。医院是为穷人看病的慈善机构。”蒂勒尔大夫说道。

他将挂号证还她,叫下一个病人。

“可是我已拿到挂号证了。”

“我不管你有没有挂号证,你出去。你没有权利上这儿来,浪费真正穷人看病的时间。”

这病人绷着脸,气冲冲地走了。

“她可能会写信给报社,控告伦敦医院严重管理不善。”蒂勒尔大夫拿起另一份挂号证,以敏捷的眼光瞟了病人一眼,微笑着说道。

大多数病人都认为医院是国家的机构,而他们已向国家纳了税,也就为这机构付了钱,把他们前来看病看作自己应有的权利。他们认为给他们看病的大夫的酬金优厚。蒂勒尔大夫让他的助手们每人检查一个病人。助手们分别把病人带进里面房间。这些房间较小,每间有一张铺有黑马毛呢的长沙发。助手问病人各种各样的问题,检查他的肺、心脏和肝,将病情一一记在病历卡上,在心里考虑好自己的诊断意见,然后等待蒂勒尔大夫进来。他一看完男病人就到小房间来了,后面跟着一群学生。这时,助手便读出他所检查的结果。蒂勒尔大夫问了他一两个问题,亲自检查病人。假如有什么有趣的东西要听的话,学生们便用上听诊器了:你在病人的胸部可以看到两三个听诊器,在背上可能还有两个。其余的人不耐烦地等着要听。病人站在他们之中有点别扭,但发现自己成了注意的中心倒也高兴。当蒂勒尔大夫滔滔不绝地讲述这一病例时,病人糊里糊涂地听着。两三个学生又重听一遍,以辨认出医生描述的心脏杂音或咿轧音,然后才叫病人穿上衣服。

当各种病例检查完毕时,蒂勒尔大夫又回到大房间,在自己桌前坐下来。他随便问一个碰巧站在他身旁的学生,如何给刚才检查过的病人开处方。这个学生便提出一两种药来。

“这样开吗?”蒂勒尔大夫说道,“嘿,无论如何,你的处方倒是别出心裁，不过，我想我们不能轻率从事。”

这话总是逗得学生们哄堂大笑。然后，大夫为自己机智的幽默高兴地眨着眼睛，开了另一种药，而不用那个学生建议的药。出现同类型的两种病例，那个学生照医生给前一个病人开的处方治疗时，蒂勒尔大夫却又别出心裁地想出别的方案。有时，他知道药房里的人已累得要命，他们总愿意拿那些已经准备好的药，以及那些多年的临床经验证明疗效灵验的该院的混合剂。但他为了开心，故意开出复杂的处方来。

“我们得给药剂师找些事儿干，假如我们老是开‘合剂，白色的’，他的头脑就会迟钝。”

学生们哈哈大笑，医生便来回看了看他们，对自己开的玩笑颇欣赏。然后他按电铃。当门房探头进来时，他说道：

“请叫复诊女病号。”

他将身子向后仰，悄声与住院医生闲聊着。这时门房赶着老病号来了。她们走进来，有成群结队的贫血的女孩子，留着蓬松的刘海，嘴唇惨白。她们不能消化那些恶劣的且食不果腹的食物。老太太，有胖有瘦的，由于生育过多而早衰。她们一到冬天就咳嗽不止。女人们往往患这个病那个病的。蒂勒尔大夫和住院大夫很快看完她们的病。时间在流逝着，小房间里的空气也变得越来越浑浊了。大夫看了看表。

“今天有很多初诊的女病人吗？”他问道。

“我想有不少。”住院医生说道。

“我们最好让她们进来，你继续看老病号。”

她们进来了。男人最常见的病都是由饮酒过度引起的，女人则是由于营养不良。大约六点，病人都看完了。菲利普由于老站着，空气又浑浊，再加上他全神贯注地观察，累得他疲惫不堪。他和其他助手们慢慢地走到医学院去用茶。他发现这是项引人入胜的有趣的工作。在艺术家所加工的那些粗糙的原材料中存在着人情味。当菲利普突然想起自己现在正处于艺术家的地位，而那些病人们正是他手中的胶泥时，他感到一种奇特的兴奋。他风趣地耸耸肩膀，回忆起在巴黎的生活。他热衷于颜色、色调和明暗配合，天晓得是些什么玩意儿，一心要创造出美好的事物。现在，直接与男人、女人接触使他有一种从来不曾体验到的力量。他发现，看着他们的面孔，听听他们说话，本身就有无限的乐趣。他们走进来，各有各的特色，有些是粗鲁地拖曳着脚步，有的踏着轻快的碎步，有的则迈着沉重的、缓慢的步伐，还有些则羞羞答答、忸忸怩怩。你常常可以凭外表猜出他们的职业。你学会该如何向他们提问题，才能使他们听得懂。你也可以觉出在哪些问题上他们几乎都扯谎。然而，通过哪些问话，你又能够获得真相。你可以看出人们对待同样的事物的不同态度。当诊断出危险的病症，有的听了付之一笑或开个玩笑，有的却一言不发、失望至极。菲利普发觉自己跟这些人在一起，不像平常跟其他人在一起时那么害羞；他并不觉得这纯属同情，因为同情意味着恩赐态度。可是他和他们在一起觉得自在。他发现自己能够使他们感到宽慰，不紧张。当一个病人交他检查，看看他能找出什么毛病时，他仿佛感到那病人以一种特殊的信任把自己托付给他。

"也许，"他微笑着心里寻思，"也许我生来就是当医生的料子。假如我碰巧选择了正适合我干的职业，那才有意思呢。"

在菲利普看来，在所有的助手们中唯有他看出了下午值班中的戏剧性的趣味。对其他助手来说，男人和女人只是病人而已。如果病例复杂，他们就精神抖擞；如果病例一目了然，他们就觉得厌烦。他们听出杂音，或发现肝有异常，便大惊小怪；肺部有了不寻常的声音就会给他们提供谈论的话题。而对菲利普来说就远不止这些了。他发现单单看看他们，看看他们的头和手的形状，看看他们的眼神和鼻子的长度，就蛮有趣了。在那间房里，你看到人的本性遭到奇袭，习惯的假面具常常被粗鲁地撕下了，把赤裸裸的灵魂呈现在你的眼前。有时，你还可见到那感人至深的天生的禁欲主义。有一回，菲利普遇到一个粗鲁、目不识丁的男病人，告诉他，他的病已经没有希望了。菲利普克制着自己，而对使得这个病人在陌生人面前表现得那么坚强的了不起的本能感到惊叹不已。然而，当他只是独自一人面对自己的灵魂时，他还有可能这么勇敢吗？那时候他会陷入绝望吗？有时也会出现悲剧。有一次，一个年轻女人带她妹妹来检查。她妹妹十八岁，长得眉清目秀，一双蓝色的大眼睛，一头金发让秋天阳光一照，闪烁着缕缕金光。她的肤色美得惊人。学生们微笑着，目光都集中到她身上。在这昏暗的房间里他们难得见到这么漂亮的姑娘。病人的姐姐讲述了家庭病史，父母亲都死于肺结核。还有一个哥哥、一个姐姐也是得这种病死去，一家子只剩下她们两人了。这姑娘最近一直咳嗽、日见消瘦。她脱去罩衫，露出玉脂般娇嫩的脖子。蒂勒尔大夫默默地以通常的麻利给她做了检查。他叫两三个学生将听诊器放到他指的位置听，然后才让她穿上衣服。她姐姐站得稍远一点，压低声音和医生说话，为的是不让她妹妹听到。因为害怕，她的声音都发颤了。

“大夫，她没得那个病吧，是不是?”

“恐怕她毫无疑问是得了。”

“她是最后的一个了，她再一走，我就没有亲人了。”

她开始哭了，大夫严厉地盯着她；他认为她也有这类病，也活不了很长时间了。那姑娘转过身来，看到她姐姐流眼泪。她明白是怎么回事。她那可爱的脸蛋儿骤然失色，眼泪簌簌地从两颊流了下来。姐妹俩站了一两分钟，无声地抽泣着。接着，那个姐姐忘记了正在看着她俩的周围的人，走到她妹妹跟前，一把将她搂在怀里，轻轻地来回摇动着，好像她是个婴儿似的。

她们走后，一个学生问道：

“先生，你认为她们还能活多久?”

蒂勒尔大夫耸耸肩膀。

“她哥哥和姐姐在发病后的三个月就死去了，她也会是这样的。假如她们有钱，那还可以想想办法，你总不能叫她们上圣马利兹医院吧，对她们这种人来说已无能为力了。”

一次，来了一个强壮的、血气方刚的男人，因不断地遭受病痛的折磨，蒂勒尔大夫似乎对他爱莫能助，对他的裁决也是死亡。这种死亡，并不是因为科学在它面前束手无策的那种令人恐怖，却还情有可原的不可避免的死亡，而是因为这个人在复杂的社会文明这部庞大的机器上只是个小小的齿轮，就像一部自动装置那样，无力改变自己的环境。他活下去的唯一机会是彻底休息。医生并没有要求他做办不到的事。

“你该换一个比这轻得多的工种。”

“我干这一行没有轻活。”

“嗯，假如你继续这么下去，你会丧命的，你病得很厉害。”

“你意思是说我要死了吗？”

“我不想这么说，可是你确实不宜干重活。”

“如果我不干，谁来养活老婆、孩子？”

蒂勒尔大夫耸耸肩膀。这种困境他遇过上百次了。

时间紧迫，还有许多病人在等着呢。

“这样吧，我给你开些药，一星期后你再来，告诉我你感觉如何。”

那个人拿着写在上面的无用的处方走出去了。大夫爱怎么说都行，他对自己不能继续干下去并不觉得难过。他有个好职业，丢了它他怎么生活？

“我说他能活一年。”蒂勒尔大夫说道。

有时这儿也有喜剧。不时出现些伦敦幽默，时时有些老妇人，犹如查尔斯·狄更斯刻画的人物，她们以喋喋不休的怪话把医生们逗乐。有一次来了一个著名的杂耍剧场的女芭蕾演员。她看起来有五十岁，却说是二十八岁。她脂粉涂得厚厚的，令人恶心，一双乌黑的大眼睛厚颜无耻地向学生们频送秋波。她的微笑既粗俗又有诱惑力。她充满自信。更有意思的是，她对待蒂勒尔大夫，就好像对待一个着迷的追求者那样亲热。她患慢性支气管炎，医生告诉她说这个病妨碍她从事她的职业。

“我不知道我怎么会得这种病，真的，我不明白，我一生中从未生过一天病。你只要看看我就知道了。”

她的眼睛朝小伙子身上滴溜溜地乱转，假睫毛意味深长地一扫,冲着他们露着满口黄牙。她说话带伦敦口音,装模作样假优雅,使字字句句都显得非常滑稽可笑。

“这就是人们所说的冬天咳嗽病,”蒂勒尔大夫严肃地回答说,“许多中年妇女都患这种病。”

“哎呀,我可不是!对一个年轻太太说这种话,亏你说得出口!以前还从来没有人说我是中年妇女呢!”

她将眼睛睁得很大,将头歪向一边,以难以形容的淘气相看着他。

“这就是我们职业上的不利之处,”他说道,“有时迫使我们说实话,不能那么多情。”

她拿起处方,对他做了一次最后的挑逗性的微笑。

“亲爱的,你愿意来看我跳舞吗?”

“我一定去。”

他按电铃,叫另一个病人。

“我非常高兴有你们这些先生在此保护我。”

但总而言之,门诊室给人的印象是既非悲剧也非喜剧,这很难说。它是五花八门、变化多端的,既有眼泪也有笑声,既有快乐也有悲哀。它时而乏味、时而有趣、时而平淡。它犹如你所见到的:它是激动和多情的;它是严肃的;它又悲又喜;它是微不足道的;它既简单又复杂;既有欢乐也有失望,还有母亲对孩子的爱,男人对女人的爱;欲望拖着沉重的脚步走过这些房间,惩罚着罪人和无辜者,一筹莫展的妻子和可怜的孩子们;男男女女都酗酒,但不可避免地付出了代价;死亡在这些房间里叹息;而使有的姑娘充满恐怖和羞怯的生命的先兆,也是在这儿诊断出来的。这儿无所谓好,也无所谓坏,只有严酷的现实。这就是生活。

82

临近年底,当菲利普就要结束在门诊部为期三个月的见习生活时,收到了劳森从巴黎寄来的一封信。

亲爱的菲利普:

克朗肖现正在伦敦,很想和你见面。他住在索霍区海德街四十三号。我不知道这地方在哪儿,但我相信你会找到的。要够朋友,就去关照关照他。他运气很不佳,他会将他正在做的事告诉你的。这儿的一切如常。

你走了以后似乎没有什么变化。克拉顿回来了,但他已经变得令人难以忍受。他和所有的人都闹翻了。就我所知,他身无分文,他就住在植物园那边的一间小画室里,但是他不让人看他的作品。他从不露面,因此没有人知道他在干什么。他也许是个天才,但从另一方面说,他也许神经错乱了。那一天我遇到了弗拉纳根,他正带着弗拉纳根太太在拉丁区转。顺告,他已经放弃了绘画,现在正在做制作爆玉米花器具的生意,看样子还挺有钱呢。弗拉纳根太太长得很漂亮,我正想给她画张肖像。要是你是我的话,你会开多少价呢?我并不想吓唬他们,不过,假如他们很乐意付三百镑的话,我也不至于傻得只要一百五十镑。

你忠诚的

弗雷德里克·劳森

菲利普写信给克朗肖,收到了下面的回信。信是写在半张普通的便条纸上的,那个薄信封脏得几乎不能送邮局去寄。

亲爱的凯里：

我当然没有忘记你。我有一个想法，过去我曾帮助你把你从"失望的泥沼"中拯救出来，现在我自己却陷入这种境地而无法自拔。我将很高兴见你，我是在陌生城市里的一个陌生人，深受市侩们的蹂躏，谈谈巴黎是件愉快的事。我不要求你来看我。因为我这儿不适合接待一位优秀的白衣大夫，但是每天晚上七点到八点之间你可以发现我在迪安街一家名叫"乐园"的餐馆用便饭。

你忠诚的

J. 克朗肖

菲利普接信后当天就去了。这个只有一间小房间的饭馆属于最低级的一类餐馆，而克朗肖似乎是它唯一的顾客。他远离通风口，坐在角落里，穿着菲利普从未见到他脱下过的那件破大衣，头上戴着那顶旧圆顶礼帽。

"我到这儿吃饭是为了清静，"他说，"他们的生意并不好。到这儿用餐的只是些妓女或个别失业的侍者。餐馆就要关门了，这儿的饭菜真是糟透了。可是他们破产却对我有利。"

克朗肖面前摆着一瓶苦艾酒。他们将近三年没见面了。菲利普对他外貌的变化感到震惊。他先前是胖墩墩的，现在变得面黄肌瘦，颈皮又松又皱：穿在身上的衣服好像是替别人买的。他的衣领大了三四号，使他的外表显得更邋遢。他双手不停地颤抖着。菲利普回想起那封信的字迹，歪七竖八、不成样子的字母涂在那半张纸上，克朗肖显然病得很厉害。

"近来我饭量很少，"他说，"早上我身体就很不舒服。晚餐我刚刚喝了一点汤，然后，再吃点儿奶酪。"

菲利普的目光无意中落到那瓶苦艾酒上。克朗肖见到了，对他投以嘲弄的一瞥，以表示不赞成别人对他提出常识上的劝告。

"你已经诊断了我的病症，你认为我喝苦艾酒是很错误的吧。”

“显然你已经肝硬化了。”菲利普说。

“显然是的。”

他盯着菲利普，要是先前那目光是足以使菲利普难以忍受的，仿佛在指出：菲利普所考虑的问题虽然令人痛心，但却是显而易见的。既然对显而易见的问题你不持异议，那还有什么可说的呢？菲利普改换了话题。

“你什么时候回巴黎？”

“我不回巴黎，我快要死了。”

他说得这么自然，菲利普听后不觉吓了一跳。他有许多话要说，然而似乎又毫无用处。他知道克朗肖已是风前残烛的人了。

“那么你打算在伦敦定居？”他笨拙地问道。

“伦敦对我有什么意义呢？我是一条离水之鱼。我穿过了拥挤的街道。人们把我推来挤去，仿佛走在一座死城似的。我觉得我不能死在巴黎。我想死在自己亲人之中。我不知道是什么神秘的本能最后将我拉回来的。”

菲利普知道有关和克朗肖同居的那个女人，以及那两个拖着不整洁长裙的女儿的情况。可是克朗肖不曾向他提起她们，他也不喜欢提及她们。他不知道她们已经怎么样了。

“我不明白，为什么你要讲到死呢？”他说道。

“两三年前的一个冬天我患了肺炎，他们当时告诉我说，我活过来了可真是奇迹。原来我特别容易患这种病，再来一回就完了。”

“哦，胡扯！其实并不那么严重。你只要多加小心就行了。为什么不把酒戒了？”

“因为我不想戒。假如一个人准备承担一切后果，那么这个人干什么都没关系。是啊，我准备承担后果。你振振有词地要我戒酒，可是现在我只剩下这一项嗜好了。你试想一下，没有这个，生活对我会是什么样子呢？你能理解我从苦艾酒中获得的乐趣吗？我渴望它。喝的时候我品尝着每一滴酒的滋味，而后，我觉得自己的灵魂沉浸于难以言状的幸福之中。酒使你恶心,因为你是个清教徒,你打心眼里蔑视肉体方面的快乐。肉体的快乐是最狂暴的,也是最不寻常的。我是个各种感官都很敏锐的人,而且我一味地沉迷于此,现在我不得不为之付出代价了。我也准备付出代价。”

菲利普目不转睛地盯了他一会儿。

“你不害怕吗?”

克朗肖有好一会儿没回答,他似乎在考虑自己的答话。

“有时,当我独自一个人的时候,我害怕过,”他望着菲利普,“你认为这是谴责吗?你错了。我对我的恐惧并不害怕,那是愚蠢的。基督教认为你活着时应该时时考虑到死。要想活,唯一的办法就是忘记死。死是无关紧要的。对死亡的恐惧绝不应影响一个聪明人的任何行为。我知道我将挣扎着最后一口气而死去,而我也知道我会非常害怕。我知道我无法抑制自己对迫使我落入如此结局的人生的痛切的后悔,可是我不承认这种后悔是正确的。如今,我虽然体弱、年迈、多病、贫穷、行将就木,但我仍然掌握自己的灵魂,我什么也不后悔。”

“还记得你送给我的那块波斯地毯吗?”菲利普问道。

克朗肖笑了笑,像从前那样缓慢地微笑。

“当你问我人生的意义是什么时,我告诉你它会回答你的问题。怎么样,你找到答案了吗?”

“没有,”菲利普微笑道,“你不告诉我吗?”

“不,不,我不能告诉你,除非你自己找到,否则答案就毫无意义。”

83

克朗肖要出版诗集了。他的朋友多年来一直催他出版,由于他的懒惰而未能采取必要的步骤。对他们的规劝,他总是回答说在英国对诗歌的爱好已经不景气了。你花费多年的心血和劳动才出版了一本书。然而,在一批类似的诗集中它只能得到轻描淡写的三两句评语,卖出二三十本,剩下的只好拉回去化作纸浆。他早已失去成名成家的奢望了。与其他事物一样,名望仅是一种幻想。可是他的一位朋友已经一手独揽了这件事。他是位有学问的人,名叫伦纳德·厄普姜,菲利普和克朗肖一起在拉丁区的咖啡馆时见过他一两回。作为一个批评家,他在英国颇有声望。他还是这个国家现代法国文学方面公认的代表。在法国,他和那些把《法兰西信使报》办成当时最活跃的评论刊物的人士交往甚密。他只是简单地用英语把他们的观点表达出来,就在英国获得了独创的盛名。菲利普读过他的一些文章。他通过逼真地模仿托马斯·布朗爵士而形成了自己的风格。他使用精雕细琢的、平稳的句子,和一些陈腐、华丽的字眼。这使他的作品具有独特的风貌。伦纳德·厄普姜曾劝诱克朗肖把所有的诗歌都交给他,并发现它们足够出版相当可观的一本诗集。他还答应要利用自己的名望去影响出版商。克朗肖正急需钱花。自生病以来,他发现难以像以前那样不停地写作了,他挣的钱勉强够付酒钱。当伦纳德·厄普姜写信告诉他说这一家或那一家出版社,虽然赞赏那些诗,却认为不值得出版时,克朗肖倒开始变得感兴趣了。他给厄普姜回信,强调自己的迫切需要,催他尽力奋争。既然他快死了,他想在自己身后留一部出版了的著作,而且从他内心来讲,他认为自己写下了伟大的诗篇。他期望像一颗新星突然在世上出现。他将这些美的珍品保留了一生,而当他要离开人间,再也用不着它们时,不屑地奉献给世人,这样倒也不错。

他决定到伦敦来的直接原因,是伦纳德·厄普姜通知他说有一家出版社同意出版他的诗。厄普姜通过巧妙的说服工作,说服出版商在他预付稿费中给出十镑。

“预付稿费,你听着,”克朗肖对菲利普说,“米尔顿才现付十镑呢!”

厄普姜答应为这些诗写一篇署名的文章,并要那些写评论的朋友们大力协助。克朗肖故意装出一副超然的样子,但他想到诗的出版而引起的轰动所流露出的喜悦是显而易见的。

有一天,菲利普按约定来到克朗肖执意要在那儿用膳的破烂小餐馆,但是没有克朗肖的影子。菲利普获悉克朗肖已经三天没上这儿来了。他随便吃了一点东西,然后按克朗肖先前写给他的地址找他,好不容易找到了海德街。街上,昏暗的屋子一座挨一座地簇拥在一起。许多窗子已破了,用法国报纸裁成纸条胡乱糊住;门已经多年不上漆了。房子的一楼有些破烂的小商店、洗衣店、补鞋店和文具店。衣衫褴褛的孩子们在马路上玩耍,一架旧手风琴奏着庸俗的曲调。菲利普敲了克朗肖寓所的门(底下有个卖廉价糖果的商店),一个上了年纪的法国女人过来开门,她身上系着脏围裙。菲利普问她克朗肖在不在。

"噢,不错,后面顶楼上住着一个英国人。我不知道他在不在。假如你要见他,最好自己上去看看。"

楼梯用一盏煤气灯照明。屋里散发出一股令人作呕的气味。菲利普上楼时,一个女人从二楼的一间房子走出来,用怀疑的目光打量着他,但没有吭声。顶楼共三间房。菲利普敲了一间的门,又敲了一下,没有回答;他拧了拧门把手,门锁着。他敲另一间的门,没有回答,又拧了拧门把手,门开了。房间里黑洞洞的。

"谁呀?"

他听出是克朗肖的声音。

"我是凯里。可以进去吗?"

他没听到回答。他走了进去。窗子关着,臭气熏天,简直使人受不了。街上的弧光灯透进了少许光线,他看到这是个小房间,里面两张床首尾相接。一个脸盆架和一张椅子,人在里面几乎无回旋的余地了。克朗肖躺在紧靠窗口的那张床上,他没有动弹,却低声地咯咯笑了。

"你为什么不点蜡烛?"这时他开口了。

菲利普划了一根火柴,发现床边的地板上放着一个烛台。他点上蜡烛,将它放在脸盆架上。克朗肖一动不动地仰卧着;穿着睡衣,样子很古怪;光秃的脑顶令人难堪。他脸如土色,像死人一般。

“老伙计啊,看样子你病得很重,这儿有人照料你吗?”

“早上乔治上班前给我带一瓶牛奶来。”

“谁叫乔治?”

“我叫他乔治,是因为他名叫阿道夫。我和他合住这所宫殿般的公寓。”

菲利普这时才注意到另一张床上被子尚未叠。枕上搁头的部分黑黑的。

“莫非你跟别人合住这间房子?”他大声问。

“可不是吗?在索霍房租昂贵。乔治是个侍者,他早上八点出去,一直要到晚上关店门才回来,因此他一点也不妨碍我。我们两个人都睡不好觉。他给我讲他的生活经历,以此来消磨漫漫长夜。他是瑞士人,我对侍者向来感兴趣。他们是从娱乐的角度来看待人生的。”

“你卧床几天了?”

“三天。”

“你是说这三天,除了喝一瓶牛奶你什么也没吃?你为什么不给我捎个信?你整天躺在这儿,没有一个人来照顾你,简直不堪设想。”

克朗肖笑了笑。

“看看你的脸色。可爱的孩子!我真的相信你很难过,好小子。”

菲利普脸红了,他确信自己因见到这可怕的房子和这位穷诗人的悲惨处境而感到沮丧。克朗肖盯着他,微笑着继续说道:

“我一直很愉快。请看,这是我诗集的校样。记住,不舒适的环境也许会妨碍别人,我却毫不在乎。倘若你的梦想能使你成为时空之主宰,那么生活环境又算得了什么?”

校样搁在床上,他躺在黑暗的房子里,居然还能找到校样。他让菲利普看,目光炯炯。他一页页地翻看,对清晰的铅字感到满意。他朗读了一节诗。

“写得不赖,是吧?”

菲利普有了主意。这得多破费一点钱,而他哪怕增加最小的开支也负担不起。但另一方面,他讨厌在这种情况下计较金钱。

“我说呀,一想起你待在这儿,我简直受不了。我有一间多余的房间,眼下空着,也可以很容易向别人借一张床,和我住一段时间好吗?你省得付这儿的房租。”

“哦,老弟,你会老是要我把窗户打开的。”

“假如你愿意,你可以把那儿的所有窗户都封起来。”

“明天我身体就好了,今天本也可以起床,只是懒得爬起来。”

“那么你很容易就可以搬过去了。以后,假如你什么时候觉得身体不舒服,就尽管上床躺着,我会在那儿照料你的。”

“假如这会使你高兴的话我就去。”克朗肖说,脸上露出了迟钝的、愉快的笑容。

“那太好了。”

他们约好菲利普第二天来接克朗肖。菲利普在繁忙的上午抽出一小时来安排这一次搬家。他看克朗肖已穿好了衣服,戴好帽子,穿着大衣坐在床上。一个装着衣服和书籍的破旧小旅行包放在他脚边的地板上。他那副样子好像是坐在火车站的候车室似的。菲利普见此光景,不觉哈哈大笑。他们坐着四轮马车直奔肯宁顿大街。马车上的窗子关得严严实实的,菲利普将客人安顿在自己屋里。他一大早就出去,为自己买了一副旧床架,一个便宜的衣柜和一面镜子。克朗肖马上坐下来改他的校样,他的身体好多了。

菲利普发现他还好相处,就是容易被激怒,这是疾病的症状。他上午九点有课,所以得到晚上才能见到克朗肖。有一两回菲利普劝他一块将就吃些自个儿用残汤剩菜做的晚餐。克朗肖在屋里待不住,通常宁愿到索霍街这家或那家价格最低廉的饭馆去吃点东西。菲利普要求他找蒂勒尔大夫看病,他坚决地拒绝了。他知道医生一定会告诉他不要喝酒,而这一点他是坚决不听的。早晨他总是病得很厉害,可是中午喝了苦艾酒后,他又恢复过来了。半夜回来时,他又能才华横溢地谈话了。这一诗集将同早春的其他出版物一起问世。那时候,人们也许会从如雪片飞来的圣诞节书籍中缓过气来。

84

新年伊始,菲利普当了外科门诊部的敷裹员。这项工作和他刚从事的工种性质相同,只是外科比内科更直接得多。因循守旧的公众对于内、外两科的疾病过分拘谨,令其四处蔓延,致使相当一部分人深受疾病之苦。菲利普在一位名叫雅各布斯的助理外科医生手下当敷裹员。他又矮又胖、生性乐观、充满活力、秃顶、大嗓门,说话带有伦敦口音。学生们总是将他描绘为“大莽汉”。但是作为一名外科医生和教师,他才智过人,使得一些学生忽视他的这些缺点。他也很滑稽,无论对病人还是对学生,他都一样开玩笑。他常常让敷裹员出洋相,拿他们开心。由于他们既无知、紧张,又不能把他当作他们的平辈来回敬,因此,让他们出洋相并不难。他下午过得特别快活,因为他可以老生常谈,而那些学生也只好赔着笑脸听着。有一天,来了一个跛脚的小孩。他的父母想知道有没有办法治好。雅各布斯先生转身对菲利普说:

“凯里,你最好来处理这个病人。这是你应该有所了解的课题。”

菲利普脸红了。医生的话明显含有幽默的意味,旁边那些被吓住的学生谄媚地大笑起来,菲利普脸红得更厉害了。这确实是菲利普自从到医院以来特别注意研究的一个课题。他阅读了图书馆里治疗各种类型的畸足的书籍。他叫那个小孩脱掉靴子和长袜。他十四岁,狮子鼻、蓝眼睛、满脸雀斑。他父亲解释说假如可能的话,要求他们给治治,否则会妨碍小家伙将来的谋生。菲利普好奇地看着他。他是个性格开朗的孩子,一点也不腼腆,可是太爱说话,脸皮又厚。他父亲老呵斥他。这孩子对自己那只跛脚还挺感兴趣的。

“这只是不好看罢了,”他对菲利普说,“我并没有觉得有什么不方便。”

“厄尼,住嘴,”他父亲斥责道,“你的废话太多了。”

菲利普检查他的脚,用手慢慢地抚摸他的变了形的部位。他不明白为什么这孩子一点也没有那种老是压在他心头的羞辱感。他不知道自己为什么不能抱类似的漠然态度来对待自己的畸形足。一会儿雅各布斯先生走到他跟前。那小男孩坐在长椅边上,医生和菲利普分别站在他的两边,学生们围拢过来,形成半月形。雅各布斯以惯有的显赫的才华,绘声绘色地讲述了有关畸脚的问题:他讲到它的类型,以及因不同的组织构造而形成形状各异的跛足。

“我想你患的是马蹄形。”他突然掉过头来对菲利普说道。

“是的。”

菲利普觉得同学们的目光都落在自己身上。他又不由自主地脸红了。他暗暗地咒骂自己。他觉得手心渗出了汗。医生由于长期的实践和他特有的令人佩服的敏锐,讲得头头是道。他对自己的职业抱极大的兴趣。可是菲利普没听,只希望这家伙赶紧把话讲完。突然,他发现雅各布斯是在对他说话。

“把你的袜子脱掉一会儿没关系吧,凯里?”

菲利普打了一个寒噤。他很想叫这个医生见鬼去,但是他没有勇气发火,他害怕医生野蛮的嘲笑。他迫使自己装得若无其事。

“这没什么。”他说道。

他坐下来解靴子,手指都发抖了,他想他永远也解不开。他记起在学校时他们是如何强迫他将脚伸出来给人看的,记起了铭刻在心灵上的创伤。

“他的脚保持得干干净净,不是吗?”雅各布斯用刺耳的伦敦口音说道。

旁观的学生嘻嘻笑开了。菲利普注意到他们刚才检查的那个小男孩以急切、好奇的目光俯视着他的脚。雅各布斯双手抓住这只脚,说道:“是啊,果然不出所料,我知道你小时候开过刀,是吗?”

他继续滔滔不绝地解释着。学生们伸过头来看这只脚,有两三个学生详细地观察它,这时雅各布斯将脚放下了。

“你们要是看够了,我可要再穿袜子了。”菲利普微笑着,以讽刺的口吻说。

他恨不得把他们统统干掉。他想,要是有一把凿子刺进他们脖子该多快活(他不知道为什么突然想起这件工具)。人多么像野兽啊!他巴不得有地狱,想象他们在地狱遭到像他一样的可怕的折磨来聊以自慰。雅各布斯先生把话题转到治疗方法上。他的谈话部分是对那小孩的父亲,部分是对学生们的。菲利普穿上袜子,系好靴子。医生终于讲完了。但他像是又想起了什么似的,对菲利普说:

“我认为你值得再去动一次手术,懂吗?当然,我无法还你一只同正常人一样的脚,但我认为可以做一些努力。你可以考虑考虑。你休假时,可以上医院来一下。”

菲利普常常寻思是否有什么办法,可是由于他讨厌涉及这个问题,所以一直未能找医院里的外科医生诊治。他读过的书籍告诉他,不管你小时候如何治疗(那时候对畸足的治疗远不及今天的高超),现在要取得大的成效也不大可能。但是,假如再动一次手术能使他穿上更普通的靴子,走起路来瘸得不那么厉害,那也是值得的。他记起他曾多么诚心地向全能的上帝祈祷,以获得他伯父许诺出现的那种奇迹。他苦笑了起来。

“那时候我头脑太简单了。”他想。

快到二月底时,克朗肖的病情明显恶化了。他再也起不了床了。他卧床不起,坚持要让窗子老是关闭,拒绝去看病。他几乎不吃什么营养品,却要求喝威士忌和抽烟。菲利普知道他这两项都应该戒掉,可是克朗肖的理由是无可辩驳的。

“我敢肯定地说这两项是要我的命的,我不在乎。你劝告过我，这已仁至义尽了。我蔑视你的告诫。给我来些酒喝，然后滚你的吧。”

伦纳德·厄普姜一星期偶尔来访两三次，他的体形像枯叶，这个词对他的外貌描述是再恰当不过的了。他看起来很瘦弱，三十五岁，灰白色的长发，苍白的脸，一看就知道他很少涉足户外。他戴着一顶好像是非国教派的牧师的帽子。菲利普不喜欢他那副傲慢的态度，对他那口若悬河的谈吐感到厌烦。伦纳德·厄普姜只顾自己夸夸其谈，对听众是否有兴趣却麻木不仁，而这却是一个优秀的谈话人必须具备的第一要素。他也总是没意识到他所讲的都是听众早已知道了的事。他字斟句酌地对菲利普发表他对罗丹、艾伯特·萨曼恩和恺撒·弗兰克等人的评价。给菲利普打杂的女工早晨只来一小时。由于菲利普必须整天待在医院，克朗肖更孤单了。厄普姜告诉菲利普说他认为克朗肖身边应该有人，可是却不主动找人来照料。

“想起这位伟大的诗人独自一人是可怕的。唉，他很可能死的时候身边连一个人也没有。”

“我想这很可能。”菲利普说。

“你怎么能这么无情！”

“为什么你不每天来，把活儿带到这儿做？这样，他需要什么，还有你在身边嘛！”菲利普冷冷地说。

“我？老弟呀，我只能在我习惯的环境中工作。况且我有很多社交活动。”

厄普姜还由于菲利普把克朗肖带到他房间来而感到有些恼火。

“我希望你把他留在索霍，”他挥动着又长又细的手臂说道，“那肮脏的阁楼上还有点浪漫的色彩。假如是华平或者肖迪奇，那还差不多，而偏偏是在这体面的肯宁顿大街上。我可受不了！一个诗人竟要死在这种地方！”

克朗肖脾气常常很坏，菲利普只有想到克朗肖的愤怒是他生病的症状，才能控制住自己的脾气。厄普姜有时在菲利普回来之前来,这时,克朗肖常常刻薄地发泄一通对菲利普的怨气。厄普姜心安理得地听着。

“问题是凯里没有美感,”他微笑道,“他有着中产阶级的思想。”

他老爱挖苦菲利普,菲利普在与他打交道时做了许多克制。但是有一天晚上菲利普忍不住了。那天他在医院干了一天活,累极了。当他在厨房里正在给自己沏茶时,伦纳德·厄普姜过来对他说,克朗肖正在埋怨菲利普坚持要他去看病。

“你难道没意识到,你正在享受一种非常罕见的、非常微妙的特权吗?当然,你应该尽自己所能,来表明你的崇高的责任感。”

“这是我担当不起的一种罕见的、微妙的特权。”菲利普说道。

每当涉及钱的问题,伦纳德·厄普姜就摆出一副轻蔑的面孔。提起钱,菲利普敏感的气质被触犯了。

“克朗肖的态度还是有些可取的,但被你的纠缠不休给搅了。你应该体谅你自己感受不到的微妙的想象嘛。”

菲利普的脸沉下来了。

“我们一块找克朗肖去。”菲利普生硬地说。

诗人仰躺着看书,嘴里叼着烟斗。空气霉臭,尽管菲利普常打扫收拾,房间还是很乱。看来,不论克朗肖走到哪里,哪里就会乱七八糟。他们进房时克朗肖摘掉眼镜。菲利普气愤极了。

“厄普姜告诉我,你一直向他抱怨我劝你去看病。”他说,“我要你去看病,是因为你随时都有生命危险。况且,假如你一直不让医生看病,我就领不到死亡证明书。到时候验尸时,人家会责备我没有去请医生。”

“我没想到这一点。我以为你要我去看病,是为了我而不是为了你自己的缘故。好吧,我什么时候都可以去看病。”

菲利普没回答,只是以难以觉察的动作耸了耸肩膀。克朗肖瞅着他,咯咯地笑了。

“别这么生气,亲爱的。我很清楚,你想为我尽力。我们去找你的大夫吧,也许他对我还有点帮助呢。况且,无论如何总会使你得到宽慰。”他将眼光移向厄普姜，“伦纳德，你真是个该死的蠢货，你为什么要去难为这孩子呢？他为了迁就我，已经够受的了。我死后，你除了替我写一篇漂亮的文章外，什么也不会替我做的，我知道你这个人。”

第二天，菲利普去找蒂勒尔大夫。菲利普觉得他一定会对克朗肖的情况感兴趣的。蒂勒尔大夫一下班就陪菲利普来到肯宁顿大街。他只能同意菲利普所告诉他的话。病人已经无可救药了。

“假如你愿意，我可以把他送进医院，”他说，“他可以住一间小病房。”

“说什么他也不肯去。”

“他随时都有生命危险，懂吗？或者肺炎可能又要发作。”

菲利普点点头。蒂勒尔大夫提出一两个建议，并答应菲利普，他会随请随到。他留下了自己的地址。当菲利普回到克朗肖那儿时，发现他默默地看着书。他连问也不问大夫嘱咐些什么。

“老伙计，现在满意了吧？”他说。

“我想，你说什么也不会按照蒂勒尔大夫的嘱咐去做的。”

“那当然。”克朗肖笑了。

85

大约两周后的一个黄昏，菲利普从医院下班回来，敲了敲克朗肖的房门。没有人答应，他便走了进去。克朗肖缩成一团，侧身躺着。菲利普走到床边。他不知道克朗肖究竟是睡着了呢，还是又在生闷气了。看到他的嘴巴张着，菲利普大吃一惊。碰碰他的肩膀，菲利普慌乱地叫了起来。他将手伸入克朗肖的衬衫下面去摸他的胸口，他不知道该怎么办。他一筹莫展，拿了一面镜子放在克朗肖的嘴前，因为他曾经听说过别人也是这样做的。单独与克朗肖的尸体在一块使他惊恐万状。菲利普的帽子和外套都还没脱，就冲下楼到街上去，叫了一辆马车，直奔哈利街。幸好蒂勒尔大夫在家。

“喂，你马上来趟好吗？我想克朗肖死了。”

“假如他死了我去也无用，不是吗？”

“假如你能去，我将感激不尽。我已叫了一辆马车，就停在门口，只要半小时就行。”

蒂勒尔戴上了帽子，在马车上问了菲利普一两个问题。

“我今天早晨离开时，他的病情也不见得比平常糟，”菲利普说，“刚才我进了他房间时，真吓了我一跳。一想起他孤零零地死去……你认为他知道自己快死了吗？”

菲利普记起克朗肖所说过的话。他不知道克朗肖最后一刻是否充满着死亡的恐惧。菲利普想象自己处于同样的境地，知道死是不可避免的。当恐怖向他袭来时，身边没有一个人，连一个对他说一句安慰的话的人都没有。

“你相当狼狈。”蒂勒尔大夫说。

他以明亮的蓝眼睛望着菲利普。那眼睛并不是冷漠无情的。见到克朗肖时，他说道：

“他肯定是已经死了好几个小时了。我认为他是睡着死去的，有时有人会这么死去。”

尸体萎缩、难看，一点也不像人样。蒂勒尔大夫冷静地看着尸体。他机械地掏出手表。

“好了，我得走了。我一会儿把死亡证明书送来。我想你得通知他的亲属。”

“我看他没有任何亲属。”菲利普说。

“葬礼怎么办？”

“噢，这由我来办。”

蒂勒尔大夫瞟了菲利普一眼。他不知道是否应该对此提供几个金镑。他对菲利普的经济状况一无所知，也许菲利普能付得起这笔开支。假如他提出给钱，菲利普也许会觉得无礼。

“好吧，有什么要我帮忙的，尽管说好了。”他说。

菲利普和他一块走出来，在门口分手。菲利普便到电报局给伦纳德·厄普姜发电报。然后,菲利普去找殡仪员。每天上医院时,他都要经过殡仪馆,他的注意力常常被用来装饰窗口的两个棺材和一块写上"经济、快速、得体"六个银字的黑布所吸引。这几个字总是使他感兴趣。这位殡仪员是个矮胖的犹太人,一头乌黑的鬈发,又长又油腻,穿一身黑服,短粗的手指上戴着一枚大钻石戒指。他以适合于他这种职业的冷静的神态和喧闹的秉性交错在一起所形成的特别的态度接待菲利普。他立即发觉菲利普不知所措,答应马上派个女人去张罗必要的事项。他建议葬礼的举行要讲排场。当殡仪员似乎认为他不同意这么办是吝啬时,菲利普感到很惭愧。在这种事上讨价还价实在讨厌。终于,菲利普同意承担他根本负担不起的费用。

"先生,我很理解,"殡仪员说,"你不想讲排场,不过,你听着,我自己也不喜欢讲排场——可是你想办得体面些。你交给我办好了,我会在考虑得体、妥当的情况下尽量节省。我只能这么说。"

菲利普回家吃晚饭。吃饭时,殡仪馆的那个女人过来准备入殓安葬。不久,伦纳德·厄普姜的电报到了:

> 惊悉噩耗,悲痛不已。遗憾,今晚外出吃饭,不能前往。明日一早去。最深切的同情。厄普姜。

过了一会儿,那个女人敲了敲会客室的门。

"先生,我已收拾好了。你去看妥不妥当,好吗?"

菲利普跟她进去。克朗肖仰躺着,双眼紧闭,两只手虔诚地交叉着放在胸前。

"按理说你应该放上一些鲜花,先生。"

"我明天去弄一些来。"

她满意地瞟了尸体一眼。她办完了事。现在,她放下袖子,脱掉围裙,戴起她的无边女帽。菲利普问她要多少工钱。

"这个嘛,先生,有给两先令六便士的,也有给五先令的。"

菲利普不好意思给她少于那个较大的数目的钱。她恰如其分地向他道了谢,和他眼下的悲伤心境正相称,然后告辞了。菲利普回会客室,收拾餐桌上晚饭的剩汤残菜,坐下来阅读沃尔山著的《外科学》,他发觉它很难懂。他觉得神经特别紧张。楼梯一有声响他便跳起来,心脏怦怦直跳。隔壁那个东西把他吓了,原来还是个人,而今已化为乌有了。静默仿佛也有生命似的,好像其间正在发生某些神秘的运动;死亡的存在支配着这些房间,不可思议而又令人恐怖:菲利普对那曾经是他的朋友的东西而感到一阵突如其来的恐怖。他想强迫自己专心阅读,但不久又绝望地将书推开了。刚结束的这条毫无价值的生命使他心烦意乱。克朗肖是死是活倒无关紧要。即便世上不曾有过克朗肖,情况也一样。菲利普想起克朗肖的青年时代。这需要费力去想象他修长的身材,步履富有弹性,头上长满头发,朝气蓬勃,充满希望。菲利普那像警察一样,听任自己的本能行事的人生法则在此并不奏效。克朗肖正是奉行这一法则,他的生活才失败得这么惨。看来本能这东西靠不住。菲利普感到困惑不解,他自问,人生的法则是什么呢?假如这一法则无用,为什么人们按照某一种而不是另一种方式行事呢?他们依照他们的情绪行事,但他们的情绪可能好,也可能坏。它们究竟是导致胜利还是导致灾难,这似乎仅是个机遇问题。人生似乎是场摆脱不开的大混乱。人们受自己所不知的无形的力量的驱使,到处奔波,但他们却疏忽了这一切的目的,好像只是为了奔波而奔波。

第二天早晨伦纳德·厄普姜带着一个月桂小花圈来了。他对自己给已故的诗人的头上戴上这个花圈的主意颇感高兴。并且不顾菲利普的无声的反对,企图将它戴在克朗肖的秃头上。可是戴上这花圈实在显得滑稽可笑,看起来好像是杂耍剧院里被一个卑劣的小丑戴旧的帽檐。

“那我还是把它放在他的心口吧!”

“可你已经把它放在他的肚子上了。”菲利普说。

厄普姜淡然一笑。

“只有诗人才知道诗人的心在哪儿。”他回答说。

他们回到会客室去,菲利普把丧事的筹办情况告诉厄普姜。

“我希望你别心疼花钱。我要让灵车后面跟着一串空马车，让那些马戴上随风摇摆的长羽毛。还应该雇一大批帽上系着长飘带的哑巴来送葬。我喜欢那些空马车的想法。”

“由于葬礼的费用明显地落在我头上，而我如今手头又不宽裕，我已尽量办得适度了。”

“可是，老朋友，这样的话，为什么你不把它办成一个贫民的葬礼呢？那样还富有诗意。你对平庸有一种准确无误的本能。”

菲利普有点脸红，却不吱声；第二天，他和厄普姜乘菲利普租好的马车跟在灵柩的后面。劳森不能来，送了个花圈；菲利普为了让那口棺材不显得冷冷清清，又买了一对花圈。在回来的路上，马车夫策马飞奔。菲利普累极了，不久便睡着了。他被厄普姜的说话声吵醒了。

“幸亏诗集尚未问世。我想我们最好先压住点，我先写个序。在去公墓的路上我就开始想这个序了。我相信可以写得相当不错。我将着手在《星期六》杂志上发表一篇文章。”

菲利普没回答，他们都静默不语。终于厄普姜又开腔：

“我没有将原稿删节还是明智的。我打算为一家评论刊物写篇文章，然后将它作为序重印一次。”

菲利普时时注意着各种月刊，几星期之后，文章出来了。这篇文章引起了轰动。许多报纸转载了这篇文章的摘录。它是篇漂亮的文章。由于人们对克朗肖早年的生活一无所知，因此它略带传记性质。文章写得优雅、亲切和生动。伦纳德·厄普姜以他那复杂的文体，描绘出克朗肖在拉丁区谈诗、写诗的一些优雅的小画面。克朗肖一下子成为一位逼真的人物，一位英国的魏尔伦；当伦纳德·厄普姜描述他的落魄的结局和索霍的破烂的小房间时，他那华丽的词句开始带有怯懦的尊严和更加哀婉动人的夸张；并且，作者以一种完全迷人且更加慷慨大度而不是羞怯的严谨，描述自己为把诗人搬到一间坐落在百花争艳的果园，隐于忍冬树丛中的农舍所做的努力。然而，有人缺乏同情心，善意但又是那么笨拙地，竟将诗人带到体面而庸俗的肯宁顿大街！伦纳德·厄普姜用恪守托马斯·布朗爵士的风格所必需的有节制的幽默来描述肯宁顿大街。他以巧妙的讽刺,叙述了最后的几周里,克朗肖如何以极大的耐性容忍那位好心肠,但笨拙且自封为他的护士的年轻学生,以及这位神圣的流浪者在绝望的中产阶级的环境中的可怜遭遇。他引用《以赛亚书》的名言"美出自灰烬中"来比喻克朗肖。这位被遗弃的诗人竟死在体面而庸俗的环境中,这真是讽刺的胜利。它使伦纳德·厄普姜回想起在法利赛人中间的基督。这一类比又使他有机会写下了一段绝妙的佳文。接着,他又谈到诗人的一个朋友如何将一只月桂花圈安放在已故诗人的心口上,他那高雅的情趣使他只是微妙地暗示一下这位有着如此雅致的想象力的朋友是谁;死者那双漂亮的手,仿佛以一种诱人的情欲勃发的姿态,安放在阿波罗的叶子上。这些叶子散发着艺术的芳香,比皮肤黝黑的水手从物产丰富、不可思议的中国带回来的翡翠更绿。文章的结尾以巧妙的对照,描述为他举行的中产阶级的、平淡无奇的、毫无诗意的葬礼,而克朗肖本来应该举行要么像王子,要么像贫民那样的葬礼,这是对诗人最大的打击,是庸俗市侩阶层对艺术、美和精神的事物取得的最后的胜利。

伦纳德·厄普姜从未写过比这更好的文章。这是魅力、高雅和怜悯的杰作。他在这篇文章中引用了克朗肖所有的最优美的诗句。这样,当诗集问世时,它的许多精粹已不复存在了;然而厄普姜却大大地提高了自己的身价。从此成了一名引人瞩目的评论家。以前,他的态度似乎有点冷淡;然而,在这篇有着无穷的吸引力的文章中却充满了温暖的人性。

86

春天,菲利普结束了门诊部的敷裹工作之后,便上住院部当助手。这项工作持续了六个月。助手和住院大夫每天早晨都在病房度过，先在男病房，后在女病房。他记录病历，为病人体检，同护士们度过每天的时光。值班大夫每周有两个下午带一些学生查巡病房，检查病人，传授医疗知识。这项工作没有门诊工作的那种兴奋、多变和与现实的密切接触；但是菲利普获得了大量的知识。他跟病人相处得很融洽。当病人对他的护理表示满意时，他感到有点飘飘然。他对他们的痛苦并没有意识到要有多深的同情，然而他喜欢他们。况且，由于他没有架子，比其他助手更受病人欢迎。他举止文雅、能鼓舞人、待人友好。像每个与医院有关的人一样，他发现男病人比女病人更容易相处。女病人动辄发牢骚、发脾气。她们尖刻地抱怨那些累死累活的护士，责备护士对她们照料不周。这些病人令人头痛、忘恩负义、粗暴无礼。

不久，菲利普幸运地交了一个朋友。有一天早晨，住院大夫交给他一个新来的男病人。菲利普坐在床沿，开始在病历卡上记下详细病情。看病历卡时，他注意到这位病人是个记者：名叫索普·阿特尔尼，住院病人中很少有这样的病人。他四十八岁。他的黄疸病正发作得厉害，由于症状不明显，需要进一步观察，他便住了院。他以悦耳的、有教养的声音回答了菲利普为了履行职责所问的一连串问题。由于他躺在床上，很难断定他是高是矮，但是他的小脑袋和小手，表明他的身材中等偏矮。菲利普有观察别人的手的习惯，而索普·阿特尔尼的那双手使他惊愕：一双纤细的手，又长又细的手指上长着秀美的、玫瑰色的指甲。这双手非常光滑，若无黄疸病一定会惊人的白皙。病人将手指露出被褥的外边，有个手指稍微张开，食指和中指并在一块。他对菲利普说话时，似乎是在满意地端详着自己的手指。菲利普忽闪着眼睛，向他的脸上瞥了一眼，尽管他的脸色发黄，但还是出众的。他有双蓝眼睛，显眼突出的鼻子，鼻尖呈钩状，样子有点吓人然而并不难看。他蓄着小胡子，尖尖的且呈灰色。他的头秃得厉害，但显然原先的头发很美，好看地卷曲着。他仍然留着长发。

“我看你是个记者，”菲利普说，“你为哪家报社写稿？”

“为所有的报社。你随便打开一种报纸都可以发现我的文章。”

床边有张报纸，他伸手拿过来，指着一则广告。大号字体印着菲利普所熟悉的一家商行的名字：伦敦，雷金特街，林恩和塞德利公司。下面，用小一些但仍然很显眼的铅字印着一句武断的话：拖延就是偷盗时间。接着便是一个由于言之有理而令人震惊的问题：为什么今天不订货？又用大号字体重复，犹如榔头在敲击着凶手的心脏似的：为什么不呢？然后，又是粗体字：从世界主要的市场来的千万副手套以惊人的价格出售；从世界上最可靠的制造商生产出的千万双长筒袜大减价。最后，又重复同一个问题，不过，现在却好像是一只挑战的大手套被抛出来：为什么今天不订货？

“我是林恩和塞德利公司的新闻代理，”他轻轻地挥了挥那只漂亮的手说道，“在此基础上利用……”

菲利普继续询问一般的问题，有些只是客套话，有些则是巧妙地引导这位病人透露出他也许不想披露的事。

“你在外国住过吗？”菲利普问。

“我在西班牙住了十一年。”

“你在那里干什么？”

“在托莱多英国自来水公司当秘书。”

菲利普记得克拉顿曾在托莱多住了几个月。听了记者的话，菲利普怀着更浓的兴趣打量着他，但又觉得流露出这样的心情是不合适的：在病人和医院工作人员之间保持一定的距离是必要的。他检查完毕便到其他病床去了。

索普·阿特尔尼的病并不严重，虽然脸色仍然很黄，但他很快就觉得好多了：他之所以卧床，是因为大夫认为必须对他继续观察，直到某些反应趋于正常为止。有一天，菲利普进病房时，发现阿特尔尼手里拿着一支铅笔，正在看一本书。菲利普到了他的床前时他将书放下了。

“我可以看看你读的是什么书吗？”菲利普问道，他每见到一本书从不轻易地放过。

菲利普拿起书来，发觉这是一本西班牙的诗集，是圣胡安·德拉克鲁斯写的诗。他一打开,一张纸片掉下来了。菲利普捡起来,发现上面写着一首诗。

“你该不是业余时间一直在写诗吧?这是一个病人最不合适的做法。”

“我试着搞点翻译。你懂西班牙语吗?”

“不懂。”

“那么,你知道圣胡安·德拉克鲁斯吗?”

“我确实不知道。”

“他是西班牙的一个神秘主义者,也是他们国家极为优秀的诗人。我认为值得将他的作品翻译成英语。”

“我可以看看你的翻译吗?”

“很粗糙。”阿特尔尼说道。但是他拿给菲利普的那股敏捷劲表明他是乐于让菲利普看的。

译稿是用铅笔写的,字体清秀,但非常特别,好像是黑体字,看起来很吃力。

“要写成这样不是要花许多时间吗?真了不起。”

“我不明白为什么不应该把字写得漂亮些呢?”

菲利普读了第一节诗:

在一个朦胧的夜晚,
热切的爱情在燃烧,
啊,多么幸福!
趁一家人正在安歇,
我行色匆匆悄然离去……

菲利普好奇地看着索普·阿特尔尼。菲利普不知道自己在他面前是羞怯呢,还是被他吸引住了。他觉得自己神态一直有点傲慢。一想起阿特尔尼一定认为他很可笑时,他的脸红了。

“你的名字真特别。”他没话找话地说。

“这是约克郡一个非常古老的姓氏。有一次,我这一家族的族长巡视家产，骑着马整整跑了一天。可是后来家道中落，钱都在放荡女人身上和赛马赌博场上挥霍光了。”

他近视，说话时紧紧地盯着菲利普。他拿起那本诗集。

“你应该学西班牙语，”他说，“它是种高雅的语言。它没有意大利语的流畅。意大利语是男高音和手风琴手使用的语言。然而它是壮观的：它不像花园里的溪水发出潺潺的流水声，而是像大河泛滥时汹涌澎湃的‘波涛声’。”

他的夸张把菲利普逗乐了，然而菲利普对华丽的辞藻是敏感的；阿特尔尼活灵活现而又充满真挚情感地对他描述阅读《堂吉诃德》原著的极大快乐，描述令人着迷的考尔德伦的富有节奏感的、浪漫的、明晰的、多情的作品，菲利普津津有味地听着。

“我该干活去了。”不久，菲利普说道。

“噢，请原谅，我忘了。我想让我妻子给我带一张托莱多的照片来，到时候我拿给你看看。有机会请过来跟我聊聊。你不知道聊天给了我多大的乐趣。”

以后的几天中，菲利普一有机会就过来找这位记者，两人越来越熟了。索普·阿特尔尼很健谈。他并不谈论富丽堂皇的事，然而却能鼓舞人心，带有唤起人们想象力的热情与生动。在这个虚假的世界生活了这么多年的菲利普，发觉自己的想象力充满着许多崭新的画面。阿特尔尼很有礼貌，无论是人情世故还是书本知识，都比菲利普懂得多。他的岁数也大得多。他说话的那种从容不迫的风度使他具有某种优势。但是在医院里他是个慈善的受惠者，必须遵守严格的规章制度。他在记者与病人这两个身份之间采取自如、幽默的态度。有一次菲利普问他为什么要到医院来。“哦，我的原则是利用社会所提供的一切福利。我利用了我现在生活的这个时代。我病了，便到医院治疗，从不讲虚假的面子。我还把孩子们送到寄宿学校上学。”

“真的吗？”菲利普说。

“他们总算受到了基本的教育，比我在温彻斯特所受的教育要强多了。你想我还能够怎样培养他们呢？我有九个小孩呀！我再次出院回家时,你一定得来看看他们,怎么样?”

“非常愿意。”菲利普满口答应。

87

十天之后,索普·阿特尔尼身体大有起色,可以出院了。他给菲利普留了地址。菲利普答应下星期天下午一点钟和他一块吃饭。阿特尔尼告诉菲利普他住在英尼戈·琼斯[1]建造的一所房子。他像议论一切事物一样,把古旧的栎木栏杆也胡吹了一通;当他下楼为菲利普开门时,便立即迫使菲利普对门楣上那精致的雕刻赞扬一番。这是一所破烂房子,急需油漆,但仍不失昔日的庄严,坐落于钱塞里街和霍尔木之间的一条小街上。它曾经是时髦的,然而现在并不比贫民窟好多少:据说有计划要将它拆掉盖起漂亮的办公楼,再说房租低,阿特尼尔能以同他的收入相称的价格租下楼上两层。菲利普以前不曾见过他站起来,对他的矮小感到惊奇。他的身高不超出五尺五英寸。他古怪地穿着只有法国工人才穿的蓝亚麻布裤子和一件非常旧的棕色天鹅绒上衣,腰间系着一条鲜红的饰带,衣领很低。至于领带则用只有《笨拙》杂志画页上的法国小丑才系的飘悬的蝴蝶领带。他热情地迎接菲利普,迫不及待地谈起这幢房子来了,深情地用手抚摸着栏杆。

“瞧瞧这栏杆,你摸摸,简直像绸缎似的光滑。多么典雅优美的奇迹啊!五年以后拆屋的人要将它当柴火卖掉喽!”

他非要菲利普到二楼的一间房间去不可,那儿,一个只穿衬衫的男人和一个不整洁的女人正同他们的三个孩子吃星期天正餐。

“我带这位先生来只想看看你们的天花板。你见过这么漂亮的天花板吗?你好,霍奇逊太太。这是凯里先生,我在医院的时候

---

① 英尼戈·琼斯(1573—1652),英国建筑师和设计师。

是他照料我的。”

“请进，先生，”那位男人说，“凡是阿特尔尼先生的朋友我们都欢迎。阿特尔尼先生让他所有的朋友都来看这天花板。不管我们正在做什么，睡觉也罢，洗澡也罢都没关系，他照样进来。”

菲利普看得出来他们把阿特尔尼看成怪人，可是他们仍然喜欢他。阿特尔尼正兴冲冲地、滔滔不绝地讲起十七世纪的天花板如何如何的美，他们都呆呆地听着。

“把这拆下来简直是犯罪，是吗，霍奇逊？你是个有影响的公民，为什么不写信到报社抗议？”

这位穿着衬衫的男人笑了笑对菲利普说：

“阿特尔尼先生喜欢开玩笑。他们确实说这些房子不卫生，住在里头也不安全。”

“卫生见鬼去吧，我要的是艺术。”阿特尔尼喊道，“我有九个孩子，那么糟的热水设备，他们个个也长得又胖又壮。不，不，我不打算冒任何风险。别跟我讲你们的新奇见解！搬家前，得先弄清楚哪些排水设备确实不行，否则我就不搬。”

有人敲门，一个金发小女孩开门进来。

“爸爸，妈妈说千万别光说话了，快进去吃饭。”

“这是我的三女儿，”阿特尔尼戏剧性地用食指指着她说道，“她名叫玛丽亚·德尔皮拉尔，但她更喜欢珍妮这个名字。珍妮，你该擤擤鼻子了。”

“我没有手帕，爸爸。”

“啧！啧！孩子，”他掏出一条漂亮的印花大手帕回答说，“你想为什么上帝要给你手指呢？”

他们上楼，菲利普被领进一间墙上嵌着深色栎木的房子。中间是一张狭长的柚木桌子，支架可以活动，由两根铁条支撑着。在西班牙叫作“铁架支撑的桌子”。他们要在这儿吃饭，因为桌上已摆好两副餐具。旁边有两张大扶手椅，栎木扶手又宽又平，皮革靠背，皮革座位，朴素、典雅，但坐起来不舒服。其余的唯一家具是个小柜子，精心地装饰着的镀金的铁活，搁在式样粗糙可是雕刻得很精细的基督教会的图案的座架上。这儿放着两三个釉碟，虽然破旧但色泽鲜艳；墙上挂着西班牙派的古代名画家作品：画框虽旧，但很漂亮；画作的主题虽然可憎，画面因年深月久且收藏不善而破损，构思也是二流的，但它们仍然洋溢着激情。房间里没有什么值钱的东西，但气氛还是亲切的，显得既堂皇又朴素。菲利普感到这正是古老的西班牙的精神。阿特尔尼正向菲利普炫耀小柜子内部的美丽的装饰和暗屉，这时一个身材修长背后垂着两条光亮的棕色发辫的姑娘进来了。

“妈妈说午饭做好了，在等你们呢。你们一坐好我就去端上来。”

“过来跟凯里先生握手，萨利。”他转过身对菲利普说，“她的个儿大吧？她是我的最大的孩子。你多大了，萨利？”

“爸爸，到六月就十五岁啦。”

“我给她取的教名是玛丽亚·德尔索尔，因为她是我的第一个孩子，我将她献给西班牙古代王国卡斯提尔荣耀的太阳神；可是她母亲叫她萨利，她弟弟叫她布丁脸。”

这姑娘羞涩地微笑着，露出一口整齐白洁的牙齿，脸红了。她身段很优美，照她的年龄显得有些高，生就一双可爱的灰色眼睛，宽阔的额头，红扑扑的脸蛋。

“去叫你妈妈进来，在凯里先生坐下来之前跟他握个手。”

“妈妈说她要等你们吃完饭再进来，她还没梳洗呢。”

“那我们亲自去见见她。菲利普得先握一下那双做约克郡布丁的手才能吃。”

菲利普随主人走进厨房。厨房很小且过分拥挤了。孩子们吵吵嚷嚷的，可是陌生人一进来，便马上静下来了。厨房中间摆着一张大方桌，周围坐着阿特尔尼那些等着吃饭的孩子们。一位妇人站在炉旁，将烤好的土豆一个一个地取出来。

“这是凯里先生，贝蒂。”阿特尔尼说。

“亏你想得出来把他带到这儿，他会怎么想？”

她围着一条脏围裙，棉布上衣的袖子挽到胳膊肘上，头上夹满了鬈发夹。阿特尔尼太太身材高大，足足比她丈夫高出三英寸，白嫩的皮肤、蓝色的眼睛、和蔼的表情。她过去曾经是个标致的女人，可是岁月不饶人，加上生儿育女使她身体发胖，看上去不整洁。她那双蓝色的眼睛已黯然失色，皮肤又粗又红，头发也已失去光泽。她直起身来，在围裙上擦擦手，伸了出来。

"欢迎你，先生，"她慢慢地说道，口音让菲利普听起来似乎特别熟悉，"阿特尔尼说在医院里你待他可好啦！"

"现在应该把你介绍给那些小畜生了。"阿特尔尼说，"那个叫索普，"他指着一个头发卷曲的圆胖的男孩说，"他是我的长子，是家庭的头衔、财产和义务的继承人。还有阿特尔斯坦、哈罗德、爱德华。"他用食指指着三个小男孩，他们的小脸蛋都是红润的、健康的、笑眯眯的。当他们觉察出菲利普微笑的眼光落在他们身上时，都不好意思地低头看眼前的碟子。"现在轮到女孩，按顺序：玛丽亚·德尔索尔……"

"布丁脸。"有个小男孩说。

"你的幽默感并不高明，孩子。玛丽亚·德洛斯梅塞德斯、玛丽亚·德尔皮拉尔、玛丽亚·德拉孔塞普希翁、玛丽亚·德尔罗萨里奥。"

"我叫她们萨利、莫利、康尼、罗西和珍妮。"阿特尔尼太太说，"喂，阿特尔尼，你们回自己的房间去，我会把饭菜送去。待我把孩子们梳洗好了后也会让他们进去一会儿。"

"亲爱的，假如我给你命名，我便叫你肥皂水玛丽亚，你老是用肥皂来折磨这些小家伙。"

"凯里先生你先走，否则我无法让他们坐下来吃饭。"

阿特尔尼和菲利普坐在那两张修道士似的大椅子上。萨利给他们端来两盘牛肉、约克郡布丁、烤马铃薯和白菜。阿特尔尼从口袋掏出六便士叫她去买一壶啤酒。

"我希望你不要特地为我把桌子摆在这儿，"菲利普说，"我很高兴与孩子们一道吃。"

"嗳，不，我总是独自吃饭的，我喜欢这些古老的习俗。我认为女人不该跟男人同桌吃饭,否则,我们的谈话都给搅了。况且这对她们也没好处。这会使她们有了思想的,女人一有了思想就不得安宁了。”

宾主两人都吃得津津有味。

“你尝过这样的约克郡布丁吗?没有人能做得像我妻子那么好。这就是不娶小姐的好处。你注意到她不是个淑女了吗?”

这是个尴尬的问题,菲利普不知道如何回答。

“我不曾想到这方面的问题。”他结结巴巴地回答。

阿特尔尼笑了,笑声特别爽朗。

“不,她不是个淑女,一点儿也不像。她父亲是个农民,她一生连斗大的字也不识。我们一共生了十二个孩子,九个活着。我告诉她说该停止生育了,但她是个固执的女人,她现在已经生习惯了。我看她不生上二十个是不会罢休的。”

这时萨利拿着啤酒进来了,给菲利普斟了一杯后又走到桌子的另一边为她父亲倒酒。阿特尔尼伸手搂着她的腰。

“你见过这样漂亮、高大结实的女孩子吗?才十五岁,可看起来有二十岁。瞧她的脸蛋,长这么大连一天病也没有生过。谁娶了她真是太幸运了。不是吗,萨利?”

萨利带着淡淡、庄重的笑容听着,并不太窘,她对父亲的感情的爆发已习惯了,然而她的大方和端庄是很迷人的。

“别让饭菜凉了,爸爸。”她说着从他的怀里挣脱出来。“你们要吃布丁喊一声,好吗?”

就剩下他们两人了。阿特尔尼举起白镴酒杯,深深地喝了一大口。

“真的,世上还有比英国啤酒更好的吗?”他说,“感谢上帝,赐予我们朴素的欢乐、烤牛肉、米粉布丁、好胃口和啤酒。我过去曾经跟一个小姐结婚。天啊,千万别和一位小姐结婚,老弟。”

菲利普大笑起来。这场面、这装束古怪令人发笑的小个子男人、这间镶板的房间、西班牙式家具和英国式的饭菜,这一切使他兴奋不已:那么的优雅,又那么的不协调。

“你还笑,老弟,你根本不能想象娶一个地位比你低的女人为妻。你想娶的是一个和你有同等文化程度的女人。你的脑子充满着志同道合的念头。废话,老弟!一个男人不必同他的妻子谈论政治,而你以为我在乎贝蒂对微积分的看法吗?一个男人只需要一个能够替他做饭,照料孩子的妻子。无论大家闺秀或平民女子我都娶过,所以我清楚。我们叫萨利把布丁端进来吧。”他拍了拍手,不久萨利进来了。她收拾盘子时,菲利普想起身帮助她,被阿特尔尼制止了。

“让她自个儿收拾吧,老弟,她可不要你无事自扰,是吗,萨利?而且,她伺候你的时候你一动也不动地坐着,她也不会认为你粗鲁无礼。她才一点也不在乎骑士风度呢,是吗,萨利?”

“是的,爸爸。”萨利庄重地回答道。

“你知道我正在谈些什么吗,萨利?”

“不知道,爸爸。但是你知道妈妈不喜欢你咒骂。”

阿特尔尼哈哈大笑。萨利为他们端来了几盘米粉布丁,香喷喷,油腻腻,味道甘美。阿特尔尼吃得津津有味。

“这个家有个规矩,就是星期天的饭从不改变。这是种仪式,一年五十个星期日,都吃烤牛肉和米粉布丁。复活节日吃羊羔肉和青豆。到了米迦勒节吃烤鹅和苹果酱。这样,我们就保留了我们民族的传统。萨利结婚时她会把我教她的许多精明事儿忘掉的,然而她永远不会忘记,要想过得美满幸福,就必须在星期天吃烤牛肉和米粉布丁。”

“要奶酪请喊一声。”萨利冷静地说道。

“你知道翠鸟的传说吗?”阿特尔尼说,他迅速地从一个话题转向另一个话题,菲利普渐渐地习惯了。“当飞跨海洋的翠鸟精疲力竭时,它的配偶让它躺在它上面,以它强劲有力的翅膀驮着它继续飞。一个男人就需要一个像翠鸟似的妻子。我同前妻一起生活了三年。她是个阔小姐,每年有一千五百镑的进款,我们常常在肯宁顿的一座小红砖房里举行优雅的小型宴会。她是个迷人的女人,与我们一块吃饭的高级律师及其妻子们、喜欢文学的股票经纪人以及初露头角的政治家们都这么说的。啊,她是个迷人的女人。她要我头戴绸帽,身穿大礼服上教堂,她领我听古典音乐会。她非常喜爱星期日下午的讲演;她每天早晨八点半坐下来吃早饭,假如我迟到,早饭就凉了;她阅读正经的书,欣赏正经的画,崇拜正经的音乐。天啊,那个女人可真把我烦死了!她依然很迷人,住在肯宁顿的那座小红砖房里,用莫利斯壁纸和惠斯勒的蚀刻板画来装饰墙壁。她仍然像二十年前一样,使用冈特商店买回来的小牛奶油和冰块在家举行小型宴会。"

菲利普没有问这对毫不相配的夫妇后来是如何分居的,但是阿特尔尼告诉了他。

"贝蒂并不是我的妻子,我妻子不肯同我离婚,孩子们都是些私生子,每一个都是,这有什么不好呢?贝蒂是肯宁顿这座小红砖房里的一个女用人。四五年前我一贫如洗,我已有了七个孩子,我去找我妻子求她帮助。她说如果我抛弃贝蒂,到外国去,她就答应帮助。你认为我能抛弃贝蒂吗?当然不能,有一段时间我们挨了饿。我妻子说我爱那个贫民窟。我已经颓废、穷困潦倒了。我在一家亚麻布商当新闻广告员,每周挣了三镑。而我每天都感谢上帝,因为我不住在肯宁顿那座小红砖房里。"

萨利端进了茄达奶酪。阿特尔尼仍滔滔不绝地说着。

"认为一个人需要钱来养家糊口是世界上最大的错误。人们需要钱来使他们成为绅士、淑女,但我不想让我的孩子们成为绅士、淑女。萨利再过一年就要自己谋生了,她要给一个裁缝当学徒,不是吗,萨利?而那些男孩要去为国服役。我想让他们统统去参加海军;那是一种快活且健康的生活。伙食好,待遇高,年老了还有养老金。"

菲利普点燃了烟斗。阿特尔尼抽自己用哈瓦那烟丝卷的香烟。萨利把桌子收拾干净。菲利普是个沉默寡言的人,一下子听到这么多的家庭隐私倒使他感到困窘。个子小、声音大、外表像外国人、讲话装腔作势、故意夸大并带强调语气的阿特尔尼是个令人惊讶的人。菲利普不禁回忆起克朗肖来。他似乎也有同样的独立思想,同样的豪放不羁,但他的性情比克朗肖要活泼得多,他的见解更粗俗些。他对抽象的东西不感兴趣,但克朗肖正是有了这一点而使自己的谈话如此富有魅力。阿特尔尼对自己所属的郡里的世家感到非常自豪。他拿一座伊丽莎白时代的宅邸的照片给菲利普看,告诉他说:

"阿特尔尼家族在那儿已经住了七个世纪了,老弟。啊,要是你能看到那儿的壁炉和天花板就好了!"

护壁板上有个小橱,他从里头拿出一本家谱。他怀着稚童般的得意神情将它拿给菲利普看。它确实给人留下了深刻的印象。

"你瞧,那些家族的名字是怎样再现的:索普,阿特尔斯坦,哈罗德,爱德华;我为男孩们使用了这些名字。至于女孩子,你看,我给她们起了西班牙的名字。"

菲利普心中不安,觉得可能这整个过程只是精心炮制的谎言。这并非有任何卑鄙的动机,只是为炫耀自己,令人惊叹不已罢了。阿特尔尼告诉菲利普说他在温彻斯特公学受过教育。但是对仪态举止的差别很敏感的菲利普,却认为这位主人不具有在一所闻名的公学受过教育的人的特点。当阿特尔尼指出他的祖先与哪些名门望族联姻时,菲利普却自得其乐地猜测,阿特尔尼说不定是温彻斯特某个商人,拍卖商或者煤炭商的儿子,他和现在被他大肆炫耀的那个古老的家族的唯一联系,说不定只是姓氏的巧合罢了。

88

一阵敲门声过后,一群小孩蜂拥而入。他们现在洗得干干净净、穿得整整齐齐;脸上被肥皂擦洗得发亮,头发也梳平了。他们由萨利领着正要去主日学校。阿特尔尼演戏似的、风趣地和他们开玩笑。可以看得出他对他们个个都疼爱。他为他们的健康和美貌而感到的自豪是动人的。菲利普觉得孩子们在他面前有点害羞。他们的父亲把他们打发走时，他们显然如释重负，一溜烟从屋里跑走了。过了几分钟，阿特尔尼太太来了。她取下了头上的发卡，额前梳了个精巧的刘海。她穿着朴素的黑衣裳，帽子上饰有几朵廉价花朵。她正将那双因干活太多而变得又红又粗的手使劲地插进一双黑色羔羊皮手套里。

“我要去做礼拜，阿特尔尼，”她说，“你再不需要什么了吧？”

“只需要你的祷告，贝蒂。”

“祷告对你没有什么用处，你已经太老了，再祷告也无用。”她笑着说，然后又对菲利普慢吞吞地说，“我无法叫他去做礼拜，他并不比无神论者好多少。”

“她像不像鲁宾斯的第二个妻子？”阿特尔尼嚷道，“她穿起十七世纪的服装看起来不是妙极了？老弟，你瞧瞧她，娶老婆就要娶像她这样的。”

“我就晓得你会说个不停的，阿特尔尼。”她平静地说。

她扣好了手套纽扣，临走之前脸上露出和蔼，但有点尴尬的微笑对菲利普说：

“你留下来用茶好吗？阿特尔尼喜欢有人跟他说说话，也难得找到一个聪明的人聊天。”

“当然他要留下来用茶啦。”阿特尔尼说。妻子走后，他又说：“我坚持让孩子们上主日学校，我喜欢贝蒂上教堂做礼拜。我想女人应该信教。我自己是不信的，但我喜欢女人和孩子们相信。”

在真理方面极为严谨的菲利普对他这种轻浮的态度感到有点震惊。

“但是，当孩子们接受一些你认为不真实的东西时，你怎能袖手旁观呢？”

“假如那些东西是美的，它们是不是真实的我倒不在意。要求事物不但必须迎合你的美感，而且必须迎合你的理性，这要求太高了。我要贝蒂成为一个罗马天主教徒。我很希望看到她戴着纸花花冠皈依罗马天主教，无奈她是个新教徒。况且，宗教是个气质问题，假如你脑子里有宗教的癖性，你就什么事都相信，假如你没有这种癖性,那么不管向你灌输什么信仰你也会抛弃的。也许宗教是最好的道德学校。它好比你们绅士使用能够溶解其他药物的溶剂一样,它自身并没有功效,可是却能使别的药物得到吸收。你选择了你的道德观念,因为它与宗教是结合在一块的;你丧失了宗教,而道德观念依然存在。假如一个人通过热爱上帝而不是通过熟读赫伯特·斯宾塞的哲学而得到善良的美德,那他就更可能成为一个好人。"

这与菲利普的思想是背道而驰的。他仍然认为基督教是无论如何必须抛弃的一个令人堕落的枷锁。他的脑海里无意中把特坎伯雷大教堂里的枯燥的礼拜仪式,以及在布莱克斯特伯尔寒冷的教堂里那冗长乏味的布道活动联系在一起。当道德丢弃了唯一使之符合理性的信仰时,阿特尔尼所说的道德在他看来只不过是智力不健全的人保存下来的宗教的一部分。他正在思索如何答复时,对听自己说话比讨论问题更感兴趣的阿特尔尼,突然又长篇大论地谈起罗马天主教来了。对他来说,天主教是西班牙不可缺少的部分;而西班牙对他则意味深长。因为在他婚后的生活中,他发现传统习俗实在令人厌倦,为了摆脱这些习俗的束缚他才逃到西班牙去。阿特尔尼以粗犷有力的手势和加重的语气,娓娓动听地对菲利普描述西班牙大教堂,那幽暗空旷的圣堂,祭坛背后屏风上的大块黄金,因镀金而失去光泽的豪华铁制饰物,那香烟缭绕的空气和静谧的气氛。菲利普仿佛看到了身穿白色细麻布短法衣的教士们,和身穿红色法衣的侍僧从圣器贮藏室走到唱诗班;他仿佛听到单调的晚祷圣歌。阿特尔尼提到的那些地名:阿维拉、塔雷戈纳、萨雷戈萨、塞戈维亚、科尔多瓦,就好像他心中的一只只喇叭。他仿佛看到坐落在黄褐色的、荒芜的、萧瑟的景色中的古老的西班牙城镇里那一堆堆庞大的灰色花岗岩建筑群。

"我老是认为应该到塞维利亚。"阿特尔尼滑稽地抬起一只手,稍停片刻后,菲利普漫不经心地说道。

"塞维利亚!"阿特尔尼喊道,"不,不,千万别上那儿。塞维利亚:它令人想起姑娘们和着响板的节拍翩翩起舞,在瓜达尔基维尔河畔的花园里唱歌,想起斗牛、香橙花、薄头纱,还有披巾。它是喜歌剧院和蒙马特区的西班牙。它那肤浅的魅力只能供智力浅薄的人做永久的娱乐。西奥菲尔·高蒂尔①写尽了塞维利亚所能提供的一切。我们这些晚辈也只能重复他的感受而已。高蒂尔将肥胖的大手触及显而易见的事物,然而,那儿除了显而易见的事物外就什么也没有;那儿的一切都被打上指痕,被磨损了。穆里洛就是塞维利亚画家。"

阿特尔尼从椅子站起来,走到西班牙柜子前,将带有镀金的大铰链和华丽的锁子的面板打开,露出了一排排的小抽屉。他拿出了一沓照片。

"你知道埃尔·格雷科吗?"他问道。

"噢,我记得巴黎有一个人对他的印象特别深。"

"埃尔·格雷科是托莱多的画家。贝蒂找不到我要让你看的那张照片。它拍的是埃尔·格雷科所喜爱的城市,比任何照片更真实。请坐到桌子边来。"

菲利普把椅子往前挪了挪,阿特尔尼将照片放在他面前。他好奇地默默地看了很久。他伸手去拿其他照片,阿特尔尼递给他。他从前不曾见过这位莫测高深的名家的作品。他第一眼就被这张任意的画弄糊涂了:人物拉得过长,脑袋特别小;神态放肆。这不是现实主义的。然而即使在这些照片中也给人留下了令人不安的真实印象。阿特尔尼用生动的语言热情地描述着,但菲利普只是模模糊糊地听到他所说的话。菲利普感到迷惑不解,莫名其妙地被感动了。这些绘画似乎向他说明某种含义,但他不知道这种含义是什么。有些男人的肖像画,他们那忧郁的大眼睛似乎在向你诉说什么,你却又不知道。有穿着方济各会或多明我会修道士服装的高个子和尚,带着心神错乱的面容,做着你不解其意的手势;有一张圣母玛丽亚升天图,有一幅耶稣被钉在十字架上的画,画中画家通过某种神奇感情表明基督的躯体不仅仅是凡人的肉体而

---

① 西奥菲尔·高蒂尔(1811—1872),法国诗人、小说家和评论家。

已,而是神圣之躯;有一幅耶稣升天图,画中的耶稣似乎要升上九天,站在空中如履平地:使徒们高举的手臂,拂动的衣饰,欣喜若狂的姿态,给人一种喜悦和神圣的快乐。几乎所有这些画的背景都是夜空,灵魂的黑夜,地狱的怪风席卷着飞渡的乱云,一轮朦胧的月亮投下惨淡的月光。

“我在特莱多曾多次看到过这样的天空,”阿特尔尼说,“我想,埃尔·格雷科第一次来到这座城市时就是这样的一个夜晚。这个夜晚给他留下了强烈的印象,以至于他永远忘不了它。”

菲利普记得克拉顿曾经受到这位古怪大师的影响,他这是头一次见到大师的作品。他认为,克拉顿是他在巴黎认识的人中最有意思的一个。他那副爱嘲笑人、不友好的冷漠态度,使人很难了解他;然而,回想起来,菲利普觉得他身上有一股悲剧的力量,这种力量徒劳地寻求在画中表达出来。他性格怪异,尽管当时已不以神秘主义为时尚,他仍然是神秘的。他对生活不耐烦,因为他发现自己不能说出他内心模糊的冲动所暗示的东西。他的智力不适合精神的功能。难怪他对发明一种表达自己灵魂的渴望的新技巧的格雷科深表同情。菲利普又看了一遍这一套西班牙绅士们的肖像画,他们满脸皱纹、尖翘的胡子,他们的脸在浅黑色的衣服和漆黑的背景的衬托下显得很苍白。埃尔·格雷科是一位灵魂的画家。而这些绅士,脸色苍白、形容憔悴,并不是疲劳过度而是精神压抑。他们的精神遭到折磨。他们走路时好像对世界之美毫无觉察似的,因为他们的眼睛只注视着自己的心,被灵魂世界的壮丽弄得眼花缭乱。再没有比这个画家更冷酷无情了,竟认为世人只不过是匆匆的过客。他画的那些人的灵魂,通过他们的眼睛来表达他们内心的奇怪的渴望:他们的感觉奇迹般的敏锐,并不是对声音、气味、颜色的敏锐,而是对灵魂的微妙的感觉敏锐。这位卓越的画家怀着一颗僧侣般的心在走着,他的眼睛能见到天国的死者也能看到的东西,然而他并不感到吃惊,嘴上也没有笑容。

菲利普依然沉默着,目光又落到特莱多的风景上。在他看来,它是所有的画中最引人注目的。他目不转睛地看着。他奇怪地感觉到,他开始对人生有了新的发现。一种冒险的感觉使他激动不已。一瞬间,他想起了曾使他憔悴不堪的爱情:除了现在激起他内心的一阵激动之外,爱情似乎是微不足道的。他看到的这幅画很长,小山冈上房子鳞次栉比,在一个角落里,有个男孩手里拿着一张这座城镇的大地图。另一个角落是个象征塔布斯河的一个古典人物;天空中,天使们簇拥着圣母玛利亚。这是一幅不合菲利普见解的风景。因为他一直生活在崇拜严格的现实主义的圈子里;可是,他再次奇怪地感觉到,比起先前他毕恭毕敬地设法模仿的大师们所取得的成就来,格雷科的这幅画具有更强烈的真实感。他听阿尔特尼说这幅画画得如此逼真,以至于如果特莱多的居民来看它时,能认得出自己的房子。画家看到什么就画什么,但是他是用心灵的眼睛来观察的。那座淡灰色的城市有些超越凡世的神秘气氛。通过一道既非来自白天也非黑夜的惨淡的光亮,可以看出它是一座灵魂的城市。它屹立在绿色的山冈上。不过,这种绿色并非这个世上所有的。城市被巨大的城墙和棱堡围绕着,人类发明的机器和引擎无法摧毁它们,只有靠祷告和斋戒、悔悟和叹息以及禁欲苦行方能攻克。它是上帝的一座堡垒。那些灰色的屋子并非由泥水匠所未知的石头砌成的。它们的外形有些可怕,而且你不知道什么人可以住在里头。你可以走过那些街道,并毫不惊奇地发现这些街道都没有人,又不是空的;因为你觉察出一种无形的,然而对每一内在感官却感觉得到的存在。它是一座神秘的城市,在那儿想象力像一个人从光明走入黑暗那样摇摆不定。赤裸裸的灵魂来回走着,它知道了不可知的东西,奇怪地意识到亲切的但无法表达的经验,也意识到绝对之所在。在蔚蓝的天空中,因为有一种由心灵而不是肉眼证明而显得真实,朵朵浮云随着奇异的微风飘动,缕缕微风犹如永堕地狱灵魂的哭泣和叹息。这时,你可以看到一群长着翅膀的天使簇拥着身穿红袍和蓝外套的圣母,而毫不觉得惊奇。菲利普觉得,这座城市的居民面对这一奇妙的幻影,无论是出于虔诚,还是感激,都不会感到惊奇,而只顾匆忙离去。

阿特尔尼讲起西班牙神秘主义的作家，讲到特雷莎·德阿维拉[1]、圣胡安·德拉克鲁斯、弗雷·迭戈·德莱昂等人。他们都有着菲利普在埃尔·格雷科的画中所感觉到的对灵魂世界的强烈情感：他们似乎有触摸形体和看到灵界的能力。他们是他们那个时代的西班牙人，在他们身上震荡着一个伟大民族的丰功伟绩。他们的幻想充满了美洲的繁荣和加勒比海群岛的碧绿。他们的血管里有着长期同摩尔人作战磨炼出来的力量；他们是骄傲的，因为他们是世界的主人；他们觉得自己胸怀辽阔的天地、黄褐色的荒野、终年积雪的卡斯蒂尔山脉、阳光和蓝天以及安达卢西亚的如花似锦的平原。生活是热烈而丰富多彩的。正因为生活本身提供的东西太多，因此他们焦虑不安地渴望得到更多；他们不会满足，因为他们是人；他们把充沛的活力，投入对一种不可言喻的东西的热烈追求中。阿特尔尼有段时间曾借译诗消遣，能找一个会读懂自己译稿的人，他感到很高兴。他以优美动听和颤抖的嗓音，背诵了对灵魂及其情人基督的赞美诗。这首优美的诗是以弗雷·路易斯·德莱昂的“一个漆黑的夜晚”和“万籁俱寂”的诗句开头的。他翻译得很简单，并非缺乏技巧。他找到了无论如何都能表达原著的粗犷的充满气魄的词句。埃尔·格雷多的画解释了这些诗句，而这些诗句又点出了画的真义。

菲利普已形成了对理想主义的轻蔑的态度。他向来热爱生活。在他看来，他遇到的理想主义大多是生活怯懦的退缩。理想主义者退却了，因为他受不了人们相互你争我夺；他没有力量去奋斗，因此就认为这种斗争是庸俗的；他是虚荣的，当他的同伴们并不像他看待自己那样对待他时，他便以蔑视同伴来聊以自慰。在菲利普看来，海沃德属这种类型，仪表堂堂，无精打采，眼下太胖又秃了头，依然珍爱他那残存的俊俏的容貌，依然精心地计划在无法确定的将来做出一番成就；而在这一切的背后是威士忌和在街巷

① 特雷莎·德阿维拉(1515—1582)，西班牙主教加尔默罗会白衣修女、神秘主义者、作家。

中庸俗的寻花问柳。与海沃德代表的人生相反，菲利普要求让生活听其自然。卑鄙、堕落和残疾都不能使他感到不舒服。他主张人应该处于赤裸裸的、无掩饰的状态。当小气、残忍、自私或者色欲出现在他面前时，他得意地搓着双手：这才是事情的本来面目。在巴黎，他就已经明白既没有丑的也没有美的，而只有真实：对美的追求是多愁善感的表现。为了摆脱一味追求美，他不是也在一幅山水画上画了个巧克力的广告吗？

然而，在这儿他似乎预感到某种新的东西。很久以来，他一直犹豫不决地去接近这新东西，只有现在才意识到这一事实；他觉得自己就要有所发现，他模糊地觉得这里有比他过去崇拜的现实主义更美好的东西；但这种美好的东西，当然不是怯懦地逃避人生毫无生气的理想主义。它太强大了；它是刚强有力的；它接受生活的一切欢乐、美与丑、卑劣与英勇；它仍然是现实主义的；但它是达到更高境界的现实主义，在这种现实主义中，事实被更加明亮的火照亮、改造了。通过那些已故的卡斯蒂尔贵族的严厉的眼光，他似乎能更深刻地看待事物；那些圣徒的姿态乍看起来似乎是疯狂的、被扭曲了的，现在看来似乎有某些神秘的意义。但他说不出这到底是什么含义。这好比他接到的一个重要信息，但却用一种他不懂的文字写的，他怎么也看不懂。他老是在探索人生的意义。在他看来，这儿倒给他提供了一个人生的意义；但这个意义是晦涩的、含混不清的。他感到困惑不解。他仿佛看到了像是真理的东西，好比在暴风雨的黑夜里借着闪电你可以看到山脉一样。他似乎认识到一个人的生活不需要靠机会，因为他的意志是坚强的。他仿佛认识到，自我克制也许和屈服于情欲一样的强烈，一样的活跃。他似乎还认识到，精神生活也可以像一个征服了多个领域并对未知的世界进行探索的人的生活一样的丰富多彩，一样千变万化，一样富有经验。

89

菲利普和阿特尔尼的谈话被一阵噔噔的上楼梯的声音打断了。阿特尔尼为从主日学校回来的孩子们开门,他们喊着笑着走进来了。他快活地问他们学了些啥。萨利进来待了一会儿,转达她母亲的口信,说父亲在她预备茶点的时候要逗孩子们玩;阿特尔尼开始讲汉斯·安徒生的一个童话故事。他们并非腼腆的孩子,很快地得出菲利普并不可怕的结论。珍妮过来站在他旁边,不久,就坐在他的腿上。在孤寂中生活的菲利普置身于一个家庭的圈子中,这还是第一次。当他的眼光落在沉浸于童话故事的漂亮的孩子们身上时,他眉开眼笑了。他这位乍看起来显得有些古怪的新朋友的生活,现在似乎具有完全的自然美。萨利又进来了。

“喂,弟妹们,茶点准备好了。”她说。

珍妮从菲利普的腿上溜下来,他们全都到厨房去了。萨利开始在这张西班牙长桌上铺桌布。

“妈妈说,要不要她也来跟你们一道用茶?”她说,“我可以招呼大家用茶。”

“告诉你妈妈,假如她肯光临作陪,我们将不胜骄傲和荣幸。”阿特尔尼说。

在菲利普看来,他不论说什么话都非使用修辞学上的华丽辞藻不可。

“那么我也给她摆上。”萨利说。

过了一会儿,她端了一个托盘进来,上面有一条大小两个叠合的面包,一块奶油,一罐草莓果酱。当她在摆食物时她父亲跟她打趣。他说她该谈恋爱了;他告诉菲利普说,她很骄傲,说她对那些在主日学校门口成双列队等待能荣幸地护送她回家的追求者们理都不理。

“你别说了,爸爸。”萨利带着温和、淡淡的微笑说。

“你万万没想到吧,一个裁缝助手就因为萨利不肯同他打招呼,一气之下便跑去当兵。还有个机电工程师,请注意,是机电工程师,因为她拒绝在教堂里跟他合用一本圣歌集而他开始酗酒。我一想起将来她束发成人之后将会发生什么事就不寒而栗。”

“妈妈会亲自送茶来。”萨利说。

“萨利从来不听我的话,”阿特尔尼以宠爱的、骄傲的眼光望着她,笑着说道,“她只顾干她的活,对战争、革命和大变动一概不关心。她将会给一个诚实的男人当个多好的妻子啊!”

阿特尔尼太太端茶进来了。她坐下来,开始切面包和奶油。见到她把丈夫当作小孩一样对待,菲利普觉得很有意思。她替他涂果酱,把奶油面包切成一小片一小片的,让他吃起来方便。她脱去了帽子,穿着那似乎有点紧的最好的服装,样子就像菲利普小时候有时跟伯父去拜访的农夫的妻子一样。这时,他才明白为什么她的口音听起来这么熟悉。她讲起话来就像布莱克斯特伯尔一带人的口音。

“你是哪个地区的人?”他问她。

“我是肯特郡人,老家在弗恩。”

“我想大概是这样。我伯父是布莱克斯特伯尔的牧师。”

“这可就巧了,”她说,“刚才我在教堂里还在想你是不是凯里先生的亲戚呢。我见过他许多次。我的一个表姐嫁给布莱克斯特伯尔教堂对面的罗克西利农庄的巴克先生。我还是个姑娘时常常上那儿住。这不是件巧事吗?”

她以一种新的兴趣打量着他,失神的眼睛又闪烁着光芒。她问他是否知道弗恩。它是离布莱克斯特伯尔大约十英里的一个秀丽的村庄,菲利普的伯父有时前来布莱克斯特伯尔做丰收感恩祈祷。她提到了附近的许多农夫的名字。她高兴地谈起她度过少女时代的乡村。她以她那个阶层特有的好记性,回忆起留在自己记忆里的情景和熟人,这对她来说确是件乐事。这也使菲利普产生了一种奇怪的感觉。一股乡村的气息仿佛吹进了伦敦中心的这一间镶板房。他仿佛看到了长着庄严的榆树的肥沃的肯特郡田野；他闻到了馥郁芬芳的空气，这空气因杂着北海海风的咸味而变得辛辣、刺鼻。

菲利普直到十点才离开阿特尔尼家。孩子们八点进来道晚安，并且很自然地仰起脸来让菲利普亲吻。他对孩子们充满怜爱之心。萨利只是向他伸出一只手来。

“萨利从来不吻只见过一面的先生。”她父亲说。

“那么你必须再请我一次。”菲利普说。

“你不要理会我父亲所说的话。”萨利微笑着说。

“她是最有自制力的年轻姑娘。”她父亲补充道。

他们晚饭有面包、奶酪和啤酒，这时阿特尔尼太太打发孩子们睡觉；菲利普到厨房去对她道晚安时（她一直坐在那儿休息，阅读《每周快报》），她热诚地邀请他再来。

“只要阿特尔尼不失业，星期六总有一顿丰盛的饭菜的，”她说，“你能来和他聊聊天，真是太好了。”

下星期六菲利普接到阿特尔尼的一张明信片，说他们全家盼望他第二天来吃饭；但是，由于担心他们的经济状况并不像阿特尔尼先生所说那么好，菲利普回信说他只去用茶点。他买了一大块葡萄干蛋糕，这样，阿特尔尼的款待就不需要花什么钱了。他发现全家人见到他都很高兴。那块蛋糕赢得了孩子们对他的好感。他坚持大家都到厨房去用茶，席间欢声笑语不绝。

不久菲利普就养成了每星期天到阿特尔尼家的习惯。他成了孩子们最喜欢的人，因为他单纯、真诚，也因为显然他喜爱他们。他们一听到他按门铃，其中的一个就立刻将头伸出窗口看看是不是他，然后他们全部吵吵闹闹地冲下楼去替他开门。他们一下子扑到他怀里。喝茶时他们争着坐在他身边。不久，他们便称呼他菲利普叔叔了。

阿特尔尼很健谈，菲利普渐渐地了解到他各个不同时期的生活。他从事过许多职业。菲利普想，他准是把从事的每件工作都弄得一团糟。他曾经在锡兰的一个茶场工作过，还在美国当过意大利酒的推销员。他在托莱多自来水公司当秘书的时间比其他工作都长;他当过记者,并一度在一家晚报当了违警罪法庭的新闻记者。他曾经当过英格兰中部一家报纸的编辑,在里维埃拉的另一家报纸任编辑。他从这些职业中搜集了大量的趣闻逸事,并乐意将这些趣闻讲给客人听,尽情娱乐一番。他博览群书,主要热衷于不寻常的书籍;他滔滔不绝地讲述着丰富的、深奥的知识。看到听众露出惊奇的神情,他就像小孩那样高兴。三四年前,赤贫迫使他在一家大布店公司当新闻代理;虽然他感到干这项工作是大材小用,自认自己才识过人,然而,由于妻子的一再坚持,又迫于家境的贫困,他才坚持下来。

90

菲利普离开阿特尔尼家,走出钱塞里巷,沿着斯特兰德街到国会大街尽头去搭公共汽车。菲利普认识他们大概六星期后的一个星期天,他像往常一样去乘公共汽车,但是他发现开往肯宁顿的公共汽车已客满了。这时正值六月,白天下着雨,夜里的空气阴冷潮湿。他走到皮卡迪利广场上车以便能坐上位子。汽车在喷泉边停靠,到达这儿时乘客最多也不超过两三个人。汽车每隔十五分钟开一趟,因此他还得等一会儿。他懒洋洋地望着人群。酒吧间要关门了,周围还有不少人。他的脑海里忙着思索阿特尔尼以迷人的天赋所启迪的各种念头。

突然,他的心为之一震,他看到了米尔德里德。他已经有好几个星期没有想到她了。她正要从谢夫兹伯里林荫道的拐角处横穿马路,站在候车亭等一长串马车先通过。她正在等待时机穿过马路,没有注意别的事。她头戴一顶上面饰有一簇羽毛的黑草帽,穿着一件黑绸衣;当时女人流行穿拖裙。路畅通了,米尔德里德拖着裙子穿过马路,沿着皮卡迪利大街走去。菲利普的心怦怦直跳。

他尾随着她,不想和她说话,但是心里纳闷这么晚了她要上哪儿呢?他想看看她的脸。她慢慢地往前走,拐入艾尔街,又穿过雷根特大街。而后,她又朝广场走去。菲利普迷惑不解。他弄不清她这是在干什么。也许她在等人吧。他感到很好奇,想知道这个人是谁。她追上了一个戴圆顶硬礼帽的矮个子男人,他正和她在同个方向慢吞吞地闲逛着;她从他身边走过去时斜眼看了他一下。她又朝前走了几步,一直到了斯旺-埃德加商店,然后停下来,面朝街地等着。那个男人走近时,她冲着他微笑。那个男人盯了她好一会儿,然后掉过头去,又懒洋洋地往前走了。菲利普这下全明白了。

他心里充满着恐惧。有好一阵子他觉得双腿软得几乎要站不住了。然后他快步追上她,碰了碰她的胳膊。

"米尔德里德。"

她大吃一惊,回过头来。他猜想她脸红了,不过在暗处他不能看得很清楚。他们默然地站了好一会儿,互相望着。终于她开口道:

"真没想到会见到你!"

他不知说什么好;他太震惊了,脑海里闪现出一个个特别惊人的词语。

"太可怕了。"他喘着气说,像是在自言自语。

她再没有说什么,把头掉过去,眼睛朝下看着人行道。他觉得自己的脸痛苦得变了形。

"能找个说话的地方吗?"

"我不想说话,"她绷着脸说道,"别管我,好吗?"

他突然想起也许她正急需要钱,这么晚了她没钱乘车回去。

"假如手头紧,我身边还有几个金镑。"他脱口而出说道。

"我不知道你这是什么意思。我要回公寓路过这儿的。刚才我想等一位和我一道工作的女工友。"

"看在上帝的面上,现在别扯谎了。"他说。

这时,他看到她哭开了,便又重复了自己的问话。

“我们不能随便到一个地方谈谈吗？我不能上你那儿吗？”

“不，你不能去，”她抽泣着说，“他们不让我带先生进去。假如你愿意的话我明天去找你。”

他确信她不会守约。他不放过她。

“不行，你现在必须带我找个地方谈话。”

“那好，房子我倒知道一间，不过他们要收六先令。”

“那我不在乎。在哪儿？”

她把地址告诉他，他叫了一辆马车。马车驶过大英博物馆，来到格雷旅馆路附近的一条肮脏的马路。她叫马车停在马路的拐角处。

“他们不喜欢你把马车赶到门口。”她说。

这是他们上马车以来她说的第一句话。他们朝前走了几码，米尔德里德在一扇门上狠狠地敲了三下。菲利普注意到扇形气窗上贴着一张表示房子要出租的硬纸板布告。门悄悄地开了，一个上了年纪的高个子妇人让他们进去。她瞪了菲利普一眼，然后和米尔德里德低声嘀咕了几句。米尔德里德带菲利普穿过走廊，来到后头的一间房间。房间黑洞洞的；她向他要一根火柴，点亮了煤气灯。灯上没有灯罩，火焰发出刺耳的滋滋声。菲利普发现自己来到了一间昏暗的小寝室，里面有一套漆成松树花纹的家具。对这个小房间来说，这套家具显得太大了。花边窗帘很脏。炉格被一把大纸扇子遮住。米尔德里德一屁股坐在壁炉旁的一张椅子上，菲利普坐在床沿上，心里觉得害臊。这时，他看见米尔德里德的双颊涂着厚厚的胭脂，眉毛描得很黑。但她看起来消瘦，一副病恹恹的样子。她脸上的红胭脂使她那白得泛绿的皮肤更加显眼了。她无精打采地盯着那把纸扇。菲利普想不出该说些什么，一时喉头语塞，好像要哭出来似的。他双手捂住了脸。

“天啊，太可怕了。”他叹息道。

“我不明白你有什么可大惊小怪的。我本以为你会很高兴的。”

菲利普没回答，过了一会儿她又呜咽起来。

“你总不会认为我是因为喜欢才干这个的吧?”

“噢,亲爱的,”他大声说道,“我太难过了,难过极了。”

“这话对我一点用处也没有。”

菲利普又找不出话说了,生怕自己一开口,会被她误认为是在责备或嘲笑她。

“孩子在哪儿呢?”他终于问道。

“我把她带到伦敦来了。我没钱将她继续寄养在布赖顿,所以我只好自己带。我在海伯里街租了一间房子。我告诉他们我是个演员。每天要到伦敦西区确实很远,可是要找到愿意租给单身女人的房东太难了。”

“茶馆再不要你了吗?”

“我到处找不到工作。为了找工作我跑断了腿。有一次我也确实找到一份工作,但是因为我身体不适,离开了一星期,等我再回去时,他们就不要我了。你也不能责怪他们,不是吗?他们这些地方是雇不起体弱的姑娘的。”

“现在你的气色很不好。”菲利普说。

“今天晚上我本不宜出门的,可有什么办法呢?我需要钱。我写信给埃米尔,告诉他说我一个子儿也没有了,但是他连信都不回。”

“你写给我就好了。”

“我不愿意,打那件事发生以后我就不愿意给你去信。我也不想让你知道我陷入困境。假如你说我这是活该,我也不会感到吃惊的。”

“即使到现在你还是很不了解我,不是吗?”

有一会儿,他记起因为她的缘故而遭受的一切痛苦。回忆自己的痛苦,使他心里不快。然而这只不过是回忆罢了。当他看着眼前的米尔德里德时,他知道自己再也不爱她了。他为她难过,但是他很高兴自己是自由的。他严肃地凝视着她,自问当初为什么会对她那么痴情。

“你是个十全十美的绅士,”她说,“你是我遇到的唯一的好绅士。”她顿了一下,然后红着脸说,“我讨厌向你要钱,菲利普,不过你能给我一点吗?”

“幸亏我身边还有点钱,恐怕只有两镑。”

他将钱掏给她。

“我以后会还你的,菲利普。”

“哎,这没什么,”他微笑道,“你不必放在心上。”

他想说的话什么也没说。他们谈得好像一切都很自然似的;看来她好像现在就要回到她那可怕的生活中去似的,而他又无力阻止。她站起来接钱,他们都站起身来。

“我耽误你了吗?”她问道,“也许你想回家了吧。”

“不,我不忙。”他回答说。

“能有机会坐下来歇一会儿,我真高兴。”

这些具有深刻含义的话撕裂着他的心。见到她疲惫不堪地坐回到椅子上的样子实在令人痛苦极了。沉默持续良久,在窘迫中,菲利普点燃了一支香烟。

“菲利普,你太好了,没有对我说过一句不中听的话。我还以为你不知要怎样责备我一顿呢!”

他看见她又哭了。他记得当埃米尔抛弃她的时候她是如何跑来找他,又是如何痛哭流涕的。一想起她的遭遇和自己蒙受的耻辱,他对她的怜悯之心似乎变得越发不可抗拒了。

“要是我能够跳出这个火坑就好了!”她呻吟道,“我厌恶这种生活,我不宜过这种生活,我不是干这种事的女孩子。我要尽力摆脱这种生活,哪怕当个女佣也行。天啊,我死了就好啦!”

在一阵自哀自怜之后她忍不住了,歇斯底里地抽泣着,瘦弱的身子不停地颤抖。

“咳,你不知道那是什么滋味。没有亲自体验过的人是不会知道的。”

菲利普不忍心看到她哭泣。见到她处于如此可怕的境地,他心如刀绞。

“可怜的人儿,”他小声地说,“可怜的人儿。”

他深受感动。突然他灵机一动,心里有了主意。这主意在他心里激起了一阵狂喜。

“听我说,你若想摆脱这种生活,我有个主意。现在我手头特别紧。我不得不精打细算;但是我现在在肯宁顿大街租了一小套房间,里面有一间空着。假如你愿意,你和小孩可以搬去。我每星期花三先令六便士雇了一个妇人,为我打扫房间和做饭。你可以代替她,你的伙食费也不会比我付给那位女用人的工钱多多少。两个人的伙食并不比一个人费钱,同时,我想那小孩也吃不了多少。”

她止住哭泣,望着他。

“你的意思是发生了这一切之后你还要我回去吗?”

菲利普对自己不得不说出来的话感到很尴尬,脸也有点涨红了。

“我不想让你误解我的意思。我只是为你提供一间不要我多付房租的房子和伙食。你除了做我雇用的那位妇女做的事外,其余的我什么也无求于你。我想你一定能烧好饭的。”

她一下跳了起来,正要朝他走去。

“菲利普,你待我真好。”

“不,请别过来。”他连忙说道,伸出手来,好像要推开她似的。

他不知道为什么会这样,但是一想起她会来碰他,简直受不了。

“我只不过想成为你的一个朋友罢了。”

“你待我真好,”她反复说道,“你待我真好。”

“这么说你同意来了吗?”

“嗯,是的,只要能摆脱这种生活怎么样都行。你对自己做的事不会后悔吧,菲利普,绝不会的。我什么时候可以搬过来,菲利普?”

“最好明天来。”

她突然又哭开了。

“现在你还哭什么呀?”他微笑着说。

“我太感激你了，真不知道如何才能报答你！”

“哦！这算不了什么。现在你还是回去吧。”

他给她写下地址，告拆她，假如她明天早晨五点半来，他会把一切准备停当的。这时，夜很深了，他只好步行回家。然而他并不觉得路途遥远，因为他陶醉于兴奋之中，他感到得意扬扬。

91

第二天，他很早起床，为米尔德里德收拾房间。他辞去照料他的女用人。米尔德里德大约六点钟到，站在窗口张望的菲利普一看见她，就下楼为她开门，帮她把行李搬上来。现在她的行李仅有褐色纸包着的三大包东西了，她不得不把非绝对必要的东西统统卖掉。她仍穿着昨晚穿的那套黑色绸衣裙。虽然脸上已经没有涂胭脂，但眼圈周围仍然黑黑的，显然是早晨马马虎虎地洗过以后留下的痕迹，这使她的气色显得很不好。她抱着小孩走出马车的姿态着实哀婉动人。她显得有点不好意思，他们发觉没有什么好说的，只是平平淡淡地互相寒暄了几句。

“你总算顺利地来了。”

“我从未在伦敦的这一带住过。”

菲利普领她看房间，就是克朗肖在里头去世的那间。菲利普一直不想再搬回那个房间去，虽然他也认为这种想法是荒唐的。自从克朗肖去世后，他一直待在那个小房间里睡在一张折叠床上。当初他为了让他的朋友住得舒服才搬进那个小房间的。小孩睡得很香。

“我想，你认不得她了吧！”米尔德里德说。

“自从我们领她去布赖顿以来，我一直没见过她。”

“把她搁在哪儿呢？她太沉了，时间长了我可抱不动。”

“恐怕我没有摇篮。”菲利普不安地笑了笑说。

“哦,她跟我睡好了,她一直是跟我睡的。”

米尔德里德把小孩放在扶手椅上,打量了一下房间。她认出大部分都是她在他原来的寓所见到过的东西。只有一样是新的,去年夏末劳森为菲利普画的半身像;它挂在壁炉台上方;米尔德里德以挑剔的眼光望着它。

“在某些方面,我喜欢它,在某些方面我不喜欢。我觉得你比那幅画好看。”

“情况正在好转了,”菲利普笑着说,“你从未说过我好看。”

“我不是一个注重男人外貌的人。我不喜欢好看的男人,他们对我太傲慢了。”

她的目光扫视了一下房间,本能地想找一面镜子,但是屋里没有镜子;她抬起手来,拍拍长长的刘海。

“我住在这儿,公寓里的其他人会说什么呢?”她突然问道。

“哦,住这儿的只有一个男人和他的妻子。男人整天在外头,女的只有星期六交房租时才见得到。他们不与任何人交往。自从我住这儿以来,我对他们哪一位都没讲满两句话呢。”

米尔德里德走进寝室去解包裹,把东西收拾整齐。菲利普想看书,可是心情太激动了。他仰靠在椅子上,燃着一支烟,眉开眼笑地凝视着酣睡的小孩,感到格外幸福。他很有把握,现在他一点也不爱米尔德里德了。昔日的感情居然已荡然无存,这使他感到吃惊。他觉察出自己对她的肉体有些厌恶之感。他想,假如他去碰她的话,他定会浑身起鸡皮疙瘩的。他这究竟怎么啦,自己也弄不懂。不久,她敲了门,又走进来了。

“我说呀,以后你不必敲门了,”他说,“看了套间了吗?”

“我从来没见过这么小的厨房。”

“你会发现,它用来做我们奢华的盛餐是够大的了。”他轻快地反驳道。

“我发现里头没有东西,我还是出去买点什么吧。”

“好的,不过,我得提醒你,我们必须精打细算。”

“晚饭要买什么?”

“你最好买一些你认为可以煮得来的。”菲利普笑着说。

他给她一些钱，她上街了。半小时后她回来了，将购买来的东西放在桌上。她爬楼梯爬得上气不接下气。

“哎呀，你这是贫血，”菲利普说，“我要让你服布劳氏药丸。”

“我找了半天才找到商店，我买了一些猪肝。猪肝挺可口的，不是吗？况且一下子也吃不下很多，因此，比肉店的猪肉划得来。”

厨房里有个煤气炉，她将猪肝放进锅里后，便到会客室铺桌布。

“为什么只摆一个人的餐具呢？”菲利普问道，“你不吃饭吗？”

米尔德里德脸红了。

“我想，你也许不喜欢我跟你一块吃饭。”

“究竟为什么呢？”

“可是，我只是个用人，不是吗？”

“别傻了，你怎么能这么傻呢？”

他微笑着，然而她的谦恭以一种奇怪的方式扰乱着他的心。可怜的人儿！当初他认识她时，她的那样子他迄今还历历在目。他犹豫了一会儿。

“别以为我给了你什么恩惠，”他说，“这仅是一笔交易，我供你食宿，而你为我干活。你什么也不欠我。这对你来说也没有什么可丢脸的。”

她没吭声，眼泪扑簌簌地往下掉。菲利普根据在医院里的经验，知道她这个阶层的女人把侍候人看作是件不光彩的事。他不由得对她感到有点不耐烦；但他还是责备自己，因为显然她很累，又有病。他站起身来，帮她在桌上又摆了一份餐具。这时，孩子醒来了，米尔德里德已为她预备了一些梅林食品。猪肝和咸肉做好了，他们坐了下来用餐。为节约起见，菲利普除了开水，什么酒也不喝了，但他屋里还有半瓶威士忌。他认为米尔德里德喝一点对身体有好处。他尽力使这顿晚餐吃得愉快些，可米尔德里德情绪不高，显出疲乏不堪的样子。晚饭后，她便起身把孩子抱进去睡觉。

“我想,你自己早点休息对身体有好处,”菲利普说,“你看样子乏极了。”

“我想洗完碗碟就去睡觉。”

菲利普点燃了烟斗,开始看书。听到隔壁房间里有人走动是愉快的。有时,孤独使他难以忍受。米尔德里德进来收拾餐桌,她洗餐具时他听到了盘子碰撞发出的响声。他想,她穿着黑色的绸衣裙干这些杂活,显得多么独特啊。想到这,他笑了。然而他还要温习功课,他把书拿到桌子上。他正在读奥斯勒的《内科学》,它近来已取代了每年使用的泰勒的著作,而深受学生的喜爱。不久,米尔德里德走进来,边走边放下挽起的袖子。菲利普漫不经心地瞟了她一眼,却一动也不动;这局面是不自然的,他觉得有点紧张。他生怕米尔德里德会认为他要捣蛋,而除了满足她的欲望外,他不知如何消除她的疑虑。

“顺便提一句,我九点钟有课,所以早上八点一刻就要吃早饭,你来得及吗?”

“哦,行。我住在议会大街时,每天早晨都得从赫尼希尔去赶八点十二分的火车。”

“希望你会觉得你的房间很舒适。晚上美美地睡个好觉,明天你就判若两人了。”

“我想你大概会看到很晚吧?”

“一般要到十一点或十一点半。”

“那么向你道晚安了。”

“晚安。”

他们之间横着桌子。他没有把手伸过去跟她握手。她悄悄地关上门。他听到她在卧室里来回走着。过一会儿,又传来了她上床时床板发出的嘎吱声。

92

第二天是星期二。菲利普照例匆匆地吃了早饭，便赶去上九点的课。他只能跟米尔德里德说上几句话。晚上回来时，他发现她坐在窗旁缝补他的袜子。

“嗬，你好勤快呀，”他笑着说，“这一天你都干了些啥？”

“噢，我把房间彻底地打扫了一下，然后抱小孩出去玩了一会儿。”

她穿一件旧黑上衣，与当时在茶馆时的工作服一样。衣服是破旧的，但她穿这件衣服比昨天的那件绸衣好看。小孩坐在地板上，睁着一双神秘的大眼睛仰望着菲利普。当他在她身边坐下来并开始抚弄着她的光脚趾时，她咯咯地笑了。午后的阳光射进屋里，发出柔和的光。

“一回来见到屋里有人真令人愉快。一个女人和一个小孩对房间是个很好的点缀。”

他已到医院药房拿了一瓶布劳氏药丸。他交给米尔德里德，告诉她每餐饭后都得服用。这是她用习惯的一种药，自从十六岁起，她就断断续续地服用它了。

“我相信劳森肯定会喜欢你发绿的皮肤的，”菲利普说，“他一定会说太适宜绘画了，但是我近来太注重实际了，非得等你的皮肤像挤奶女工那样白里透红，我才会高兴。”

“我已经觉得好多了。”

用过简朴的晚餐后，菲利普把烟袋装上烟丝，戴上了帽子。星期二他一般上比克街酒店。米尔德里德来后，这一天来得这么快，他感到高兴，因为他想现在就把他与她之间的关系完全弄清楚。

“您要出去吗？”她问。

“是的，每逢星期二我休息一个晚上。明天见吧，晚安。”

菲利普总是怀着兴奋的心情上这家酒店的。贤明的股票经纪人麦卡利斯特通常到那儿。天底下的任何事情他都喜欢拿来争论;海沃德在伦敦时也常来,虽然他与麦卡利斯特谁也不喜欢谁,但是他们出于习惯,每周这个晚上继续在这儿会面。麦卡利斯特认为海沃德是个可怜的家伙,他嘲笑海沃德的多愁善感。他挖苦地询问了海沃德创作文学作品的情况,当海沃德含糊其词地说不久将有杰作时,他报之以轻蔑的微笑。他们常常争得面红耳赤;但是这儿的饮料不错,他们俩都很喜欢。末了,他们一般都能调解他们的分歧,彼此认为对方是好汉。这天晚上,菲利普发现他们俩都在那儿,还有劳森。劳森因为在伦敦开始结识一些人了,常到外头吃饭,因此更难得来了。他们之间都非常友好,因麦卡利斯特在股票交易所替他们做了一笔好交易,海沃德和劳森分别赚了五十镑。这对劳森来说是件了不起的事。他开销大,进项少。劳森已达到了肖像画家生涯的阶段,这时,评论家们也给予他极大的关注,同时他还发现许多贵夫人乐意免费让他画像(这样双方都是做广告的极好机会,使这些了不起的太太们具有艺术女保护人的气派)。可是劳森很少能找到一个肯出一大笔钱让自己为他妻子画肖像的那种有钱的人。因而劳森对这笔股票交易感到心满意足了。

“这是我遇到的赚钱的最妙的方法,”他喊着,“我甚至连六便士的本钱都不必掏。”

“年轻人,你上星期二没上这儿来亏了。”麦卡利斯特对菲利普说。

“天啊,你为什么不给我写信?”菲利普说,“你知道一百镑对我将有多大的用处啊!”

“哦,时间来不及了。人必须在场才行。上星期二我听说有好消息,便问这两个人是否想试试。星期三上午我替他们购了一千股,下午行情看涨了,我立即把它们卖掉。我为他俩各赚了五十镑,自己也赚了两三百镑。”

菲利普嫉妒得满脸不高兴。最近他把最后一张抵押契据卖掉了。这是他用那微薄的财产投资购买的抵押契据。现在只剩下六百镑现款了。有时,他瞻念前途,感到不寒而栗。到取得医师资格之前他还得读两年,届时他本打算在医院谋个职位,这样,他起码还得三年将分文不挣。就是再节省,到那时最多只能剩下一百多镑。万一他生病,不能挣钱或什么时候找不到工作,作为备用款这一百镑确实太少了。一次幸运的赌注就会使他的经济状况大为改观的。

“嗳,这没关系,”麦卡利斯特说,“机会很快就会有的。最近这几天‘南非人’股票将再次出现上涨。到时候我再看看能帮你什么忙。”

麦卡利斯特在做南非矿山股份买卖,常常对他们讲起在一两年前股票行情暴涨时突然发大财的故事。

“好吧,下回别把我忘了。”

他们坐在那儿一直聊到将近半夜,菲利普的住处最远,便先走了。假如他赶不上最后一班电车,就得步行,那样要很迟才到寓所。事实上,他将近十二点半才到家。他上楼时,惊奇地发现米尔德里德还坐在他的扶手椅上。

“你为什么还不去睡觉呢?”他大声说道。

“我不困。”

“不困也得去睡觉,这样才能得到休息。”

她坐着不动。他注意到,晚饭后她又换上了她那一套黑绸裙了。

“我想我还是等着你,万一你需要个什么东西。”

她瞟着他,苍白的薄嘴唇上挂着一丝笑意。菲利普不敢断定自己会意与否。他有点为难,却装作一副愉快的若无其事的样子。

“你真好,就是太淘气了。赶快去睡觉,不然明天早晨就爬不起来了。”

“我还不想睡觉。”

“胡说。”他冷冷地说道。

她站起身来,有点儿不高兴,走进她的房间。当他听到她把门关得很响时,他笑了。

以后的几天平安无事地过去了。米尔德里德在新环境中安顿下来了。菲利普吃完早饭匆匆离开后,她整个上午操持家务活。他们吃得很简单,但是她喜欢花很长时间来购买他们需要的那几样食物;午餐,她不想麻烦去为自己煮点什么,只泡杯可可茶,吃面包和奶油。然后她推着小童车把婴儿带出去,回来后,她懒懒散散地打发下午剩余的时光。她累极了,也只适合于干这么少的活儿。菲利普把房租交付她去办,她借此机会,与菲利普那位令人生畏的女房东交朋友。不到一周,她对左邻右舍的情况比住了一年多的他了解得还要多。

"她是个很好的女人,"米尔德里德说,"像个贵妇人。我告诉她说我们是夫妻。"

"你认为有必要这么说吗?"

"可是,我总得对她说点什么呀。我住在这儿,又没跟你结婚,那就显得太可笑了。我不晓得她对我会怎么想。"

"我想她根本不相信。"

"我敢打赌她相信。我告诉她我们已经结婚两年了——因为有了孩子,我不得不这么说,懂吗?——只是你家里的人不知道,因为你还是学生,"——她把学生发音成"斯图登特"——"因此我们得保密。家里的人现在已让步,夏天我们就要跟他们一块住。"

"你真成了编造荒诞故事的老手了。"菲利普说。

米尔德里德竟还有心扯谎,菲利普有些恼火。这两年来她还没有吸取教训。然而他耸了耸肩。

"毕竟,"他沉思道,"她已经没有什么机会了。"

这是一个迷人的夜晚,天气暖和、晴空万里,伦敦南区的人似乎都拥上了街头。有时,空气中有一种不安的气氛,使伦敦人坐立不安。突然变暖的天气招呼伦敦人走出家门来到户外。米尔德里德收拾好餐具后便站在窗口。街上的喧闹声迎面扑来:人们相互的呼唤声、来往车辆的嘈杂声,以及远处的手摇风琴声。

"菲利普,我想你今晚必须做功课吧?"她以渴望的神情问道。

"该做,但也不是非做不可。怎么,你要我干别的事吗?"

“我想出去玩会儿,我们不能坐在电车上层出去逛逛吗?”

“只要你愿意。”

“我这就去戴上帽子。”她愉快地说道。

这样美好的夜晚,待在家里简直是不可能的。孩子正酣睡着,可以放心地放在家里,米尔德里德说她以前晚上外出时,总是把孩子一个人留在家里,中途她从来没醒过。她戴上帽子走出来时兴致勃勃,还乘机在脸上涂了一点胭脂。菲利普还以为是她兴奋才使她苍白的脸上泛起淡淡红晕呢。他被她孩子般的喜悦感动了,暗自责备自己待她太严厉了。一到户外,她便笑逐颜开了。他们遇到的第一辆电车是开往威斯敏斯特大桥的,他们便上了电车。菲利普抽着烟斗。他们观看拥挤的街道。商店敞开着,灯火辉煌,人们正在购买第二天需要的东西。他们经过一个叫坎特伯里的杂耍剧场,米尔德里德喊了起来:

“哦,菲利普,我们上那儿去吧,我有好几个月没到过杂耍剧场了。”

“我们买不起正厅前座的,这你也知道。”

“哦,我不在乎,有顶层楼座我就很满意了。”

他们下了车,往回走了一百码来到了杂耍剧院门口。他购买了每张六便士的顶层的座位。位子高些,但还不至于太差。夜太晴朗,人们都到户外活动去了,因此剧场有不少空位。米尔德里德的眼睛熠熠发光,她玩得痛快极了。她的纯朴使菲利普深受感动。她对他是个不解之谜。她身上的某些东西仍然使他高兴。他认为,她还是有不少好的方面。她教养不佳,生活艰辛;他所责备她的有很多是她自己也无能为力的。假如他要求从她那儿得到她无力给予的美德,这是他自己的过错。在不同的环境下,她可能成为一个迷人的姑娘。她极不适合生活斗争的惊涛骇浪。现在,当他注视她的侧影,那微微张开的嘴和双颊上泛起的淡淡的红晕时,他觉得她看起来特别纯洁。一股怜悯之心油然而生,他从心底原谅了她给自己造成的痛苦。剧院里烟雾缭绕,菲利普的眼睛被熏疼了。但是他建议离开时,她哀求地转过脸来,央求他看完。他微笑着同意了。她握住他的手,直到表演结束。他们随着川流不息的观众汇入拥挤的大街时,她不想回家。他们在威斯敏斯特大桥漫步,一边观看街上的人群。

"我已经好几个月没有像今天玩得这么痛快了。"她说。

菲利普心满意足,他感谢命运,因为他将自己一时的冲动变成断然的行动,把米尔德里德及其女儿接到自己的寓所。看到她表示欢乐和感激之情真是一件乐事。最后,她累了,他们跳上一辆电车回家了。这时夜已深了。他们下了车,拐入他们住的街道,四周空无一人。米尔德里德挽起了他的胳膊。

"菲尔,这就像往常一样。"她说。

她以前不曾叫他菲尔,那是格里菲思称呼他的。即使现在,这称呼仍然使他产生不可名状的痛苦。他记得他当时如何想去死。当时的痛苦如此之大,以致他颇认真地考虑过自杀。这一切似乎都是很久以前的事了。想起昔日的自己他忍不住笑了,现在,他对米尔德里德除了无限的同情之外,其他的一切感情已荡然无存了。他们回到了公寓。他们走进会客室时,菲利普点亮了煤气灯。

"孩子没事吧!"他问道。

"我这就进去看看。"

她出来后说,自从她离开以后到现在,那孩子连动都没动。这孩子真乖。菲利普向她伸出手来。

"好吧,晚安!"

"你想睡觉了吗?"

"都快一点了,近来我不习惯熬夜。"菲利普说。

她握住他的手,一边捏着,一边微笑着注视着他的眼睛。

"菲尔,那天晚上在那个屋里,你要我来住在这儿,当你说,你除了要我做些烧饭之类的事外,不希望和我有别的关系时,我可不像你想的那么当真。"

"是吗?"菲利普将手缩回来,问道,"我可是当真的。"

"别这么傻了。"她笑道。

他摇了摇头。

"我不是说着玩的。若有其他的条件我就不会叫你住在这儿。"

"为什么不呢?"

"我觉得我不能那样。我解释不来,但是,那样会把一切都搞糟的。"

她耸了耸肩膀。

"嗯,很好,随你的便吧。我也不是为此会跪下来哀求,希望碰碰运气的那种贱货。"

说罢,她走出会客室,砰的一声关上了身后的房门。

93

第二天早晨,米尔德里德绷着脸,一言不发。她一直待在房间里,直到该做饭了她才出来。她是个蹩脚的厨子,光会做猪排、牛排之类;她不晓得如何充分利用残剩的东西,因此菲利普的花费不得不比原来料想的多。她端上了饭,便在菲利普对面坐下来,却什么也不吃。他问她,她说头疼得厉害,不饿。他高兴的是还有别的去处来消磨这天剩下的时光。阿特尔尼一家愉快、友好:意识到他们个个都怀着高兴的心情盼望他的来访,是件愉快的、意想不到的事。他回来时米尔德里德已经睡着了。可是第二天她依然一言不发。晚饭时,她坐在那儿神情傲慢、双眉紧锁,这使菲利普不耐烦起来。但是他告诫自己应该体谅她,他不得不体谅她。

"你很沉默。"他愉快地笑着说。

"我只是雇来做饭扫地的,我不知道还要我说话。"

他认为这是不礼貌的回答,但假如他们要在一块生活,他就得尽量迁就点。

"我想你是因为那一天晚上的事生我的气吧?"他说。

这是件难以启口的尴尬事,不过显然有必要跟她说明白。

“我不知道你是什么意思。”她回答道。

“请别生我的气，要不是我认为我们之间只能是朋友关系，我就绝不会叫你住在这儿。我之所以提出这样的建议，是因为我想你需要一个窝，你也可以有找工作的机会。”

“哦，别以为我在乎。”

“我一刻也没这样想过，”他赶忙说道，“你不要认为我忘恩负义，我晓得你是为了我才提出那个事的。只是我有一种感觉，我对此无能为力。那样会使这一切显得丑恶和可怕的。”

“你真怪，”她好奇地望着他说，“我摸不透你。”

现在，她不生他的气了，但觉得迷惑不解。她不晓得他是何用意，她接受了这一处境。她确实模糊地觉得他的行为高尚，她应该赞美它；但是，同时她想嘲笑他，也许还有点蔑视他。

“他是个奇怪的家伙。”她想。

他们的生活过得挺顺当的。菲利普白天整天在医院里，晚上除了上阿特尔尼家或上比克街酒店外，都在家温习功课。有一次，他的指导医生邀请他参加一次正式的午宴。他还参加了同学们举行的两三次晚会。米尔德里德接受了这种单调的生活。菲利普有时晚上把她独自留在家里，纵然她对此不高兴，也从来不说。偶尔，他带她上杂耍剧场。他正在实践自己的意图，即他们之间唯一的关系应该只是她干家务以换取食宿之便。她已打定主意，这个夏天不去找工作，因为找也无用。她征求菲利普的同意，决定就这样等到秋天，她认为那时候找工作较容易。

“就我来说，假如方便的话，你就是找到了工作，还可以继续住在这儿。房间是现成的，先前替我干活的那位女人可以来照料小孩。”

他变得非常喜欢米尔德里德的孩子。他有一种天生慈爱的气质。它很少有机会得到表露。米尔德里德对这个小女孩不能说不好，她很好地照料她。有一回孩子患重感冒时，她就像位忠诚的护士那样照料孩子；但这孩子使她生厌。孩子一打扰她，她便对她粗声粗气。她喜欢这孩子，却缺少那种忘我的母爱。米尔德里德的感情不外露，觉得感情的流露荒唐可笑。当菲利普让小孩坐在自己的膝上,逗她玩、吻她时,米尔德里德便笑话他。

“即使你是她的父亲,也不过如此宠她了,”她说,“跟小孩在一起的时候你真是傻透了。”

菲利普脸红了,他不喜欢被人嘲笑。这么宠爱另一个男人的孩子着实荒唐,他对自己过于流露感情也感到有些不好意思。可是这孩子似乎感觉到菲利普对她的喜爱,便将脸贴着他的脸,或者躺在他怀里。

“这对你来说当然太好啦,”米尔德里德说,“不顺心的事一点也没有你的份儿。要是这位小家伙睡不着,深更半夜让你醒上一个小时,你愿意吗?”

菲科普回忆起他自认为早已忘怀了的童年时代的各种往事。他抓起了孩子的脚趾。

“这只小猪上了市,这只小猪留在家。”

每当他晚上回家,进了会客室,他第一眼总是搜寻在地板上爬的孩子。听到孩子见到他发出高兴的咿咿呀呀的叫喊声,他感到一阵兴奋。米尔德里德教孩子喊他爸爸,当这孩子第一次自己这么叫时,她放声大笑。

“我不知道是不是由于她是我的孩子你才这么喜欢,”米尔德里德问道,“或者你对任何人的孩子都一样?”

“我未曾认识过别人的孩子,所以我说不上来。”菲利普说。

在住院部当医生助手的第二学年期末,菲利普交上了好运。七月中旬,他在一个星期二晚上到比克街的酒店去,发现只有麦卡利斯特在那儿。他们一块坐下,扯起没有来的朋友们。过了一会儿麦卡利斯特对他说:

“哦,顺便说个事儿,今天我听到一个好消息,关于新克兰方丹的消息,它是罗得西亚的一座金矿。假如你想赌一下的话,说不定可以赚点钱。”

菲利普一直焦急地等待这一机会,现在机会来了,他又犹豫了。他非常害怕输钱,没有赌棍的勇气。

“我很想试试,但我不知道是否敢冒这个险。假如出岔子,我会亏多少?”

“我本不该提起,只是看你对此似乎很热心。”麦卡利斯特冷冷地回答道。

菲利普觉得麦卡利斯特把他看作是一头蠢驴。

“我是很想赚点钱的。”他笑着说。

“要想赚钱就得准备冒险。”

麦卡利斯特开始谈别的事。菲利普一边回答他的问题,一边想,假如这次冒险结果不错,这个股票经纪人下次见到他时定会嘲笑他。麦卡利斯特那张嘴可会挖苦人了。

“假如你不介意的话,我想试一试。”菲利普热切地说。

“行,我替你买二百五十股。看到上升三十二先令六便士我就立即抛出去。”

菲利普迅速地算出这笔数字能达到多少,他垂涎三尺。三十镑此时简直是天赐,他认为命运欠他的债。第二天早晨吃早饭见到米尔德里德时,他把这件事告诉她。她认为他很傻。

“我从来没有见过有谁在股票交易所发财的,”她说,“埃米尔常说,你不能指望在股票交易所发财。”

菲利普在回家的路上买了一份晚报,赶紧翻到金融栏。他对这些一无所知,好不容易才找到麦卡利斯特提到的股票。他看到它们已经上升了四分之一,心怦怦直跳,接着,又担心万一麦卡利斯特忘了或者由于其他原因,尚未购买。麦卡利斯特答应拍电报来。菲利普等不得乘电车回家,马上跳上一辆马车,这可是一次罕见的破费。

“有我的电报吗?”他一冲进屋里就问。

“没有。”米尔德里德说。

他的脸一下子沉了,他感到痛苦和失望,一屁股坐进一张椅子里。

“这么说,他根本还没有替我买,笨蛋!”他狠狠地补充道,“真是厄运!我整天老想要拿这笔钱来干什么呢!”

“那么,你打算干什么?”她问道。

"现在想它又有什么用？唉，我多么需要这笔钱啊！"

她扑哧一笑，把电报交给他。

"我只是跟你开个玩笑。我把电报拆了。"

他一把从她手里夺过来。麦卡利斯特已给他购了二百五十股，并按他以前建议的以两先令六便士的利润抛出去。代办票据明天就到。菲利普一时对米尔德里德很气愤，竟跟他开这种残酷的玩笑。但接着他只想起自己的快乐了。

"这对我太重要了。"他喊道，"假如你愿意，我给你买一件新衣服。"

"我太需要了。"她回答说。

"我把我的打算告诉你。七月底我预备去动手术。"

"怎么？你有什么毛病？"她打断他的话说。

她觉得，他患有一种她不知道的病，也许这一疾病方能解释这件使她如此迷惑不解的事。他脸红了，因为他不愿意提及自己的畸形脚。

"不是什么病。不过他们认为我的脚还有办法治，以前我腾不出时间，现在问题不大了。我十月开始裹伤，而不是下个月。我只需在医院里住上几周，以后夏天的剩下的日子我们可以到海滨去。这对你、小孩和我的身体都有好处。"

"哦，菲利普，我们上布赖顿去吧，我喜欢布赖顿，你那儿有那么多有身份的朋友。"

菲利普本来模模糊糊地想起康沃尔的某个小渔村，经她这么一说，他想米尔德里德对那儿一定会烦得要死的。

"只要能见到海，上哪儿都行。"

不知怎的，他突然对大海有一股不可抗拒的渴望。他想去洗洗海水澡。他兴奋地想起自己在海里击水，水花四溅的情景。他很会游泳，再没有比波涛汹涌的大海更使他兴奋的了。

"啊，那将多么快乐！"他叫道。

"那准像度蜜月似的，是吗？"她说，"菲尔，你能给我多少钱买新衣服呀？"

94

菲利普请雅各布斯先生开刀，他是外科助理医生，菲利普曾在他手下当裹伤员。雅各布斯欣然同意，因为他正对被忽视的跛足感兴趣，并且也正在为写一篇论文搜集材料。他提醒菲利普，他无法使他这只脚治得像另一只那样，但是他认为能治好很多。还说，手术后走起路来还有点跛，但菲利普将能够穿一只比他如今习惯穿得顺眼的靴子。菲利普记得自己曾如何向能为有信仰的人搬掉大山的上帝祈祷的情景，难为情地笑了。

“我不期望出现奇迹。”他回答道。

“我认为你让我尽力试试是明智的。将来开业的时候你会发现畸形脚对行医是很不方便的。外行人满脑子都是些怪念头，他们不愿意让大夫在他们身上试试。”

菲利普住进小病房，它位于每间大病房外面，在楼梯平台处。它是专门为特殊病人预备的。他在那儿住了一个月，因为医生要等到他能够走路才让他出院。由于手术很成功，他过得挺愉快的。劳森和阿特尔尼前来看望他。有一次，阿特尔尼太太带来了两个孩子。他认识的同学也不时过来聊聊天。米尔德里德每周来两次。大家都待他很好。每当人们尽心照料他时，菲利普总感到受宠若惊。现在他既感动又感激，从人们的关怀中获得安慰。他不必为将来担心，既不必担心他的钱是否够花，也不必担心期终考试是否能及格。他可以尽情地阅读。近来，由于米尔德里德的干扰他不能多读书。当他想集中注意力时，她老是说句无关紧要的话，他若不回答，她就会不高兴。每当他定下心来，想好好地看书时，她总有事找他，不是叫他帮忙拔瓶塞，就是拿一把槌子要他帮钉个钉子。

他们决定八月到布赖顿去。菲利普想租个房间，可是米尔德里德说那她又得干家务了。假如他们住在食宿公寓，她才称得上度假。

“我每天得在家做饭，我已经厌倦了，我想彻底改变一下。”

菲利普同意了，正巧米尔德里德知道肯普镇的一家食宿公寓，每人每周的费用不超过二十五先令。她同菲利普商量好写信订房间。可是当他回到肯宁顿时，发现她什么事也没办。他火了。

“我没有想到你竟这么忙。”他说。

“唉，我什么也记不起来了。假如我忘了，这也不是我的过错，不是吗？”

菲利普太急于到海边去了，因此也等不得同寄宿公寓的女主人联系了。

“我们可以把行李搁在火车站，直接到寄宿公寓去，看看他们是否有房间，假如有，我们只需派可以将行李送出站外的脚夫去取行李。”

“你爱怎么办就怎么办吧。”米尔德里德生硬地说道。

她不喜欢被责备，先是怒气冲冲，而后是一言不发。菲利普做启程的准备时，她无精打采地坐在旁边。这幢小公寓在八月的烈日的蒸烤下又闷又热，从路上吹来了阵阵发臭的热浪。他躺在小病房的床上，面对四周全是用胶画颜料涂的红色墙壁，他渴望呼吸新鲜空气，渴望大海的浪花拍击自己的胸脯。他觉得，假如他在伦敦再待一夜，他准要发疯。米尔德里德看到布赖顿大街上挤满了前来度假的人群时，她的心情才又好起来。他们兴致勃勃地乘马车出站前往肯普镇。菲利普抚摸着小孩的脸蛋。

“我们在这儿住上几天，小脸蛋的颜色就大不一样了。”他微笑着说。

他们来到了那家寄宿公寓，打发走马车。一个衣着不整的女用人开了门。菲利普问有没有房间时，她说她得去问一下。她把女主人找来。一位身体健壮、态度认真的中年妇女走下楼来，出于职业上的习惯，向他们仔细地瞟了一眼，问他们要什么样的房间。

“两个单间，假如有的话，在其中一间要个儿童摇床。”

"恐怕我们没有两个单间。我有一间又好又大的双人房,我可给你们一个儿童摇床。"

"我看这不行。"菲利普说。

"下星期我可以再给你一个房间。布赖顿眼下很挤,人们只好有什么房间就租什么房间。"

"菲利普,假如只有几天的时间,我想我们能够将就一下。"米尔德里德说。

"我认为两间会更方便些。你能不能另外介绍一家寄宿公寓?"

"可以,但是我认为他们的空房间不会比我多。"

"你不妨告诉我一个地址吧。"

这位健壮女人推荐的房子在隔壁一条街,他们走着过去。虽然菲利普拄着拐杖,身体相当虚弱,但他可以走得很好了。米尔德里德抱着小孩。他们默默地走了一会儿,这时他看见她在哭。这使他生气,他不予理睬,但是她硬要引起他的注意。

"借我一块手帕,好吗?我抱着小孩,掏不出自己的。"她呜咽地说,把头扭向一边不看他。

他一声不吭地把手帕递给她。她揩干眼泪,看他不说话,又继续说道:"也许我惹人讨厌吧!"

"请别在街上吵架。"他说。

"一个劲儿地坚持要分开住让人看起来太可笑了。人家对我们会怎么看呢?"

"假如他们了解情况,我想,他们会认为我们很有道德。"菲利普说。

她斜瞟了他一眼。

"你不会告诉人家我们不是夫妻吧?"她紧接着问道。

"不会。"

"那么为什么你不肯和我像是夫妻似的住在一起呢?"

"亲爱的,我无法解释,我不想侮辱你,但我就是不能这样。我敢说这是愚蠢的、不合情理的,但我无能为力。我过去是那样的爱你，以至于现在……”他突然中断，“毕竟，这类事是无法解释的。”

“哼，你根本不爱我！”她大声嚷道。

人家指点他们的这个寄宿公寓是由一位眼睛敏锐、口若悬河、精力充沛的老处女经营的。他们可以租上每星期二十五先令的一个双人房，小孩外加五先令。或者租上每周多付一镑的两个单人房。

“我只好对单间要价高点，”这女人辩解说，“因为，假如有必要的话，我完全可以在单人房都摆上两张床。”

“我敢说这租金也不致使我们破产。米尔德里德，你说呢？”

“哦，我不在乎。随便都行。”她回答说。

菲利普对她不高兴的回答付之一笑，女房东安排人去取行李后，他们坐下来休息。菲利普的脚有点疼，他舒服地把它放在一张椅子上。

“我和你同坐在一个房间，我想你不介意吧？”米尔德里德挑衅地说。

“我们别吵架啦，米尔德里德。”他温和地说道。

“我不晓得你这么阔，能每周白扔一英镑。”

“别生我的气。我老实告诉你，这是我们能够一块居住的唯一办法。”

“我想你瞧不起我，就是这么一回事。”

“当然不是。为什么我要瞧不起你呢？”

“这太不合人情了。”

“是吗？你并不爱我，是吗？”

“我？你把我当作什么人？”

“看来你不是一个多情的人，你不是那样的人。”

“这件事太丢人了。”她不高兴地说道。

“假如我是你的话，我就不这么大惊小怪的。”

这家寄宿公寓大约住有十多个人。他们在狭窄、幽暗的房间里的一张长桌上吃饭，女房东坐在首席为大家切肉。伙食不好，但女房东称之为法国烹调，她意思是下等的原料加上蹩脚的佐料：鲽鱼冒充箬鳎鱼,新西兰的羊肉冒充羊羔肉。厨房又小又不方便,因此茶饭端上来时都快凉了。用餐的人个个心情阴郁、盛气凌人。有带着未出嫁的老姑娘的老太太;有装腔作势、滑稽可笑的老光棍;有脸色苍白的中年职员和他们的夫人,他们谈起结了婚的女儿以及在殖民地混得不错的儿子。他们边吃饭边议论科雷利小姐的最新小说;有人喜欢莱顿勋爵①胜过阿尔马·塔德玛②先生,也有的人喜欢阿尔马·塔德玛先生胜过莱顿勋爵。米尔德里德立即把她与菲利普的浪漫婚姻告诉那些太太们:(菲利普发觉自己成了大家注目的对象)因为他当学生时就结婚,因此,他在郡上颇有地位的家人已经取消了他的财产继承权;而米尔德里德的父亲在德文郡有一大片房子,由于她同菲利普结婚也不肯给他们任何帮助了。这就是他们住寄宿公寓和不雇保姆的缘故。但是由于他们都惯于住宽敞房间,不喜欢拥挤,只好租了两间房。其他客人也各有其托词:有位单身的先生总是上大都市去度假,可他喜欢有趣的同伴,这是昂贵的旅馆所找不到的。带着中年女儿的老太太在伦敦的漂亮房子正在修理,她对女儿说:“格温尼,亲爱的,今年我们必须过个朴素的假期。”她们就这样来了,尽管这儿她们一点也不习惯。米尔德里德发觉他们都非常傲慢,她很不喜欢平庸、粗野的人。她喜欢的绅士就应该是地地道道的绅士。

“人们若是绅士和淑女,”她说,“我就希望他们有绅士、淑女的风度。”

菲利普认为她的话含义深刻。但是,当他听到她对不同的人说过两三次,并且发现这话获得大家的热烈赞同时,他得出结论:这话只有他自己不明白。菲利普和米尔德里德单独朝夕相处,这还是头一次。在伦敦,他不是整天都能见到她。他回家后,他们谈论些家务、孩子及邻居的事儿,然后,他便静下心来做功课。如今

---

① 莱顿勋爵(1830—1896),英国画家和雕塑家,1896 年获得“男爵”头衔,也称莱顿男爵。

② 阿尔马·塔德玛(1836—1912),英国画家,出生于荷兰。

他整天都和她泡在一起。早饭后，他们步行到海滩，下海洗个澡，在海滨散散步，上午很快就过去了；晚上，打发孩子睡觉后，他们到码头，也是容易消磨时间，因为可以听听音乐，看看川流不息的人群（菲利普以想象他们是什么人，编造他们的小故事来自我消遣。现在，他养成只是嘴上哼哼哈哈地回答米尔德里德问话的习惯，因此他的思路并没有被打断）。但是下午漫长，令人烦闷。他们坐在沙滩上，米尔德里德说他们必须尽情地享受布赖顿大夫提供的全部恩惠。他无法看书，因为米尔德里德老是不断地对一些琐事发表议论。假如他不理她，她就埋怨起来。

“喂，快把那本蠢书放下来吧！老看书对你没有好处。你会把脑子读糊涂的，你不把脑子搞糊涂才怪呢，菲利普。”

“胡说！”他回答说。

“况且，这太不合群了。”

他发现难以和她交谈。她连自己说了些什么都不能集中注意力，因此，一条狗在她面前跑过去，或者一个穿着颜色鲜艳运动衣的男人走过去，她也评头品足，而后，她把前面说的话都忘了。她不善记人名，想不起来就恼火。因此，她常常故事讲了一半便停下来，绞尽脑汁地回忆人名。有时她只好作罢，但常常事后又突然想起来。这时，菲利普谈起别的事，她也会打断他的话。

“柯林斯，就是这个名字。我知道过一会儿还会想起来的。柯林斯，这就是我刚才记不起来的名字。”

这触怒了他，因为这说明他讲的话她一句也没有听进去。可是，假如他沉默，她又责备他不高兴。她的脑子听不了五分钟的抽象概念。当菲利普兴致勃勃地将一般事物形成抽象的概念时，她便立即露出厌烦的样子。米尔德里德做了许多梦，而且对所做的梦具有精确的记忆力，每天都要啰里啰唆地复述这些梦。

有一天早晨他接到索普·阿特尔尼的一封长信。他正在以戏剧性的方式度假，这种方式很有见地，也显示了他的个性。十年来他一直这样度假。他把全家领到离阿特尔尼太太家不远的肯特郡的蛇麻草田去，他们采摘三个星期蛇麻草。他们既在旷野，又挣了钱,也使阿特尔尼太太满意,并且重温他们与大地的联系。阿特尔尼强调的正是这一点。在田野上生活给他们以新的力量。这犹如一次富有魔力的仪式,使他们返老还童、生机勃勃、精神焕发。关于这个问题,菲利普听他发表了许多离奇荒诞、滔滔不绝、活灵活现的议论。阿特尔尼邀请他去一天,说他渴望把对莎士比亚和奏乐杯的想法告诉他,还说孩子们也嚷着要见菲利普叔叔。菲利普下午和米尔德里德坐在沙滩上时又把信读了一遍。他想起了阿特尔尼太太,她是个多子女的爽朗的母亲,殷勤好客、脾气又好;想起了萨利,就年龄来说她有些矜持,带有稚气的可笑的母性仪态和一副权威的神气,梳一条金色的长辫,前额宽阔;还想起了他家的一大群别的孩子,他们个个是快活的、闹嚷嚷的,而且又健康又漂亮。他的心飞向了他们。他们具有一种品德,那就是善良。这是他从前不曾在别人身上看到过的。直到如今他才想到,吸引他的显然是这种善良的美德。理论上他不相信有善良的美德,假如道德只不过是个予人方便的问题,善和恶就失去意义了。他不喜欢违背逻辑,但是,这纯粹是自然的,毫无造作的善良,他认为它是美的。他沉思着,慢慢地将信撕成碎片:他想不出丢下米尔德里德,自己前往的办法,他真不想带她去。

天气很热,天空万里无云,他们躲进了一个荫凉的角落。孩子正在海滩上一本正经地玩着石子。她不时爬到菲利普那儿,给他一个石子让他拿着,然后又把它拿走,小心翼翼地放下来。她正在玩着只有自己才晓得的一个神秘的、复杂的游戏。米尔德里德睡着了。她仰着头躺着,嘴微微张开,两腿向外伸,靴子奇怪地从衬裙上突出。他的眼光一直模模糊糊地落在她身上。现在,他特别注意观察她。他记得他曾多么热烈地爱过她,不知道为什么现在会对她完全冷淡。这种感情上的变化使他感到一阵隐痛。在他看来,他过去遭受的一切痛苦纯粹是无用的。过去摸摸她的手都会使他心醉神迷。他曾渴望进入她的灵魂中去,以便能够分享她的每个思想感情。他蒙受着极大的痛苦,因为,他们之间出现沉默时,她只要开口说一句话,便表明他们的思想相差十万八千里。他反抗过那堵似乎隔在人与人之间的不可逾越的墙。他曾经如此狂热地爱过她，而现在却一点也不爱她了。他觉得这特别的可悲。他有时恨她。她不善于学习，而从生活经验中一点也没吸取教训。现在，她仍像以往一样那么不礼貌。听到她在寄宿公寓呵斥那个累坏了的用人的那副蛮横劲，菲利普心中十分反感。

不久，他考虑起自己的计划来了。到了第四年学年结束时他便可参加妇产科的考试。再过一年，他就能取得资格了。那时他可以设法赴西班牙旅行。他想去看看只是从照片上了解的风景。他深感到埃尔·格雷科对他是一个具有特殊意义的秘密。他想，在托莱多一定能够发现这个秘密。他无意到西班牙随意挥霍，有一百镑他就可以在西班牙住六个月。要是麦卡利斯特再给他带来一次好运，去西班牙就更不成问题了。一想起那些古老、美丽的城市和黄褐色的卡斯蒂尔平原，他心里就热乎乎的。他确信可以从生活中得到比如今生活本身提供的更多的东西。他认为在西班牙生活可以过得紧张一些。在那些古老的城市中的其中一座开业也是可能的，会有许多路过的或定居的外国人，他定能谋生的。但那是将来的事了。首先，他必须在一两家医院里供职，以取得经验，以后也容易找工作。他希望在一条不定期的大货船上当医生，在船上有个铺位。这种船装卸从容，可以自由自在地观看货船停泊的城市的风光。他想到东方去。他满脑子充满着曼谷、上海和日本港口的一幅幅图景。他想象着一丛丛棕榈树，烈日当空的蓝天，皮肤黝黑的人们和一座座的宝塔。东方的芬芳馥郁沁人心脾，令人陶醉。他的心因对美丽而陌生的世界的热切渴望而剧烈地跳荡着。

米尔德里德醒了。

“我想我肯定睡着了，”她说，“唷，你这个死丫头，你是怎么搞的？她的衣服昨天还是干干净净的，现在你瞧，菲利普，都成了什么样子啦。”

95

他们回伦敦后，菲利普开始在外科病房裹伤。他对外科不像对内科那么感兴趣。内科是一门以经验为根据的科学，为想象力提供更广阔的驰骋天地。外科比起内科来，工作相对的要稍微累人一些。上午九点至十点他得去听课，然后他到病房去。这儿，他得裹伤、拆缝线、换绷带。菲利普对自己的裹伤技术感到有点扬扬自得。护士夸他一句也会使他心里乐滋滋的。一星期中有几个下午进行外科手术。他身穿白大褂，站在手术室的助手位置上，随时递给手术大夫所需要的器械，或者用海绵把血擦去，好让大夫看清手术的部位。遇上什么罕见的手术时，手术室便坐得满满的。但一般情况下不超过五六人在场。接着，手术便在菲利普所欣赏的那种适意中进行。那时候，世人似乎极易患阑尾炎，上手术室开刀的许多病人都患此病。菲利普给他当裹伤员的那位外科医生和一位同事进行友好比赛，看谁能以最快的速度、最小的切口除去阑尾。

不久，菲利普被指派去急诊室值班。裹伤员轮流值班，每次持续三天。这期间，他们住在医院里，在公共休息室里吃饭。他们在一楼伤员临时收容室旁边有一间房，放了一张床，白天就将它叠起来放柜子里。值班的裹伤员无论白天黑夜必须随叫随到，关照送来的伤员。你得随时准备行动。晚上，每隔一两小时你头上的铃就响一次，使值班员本能地从床上跳起来。星期六当然是最忙的一天，酒吧间关门又是最忙的时刻。男人总是一个个喝得烂醉被警察送进来，总得动用胃唧筒。而女人比这些醉汉的情况更严重，常常被丈夫打破头或打得鼻子出血，送进医院。有的女人发誓要上法院去告丈夫；有的不好意思，就说是意外的事故。裹伤员能够自己处理的就处理，碰到严重的便把住院外科医生请来。他这样做必须小心翼翼,因为住院外科医生没事被拖下五段楼梯是会不高兴的。各种病人都有,从划破手指到割断喉咙。送来的,有手被机器切断的小伙子;有被出租马车撞倒的男人;有玩耍时摔断胳膊腿的小孩;还有被警察送来自杀未遂的人。菲利普见过一个凶暴可怕的男人,从这只耳朵到那只耳朵有一道很深的伤口。后来他在警察的看管下在病房住了好几星期。他沉默不语,闷闷不乐,因为还活着。他公开声称他一出院还要自杀。病房拥挤,警察再带进病人的时候,住院外科医生就进退两难了。假如把病人送警察局而死在那儿,往往受到报纸的责难。况且有时很难区分究竟他是垂危还是酒醉,菲利普直到乏极了才上床睡觉,省得隔一小时再爬起来。他乘工作间歇坐在伤员病房里同值夜班的护士聊天。那护士头发灰白,一副男人相,在急救部当夜班护士已经二十年了。她喜欢这项工作,因为这儿她自己说了算,没有其他护士来打扰她。她的动作缓慢,但她非常能干,碰到紧急情况从未出过差错。没有经验的、精神紧张的裹伤员发现她是主心骨。她见过成千上万的裹伤员,对他们没有什么印象,她总是叫他们布朗先生。当他们纠正她,并把真名告诉她时,她只是点点头,过后还是继续叫他们布朗先生。在这间只有两张马毛呢垫子的长沙发椅和那盏闪烁的煤气灯的空屋子里,菲利普坐着听她聊天,觉得很有趣。她早已不把送到这儿来的伤员看作人了。他们是酒鬼、断臂、割破的喉咙。她把世界的邪恶、痛苦和残忍看作天经地义的事。她发觉人类的行为既没有什么可以赞赏的,也没有什么可责备的:她一概接受。她具有某种冷酷的幽默感。

“我记得有个自杀的人,”她对菲利普说,“他跳进泰晤士河。人们把他捞上来并带到这儿,由于他喝了泰晤士河水,十天后得了伤寒症。”

“他死了吗?”

“是的,他死了。我总无法确定究竟是自杀呢或者不是……自杀者都是一批怪人。我记得有一个人找不到工作,老婆死了,因此他把他的衣服典当出去,买了一把左轮手枪。可是他把事情搞得一团糟，只打瞎了一只眼睛，人还活着。然后，你说怪不怪，只剩下一只眼睛，脸上削去一块，他得出结论说这个世界毕竟不那么坏，以后，甚至还过得挺快活。我一直观察，人并不像人们料想的那样为爱情自杀，那仅是小说家们的想象。他们是因为没有钱才去自杀的。我也不明白为什么会这样。”

“看来金钱比爱情更重要。”菲利普说。

总之，这时菲利普的脑海里对金钱考虑了很多。他发现自己反复说过的“两个人一起生活和一个人单独生活费用差不多”，实在是句空话。他开始为自己的费用发愁了。米尔德里德不善管家，因此，他们的生活像吃馆子一样的花钱。小孩需要衣服，米尔德里德要买靴子、雨伞以及没有又不行的其他零碎小物品。他们从布赖顿回来时她声言打算去找工作，却不见行动。不久，她患了重感冒，卧床了两周。病好以后她应召了一两处广告，但毫无结果。不是她去得太晚，空缺已满，便是她身体太弱，干不了那活儿。有一回找到了一个，但是工资每周才十四先令，她认为她不止能挣这么多。

“让自己受骗上当是没有好处的。”她说，“假如你太自贱了，人们就不会尊重你。”

“我觉得十四先令也不错。”菲利普冷冷地说。

他不禁想到，这笔钱对这一家子的费用多么重要啊！米尔德里德已多次暗示，由于没有一套像样的衣服去会见雇主，因此她找不到工作。他便为她买了件衣服，她又试找了一两次工作。但菲利普看出这一两次并不认真，她根本不想工作。他知道的唯一生财之道是证券交易所。他渴望重复夏天的那次幸运的尝试，但是战争在德兰士瓦爆发，在南非什么事也干不成。麦卡利斯特告诉他，不出一个月雷德费斯·布勒将进军比勒陀利亚，那时候，形势就会好转，只需耐心等待。他们渴望的是英国打败仗，把价格削减一点。然后就值得购买股票了。菲利普开始发奋阅读他喜爱的一种报纸的“街谈巷议”栏，他又担心又烦躁。有一两次他厉声对米尔德里德说了几句，她既不圆通又没有耐心，发脾气回了嘴，于是，他们就吵起来。菲利普总是对自己说过的话赔不是。但是米尔德里德没有宽恕人的天性,接连两三天老绷着脸。她采取各种方法令他生厌,譬如吃饭的神态,在会客室把衣物撒得四处都是,弄得很不整洁。菲利普被战争吸引了,不论白天黑夜,一个劲儿地看报。但是她对发生的一切都漠不关心。她结识了住在街上的两三个人,其中有一个问过她是否喜欢让副牧师来拜访她。她便戴上一枚结婚戒指,自称为凯里太太。菲利普寓所的墙上有两三幅他过去在巴黎作的画,都是裸体画,两幅是女人,一幅是米格尔·阿米里亚捏紧拳头双脚挺立着,菲利普保留它们,因为它们是他画得最好的作品,而且能使他回忆那段愉快的时光。米尔德里德对它们早就看不顺眼了。

"但愿你把那些画取下来,菲利普,"她终于对他说,"住在十三号的福尔曼太太昨天下午来过,我的眼睛简直不晓得该朝哪儿看,我见到她眼睛直勾勾地盯着它们呢。"

"这些画怎么啦?"

"它们不成体统。到处挂裸体画,实在令人作呕,我就这么说。而且,这对孩子也不好,她现在开始懂事了。"

"你怎么能这么庸俗?"

"庸俗? 我这叫庄重。我从未说过什么坏话,难道你认为我喜欢整天看那些裸体吗?"

"你难道一点幽默感也没有吗,米尔德里德?"他生硬地问道。

"我不晓得幽默感跟此事有何关系,我真想亲自把它们取下来。要是你问我的看法,那么我就不客气地说,它们令人作呕。"

"我不想知道你的看法,也不许你碰它们!"

每当米尔德里德跟他吵架,便通过打小孩来折腾他。小女孩喜欢菲利普,像他喜欢她一样。每天早晨爬进他的房间,被抱上他的床,这是她莫大的快乐(她现在快两岁了,已经走得很好了)。假如米尔德里德不让她去,小女孩便哭得很伤心。菲利普一劝说,她便回答说:"我不要她养成这样的习惯。"

这时要是他多言,她就会说:"我管教孩子与你毫不相干。听你这么说,人家还以为你是她父亲呢。我是她的母亲,我知道该怎样才对她有好处,不是吗?”

菲利普对米尔德里德的愚蠢非常恼火。可是他现在对她太冷漠了,因此,他只是偶尔才生气。他已习惯了有她在身边。圣诞节到了,菲利普有两三天的假。他带回一些冬青,把公寓装饰起来。圣诞节这一天,他给米尔德里德和孩子一些小礼物。他们只有两个人,所以不能吃一只火鸡。米尔德里德烤了一只小鸡,并煮了从当地食品店买来的圣诞节布丁。他们买了一瓶酒。饭后,菲利普坐在炉子旁的扶手椅上,抽着烟斗。他不习惯喝酒,几杯酒下肚倒使他暂时忘记老操心的钱的事儿。他觉得心旷神怡。不久,米尔德里德进来对他说,孩子要他吻吻她。他微笑着走进米尔德里德的卧室。他叫孩子去睡觉,然后,把煤气灯拧小,他生怕孩子会哭,便让门敞开着,回到了会客室。

“你要坐在哪儿?”他问米尔德里德。

“你坐椅子上,我就坐在地板上。”

他坐下来时她便在炉子的前面坐下来,靠在他的膝上。他不禁回想起当初他们在沃克斯霍尔桥路她房间里的情景。他们也是这样坐着,不过位置颠倒过来了,那时是他坐在地板上,将头靠在她的膝上。他那时多么热烈地爱着她啊!现在,他对她又产生久已忘怀的温存。他似乎还觉得小孩那双柔软的小手臂还搂着他的脖子。

“你舒服吗?”他问道。

她抬头望着他,微笑着点了点头。他们神情恍惚地凝视炉火,谁也不说话。最后她转过头来,好奇地盯着他。

“自从我到这儿,你还一次也没有吻过我呢,你知道吗?”她突然说。

“你想要我吻吗?”他微笑着说。

“我想你在这方面再也不喜欢我了。”

“我非常喜欢你。”

“你更喜欢孩子。”

他没有回答，她将脸颊紧贴在他手上。

“你不再生我的气了吗？”不久，她垂下目光问道。

“我为什么要生你的气呢？”

“我从来不曾像现在这么爱你，只是因为我遭受挫折才懂得爱你。”

听到她使用了她一味爱看的廉价小说上的词句，菲利普打了一个寒噤。然后，他想知道她所说的有何含义。也许，她除了《家庭先驱报》矫揉造作的言辞外，就再也不知道用别的方法来表达她的真实感情了吧。

“我们这样住在一起似乎太离奇了。”

他久久没有回答，他们再次陷入沉默。然而，他终于开口了，仿佛是一口气说出来似的。

“你不必生我的气。人对这些事是毫无办法的。我记得，我过去认为你刻毒、残忍，因为你干这干那，不一而足；但是我很傻。你过去不爱我，为此去责备你是荒唐的。我本想可以使你爱我，可是现在我知道那是不可能的。我不知道使得别人爱你的是什么。但是，不管是什么，它是唯一要紧的东西。如果没有这一样，什么仁慈、慷慨或诸如此类都无法创造出它来。”

“我本来觉得，要是你过去真心爱我的话，你现在就会仍然爱我。”

“我本来也这么想的。我记得，过去我多么想我们的爱情能永存啊。我觉得，没有你我宁肯死去。我常常渴望你衰老、满脸皱纹，再没有人喜欢你的那一天，我就能完全得到你了。”

她没回答。不久，她站起身来，说她要去睡觉。她羞涩地微笑着说：“菲利普，今天是圣诞节，你不吻我一下吗？”

他发出一阵笑声，有点脸红，吻了她。她走进她的卧室，他开始看书。

96

两三星期后事态达到了白热化的程度。米尔德里德被菲利普的举动弄得火冒三丈。她心绪紊乱,变化无常。她独个儿地花了许多工夫,思考自己的处境。她并没有把所有想法都说出来,甚至也不知道那是什么样的想法。但是一些事浮现在她的脑海里,她翻来覆去地考虑这些事。她从未了解菲利普,也不怎么喜欢他。然而她却高兴有他在身边,因为她认为他是个绅士。他父亲是医生,伯父是牧师,对此,她印象很深。她有点蔑视他,因为她曾那样愚弄过他。同时,在他面前她总觉得不舒服。她又不能忘乎所以。她觉得他一直在批评她的无礼。

当她刚住到肯宁顿的小房间里时,她疲惫不堪、羞愧万分。她庆幸没有人来打扰她。想到不必付房租,真是莫大的安慰。她不必无论晴雨都得出去了。要是身体不适,她可以安然地躺在床上。她痛恨她先前过的生活。不得不低三下四、强颜欢笑,实在讨厌。即使现在,想起男人的粗暴和他们蛮横的语言时,她依然落泪自怜。然而昔日的生活很少出现在她脑海里了。她感激菲利普拯救了她。每当她回想起他多么真诚地爱她,而她待他多么恶劣时,她就感到深深的悔恨与痛苦。要补偿他是很容易的,这于她算不了什么。当他拒绝她的建议时,她感到吃惊,可是,她耸了耸肩膀:任他摆架子去吧,她不在乎,过一会儿,他就着慌了。那时候该轮到她拒绝了。假如他认为吃亏的是她,那么他就大错特错了。她不怀疑她能稳得住他。他很孤僻,但是她太了解他了。他经常和她吵架,并发誓再也不见她了。但是,过一会儿他又跪着求饶。想到他在她面前的那副卑躬屈膝的样子,她心里非常得意。他会心甘情愿地躺在地上让她踩过去的。她见过他哭泣。她完全知道如何治他:不理睬他,假装不知道他在发脾气,由着他去,一会儿他肯定来求饶。想到他会如何在她面前奴颜婢膝、含羞忍辱，她暗自得意地笑了。花天酒地，尽情放荡，她是过来人了。她了解男人，再不想与他们有什么瓜葛。她很愿意跟菲利普过一辈子，无论如何，他是个名副其实的绅士，这是不可轻视的，可不是吗？不管怎样她是不着急的。她不打算采取主动。她高兴地看到他变得越来越喜欢她的孩子。虽然，她心里也觉得可笑。他竟会如此喜欢另一个男人的孩子，实在滑稽。他是孤僻的，没错。

可是，有一两件事使她诧异。她过去已习惯他的卑躬屈膝：以往，他很乐意替她效劳。她常常见他为她的一句气话而垂头丧气，为她的一句好话而神魂颠倒。现在他不同了。她想，过去的一年他的态度毫无转变。她压根儿也没想到他的感情会起任何变化。她认为：对他发脾气，他视而不见，这只是假装罢了。有时他想看看书，叫她别说话。她不知该发火呢还是该绷着脸，她太迷惑不解了，以至于她既不发火也不绷着脸。后来，他对她说，他希望他们的关系是柏拉图式的。由于想起了他们过去的一件私情，她想他怕她可能怀孕。她竭力叫他放心，也无济于事。她是这样的一种女人，不能理解男人也许不会像她那样迷恋于肉欲。她与男人的关系纯粹建立在那些方面。她不能理解男人还会有别的兴趣。她忽然想到，菲利普爱上了别人。她监视他，怀疑医院里的护士和在外面遇见的女人。但是通过巧妙的盘问，她得出结论，阿特尔尼家没有一个有危险。同时她还认为，菲利普像多数医科学生一样，不会发觉和他有工作关系的护士是女性，在他脑海里，总把她们与淡淡的碘仿气味联系起来。菲利普没收到情书，他的物品中没有女孩子的照片。假如他跟某个女孩子恋爱的话，他会巧妙地把照片珍藏起来。他坦率地回答米尔德里德的一切问题，显然，毫不怀疑其中的动机。

“我相信他没有爱上别人。”她终于自言自语地说。

这倒令人宽慰，因为这样的话，他当然还爱着她。但他的行为很令人费解。假如他要待她如此，为何要请她住在这儿呢？这是不自然的。米尔德里德不是那种能理解这世上可能存在着同情、慷慨或者善良的女人。她唯一的结论是菲利普太古怪了。她想，他的行为只有一个原因，那就是骑士风度。她的头脑里充满着廉价小说里的荒唐事儿。她对他的微妙行为做出各种各样浪漫的解释。她胡思乱想，什么痛苦的误解、圣火的涤罪洁身、雪白的灵魂以及圣诞节之夜严寒中的死亡等等。她决心趁他们到布赖顿度假时结束他的荒谬行为。在那儿，他们将单独朝夕相处，人人都会以为他俩是夫妇。那儿还有码头和乐队呢。当她发现无法引诱菲利普和她同住一个房间时，当他用她先前不曾听到的声调对她谈这事时，她才恍然大悟，他不需要她了。她大吃一惊。她记得他过去所说的话，记得他多么狂热地爱着她。她感到羞辱和气愤。但是她具有一种天生的傲慢，这种傲慢使她支撑到底。他别以为她爱他，其实不然。有时，她恨他，想压压他的锐气，但发现自己特别无能为力。她不知道用哪种方法来制伏他。她对他开始感到有点紧张，还哭过一两回。有一两次她待他特别的殷勤。可是当他们晚上沿着海滨人行道散步她挽起他的手臂时，过一会儿他便借口挣脱开了，好像让她碰到他是件非常不愉快的事儿。她百思不得其解。她唯一能支配他的方式是通过小孩。他似乎对孩子越来越喜爱了。她只需给孩子一巴掌或者用力一推，就能使他气得脸色发青。他的眼睛唯一能露出旧时温柔的笑容，是当她抱小孩站着的时候。当她在海滨这样站着被一个男人照相时，她注意到这一点。后来，她常常故意做出这种姿势专门让菲利普瞧。他们回到伦敦时，米尔德里德开始找工作。她断言过工作很容易找。她现在不想依赖菲利普了。她还想她将得意地向他宣布，她要带孩子搬到公寓去。可是当这种可能性越来越近时，她却没有勇气了。她已变得不习惯冗长的工作了。她不愿意对女经理唯命是从。她的尊严使她一想起又要穿上制服，心里就厌恶。她曾对她认识的邻居说他们很富裕。要是他们听说她要出去工作，那岂不丢脸？她天生的惰性是不可抗拒的，她不想离开菲利普。只要他愿意养她，为什么要离开呢？虽然不太富足，但是她有吃有住的，况且他的境况可能好转。他伯父老了，随时都会去世。那时他可继承一些财产。

即使目前这样，也比为了每周得几个先令而从早到晚累死累活强。她放松了努力。她不断地阅读报上的广告栏，只是为了表明只要有适当的职业，她还是想干活罢了。然而她担惊受怕，唯恐菲利普会厌倦供养她。她现在一点也控制不了他了。她想，他允许她住在那儿是因为他喜欢小孩。她把一切细细盘算，气愤地想，有朝一日他得为此付出代价。面对菲利普再也不爱她的事实，她不肯就此罢休，她要叫他爱她。她生着闷气。有时，她奇怪地想得到菲利普。现在，他太冷淡了，以致令她气愤。她不停地往这方面想。她认为他待她特坏，也不知道自己做了什么错事，该遭此冷遇。她不断地自言自语，他们这样住在一起是不自然的。她转而又想，如果情况有变，要是她怀孕，那他肯定会娶她的。他很古怪，但是他是个十全十美的绅士，谁也不否认这一点。终于，她想入非非，着了魔似的，她决心迫使他们的关系来一个突变。现在他甚至不吻她了，而她要他吻她。她记得他过去常常多么热烈地紧贴着她的嘴唇。一想起这件事，她心里便产生出一种奇怪的情感。她经常盯着他的嘴。二月初的一天晚上，菲利普告诉她，他要和劳森吃晚饭。劳森要在画室举办生日宴会，他将很迟才回来。劳森从比克街酒店买了两瓶他们喜欢的混合甜饮料，他们打算好好地玩一个晚上。米尔德里德问有没有女宾客，菲利普告诉她没有，只邀请男人，他们只准备坐下来聊聊天、抽抽烟。米尔德里德认为这样没有多大意思。要是她是画家，她就要弄上五六个模特儿在身边。她跑去睡觉，可是睡不着。不久，她心生一计，她爬起来，把楼梯平台的边门上的门钩扣住，这样菲利普就进不来了。他大约一点钟回来。她听见他发现边门被关住时的咒骂声。她爬下床，把门打开。

“你干吗要把门关起来？对不起，把你从床上拖出来了。”

“我特意开着的，也不晓得怎么会关上的。”

“赶快回去睡觉，不然会着凉的。”

他走进起居室，把煤气灯拧大。她尾随他进去，朝壁炉走去。

“我的脚冷冰冰的，我想烤烤火。”

他坐下来，开始脱靴子。他的眼睛发亮，两颊通红。她想他喝了不少酒。

“你玩得痛快吗?”她微笑着问道。

“当然啦,痛快极了。”

菲利普脑子还很清醒,在劳森那儿他一直有说有笑,现在还很激动。这样的夜晚使他回想起了巴黎的往昔。他兴致勃勃,从口袋里掏出烟斗,装着烟丝。

“你还不睡吗?”她问道。

“还不想睡,我一点儿也不困。劳森精神抖擞,从我踏进他的门槛直到离开,他一直滔滔不绝说个不停。”

“你们说了些什么?”

“天晓得!海阔天空、无所不谈。要是你见到我们都高声大喊,谁也不听谁的,就好了。”

菲利普在回味时兴奋地笑了。米尔德里德也跟着笑。她确信他喝多了。这正是她所企望的。她了解男人。

“我能坐下来吗?”她说。

他还来不及回答,她已坐在他腿上了。

“要是你还不睡,最好回去穿件睡衣。”

“哦,我这样挺好,”说着,张开双臂搂住他的脖子,将脸紧贴着他的脸,说,“菲尔,为什么你待我这么可恶?”

他想站起来,可是她就是不让。

“我真的爱你,菲利普。”她说。

“别胡说八道了。”

“不,这是真的。没有你我不能活,我需要你。”

他从她的胳膊里挣脱出来。

“请站起来,你在愚弄自己,把我也弄得像个白痴似的。”

“我爱你,菲利普。我想弥补对你的一切伤害。我不能继续这样下去了,这不符合人性呀!”

他从椅子上溜开,把她留在椅子上。

“很抱歉,可是已经太迟了。”

她伤心地呜咽着。

“可为什么呢？你怎么能这么狠心？”

“也许因为我过去太爱你的缘故。我把激情耗尽了。一想起那种事就使我感到恐怖。现在，我一见到你就不禁想起埃米尔和格里菲思。人无法不考虑那些事。我想，也许这只是神经质。”

她抓住他的手，在上面狂吻。

“别这样。”他喊道。

她一屁股坐进椅子里。

“我不能继续这样下去了。要是你不爱我，我宁可走。”

“别傻了，你没有地方可去。只要你愿意，要住多久就可以住多久，但是一定要明白，我们是朋友关系，仅此而已。”

这时，她的激情突然消失了，又柔声媚气地笑了起来，她侧身挨近菲利普，展开双臂搂住他。她把声音压低娓娓动听地说：

“别这么傻了，我相信你只是神经质。你不晓得我有多么可爱。”

她将脸紧贴着他的脸，用脸颊厮磨着他的脸颊。在菲利普看来，她的微笑是令人讨厌的媚眼，猥亵的、挑逗性的目光使他心里充满恐惧。他本能地往后退缩了。

“我不干。”他说。

但是她不放过他。她用嘴唇寻找他的嘴。他抓住她的双手，粗暴地将它们掰开，又把她推开。

“你使我恶心。”他说。

“我？”

她用一只手撑在壁炉台上，稳住了身子，她望了他一会儿，双颊突然泛起两块红斑。她突然发出一阵尖声怒气的大笑。

“我让你恶心？”

她停了一下，狠狠地倒抽了一口气。然后，爆发出恶狠狠的连珠炮般的臭骂。她高声嚷叫着。她用所能想得起的难听的话骂他。她使用的语言如此污秽，菲利普不禁为之目瞪口呆。她平常总是讲究文雅，对粗鲁的话总感到震惊，因此，他从未想到她也懂得刚才使用的这些话。她走到他跟前，将脸直冲着他的脸。她的脸因激愤而变了形。她语无伦次地高声叫骂着,嘴上的唾沫四溅。

“我不曾爱过你,一次也没有。我一直在愚弄你。你让我讨厌,让我讨厌透了。我恨你。要不是为了你的钱,我从不会让你来碰我。不得不让你吻我时,我常常感到恶心。我和格里菲思都嘲笑你。我们笑你,因为你是笨蛋。笨蛋!笨蛋!”

接着,她又发出一阵不堪入耳的臭骂。她数落他的一切卑劣的过失;说他吝啬、迟钝、自负和自私。她恶毒地攻击和嘲笑他最敏感的一切。最后她转身要走。她歇斯底里、不停地高喊着他的一个无礼的、污秽的绰号。她抓住门把手,砰的一声把门推开,然后转过身来,向他吐出她知道真正唯一能触到他痛处的恶言。她将全部的恶意和狠毒统统倾注在这个词上。她冲着他骂去,好像给他当头一棒似的。

“瘸子!”

97

翌日早晨,菲利普从梦中惊醒过来,他知道自己迟了,看了一下表,已经九点了。他跳下床去,走进厨房取些热水刮脸,见不到米尔德里德的影子。她昨晚吃饭的餐具仍然没有洗扔在水槽里。他敲了敲她的房门。

“米尔德里德,起床。时间不早了。”

她没有回答。他又使劲地敲了一阵,还是没有回应,心想她一定还在生气。他太匆忙了,顾不上操这份心。他自己烧些热水,然后跳进澡盆洗澡。为了驱走寒气,澡盆里的水是前天晚上就放进去的。他以为穿衣服时米尔德里德会替他做好早饭,端来起居室。以前她发脾气时就有两三次是这样。可是,没有听到她有什么动静。他知道,假如想吃些什么的话就得自己动手。她竟然会在他睡过了头的早晨捉弄他,菲利普恼怒了。他把早饭准备好了,仍然见不到她影子，但听到她在房间里走动的声音。显然她刚起床。他沏了茶，切几片面包和奶油，边穿上靴子边吃饭。然后，冲下楼沿着街道来到大街搭电车。当他双眼搜寻着报刊商店布告栏上的战争新闻时，想起了昨晚上发生的事。事情既已过去，并把问题留到第二天解决，他不禁觉得这件事太荒唐。他认为自己很可笑，他控制不住自己的情感。当时他们都太激动了。他生米尔德里德的气，因为她迫使他落入那种荒唐的境地。接着，他重新惊奇地想起她的歇斯底里大发作和那些污秽的言语。一想起她最后骂他的话，他不禁脸红了。然而他轻蔑地耸了耸肩。他早已知道，同伴生他的气时向来拿他的残疾来出气。他曾见过医院里的人学他一瘸一拐走路的样子，不像在中学时在他的面前学，而是在认为他没看见时学他。现在他知道他们并非出于恶意，而是因为人是天生爱模仿的动物，况且模仿容易令人发笑。他明白这一点，却又无法听之任之。

他高兴地投身到工作中去。一进入病房，就有一种愉快、友好的气氛。护士长带着敏捷、认真的微笑跟他打招呼。

"很迟啊，凯里先生。"

"昨晚纵情游玩去了。"

"看得出来。"

"谢谢。"

他笑着走到第一个病人——一个患结核性溃疡的小男孩面前，给他拆去绷带。这小孩见到他很高兴。他边用干净的绷带裹扎伤口边跟他开玩笑。菲利普是病人的宠儿，因为他待他们和蔼可亲。他又有一双灵巧、柔软的手，不会伤害他们。有些裹伤员则毛手毛脚，不怎么把病人的痛痒放在心上。他和他的朋友在俱乐部聚会室吃午饭，是一餐有烤饼、奶油，外加一杯可可的便饭。他们谈论战事。有几个人也准备去参战，但是当局很严格，凡是还没有在医院任职的人都不让去。有人认为，要是战争持续下去，不久他们将会乐于把所有取得医生资格的人都要去。但是一般认为一个月后战争就结束。既然罗伯茨在那儿，形势很快就会好转的。

这也是麦卡利斯特的想法。他告诉菲利普:他们必须相机行事,战争宣布结束之前就买股票。届时将出现暴涨,这样他们都可赚一些钱。菲利普已吩咐麦卡利斯特,一旦时机成熟就替他购买。由于夏天赚了三十镑,这回胃口可大了,他想捞它一两百镑。

一天的工作结束后,他乘电车回肯宁顿。他不知道这天晚上米尔德里德态度会怎样。心想,也许她脾气还很倔,拒绝回答他的问话,这怪讨厌的。论季节,那天晚上倒暖和。即使在伦敦南部那些古老大街上,也充斥着二月的沉闷气氛。度过冬天漫长的岁月之后,大自然蠢蠢欲动,万物复苏,大地沙沙作响,预示着春天的来临,大自然又恢复了它永恒的运动。菲利普宁愿继续乘车往前走去,回家真令人扫兴,他需要户外的新鲜空气。然而,一种想见见那个小孩的欲望突然攫住了他的心。想起那高兴地叫着,向他趔趔趄趄地走来的小孩,他竟自笑了。回到寓所,他机械地往窗子一望,屋里没有灯光,他大吃一惊。他上楼敲门,没有人回答。米尔德里德出门时,总是把钥匙压在门垫下面。现在,在那儿他找到了钥匙。他开门进去,划了一根火柴走进会客室。糟了,他一时还不知道出了什么事。他把气灯拧到最大,然后点着。屋里马上亮起来。他吓得喘不过气来。整个房间被砸得稀巴烂,屋里的所有东西都被有意地捣毁了。他怒不可遏,冲进米尔德里德的房间。房间黑洞洞的,空无一人。他持灯一照,看见她已经把她和小孩的所有东西统统拿走了(他进来时已发现那辆小车并不像通常一样放在楼梯平台,还以为米尔德里德把孩子带出去玩呢)。脸盆架上的所有东西都砸碎了,两张椅子上的椅座被刀子划了两个大十字,枕头被捅开,床单和床罩上有一道道的大口子,镜子看来是用锤子敲碎的。菲利普感到手足无措。他走进自己的房间,这儿,一切也都被砸得一塌糊涂。脸盆和水缸被捣烂,镜子成了一堆碎片,床单被撕成布条子。米尔德里德把枕头先挖一个能把手伸进去的洞,把里面的羽毛撒得满屋皆是。她把刀子戳进毛毯里。梳妆台上有菲利普母亲的几张照片,镜框被捣碎了,碎玻璃还在摇晃着。菲利普走进小厨房。杯子、布丁盆、盘子、碟子等凡是可以砸烂的东西都被砸碎了。

这景象使菲利普大吃一惊，米尔德里德没有留下片言只字，除了毁坏什么也没留下，以示她的愤恨。他可以想象她干这一切时那副咬牙切齿、恶狠狠的神态。他又回会客室，打量周围的一切。他惊讶的是自己再也不感到愤怒了。他出神地瞪着放在桌上的那把菜刀和敲煤的锤子。她把它们扔在那儿。这时，他的目光落在扔在壁炉里的那把切肉的大餐刀上。她想必花好长时间才能把这些东西毁成这样。劳森为他画的肖像被交叉切破，裂口大得吓人。他自己的画作被撕碎。那些照片，马奈的《奥林匹亚》和安格尔的《女奴》及《腓力普四世》的画像，统统被敲煤的锤子用力砸烂。台布、窗帘和那两张扶手椅都留下深深的刀痕，毁坏殆尽。菲利普用作书桌的方桌上方的墙上挂着克朗肖赠他的那小块波斯地毯，米尔德里德总是恨之入骨。

"地毯就该放在地板上，"她说，"它又脏又臭，这算什么玩意儿嘛！"

因为菲利普对她说，它包含着一个不寻常的谜语的谜底，竟使她暴跳如雷，以为他在嘲弄她。她用刀子戳穿它三次，想必她费了好大的劲儿。现在，那块地毯破烂不堪地悬在墙上。菲利普有两三只不值钱的蓝白相间的盘子，都是菲利普花很少几个钱一只只地买回来的，因它们能勾起他的联想，他爱不释手，也被她摔得粉碎。许多书籍的背面被刀划成又长又深的口子，她甚至不惜工本，将未装订的法语书撕烂好几页。壁炉架上的小装饰品被砸成碎片撒在壁炉地面上。凡是能够用刀子和锤子毁坏的东西都被毁坏了。

菲利普的财产总共也卖不到三十镑，但是这些家当大部分已伴随他多年了。他是追求家庭乐趣的人，喜欢这些零零碎碎的东西，因为这些都是他的财产。他一直为这个小家感到自豪，花这么少的钱便收拾得漂亮大方，别具一格。他绝望地瘫坐下来，自问她为何这般心狠手辣。忽然，一阵惊悸又使他站起来，跑到走廊，那儿立着他放衣服的小橱。他打开橱子，松了一口气。显然她忘了，里面东西丝毫没动。

他回到会客室，观察现场，不知如何是好。他没有心思着手整理东西。况且，屋里没有食物，他饿了。他走出去吃点东西。回来时，脑子清醒些了。想起那个小孩心里感到一阵痛楚，不知道小家伙会不会思念他。也许起初会，一星期以后就把他忘得一干二净了。谢天谢地，他终于摆脱了米尔德里德的纠缠。想起她，他并不感到愤怒，只是有一种强烈的厌恶感。

“上帝啊，但愿我再别见到她了。”他说出声来。

现在唯一的办法是离开这儿，他拿定主意第二天就通知房东退房子。把损坏的东西修修补补他花不起，剩下来的钱太少了。他必须找租金更低廉的房子。他高兴离开这里，昂贵的房租早已使他发愁。况且，这里将永远留下对米尔德里德的不快的回忆。菲利普是个急性子，脑子里的计划不付诸实施他是放不下心的。因此，第二天下午，他请来一位做旧家具生意的商人。他愿出三镑买下菲利普所有毁坏的和尚未毁坏的家具什物。两天以后，他搬进医院对面的一家公寓，他起初当医学院学生时曾在这儿住过。女房东是位非常体面的女人，他在顶楼租了一间寝室，她每周要他付六先令。房间又小又破旧，而且正朝公寓背后的院子。现在，他除了衣服和一箱书外，已一无所有了。他庆幸房租如此低廉。

98

现在，菲利普·凯里手头那笔除自己外，对别人无关紧要的财产，碰巧受到国内正在发生的事件的影响。历史正在被创造，这过程具有极其伟大的意义，然而它竟会触动一名默默无闻的医学院学生的生活，似乎又太荒谬了。马格斯方丹、科伦索、斯平科珀等一个个的战役在伊顿运动场上的相继失利，使国家蒙受耻辱，使贵族绅士们的威信扫地。迄今，对他们具有治国天赋的断言，还没有发现过有谁曾认真地反对过呢。旧秩序正在被废除:历史确实正在被创造。接着,巨人施展其威力,但又犯了错误,最后竟取得了胜利的假象。克隆杰在帕尔德堡投降。拉迪史密斯解围了。三月初,罗伯茨勋爵开进了布隆方丹。

麦卡利斯特正是在这消息传到伦敦两三天后来到比克街的小酒店的。他高兴地宣布证券交易所的行情正在好转。和平在望,用不了几个星期罗伯茨就会开进比勒陀利亚。股份已在看涨,一次暴涨是必然的。

“现在是时候了,”他告诉菲利普说,“等到大家都抢购就晚了。机会难得啊!”

他有内部消息。南非一个矿山的经理打电报给他商行里的主要合伙人,说工厂没有遭到破坏,他们将尽快地恢复生产。这不是投机,而是投资。为了表明主要合伙人认为这是件多美的事,麦卡利斯特告诉菲利普,主要合伙人已经为他的两个妹妹各买了五百股:要不是像放在英格兰银行那样保险,他是绝不会把她们拉进去的。

“我自己也想孤注一掷。”他说。

每份股票是二又八分之一到四分之一镑。他劝菲利普不要太贪心,涨上十先令就该满足了。他自己打算购买三百股,建议菲利普也买这么多。他要把股票操在手里,一有合适的机会就卖出去。菲利普非常相信他,部分是因为他是苏格兰人,因此天性细心;部分是因为他上次干得很漂亮。因此,菲利普对此建议欣然应承。

“我想我们一定能在交易期满之前把股票抛出去的,”麦卡利斯特说,“不行的话,我设法替你将股票转期交割。”

这对菲利普似乎是万无一失的。你把股票攥得紧紧的,直到能获利再撒手,这样,你甚至不必掏腰包。他开始以新的兴趣注意报上的股票交易栏。第二天,价格略有上涨。麦卡利斯特来信说,他只好每股以二又四分之一镑购进。他说行市坚挺。可是过两天之后股票有所下跌。来自南非的消息不那么令人放心。菲利普焦虑地看到他的股票跌到了两镑。但是麦卡利斯特很乐观,布尔人不能支撑太久,他愿意拿大礼帽来打赌。罗伯茨四月中旬以前会攻入约翰内斯堡的。一算账,菲利普得支付将近四十镑。他颇担心,但他觉得,唯一办法是坚持下去。就他的境况而论,这损失太大了,他支付不起。有两三星期没发生什么事。布尔人不承认他们被打败了,不承认他们别无他路,唯一的出路是投降。事实上,他们取得了一两次微小的胜利。菲利普的股票又跌了两先令六便士。显然,战争并没有结束,很多人在抛售股票。麦卡利斯特见到菲利普时也悲观失望了。

"为了减少损失,现在赶紧撤手是上策,我亏的已经跟我想赚的数目差不多了。"

菲利普焦虑万分,夜不能寐。为了赶到俱乐部阅览室看报,他三口两口地吃完早餐。早餐现在已减少到只有茶、面包和奶油了。有时消息不好,有时根本就没有消息。行情要有变化的话,就是下跌。他不知道如何是好。假如现在卖出去,他一共将损失近三百五十镑,那么他手头就只剩八十镑了。他心里后悔以前不该那么傻,竟到证券交易所做小投机。然而唯一的办法是硬着头皮顶住。具有决定性的事随时都会发生,股票将会上涨。他现在不希望有什么利润,只想挽回损失。这是他能够完成在医学院学业的唯一的机会。夏季学期在五月开始,期末,他打算参加妇产科的考试。然后他就只剩下一年了。他精心盘算,得到的结论是学费连同其他费用有一百五十镑就可应付过去,但这是最小的数目。

四月初,他来到比克街的小酒店,急于要见麦卡利斯特。同他议论局势能使他获得一点宽慰。同时,当意识到除了他以外,许多人也都赔钱了,这使他容易忍受些。但是菲利普到达时,除了海沃德外再没有人来。菲利普一坐下来海沃德便说:

"我星期天要乘船前往好望角。"

"是吗?"菲利普惊叫道。

他万万想不到海沃德会去好望角。现在,医院里的人成批地走了。取得医生资格的人政府都表示欢迎。其他人出去都当骑兵,他们写信回来说,一听说他们是医科学生,他们便被分配在医院工作。爱国热潮席卷全国,涌现出来自社会各个阶层的大批志愿兵。

“你去当什么兵呢?”菲利普问道。

“嘿!我被编入多塞特骑兵队,我当骑兵去。”

菲利普认识海沃德已八年了。菲利普曾由于对这位能向他谈论文艺的人的热烈崇敬而产生的青年人的亲密情谊早已消失,取而代之的是礼尚往来的世俗习惯。海沃德在伦敦时,他们每周见一两次面。他依然以优雅的鉴赏力来谈论书籍。菲利普尚未能宽容人。有时,海沃德的谈话会激怒他。他再也不盲目地相信世间除艺术外其余的都毫不重要,他怨恨海沃德对行动和成功的蔑视。菲利普搅动着混合甜饮料,想起早年的友谊,以及对海沃德将干出一番事业的热切的期望。他早已丢掉这些幻想了。现在,他知道海沃德除了夸夸其谈外将一事无成。海沃德发现,既然现在已经三十五岁了,因此,每年靠三百镑比年轻时更难打发日子了。衣服虽然仍是高级裁缝做的,但他穿的时间长得多了,这在过去他认为是不可能的。他身体太粗壮了。金色的头发不管梳得怎么巧妙,也无法盖住秃顶。他那双蓝眼睛呆滞、无神,不难看出他酒喝得太多了。

“你怎么想起要去好望角呢?”菲利普问道。

“噢,我不知道,我认为应该去。”

菲利普沉默了。他觉得这很蠢。他明白,海沃德正受着无法解释的灵魂上的不安的驱使。他身体的某种内在力量使他觉得有必要为祖国而战。说来奇怪,因为他认为爱国主义只不过是一种偏见,并以自己的世界主义自诩。他曾把英国看作是放逐的场所。总之,他的同胞们伤害了他的感情。菲利普心中纳闷,究竟是什么促使人们做出这样违背他们的一切生活原则的事情来呢。野蛮人互相残杀,海沃德若幸灾乐祸地袖手旁观,这才是合乎情理的。看来,人好像是一种不可知的力量手中的傀儡,这种力量驱使他们做这做那。有时他们用他们的理智来为他们的行为辩护。如果行不通他们便不顾理智,悍然采取行动。

“人真是奇怪，”菲利普说，“我万万没想到你会去当骑兵。”

海沃德微笑着，有点尴尬，什么话也没说。

“我昨天去体检，”他终于说道，“体检一下会受点拘束，但知道自己的身体很健康是值得的。”

菲利普注意本来用英语就可以表达的地方，海沃德仍然矫揉造作地使用了一个法文词。这时，麦卡利斯特进来了。

“我想找你，凯里，”他说，“我家再不想死抱住那些股票不放了，行情太不妙了，他们要你承兑股票。”

菲利普的心一下子凉了。他知道，这是不可能的事。这意味着他必须承受损失。他的自尊心使他冷静地回答说：

“我认为那不值得。你最好把它们卖掉。”

“说起来倒容易。能不能卖出去，我没把握，市场萧条，没有买主。”

“可是股票已跌到一又八分之一镑了呀。”

“没错，但那也无济于事，卖不了这个价。”

菲利普沉吟了半晌，竭力想让自己镇定下来。

“你意思是说它们一文不值了吗？”

“哦，我可没这么说。当然还能值些钱，可是你瞧，现在没有人买。”

“那么你能卖多少算多少好了。”

麦卡利斯特仔细地打量着菲利普，不知道这对菲利普是否打击太大。

“实在遗憾，老朋友，可是我们的处境一样。谁也没料到战争会持续这么久。我拖你下水，自己也陷进去。”

“根本没关系，”菲利普说，“人好歹得碰碰运气。”

他又回到刚才站起来跟麦卡利斯特谈话的那张桌子去。他愣住了，头开始疼得厉害。然而他不愿让人家认为他不够男子汉。他继续坐了一个钟头，不管他们说什么，他都放声大笑。最后，他起身告辞了。

“你对这件事很冷静，”麦卡利斯特握着他的手说，“我想谁也不愿意白白亏了三四百镑。”

菲利普回到破烂的小屋时便一头栽到床上，陷入绝望之中。他一直痛切地悔恨自己的愚蠢。虽然，自己觉得后悔是荒唐的，因为所发生的业已发生，是不可避免的，但是他无法不后悔。他痛苦极了，无法入眠。他记得过去几年来挥霍金钱的种种情景。他的头疼得厉害。

第二天晚上，最后的一趟邮件寄来了银行账单。他查看了一下银行存折，发现付清一切账目后，就只剩下七镑了。

七镑！谢天谢地，他还能付清。若必须向麦卡利斯特承认自己付不起那该多难堪！夏季学期他就要到眼科裹伤。他从一个同学那里转买了一个检目镜，还没付钱，可是他没勇气对那个学生说他不买了。他还得买一些书。他大约只剩下五镑，靠这笔钱他维持了六个星期。然后，他给伯父写了一封信。他自认为这封信写得很认真，信中说，由于战争，他遭到了严重的损失，除非伯父帮忙，否则就得辍学。他建议牧师借他一百五十镑，在今后十八个月中按月寄给他。他将为这笔借款支付利息。并答应开始挣钱时，他将逐步偿还这笔款。他最迟一年半以后就能取得资格，到时候他肯定能当个助理大夫，每周挣三镑。伯父回信说他无能为力。在一切都不值钱的情况下，要他变卖东西来凑足这笔款子是不公道的。他手头剩下的那点钱，他觉得自己有责任保留，以备生病之用。他以令人厌烦的说教结束他的信，说他再三地警告过菲利普，菲利普总是把他的话当耳边风。老实说，他对菲利普的处境并不感到奇怪。他早就料到这是菲利普挥霍浪费，缺乏收支平衡的后果。菲利普读到这儿时心里热一阵冷一阵的。他万万没想到伯父会拒绝，他气愤极了。但紧接着就是一阵茫然不知所措：假如伯父不肯帮助他，他就无法继续待在医院。他着慌了，也顾不得什么自尊心了，又给布莱克斯特伯尔牧师写了一封信，把他面临的困境描述得更加紧迫。然而，也许他自己解释得不够清楚，而且伯父也没有意识到他陷入怎样的绝境，因为他回信说他无法改变主意。菲利普已经二十五岁了，确实应该自己谋生了。当他死后，菲利普可以继承一点财产，在此之前，他一文也不给。从信中的字里行间，菲利普觉察出一个多年来不赞成自己的所作所为，而现在事实又证明反对是正确的人的那种心安理得的心情。

99

菲利普开始典当衣服。除早点外，他每天只吃一餐，以压缩开支。这一餐只有面包、奶油和可可，他下午四点才吃，这样可以熬到第二天早晨。到了晚上九点，他饥肠辘辘。只好去睡觉。他想向劳森借钱，但怕被拒绝而畏缩不前。他终于向劳森借了五镑。劳森高兴地借给他了，可是掏出钱来时说：

“你一星期左右还我，好吗？我得付画框匠的工钱，眼下我手头也很紧。”

菲利普知道自己无法归还，想起那时候劳森不知会怎么想他，心里感到羞愧万分。因此，过了两三天他便把钱原封不动地还他了。劳森正要出去吃午饭，邀菲利普一道去。菲利普几乎什么也吃不起了，当然乐意跟他去吃顿像样的饭菜了。星期天他肯定可以在阿特尔尼家美美地吃上一餐。他犹豫着，不敢把他发生的事告诉阿特尔尼家。他们总是认为他比较富裕，他害怕一旦他们知道他身无分文后，会不那么看重他。

虽然他向来并不宽裕，但他从不曾想到会挨饿。这类事在像他这种人当中是不会发生的。他感到惭愧，就像患了不光彩的疾病似的。他所遇到的困境，大大地超出了他的经验范围。他太吃惊了，因此不知道除了在医院继续干下去外，还能做些什么。他迷迷糊糊地希望情况好转。他不怎么相信眼下所发生的是真的。他记得他刚上第一学期时，他常常想他的生活是一场梦，他会从这个梦中醒来，突然发现自己又回到家里。但他很快地预见，过一星期左右他将一个子儿也没有了。他必须立即着手挣点钱。要是他已取得资格，即使跛足，他也能上好望角去。因为那儿现在医务人员的需求量很大。若不是跛脚，他就能参加不断送往国外的义勇骑兵团。他跑去找医学院秘书，问是否可辅导某位学业差的学生。但秘书说没希望弄到这种工作。菲利普阅读医学报上的广告栏。他向富勒姆街开药房的医生谋一个尚未取得医生资格的助手的职位。当他去见医生时，他看到这位医生瞥了他的跛足一眼。一听说菲利普只是四年级学生，马上说他经验不足。菲利普明白这只是个借口。这位大夫不愿录用一个不能像他要求的那样手脚灵便的助手。菲利普把注意力转向别的赚钱的办法。他懂法语和德语，心想一定有机会找个文书的职业。虽然，这项工作使人沮丧，但他咬紧牙关，再没有别的事干了。虽然他太害羞了，不能应征要求个人面试的广告，他应征了要求书面申请的广告。但是他没有资历可申述，又没有人推荐。他知道，他的德文和法文都不是商业方面的。他不懂得商业用语。他既不懂速记，也不会打字。他不禁觉得自己的情况是毫无希望的。他想给父亲指定的遗嘱执行人尼克松律师写信，可是又不敢写，因为菲利普违反了他的明确的忠告，把抵押着他的全部财产的契据全卖了。他从伯父那儿获悉尼克松先生对他很不满意。他从菲利普在会计师事务所那一年得出的结论是他既懒惰又无能。“我宁肯挨饿。”菲利普喃喃自语道。

有一两次他产生过自杀的念头。从医院药房里弄点毒药是很容易的。他想到，如果事情坏到了极点，他手头有毫无痛苦地了结性命的方法，心里便感到慰藉。但这不是他所认真考虑的。当米尔德里德抛弃他又恋上格里菲思的时候，他那般痛苦，以致曾想以一死来了却那种痛苦。他现在没有这种感觉。他记得医院伤员急诊室的护士长告诉过他，人因没钱自杀比因失恋自杀更为常见。当他认为自己是个例外时他暗自笑了。他只希望向人诉说自己的忧虑，却又无法将自己的忧虑和盘托出。他感到羞愧。他继续找工作。他有三星期没付房租了，向女房东解释说月底能拿到钱来交。她二话没说，却噘着嘴，看上去冷酷无情。到了月底，她问他是否能先支付一些时，他非常难过地说他付不起。他告诉她，他将写信给伯父,下星期六定能结账。

“好吧,希望你能结清欠款,凯里先生,因为我自己也得交房租,老这么拖下去我可负担不起。”她讲话并不生气,但是态度惊人的强硬。她停了一会儿,然后说:“假如下星期六还不付的话,我就只好告诉医院的秘书了。”

“哦,当然可以。”

她望了他一会儿,又朝空荡荡的房间扫视了一眼。她说话时并不加重语气,好像很自然似的。

“我楼下有热腾腾的猪肘汤,假如你愿意到楼下厨房,欢迎你来用点饭。”

菲利普觉得自己的脸一直红到了耳根,喉头一阵哽咽。

“太感谢你了,希金斯太太,可是我一点也不饿。”

“很好,先生。”

当她离开房间时,他便扑倒在床上。他不得不攥紧拳头,以免自己哭出声来。

100

星期六,是他答应交房租的日子。一周来,他一直期望时来运转。他没找到工作。他以前一直不曾穷到这般地步,他茫然不知所措,心里总觉得这全是个荒谬的玩笑。他只剩下几枚铜币了。他把用不着的衣服都卖光。他房间里还有一些书籍和一两件零碎的东西,还能卖上一两个先令,可是女房东对他的进进出出虎视眈眈。他生怕如果再从房里拿走什么的话会遭到她阻止。唯一的办法是对她说付不了账。但他没有这个勇气。这时正值六月中旬,夜色很好,天气暖和。他下决心在露天过夜。河水静悠悠的,一平如镜。他沿着切尔西大堤缓缓地走着,乏了,便在一条长凳上打盹。他不晓得睡了多久。他惊醒过来,梦见被警察摇醒,催他继续往前走。他睁开眼睛，发现独自一人。也不知为什么，他继续朝前走，终于来到了奇齐克，他在这儿又睡着了，不久，又被硬邦邦的长凳弄醒了。这一夜似乎很长，他浑身哆嗦着，心里只觉得痛苦，不晓得究竟该怎么办。在大堤上睡觉他觉得害臊，似乎特别丢脸。黑暗中他依稀觉得双颊涨得通红，他记得听过曾有过这种经历的人讲的故事。他们当中有军官、牧师还有上过大学的人。他不知道自己是否也将成为其中的一员，排着长队等待慈善机构施舍热汤。自杀比这要强多了。他再也不能继续这样下去了。若劳森知道他的艰难处境，一定会帮助他的。让自尊心来妨碍自己向他人求援，简直荒唐。他不明白自己为何如此落魄。他总是力图做自己认为正确的事，一切却适得其反。他能帮人时就帮人，也不比别人自私。他竟会落到这般地步，这确实太不公平了。

但想这些有什么用呢，他继续朝前走。现在天亮了。沉静中的河流显得很美。清晨中有种神秘的气氛，又是晴朗的一天。黎明的天空，朦朦胧胧，无一丝云彩。他乏极了。饥肠辘辘，但是他坐不住。老是害怕被警察盘问，害怕蒙受这种耻辱。他觉得身上很脏，希望能洗洗脸。最后，他来到了汉普顿宫。他觉得若不吃点东西填填肚子准会哭出来。他选了一家低级的小吃店走进去。闻到热腾腾食物的香味他有点恶心。他本想吃点有营养的东西以维持一整天。可是一见到食物就反胃了，他喝了一杯茶，吃了一点面包和奶油。这时，他记起这天是星期天，他可以到阿特尔尼家去。他想到他们将要吃烤牛肉和约克郡布丁。可是他累极了，无法面对这个幸福、热闹的家庭。他愁眉苦脸，觉得可怜。他不要让人来打扰他。他决心走进宫里的花园躺下来。他腰酸背疼。也许他得找个水泵房，以便洗洗手和脸，喝点水。他口很渴。既然已填饱肚子了，他愉快地想到了鲜花、草地和枝繁叶茂的大树。他觉得，在那儿他可以好好地思索该如何办。他躺在林荫下的草地上，点燃着烟斗。为了节省起见，他很久之前就限定每天两袋烟了。谢天谢地，烟草袋现在又满了。他不知道别人没有钱的时候怎么办。不久他睡着了。醒来时已近正午。他想，他很快就得回伦敦。在清晨赶到那儿,去应征任何有点希望的广告。他想起伯父,伯父对他说死后要把自己那点钱留给他。菲利普一点也不知道有多少,至多不过几百镑罢了。他不知道能否从未来财产继承权中提点钱,此事非经老头同意不可,而他是绝不会同意的。

“唯一的办法是坚持下去,直到他死。”

菲利普算了一下伯父的年龄。布莱克斯特伯尔牧师已大大超过七十岁了,患慢性的支气管炎,但是很多患有此病的老人照样寿命很长。同时,总会有什么事情突然发生的。菲利普无论如何也不肯相信自己到了完全反常的地步。处于同样情况的人并不挨饿。正因为他不能相信他的这番经历是真的,因此,他也就没有彻底绝望。他打定主意向劳森借几个金镑。他整天待在花园里,肚子一饿就抽烟。非得再动身前往伦敦时他才打算再吃饭。迢迢路途,他必须养精蓄锐。天气转凉时他才出发,乏了就在长凳上睡觉。一路上没人来打扰他。他在维多利亚大街洗了脸,梳了头,刮了胡子,喝点茶,吃些面包和奶油。他边吃边看晨报上的广告栏。他往下瞧,目光落在一个公告上。有个著名的百货商店的“装饰织品部”需要一名售货员。他有些丧气,因为以中产阶级的偏见,到商店当售货员简直糟透了。但是他耸耸肩,毕竟,这有什么关系呢?他决心去试试。他有个奇怪的感觉:每蒙受一次屈辱,都是自己主动承受屈辱,就像是强迫命运向自己摊牌。九点,他羞怯地出现在装饰织品部,他发现许多人已走在他前面了。他们各种年龄的都有,从十六岁的男孩到四十岁的男人。有的低声谈话,多数人默默无言。一排上队,他周围的人便向他投来敌意的眼光。他听到一个男人说:

“我唯一希望的是如果不雇用就尽快地答复,以便来得及到别处看看。”

站在菲利普旁边的人望了他一眼,问道:“有经验吗?”

“没有。”菲利普说。

他停了一会儿,说道:“午饭后若没被雇上,即使是小商店也不会要的。”

菲利普望着那些售货员。有的在悬挂擦光印花布和提花装饰布,其他人,据旁边的人说,他们正在汇总已邮来的乡下订单。大约九点一刻,进货员来了。菲利普听到旁边的人对另一个人说,他就是吉本斯先生。他是个中年人,又矮又胖,蓄着黑胡子,一头深色的油腻腻的头发。他动作敏捷,有一张聪慧的脸。他头戴丝绸帽,身穿长礼服。礼服上的翻领佩戴一朵绿叶拥簇的白天竺葵。他走进办公室,让门敞开着。办公室很小,角落只放一张美国式有活动顶盖的写字台,一个书橱和一个柜子。站在外面的人见他机械地摘去大衣上的天竺葵,放在盛满水的墨水瓶里。上班戴花是违反规章的。

白天,商店里想讨好这位上司的人对这朵花赞不绝口。

"我还没有见过比这更漂亮的花,"他们说,"这不是你自己种的吧!"

"是我自己种的。"他微笑着,慧眼里充满着自豪的光芒。

他脱下帽子,换上了外套,草草看一下信件,然后瞥了一眼外面等着见他的人。他手指轻轻地打着手势,长蛇阵中的头一个便走进办公室。人们排成纵队,一个个地走过去,回答他的问话。他的问话很简短,眼睛老盯住求职者的脸。

"年龄?经验?为何离开原来的工作?"

他毫无表情地听着答话。轮到菲利普时,他想吉本斯先生正在好奇地盯着他。菲利普的衣服整齐,裁剪得也不错,显得有点与众不同。

"经验?"

"恐怕我没有什么经验。"菲利普说。

"那不行。"

菲利普走出了办公室。这场严峻的考验并没有他所预料的那么痛苦,也就不觉得特别失望。他不能希望第一次尝试就能成功地谋到一个职位。报纸还在,他再看了一下广告。霍尔本街的一家商店也需要店员,他就上那儿去。到了那儿发现已经雇上别人。那天,要是他想弄点吃的,就得在劳森出去吃午饭之前赶到他的画室。因此,他沿着布朗普顿路走到自由民街。

“喂,月底之前我连一个子儿也没有了,”他一有机会便对劳森说道,“你能借给我半个英镑吗?”

他发现开口借钱特别困难。他回想起医院里,人们那么随便地就能从他那儿借走他们无意归还的钱,还像是他们赐予他的恩惠似的。

“马上给。”劳森说。

可是他把手伸进口袋里,发现只有八先令。菲利普的心一下子凉了半截。

“嗯,这样,借我五先令,好吗?”他轻轻地说。

“喏。”

菲利普到威斯敏斯特的公共浴池去,花六便士洗了个澡。然后吃了一些东西。他不知道下午该怎么办。他不想回到医院,免得别人盘问。况且,现在他在那儿也没有事干。在他工作过的两三个科室里,他们会感到奇怪,为什么他不来。让他们爱怎么想就怎么想去吧,没关系。他不会是第一个不辞而别的学生。他到免费图书馆看报,看腻了,就取出史蒂文森的《新天方夜谭》。可是他发觉读不下去,上面的词句对他毫无意义,他继续思索自己的无望的处境来。他老想着同样的问题,反复思索同样的问题使他头疼。最后,由于渴望呼吸新鲜空气,他走进格林公园,躺在草地上。他悲哀地想起自己的跛脚。这使他不能上战场。他睡着了,梦见他的脚突然变好了,并且待在好望角的义勇骑兵团里。在报上见到的图片为他的想象提供了素材。他看到自己在费尔德特,身穿咔叽军服,晚上同其他人围坐在篝火旁。他醒来时,发现天色还太早。不久他听到议会大厦上的大钟敲了七下。他还得无所事事地打发十二个小时。他害怕这漫漫长夜。天阴了,他担心会下雨。他不得不上寄宿公寓,在那儿租个床位。他看到兰贝思区公寓外头的灯笼上登着这些广告:上等床位,每铺六便士。他从来不曾住过,担心令人作呕的气味和臭虫。他打定主意要是可能的话就在露天过夜。他一直待到公园关门,然后四处溜达。他非常累。他产生这样的念头:出事故将是件幸运的事,这样他就可以被送进医院,好几星期躺在干净的病床上。半夜,他饿得太厉害了,不吃东西再也走不动了,便走进海德公园角落的一家咖啡馆,吃了两三块土豆,喝了一杯咖啡。然后他又继续走。他心神不安,无法入眠,害怕警察撵他。他注意到他开始从一个新的角度来看待警察。这是他在外头露宿的第三个晚上。他不时地坐在皮卡迪利的长凳上,黎明,他便漫步往泰晤士河河堤走去。他倾听大钟的响声,留心每一刻钟,计算还剩下几个小时又要天亮。早晨,他花几枚铜币把自己梳洗打扮一番。他买一份报纸看广告,又前往寻找工作去了。

他这样持续了好几天。他吃得很少,渐渐觉得四肢无力,因此几乎没精力继续寻找看来极难找到的工作。他逐渐习惯在商店的后面久等,指望能有被雇上的机会,也习惯被人家毫不客气地打发掉。为了应征广告,他走遍伦敦的各个角落。他逐渐与像他一样毫无结果的求职者混得面熟。其中有一两个人想和他交朋友,但是他太疲倦、太沮丧了,无法领略他们的善意。他再不上劳森那儿去了,因为还欠他五先令。他开始头昏眼花,无法清楚地思考了,也不再关心自己的前景了。他哭了好几次。起初他因此而生自己的气,并感到惭愧。可是发现这样可以减轻自己的痛苦,而且,不知怎的,肚子也不觉得怎么饿了。凌晨,他冷得受不了。有一天晚上,他回自己寓所去换内衣。他大约三点钟溜进去,这时他确信每个人都睡着了。五点钟又溜了出来。他躺在床上,柔软的床铺令人心醉神迷。他浑身疼痛,一躺下去便沉迷于这种快乐之中了。躺下来太舒服了,因此,他都不想睡觉了。他渐渐地习惯不吃东西,又不觉得饿,只是身体虚弱。现在他心里老想结束自己的生命,不过他尽量不往这方面想。他害怕让这种诱惑控制他,使自己无法自拔。他老是自言自语地说,自杀是荒唐的,因为很快将会出现转机。他脑子里的印象是自己的这一处境太荒谬了,因此不可过于认真。这好比害了一场病,他必须忍受痛苦,但一定能够康复。每天晚上,他发誓这种日子再也不能熬下去了,决心第二天早晨给伯父或者律师尼克松先生，或者劳森写信。可是到了第二天早晨他无论如何也不能屈膝地向他们承认自己的彻底失败。他不知道劳森对这件事会采取什么态度。在他们的交往中，劳森历来是最轻率的，为自己的通晓世故人情而感到自豪。他将不得不把自己的愚蠢行为向劳森全盘托出。他心里惴惴不安：劳森帮助他以后将会疏远他。伯父和律师当然会帮忙，但是他害怕他们的责备。他不要受任何人责备。他咬紧牙关，反复地叨念着：已发生的事是不可避免的，因为既然已经发生了，后悔是荒谬的。

这样的日子没有尽头，而劳森借给他的五先令维持不了多久了。菲利普渴望星期天快快到来，好上阿特尔尼家去。也许除了想独自熬过难关外，他不知道是什么阻止他早点去。因为曾一度处于绝境中的阿特尔尼是唯一能够帮他忙的人。也许饭后，他会告诉阿特尔尼自己陷入困境。菲利普心里一遍又一遍地重复他该向阿特尔尼说的话。他非常害怕阿特尔尼会拿空洞辞藻来敷衍他。这太可怕了！因此，他想尽量地拖延时间去做这种尝试。菲利普对所有的朋友都丧失信心了。

星期六的夜晚又冷又湿。菲利普吃尽了苦头。从星期六中午一直到拖着疲惫不堪的身子走进阿特尔尼家，他什么也没吃。星期天早晨，他花完最后的两便士，在市中心地区查宁十字广场的盥洗室梳洗了一番。

101

菲利普一按门铃，就有一个脑袋探出窗外。一会儿，他听到孩子们下楼为他开门时在楼梯上发出的嘈杂的噔噔的脚步声。他弯下腰来让他们吻的是一张苍白、焦虑和消瘦的脸。他们的丰富感情使他大为感动。为了使自己缓过气来，他借口在楼梯上磨磨蹭蹭。他正处于歇斯底里状态，几乎什么事情都会引起他大哭一场。

他们问他为什么上星期天没有来,他回答说他病了。他们想知道他患什么病。菲利普为了使他们开心,暗示自己得了一种神秘的病,夹杂着希腊文和拉丁文(医学术语皆然)的模棱两可的病名,使他们止不住地大笑起来。他们把菲利普拉到会客室,让他把病名重复一次好开导开导他们的父亲。阿特尔尼站起来和他握手。他凝视着菲利普,那双圆凸凸的眼睛似乎总是在凝视。菲利普不知道为什么这时候自己觉得不自然起来。

"我们上星期天都叨念着你。"他说。

菲利普一扯谎总觉得别扭,当他解释完为什么没有来时竟满脸通红。后来,阿特尔尼太太进来和他握了握手。

"希望你身体好些了,凯里先生。"她说。

他不知道为什么她会猜他病了,因为他跟孩子们上楼时厨房门关着,而他们一直在他身边。

"晚饭还得十分钟,"她慢吞吞地说,"你等着时,要不要先打个蛋冲一杯牛奶喝?"

她的脸上露出关切的神色,这使菲利普不安。他勉强笑了笑,回答说他一点也不饿。萨利走进来摆餐具,菲利普开始和她开玩笑。家里的人都开她的玩笑,说她将会像阿特尔尼太太的姑妈伊丽莎白一样胖。孩子们没见过她,只把她看成是讨厌的肥胖的象征。

"喂,萨利,自从我上次见到你以来你发生什么事啦?"菲利普说道。

"就我所知,什么事也没有发生。"

"我认为你体重增加了。"

"我相信你没有,"她回嘴道,"你瘦得像个骷髅似的。"

菲利普的脸唰地红了。

"你也一样,萨利,"她父亲大声说道,"要罚你头上的一根金发,珍妮,拿剪刀来。"

"可是,他瘦了,爸爸,"萨利争辩道,"他瘦得皮包骨。"

"那是另外一回事,孩子。他完全有瘦的自由,可是你的肥胖就有失体面了。”

他边说边自豪地搂着她的腰,以赞赏的眼光端详她。

“爸爸,让我继续摆好餐具吧,假如我舒服了,有人似乎就不高兴了。”

“贱丫头,”阿特尔尼引人注目地将手一挥说,“她拿那件众所周知的事实来奚落我。她说的是霍尔本大街珠宝商利瓦伊的儿子约瑟夫向她求婚的事。”

“你同意了吗,萨利?”菲利普问道。

“现在你还不了解我父亲吗?他的话没有一句是真的。”

“好啦,假如他不曾向你求婚,”阿特尔尼大声说道,“对着圣乔治和可爱的英格兰发誓,我要揪住他的鼻子,马上问他是什么意图。”

“坐下来,爸爸,饭好了。喂喂,走,大家都去洗手,别偷懒,吃饭以前我还要检查你们的手,快去。”

菲利普吃饭以前还以为自己很饿,但这时发现他的胃厌恶食物,根本咽不下去。他脑子疲乏,没有注意到阿特尔尼很反常,话讲得很少。菲利普坐在舒适的房子里感到宽慰。可是他禁不住时时地眺望窗外。这一天是个暴风雨之夜,天气骤变,很冷,寒风呼啸着,阵阵暴雨敲击着窗户。菲利普不知道那天晚上该怎么办。阿特尔尼一家睡得早,十点后他就得走。一想起要走进漆黑的风雨之夜心情便沉重起来。现在和他的朋友在一起,反倒觉得比独自一个人在外头时更可怕。他心里老在想:在露天过夜的人多着呢。他竭力想以谈话来分散自己的心思,可是说到半截,一听到雨点噼噼啪啪地打到窗户上,他便吓了一跳。

“就像三月的天气,”阿特尔尼说,“不是横渡英吉利海峡的那种天气。”

不久,饭毕,萨利进来收拾桌子。

“要一支两便士的劣等烟吗?”阿特尔尼问,递给他一支雪茄。

菲利普接过来,高兴地吸了一口。这口烟特别解愁。萨利收拾完毕,阿特尔尼叫她随手把门关上。

“现在没有人来打扰我们了,”他转过脸来对菲利普说,“我已经和贝蒂商量好了,我不叫,不准让孩子们进来。”

菲利普吃惊地望了他一眼,还来不及理解这句话的意思。阿特尔尼以惯有的动作将眼镜固定在鼻梁上,继续说道:

“上星期天我写信给你,问你出了什么事。因为你没回信,我星期三到你住处去了。”

菲利普将头扭向别处,没有吭声。他的心开始扑通扑通地跳着。阿特尔尼不说话。不久,菲利普觉得这种沉默实在无法忍受。他想不出一句话来说。

“你的女房东告诉我,自从上星期六晚上你就没进去,还说你欠她上个月的房租。这一星期你都在哪儿睡觉?”

菲利普不敢回答,眼睛望着窗外。

“无处睡。”

“我想去找你。”

“为什么?”菲利普问道。

“贝蒂和我的日子也一直很穷,只是我们还得抚养孩子。你为什么不上这儿来?”

“我不能。”

菲利普害怕自己哭出声来。他只觉得浑身无力。他闭着眼睛,皱起眉头,想控制自己的情绪。他突然恨起阿特尔尼来了,因为他不让他清静。然而他心灰意懒了。不久,他仍然闭着眼睛,为了不使声音颤抖,他慢慢地把上几周的冒险事告诉他。说话时,他觉得自己的行为蠢极了,因此,话更难说出口了。他觉得阿特尔尼一定会认为自己是个大傻瓜。

“那么你就住在我们这儿,直到找到工作为止。”他叙述完后,阿特尔尼说道。

菲利普涨红了脸,自己也不知道为什么。

“哦,你们太好了,可是我想我不愿这样做。”

“为什么不呢?”

菲利普没有回答。他因为害怕自己成为累赘而本能地拒绝了。他生性不好意思接受别人的恩惠。况且,他知道阿特尔尼家挣一文花一文,这么大的家既没有地方也没有钱来招待一个陌生人。

"你当然必须来这儿。"阿特尔尼说,"索普将和他的一个弟弟合睡,你可以睡在他床上。别以为多了你一张嘴我们就承受不了了。"

菲利普害怕开口,阿特尔尼走到门口喊他妻子。

"贝蒂,"她进来时他说道,"凯里先生要来和我们一块住。"

"啊,太好了,"她说,"我就去把床收拾好。"

她说话的语气如此热诚、友好,把一切统统视为理所当然的事,菲利普深受感动。他从不曾希望人们待他好,当人们待他好时,他便感到惊奇、感动。他再也忍不住了,两滴热泪从脸颊淌了下来。阿特尔尼夫妇假装没有看见,在一边商量如何安置菲利普的事。阿特尔尼太太走后,菲利普将身子靠在椅子上,望着窗外,轻轻地笑了。

"这样的夜晚在外头露宿可不太妙,不是吗?"

102

阿特尔尼告诉菲利普,他能很容易地在自己工作的亚麻布制品商的大商行里为他找个工作。好几个店员打仗去了,有爱国热情的林恩和塞德利商行答应保留他们的职位。他们将这些英雄们的工作量加给了留下来的人,但又没有增加这些人的工资,这样一来,商行立即表现出热心公益的精神,又达到节约的目的。但是战争在继续,生意也不太萧条。假期临近,当一下子有许多职员要出去度两周的假时,他们必定要雇用更多的店员。菲利普的经验使他怀疑即使那时候他们是否肯雇他。可是阿特尔尼说自己是商行里的举足轻重的人物,坚持说经理什么也不会拒绝他。菲利普由于在巴黎学过画，一定大有用场的。只要稍等一段时间，定会得到一个设计服装和画广告之类的待遇好的工作。菲利普为夏季的大拍卖画了个广告，阿特尔尼将它拿走。两天以后拿回来说，经理对它赞不绝口，并由衷地表示遗憾，因为目前这一部门没有空缺。菲利普问他是不是再没有别的活了。

“恐怕没有了。”

“确实没有了吗？”

“唉，不瞒你说，他们明天出广告要招聘一名顾客招待员。”阿特尔尼说道，双眼透过眼镜，以怀疑的眼光望着他。

“你看我有希望得到这一职位吗？”

阿特尔尼有点手足无措。他一直在诱导菲利普等待获得更好的职位。但另一方面他太穷困了，无法继续无限期地供菲利普食宿。

“你可以先接受下来，一面等待较好的职位。假如你已被行里雇用，随时都有较好的机会。”

“我并不高傲，这你也知道。”菲利普微笑着说。

“你假如决定了，明天早晨八点三刻必须到那儿。”

尽管有战事，显然找工作仍然很困难，因为菲利普到店里时很多人已经在那儿等了。他认得一些过去找工作时见到的人，他发觉有个人有一天下午也在公园里到处躺。对菲利普来说，这个人同他一样无家可归，在外头露宿。这里挤满了各种各样的男人，老的，少的，高的，矮的。但是每个人都尽力在经理接见的时候显得漂亮：头发梳得光亮，手洗得特别干净。他们在一条走廊里等着，菲利普后来知道它是通往食堂和工作室的。走廊每隔几码就出现一个五六级台阶。虽然店里有电灯，这儿只点气灯。气灯上有铁丝笼保护着，燃得滋滋作响。菲利普准时到达，但是将近十点才允许他进入办公室。办公室是三角形的，好比一块侧放着的奶酪。墙上挂有身穿女士紧身胸衣的女人画和两张广告的印样，其中一张是一个穿着睡衣裤、脸色又青又白、迈着大步的男人。另一张是一条扯满风帆，在蔚蓝色的大海上乘风破浪的帆船。帆上用大号字母印着“白布大减价”。办公室的最宽的一边是其中一个橱窗的背面,这橱窗正在装饰。面试期间一个店员来回地走着。经理正在看一封信,他面色红润,长着一头沙茶色的头发和沙茶色的大胡子。他的表链中悬挂着一大串足球奖章。他只穿衬衫,坐在一张旁边有电话机的大书桌旁,面前放着当天的广告,即阿特尔尼的大作及贴在卡片上的剪报。他瞟了菲利普一眼,但没有和他讲话。他对打字员口授一封信。打字员是位姑娘,坐在角落的一张小桌子旁。然后,他盘问菲利普的名字、年龄及先前的工作经验。他操着伦敦土音,嗓门很高,声音刺耳,他好像总是控制不住这种声音似的。菲利普注意到他的上排牙齿又大又突出,给人一种松散的、一拔就掉的印象。

“我想阿特尔尼先生已经对你谈起我了。”菲利普说。

“唷,你就是画那张广告的年轻人吗?”

“是的,先生。”

“对我们没用处,懂吗,一点用处也没有。”

他上下打量着菲利普,似乎注意到菲利普在某些方面与前面几位应招人员不一样。

“你得去买一件长礼服,懂吗?我想你还没有。你似乎是个体面的年轻人。也许你发现搞艺术这行不合算。”

菲利普搞不清他究竟想不想雇自己。他以敌视的态度同菲利普说话。

“你家在哪儿?”

“我小时候父母就去世了。”

“我喜欢给年轻人一个机会。我已经给了很多年轻人这样的机会,他们现在都成了各部门的经理了。他们感激我,我得替他们说句公道话。他们知道我帮了他们的忙。从梯子的最低一级爬起,这是学做生意的唯一途径。以后,假如你坚持下去,你能获得何种结果,谁也难料。假如你合适的话,不久你就可以谋到一个像我现在这样的位置。记住我的话,年轻人。”

“我愿尽力而为,先生。”菲利普说。

菲利普知道他必须随时称他先生，但这在他听起来很别扭，他怕做得太过分了。经理很健谈。谈话使他愉快地觉得自己多么了不起。直到他啰啰唆唆说了许多话之后，他才给菲利普答复。

“好，我相信你会如此的。”他以自负的样子最后说道，“我不妨让你试试。”

“非常感谢你，先生。”

“你可以马上来上班，我每周付给你六先令和你的生活费。一切都是供给的，明白吗？那六先令只是零花钱，你爱怎么花都行，按月发薪。星期一开始上班。我想你没有意见吧？”

“没有，先生。”

“哈林顿大街，你知道在什么地方吗？在沙夫兹伯雷林荫道，那是你睡觉的地方，门牌十号。你愿意的话，星期天晚上就可以到那儿睡。随你的便，或者你星期一把箱子送到那儿也行，”经理点点头说，“再见。”

103

阿特尔尼太太借钱给菲利普，让他同女房东结账，以取走他的物品。他花五先令和一套衣服的当票，从当铺换了一件非常合身的长礼服。他赎回了其余的衣服。他让卡特·帕顿森将箱子送到哈林顿大街。星期一早晨他和阿特尔尼一块到商店去。阿特尔尼将他介绍给服装进货员后就走了。这个进货员是个快活的、爱小题大做的矮个子，三十岁，名叫桑普森。他和菲利普握手，为了显耀自己非常引以为自豪的本事，他问菲利普是否会讲法语。菲利普告诉他会时，他大为惊讶。

“还会别的语言吗？”

“还会德语。”

“唷，我自己偶尔去过巴黎。你会讲法语吗？你到过马克西姆大百货公司吗?”

菲利普被安置在服装部的楼梯顶端。他的工作包括指引顾客到各营业部门去。顾客似乎很多,正如桑普森先生漏嘴说出的。他突然发现菲利普走路一瘸一拐的。

“你的腿怎么啦?”他问道。

“我有一只脚畸形,”菲利普说,“但并不妨碍我走路或干其他的活儿。”

进货员怀疑地看了他一会儿。菲利普推测他正在想经理为什么雇他。菲利普知道经理没有看出他有什么毛病。

“我不指望你第一天不出差错。要是你有什么疑问,只要问问那些年轻的小姐就行了。”

桑普森先生掉头走了。菲利普想记住这个或那个部在什么地方,焦急地注视着问讯的顾客。下午一点他上楼吃午餐。大楼顶层的餐厅又大又长,灯火通明。可是所有的窗户为了防尘都关起来,厅里散发出令人厌恶的烹调菜肴的油烟味。一张张长餐桌铺着桌布,每隔几张桌子就有盛满水的大玻璃瓶。桌子中间是盐瓶和醋瓶。店员们吵吵嚷嚷地挤进来,在十二点半刚开过饭的店员坐过尚有热气的长凳子上坐下来。

“没泡菜。”坐在菲利普隔壁的男人说道。

他是个又高又瘦的年轻人,鹰钩鼻,脸色苍白。他的脑袋很长,长得凹凸不平,好像被人这里推一下那里捏一把似的。前额和脖子上长着又红又肿的大痤疮。他名叫哈里斯。菲利普发现,有时候桌上放有大盘大盘的各式各样的泡菜,这些很受欢迎。没有刀叉,但是过一会儿,一个穿着白褂子的又大又胖的男仆拿着两握的刀叉走进来,很响地摔到桌中。大家各取所需。刀叉是刚从脏水中洗完拿过来的,热乎乎、湿腻腻的。穿着白褂的男仆传递着一盘盘肉片汤。当他们用变戏法的敏捷姿势搁下每个盘子时,肉汁都溅到桌布上了。然后,他们端来了大碟大碟的白菜和土豆。菲利普一见到这些就倒了胃口。他看到每个人都倒了许多醋。嘈杂声震耳欲聋。他们高声谈话,喊着、笑着,还夹杂着刀叉的铿锵声和吃饭的怪声。菲利普高兴地回到服装部去。他逐渐记住每个部都在什么地方，有人问路时，他也较少问店员了。

“太太，第一在右，第二在左。”

生意不太多的时候有一两个女店员和他说说话，其实也只是三言两语。他觉得她们在打量他。五点他又被唤去餐厅用茶点。他乐意坐下来，大片大片的面包涂满了厚厚的奶油。许多人有果酱罐，这些罐子搁在“贮藏室”里，上面写上他们各自的名字。

六点半下班时菲利普累极了。午饭时坐在他隔壁的哈里斯，提出要领他到哈林顿大街去看看他睡觉的地方。哈里斯告诉菲利普，他房间里还有一张空床。由于别的房间都住满了，他希望菲利普住在那儿。哈林顿街上的那幢房子过去是个皮靴店，车间现在用来做宿舍。但是，因为那个窗子有四分之三用木板钉起来，并老关着，唯一的通风处是远端的天窗，房间很暗，发出一股霉臭味。菲利普谢天谢地不必住在这儿。哈里斯领他到会客室，它在二楼，里头有一架旧钢琴，它的键盘看起来像一排龋牙似的。桌上一个无盖的雪茄盒，里面有一副多米诺骨牌。过期的《河滨杂志》和《绘画》到处堆放。别的房间都用作寝室。菲利普的房间在顶楼，共六张床，每张床的旁边都立着一只大衣箱或小箱子。唯一的家具是一个衣柜，有四个大抽屉和两个小抽屉。菲利普是新来的，可使用一个抽屉，每个抽屉都配有钥匙，但钥匙都一样，也就没有什么用了。哈里斯劝他把贵重物品放在大衣箱里。壁炉台上有面镜子。哈里斯带菲利普看盥洗室。这是一间相当大的房子，八个脸盆放成一排。所有寄宿的人都在这儿洗漱。它通到另一间房子，里头有两个褪了色、沾满肥皂的木制澡盆。澡盆里满是一道道高低不同的黑圈圈，表明各人洗过澡之后留下来的水印子。

哈里斯和菲利普回到寝室时，发现一个高个子男人正在换衣服，另一个十六岁的男孩正在一边梳头一边拼命地吹口哨。过了一两分钟，那个高个子一声不吭地走出去了。哈里斯向这个小孩使眼色，那小孩，一边还在吹口哨，一边向哈里斯挤了挤眼。哈里斯告诉菲利普，那个男人叫普赖尔，他当过兵，现在在丝绸部供职。

他总是独来独往，天天晚上都出去，就像这样，连一句晚安都不说，就去找他的女朋友去了。哈里斯也出去了，只留下小男孩好奇地看菲利普解行李。他名叫贝尔，无报酬地在缝纫用品店里当差。他对菲利普的晚礼服很感兴趣，还把房间里其他人的情况告诉菲利普，并问了有关他的种种问题。他是个活泼的青年，在谈话的间歇，用半嘶哑的声音唱着从杂耍剧场学来的歌曲。菲利普整理完毕便去逛街，去看川流不息的人群。他偶尔停在饭馆门口，看着人们走进去。他觉得肚子饿，便买了个干甜面包边逛边吃。门房给了他一把钥匙。门房十一点一刻关气灯。菲利普害怕被锁在外面，按时回来了。他已经晓得罚款制度了：假如你十一点钟以后回来就得罚一先令，假如十一点一刻回来就得罚两个半先令，此外还要告发你。连犯三次你就被解雇了。

菲利普回来时，除了那个军人，其他人都回来了，有两个人已经上床睡觉了。他们喊着与菲利普打招呼。

"哦，克拉伦斯！捣蛋鬼！"

他发觉贝尔用他的晚礼服套在睡枕上。这孩子喜欢开这个玩笑。

"你应该在社交晚会上穿这套晚礼服，克拉伦斯。"

"一不小心，他会勾上林恩商行的交际花呢。"菲利普已经听说过社交晚会的事了，因为职员们的牢骚之一，就是从工资扣钱来举办这些晚会，每月只扣两先令，这里面还包括医疗费和使用破烂不堪的小说图书馆费。可是每月还得扣去四先令的洗衣费，菲利普发现他每周六先令就有四分之一永远也到不了他手里。

大多数人都把咸肥肉片夹在厚厚的面包卷中间。这些店员们通常当作晚饭吃的三明治，是由隔几道门的一个小商店供应的，每个两便士。军人蹒跚地走了进来，默默地、迅速地脱掉衣服，一头栽到床上。十一点过十分，气灯猛烈地跳了一下，五分钟之后灯灭了。那位当兵的睡着了，其他人穿着睡衣裤围挤在大窗口跟前，把吃剩下来的三明治，往下面穿过街道的女人身上扔，向她们喊着玩笑的话。这幢房子的对面，六层高的大楼是犹太裁缝的车间，十一点才收工。那里的房子灯火通明，窗户上没有百叶窗。裁缝老板的女儿——这一家由父亲、母亲、两个小男孩子和一个二十岁的姑娘组成——收工时，把楼里各处的电灯关掉。有时她允许其中的一个男裁缝向她求爱。菲利普房间里的店员，从观看留下来追逐这个姑娘的这个男人或另一个男人的活动中，获得很大的乐趣，他们还打赌看谁会取胜。半夜，人们被撵出街道末端的哈林顿阿尔姆斯酒家了。不久以后，他们也统统睡觉去了。睡在最靠近门的贝尔，从这张床跳到那张床，即使跳到了自己的床上，嘴里也还是说个不停。终于，除了军人的均匀持续的呼噜声外，一切都静寂了，菲利普也睡着了。

第二天七点，一阵清脆的铃声把他吵醒。到七点三刻，他们都已穿好衣服，套上袜子，匆忙跑下楼去取自己的靴子，他们边结靴带边跑到牛津街的店里去吃早饭。店里八点开饭，假如他们迟到一分钟，他们就吃不上饭了。一旦进了店，他们就不允许出去买东西吃。有时，假如他们知道不能及时地进店，便停在宿舍旁边的小商店里买两个面包。但这要多破费，大多数人不吃早饭就走，直饿到中午。菲利普吃了些面包和奶油，喝了一杯茶。八点半，他又开始了一天的工作。

“太太，第一在右，第二在左。”

不久，他开始很机械地回答问话。这工作非常单调，又很累人。过了几天后，他的脚疼得几乎站不住。又厚又软的地毯使他的脚火辣辣的，晚上脱袜子时脚很疼。对此大家都满腹牢骚。招待员同伴们告诉他，袜子和靴子由于不断地出汗就这样烂了。宿舍里所有的人也同遭此罪。他们采取睡觉将脚伸出被外的方法，以减轻疼痛。起初，菲利普根本走不动，接连好几个晚上，他不得不在哈林顿街的会客室里，将双脚伸进一桶冷水中。在这些场合，只有贝尔与他为伴。这个在缝纫用品店的孩子，常常留下来整理他收集的邮票。他一边用小片的邮票纸将邮票固定起来，一边单调地吹着口哨。

104

社交晚会每隔一周的星期一举行。菲利普到林恩商行的第二星期初有一次。他同服装部里的一个女人约好一块去。

“对她们迁就一点，”她说，“就像我一样。”

这位是霍奇斯太太，一个四十五岁的瘦小女人，头发染得很糟，蜡黄的脸上布满了细小的红色网状血管。淡蓝色的眼睛有着黄眼白。她喜欢菲利普。他来商店里不到一星期，她便叫他的教名了。

“我们都知道落魄是什么滋味。”她说。

她告诉菲利普她的真名不是霍奇斯，但她总是提到“我丈夫罗奇斯先生”。她丈夫是个律师，待她坏得出奇，因此她宁肯自立，离开了他。可是她已经懂得了乘坐自己的马车的乐趣，亲爱的——她把每个人都叫亲爱的——他们家的正餐总是很迟。她常常用一根很粗的银饰针剔牙。饰针打成鞭子和猎鞭的交叉状，中间有两个踢马刺。菲利普对自己所处的新环境感到很不安。商店里的女孩子叫他“傲慢的家伙”。有一个叫他菲尔，他没有回答，因为他一点也没意识到她在跟他说话。所以她把头往后一仰，说他是个“自高自大的家伙”。下次见到他时便以讽刺的口吻叫他凯里先生。她叫朱厄尔小姐，打算和一位大夫结婚。别的女孩子从来没见过这个医生，但她们都说他准是个绅士，因为他赠她许多可爱的礼物。

“她们怎么说你，你别去理它，亲爱的，”霍奇斯太太说，“我已经是过来人了。她们不识好歹，可怜的家伙。你听我的话吧，假如你像我这样自强不息，她们会喜欢你的。”

社交晚会在地下餐厅举行。餐桌被堆在一边，以便腾出地方来跳舞。小一点的桌子也摆好，供人们玩轮换式惠斯特纸牌。

“头头们早早就得来。”霍奇斯太太说。

她将他介绍给贝内特小姐。贝内特小姐是林恩商行的美人。她是裙子部的进货员。菲利普进来时,她正同“男袜部”进货员攀谈着。贝内特小姐身材高大,一张红润的大脸盘涂上了厚厚的脂粉,胸脯高高隆起,淡黄色的头发梳理得很精致。她的装束过分考究但穿得还算入时。她穿着高领的黑衣服,戴着光滑的黑手套,打牌时也不脱下。颈上套着几条沉甸甸的金链子,腕上戴着手镯,还戴有圆形头像的垂饰,其中一个有阿历山德拉女皇的头像。她手里拎着一只黑色的缎子手提包,嘴里嚼着口香糖。

“见到你很高兴,凯里先生,”她说,“这是你头一次来参加我们的社交晚会吧?我觉得你有点害羞,但这没必要,真的。”

她尽力使大家不拘束。她拍着他们的肩膀,不停地哈哈大笑。

“我不是个淘气鬼吧?”她回过头对菲利普大声说道,“你对我一定会有看法吧?可是我自己忍不住啊。”

参加社交晚会的人进来了,他们大多数是年轻的职员,尚没有女朋友的小伙子和没有男朋友的姑娘。好几个青年男子穿西装便服,结着白色的晚礼服领带,带着红丝绸手帕。他们预备表演节目,表现出繁忙、心不在焉的神情。有些人很从容,有些人则很紧张,以忐忑不安的眼光望着听众。不久,一个满头浓发的姑娘在钢琴旁坐下来,手指很响地划了一下键盘。听众坐定后,她环视一下四周,报出她演奏的曲子:“《在俄罗斯驱车旅行》。”

她在一阵掌声中灵巧地将几只小铃系在手腕上。她微笑着,随即弹奏出激昂的曲调。演奏结束时又爆发出一阵更热烈的掌声。掌声平息后,应听众的要求,她又演奏一支模仿大海的调子。她以微微的颤音来表达起伏的波浪,以雷鸣般的和弦和强音踏板表示暴风雨。而后,一个男人唱了一支《和我道别》,应听众要求再来一首,只好再唱《催眠曲》。听众既有高雅的鉴赏力,又个个热情洋溢,为每个表演者鼓掌,直到表演者同意再来一个为止。因此也就不存在某人比某人掌声更热烈的妒忌了。贝内特小姐仪态万方地走到菲利普跟前。

“我相信你会弹琴或唱歌的,凯里先生。”她狡黠地说道,“我从你的脸上可以看出来。”

“恐怕我不会。”

“朗诵会吧?”

“我没有什么拿手好戏。”

“男袜部”进货员是闻名的朗诵家。他这个部所有的店员大声地喊着要他朗诵。他不需要再三地催促,便朗诵了一首富有悲剧色彩的长诗。他的眼珠骨碌骨碌地转,把一只手放在胸前,表演得好像悲痛欲绝似的。他晚上吃黄瓜这一点在最后一行诗句中被泄露了,引起哄堂大笑。笑声有点勉强,因为这首诗大家都很熟悉,可是掌声又热烈又经久。贝内特小姐不弹不唱也不朗诵。

“噢,她自己有一套小把戏呢。”霍奇斯太太说。

“喂,别来拿我开心了。事实上手相术和预见力我真还懂得不少呢。”

“唷,给我看个手相吧,贝内特小姐。”她那个部里的姑娘为了讨好她,大声喊道。

“我不喜欢看手相,确实不喜欢。我曾对人说过不少可怕的事,后来一个个都应验了,这就使人变得有点迷信了。”

“嗳,贝内特小姐,就这一次好了。”

一堆人围着她。伴随着混乱的尖叫声、哧哧的痴笑声、惊愕和赞叹的喊叫声,以及涨红的脸庞,她神秘地讲起皮肤白嫩和皮肤黝黑的男人,讲起信中的钞票以及旅行的故事,直到她那张粉脸挂满了豆大的汗珠。

“瞧我,”她说,“我浑身是汗了。”

晚饭九点开始。有糕点、面包、三明治、茶和咖啡,都是免费供应。假如你想喝矿泉水就得付钱。年轻人对女人献殷勤,常常请女士们喝姜汁啤酒,但出于一般的礼节,她们都拒绝了。贝内特小姐非常喜欢姜汁啤酒。在晚会上她总要喝上两瓶,有时甚至三瓶。但是她坚持自己付钱。男人们都因此而喜欢她。

“她是个古怪的老处女,”他们这样说道,“但是请当心,她人可不坏，不像有些人那样。”

晚饭后玩轮换式惠斯特牌，吵得很。当人们换桌时，又是喊又是笑。贝内特小姐觉得越来越热了。

“瞧我，”她说，“我都成了汗人儿了。”

到适当的时候，一个劲头十足的年轻人说，假如想跳舞，最好现在就开始。刚才伴奏的姑娘坐到钢琴前面，将一只脚果断地放在强音踏板上。她奏起如梦般的华尔兹舞曲，以低音打着拍子，而用右手交替弹奏八度音。为了变花样，她交叉着手，奏起低音乐曲。

“她确实弹得不错吧？”霍奇斯太太对菲利普说，“而且她无师自通，全凭听来的。”

贝内特小姐最喜欢跳舞和诗歌。她跳得很好，但舞步非常非常缓慢。她眼睛里的那副神情，好像表明她的思绪是非常非常遥远似的。她上气不接下气地谈起了舞蹈地板、热气和晚餐。她说波特曼公寓有全伦敦最好的地板，她总喜欢在那儿跳舞。在那儿跳舞是很挑剔的，跟自己一点也不了解的各色各样的男人跳舞，她受不了。这样一来，你可能会接触到多少意想不到的麻烦事啊。差不多所有在场的人都跳得很好，他们玩得很痛快。他们汗流浃背。年轻人衣服上高高的硬领软耷下来了。

菲利普观看着。他突然感到比以往任何时候都沮丧。他孤单得难以忍受。他不想走，因为他怕显得目空一切。他和姑娘们谈笑着，但心里是不快的。贝内特小姐问他是否有女朋友。

“没有。”他微笑着说。

“嗳，这儿的姑娘多着呢，任你挑。她们当中有一些是非常好的、非常体面的姑娘。希望你不久能在这儿找上一个。”

她非常狡黠地看着他。

“对人迁就点，”霍奇斯太太说，“我刚才就是这么对他说的。”

将近十一点，晚会结束了。菲利普睡不着，他也像别人一样，把那双滚烫疼痛的脚伸出被外。他竭力不去想自己正在过的这种生活。耳边传来了军人轻微的鼾声。

105

店员的工资每月由秘书发放一次。到了发工资的那一天,一批批店员喝完茶,从楼上下来,来到走廊里,依次排在等待发工资的井然有序的人群后面,好像美术馆门外排着长队的观众似的。他们一个接一个地进入办公室。秘书坐在办公桌后面,面前摆着许多盛钱的木匣子。他叫到店员的名字后用怀疑的目光瞟了那个店员一眼,再迅速地看了一下花名册,随后高声地读出该付的工资数,并从木匣中取出钱来放在手里数着。

"谢谢,"秘书说,"下一个。"

"谢谢。"领了工资的店员回礼道。

这个店员再到另一位秘书那里,交付四先令的洗衣费,两先令的俱乐部费,如被罚款还得交上罚金。然后带着剩下来的钱离开办公室,回到自己的营业部去,在那儿直到下班。和菲利普同宿舍的多数人都欠卖三明治的女人的钱,他们晚饭一般吃三明治。她是个有趣的老太婆,很胖,脸盘宽阔,红光满面,一头黑发同画像中的维多利亚女皇早年的发式一样,整齐地梳在前额的两旁。她老是戴着一顶黑色的无边女帽,腰里系着一条白围裙,两只袖子卷到胳膊肘上。她用那双肮脏、油腻的大手来切三明治。她的背心、围裙和裙子上满是油渍。她叫弗莱彻太太,但大家都称她"大妈"。她也确实喜欢这些店员,叫他们为"我的孩子"。到三月底,她总毫不在乎地让他们赊欠。大家都知道,有时某个店员有困难时她还借他几先令呢。她是个善良的妇人,店员们要外出度假或者度假回来,他们都吻吻她那胖胖的红脸颊。不止一个被解雇又一时找不到工作的人,不付分文地从她那儿弄到点吃的以苟延残喘。店员们都深感她的慷慨大方,也以真诚的感情回报她。人们流传着这样一个故事:有一个人在布雷福德发了大财,自己开了五个店铺。十五年之后他又回来拜访弗莱彻大妈,送给她一块金表。

菲利普发现一个月工资还剩下十八个先令。这是他平生第一次自己挣的钱。他不但没有感到应有的骄傲,反而觉得沮丧。工资的微薄更显出了他境况的困窘。他拿十五先令给阿特尔尼太太,还给她部分欠款,但是她只收了十先令,一个子儿也不肯多收。

"您知道,照此付还,我得八个月才能还清欠账。"

"只要阿特尔尼不失业,我就能够等待,而说不定他们会给您涨工资呢。"

阿特尔尼老是说要替菲利普找经理说情,说不利用他的才能是很荒唐的。可是总不见他行动。菲利普不久便得出结论:这位新闻代理人在经理眼里,并不像阿特尔尼自己认为的那样是个举足轻重的人物。他偶尔也在商店里见到阿特尔尼。他那夸夸其谈的劲头不见了,而是低三下四,像个态度谦恭的小老头,穿着整齐、普通和蹩脚的衣服,步履匆匆地穿过各个营业部,好像怕被人看到似的。

"每当想到我在公司里大材小用时,"他在家里说道,"我几乎想辞职。那儿没有我的用武之地,我的才能受压抑,连肚子也填不饱。"

阿特尔尼太太在一旁默默地做着针线活,不理会他的牢骚。她将嘴绷紧了一点。

"如今找工作很难。这个工作牢靠,收入固定,只要人家满意你,我希望你别发牢骚,继续待下去。"

显然,阿特尔尼会待下去的。看到这位没受过教育,也没有履行合法手续就和他同居的女人,竟能左右这位才华横溢、反复无常的男人是很有意思的。如今菲利普的境遇不同了,可是阿特尔尼太太仍像慈母一般体贴他。她热切地想让菲利普吃顿好饭的心情,使菲利普很受感动。每个星期天在这友好的家里度过,这是他生活的一种安慰(当他渐渐习惯于这种生活时,单身生活的单调乏味不禁使他害怕了)。坐在堂皇的西班牙椅上,同阿特尔尼探讨各种问题,这是一种享受。尽管阿特尔尼的处境困难,但是每次不把菲利普说得心花怒放是不让他回到哈林顿街的。起初，菲利普为了不使先前的学业荒废，还想继续读读医学书籍。但他发现无济于事，劳累一天后已筋疲力尽，再也无法集中精力看书了。他不知道什么时候才能重返医学院，工作之余继续用功又有何用处？他经常梦到他在病房里，一觉醒来，感到特别痛苦。看到屋里还睡着别人，菲利普有说不出的心烦。他已习惯于孤身独处，现在却老得跟别人混在一块，一刻也不能独自清静待着，这种时刻，于他是极可怕的。正是这时候他发觉要战胜自己的绝望情绪是何等不易。他看出自己须无休止地过着"太太，先往右拐，左边第二个房间"的生活，并且他不被解雇就得谢天谢地了。那些上战场的店员很快就会复员回来，公司已保证保留他们的职位，这意味着别人将被解雇。他还得勤快点方能保住这个可怜的职位。

唯一能使他摆脱这种困境的就是他伯父的去世。到那时，他可以获得几百镑，有了这笔钱他就能在医学院修完全部课程。菲利普开始竭力地指望他伯父早点死去。菲利普推测他还能活多久，伯父早已过了古稀之年了。菲利普不知道他的确切的年龄，不过至少也有七十五岁了。他患有慢性支气管炎，每到冬天总是咳嗽得很厉害。虽然，有关老年支气管炎的细节，菲利普已能倒背如流，却仍然一遍又一遍地查阅有关医学书籍。只消一个严冬这老人就受不了。菲利普一心盼望着严寒和下雨。他对此思虑成癖。威廉伯父也受不了酷暑，而八月份里，就有三个星期酷暑的天气。菲利普幻想，说不定有一天报丧的电报会飞来，他想象那时他会感到难言的宽慰。当他站在楼梯顶，给前往各营业部的人们指路时，脑子里却老是考虑要用这笔钱来干什么。他不知道这笔钱有多少，也许只有五百镑，但即使这么一点也足够了。他将立即离开这家商店，他懒得去辞职，箱子一捆，谁也不告诉就悄悄溜掉，然后他将回医院去。这是第一步。他会荒废很多功课吗？他可以在六个月之内，把荒废的功课全部补回来。然后他将尽快地参加那三个科目的考试，先考妇产科，再考内科和外科。他非常害怕伯父会不顾诺言，把遗产馈赠给教区或教会。这想法使菲利普忧心忡忡。

伯父该不会这么残酷吧。不过,假如这样的事发生,菲利普早已拿定主意了,他不会继续这样干下去。他忍受这样的生活,是因为他还有所指望。没有了希望也就不存在畏惧。到了那个地步,唯一勇敢的举动就是自杀。这菲利普也考虑过了,连他将服用什么致命无痛苦的药,以及如何弄到这种药他都想好了。他越想胆量越大,倘若事情到了无法忍受的地步,无论如何他还有这一条最后的出路。

"向右拐第二个门,然后下楼,太太。左边第一个门,一直走到底。菲利普斯先生,请往前走。"

菲利普每月值班一周。他早晨七点就得到营业部去,监督那些清洁工。等他们打扫完毕,他得把架子上和模特儿上的防尘纸拿掉。晚上,店员们离开之后,他又得把它们覆盖在模特儿和架子上,再招呼清洁工打扫。这是桩吃灰尘的肮脏活。在店里不许看书、写字或抽烟,他只能到处走动,时间很难挨。九点半下班时公司免费供应他一顿晚餐,这是他的唯一安慰。因为他是下午五点吃的茶点,此时已饿得食欲大振,公司里供应的面包、奶酪和充裕的可可深受欢迎。

菲利普来林恩公司三个月后的一天,进货员桑普森先生怒气冲冲地走进服装部里。原来经理进来时正巧注意了一下服装橱窗,便把桑普森先生找去,对橱窗的色彩搭配狠狠地挖苦了一通。桑普森先生不得不默默忍受上司的挖苦,一回来便拿店员出气。把那位负责装饰橱窗的可怜虫臭骂了一顿。

"什么事都得我亲自动手,"桑普森先生大发雷霆,"我过去一直是这么说,将来还是这么说,什么事也不能放手让你们干。你们还说自己聪明,是吗?聪明个屁!"

他冲着店员们这样骂着,仿佛这就是最尖刻的痛斥了。

"你难道不懂得,如果在橱窗里涂铁蓝色,就会把其他的蓝色冲淡了吗?"

他恶狠狠地环视了一下营业部,目光落到了菲利普身上。

"凯里,下星期五你来装饰橱窗,现在看你的了。"

他气愤地嘟囔着，走进了自己办公室。菲利普情绪低落。到了星期五早晨，他怀着羞愧得直想恶心的心情钻进橱窗。他只觉得双颊发烫。让自己在路人面前展览是极可怕的。尽管他自我告诫说屈服于这种心理是愚蠢的，他还是背向着大街。这时候不太可能有医院里的学生经过牛津大街，而且他在伦敦几乎什么人都不认识。然而，菲利普装饰橱窗时，总觉得喉咙里塞了团棉花似的。想象一回过头来，就会接触到某个熟人的眼光，他尽快地干着。通过简单观察，他看出橱窗里所有的红色服装全放到一起了，他将这些服装分开，比先前间隔开点，就取得了很好的效果。进货员走到街上观看实际效果时，显然十分满意。

“我知道让你来装饰橱窗准没错。事实是，你和我都是绅士，请注意，我在服装部里是不会这么说的。可是你我都是绅士，这一点随时随地都可以看得出来。你就是对我说看不出来也没用，我知道事实确实如此。”

从这以后菲利普经常被派去干这项工作，但是他不习惯抛头露面的工作。他害怕星期五早晨，这一天他得重新装饰橱窗。这种恐惧心理使他早晨五时就醒来，心里难受得躺在床上再也无法入眠。服装部的姑娘们注意到了他那副羞怯的样子，而且她们很快就发现他背向着街道的奥秘了。她们嘲笑他，说他是“自高自大的家伙”。

“我想你是怕被你的姑妈撞见，剥夺你的遗产继承权吧。”

总的说来，他同这些姑娘们相处得很不错。她们认为他有点古怪。然而他的跛脚似乎是他与众不同的理由。她们还发现他的脾气蛮好，帮助别人他绝不在乎。他礼貌周全，性情平和。

“看得出，他是位绅士。”她们议论说，“就是太不爱说话了，不是吗？”一位年轻妇女说，因为菲利普听了她热情洋溢地说起戏剧却无动于衷。

她们中大多数都已“名花有主”了，那些尚没有找到“伴侣”的，却说她们宁肯让人认为还没有谁倾心于她们。有一两位姑娘开始流露出跟菲利普调情的迹象，他神情严肃又饶有兴味地注视着她们的种种花招。他早已尝过谈情说爱的苦头了。况且他差不多总是感到疲乏和饿得慌。

106

菲利普避开他境况优裕的岁月里熟悉的地方。在比克街小酒店里的小聚会业已散伙。麦卡利斯特失去了朋友的信用之后再也不来了，海沃德又去好望角，只剩下劳森一个人了。菲利普觉得这位画家现在和自己毫无共同之处，也就不想见他。可是，一个星期六的下午，午饭后菲利普换了衣服，沿着里根特大街，朝圣马丁巷的免费图书馆走去，打算在那儿消磨一下午，突然与劳森迎面邂逅。起初，他本想一言不发地走过去，可是劳森不放过他。

"你近来究竟上哪儿去了？"他高声问道。

"我？"菲利普说。

"我写信给你，请你到画室参加一个小宴会，而你连个回音也没有。"

"我没有接到你的信。"

"是没有，这我知道。我到医院去找你，看见我的信还放在信架上。你已经放弃学医了吗？"

菲利普犹豫了好一会儿，他羞于把真情告诉他，但又为自己的羞愧感到愤然。他硬着头皮道出真情，又禁不住脸红了。

"是的，我花光了仅有的那点钱，没有钱继续我的学业。"

"唉，我真为你难过。那你现在在干什么呢？"

"我当顾客招待员。"

说这句话时菲利普鼻酸喉塞了。但是他决意不隐瞒真相。他两眼紧盯着劳森，看到劳森那副尴尬的样子，菲利普哈哈大笑起来了。

"假如你肯光临林恩和塞德利公司，走进'成衣服装部'，就可以见到我身穿长礼服，潇洒地四处溜着，给那些前来选购衬裙或长筒袜的太太们指路：‘第一部在右边，第二部在左边，太太’。”

劳森看菲利普拿自己的职业来开玩笑，便极不自然地笑了，不知道该怎么说才好。菲利普描绘的这幅图景使他不寒而栗。但他又不敢流露出自己的同情。

“这对你来说倒是个变化啊。”他说。

说出这不得体的话后，他立即后悔了。菲利普也顿时涨得满脸通红。

“是有点儿变化。”他说，“顺便说个事，我还欠你五个先令呢。”

他把手伸进口袋，掏出了几枚银币来。

“噢，这没关系，我早都忘了。”

“别胡说了，拿去吧。”

劳森默默地收下了钱。他们站在人行道当中，来往的行人挤撞着他们。菲利普的眼里射出嘲讽的目光，使得这位画家的心里很不好受。他没能看出菲利普的失望而沉重的心情。劳森极想帮他的忙，可又茫然不知所措。

“我说呀，你到我画室来，咱俩聊聊好吗？”

“不啦。”菲利普说。

“为什么不呢？”

“没有什么可聊的。”

他看见劳森的眼里流露着痛苦的神色。他虽觉得遗憾，但也是没法子的事，他不能不为自己着想。一想到与人谈论他眼下的困境，他简直受不了。只有决意不去想它才能忍受。他生怕一旦打开心灵的窗户，他脆弱的精神会彻底崩溃。况且他对自己曾经遭受过痛苦的地方，有着无法抑制的厌恶情绪。他对自己过去所蒙受的耻辱记忆犹新：他饿得发昏，在画室里等着劳森施舍一顿饭以及最后一次向他借五先令的情景。他不愿意见到劳森的面，因为一见到他就会使他回忆起那些狼狈、落魄的日子。

“那么，找一个晚上跟我一块吃饭，哪一天来由你决定。”

菲利普被这位画家的善意感动了。他想,各种各样的人都待他特别好,真有点不可思议。

"您太好了,老朋友,不过我还是不去的好,"他伸出手来说,"再见!"

被这令人费解的举动弄糊涂了的劳森迷惘地握着他的手,菲利普迅速地一瘸一拐地走了。他心情沉重,像往常一样他又开始责备自己所做的事了。他不明白是什么样的疯狂的自尊心使他拒绝了送上门来的友谊。他听到后头有跑步赶来的脚步声,不久便听到劳森在喊他。他停了下来,突然,傲慢的感情又压倒了他,他对劳森板着一副冷冰冰的脸孔。

"什么事?"

"我想,你听到海沃德的消息了吧?"

"我只知道他上好望角去了。"

"他上岸后不久就死了,你知道吗?"

菲利普沉吟片刻,简直不相信自己的耳朵。

"怎么死的?"他问。

"哦,得伤寒症死的。真不幸,是吧?我想你可能还不知道。刚听到这消息时,我也大吃一惊。"

劳森很快地点点头,便走开了。菲利普只觉得心头掠过一阵战栗。他以前从未失去过一位年龄与他相仿的朋友。至于克朗肖,他的年龄比菲利普大很多,他的去世,是正常的自然规律。这个消息令他感到特别震惊,使他联想起自己也是必然要死的。像其他人一样,菲利普虽然也完全清楚人皆有一死,但内心深处总没意识到这种事会落在自己头上。虽说他对海沃德早就没有了亲密的感情,但是海沃德的猝然离世,还是猛烈撞击着他的心。他一下回想起了他们的所有友好的谈话,不由得悲痛万分,因为他们永远不可能在一起促膝交谈了。他们初次见面时的情景,他们一起在海德堡愉快地度过的时光,都还历历在目。回想起那逝去的岁月,菲利普不由得黯然神伤。他机械地迈动双脚朝前走,也没注意走往哪儿去。突然,他愤然意识到自己是沿着沙夫茨伯里林荫道闲逛着，而不是拐入草市街，再折回去又令他厌烦。这则不幸的消息使他心烦意乱，他没心思看书，只想独自坐下来沉思。他决定去大英博物馆，现在，独自坐在幽静处是他唯一的享受。自从进了林恩公司，他常常去那儿，坐在来自巴台农神殿①的群像前，无忧无虑地让众神来安慰他那焦虑不安的灵魂。可是今天下午众神对他没有任何的启示，不耐烦地过了几分钟之后他便走了出来。这里游人太多了，有一脸蠢相的乡下人，也有专心致志读着旅游指南的异国游客。一张张丑陋的面孔玷污了这些永恒的杰作。他们的烦躁不安扰乱着诸神不朽的安宁。他走进另一间房子，这儿游人罕至，菲利普疲乏地坐了下来。他的神经异常兴奋。脑海里老是出现这些游人的面孔。有时候在林恩商店里，他也有同样的感觉。他惊骇地看着他们从他眼前鱼贯而过。他们一个个丑陋不堪，脸部表情如此的卑劣，叫人看了实在可怕。他们的脸面被下贱的欲望所扭曲，令人觉得他们对于任何美的概念，都视为不可思议。他们生就一双狡黠的眼睛，尖嘴猴腮。他们并没有什么邪恶，只是小心眼和庸俗罢了。他们的幽默也只是一种低级的趣味。有时，他眼睛望着他们，心里却不知不觉地思量着，他们究竟类似哪种动物。看到他们仿佛都是些羊呀，马呀，狐狸或山羊。一想到人类，他心里就充满了厌恶（他极力不做这样的联想，生怕摆脱不了这种观念）。

但过一会儿，他受到房间里宁静气氛的熏陶，心里渐渐平静了下来。他开始漫不经心地浏览房间里林立的墓石。它们是公元前四五世纪雅典石匠的杰作。它们很简朴，并非天才之作，然而却体现了古朴风雅的雅典精神。随着岁月的流逝，一块块墓石的棱角磨平了，都呈蜂蜜一般的颜色，使人们不由得想起海米塔斯山②上的蜜蜂。有的墓石雕刻着坐在长凳上的裸体人像，有的表现的是弥留之际的人和那些爱恋他的人别离的场面，有的是生命垂危的人紧紧地抓住活在人世间的人的场景等等。所有的墓石画面都是

---

① 巴台农神殿，希腊雅典女神雅典娜之神殿，约在公元前438年建成。

② 海米塔斯山，希腊中东部一山脉，高三千三百六十七英尺，靠近雅典。

悲剧性的生离死别,除此再没有别的了。它们的淳朴格外动人。朋友之间的生离,母子之间的死别,何等哀切悲壮!使活着的人更为悲痛。那都是很久很久以前的事了,沧海桑田,不知又过去了多少个世纪,两千年前流泪痛悼死者的人们,已经同他们为之哀悼的死者一样变成了一抔黄土。然而悲哀尚存人间,眼下它正充满着菲利普的心。因此他内心的怜悯之情油然而生,他接连喟叹着:

“可怜的人们啊,可怜的人们。”

菲利普突然又想起那些张口呆看的游客,那些手拿旅游指南、大腹便便的异国客人,以及那些为满足不足挂齿的欲望和俗不可耐的爱好,而拥进商店的平庸之辈,他们是不能永生的,是必定要死的。他们也有所爱,但又必定要跟他们所爱的人永远离别,儿子要同母亲诀别,妻子要同丈夫永别。而且,也许由于他们的生活是丑恶和肮脏的,对究竟是什么给世界带来了美这一点全然不知,他们的离别会更加凄惨悲哀。有一块非常漂亮的墓石刻着两个年轻人手拉手的浮雕。浮雕线条严谨,风格质朴,令人感到这位雕刻师是带着真情实感从事创作的。它是一座比世上任何事物更可宝贵的精巧优美的纪念碑——友谊的丰碑。菲利普目不转睛地看浮雕,不觉泪水汪汪。他想起了海沃德,想起初次见面时对他的热情的赞扬。想到这种钦佩之情是如何幻灭的,以致彼此冷淡,后来除了习惯和往事的回忆外,再没有什么能把他们维系在一起了。这是生活中的一件怪事:你几个月天天与一个人见面,你跟他的关系十分亲密起来,没了他简直不知如何活下去。后来两人分离了,而一切却依然故我,那个原先认为一刻也离不开的伙伴则变得可有可无了。你的生活照常进行,你甚至连想也不想他了。菲利普想起早年在海德堡的那些日子。那时候有能力干出一番轰轰烈烈大事业来的海沃德对未来一直充满激情,后来不知怎的却一事无成,自暴自弃了。现在他死了,他的死,如同他活着一样,毫无价值。他默默无闻地死于一种愚昧的病症,直到生命终止,也还是一事无成,仿佛世界上从不曾有过他这个人似的。

菲利普绝望地问着自己:人活着究竟有什么用呢?世间万物,

一切皆空。克朗肖也是如此,他活着默默无闻,碌碌无为。他一死便被人们遗忘了,剩下的几本诗集则由一个旧书商廉价出售。他的一生,除了给一个爱管闲事的记者写篇评论文章提供机会之外,就别无意义了。于是菲利普从心灵深处惊呼:

“活着有什么用呢?”

人们一生中所做的努力和它最后的结局何其不相称啊!人们要为青年时代对未来的美好憧憬,付出饱尝幻灭之苦的惨重代价。痛苦、疾病和不幸,把人生天平的一端沉重地压了下来。这一切都意味着什么呢?他联想到自己的一生,想起开始步入人生时自己的踌躇满志,想起了身患残疾给他带来的种种限制,想起了他举目无亲、无依无靠的身世,想起了他在没有疼爱、无人关照的环境中度过的青年时代。他不明白,自己除了做些看来全部是最好的事外,别的什么都没干过,却一下摔了个大跟头,陷入了不幸的深渊。能力并不比他强的有些人混得很出色,能力比他强得多的一些人反而失败了,看来这纯粹是机遇。雨水毫无偏向地落在每个人身上,不管是正直的人或是邪恶的人。莫要问为什么,因为这里面是没有道理可讲的。

一想起克朗肖,弗利普便记起他赠送给自己的那块波斯地毯,告诉他说这块地毯将提供人生意义的答案。突然间,他悟出了这个答案,不觉“扑哧”一声笑出声来。这好比猜谜语,百思不得其解,一经亮出谜底,你会奇怪自己怎么会猜不到呢。答案很明显:人生毫无意义。地球不过是颗在空间快速运行的星体的卫星,在形成地球这颗行星的某些条件的作用下,生物应运而生了。既然在某些条件的作用下,地球上有了生命的开端,那么,在其他条件的作用下,也将会有生命的终结。人,并不比其他形式的生命意义更重大;人类的出现,并不是造物的顶点,而是自然对环境做出的反应而已。菲利普记得有关东方国王的故事。这位国王迫切想了解人类的历史,一位圣人便给他送来了五百卷书籍,由于国王忙于朝政,无暇披阅,便责成圣人精简缩短。二十年后那位圣人回来了,这本历史书籍已压缩得只剩下五十卷。可是国王已年近古稀,无力阅读这么大部头的古书，又再次责令圣人删节。又二十年过去了，白发苍苍、老态龙钟的圣人只带来了一本国王孜孜以求的历史知识书籍。可此时国王已气息奄奄，行将就木，连这么一本书也没时间阅读了。于是这位圣人把人类的历史归结成一行字，呈送给国王。上面是这样写的："人诞生于世间，受苦、受难，然后死去。"人生没有意义，人活着也没有目的。他出生与否，生死与否，都无关紧要。活着微不足道，死也就无足轻重。想到这里，菲利普心里不由得一阵狂喜，就像他童年时代，当摆脱了信仰上帝的重压后那样的狂喜。在他看来，人生的最后一副重负已经从他身上卸掉；他平生第一次感到彻底的自由了。他对人生的理解已化成了力量，一下觉得自己强大无比，同一直在折磨迫害他的命运势均力敌了。因为，假如人生是毫无意义的话，世间就无残酷可言。他所做的，或尚未做的事情都无关紧要。失败不必介怀，成功也等于零。他是暂时占据地球表面之一隅的芸芸众生中的最不起眼的人。他又是全能的，因为他已经从混沌中，探索出人生无价值的奥秘。万千思绪一个接一个地涌进菲利普热切的想象中，他兴奋得深深吸了口气。他止不住想手舞足蹈、引吭高歌一番。他已经好几个月没有这么高兴过了。"啊，人生，"他暗暗喊道，"啊，人生，你的痛苦与不幸何在？"毋庸置疑的论证，明确地向他表明人生没有意义这个道理，因为，就是这一幻想才使他萌生了另一种想法。他认为，这就是克朗肖赠他那块波斯地毯的原因。这好比织工在精心地编织他的图案时，并非出自什么目的，只不过是满足其美感的快乐罢了。人生也可以如地毯织工这样度过，或者说，假如一个被迫相信自己的行为并不由他自己选择，一个人也可以这样看待自己的人生，即他的人生也不过是一种图案而已。他不需要这样的地毯，也没有什么用途，他这样做，只是满足自己的乐趣，从他自己的生活、行为、感情和思想的五花八门的事件中，可以设计织造出有规则的、精致的、错综复杂和色彩缤纷的漂亮图案。虽然，这也许只不过是他自由选择的一种幻想，只不过是使目光与幻想交织在一起的异想天开的戏法，那也无妨。在菲利普看来，人生确乎如此。在人生毫无意义,一切都微不足道的思想背景下,他认为一个人可以从宽阔无垠的人生中(这是一条长河,既无源头,又川流不息,却不流归大海),随意编织成图案,从而获得个人的满足。有一种最清晰、最完美也最悦目的图案。在这种图案中,一个人诞生,长大成人,恋爱结婚,生儿育女,为生存而辛苦劳作,最后死去。然而也有别的样式的图案,既错综又奇妙。在这些图案里,幸福不涉足,成功不问津,但从中可以感觉到一种乱人心思的雅趣。有些人的一生,其中也包括海沃德的一生,他们的人生图案还没织完,就被盲目冷酷的命运切断了。到那时,有人说"这没关系"之类的安慰的话,就令人惬意了。还有些人生,如克朗肖的人生,提供的是一种难以仿效的图案。在人们能够领悟这样的人生已被证明为正当的之前,旧的观念必须改变,传统的标准必须更换。菲利普想,他在抛弃对幸福的憧憬中,也正在抛弃最后的不切实际的幻想。用幸福的标准来衡量,他的人生似乎是可怕的。可是现在,当他认识到人生可以用别的标准来衡量时,他似乎浑身又充满了力量。幸福和痛苦一样微不足道,它们的来临跟人生中的其他细节一样,都被编织进了那精心制作的图案里。霎时间,他仿佛超脱于人生的种种不幸之外,他觉得这些不幸再也不能像以前那样伤害他了。现在,无论发生什么事,都不过是使人生的图案增加复杂性罢了。当生命的终点临近时,他将为图案的完成而感到由衷的高兴。它将是件艺术珍品,其美丽将永不褪色。因为只有他自己知道它的存在,而随着他的死去,图案就立即不复存在了。

想到这里,菲利普真有说不出的高兴。

107

进货员桑普森先生喜欢起菲利普来了。桑普森先生衣冠楚楚,神气十足,服装部里的姑娘们都说,他要是娶个有钱的顾客,她们也不觉得惊奇。他住在城外,在办公室里常穿晚礼服以给店员留下深刻的印象。有时,第二天早晨,前来值班打扫的店员见他还穿着晚礼服来上班。他走进办公室去换长礼服时,他们就互相神色严肃地挤眉弄眼。他溜出去,匆匆地吃了早餐,搓着双手回来。上楼梯时,每逢这种场合,他总是冲着菲利普使眼色。

“多美的夜晚！多美的夜晚!”他说,“天啊!”

他告诉菲利普,他是店里唯一的一位绅士,而只有他和菲利普才懂得生活的真谛。说了这番话以后,他的态度一下改变了,叫菲利普“凯里先生”而不再称兄道弟了。过后又装出一副进货员的傲慢派头,而把菲利普又摆回顾客招待员的位置上去了。

林恩和塞德利公司每周收到一次从巴黎寄来的服装式样的报纸,并将报上的服装样式稍加修改,来迎合顾客的需要。他们的顾客非同一般。多数的顾客是从较小的工业城镇来的妇女,他们太讲究服装了,不愿意买她们本地缝制的成衣。但她们又不熟悉伦敦,样式一下子难以找到和她们的经济条件相当的裁缝店。除此之外,便是与该公司的雅号不大相称的大量的杂耍剧场里的艺人。这是桑普森先生用心搭上的关系,并以这种交情引以为豪。他们早就在林恩公司定做舞台服装了,桑普森先生还诱使他们中间的很多人,也在店里购买其他的衣服。

“衣服做得跟帕昆公司一样好,而价格便宜一半。”他说。

桑普森先生服务态度良好,说话富有说服力,颇得这类顾客的欢心,她们互相议论说:

“林恩公司里可以买到外衣或裙子,这是众所周知的巴黎货,何必把钱扔到别处去呢?”

桑普森先生跟那些穿他做的外衣的著名女演员结下了友谊,他对此感到很自豪。当他星期天下午两点出去,跟维多利亚·弗戈小姐在她坐落在塔尔斯的漂亮别墅里共进午餐之后,第二天他在服装部里讲得天花乱坠,志满意得地说:“她穿着我们替她做的深蓝色上衣,我敢担保她根本没想到这上衣是我们店里的货。我只好亲自告诉她,这件上衣要不是我亲手设计的,那一定是从帕昆公司买来的。”菲利普对女人的服装从来不太留意，但是经过一段时间以后，也开始对它们产生技术上的兴趣，他自己也觉得有些好笑。他很能鉴赏颜色，在这方面训练有素，是服装部里的任何一个人所望尘莫及的。在巴黎学画时，他掌握了一些线条方面的知识。桑普森先生是个没什么学识的人，他也意识到自己能力有限，然而他具有能采纳别人意见的机灵，在设计新的服装时经常留意店员们的意见。他敏感地发觉菲利普的批评很有价值。但他生性嫉妒，从来不肯承认他采纳了别人的意见。每当他根据菲利普的建议改变某个图样之后，他总是这么说：

“好啦，最终还是按我自己的想法把图样修改出来了。”

菲利普来到店里五个月后的一天，那位既庄重又诙谐的著名演员艾丽丝·安东尼亚小姐来了，要求见桑普森先生。她是个粗壮的女人，亚麻色的头发，宽宽的脸庞，涂脂抹粉，嗓音有些刺耳，具有习惯于同在地方杂耍剧场楼座里厮混的小伙子们打情卖俏的喜剧女演员的活泼爽朗的性格。她即将登台独唱一支新歌，希望桑普森先生为她设计一套服装。

“我要引人注目的样式，”她说道，“旧的我不要，你也知道，我要与众不同的服装。”桑普森先生既殷勤又亲热，保证让她如愿以偿，并给她看了一些舞台服装的设计图样。

“我看这些图样都不会合您的意，但我可以把我想设计的样式告诉你。”

“哎呀，不行，根本不是我心目中的式样。”她不耐烦地朝服装设计图扫了一眼说，“我所要的是，穿上它叫人看了好比一拳打在下巴上，打得门牙嘎嘎直响。”

“是的，我懂得您的意思，安东尼亚小姐。”进货员献殷勤地笑了，可是他的眼神却茫然失色。

“我想，最终我还得跑到巴黎去做。”

“哦，我想我们会让你满意的，安东尼亚小姐。巴黎做得出，我们这儿也能做出来。”

当她一甩头走出服装部之后，桑普森先生有点不安，便找霍奇斯太太商量这事。

“她确实是个怠慢不得的怪人，没错。”霍奇斯太太说。

“艾丽丝，你在哪里？”进货员不耐烦地说，并认为在同安东尼亚小姐的对阵中他略胜一筹。

他对杂耍剧场服装的意见不外乎是各式各样的短裙，上面滚着波浪式的花边和挂着闪闪发亮的金属小圆片。可是安东尼亚小姐已明确地对此表了态。

“哎呀，我的天啊！”她尖叫道。即使她没道出金属小圆片如何使她恶心，她以这样的语调喊叫，就足以表明她对一切平庸之物都深恶痛绝。桑普森先生搜索枯肠，想出了几个主意。可是霍奇斯太太坦率地告诉他，这些馊主意都不行。倒是她向菲利普建议：

“菲尔，你会画画吗？为什么你不动手画画看？”

菲利普买了一盒廉价的水彩画颜料。到了晚上，贝尔，那个喧闹的十六岁小孩吹着口哨，忙着整理邮票，他才接连吹了三支曲子，菲利普就已画出了一两张草图。他还记得在巴黎见过的一些舞台服装式样，并以其中一种为蓝本，稍作修改，再涂上一种浓艳而又奇异的色彩，效果还真不错呢。第二天早晨，他把草图拿给霍奇斯太太看。她看后有点惊呆了，但立即拿给进货员。“真不寻常，”他说道，“那是不容否认的。”

这份图样让他怔住了。同时他那双训练有素的眼睛看出了，照这份图样缝制出来的服装一定赫赫大观。为了保全自己的面子，他开始提出修改意见。但是比较有见地的霍奇斯太太劝他就这样拿给安东尼亚小姐看看再说。

“只好孤注一掷了，说不定她会喜欢的。”

“这远不是孤注一掷，”桑普森先生望着袒胸露肩的衣服图样说，“他会画画，是吗？真没有想到，他一直守口如瓶。”

当通报安东尼亚小姐来到服装部的时候，进货员把图样放在她一走进办公室便能看到的桌上最显眼的地方。她果然看中并扑向设计图样。

“这是什么？”她说，“我为什么不能穿这种服装？”

“那是我们替你设计的，”桑普森先生漫不经心地说，“你喜欢吗？”

“那还用说！”她说，“给我来半品脱矿泉水掺上几滴杜松子酒。”

“啊，你瞧，你不必上巴黎去了。你只需说要什么，我们这里就有什么。”

衣服立即缝制。当菲利普见到这套服装做好了时，他满意得有点心跳。进货员和霍奇斯太太都把功劳归于他们自己，菲利普并不在乎。他同他们到蒂沃利看安东尼亚小姐首次试穿这件衣服时，心里得意扬扬的。在回答霍奇斯太太的问话中，他终于把自己学画画的经历告诉了她——因为担心同店的人认为他摆架子，他总是小心翼翼，从不提及过去干的职业——她又把这个情况告诉了桑普森先生。进货员没对他提起这件事，但开始器重他了。不久，又让他替两名乡下顾客设计了几份图样，这些图样都获得好评。从这以后，桑普森先生开始对顾客们提起他手下有一个聪明的年轻人，你们知道吧，是巴黎艺术学校的学生，在协助他工作。菲利普很快被安置在屏风后面，只穿衬衫，从早到晚地画画了。有时他忙得不可开交，只好下午三点同“掉队者”一块吃饭。他喜欢这样，人数少，他们一个个都累极了，懒得说话，饭菜也好点，因为都是进货员桌上剩下来的。菲利普从顾客招待员升到服装的设计员，在服装部里引起很大反响。他意识到自己已成了嫉妒的对象。哈里斯，那个脑袋奇形怪状的店员，是菲利普到店里认识的第一个人，并非常喜欢菲利普，他也无法掩饰自己的妒意：

“有些人就是很走运，”他说，“你不久就会成为一个进货员了。到那时我们都得叫你先生了。”

他告诉菲利普，应该去要求较高的薪金，因为，尽管他现在从事复杂的工作，可每周收入的也只不过是刚开始时的六先令。但是要求提薪是件棘手的事。经理对付这些申请者很有一套讽刺挖苦的办法。

“认为你应该拿更高的工资，是吗？你认为你该得多少呢？”

这个申请者心惊肉跳，便说应该每周再增加两先令。

“哦，好的，只要你认为该得这么多，你就可以增加。”然后他顿了一下，又是以冷酷无情的目光看着，又补充说，“同时，你也可以得到你的解雇通知书。”

到时候收回你的申请为时已晚，你只好离开这儿。经理的观点是，不满足的店员就不会好好干。假如他们不配提工资，最好立即把他们解雇。其结果，除非他们本来就准备离开，否则他们从不申请加工资的。菲利普犹豫着。同宿舍的人对他说，那位进货员没有他什么也干不成，他对此将信将疑。他们都是挺不错的小伙子，可是他们的幽默感是幼稚的。要是他在他们的怂恿之下要求增加工资而被解雇，这对他们似乎是有趣可笑的事。菲利普不会忘记当初寻找工作时所蒙受的耻辱，他不希望再受这个罪了。他知道，在别处很少有机会能得到一个像设计员这样的职位。能画得跟他一样好的人比比皆是。可是他太需要钱了。原先的几件衣服都穿破了，厚厚的地毯也磨破了他的袜子和靴子。有一天早晨在地下餐厅吃完早饭上楼，经过经理办公室的走廊时，他差点儿采取要求加薪这一冒险步骤。就在这时候他看见办公室前排着一长串等着应招广告的男人，大约有一百人。他们中间无论谁被雇上了，谁就可以得到像菲利普一样的待遇和每星期六先令的工资。他看见他们有些人因为他已被录用，而向他投来羡慕的眼光。这使他不寒而栗。他可不敢冒这个险。

108

冬天过去了。当夜深人静不可能见到熟人时，菲利普便偷偷地溜进医院，看看有没有他的信。复活节那天他接到伯父的一封信，极为诧异，因为布莱克斯特伯尔牧师一生中给他写的信，加起来不超过半打，而且都是说的有关事务的事儿。

亲爱的菲利普：

假如你打算近期内度假并愿意到这儿来的话，我将很高兴见到你。冬天我的支气管炎发作得很厉害。威格拉姆大夫都没想到我能够渡过难关。我的体质很好。感谢上帝，我已获得奇迹般的康复。

你亲爱的

威廉·凯里

这封信使菲利普很生气。他伯父怎么还会想到他还活着呢？伯父甚至连他的情况一句都不问。他即使饿死了，这个老头也不会管的。但是当他往回走的时候，又被什么东西触动了。他在路灯下停下来，把信掏出来又读了一遍。只见信上的笔迹再也没有先前特有的那种公事公办的严厉劲儿。字写得斗大，颤抖得歪歪斜斜的。也许疾病对他的打击远比他自己讲的要厉害得多。于是他想在这封正式的信里，表达渴望见到世界上唯一亲人的思亲之情。菲利普回信说他七月间可以到布莱克斯特伯尔度两星期假。这邀请信来得正是时候，因他正发愁这个短暂的假期该怎么打发过去。九月，阿特尔尼一家要去摘蛇麻草。但那时候他又没空，因为那个月份得预备秋季服装。林恩公司的规矩，不管愿意不愿意，每个雇员都得度两星期假。这期间假如没地方可去，店员仍可睡在宿舍里，但伙食费得自付。一些店员在伦敦附近没有朋友，对这些人来说，假期是件伤脑筋的事儿。他们只得从微薄的工资中拿出几个钱来吃饭，又整天闲着无所事事，真是度日如年。菲利普自从两年前，跟米尔德里德一块去过一次布赖顿以来，一直没有离开过伦敦。如今，他渴望着呼吸一下新鲜空气，享受一下大海的恬静。他从五月到六月一直朝思暮想，以至于等到要动身的日子来到时，他倒懒得动了。临走前夕，当他向进货员交代他得撂下来的一两件活儿时，桑普森先生突然问他道：

“你一直领多少工资？”

“六先令。”

“我想这太少了。等你度完假回来,我将设法使你提到十二先令。”

“太感谢你了,”菲利普微笑着说,“我正需要添置几件新衣服呢。”

“假如你好好干,不像有些人那样整天跟女孩子厮混,我会关照你的,凯里。记住,你要学的东西很多,可是你还是有出息的。我会为你说话的,你是有前途的。到时候我将设法让你拿到每周一镑的工资。”

菲利普不知道还将等多久,两年吗?

看到伯父的变化菲利普吃了一惊。上回见到伯父时,他还很健壮,腰板直挺挺的,胡子刮得光光的,肉感的脸面圆圆的。可是如今他的身体已莫名其妙地垮了下来,皮肤蜡黄、眼泡浮肿、佝偻着背,人已明显地苍老了。自从上回患病以来,他蓄起了胡须,走起路来,步履蹒跚。

“今天我身体不大好,”菲利普刚到家,跟他一块坐在餐室里时,伯父说道,“这么热的天气,搅得我心烦意乱。”

菲利普一边询问着教区的事,一边打量着他,不知道他还能活多久,一个炎热的夏季将会结束他的生命的。菲利普注意到了他的手多么瘦削,还直哆嗦,这对菲利普来说太重要了。假如他在这个夏天就去世,他便能够在冬季学期一开学回医院继续读书。一想到再也不必回林恩公司,他的心情便激动起来。吃饭时牧师驼着背坐在椅子上。自从他妻子去世后就一直料理着他的生活的女管家说:

“先生,让菲利普先生切肉好吗?”

这老头出于不愿意承认自己身体虚弱的心理,本想要自己切肉,管家的提议,使他很高兴,便放弃了切肉的尝试。

“你的胃口还很好。”菲利普说。

“哦,是的,我的食欲一直很好,但是我现在比上回你在这儿时瘦了,瘦点我倒高兴,我向来不喜欢发胖。威格拉姆大夫也认为我比以前瘦点是好事。”

饭后,女管家给他拿来一些药。

“把处方拿给菲利普少爷看看,”他说,“他也是个大夫。我要他留心处方里头有没有差错。我曾告诉威格拉姆大夫说,你现在正在学医,他应该少收点诊费。该付的医药费贵得惊人。一连两个月,他天天都来替我看病,而且每看一次就要五先令。要花很多钱,不是吗? 现在他仍然每周来两次,我想叫他别再来了。如果需要他,我会派人去请他的。”在菲利普看处方时,伯父急切地望着他。大夫开的都是一些麻醉药剂,共有两种。牧师解释说,其中一种只有当神经炎发作得无法忍受时才服用。

“我谨慎得很,”他说,“我可不想染上鸦片瘾。”

他只字不提侄儿的事情。菲利普猜想这是伯父慎重起见,生怕他伸手要钱,因此伯父就先发制人,老是喋喋不休地对他诉说开支的事。他已花了这么多钱请医生看病,又花了更多的钱到药房买药。而且,生病期间他的寝室每天都得生火。现在每逢星期天,他早晚需要雇马车上教堂。菲利普生气极了,很想对他说:你不用害怕,我并不打算向你借钱。但他忍住没说出来。在他看来,这老头对生活的一切乐趣都丢弃了,只还顾得两件事,一是享受吃喝,二是渴望占有钱财。这样的晚年真是可怕。

下午,威格拉姆大夫来了,看完了病,菲利普陪他走到了花园门口。

“你认为他的身体状况如何?”菲利普询问道。

威格拉姆向来谨慎,怕出错,只要他有办法,从不冒险地下结论。他在布莱克斯特伯尔行医三十五年了,享有十分可靠的好名声。很多病人认为,作为一个医生可靠比聪明重要得多。布莱克斯特伯尔有个新大夫——他来这儿定居已经十年了,但是人们依然把他看成无执照的营业者——据说他很聪明。但是有身份的人家很少请他看病,因为没有人真正了解他。

“哦,他的身体如期望的一样好。”威格拉姆大夫回答菲利普说。

“他的病不要紧吧?”

“唉,菲利普,你伯父已经不是个年轻人了。”大夫审慎地微笑着说,这笑容似乎意味着布莱克斯特伯尔牧师毕竟还不是一个太老的人。

“他似乎觉得心脏状况不佳。”

“我对他的心脏是不太放心,”大夫冒昧地说道,“我认为他应该小心,应该非常小心。”

菲利普险些儿冒出口的话是他还能活多久,他担心一问出口会引起威格拉姆大夫的震惊。在这方面,拐弯抹角是生活礼节的需要。但是当他又问起另一个问题时,脑子里猛然闪过一个念头,这位大夫大概对病人的亲属们焦急的心情已习以为常了。他一定也会看穿他们悲切的表情下的真正用心。菲利普暗暗地嘲笑自己的虚伪,随即低垂着眼睑。

“我想他一时还没有什么危险吧!”

这是大夫所忌讳的那类问题。假如你说病人活不到一个月,他家里就立即忙着准备办丧事;如果到时候病人还活着,他们便因为过早地受折腾而感到气愤,会找大夫算账去。另一方面,假如你说病人可以活一年,而他过一星期就死了,他家里的人便说你不懂业务。他们认为,假如早知道临终逼近,他们就会慷慨地给死者以无限深情。威格拉姆大夫打了个手势,表示不愿再同菲利普交谈下去。

“我想没有什么重大的危险,只要他——像现在这样。”他终于不揣冒昧地说,“不过,另一方面我们不要忘记他已不是个年轻人了。嗯,这部机器已经磨损了,如果他能熬过今年这个炎热的夏天,我想他就能舒舒服服地活到冬天。那时候,要是冬天对他威胁不大的话,那么,我看不会出什么事。”

菲利普回到餐厅里,伯父还坐在那儿。他头戴便帽,肩上围着一条钩针编织成的围巾,样子看起来很古怪。他的眼睛一直盯着门口,当菲利普进来时,眼光便停留在他的脸上。菲利普看出伯父一直在焦急地等待着他回来。

“好了。对于我的情况,大夫怎么说的?”

菲利普一下明白这老头十分怕死,这使菲利普有点惭愧,因此他不由自主地将目光移向别处。他总是因人性的怯弱而感到窘迫。

“他说,他认为你好多了。”菲利普说。

伯父的眼里露出了一丝喜悦的光芒。

“我的体质好得惊人。”他说,“他还说了些什么?”他又怀疑地再追问。

菲利普笑了,接着说:

“他说,假如你珍惜自己,那就没有理由不能活到一百岁。”

“我不知道我能不能活那么长,但是八十总可以吧。我母亲活到八十四呢。”凯里先生的椅子旁边有一张小方桌,上头有一本《圣经》和多年来他习惯向家人诵读的一部厚厚的《英国国教祈祷书》,现在他伸出颤抖的手拿起《圣经》。

“那些基督教的创始人个个寿命都很长,不是吗?”他古里古怪地笑着,菲利普从他的笑声中看出这是一种胆怯的恳求。

这老头依恋着生命,紧抓住生命不放。可是他又绝对地相信宗教所教他的一切。他对灵魂的不朽深信无疑,觉得他一生的行为够好的了,根据他的资格,是有希望升入天国的。在他漫长的传教布道生涯中,他给多少临终的人以宗教的安慰!也许,他也像那不能从自己为自己开的处方里获得好处的大夫一样。菲利普对他如此依恋尘世感到困惑和震惊。他不知道这老头的心灵深处有些什么难以言状的恐惧。他很想探索一下伯父的灵魂,以便在赤裸裸的状态中,看到他对所怀疑的未知世界的可怕的沮丧与恐惧。

两星期的假期一晃就过去了,菲利普又回到了伦敦。他在服装部的屏风后,只穿着衬衫画着图样,度过了闷热的八月份。店员们轮流度假去了。晚上,菲利普一般到海德公园听管弦乐队演奏。由于对工作渐渐习惯了,也就觉得不那么累了。他的脑子从长期的呆滞状态中恢复了过来,又开始寻找新的活力。现在,他的全部的希望都寄托于伯父的去世。他老是做着同样的梦:一天清晨,来了一份电报，通知他伯父突然去世，从此他彻底自由了。当他醒来，发觉只不过是南柯一梦，心里便充满郁闷的愤怒。既然这件事随时都可能发生，他脑海里尽想着将来的精心计划。在他可能取得合格资格前必须经过一年的时间，他竟不加考虑，一心只扑在他向往的西班牙旅行中。他阅读有关这个国家的书籍，这些书都是从免费图书馆借来的。他已经从各种照片上精确地知道每一座城市的梗概。他想象自己正在科尔多瓦的那座横跨瓜达尔基维尔河的桥上漫步；在托莱多市的弯弯曲曲的街道上游逛；坐在教堂里，他从埃尔·格雷科那儿获得了这位神秘的画家为他保留的人生奥秘。阿特尔尼体谅他的心情，每逢星期天下午他们俩便在一起绘制详尽的旅行路线，以免菲利普错过任何值得一游的地方。为了消除自己的烦躁情绪，他开始自学起西班牙语来。在哈林顿街寂寥的起居室里，每天晚上花一小时做西班牙语练习，并借助手头的英译本，推敲着《堂吉诃德》的优美词句。阿特尔尼每周给他上一次课，菲利普学了一些旅行中有用的句子。

“你们俩就知道你们的西班牙语！”阿特尔尼太太笑话他们说，“你们就不能干一些有用的事吗？”

可是萨利有时站在旁边，认真地听着她父亲和菲利普用她不懂的语言对话。她已慢慢长大成人了，并预备圣诞节束发①。她认为她父亲是世界上有史以来最了不起的人物。她只是通过她父亲的赞赏来表达她对菲利普的看法。

“父亲非常想你们的菲利普叔叔。”她对她的弟妹们说。

最大的男孩索普已够在“阿雷修沙”当水手的年龄了。阿特尔尼将这小伙子身穿水手制服回家度假会是什么派头，惟妙惟肖地描述了一番，惹得一家人大笑起来。萨利一满十七岁，预备跟一个裁缝当学徒。阿特尔尼以华丽的辞藻像发表演说似的谈起翅膀硬了可以高飞的小鸟儿，它们一只只要离开父母的老巢了。他两眼噙着泪水对他们说，假如他们想飞回来，窝巢仍然在那儿。一张

---

① 束发(或结髻)，指少女成人后不再垂发。

便床和一餐便饭永远为他们保留,父亲的心扉永远对着孩子们的烦恼敞开。

“你老说些什么呀,阿特尔尼。”他妻子嗔怪地说道,“只要他们踏实,我想是不会陷入什么困境的。只要做人诚实可靠,不怕吃苦,就永远也不会失业,这就是我的看法。同时我可以告诉你,他们都能独自谋生。我即使再也见不到他们自己挣钱养活自己,也不感到遗憾。”

由于生儿育女,繁重的家务和不断的忧虑烦恼,阿特尔尼太太开始显得衰老了。有时,晚上她腰酸背疼,只好坐下来歇会儿。她理想中的幸福是能雇个女佣来干些粗活,免得她自己七点之前就得起床。阿特尔尼挥动着他那只雪白漂亮的手说:

“啊,我的贝蒂,我们为国家立下大功劳哩,我和你。我们养育了九个健康的孩子。男孩子为国王陛下效劳,女孩子做饭和做针线活,并将轮到她们来养育健康的孩子。”他朝向萨利,为了安慰她,便采用对比突降法,夸张地补充了一句:“他们还要为那些坐享其成的人服务。”

阿特尔尼近来已把社会主义理论,加进他热心信奉的其他相互矛盾的学说上去。此刻他声明道:

“在社会主义国家里,我和你将领到优厚的养老金,贝蒂。”

“喔,别对我讲你的社会主义了,我听得不耐烦了,”她大声说道,“那只是意味着另一批游手好闲者,将从工人阶级那里得到很大便宜罢了。我的座右铭是别管我。我不要任何人来干扰我。我要善处逆境,否则迟早要遭殃!”

“你称我们的生活为逆境吗?”阿特尔尼说,“不!根本不是!我们有过我们生活上的苦与乐,我们做过了斗争,我们向来是贫穷的,但那是值得的呀。当我掉过头看看我身边的孩子们,嗨,这种生活再过一百次也值得。”

“你倒是能说,阿特尔尼,”她说道,用一种不是生气,而是嘲笑的平静的目光望着他。“你享受到了有孩子的欢乐,而我生下他们,忍受十月怀胎和哺养的艰辛,现在他们都在这儿,并不是说我不喜欢他们。可是要是让我有第二次生命，我宁愿独身。嗯，是呀，假如我独身，到现在我可以有个小商店，银行里有四五百镑的存款，还有一个干粗活的女用人。无论如何，我可再也不愿重复我这辈子的生活了。”

菲利普想，对于千百万生灵来说，人生只不过是没完没了的劳作，既不美也不丑。它正如人们接受自然季节的转换一样地被人接受。他不由得激愤起来，因为这一切似乎都是无用的。他并不甘于相信人生没意义的说法。可是他见到的一切，想到的一切，却增加了这种说法的说服力。然而，尽管他心里愤慨，但却是一种愉快的愤慨。要是人生没意义，那么，它也就不太可怕了。他以一种特殊的勇气毅然地面对人生。

109

秋去冬来。菲利普曾把自己的地址留给伯父的女管家福斯特太太，便于女管家跟他联系。但是他依然每星期去医院一次，期望有他的信。一天晚上，他看到他的名字以他永远不愿见到的笔迹出现在一只信封上。一种不可名状的感觉油然而生。有一会儿他实在不想伸手去拿信。这信使他忆起许多可恨的往事。可是最后他终究沉不住气，把信撕开来。

威廉街七号
菲茨罗伊广场

亲爱的菲尔：

我能尽快地见你一面吗？我陷入困境中，不知该怎么办才好，不是钱的问题。

你忠实的
米尔德里德

他把这封信撕成碎片，到了街上，将它们撒在黑暗中。

“见鬼去吧。”他喃喃道。

一想起再见到她，一种厌恶得令人作呕的感觉便涌上心头。她是否遭到不幸他才不管呢，无论什么不幸都是活该。想起她，他又气又恨。过去对她的爱激起了他对她的恨。往事的回忆使他十分厌恶。当他走过泰晤士河的时候，他竭力把思想岔开，本能地不去想她。他上了床，可是睡不着，暗自纳闷她出了什么事，脑子里总是担心她生病和挨饿的念头。非不得已，她是不会给他写信的。他对自己的脆弱感到气愤，但是他知道，除非见到她，否则心情就不能平静。第二天早晨，他写了一张明信片，在去店里的路上寄了出去。他的口气尽量写得生硬，只说对她遇到了困难表示遗憾，说他于当天晚上七点到她说的住处探访。

那是坐落在一条肮脏污秽的街上的一间破烂的寄宿公寓。菲利普一想到要见到她，心里就不舒服。因此当问了她是否在家时，心里却希望她已经离开了。这儿像是人们经常搬进搬出的地方。昨天他没有想到看看信封上的邮戳，不知道那封信放在信架上多少天了。应铃声出来开门的女人并没有回答他的询问，只是默默地领他穿过走廊，在走廊尽头的一扇门上敲了敲。

“米勒太太，有一位先生找你。”她喊道。

门轻轻地开了一道缝，米尔德里德怀疑地往外瞧了一下。

“噢，是你呀，”她说，“进来吧。”

他走了进去，她随手将门关上了。这是一间很小的寝室，里面乱糟糟的，就像她住的每个地方那样不整洁。地板上有双鞋，东一只、西一只的，很脏。一顶帽子扔在衣柜上，帽子旁边有几绺假的鬈发。桌上撂着一件女罩衫。菲利普想找个放帽子的地方，门背后的衣帽钩上挂满了裙子，他发现裙边上都沾满了泥。

“坐下来好吗？”她说着，接着又尴尬地笑了一声，“我想。这回你接到我的信感到突然吧。”

“你的声音沙哑得很，”他回答说，“你嗓子疼吗？”

“是的,疼了一些时候了。”

他什么也没说,等待着她解释为什么要跟他见面。房里一片狼藉,足以说明她又回到了他把她带出来以前的那种生活。他不知道那个孩子怎么样了。壁炉架上倒有孩子的一张照片,但是屋里却没有孩子的影子和住过的迹象,米尔德里德手里捏着手帕。她把它揉成一个小球,在两只手里传来传去。他看出她内心非常紧张,她目不转睛地凝视着炉火。他可以打量到她而不会与她的目光相遇。她比离开他时消瘦多了,皮肤干枯焦黄,紧紧地绷在颧骨上。她染了头发,现在成了亚麻色,这使她的样子大变,看起来更庸俗了。

“说实在的,收到你的信,我感到宽慰。”她终于说道,“我以为你也许已不在医学院了。”

菲利普没吭声。

“我想现在你已经取得医生资格了吧,有吗?”

“没有。”

“怎么回事?”

“我已不在医学院了,一年半以前我迫不得已放弃了它。”

“你总是见异思迁,好像干什么事情都不能坚持下来。”

菲利普又沉默了一会儿,然后冷冷地继续说道。

“我在一次不走运的投机生意中把钱都赔光了,无法继续学医,只好努力挣钱糊口。”

“那你现在干什么呢?”

“我在一家商店做事。”

“哦!”

她迅速地瞟了他一眼,立即把眼光移开。他发现她脸红了。她神经质地用手帕轻轻地拍打着自己的手掌。

“你没有把医术全忘了吧?”她突然奇怪地冒出这句话。

“还没全忘。”

“这就是我要见你的原因,”她的声音低成沙哑的耳语,“我不知道我到底得了什么病。”

“你为什么不到医院去?”

“我不喜欢上医院,那么多学生都瞪着我,我害怕他们把我留在那儿。”

“你觉得哪儿不舒服?”他用门诊室里的套话冷冷地问。

“我出了一片疹子,怎么也治不好。”

菲利普的心里感到一阵恐惧的痛苦,额头一下沁出了汗珠。

“让我看看你的喉咙。”

他把她领到窗口边,做了力所能及的检查。他突然看清了她的那双眼睛,眼睛里充满了死亡的恐惧,看起来很可怕。她被吓坏了,她原本要他来消除她的疑虑。她以哀求的目光望着他,又不敢恳求他讲句宽慰的话,却绷紧全身的每根神经,巴不得能听这样的话,然而他没有说什么来安慰她。

“你确实病得很厉害。”他说。

“你看是什么病?”

当他告诉她时,她的脸色马上变得像死人一样的灰白,甚至连嘴唇都变得焦黄了。她开始绝望地哭泣了,先是无声地痛哭,然后哽咽着,渐渐泣不成声了。

“非常遗憾,”他沉默良久终于说道,“但是我只好实言相告。”

“我还是自杀的好,以了结它。”

他不理睬她的威胁。

“你还有钱吗?”他问道。

“有六七镑。”

“你必须放弃这种生活,你也知道。难道你不能找个工作做吗? 我恐怕不能对你有多大的帮助。我一星期才挣十二先令。”

“我现在还能做什么呢?”她不耐烦地大声嚷叫着。

“该死的,你必须设法找些事干。”

他神情严肃地跟她说话,把她自己的危险和给别人造成的危险一五一十地告诉她。她阴沉着脸听着。他想安慰她,最后,他总算使她做出勉强的默许,答应一切听从他的劝告。他开了一张处方,说他要把它拿到最近一家药店去配,他再三嘱咐她按时服药的必要性。他站起身,伸出手来准备告辞。

“别这样垂头丧气的,你的喉咙很快就会好的。”

可是当他临动身要走时,她的脸孔一下扭歪了,她一把抓住了他的外衣。

“哦,别离开我,”她沙哑地喊道,“我害怕极了,菲尔,请先别走。在这里再没有我可以找的人了。只有你是我唯一的朋友。”

他感到她灵魂的恐惧,这种恐惧跟他在伯父眼里见到过的怕死的恐惧特别相似。菲利普垂下了头。这女人有两次介入了他的生活,都使他痛苦不幸。她没有资格对他提什么要求,可是不知是何缘故,他的内心感到异样的痛苦。正因为这样,当他接到她的信时,他的心情无法平静,直到听从她的召唤。

“大概我永远无法真正摆脱她。”他自言自语地说。

使菲利普为难的是,他感到一种奇怪的生理上的厌恶,这种厌恶使他一挨近她就觉得不舒服。

“你还要我干什么?”他问道。

“我们一块出去吃饭,我请客。”

他犹豫着。他感到,她又悄悄地潜回了他的生活,而他原以为她已永远从他的生活中消失了。她正焦虑地注视着他。

“唉,我知道我过去待你不好,但是现在你别扔下我。你也算已经雪恨了嘛。要是你现在不管我,我简直不知道该怎么办才好。”

“好吧,我无所谓,”他说,“但是我们得节约点,现在我没有钱可以胡花。”

她坐下来,穿上鞋子,然后换了条裙子,戴上一顶帽子。他们一块走了出去,一直来到托特纳姆法庭路上的一家饭馆。菲利普已经不习惯这个时候吃饭了,而米尔德里德的喉咙疼得无法咽下东西。他们吃了一点冷火腿,菲利普喝了一杯啤酒。他们像先前一样面对面地坐着。他不晓得她是否还记得这种情景。他们彼此之间没有什么话可说的,要不是菲利普勉强开口的话,他们便会默默地一直这样坐下去。饭馆里明亮的灯光,通过几面俗里俗气的镜子反射过来，使她看上去既苍老又憔悴。菲利普总想知道那孩子的事，但是又没有勇气问。终于还是她自己提起：

“你知道吗？那孩子去年夏天死了。”

“啊！”他惊叫道。

“也许你会感到难过吧？”

“我才不呢，”他回答说，“我非常高兴。”

她瞟了他一眼，知道了他是什么意思，随即把目光移开。

“你有段时间很喜欢她，是吗？我总觉得好笑，你怎么会对另一个男人的小孩如此喜欢。”

饭后他们到药店取按菲利普所开的药方配好的药。回到那个破烂的房间时，他让她吃了一剂药。然后他们一直坐到菲利普该回哈林顿街的时候才分手。这一晚上的折腾使菲利普烦得要命。

菲利普每天都去看望她。她服用他开的药，遵照他的嘱咐行事。不多久，疗效果然十分显著，这一来，她极信赖菲利普的医术。随着她身体的康复，意志就不那么消沉了，说话也更加无拘束了。

“我一找到工作，一切就都好了，”她说，“现在我已经有过教训，我要记取教训学得乖点，再也不过放荡的生活了。”

他每次见到她，总要问她是否已经找到工作了。她叫他别担心，只要她想找，马上就可以找到一些事干的。她有好几手准备，最好趁这一两个星期先什么事也别干，养好身体。对这他也不好说她什么。但是两星期过后，他更加坚持己见，要她找工作了。现在她的心情开朗、快活多了。她嘲笑他，笑他是个爱唠唠叨叨的小老头。她对他讲起会见老板娘的事，她们如何如何说的，她又如何如何回答的，因为她想在某一家餐馆里找一份工作。什么都还没定下来，可是她相信下星期初就能确定下来，光急是没用的，找不合适的工作将是个错误。

“这样说太荒唐啦，”他不耐烦地说，“不管是什么职业，只要能找到，你就应该接受下来。我帮不了你的忙，况且你的钱也不是花不完的。”

“哦，可是我并非到了山穷水尽的地步，碰碰运气看嘛。”

他目光严厉地盯着她。自从他头一次来,到现在已经三个星期了。她当时手头的钱还不到七镑,他顿时起了疑心。他回想她说过的一些话,他将这些话联系起来做了分析,不晓得她是否真去找工作了。也许她一直在欺骗他哩。她的钱竟能用这么久真是怪事。

“你这儿的房租多少?”

“哦,女房东为人很好,与其他的房东不同。她非常愿意等到我手头方便了才付。”

他沉默了。他所怀疑的事如若属实,那就太可怕了,以致他犹豫了起来。问她是无用的,她会矢口否认。假如他想明白真相,就得亲自去查明。他习惯每天晚上八点离开她。那里时钟一敲,他起身就走。可是这次他没有回哈林顿街去,而是守在菲次罗伊广场的拐角处,以便看得见沿威廉街来的任何人。他似乎觉得等了很长时间了,还以为自己的猜疑是错的,正准备要走开,就在这时,只见七号房的门开了,米尔德里德走了出来。他退到阴暗处,注视她向他迎面走来,她戴上了他在她房里见到的上面插满羽毛的帽子。她穿的那一套衣服,他也认得,穿着上街太华丽又不合时令。他尾随看着她,直到她进入托特纳姆法庭路。她在这儿放慢了脚步,在牛津街的拐角处停了下来四下望了望,然后穿过马路,来到了一家杂耍剧场门口。他走到她跟前,碰了碰她的胳膊。他看见她脸上涂着胭脂,嘴唇也涂了口红。

“你到哪儿去?米尔德里德。”

听到他的声音她不由得吃了一惊,脸唰地红了,像先前撒谎被抓住一样。然后,当她本能地企图借破口大骂来进行自卫时,她的眼里露出菲利普非常熟悉的愤怒的目光。不过这回话到嘴边,又咽了下去。

“哦,我只不过想去看看演出。天天晚上一个人坐在房间里闷得慌。”

他不再装作相信她的话了。

“你不该这样做。天啊!我告诉过你多少次,这多么的危险。

这种事你必须立即洗手不干。”

“别多嘴!”她粗暴地嚷道,“你想我该怎么过呢?”

他抓住她的手臂,不假思索地想把她拉走。

“看在上帝的面上,走吧,我送你回家。你不知道你是在干些什么吗?这是犯罪!”

“我管他呢?让他们碰碰运气吧。男人们一直待我不好,我何必为他们操心呢。”

她一把将他推开,往票房走去,付了钱就进去了。菲利普口袋里只有三个便士,无法跟她进去。他转身走开,沿着牛津大街慢慢向前走去,“我再也无能为力了。”他自言自语地说。

事情就这样结束,从此,他再也没有见到过她。

110

这一年的圣诞节适逢星期四,商店预备歇业四天。菲利普写信给伯父,问回牧师住宅度假是否方便。他接到福斯特太太的回信,信中说凯里先生身体欠佳,不能亲自写回信,但是极希望见见自己的侄儿。假如他能回来,他将会很高兴的。福斯特太太在门口迎候菲利普,并且在他俩握手时,对菲利普说:

“先生,你会发现你伯父和上次你在这里时大不一样了。不过你要装出什么也看不出来的样子,好吗?先生,他对自己的健康状况非常神经质。”

菲利普点了点头,她领着他走进餐室。

“菲利普先生回来了,先生。”

布莱克斯特伯尔的牧师已是病入膏肓、行将就木的人了。只要你看他那凹陷的脸颊和佝偻的身躯就明白了。他的身子蜷缩在扶手椅里,脑袋奇怪地往后仰着,肩上披着一条围巾。现在,没有拐杖他已经寸步难行,两手颤抖得很厉害,连自己吃饭都困难了。

"他看来活不长了。"菲利普一边看着他,一边心里想。

"你觉得我的气色怎样?"牧师说道,"自从你上回来这儿后,我已经变了不少了吧?"

"看起来你的身体比去年夏天还强健。"

"那是天气热的缘故,我老受不了炎热的天气。"

在上几个月中,凯里先生好几个星期在楼上卧床不起,其余几星期住在楼下。他身边有个手摇铃,说话时,他摇铃把福斯特太太叫来,问她,他第一次离开他的房间是哪月哪日。她就坐在隔壁房间,他要什么,一摇铃她就过来。

"十一月七日,先生。"

凯里先生望着菲利普,观察他对这一消息的反应如何。

"可是我的食欲依然很好,不是吗?福斯特太太!"

"是的,先生,你的胃口好极了。"

"但我也不见得发胖。"

现在他唯一感兴趣的是他的健康。他所不屈不挠依恋的一件事,就是活着,就是活下去。尽管生活单调无聊,尽管病痛不断地折磨着他,只有靠吗啡的麻醉才能入眠,他还是要活下去。

"我花在看病上的钱太吓人了,"他又把手铃摇得丁零丁零地响,"福斯特太太,把药费账单拿给菲利普先生看。"

她很有耐性地立即从壁炉架上拿出药费账单来,交给菲利普过目。

"那才一个月的账单,如果是你来给我看病的话,能不能给我开便宜点的药。我想直接到医药公司买,但那还要邮费。"

虽然他明显地对自己的侄儿不大感兴趣,连菲尔现在干什么都没问一声,但有菲利普在自己的身边他似乎很高兴。他问菲利普能在这里住多久。当菲利普对他说星期二早晨必须走时,他表示希望菲利普能多住几天。他详细地把自己的一切症状告诉菲利普,并把大夫关于他的身体所说的话又重复一遍。他突然停下话头,摇起铃来。等福斯特太太进来时,他说:"哦,我不知道你是否在隔壁。我摇铃,只是为了看看你在不在那儿。"

待她走后，他向菲利普解释说，假如他不能确定福斯特太太在听得见摇铃的地方，他心里便不踏实；万一出了什么事，她知道该怎么办。菲利普发觉福斯特太太很疲倦，眼皮因缺乏睡眠而沉重得抬不起来，便暗示伯父说他让福斯特太太操劳过度。

"胡说，"牧师说，"她强壮得像一头牛。"过一会儿，当她拿药再次进来时，他对她说："菲利普先生说你要干的活太多了，福斯特太太。你愿意照料我吧，不是吗？"

"噢，我不在乎，先生。凡是能做得到的我都愿意做。"

不久，药物见效，凯里先生昏昏沉沉入睡了。菲利普走进厨房，问福斯特太太终日操劳是否受得了。他明白好几个月来，她都不得安宁。

"唉，先生，我有什么办法呢？"她回答说，"这位可怜的老先生太依赖我了。虽然，有时惹人讨厌，但是你不由得要喜欢他，不是吗？我在这儿已经待了这么多年了，他若去世，我真不知该怎么办。"

菲利普看出她确实怜爱着这老头。她替他洗脸、穿衣，为他做饭，并且一个晚上要起来五六次。因为她就睡在他的隔壁房间，每当他醒来，便叮叮当当地摇着小手铃，直到她进入他的卧室为止。他随时都可能咽气，也可能再苟延残喘好几个月。她竟能如此体贴入微地照料一个非亲非故的人，真了不起。同时，世界上竟只有她一个人关心他，真是可悲又可怜。

在菲利普看来，伯父终生布道的宗教，现在对他只不过是履行一种形式罢了。每个星期天，副牧师前来向他奉献圣餐，他也常常读一读《圣经》，然而，很显然，还是怀着极恐惧的心情看待死亡的。虽然他相信死亡是通往永生之门，但是他不愿意进入这个门去得到永生。他不停地遭受病痛的折磨，终日被束缚在椅子上，再走出露天的希望已经破灭了，就像他用钱雇来的这个妇人怀抱里的小孩一样。他对自己熟悉的尘世仍然依依不舍。

菲利普脑子里有一个不便发问的问题，因为他知道伯父除了以老一套传统的说辞回答外，不会给他任何别的回答。如今，这台机器正在痛苦地磨损着，他不知道牧师临终时是否还相信灵魂的不朽。也许在他的灵魂深处他已确信没有上帝，确信此生一了，万事皆空。

节礼日[1]那天晚上，菲利普陪着伯父坐在餐室里。第二天早晨他得很早动身，以便九点赶到商店。这时，他预备跟凯里先生道晚安了。布莱克斯特伯尔的牧师正在打盹。菲利普躺在靠近窗口的沙发上，书本落在膝上，懒洋洋地打量着房间。菲利普盘算着这些家具能卖多少钱，他已把这幢住宅转过一圈，察看那些从小就熟悉的各色什物。有几件瓷器也许能值许多钱，菲利普不晓得值不值得带去伦敦。但是，家具都是女皇时代的式样，红木质地，结实粗笨，就是拍卖，也值不了几个钱。家里还有三四千册藏书，不过谁都知道书大多卖不了多少钱，也许卖不了一百镑。菲利普不知道他伯父会留下多少钱财，然而他却已千遍万遍地核算，要能够修完医学院的课程，取得学位，以及留在医院供职期间的费用至少需要多少钱。菲利普望着这个老头，他睡得很不安宁。那张布满皱纹的脸没有一点人性，那是某种奇怪的动物的面孔。菲利普想：要结束这条毫无价值的生命该多容易。每天晚上，当福斯特太太为他伯父准备安眠药时他总这么想。那里摆有两个瓶子：其中一瓶是他定时服用的药，另一瓶是疼得无法忍受时才服用的鸦片剂。这种鸦片剂给他倒出来，搁在床头。他一般在凌晨三四点钟时吞服。加倍剂量是一件很简单的事，他就会在夜里死去，谁也不会怀疑，因为，威格拉姆大夫就是希望他这样死去的，这样去世没有任何痛苦。当菲利普想到他多么需要这一笔钱时，便情不自禁地把双手捏得紧紧的。再过几个月这样痛苦的生活对这个老头无关紧要，但对菲利普却事关重大。他快到忍不住的地步了。当他想到翌日就得重返商店工作，心里就充满了恐惧。一想起使他着魔的念头，心便猛烈地跳着。虽然他努力不去想它，但无济于事。结束

① 节礼日，英国法定假日，是圣诞节的次日，如果是星期日则顺延一天，俗例于此日向雇员、邮递员等赠送礼品。

这老头的生命简直易如反掌。菲利普对这个老头毫无感情，从未喜欢过他。伯父一生向来是自私的，对敬爱他的妻子自私，对委托他照料的孩子漠不关心。他倒不是个残酷的人，但是他愚昧无知，难以相处又有点耽于声色。要下手太容易了，简直不费吹灰之力，但菲利普不敢这样做，他怕追悔莫及。假如终生老是后悔他所干过的事，那么即使拿到钱也毫无用处。虽然他经常想，后悔是无用的，但有些事情还是偶尔闯入心房，使他心绪不宁。但愿这些事情不负自己的良心。

伯父睁开了眼睛。菲利普感到高兴，因为这时看起来他有点像人的模样了。菲利普确实对自己产生的念头感到悚然，他所考虑的就是谋杀啊。他不晓得别人是不是也有这种想法，或者是他变态和堕落了。他估计到了紧要关头他也是下不了手的，但是这个念头确实存在，而且不断地浮现在自己的脑海里。如果他没下手，那便只是由于害怕。这时伯父开腔了。

"你不是在巴望我死吧，菲利普？"

菲利普感觉到自己的心在胸腔里剧烈地跳动。

"天啊，没有。"

"这才是个好孩子，我不喜欢你有那种念头。我死后你可以得到一小笔钱，但是你不应该期望这些钱。诚然，这对你没有好处。"

他说话的声音很低，语调中带着一种异乎寻常的忧虑。菲利普的心顿时一阵剧痛。他不晓得是何种奇怪的洞察力，使这个老头可以猜测出自己心里的邪念。

"我愿你再活上二十年。"他说道。

"哦，唉，我不能指望活那么久啦，不过假如我自己当心点，再活上三四年总可以。"

他沉默了一会儿。菲利普找不出什么话可说。然后，这个老头好像做了一番思考似的，又说道：

"每个人都有权利能活多久就活多久。"

菲利普想转移一下他的思绪。

"顺便提一句，我想你从来没有接到过威尔金森小姐的信吧?”

“噢,有的,我今年早些时候收到她的一封信。她结婚了,你也知道吧。”

“真的吗?”

“真的,她嫁给了一个鳏夫。我相信他们一定过得很美满。”

111

第二天,菲利普又开始上班了。他原预料伯父几周之内就会一命呜呼,但这一结局并没到来。光阴荏苒,转瞬几星期变成了几个月。冬去春来,公园里的树木都绽出新芽,抽出嫩叶了。菲利普对一切事物都感到特别厌倦。尽管时间老人的脚步放得很慢,但是时光毕竟在流逝。他觉得自己的年华正在过去,青春会很快消逝,一去不返了,他将一事无成。既然他肯定要离开这儿,这项工作现在更显得无意义了。他在设计服装方面变得得心应手,虽然他没有别出心裁的才能,但是在将法国的时髦服装改头换面,来适应英国市场的需求方面却达到了敏捷的程度。有时,他对自己的设计图样很满意,但裁缝却因技术拙劣做得很粗糙。他注意到,当他的原意被曲解时他总是很恼火,便觉得好笑。他得小心翼翼地行事。每当他设计出有独到之处的图案,桑普森先生总是断然拒绝,说他们的顾客不需要出格的服装,这是一家非常体面的商店。一旦你设计出那一类东西来,就有损于商店的体面,糟蹋了商店的声誉,那是不值得的。有一两回,他对菲利普的话说得很尖刻。他认为这个年轻人渐渐变得趾高气扬起来,因为菲利普的意见并不总是与他一致。

“你得当心点,我的好小伙子,否则的话,不久你就又得流落街头了!”

菲利普恨不得往他鼻子上揍一拳,不过他克制住了自己。毕竟,这种日子不会长久的。到时候,他将永远与这些人没有关系了。有时,在百无聊赖中,他好笑地、绝望地喊起来,说他伯父的身体肯定是钢铸的。多好的体质啊!他患的那种病,任何健康的人早在一年前就被折磨死了。当这位牧师临终消息终于传来的时候,菲利普由于一直想着别的事,反而感到吃惊。那是七月份,再过两星期他就要去度假了。他接到福斯特太太的来信,信中说大夫认为凯里先生活不了几天了。假如菲利普想再见他一面就得马上回来。菲利普去找进货员,说他要离开了。桑普森先生倒通情达理,他知道这种情况后便欣然同意了。菲利普向店里的人一一告别。他离开的原因在他们当中被言过其实地传开了,他们认为他得到了一笔财产。霍奇斯太太同他握手的时候,眼里噙满着泪花。

"我想,我们再不能经常见到您啦。"她说。

"离开林恩商店我还是很高兴。"他回答。

说来奇怪,离开了这些他认为自己一直感到厌恶的人,他心里还实在难过了一阵;当他乘车离开哈林顿街的那幢房子时,他心里闷闷不乐。在这种场合他将体验哪些情感,他事先早已想象到了。如今,他反而感到麻木不仁,好像他只是去度几天假那样漫不经心。

"我性情变得越发不好了,"他自言自语地说,"我日夜盼望着某些事,一旦盼到时,却又总是觉得失望。"

他在下午的早些时候到达布莱克斯特伯尔。福斯特太太在门口迎候他。从她的面部表情可看出,他伯父还没有咽气。

"他今天身体稍好点,"她说,"他有好得惊人的体质。"

她领他进入凯里先生仰躺着的寝室。他对菲利普微笑了一下,这是再次战胜病魔的满足的狡黠的微笑。

"昨天我自以为要完蛋了,"他用有气无力的声音说,"他们都认为我没有希望了,是吗,福斯特太太?"

"你的体质实在好,这是不容否认的。"

"我虽是风前残烛,但还灯油未尽啊。"

福斯特太太说，牧师可不能再谈话了，那样会累坏的。她把他当小孩看待，既慈爱又专制。死神欺骗了他们对寿命的估计，老头感到孩子般的心满意足。他立即想到，菲利普是被叫回来的，想到让菲利普白跑一趟，他觉得挺好笑。要是他能够避免心脏病的再度发作，在一两星期内他的身体便能完全康复。以前他的心脏病发作了好几次，他总是觉得快死了，但还是没有死。他们都谈及他的体质，但是他们中间谁也不知道他的体质究竟有多好。

“你想回来住一两天吗？”他问菲利普，假装以为他是回来度假的。

“没错。”菲利普愉快地回答。

“呼吸一下海边的空气对你的身体有好处。”

正在这时，威格拉姆大夫来了。他看过了牧师之后，就同菲利普攀谈起来。他采取了一种恰如其分的态度。

“我想这一回他没指望了，菲利普。”他说，“这对我们大家都是一个莫大的损失。我认识他已经三十五年了。”

“他现在身体似乎还可以。”菲利普说。

“我用药物控制的，但不能持久。最近这两天太吓人了，有好几次我以为他没救了。”

大夫沉默了一会儿，但走到大门口时，突然对菲利普说：

“福斯特太太对你说了些什么没有？”

“你这话是什么意思？”

“他们这些人很迷信。福斯特太太认为他心里有些心事，除非他消除了这些心事，不然他是不会瞑目的，可他又实在不愿说出这些心事来。”

菲利普没有回答，大夫又继续说道：

“当然，这是荒唐的。他过着很好的生活，他完成了自己的职责。他一直是我们教区的好牧师。我相信将来我们都会怀念他的。他不可能有什么值得责备自己的。我非常怀疑，下一任牧师是否有他的一半好。”

一连好几天，凯里先生的病情一直是老样子。他向来很好的胃口消退了,已吃不下什么东西了。威格拉姆大夫现在毫不犹豫地用药物止住折磨他的神经炎疼痛。由于痉挛的四肢不住地颤抖,他渐渐筋疲力尽了。但他的脑子还很清醒。菲利普和福斯特太太两人轮流护理他。她这几个月来事无巨细地伺候他,实在太累了。因此,菲利普坚持晚上守护病人,好让她在夜里能休息一下。他生怕自己熟睡,就坐在扶手椅上,在幽暗的烛光下看《一千零一夜》,以度过这漫长的时光。他很小的时候看过这本书,这些故事使他忆起了他的童年时代。有时,他静坐着倾听着黑夜的静寂。鸦片的药效退后,凯里先生便烦躁不安起来,这使菲利普老是前前后后地忙个不停。

终于,有一天凌晨,当小鸟儿在树上叽叽喳喳啁啾着的时候,他听到有人喊他的名字。他走近病榻前。凯里先生仰脸躺着,眼睛盯着天花板,目光没有转向菲利普。菲利普看到他的额头冒汗,便拿了一条毛巾,替他把汗擦了。

“是你吗,菲利普?”老人问道。

菲利普吃了一惊,因为他说话的声音突然变得异样了。它变得又沙哑又低沉,一个内心吓得发抖的人说话才会是这个样子的。

“是的,你要些什么吗?”

停顿了片刻,那双视而不见的眼睛仍然直盯着天花板,然后脸上抽搐了一下。

“我想我快死了。”他说。

“噢,别瞎说,”菲利普说,“你再过几年也不会死的。”

老头的脸上挤出了两滴眼泪,菲利普深为感动。伯父在一生中从来不曾流露过任何特殊的感情。现在见到这两滴眼泪,令人觉得可怕,它意味着一种难以言状的恐惧。

“把西蒙兹先生请来,”他说,“我想拜领圣餐。”

西蒙兹先生就是教区的副牧师。

“现在吗?”菲利普问。

“快去,不然就太晚了。”

菲利普跑过去想把福斯特太太唤醒,但出乎他的意料,她已经起床了。他叫她派花匠去送信,又转身回到伯父的房间。

“派人去请西蒙兹先生了吗?”

“去了。”

屋里一阵沉默。菲利普坐在他床边,不时地擦着伯父汗涔涔的前额。

“让我握住你的手,菲利普。”老头儿终于说道。

菲利普把手伸过去。他好像抓住自己生命似的抓住它,感到了精神上极大的安慰和依托。也许他一生中不曾真正爱过任何人,但是现在他却本能地向人求助。他的手又湿又凉,无力又绝望地握住菲利普的手。这个老人正在与死亡的恐惧搏斗,菲利普认为每个人都得经过这一关。啊,这一情景太恐怖了!而他们竟然还相信上帝,这上帝竟容许它的创造物遭受如此残酷的折磨!他向来不喜欢伯父。两年来他天天盼望伯父快点死。可是现在他却抑制不住自己内心的怜悯之情。人类不同于野兽,这是多么可贵啊!

他们一直默然不语,只有一次凯里先生用微弱的声音问道:

“他还没来吗?”

终于,女管家蹑手蹑脚地走进来说,西蒙兹先生来了。他提着一个里头装着白法衣和头巾的手提包。福斯特太太拿来了圣餐盘。西蒙兹先生默默地同菲利普握了握手,然后怀着他那种职业所特有的庄重神情走到病人身边。菲利普和女用人走出了房间。

菲利普在花园里来回踱步。清晨,到处是清新的空气和露珠。小鸟儿快乐地歌唱着。天空是蔚蓝色的,夹杂着咸味的空气又清新又凉爽。玫瑰盛开着,青翠的树木和绿茵茵的草地生机勃勃。菲利普边踱步边想着此时正在寝室里进行着的圣餐式,心中不由得产生出一种特别的情感。不一会儿,福斯特太太出来找他,说他伯父想见他。副牧师把他的东西装入黑提兜里。病人稍微把头转过来,用微笑同菲利普打招呼。菲利普大吃一惊,因为他产生了异乎寻常的变化,简直判若两人。他的眼睛不再有惊骇的神色,脸上那种痛苦的神情也消失了。他的样子显得又愉快又安详。“我现在都准备好了，”他说道，声音带着一种完全不同的声调，“在上帝认为该唤我去的时候，我准备把我的灵魂奉献到他手里。”

菲利普没吭声。他看得出来，伯父是真诚的。这几乎是个奇迹。他已经获得了救世主的血和肉[①]。这些给他以力量，因此他不再害怕进入冥府的必经之道了。他知道自己就要死了。他已经顺从上帝的安排了。他只是又说了一句：“我将和我亲爱的妻子在一起了。”

菲利普听后为之愕然。他记得伯父待她多么的冷漠、自私，对她那谦恭的忠诚的爱情历来无动于衷。副牧师深受感动，转身走了。福斯特太太流着眼泪陪他到门口。凯里先生精疲力竭地打起盹来。菲利普在床边坐下来，默默地等待伯父终期的到来。上午慢慢地过去了，老头的呼吸声渐渐变成鼾息声。大夫来了，说他临终了。他已失去知觉，无力地咬着被单。他很不安宁，嘴里喊叫着。威格拉姆大夫给他皮下注射了一针。

“现在这一针已没有什么作用了，他随时都可能死去。”

大夫看了看表，然后看着病人。菲利普看到这时是一点钟。威格拉姆大夫正在考虑自己的午饭。

“你守着也没用，不必等了。”菲利普对医生说。

“我再也无能为力了。”大夫说。

大夫走了以后，福斯特太太问菲利普是否去请木匠——也是殡仪员——并告诉他派个妇女来收尸入棺。

“你需要呼吸一点新鲜空气，”她说，“这对你有好处。”

殡仪员住在离这里半里远的地方。当菲利普对他说明来意后，他说：

“这位可怜的老先生是几时去世的？”

菲利普犹豫了。他突然觉得，在伯父还未咽气之前就去请一位妇女来擦洗尸体，这似乎太残忍了。他暗自纳闷为什么福斯特太太要叫他上这儿来。他们将会以为他迫不及待地要把老头儿折

---

① 指圣餐。

腾死。他觉得殡仪员正古怪地望着他。他又重复了刚问的这个问题。菲利普动气了。这关他什么事呢?

“牧师什么时候死的?”

菲利普差点儿说刚死,但是假如病人再拖延几个小时,那就解释不清了。他红着脸,尴尬地回答:

“喔,他还没有断气。”殡仪员迷惑不解地望着他。他赶紧解释说:

“福斯特太太独自一个人在家,她那儿需要一个女人做帮手。这下你明白了吧,不是吗?他现在也许已经死了。”

殡仪员点点头。

“噢,是的,我明白了。我立即就派人去。”

菲利普回到教区住宅时便径直走进那间卧室。福斯特太太从床边的一张椅子里站起身。

“他现在和你出去时的情况一样。”她说。

她下楼去吃点东西。菲利普好奇地注视着死亡的过程。这个无力挣扎着的失去知觉的人,现在一点也没有人的样子。有时,从那张松弛的嘴里发出喃喃的叹息声。骄阳从万里晴空中直照下来,然而花园里的树荫下却凉爽宜人。这是晴朗的一天。一只绿头苍蝇嗡嗡地叫着,撞击着窗玻璃。突然耳边响起从喉咙发出的很响的咯咯声,菲利普吓了一跳,不觉毛骨悚然。老头四肢抽搐了一下,咽气了。这部机器终于停止了转动。那只撞击着窗玻璃的绿头苍蝇,还在烦人地、嗡嗡地叫个不停。

112

乔赛亚·格雷夫斯出色地操办了丧事,办得既得体又经济。葬礼一结束,他同菲利普一起回到教区牧师住宅,遗嘱由他负责。他边喝茶,边怀着哀悼的情感向菲利普宣读了遗嘱。它写在半张纸上，凯里先生把所有的东西都留给了侄儿。具体项目有：家具，银行存款八十镑，咖啡馆的二十个股份，以及在奥尔索普酒厂、牛津杂耍剧场、伦敦一家饭馆持有的一些股份。它们都是在格雷夫斯的指点下购买的。他得意扬扬地告诉菲利普说：

“人必须吃、喝、玩。假如你把钱投资到公众认为必不可少的地方，你便永远保险，不会吃亏。”

他的话表明：世俗的粗野和上帝的选民高雅的情趣之间存在着微小的差别。尽管菲利普对世俗的庸俗粗野很反感，但还是接受下来了。总共投资大约有五百镑。还应加上银行的结余和拍卖家具能得的钱款。这对菲利普来说是笔财富。但他并不怎么高兴，只感到无限轻松和宽慰。

他们商量了必须立即进行的拍卖之后，格雷夫斯先生走了。菲利普着手翻阅清理死者的书信文件。威廉·凯里牧师向来以不曾毁坏过任何东西而自豪。这里有一沓沓可追溯五十年之久的来往信件和一束束签条贴得整整齐齐的单子。他不仅保留着别人写给他的信件，而且把自己所写的信也保留着。有一扎颜色发黄的信件，是牧师在四十年代写给他父亲的信，当牧师还是牛津大学的学生时曾到德国去度了一个长假。菲利普懒洋洋地读着这些信。这个写信的威廉·凯里跟他所熟悉的威廉·凯里迥然不同。但只要是目光敏锐的读者一眼就可以看出，这个写信的男孩子已有那个成年牧师的影子。信件拘泥虚礼，有点大言不惭、矫揉造作。他在信里表明了自己如何竭力饱览一切有价值的名胜。他热情洋溢地描绘了莱茵河畔的城堡。沙夫豪森的瀑布简直是天工杰作，太奇妙太秀丽了，使他不禁对宇宙全能的上帝报以虔诚的感激。他情不自禁地联想，那些在能看见神圣的造物主这一杰作的地方生活的人，应该为其过那圣洁的生活的期望所感动。菲利普在一些单子中发现了一张威廉·凯里任牧师圣职以后不久的一幅小画像。呈现在眼前的是一位瘦削的年轻副牧师，头上覆着天然的长鬈发，一双黑黑的大眼睛，神色迷惘，一张苍白的苦行者的脸孔。菲利普一下记得伯父过去常常谈笑风生地讲起几位敬慕他的小姐们为他做了几打拖鞋的事。

下午的其余时间和整个晚上，菲利普辛辛苦苦地阅读那不计其数的书信。他匆匆浏览了一下地址和落款，然后把信撕成两半扔进身旁的洗衣篮里。突然，他发现了一封署名为海伦的信件。他不认识这一笔迹。字体是瘦长、有棱有角的老体字。信的开头称呼是：亲爱的威廉，落款是：你亲爱的弟媳。顿时他恍然大悟，想到这是自己的母亲写来的。他以前从未见过她写的信，她的字体对他是陌生的。这是一封涉及他本人的信。

亲爱的威廉：

斯蒂芬曾给您写过一信，感谢您对我们儿子的诞生的祝贺，以及您对我本人的良好祝愿。感谢上帝，我们母子俩身体都很好。我深深地感谢上帝赐予我的大慈大悲。既然我能够拿笔了，我想告诉您和亲爱的路易莎，我本人对你们两人自从我结婚以来，对我一如既往的友爱表示真诚的感激。我想要求您帮个大忙。我和斯蒂芬都希望您当这个孩子的教父。我们希望您会同意。我知道我要求的不是一件小事，因为我相信您会非常认真地负起这一责任的。我特别渴望您能承担这一义务，因为您不仅是孩子的伯父，而且是一位牧师。我非常关心这孩子的幸福。我日夜向上帝祷告，希望他能够成为一个善良、诚实和信仰基督教的人。有您引导他，我希望他将会成为一名信奉基督教义的信徒并且终生敬畏上帝，做一个谦恭和虔诚的人。

您亲爱的弟媳
海伦

菲利普将信推到一边，身子往前倾着，双手捂住了脸。他深深地被触动了，同时也使他惊讶不已。他对信中的宗教语调感到惊奇，这语调在他看来既不伤感也不多情。对逝世迄今快二十年了的母亲，他只知道她很漂亮，别的一无所知。了解到她是这样单纯和虔诚，他感到十分奇怪。他从未想过母亲这方面的性格。他重新捧起母亲的信，再读一遍关于他的那些话，读着她对他的期望和考虑。可他如今却变成与母亲愿望大不相同的那一种人。他打量了一会儿自己。也许她死了更好些。随后，一阵突如其来的冲动使他把信撕碎。信的温存语气和简洁纯朴使它似乎显得特别的隐秘。此时，他心生一种莫名的情感，觉得阅读了披露他母亲芳魂的信件是不道德的。接着他又继续翻阅伯父的那些枯燥无味的信件。

几天以后，他去了一趟伦敦。这是两年来第一次在大白天进入圣卢克医院。他去找医学院的秘书。秘书见到菲利普很吃惊，并好奇地问他一直在干什么。菲利普的经历使他对自己有一定的自信，对很多事物能用新的眼光来看待。这样的问题要是先前准会使他窘态百出的。可是现在他能很镇静地回答，为了避免秘书的进一步追问，他故意含糊其词地回答说，有些私事迫使他不得不辍学。他现在急想尽可能快地取得医生的资格。他能够参加考试的是助产学和妇科学。他报名在妇科病房里当个助产医士。时值假期，因此他毫不费力地获得这个职位。他安排了在八月份的最后一周至九月份的头两周上任。敲定之后，菲利普信步穿过校园。校园里显得冷清空荡，因为夏季期末考试刚结束。他沿着河边的台地漫步着，心里思绪万千。他想，现在可以开始新的生活了，他要把以往的一切过失、愚行和痛苦通通抛之脑后。那滔滔不绝的河水表明一切都在流逝，一刻不停地流逝着，象征着什么都无关紧要。展现在眼前的是一个充满丰富多彩的前景。他又回到布莱克斯特伯尔，埋头处理他伯父的遗产。拍卖的日子定于八月中旬，那时前来消暑度假的游客可能出较好的价钱。藏书目录已经整理出来了，并且分别寄往特坎伯雷、梅德斯通和阿什福德等地的各类旧书商人。

有一天下午，菲利普突然心血来潮，跑到特坎伯雷去看看他的母校。自从他怀着如释重负之感，觉得从此可以自由自在、独立自主了而离开它的那一天以来，他从不曾再回去过。漫步在他多年来非常熟悉的特坎伯雷狭窄的街道上，真有点不可思议。他看了看那些旧商店，依然还在，仍旧卖着与过去一样的商品。书店里一个橱窗里摆着教科书、宗教书籍和最新出版的小说，另一个橱窗里摆着大教堂和该城的风景照片。体育用品商店摆着板球拍、钓具、网球拍和足球。还有那家裁缝店，他童年时代穿的衣服都是在这店里做的。就连伯父每当到特坎伯雷都要在那里买鱼的那家鱼店也还在那里。他沿着肮脏的街道漫步，来到一堵高墙跟前，坐落在里面的那幢红砖楼便是补习学校。再往前走便是通向皇家公学的大门。他站在周围有各式各样楼房环抱的四方院子里。这时刚刚四点钟，孩子们正匆匆忙忙地拥出校门。他看见那些穿长袍，戴着方帽的教师们，菲利普一个也不认识。他离开这儿已经十多年了，学校已经发生了很大的变化。他看见了校长。他正从学校慢慢地走向自己的宿舍，一边在跟一个高个的男孩子谈话。菲利普估计这是个六年级学生。校长的变化不大，还是菲利普记忆中的那样，高高的个子，形容枯槁，言行粗犷，依然是目光灼灼。不过，原来的黑胡子现在已经有点灰白了，那张灰黄色的脸上的皱纹更深了。菲利普真想走过去和他谈谈话，但又害怕校长已记不起他了，他不愿意再向别人做一番自我介绍。

孩子们边聊天边闲逛着。不一会儿，一些匆匆换了衣服的学生跑出来打篮球了。其他人三三两两地跑出校门，菲利普知道他们这是到板球场去。还有一些学生到附近去打棒球。菲利普作为陌生人站在他们中间，只有一两个人冷冷地瞥了他一眼。但是被诺曼式的楼梯吸引来的游客并不少，因此观光者并不太引人注目。菲利普好奇地看着他们。他忧郁地想到他与他们之间的鸿沟，并心酸地想到，自己立志做的事是何其多，而今成事的又何其少。在他看来，已逝的岁月，完全蹉跎过去了。这些蹦蹦跳跳的孩子们正在重复他当年玩过的游戏，好像自从他离开学校以来，世上连一天也没过去似的。可是就在这个地方，过去他至少叫得出每个人的名字，现在却一个也不认识。再过几年，换上别的孩子代替了他们在运动场上玩耍，眼前的这批学生也将会像他现在站在这里这样，是个陌生人了。可是这一想法未能使他得到安慰，相反，只能使他深深感到人人都是人生道上的匆匆过客，每一代人都周而复始地循环着这平凡的一轮。他不晓得他当年的同窗们如今都怎么样了。他们现在也都是近三十岁的人了。有的可能已经死了，活着的也都成家立业，生儿育女了。他们当中或有当兵的，或有当牧师的，或有当医生和律师的。他们都行将告别青春步入不惑之年，变得老练持重了。他们中有没有谁像他这样把生活搞得一团糟的呢？他想起了他曾经挚爱过的那个男孩来了。很滑稽，菲利普竟记不起他的名字了。他的音容笑貌还记忆犹新，历历在目。他曾经一直是自己最亲密的朋友，但是他的名字就是记不起来。回顾起自己为了他的缘故而曾有过的嫉妒的感情，菲利普不禁哑然失笑，记不得他的名字真令人恼火。菲利普渴望自己能再变成一个小孩，就像在四方院子闲逛的那些小孩一样。这样，他便能避免先前的错误，从头开始，使生活过得更有意义。他感到一股难以忍受的孤独袭上心头。他几乎后悔、抱怨起两年间遭受的贫穷生活来了，因为仅为了要勉强糊口而做出的拼命挣扎，却使生活的痛楚变得麻木不仁了。“你必汗流满面才得糊口”①，这并不是对人类的诅咒，而是使人类听命于生活摆布的一帖镇痛剂。

然而菲利普又不耐烦起来了。他想起了他的人生图案的观点来。他遭到的不幸只不过是精致又美观的装饰品的一部分。他竭力说服自己，必须痛痛快快地接受一切，无论是枯燥无味的还是激动人心的，幸福的还是痛苦的，因为它们为自己所设计的人生图案增添了华丽的色彩。他自觉地寻找着美。他记得自己还是个小孩时，就喜欢那座哥特式大教堂了。正如眼下人们站在网球场也能看到这种美一样。于是，他走到那儿去，仰视那屹立在多云的苍穹下呈灰色的庞大建筑群。中央的塔尖高耸入云，好像人们在对上

① 此句出自《圣经·旧约》中《创世记篇》，是上帝将亚当和夏娃赶出伊甸园时说的话（第三章第十九节）。

帝赞美似的。孩子们正在场地里玩板球。他们敏捷、健壮、活泼。他情不自禁地要去听听他们的喊叫声和欢笑声。青春的呼声是令人陶醉的，而菲利普只能用自己的眼睛来欣赏眼前的美好事物了。

113

八月份最后一周的第一天，菲利普到他负责的那个"地段"赴任。这活儿是很费劲的，他平均每天都要护理三个产妇。产妇事先从医院领取一张"卡片"，当她要分娩的时候，就叫一个人——一般是小女孩——把"卡片"交给医院的门房，然后门房又打发这送信的来，找住在马路对面公寓里的菲利普。若是深夜，门房就亲自过来把菲利普喊醒，他身边也有一把开菲利普房门的钥匙。这个时候菲利普便摸黑起床穿衣，急急忙忙走过南区的一条空空荡荡的街道，心里便有种说不出的神秘感。在这个时辰送卡片请医生的一般是产妇的丈夫。假如以前已经养了好几个孩子的，那丈夫对这件事就显得若无其事的样子；可是倘若是第一胎，丈夫便很紧张，有时还借酗酒来减轻心头的焦虑。他常常得走一英里或更多的路。一路上，菲利普便同那送信的商讨生育的情况和生活费用。菲利普从中了解到不少有关泰晤士河对岸各行各业的情况。他使接触过他的人受到了鼓舞。他在闷热的房间里长时间地等候着。产妇躺在占半间房面积的大床上，产妇的母亲和接生婆像她们互相间无拘无束地谈话那样，很自然地同他交谈。过去两年里他生活过的环境和遭遇，使他懂得了有关穷苦人家的生活的许多事情。他们发觉他居然了解这些，觉得很有意思。他没被他们的一些微小的托词所蒙骗，这也给他们留下深刻的印象。他为人和气，干起事来手很轻柔，而且还从不发脾气。由于他并不以和他们一起喝茶为耻，因此他们都很喜欢他。要是天亮了，可他们还得继续等下去时，他们就请他吃一片涂上烤肉油的面包。他并不挑食，现在胃口很好,吃得津津有味。他去过几户人家,他们的房子龟缩在离污秽街道不远的肮脏的院子里,那些房子一间挨一间地挤在一块,里面照不进阳光,又不通风。但是没料到有些房间虽然外表破败不堪,地板被虫蛀坏了,屋顶还有裂缝,却留有豪华的旧影:屋里头有精雕细琢的橡木栏杆,墙上还保留有镶板。住房很挤,一家人住一间房子。白天,在院子里玩耍的孩子喧闹声不绝于耳。那些年久日深的墙壁正是臭虫的繁殖场所。空气太恶臭了,菲利普常常觉得恶心,只好点上一袋烟。这儿的居民挣一文吃一文,过着半饥不饱的生活。婴儿是不受欢迎的。他们的出生带来了男人的愤怒和母亲的绝望。又添了一张嘴,而眼下的人连糊口的食物都还不够呢,菲利普常常觉察出他们巴不得孩子生出来就是死胎或者很快地死去。他给一位生双胞胎的妇女接生过,当告诉她生了双胞胎后,她马上伤心得号啕大哭起来。她的母亲坦率地说:"真不知道如何养得起这两个。"

"也许上帝到时将会认为把他们召唤走是合适的。"那位接生婆说。

当那个男人看着这一对肩挨肩地躺着的小婴儿时,那副恶狠狠的面孔使菲利普大为吃惊。他觉得一家子对那不受欢迎而已经问世的可怜的小东西都怀有可怕的怨恨。假如他话不说得严厉点,"事故"将会发生。这些"事故"是经常发生的。或是母亲翻身把婴儿给"压"没气啦,或是给小孩喂错了食物啦,这种错误并非总是由于粗心大意造成的。

"我每天都要来看看的,"他说,"我得警告你们,假如孩子有个三长两短,那你们是得受审讯的。"

做父亲的没吭声,但却狠狠地瞪了菲利普一眼。他脑子里确实有谋杀的念头。

"上帝保佑这两个小生命吧!"孩子的外婆说,"他们会出什么事呢?"

让产妇卧床十天,这是医院的惯例要求的最短的时间,但这是最难办到的。操持家务是件麻烦事。不给报酬谁也不照看孩子。

而那个丈夫下班回家,又累又饿,见茶点还没预备好便满腹牢骚。菲利普曾听说过穷帮穷的事,但是一个又一个的妇女对他诉苦说,若不雇人,就无法打扫卫生和照看孩子们吃饭,而她雇不起人。通过倾听妇女们之间的谈话,以及她们偶尔说出的片言只语,菲利普也能从中推断出许多没说出口的话。菲利普从这些话中懂得了,穷人和富人之间毫无共同之处。他们对比较富裕的人家并不羡慕,因为生活方式太不一样了。他们有一种悠然自得的思想,这种思想使得中产阶级的生活方式显得拘泥刻板,极不自然。况且他们对中产阶级的阔人们有些瞧不起,因为他们蠢笨,又不用他们的双手干活。那些自尊自重的人只图自在,希望不受人干涉。可是多数穷人却想从有钱人那儿揩点油。他们知道该说什么来打动他们,使他们大发慈悲,慷慨解囊于慈善事业,以便获得种种接济。这种益处来自富人们的愚蠢和他们的精明狡猾,他们认为接受它是一种权利。他们虽然鄙视、冷淡副牧师,但对他还能容忍。可是那位区巡视员却激起了他们的刻骨仇恨。她一走进屋来,不征得你的同意,也不管你患支气管炎,一受凉就会死的,就擅自把你家的窗户全打开。她连房间的每一角落都要看一看,嗅一嗅。要是她没有说那地方脏,你也能猜出她心里在这样想:"他们有仆人,当然挺不错的。假如她有四个小孩,还得自己做饭,又得给孩子们缝补、浆洗衣服,我倒要看看她会把房子弄成什么样子。"

菲利普发现,对这些穷人来说,生活的最大悲剧并非生离死别。生离死别是自然现象,其悲哀痛苦可以用眼泪来减轻;对于他们,生活的最大的悲剧在于失业。他见过一个男人,在他妻子分娩三天后的一个下午回家,对她说自己被解雇了。他是个建筑工人,其时,这工作不景气,活儿少。讲完这事后,就坐下来用茶点。

"唉,吉姆。"她说。

那位男人神情木然地吃着饭,这些食物一直热在小锅里,等他回来吃的。他目光呆滞地盯着面前的盘子,妻子以惶恐不安的目光望了他两三回,然后便默默地哭开了。这个建筑工人是个粗笨的小个子,脸孔因饱经风霜而变得粗糙,前额有一道长长白白的伤疤；手又粗又大，长满了老茧。突然他把盘子一下推开，好像他必须放弃强行吃饭的努力似的，然后掉转头，眼睛凝视着窗外。他们这间房间是在这幢楼的顶层，又背阴，除了天空铅灰色的云块外，什么也看不见。沉默之中充满了绝望。菲利普觉得没有什么话可说的，只好一走了之。当他拖着疲乏的身子走出来时——因为他这一夜几乎没合眼——心里充满着对残酷的世界的愤怒。他知道要寻找工作毫无希望，更有比饥饿更难忍受的凄凉。他暗自庆幸，自己还好不必信奉上帝，要不然的话，眼前这种事情将是他无法忍受的。人之所以能够苟且偷生，正是因为人生毫无意义的缘故。

在菲利普看来，有些人花时间帮助较贫穷的阶级的人们是错误的，因为他们毫不考虑穷人对有些东西已习以为常，不感到有什么妨碍，却想方设法去加以纠正。结果事与愿违，反而搅扰了他们的安宁，甚至让他们受罪。穷人并不需要宽敞、空气流通的大房间，他们挨冻，是因为食物没有营养，血液循环缓慢。宽敞的房间反而会使他们觉得冷。他们想尽量地节约用煤。几口人同睡在一个房间里并不觉得苦，他们宁愿如此。他们从出生到老死一刻也没有单独生活过。孤独会使他们受不了。他们喜欢男女老幼这样混杂居住，而且，可以对周围不停的吵闹声充耳不闻。他们觉得没必要经常洗澡，菲利普还常常听到他们气愤地说一住院还得先洗澡，这既是侮辱，又极不舒服。他们需要的是安稳自在的生活。只要男人有固定的工作，生活便过得很顺当，也很有乐趣。下班后有许多工夫闲扯，再有一杯啤酒喝可就美极了。那些大街小巷更是乐趣无穷的娱乐场所。要看点什么，有《雷诺兹报》和《世界新闻》杂志。可是你瞧，你无法觉察时间过得有多快。事实是，假如你还是个姑娘，读点书也确实是难得的。现在你忙这忙那的，竟连看报的时间也没有了。

通常的惯例是产妇生产后，医生得再出诊三次。一个星期天，菲利普在吃饭的时间去看一个产妇。她那天是产后第一次下床走动。

“我再也不能卧床了，确实不行。我不是偷懒的人。躺在那儿整天什么事也不干，我心里不安。因此，我就对厄尔布说，'我这就起来给你做饭了。'"

厄尔布已经手拿着刀叉坐在餐桌旁了。他是个年轻人，有一张和蔼的面孔，蓝眼睛。他挣的钱可不少，日子打发得很顺当。他俩才结婚几个月，他们都喜欢那个躺在床边的摇篮里的红扑扑的小男孩。房间弥漫着香喷喷的牛排味，菲利普的目光不由得转向厨房那边。

"我刚要把牛排装盘。"这女人说。

"尽管忙你的，"菲利普说，"我只想看看孩子——你们的继承人就走。"

丈夫和妻子对菲利普说的话都笑了。厄尔布也从桌边站起身，跟菲利普一道走到摇篮跟前。他骄傲地望着他的儿子。"看来他没什么问题，是吗？"菲利普说。

菲利普拿起帽子，这时厄尔布的妻子已盛好牛排，并在餐桌上放了一盘青豆。

"你们这顿晚餐可真丰盛。"菲利普微笑着说。

"他只有星期天才回来，我要给他做点好吃的，好让他在外做工时也会想着这个家。"

"我想你不肯赏光坐下来跟我们一道吃点饭吧？"厄尔布说。

"喔，厄尔布。"他妻子以震惊的语气说。

"只要你请我。"菲利普带着迷人的微笑回答。

"好啦，这才够朋友。我知道你不会见怪的。波利，再拿个盘子来，亲爱的。"

波利慌了，她认为厄尔布是个怪人，你无法知道过一会儿他脑子里又会冒出些啥念头来。但她还是去拿了一个盘子，并用围巾很麻利地擦了一下，然后从衣柜里拿出一副新刀叉来。她把最好的餐具搁在她最好的衣服当中。桌上有一瓶黑啤酒，厄尔布替菲利普斟了一杯。他想把牛排一大半夹给菲利普吃，但菲利普坚持大家共同分享。这是一间向阳的房间，有两扇落地的大窗户。这一间房原先是这幢房子的会客厅。这幢房子当初即使不算时髦，至少也是挺体面的。五十年前这里也许是个富商或退休领取半薪的官员住的。厄尔布结婚前曾是位足球运动员。墙上是几幅他参加各种球队的集体照。照片上一个个运动员头发梳得整齐、光滑，脸上现出忸怩的神情。队长双手拿着奖杯自豪地坐在中间。此外，还有一些表明这个小康之家幸福美满的标志：亲属的照片和他妻子身穿节日盛装拍的照片，壁炉架上的一块小石头上粘着精致整齐的贝壳。小石头两旁各放一只大杯子，杯子上面用奇特的字体写着"索斯恩德敬赠"的字样，上面还有码头和人群的风景画。厄尔布很有些个性，他是不参加工会的，并对强迫他入会的做法极为愤慨。工会对他没有用处，他找工作并没有困难。任何人，只要肩膀上长着个脑袋，对工作不挑挑拣拣，又积极肯干都可以获得好的报酬。波利胆小怕事。假如她是他的话，她就要参加工会。上一回罢工的时候，每次他出去做工，她都料想他会被人用救护车送回来。她转身对菲利普说："他就是那么固执，真拿他没办法。"

"好啦，我的观点是，这是个自由的国家，我可不愿受别人摆布。"

"说这是个自由的国家是没用的，"波利说，"要是他们抓住把柄，那也无法阻止他们不敲破你的脑袋。"

饭后，菲利普把烟草袋递给厄尔布，他们都抽起烟来。而后他立即起身同厄尔布握手告别，因为可能有人在他房间里等他出诊呢。他看得出来，和他们一道吃饭使他们很高兴，而他们也看出他这顿饭吃得很香。

"好啦，先生，再见。"厄尔布说，"我希望下次我妻子再生孩子时，还将有个这么好的大夫。"

"去你的吧，厄尔布。"波利反驳说，"你怎么知道还会有下一次？"

114

为期三个星期的助产医士的工作快结束了。菲利普已经护理了六十二个产妇,累极了。最后一个晚上,他大约十点钟才回到寓所,衷心希望这个夜晚别再把他喊起来出诊了。他已经有十天得不到整夜的休息了。他刚刚看过的病人怪吓人的。他被一个身材魁梧的、喝得醉醺醺的大汉叫去,带进发出恶臭的院子里的一间房子。菲利普平生第一次见到这么脏的房间。这是间窄小的顶楼。一张木床占据了大半间房子,床上挂着肮脏不堪的红帐幔。天花板太低了,菲利普伸手就可触到。蜡烛周围爬满了密密麻麻的小虫,他借着孤灯独烛的微弱光线摸着走过去。那女人是个中年人,相貌粗俗,她已接连生了几胎死婴。这一经历菲利普并不是没听说过。这女人的丈夫过去在印度当过兵。假正经的英国公众强加给这个国家的法律,使得种种令人烦恼的疾病无法控制地滋生蔓延,结果无辜者却遭罪。菲利普打着哈欠,脱掉衣服,洗了个澡,将衣服在水面上抖落,注视着在水面纷纷蠕动的小虫。他刚要躺下去睡觉,这时又传来敲门声。医院的门房给他送来了一张卡片。

“该死的,”菲利普说,“你是我今晚最不愿意见到的人。这卡片是谁拿来的?”

“我想是产妇的丈夫送来的,先生。要不要我叫他等着?”

菲利普看了一下卡片的地址,发现这条街他很熟悉,便告诉门房说他自己可以找到。连忙穿上衣服,五分钟之后,他手里提着黑提兜,走到了街上。一个男人走近他,说他本人就是产妇的丈夫。黑暗中他看不清那人的模样。

“我考虑我最好还是等你,先生。”他说,“我们那儿的邻居都很粗鲁,他们不知道你是什么人。”

菲利普笑了起来。

“哎呀,这你别担心,他们都认得出医生。我还到过了一些比韦费尔街更粗野的地方。”

这话确实不假。菲利普手里的这只黑提兜,是穿过破烂不堪的小巷和走进臭气熏天的院子的通行证,这种地方就是警察也不敢轻易涉足的。有那么一两次,菲利普走过去时,就有一小伙人好奇地打量着他。他听到他们在悄声议论,然后有一个人说:

“他是医院的医生。”

他从他们身边走过时,他们当中有一两个还同他打招呼:“晚安,先生。”

“先生,假如你不介意的话,我们就快点走吧。”陪着他的人说,“他们告诉我要快,不能耽搁。”

“那你为什么这么迟才来找我?”菲利普一边加快脚步一边问。

当他们经过一盏路灯柱的时候,他瞥了那个人一眼。

“你看起来还很年轻嘛。”他说。

“我刚满十八岁,先生。”

他长得挺俊,脸上没长胡子,看样子还是个孩子。他个子不高,但长得蛮壮实。

“你这么年轻就结婚啦?”菲利普说。

“我们不得不这样呀。”

“你工资多少?”

“十六先令,先生。”

每周十六先令是不够养活妻子和孩子的。这对夫妇住的这间房子表明他们贫穷到了极点。房间的大小适中,可是看起来却相当大,因为里头几乎没有什么家具。地板没有铺地毯,墙上也没有挂什么画。而别的人家大多数都在廉价画框里装有照片或从圣诞节增刊的画报上裁下来的画。那产妇就躺在一张最蹩脚的小铁床上。见到她如此年轻,菲利普不胜惊讶。

“天哪,她怎么说也不超过十六岁吧。”他对那位前来为产妇接生的女人说。

她的卡片里写了十六岁，不过如果她们太年轻了，就多填一两岁。她也长得很漂亮。这在他们这个阶层的人当中还是罕见的，因为他们的体质都被低劣的食物、恶浊的空气和有损于健康的职业糟蹋了。她容貌俏丽，一双蓝色的大眼睛，一头浓密的黑发精心地梳成女小贩的样式。他们夫妇俩心情都非常紧张。

“你最好在外面等着，以便我需要你时能够一叫就到。”菲利普对那个男人说。

现在菲利普对他观察得更清楚了，再次对他的孩子气感到惊奇。你会觉得，他应该跟街上的其他男孩一起嬉戏玩耍，而不该焦虑不安地守在门口等待婴儿的诞生。时间一小时一小时地过去了，一直到将近凌晨两点小孩才生下来。一切似乎都进行得很顺利。丈夫被喊进来了。看到他吻妻子的那副尴尬、羞怯的样子，菲利普的心不觉为之一振。菲利普收拾好器具，临走之前再一次地按了按产妇的脉搏。

“唷！”他不由得脱口惊叫一声。

菲利普迅速地看了她一眼，马上意识到出事了。在紧急的时候必须去请高级助产大夫。他是个取得资格的医生，这地区都是归他负责的。菲利普潦草地写了一张条子，交给那当丈夫的，叮嘱他拿着这条子快跑去医院。菲利普吩咐他要赶快，因为他妻子病情十分危急。那男人撒腿就跑。菲利普万分焦急地等待着。他知道这女人正在大量出血，生命危在旦夕。他害怕她会在他的上司到来之前死去。他采取了所能采取的一切措施进行抢救。他强烈地希望这位高级助产大夫没被请到别处去出诊。这时的每一分钟都似乎特别长。这位高级助产医生终于赶来了。他检查病人时，低声询问了菲利普几个问题。菲利普从他的脸部表情看出病情很严重。他名叫钱德勒，是个寡言少语的高个儿男人。高高的鼻梁，瘦削的脸上布满了他眼下的年龄还不该有的深深的皱纹。他连连摇着头。

“这病从一开始就没治了。她丈夫在哪儿?”

“我叫他在楼梯上等着。”菲利普说。

“你把他叫进来吧。”

菲利普打开门喊他，黑暗中，他正坐在通往另一层楼的那一段楼梯的第一级台阶上。

“有什么事？”他问。

“嗯，你妻子是体内出血，没法止住。”高级助产大夫犹豫了一会儿，这是件说来令人痛心的事，因此他迫使自己说话的声音变得粗暴一些。“她快要死了。”

那男人一声不吭，一动不动地站在那儿望着他的妻子。她脸色苍白，躺在床上，已经失去知觉了。还是接生婆开口道：

“大夫已想尽了一切办法，哈里。从一开头我就预感到要出什么事了。”

“住口！”钱德勒道。

窗户上没有窗帘，户外的夜色渐渐变淡了。此时虽还不是黎明，但黎明即将来临了。钱德勒尽自己的一切力量来挽救这女人的生命。但生命与她无缘，正在悄悄地从她身上离去，不一会儿她便死了。那位小男孩似的丈夫站在廉价铁床的一边，双手扶着床的栏杆。他没有说话，但脸色惨白。钱德勒不安地瞥了他一两眼，认为他快要晕倒了，他的嘴唇发白。接生婆大声地抽泣起来，但是他没有去注意她。他紧紧地盯着妻子，双眼充满了迷惘疑惑的神色。看到他这副样子，使人联想起一条无缘无故而挨揍的狗。当钱德勒和菲利普收拾器具的时候，钱德勒对那个丈夫说：

“你最好躺一会儿，我看你快累坏了。”

“这儿没有我躺的地方，先生。”他回答说，声音中流露出痛苦的谦卑。

“难道公寓里没有一个你认识的人可以借给你一张便床吗？”

“没有，先生。”

“他们上星期才搬进来的，”接生婆说，“他们谁也不认识。”

钱德勒为难地犹豫了片刻，然后走到那男人面前说：

“发生了这样的事我非常难过。”

他伸出手去，那男人本能地看了看自己的手是不是干净，然后才握住钱德勒伸过来的手。

“谢谢您,先生。”

菲利普也同他握了握手。钱德勒吩咐接生婆早晨去医院领取死亡证书。他们离开这幢房子,一块默默地向前走着。

“起初,这总会使人有点心烦意乱,不是吗?”钱德勒终于开口说道。

“有点。”菲利普回答。

“假如你愿意的话,我就告诉门房,今天晚上别再叫你出诊了。”

“无论如何,我到早晨八点就不再值班了。”

“你护理了多少产妇?”

“六十三个。”

“好,那你可以取得合格证书了。”

他们到了医院。这位高级助产医生走进去看看是否有人找他。菲利普继续往前走着。昨天一整天天气一直很闷热,即使眼下是清晨,空气中还有股热气。街上静悄悄的。菲利普没有一丝睡意,他的工作业已结束,不必慌什么了,于是慢慢地朝前走着。他喜欢这清新的空气和寂静。他想走到桥上去观看破晓时河上的曙色。拐角处,一位警察向他道了早安。他从菲利普的提兜知道他的职业。

“今晚出诊回来迟了,先生?”他问。

菲利普点点头走了过去。他倚靠着桥边的栏杆,仰望着晨空。此时此刻这座大城市就像座死城一般。天空一丝云彩也没有,星光在破晓时暗淡无光。河面上漂浮着一层柔缦般的薄雾。河的北岸那些高大建筑物犹如妖岛上的宫殿。一队驳船停泊在河的中流。周围的一切全蒙上一层神秘的紫罗兰色,不知怎的,如此乱人心思,引人敬畏。但瞬间,一切都渐渐变得灰白和清冷了。随之太阳升起来了,一缕金黄色的阳光悄悄地刺破天幕,整个天空瞬时一片五彩缤纷。菲利普的眼里老是闪现出那个躺在床上、脸色惨白的死去了的女孩子,以及那个像受惊的野兽似的站在床边的男孩。

那空荡荡的邋遢的房间,使得这种悲哀更加深沉。当她刚踏入人生的时候,一次莫名其妙的事故竟然夺去了她的生命,这是多么的残酷啊!可就在菲利普寻思的当儿,他想起了她面临着的命运,也无非是生儿育女,与贫穷搏斗。结果艰苦的劳作毁掉了青春的容颜,剥夺了她的青春,使她成了邋里邋遢的中年妇女——菲利普仿佛看到那张秀美的脸庞日见消瘦、苍白,头发逐渐变得稀疏,漂亮的双手被工作无情地磨损,变成了像衰老动物的爪子一般——到那时候,她的男人也过了他的全盛的青春期,工作难找,工资低微。结局还是那不可避免的赤贫。她也许很能干、节俭、勤劳,那也拯救不了她。到头来,她不是进济贫院,就是靠孩子的施舍维持生活。生活如此艰难,谁又会由于她的死而可怜她呢?

然而,怜悯是愚蠢的。菲利普觉得,这些人需要的不是这个。他们并不怜悯自己。他们接受自己的厄运,这是事物的自然法则。要不然,天啊!要不然他们将会大量地蜂拥过河,到庞大的雄伟的建筑物的那端去。他们将会去抢掠、纵火和洗劫。现在天已大亮了,光线柔和又惨淡,河上的雾气稀薄了,轻柔的光辉沐浴着一切。泰晤士河呈现出灰白色,有时呈玫瑰红色,有时呈碧绿色;灰如珍珠母的光泽一般,绿如黄玫瑰的花蕊。萨里·赛德公司的码头和仓库聚在一起倒有一种杂乱无章的美。风景太优美了,菲利普的心剧烈地跳荡着。他沉浸在世界的美之中。与这美相比,一切都显得微不足道了。

115

菲利普在门诊部度过了冬季开学前的几个星期。到了十月,他便定下心来开始正常的学习。他离开医院的时间太久了,因此发现新来的同学大部分都不认识。不同年级的学生相互间很少交往。他当年的同窗们大都毕业了。有些人离开这儿到农村医院或诊所去当助手或者医生,有些则在圣卢克医院就职。他想,过去这两年脑子老闲着,使他恢复了精力,现在能够精力充沛地学习了。

阿特尔尼一家对他的时来运转感到高兴。他在拍卖伯父的遗物时留了几件未卖,当作礼物赠送他们。他把伯母的一条金项链送给萨利。她已经出落成一位大姑娘了,正跟一个裁缝当学徒,每天早晨八点就上班,整天在里金特街的一个铺里干活。萨利生就一双率直的蓝眼睛,浓眉毛,一头闪闪发亮的浓密头发。她体态丰腴健美,臀部宽大,胸脯丰满。她父亲喜欢品论她的外貌,经常提醒她不能再长胖了。她具有迷人的魅力,因为她健康,富有性感和女性的温柔。她有许多追求者,但是他们都未能打动她的心。她给人的印象是认为谈情说爱是荒唐的。可想而知,年轻小伙子都觉得她不好接近。萨利比她的实际年龄要显得老成。她常常帮助母亲操持家务,照顾弟妹,因此她也就具有管家的气派,难怪她母亲说萨利有点太喜欢独断专行了。她的话不多,但随着她年龄的增大,似乎养成了一种恬静的幽默感。有时,她说的个把句话也显示出在她一本正经的外表下面,正情不自禁地对其他同伴产生了兴趣。菲利普觉得跟她从未曾像跟阿特尔家的其他人那样的亲密过。她的冷淡不时会轻微激怒他。她的身上简直有着令人猜不透的谜。

当菲利普送给她项链的时候,阿特尔尼吵吵嚷嚷地坚持要她吻一下菲利普以表感谢,可是萨利红了脸,身子直往后退。

"不,我不。"她说。

"不懂礼貌的野丫头!"阿特尔尼嚷道,"为什么不呢?"

"我不喜欢让男人吻我。"她说。

菲利普看到她发窘的样子,觉得挺好笑,便把阿特尔尼的注意力引到别的话题去了。这本来就不是件什么难事。不过,她母亲后来显然说了她一顿,因为下一回菲利普来的时候,她趁只有他们俩在一起的几分钟的机会,提起了这件事。

"上星期我不肯吻你,你不认为我很讨厌吧?"

"一点也不。"他笑了。

“这并不是我不感激你。”当她讲出这句她事先准备好的客套话时她的脸有点红了，“我将永远珍惜这条项链，你太好了，把它送给了我。”

菲利普发现，要同她谈话总有点困难。该办的事她都做得很周到，就是好像觉得没有与人说话的必要似的，但她待人并没有什么简慢之处。有一个星期天下午，阿特尔尼夫妇一道出去了，菲利普坐在会客室看书，他已被看作这个家庭的一员了。这时萨利走了进来，坐在窗子前做针线活。女孩子的衣服是在家里自制的，萨利星期天不能闲着不干活。菲利普以为她想跟他谈话，便把手中的书本放下来。

“继续看你的书。”她说，“我只是想你独自一人，所以来陪你坐坐。”

“你是我遇见过的最沉默寡言的人了。”菲利普说。

“我们不希望家里再有一个喜欢说话的人。”她说。

她的语气没有挖苦讥笑的口吻，只是说明了一件事实。然而菲利普听后马上觉得，哎呀，她不再像小时候那样把她父亲看作心目中的英雄了。她心里把父亲诙谐的有趣的谈话，与常常给他们的生活带来困难的不知节俭的德行联系在一块，她拿他的夸夸其谈同母亲的务实精神对比。虽然她父亲的快活的性格使她觉得有趣，但是有时也许对它有点不耐烦。她埋头做针线活时，菲利普专注地望着她。她身体健康、体格强壮、体态健美。想到她站在店铺里的那些胸脯扁平、脸色苍白的女孩子当中，该会显得很奇特的。米尔德里德就患贫血症。

不久以后，他们才知道萨利已有个求婚者。她偶尔跟她在车间认识的朋友们一道外出游玩，结识了一位青年人。他在一家生意不错的公司里当电气工程师，是个最合适不过的求婚者了。有一天，她对她母亲说，他向她求婚了。

“你对他怎么说？”她母亲问。

“噢，我告诉他说，我现在还不急着和人结婚。”她停顿了片刻，这是她平时说话的习惯，“他太着急了，所以我就说，他星期天可以来我们家用茶。”

这是阿特尔尼很感兴趣的机会。为了扮演开导这位年轻人的威严的父亲的角色，他整个下午都在排练，直到逗得孩子们都忍不住咯咯地笑个不停才罢了。就在那个小伙子快来之前，阿特尔尼又翻箱倒柜，搜寻出一顶埃及人戴的土耳其帽，并非要戴上它不可。

“别胡闹了，阿特尔尼，”他妻子说，这一天她也穿上最好的衣服，就是那件黑色天鹅绒衣服。由于她一年比一年发胖，所以衣服显得很紧。“你会把孩子的机运糟蹋掉的。”

她竭力想把他的帽子摘掉，可是这个瘦小的男人敏捷地蹦跳开了。

“老伴，放手，说啥也别想叫我脱掉它，必须让这个年轻人一来就看出他预备进入的这个家庭是不简单的。”

“让他戴着吧，妈妈。”萨利以平静的不以为然的语气说，“假如唐纳森先生对此不满意，那就意味着他可以走开，也省去了一件麻烦事。”

菲利普认为这对这位年轻人来说是一场严峻的考验。阿特尔尼身穿着棕色的天鹅绒上衣，飘垂着黑领带，头上戴着一顶红色土耳其帽，这身打扮让这位天真的电气工程师见了非目瞪口呆不可。他到来时，主人用高傲的西班牙贵族的礼节欢迎他，而阿特尔尼太太则以其简朴和自然大方的方式招待他。他们坐在古旧的熨衣桌旁的几张高背的修道士坐的椅子上。阿特尔尼太太用一把华丽的茶壶给他倒茶，这茶壶具有英格兰农村喜庆的地方特色。她还亲手做了一些小饼，桌上摆着自家做的果酱，这是一顿农家的茶点。对菲利普来说，在这座英王詹姆士一世时代的建筑物里，吃这种茶点真是又典雅又迷人。阿特尔尼出于某种荒唐的念头，突然心血来潮地大谈特谈起拜占庭的历史。他一直在攻读《衰亡史》[1]的后

---

① 指《罗马帝国衰亡史》，共六卷，是英国历史学家爱德华·吉本（1737—1794）花了十六年（1772—1788）写成的。他于1772年开始写，1776年第一卷出版，1781年第二、三卷出版，最后三卷1788年出版。

几卷。此时，他戏剧性地伸出食指，滔滔不绝地向那位莫名惊诧的求婚者的耳朵里，灌输着有关西奥多拉①和艾琳②的丑闻。而这个年轻人无言以对，一直沉默和满脸羞愧，又不时地点点头表示他既能理解又感兴趣。阿特尔尼太太对索普的夸夸其谈不以为然，不时地前来打断他的谈话，给这年轻人斟茶，请他多吃饼和果酱。菲利普注视着萨利。她低垂着头坐着，从容沉静又若有所思。她那对长睫毛往脸蛋上投下了一道很美的影子，很难看出她是对这个场面感兴趣呢，还是喜欢那位小伙子。她真叫人摸不透。但有一点是可以肯定的：这位电气工程师长得英俊帅气，胡子刮得很干净。他五官端正，一张诚实的面孔很讨人喜欢；他个子高，身段匀称。菲利普情不自禁地觉得他是萨利的理想的配偶。他想象到他们俩幸福的未来，心里不觉产生一阵醋意。

不一会儿，这位求婚者说他该告辞了。萨利默默地站起来送他走到门口。她回来的时候，她父亲就大声叫道：

"嘿，萨利，我们认为你的这位小伙子很好，我们预备欢迎他来我们家。把结婚预告发出去吧，我要谱写一首祝婚歌。"

萨利着手收拾茶具。她没有回答。突然她敏捷地向菲利普瞟了一眼。

"你认为他怎么样？菲利普先生。"

她总是拒绝像其他孩子那样称他菲尔叔叔，也不叫他菲利普。

"我认为你们会结成很好的一对。"

她又很快地看了他一眼，而后，脸上微微泛起红晕，继续干她的活。

"我认为他是一个说话很有礼貌的很好的小伙子，"阿特尔尼太太也发表自己的看法，"我想他就是能使任何女孩子幸福的那种人。"

萨利有一两分钟没答话，菲利普好奇地看着她。你可以认为

---

① 西奥多拉(508—548)，拜占庭女皇，查士丁尼一世的妻子。

② 艾琳，希腊神话中的和平女神。

她正在思考着她母亲所说的话,另一方面,也可解释她正出神地在想着意中人。

"萨利,为什么同你说话,你不回答呀?"她母亲有点发火地说。

"我认为他是个傻瓜。"

"那么你不接受他的求婚了?"

"是的,我不。"

"我不晓得你的要求有多高。"阿特尔尼太太说。显然她已经动气了。"他是个很体面的小伙子,可以为你安排一个非常舒适的家庭。没有你,我们这儿要养的人已够多的了。你有这样好的机会而放弃它,那是不明智的。况且我担保你准能雇一个女孩子来干粗活。"

菲利普以前从未曾听阿特尔尼太太如此直截了当地诉说其生活的艰辛。他发现抚养每个孩子是一副多么沉重的担子啊!

"妈妈,你再说也没用。"萨利心平气和地说,"我不想和他结婚。"

"我想你是个冷酷、无情、残忍、自私的女孩子。"

"妈妈,假如你要我自己谋生,那么我可以一直去当用人。"

"别这么傻了,你知道你父亲是不会让你干这个的。"

菲利普偶然触到了萨利的目光,他留意到她的眼睛里带有滑稽有趣的神情。他不知道刚才那番对话有什么能触动她的幽默感的。她真是个奇怪的姑娘。

116

菲利普在圣卢克医院的最后一年期间必须刻苦攻读。他对生活感到满意。他发现不用为爱情挂心又不缺钱花,这是很惬意的。他听过有人用一种轻蔑的口吻谈到了金钱。他不晓得他们是否真的过过一天身无分文的窘困日子。他知道，没有钱会使一个人变得卑劣、小气和贪婪。金钱会扭曲他的性格，使他从一个庸俗的角度来观察世界。当你不得不掂量每一个便士的分量时，金钱就变得异乎寻常的重要了。你需要具有一种能恰如其分地评价金钱价值的能力。他过着离群索居的生活，除了阿特尔尼家，他不再拜访其他人，可是他并不感到孤单寂寞。他忙着为自己的将来筹划着。有时，他也回想起往事，怀念起旧时的亲朋好友来。但是他不想去拜访他们。他很想知道诺拉·内斯比特的近况。她现在是姓另外的一个夫姓的诺拉了，但是他就是记不起她要与之结婚的那个男人的名字。他为能够结识她而感到高兴。她是个心地善良又有勇气的好人。有一天晚上大约十一点半光景，他看见劳森正沿着皮卡迪利大街迎面走来。他穿着晚礼服，也许正看完戏回住所去吧。菲利普屈服于一时的感情冲动，迅速地闪入一条小巷。他已经有两年没有见到劳森了，他觉得现在再也不能重新恢复那中断的友谊。他和劳森彼此间再没有什么共同语言了。菲利普已不再对艺术感兴趣。在他看来，他已经比小时候更有欣赏美好事物的魄力。但艺术对他显得无足轻重。他正忙于从五花八门的杂乱无章的生活中编织一个图案。他使用的材料，似乎非先前对颜料和语言的考虑所能替代。劳森适合菲利普的需要。菲利普和劳森的友谊，一直是他正在精心设计的图案的主题。忽视他对这位画家再也不感兴趣的事实，只是由于感情用事的缘故。

菲利普有时也会想起米尔德里德。他有意地避开有可能撞见她的那些街道。然而，偶尔出于某种情感，也许是好奇心，也许是他不愿承认的更深奥的原因，使他在她可能会出现的时间里，在皮卡迪利和里金特大街一带徘徊。他自己也说不清这时候是渴望见到她呢，还是害怕见到她。有一次他看到一个人的背影很像她。有好一会儿，他认为一定是她。顿时，他心中激起一种奇特的感情：心里一阵莫名的揪心般的疼痛，还夹杂点惧怕和令人作呕的心慌意乱。他赶紧赶过去，结果一看发现他认错了人。这时候，他也不知道究竟心里觉得宽慰呢还是觉得失望。

八月初,菲利普通过了最后一门功课——外科学的考试,领到了毕业文凭。自从他进入圣卢克医院迄今已经七个春秋,年纪也接近三十岁了。如今,他手里拿着取得行医合格证的毕业文凭,从皇家外科学院的台阶走下来,他的心因为满意而跳荡着。

“现在我才真正要开始生活了。”他默默地想着。

第二天,他到秘书办公室,登记姓名,申请在医院里就职。秘书是位快活的、蓄着黑胡子的小个子。菲利普发现他总是那么和蔼可亲。他先祝贺菲利普的成功,然后说:

“我想你不会愿意到南部海滨去当一个月临时代理医生吧?周薪三个畿尼,食宿除外。”

“我不在乎。”菲利普说。

“在多赛特郡的法恩利,索斯大夫那儿。你得立即动身,他的助手患腮腺炎走了。我相信那是个很好的地方。”

秘书说话的态度有些使菲利普迷惑不解,此事有点靠不住。

“他是个不好相处的人吧?”菲利普问。

秘书犹豫片刻后欣然地笑了。

“好啦,事实是我知道他是个固执的古怪的老家伙。介绍所再不给他派助手去了。他说话很直率,人们往往不喜欢这样。”

“那么你认为他会满意一个刚毕业的人吗?我毕竟没有经验啊。”

“能有你当助手,他会高兴的。”秘书以外交辞令般的口吻说。

菲利普寻思了片刻。他想,反正最近几星期他没有事干,有机会挣点钱他当然高兴。他可以把这些钱攒下来,用作到西班牙度假的旅费,他已许下在圣卢克医院任职后去度假的心愿。或者,假如在这医院得不到任何职位,就到别的医院任职,而度假的决定是不会改变的。

“好吧,我去。”

“问题是,你必须今天下午去。这你合适吗?假如合适我立即拍个电报。”

菲利普本想多玩几天。但是前天晚上他已经去过阿特尔尼家

(一通过考试他立即跑去把好消息告诉他们了),他确实没有什么理由不能马上动身。他的行李很少。当天晚上七点过后不久,他就已走出法恩利火车站,雇了一辆出租马车到索斯大夫的诊所去。这是一所宽敞的矮灰泥屋,墙上爬满了五叶地锦。他被领进门诊室。一位老人正在书桌旁写字。女仆领着菲利普进来时,他抬起头来,既没有起身,也没有说话,只是紧盯着菲利普。菲利普有点吃惊。

“我想你正在等我吧,”菲利普先开口说道,“圣卢克医院的秘书今天上午给你打过电报了。”

“我把晚饭推迟了半小时。你要洗澡吗?”

“要。”菲利普接口说。

索斯大夫奇怪的举止,使他感到有趣。这时老人站起来了。菲利普发觉他中等身材,清瘦,满头银发剪得很短。一张宽大的嘴抿得那么紧,以至于看起来像是没嘴唇似的。他的脸刮得很干净,只留下蓄着的连鬓胡子,宽宽的下巴颏,使他的方形的脸显得更加方正。他身穿棕色的苏格兰呢服,结着一条白色宽大的硬领巾。他的衣服松松地披在身上,好像它们是为另一个高个头的人做的似的。他的这副样子好像是十九世纪中叶的一位令人尊敬的农夫。他把门打开了。

“那儿是餐室,”他指着对面的门说,“你的寝室就在登上楼梯平台进去的第一个门。洗完澡就下楼来。”

吃晚饭时,菲利普知道索斯大夫一直在打量着他。可是他很少说话,菲利普觉得他不想听他的助手说话。

“你什么时候毕业的?”他突然问道。

“昨天。”

“上过大学吗?”

“没有。”

“去年,我的助手去度假的时候,他们给我派来了一个大学生。我叫他们以后别再派这样的人给我,太绅士派头了。”

接着又是一阵沉默。晚餐虽简单却可口。菲利普外表保持沉静，但是内心却激动得翻腾不已。他为被雇用当上助理医生而自鸣得意，顿时觉得自己成熟了许多。他怀有无缘无故要大笑一番的疯狂欲望。他越是想起他这个职业的尊严，就越是忍不住地要咯咯笑出声来。

索斯大夫又突然发问，打断了他的思路。

“你多大啦？”

“快三十岁了。”

“那怎么才刚毕业呢？”

“我快二十三岁才开始学医，中间我还不得不中断了两年。”

“为什么？”

“贫穷呗。”

索斯大夫神情古怪地看了他一眼，又陷入了沉默。晚饭结束时，他从桌旁站了起来。

“你知道这里行医的情况吗？”

“不知道。”菲利普回答。

“主要是给渔民及其家属看病。我负责工会和海员的医院。过去就我独自在这儿行医。但是由于他们要把这地方开辟成一个时髦的海滨游览胜地，所以又来了一位医生在山崖上开了家医院，有钱人都上他那儿看病。只有那些几乎无钱请医生的人才上我这儿看病。”

菲利普明白这场竞争对这老头子来说是件伤心事。

“我没有经验，这你是知道的。”菲利普说。

“你们这些人什么也不懂。”

他没有再说一句话便走出餐室，把菲利普独个儿地留下不管。女仆进来收拾餐具时告诉菲利普，索斯大夫每天晚上六点至七点看病。这天晚上的工作已结束了。菲利普从自己的房间里拿了一本书，点了一袋烟，便坐下看书。这是种极愉快的消遣，因为近几个月来他除了阅读医学书籍外，别的书什么也没有看。十点，索斯大夫走进来，看了他好一会儿。菲利普平时看书时喜欢把脚翘上来，便拖了一张椅子来垫脚。

“你似乎很懂得享受啊。”索斯大夫的语气冷冰冰的，要不是菲利普眼下情绪高涨的话，准会觉得不安的。

菲利普回答时眼睛闪烁着喜悦的光芒。

“你很反感吗？”

索斯大夫瞪了他一眼，但没有直接回答他。

“你看的是什么书？”

“《佩里格林·辟克尔》，斯摩里特①写的。”

“碰巧我也知道斯摩里特写的《佩里格林·辟克尔》这本书。”

“请问，医务人员对文学都不大感兴趣，是吗？”

菲利普将书放在桌上。索斯大夫顺手把它拿起来。它是布莱克斯特伯尔教区的版本的一卷，用褪了色的摩洛哥羊皮包着的薄薄的一本书，用版画作扉页和插画。书页因为年代久远而发霉，发出一股霉味，并有霉蚀的斑点。索斯大夫拿起那本书时菲利普无意识地身子前倾了一下，眼睛里露出了一丝笑意。这表情一点也没有逃脱出这位老医生的眼睛。

“我使你觉得好笑吗？”他冷冰冰地问道。

“我看出你喜欢书。只要看看别人拿书的样子，对他是什么样的人就一目了然了。”

索斯大夫立即把这本小说放了下来。

“明早八点半吃早饭。”他说罢就离开了房间。

“多有趣的老家伙啊！”菲利普想。

他很快就发现为什么索斯大夫的助手们很难跟他相处。首先，他坚决地反对医学界近三十年来的一切新发现。他对现在流行的被认为疗效很灵验，但过几年之后又会被淘汰的一些药一概拒之门外。他珍藏着从圣卢克医院带来的混合药剂配方。他过去曾是那儿的学生，并且一辈子靠这几味药行医。他发觉这些药跟以后流行的名目繁多的时新药品同样灵验。菲利普对索斯大夫怀疑无菌操作感到吃惊。只是为尊重普遍的见解，他才勉强接受了

---

① 斯摩里特（1721—1771），英国小说家。

它。可是他谨慎小心地根据注意事项使用,菲利普知道这是圣卢克医院一贯强调的。

“我亲眼见到防腐剂出现了,并把以前的一切药物扫荡殆尽。尔后呢,我又见到无菌操作代替了它。简直荒谬至极!”

原先被派来当他助手的年轻人只知道大医院的常规,他们带着在大医院里形成的对一般诊疗医生露骨的蔑视到这儿来。然而,他们见过的只是在病房里才出现的复杂的病例。他们虽懂得如何治疗肾上腺体的疑难病症,但对诸如伤风感冒之类的毛病反倒一筹莫展。他们的知识是空洞的理论,而他们的自信却是无边无际的。索斯大夫嘴唇闭得严严地注视着这些人,寻找机会出他们的洋相,以指出他们多么无知,他们的骄傲多么盲目。这是为渔民开设的惨淡的行医经营,大夫还要自己照处方配药。索斯大夫曾责问他的助手,因为助手给一个有胃疼的渔民开的混合药剂里竟有五六味贵重的药品,那么,医院还怎么能维持下去呢? 他还埋怨年轻的医务人员缺乏修养,他们只局限于看《体育时报》和《英国医药杂志》。他们字写得既潦草,又常常拼错。索斯大夫有两三天时间密切地观察着菲利普的一举一动,一有抓住差错的机会,就想尖刻地挖苦他一顿。菲利普意识到这一点,若无其事地进行他的工作,心里却暗暗好笑。他对职业的改变感到由衷的高兴,也喜欢这种独立感和责任感。各式各样的人拥进门诊室。他内心感到无比喜悦,因为他似乎能够提高病人战胜疾病的信心。能观察一个病例的全疗程令人感到愉快,这是在大医院里必须间隔一段很长的时间才能见到的。巡回医疗使他有机会深入屋顶低矮的农舍。那里面摆有钓具和风帆,同时,处处还有一些远海航行的纪念品:日本的漆盒,美拉尼西亚[1]带来的鱼叉和船桨,或者从斯坦布尔[2]市场买来的匕首。在那些沉闷的小屋里有着浪漫传奇的气氛。大海的咸味又给它们带来一股苦涩的清新气息。菲利普喜欢

---

① 美拉尼西亚,西南太平洋的岛屿。

② 斯坦布尔,即伊斯坦堡,为土耳其欧洲部分之一城市。

跟水手们聊天。当他们发觉他并不目空一切时,便对他讲起了年轻时远洋航行的许多有趣的经历。

有一两次他犯过诊断的错误(他以前从未见过麻疹病例,当他遇到发疹的情况时,便把它当作病因不明的皮肤病来治)。还有一两次,他的治疗意见与索斯大夫产生分歧。第一次出现这种情况时,索斯大夫言辞尖刻地挖苦他。但菲利普却心平气和若无其事地听着。他具有巧辩的天赋,只消回敬一两句话,就使得索斯大夫停下来,并十分惊奇地看着他。菲利普的脸上一本正经,但眼睛却炯炯发光。这位老先生不由得认为菲利普是在拿他开心。他过去一向习惯于被助手们讨厌和害怕,而这一回可是平生没有过的经历。他几乎想对菲利普猛发一阵脾气,让他拿着行李乘下班车回去。他对以前的助手就曾经这么干过。但是他不安地觉得,要是这样做的话菲利普将会毫不客气地当面嘲笑他。于是突然间觉得可笑起来。他违心地装出笑脸,随即转身走开了。不久,他渐渐意识到菲利普是在故意拿他开心,起初他感到吃惊,后来又觉得好笑。

“真他妈的不要脸!”他暗自笑着说,“真他妈的不要脸!”

117

菲利普写信告诉阿特尔尼,说他正在多赛特郡当临时代理医生。没隔多久,他便接到阿特尔尼的回信,回信是用阿特尔尼惯用的一本正经的手法写的,里面堆砌了一大堆华丽的辞藻,犹如一顶缀满珍贵宝石的波斯王冠;一手漂亮的像黑体铅字一样的字体,却难以看懂,而他就以这手好字体而自豪。在信里他建议菲利普同他及其家人,到他们每年必去的肯特郡蛇麻子[①]草地。为了说服

① 蛇麻子,即忽布花、酒花,使啤酒带苦味之原料。

菲利普，他在信里还就菲利普的心灵以及蛇麻草的柔蔓和卷须，做了长篇的优美动人又复杂费解的描述。菲利普立即回信，说他这儿的事一结束就去。他虽然不是在那儿出生的，但他对赛内特岛怀有一种特殊的感情。一想起即将和大地母亲拥抱在一起，想到蓝天下在与阿卡迪亚[①]的橄榄林一样富有田园牧歌式的诗情画意的环境中度上两星期假，他的内心便燃起火一般的热情。

在法恩利一个月的聘用工作一眨眼就过去了。一座新兴的城镇正在临海的山崖上崛起。一座座红砖别墅鳞次栉比，环绕着一个个高尔夫球场，一座刚落成的大旅馆新近刚向前来避暑的游客们开张。但菲利普很少到那儿去。山崖下面的海港附近，错落有致地簇集着上个世纪遗留下来的小石头房子。那些陡斜的，坡度很大的一条条狭窄的街道，却有唤起人们遐思的古色古香的风味。濒水处是整齐的房舍，房子的前面都有修整得小巧玲珑的花园。里面住着业已退休的商船队的船长们，或者住着靠海为生者的母亲们或寡妇们。这些房子的外表显得古雅、宁静。小海港里驶进来自西班牙和地中海东部诸国的不定期货船，还有小吨位的船只。一条条帆船时而随着一阵阵富有浪漫色彩的微风，徐徐地漂进港来。眼前的这番景致，使菲利普回想起布莱克斯特伯尔那行驶着煤船的肮脏的小海港。他想，正是那小海港，使他第一次产生了如今已经成为夙愿的愿望——到东方诸国和热带海洋中阳光明媚的岛屿去一睹为快。但是在这儿，你会觉得比在那视野老受限制的北海岸更接近浩瀚深邃的海洋。在这儿，当你极目远眺宁静的茫茫的大海时，你不禁会深深地吸一口长气。那西风，那亲切柔和的带有咸味的英格兰海风能振奋人心，同时又会把你的心情陶冶得更温柔。

在菲利普给索斯大夫当助手的最后一星期的一天晚上，当老大夫和菲利普正在配制药剂时，一个小孩跑来敲外科手术室的门。来的是一个衣服褴褛的女孩子，脸上很脏，光着脚丫。菲利普应声

---

① 阿卡迪亚，古希腊一山区，以人民生活淳朴宁静著称。

把门打开。

“先生,请你马上到艾维巷的弗莱彻太太家,好吗?”

“弗莱彻太太怎么啦?”索斯大夫用急躁的声音大声嚷道。

这小孩理也没理他,再次对菲利普说。

“先生,她的小儿子出了事,请你马上去好吗?”

“告诉弗莱彻太太说我马上就去。”索斯大夫在里面大声地说。

小女孩犹豫了一会儿,把一个污黑的食指放进肮脏的嘴里,一动不动地站着,眼睛望着菲利普。

“怎么回事,小家伙?”菲利普微笑着问。

“先生,弗莱彻太太说,请那位新大夫去。”

药房里响了一声,索斯大夫从里面出来,来到了走廊。

“弗莱彻太太对我不满意吗?”他嚷叫道,“自从弗莱彻太太出世以来我就一直给她看病,为什么现在我给她的臭娃娃看病还不行了?”

小女孩有一会儿看起来好像就要哭似的,但她后来还是忍住了。她故意冲索斯大夫伸了下舌头。可是当索斯大夫还在莫名其妙时,她已经撒腿拼命地跑掉了。菲利普看出这位老先生极为恼怒。

“你看样子很累,从这里到艾维巷还有相当一段路。”菲利普这样说,是想给他不能亲自去找一个借口。

索斯大夫低声骂道:

“对一个有两条腿的人来说,走这点儿路总要比一个只有一条半腿的人近得多。”

菲利普脸唰地涨红了,默默地站了一会儿。

“你是要我去呢,还是你亲自去?”菲利普终于冷冷地问道。

“我去算什么呢?人家是要你去。”

菲利普拿起帽子,看病人去了。他回来的时候已将近八点钟了。索斯大夫背向着壁炉,在餐室里站着。

“你去了很久呀。”他说。

“对不起。你为什么不先用饭?”

“我想等等。你出去这么久,一直在弗莱彻太太家吗?”

“没有。在回家的路上我停下来观赏落日的余晖,我把时间都给忘了。”

索斯大夫没有回答。女仆端来了一些烤小鲳,菲利普胃口很好,吃得很香。

突然索斯大夫冷不防地向他提了一个问题。

“你为什么要去看日落的景致?”

菲利普嘴里塞满食物,瓮声瓮气地回答说:

“因为我感到愉快。”

索斯大夫神情古怪地望了他一眼,那张衰老、憔悴的脸上闪现出一丝笑意,往后便默默地用膳。但当女仆端来了葡萄酒又离开房间后,这老头身子往后靠了靠,锐利的眼光紧紧地盯着菲利普。

“年轻人,刚才我说到你的跛足时有点刺痛你的心吧?”他说。

“当人们生我的气时,总是直接地或间接地这么说。”

“我想他们知道这是你的弱点。”

菲利普面向着他,目不转睛地瞅着。

“你发现了这一点,很高兴吧?”

大夫没有回答,却苦笑了一声。他们就这样四目相对地坐了一会儿,然后,索斯大夫所说的话使菲利普大吃一惊。

“你为什么不留下来?我将把那个患腮腺炎的傻瓜撵走。”

“你太好了,但是我希望今年秋天能够在圣卢克医院里谋得一个职位。这对我将来干别的工作大有帮助。”

“我的意思是和你合伙开业。”索斯大夫执拗地说。

“为什么?”菲利普惊讶地问。

“这里的人们似乎喜欢你留在这儿。”

“我想这不是你赞成我留下来的理由。”菲利普冷淡地说。

“你认为我行医四十年了,还会在乎人们喜欢我的助手而不喜欢我吗?不会的,朋友。我与病人之间没有感情可言。我不指望得到他们的感激,我只希望他们给我医疗费。好啦,你看好吗?”

菲利普没有回答。这并不是因为他正在思考索斯大夫的这一建议,而是因为他感到惊诧。显然,居然有人会向一个刚毕业的人提出合伙开业。这是件不寻常的事。他惊讶地意识到索斯大夫喜欢上他了,尽管谁也无法亲耳听到他这么说。他想,要是他把这件事告诉圣卢克医院的那位秘书,他会有何感想呢?

“这里开业每年收入大约七百镑。我们可以算算你搭多少股份,你可以在以后逐步分期偿还给我。我死后,你可以继承我的位子。我想这比你在医院里混两三年,然后在自己能够开业之前去当助手强。”

菲利普心里明白,这是他这一行的多数人会欣然接受的建议和求之不得的机会。他知道干这一行的人已太多了。在他认识的人当中,少说也有一半人会千恩万谢地接受收入如此稳定的建议的。

“非常遗憾,我不能接受你的建议。”他说,“接受你的建议就意味着把我多年来矢志奋斗追求的一切放弃了。虽说我的生活曾经过得不太顺当,但我的面前总有一个希望,那就是取得当医生的资格,好去旅行一番。现在每当我早晨醒来时,骨头都痒得想动身离去。我并不在乎到哪个特定的地方去,只要能出国,到我没有去过的那些地方去。”

如今,这一目标似乎近在咫尺了。到第二年年中,他便在圣卢克医院任满。然后他将到西班牙去。他可以在那儿度过好几个月。在他心目中的浪漫国土上四处漫游。而后,他将搭一条船,远涉重洋到东方去。人生的道路展现在他的面前,时间长着呢,逗留多久也无关紧要。只要他愿意的话,他可以在那些人迹罕至的地方,或者在那些生活方式奇特的陌生人群中漫游多年。他不知道他所寻求的是什么,他的旅行将会给他带来些什么。然而他总觉得通过旅游可以学到一些新鲜的生活知识,可以获得解开他刚揭开的奥秘的某一线索,以发现更多的奥秘。即使他什么也没有发现,也可以消除折磨着内心的不安心理。但是索斯大夫却向他表示了极大的好意。如果没有适当的理由,而断然拒绝他的好意似乎是忘恩负义的。因此,菲利普照例涨红了脸,尽力表现出郑重其事的样子,设法向索斯大夫解释,执行他多年来如此深情地珍藏在心中的计划,对他来说是多么重要。

索斯大夫静静地听着,那双敏锐、昏花的老眼中渐渐露出温柔的神色。菲利普认为,他不强迫自己接受他的提议这一点又显得格外的友善了,因为仁慈常常是非常武断的。他似乎认为菲利普的理由是很充分的。他便撇开这个话题,开始谈起他的青年时代。他曾在皇家海军中服过役,正是由于这段经历,他同大海结下不解之缘,退役后,就到法恩利定居。他把在太平洋航行的往事,及在中国的冒险经历告诉了菲利普。他曾参加过一次讨伐杀人成性的婆罗洲[①]野蛮人的远征,知道了当时还是个独立国家的萨摩亚群岛。他还到过珊瑚岛。菲利普听得入迷。他一点一滴地把自己的身世告诉了菲利普。索斯大夫是个鳏夫,他的妻子三十年前就死了。他的女儿在罗得西亚跟一个农夫结了婚。他与女婿吵了架,女儿已经有十年没有到英国来了。他就好像不曾有过妻子和孩子一样。他形单影只,非常寂寞。他的粗暴只不过是掩盖他幻想的彻底破灭的保护色罢了。菲利普看到他并非不耐烦,恰恰相反,是相当厌恶地等待着死亡的降临;看到他憎恨自己的衰老,且又不甘心自己受到随着年迈所带来的种种束缚,然而又觉得死亡是解决他生活的痛苦的唯一办法,这似乎太悲惨了。

菲利普突然闯进了他的生活,于是,他把由于与他女儿长期分离而已经泯灭了的人类天性中的感情——在他同女婿的那场争吵中,他女儿站在丈夫一边,他还从来没有见过她的孩子——全部倾注在菲利普身上。起初这使他感到气愤,心想这是年迈的一种迹象。可是在菲利普身上有某些吸引他的东西。他发现自己不知为何缘故,会不知不觉地对菲利普微笑。菲利普一点也不使他厌烦。有一两回菲利普还将手搭在他肩上,这种近乎是爱抚的动作,自从多年前女儿离开英国之后,他从没再得到过。当菲利普要离开的

① 婆罗洲,加里曼丹的旧称。

时候，索斯大夫陪他一起到火车站，心里感到莫名其妙的沮丧。

“我在这儿过得太痛快了，”菲利普说，“你一直待我很好。”

“我看你很高兴离开这儿吧?”

“我在这儿过得很快乐。”

“可是你还想出国去见见世面？啊，你还年轻。”他犹豫了片刻，又说，“请你记住，假如你改变主意，我的提议依然有效。”

“你真是太好了。”

菲利普把手伸到列车窗外，跟他握手告别。火车徐徐地出站。菲利普想起将要在蛇麻草场度过两星期的假期，想到又能再次见到老朋友了，心里乐极了。同时他也因为那天的天气晴朗而格外兴奋。然而，与此同时，索斯大夫则缓慢地踱回到他空寂的屋子。他感到自己非常衰老、非常孤独。

118

菲利普到达弗尼时，天色已经很晚了。弗尼是阿特尔尼太太的故乡。她从小就习惯了在地里采蛇麻子了。像许多肯特郡本地人的家庭一样，她现在依然每年偕同丈夫和孩子们来这儿采集蛇麻子，一则想挣点钱，贴补家用，但主要还是把这一年一度的外出看作是最愉快的假日，在这之前他们一家人就都在热切期待了。这种活儿并不重，是在露天里大家共同干的。对孩子们来说是一次长时间的、愉快的野餐。青年男女在这儿幽会；在劳动结束后的漫长的夜晚，他们成双成对地在小巷里漫游、谈情说爱，于是，采集蛇麻子季节过后，紧接着常常是举办婚礼。他们带着铺盖、坛坛罐罐、桌椅板凳等家什，坐着马车出发。因此，在采集蛇麻子期间，整个弗尼村子里室静巷空。本地人非常排外，不高兴外地人闯入。他们把从伦敦来的人称为“外地人”。他们看不起这些人，同时也害怕这些人，认为他们是一帮粗鲁的人，那些体面的本地人不愿意跟他们混杂在一块。以前来这儿采集蛇麻子的人都睡在仓库里，但十年前，在草场旁边盖起了一排茅草屋。于是阿特尔尼一家跟其他许多人家一样，每年来此地也都住在同一间茅屋里。

阿特尔尼坐着从小酒店借来的马车到车站接菲利普。他还在小酒店替菲利普订了一间房。它离蛇麻草地只有四分之一里。他们将菲利普的旅行袋搁在房间里，便走到盖有茅屋的蛇麻草场。那些小屋只不过是一座又长又矮的棚屋，被隔成一个个大约十二平方英尺的小房间。每个房间前面都用树枝燃起一堆篝火，一家子就围坐在火堆周围，热切地观看着火上正煮着的晚餐。阿特尔尼的孩子们的小脸蛋已经因海风吹和阳光晒而变成棕红色。阿特尔尼太太戴了顶太阳帽，简直判若两人，你会觉得在城市里生活了这么多年，实际上对她没有多少影响。她还是土生土长的乡村妇女。你可以看出她在乡村里多么从容自如。她正在炒腊肉，同时一边照看着身边年纪较小的孩子。不过菲利普一来，她还是热诚地跟菲利普握手，愉快地向他微笑着。阿特尔尼兴致勃勃地道起乡村生活的乐趣。

"我们居住在城市里，我们急需阳光，渴望阳光。城市不是生活，而是一种漫长的囚禁。贝蒂，把我们所有的东西统统卖掉，到乡下经营一个农场吧。"

"我知道一到乡下你又会这样说，"她愉快地嘲笑他说，"哼，冬雨一下，你就会嚷着要回伦敦了。"她又转过脸来对菲利普说："每当我们到这儿来时，阿特尔尼总喜欢这样说。乡村啊，我多喜欢你！可是呀，他连芜青和甜菜还辨不清呢。"

"爸爸今天偷懒，"珍妮以她特有的坦率说，"他连一袋都没摘满。"

"孩子，我正在学习，明天我将摘得比你们合起来的还要多。"

"孩子们，快来吃晚饭，"阿特尔尼太太说，"萨利到哪儿去了？"

"妈，我在这儿呢。"

话音刚落，她从小茅屋走出来了。木柴燃烧的火苗跳动着，火光将她的脸孔映得通红。近来,菲利普发现,她一直穿着那件整洁的工装,自从她去裁缝店做工以来,就喜欢上这种工装了。而今晚,她却换上一套印花布衣,显得格外迷人。这衣服宽大,穿上它便于干活。她把袖子卷起来,裸露出她那双健壮、浑圆的手臂。她也同她妈妈一样,戴着一顶太阳帽。

“你看起来好像童话里的挤奶姑娘。”菲利普同她握手时说道。

“她可是蛇麻子草场里的美人,”阿特尔尼说,“说实在的,假如这里乡绅的儿子见到你,他马上就会向你求婚的。”

“爸爸,那个乡绅没有儿子。”萨利说。

她环顾四周,想找个地方坐下,菲利普就腾出个位置,让她坐在自己的身边。她的脸在夜晚篝火的辉映下美得出奇。她好比乡村的女神,令人想起了老赫里克[①]在其优美的诗篇中所极力称赞的那些俏丽、健美的姑娘来。晚餐很简单,面包、奶油、烘脆的腊肉。孩子们喝茶,阿特尔尼夫妇及菲利普喝啤酒。阿特尔尼狼吞虎咽地吃着,大声地赞赏他所吃的一切。他大肆嘲笑着卢加拉斯[②],又把布雷拉特－萨维林[③]臭骂了一通。

“阿特尔尼,我得替你说句公道话,”他妻子说,“你吃得很痛快,这准没错!”

“这都是我的贝蒂亲手做的饭。”他说着,还伸出了富有表现力的食指。

菲利普心里觉得很舒服。他快活地望着连成长串的篝火。人们围坐在火堆旁,火光映红了夜空。草场的尽头是一排高大的榆树,头顶上是繁星闪烁的夜空。孩子们有说有笑。阿特尔尼活像个孩子挤在他们中间,他耍鬼把戏,讲异想天开的故事,把孩子们逗得哄堂大笑。

---

① 赫里克(1591—1674),英国诗人、牧师。著有诗集《西方乐土》等,“好花堪摘须及时”是其名句。

② 卢加拉斯(公元前110—前57),古罗马之执政官及将军,以豪富著称。

③ 布雷拉特－萨维林(1755—1826),法国政治家和食物品尝家。

“这儿的人很喜欢阿特尔尼，”他妻子说，“可不是吗，布里奇斯太太对我说，这会儿要是没有阿特尔尼先生，我不知道我们该怎么办才好。他总有些高招逗人，与其说他是个当父亲的，倒不如说他像个小学生更恰当些。”

萨利默默地坐着，她体贴地照料着菲利普，给他他所需的东西，这使他很开心。有她坐在身边很令人愉快。菲利普不时地瞥一眼她那张晒黑的、健康的脸。有一次，两人的眼光相遇时，她恬静地笑了。晚饭后，珍妮和一个小弟弟被派到草场边上的小溪那里去提一桶洗脸水。

“孩子们，把我们睡觉的地方告诉菲利普叔叔，然后你们也该去睡觉了。”

一双双小手抓住了菲利普，把他连拖带拽地拉到茅屋里去。他走进去，划着了一根火柴。屋内没有什么家具，除了一个装衣服的铁皮箱子外，就只有床了。一共三张床，分别靠着墙。阿特尔尼跟着菲利普走进来，骄傲地给他指点着。

“这才是睡觉的好地方，”他大声说，“既不是弹簧床，也不是天鹅绒被褥。我从来没有像在这儿睡得这么香甜过。你将裹在被褥之间睡觉。亲爱的朋友，我打心眼里替你难受。”

床上都铺着一层厚厚的蛇麻草蔓，草蔓上头又铺上一层稻草，最上面用毯子覆盖着。露天里到处都散发着扑鼻的蛇麻草芳香。白天在野外的环境里干了一整天活之后，快活的采集者们都睡得很香。到了晚上九点，草场上万籁俱寂，人们大都已进入梦乡。但还有个别人依然泡在酒店里，一直到酒店十点关门时才肯回来。阿特尔尼送菲利普去酒店歇宿。临走前，阿特尔尼太太对菲利普说：“我们大约五点三刻吃早饭，但我想你不愿意这么早起床。你知道，我们六点就得干活了。”

“他当然也得早起床，”阿特尔尼嚷叫道，“而且他必须像我们一样地干活。他也得挣膳费嘛。不干活就没饭吃，小伙子。”

“孩子们早饭前下海游泳，在他们回来的路上可以喊你一声。他们要经过‘快乐的水手’酒店的。”

“假如他们去时就喊醒我，我就和他们一块去游泳。”菲利普说。

珍妮、哈罗德和爱德华听他这一说，高兴得喊起来。第二天清晨，他睡得正香，就被孩子们冲进房子里弄醒了。男孩子们一个个跳到他床上去，他只好用拖鞋把他们赶下去。他匆匆地穿了上衣和裤子，尾随他们下楼来了。天刚蒙蒙亮，空气中还透着丝丝寒意。天空万里无云，太阳放射出金黄色的光芒。萨利拉住康尼的手，手臂上挎着一条毛巾和一套游泳衣，站在大路中间。现在他才看清楚她的太阳帽是淡紫色的。在它的映衬下，她的脸蛋黑里透红，像一只苹果似的。她照样不慌不忙地，以甜蜜的微笑跟他打招呼。他突然发现她的牙齿小小的，很整齐，也很洁白，不晓得自己以前怎么会没有注意到。

“我的意思是想让你多睡一会儿，”她说，“但是他们非要上去喊醒你不可。我说你并不是真的想去。”

“噢，是真的，我真的想去。”

他们沿着那条路往前走，然后抄近路穿过那块沼泽地。走这条路到海边不足一英里路。海水看起来冷冰冰，灰蒙蒙的。菲利普见了不觉打了一个寒战。但是孩子们却已脱掉衣服，喊叫着冲进海水里去了。萨利干任何事的动作都有点慢，直到孩子们围着菲利普戏水时，她才跳进水里。游泳是菲利普唯一的拿手好戏。他在水里就感到舒展自如。他时而扮海豚，时而扮快溺毙的人，时而装成一个想游泳又害怕弄湿头发的胖太太的神态。孩子们马上都模仿起他来了。他们闹声喧天，热闹非凡。萨利必须非常严厉地吆喝，才能把他们一个个喊上岸。

“你和他们一样坏，”她以母亲般的口吻严肃地对他说，那神态显得非常滑稽动人，“你不在时，他们从不会这么顽皮。”

他们往回走着。萨利的手里拿着太阳帽，一头金发从一只肩膀上披落下来。他们回到茅屋时，阿特尔尼太太已上蛇麻草场干活去了。阿特尔尼穿着一条再破旧不过的裤子，上衣的纽扣一直扣到脖子，这表明他里面没有穿衬衫。他头上戴着一顶宽边软帽，正在用木炭火烤鲱鱼。他自得其乐的样子活像一个土匪。一见到他们这伙人，他便扯着嗓门哼起《麦克佩斯》[①]剧中的巫婆的合唱诗，手中烤的鲱鱼也发出很浓的香味。

“快吃早饭，否则你妈妈要不高兴了。”他们走近时，他说。

几分钟以后，哈罗德和珍妮手里拿着几片奶油面包，逛荡着穿过草地进入蛇麻子地了。他们是最后离开茅屋的。蛇麻草园使菲利普联想起童年时代的景象。在他看来，那蛇麻子烘干房最富有典型的肯特郡风景的特色。菲利普对这儿没有一点陌生之感，好像回到了自己家里一样。他跟着萨利穿过了一畦畦的蛇麻草。这时，阳光灿烂，地上投下了轮廓鲜明的人影。菲利普目不暇接地饱赏着茂盛的绿叶。蛇麻草渐渐变黄了。在他眼里，它们具有西西里诗人在紫红色的葡萄中所发现的美和激情。他们向前走着，菲利普觉得自己完全被周围这葱翠繁茂、生机勃勃的美景打动了。从富饶的肯特郡土地上散发出一阵阵甜蜜的、芬芳的气息。九月的习习微风充满着蛇麻草的诱人的芳香。阿特尔斯坦不由得兴奋难抑，竟提高嗓门唱了起来。那是十五岁男孩才有的那种沙哑声。难怪萨利回过头来说：

“阿特尔斯坦，安静些吧，否则，我们就要遇到雷雨了。”

过了一会儿，他们听到了嘈杂的叽喳声，再过一会儿，从采集蛇麻子的人群处传来了更响的说话声。他们都干得很卖力，还边采摘边说笑。他们或坐在椅子上，或坐在小凳子上，也有的坐在盒子上，身旁都放着篮子。还有些人干脆站在帆布袋旁，直接把摘下的蛇麻子投进袋子。周围有许多小孩。还有不少吃奶的婴儿，他们有的放在临时凑合的摇篮里，有些用毯子裹着放在松软、干黄的土地上。小孩采得少，玩得多。妇女忙忙碌碌地干着。她们从小就干惯这活儿，速度要比伦敦来的外地人快两倍。她们炫耀每天可以采多少蒲式耳[②]的蛇麻子，又埋怨现在不如从前那么赚钱了。

---

① 《麦克佩斯》，莎士比亚的著名悲剧之一。

② 蒲式耳，计量谷物等的容量单位，在英国相当于36.368升。

过去采五蒲式耳就有一先令，现在要八蒲式耳甚至要九蒲式耳才有一先令。先前一个采集能手干一季赚来的钱，就足够维持以后一整年的生活费用，现在可不行了，只够来度个假，也就差不多了。希尔太太说她用采摘蛇麻子挣得的钱买了架钢琴——她是这么说的——但是她很节省，谁也不愿意像她那样节省，而且，多数人认为那是她自己讲的。如果真相大白的话，也许就会发现她是从储蓄银行里拿钱来添置的。

采蛇麻子的人按照装蛇麻子的帆布袋而划分成许多组，每组十人，小孩不计在内。阿特尔尼高声地吹嘘，总有一天他一家子可自成一组。每组有个组长，这个人的职责就是在自己这一组的帆布袋旁提供一串串的蛇麻子（帆布袋子，是用木框撑起来的，很大，大约七尺高。一长排的帆布袋子就搁在两畦蛇麻草的中间）。阿特尔尼渴望的正是组长这个位子，所以他盼着孩子们长大后，自家可组成一组。同时，与其说他自己卖劲干，倒不如说他是为鼓动别人干才来的。他晃悠悠地到阿特尔尼太太身旁，嘴里叼着支烟卷，采摘了起来。阿特尔尼太太一直不停歇地忙了半个小时，已经往袋子里倒了一篮蛇麻子了。阿特尔尼声称除了老伴外——当然谁也不可能超过老伴——他要采得比其他人都多。这使菲利普联想起阿芙罗狄蒂[①]对好奇的赛克[②]的考验的传说。于是阿特尔尼开始给孩子们讲起美女赛克对从未谋面的新郎一片痴情的爱情故事。他讲得娓娓动听。菲利普倾听着，嘴角挂着一丝笑意，觉得这个古老的传说跟眼前的情景无比和谐。此时，天空湛蓝湛蓝的，他觉得即使在希腊天气也无法比这更可爱。孩子们一个个都有金黄色的头发，红玫瑰般的脸蛋，身体结实、壮美和生气勃勃。样子优雅的蛇麻子，醒目的翠绿色的叶子，色泽犹如喇叭形的植物的光泽；那富有魔力的不可思议的绿草丛中的小径，极目远眺，在远处

---

① 阿芙罗狄蒂，希腊神话中爱与美的女神。

② 塞克，希腊神话中爱神厄洛斯所爱的美女，被视为灵魂的化身，在艺术中常被画为蝴蝶或有翼之人。

缩成一点。采集人都头戴着太阳帽:也许这儿的一切,要比你从教授的教科书上或博物馆里所能找到的更富有希腊精神。菲利普对英国的优美景色感到无限欣慰。他想起了那一条条蜿蜒的白色的小道,和一簇簇编成树篱的灌木丛;那一片片绿茵茵的生长着榆树的芳草地;一座座小山岗优美的轮廓,以及山顶上的小树丛;那一平如镜的沼泽地,以及凄凉惨淡的北海的景象。他为自己能感受到其中的美而感到很高兴。可是不久,阿特尔尼变得坐立不安起来,声称要去探望罗伯特·肯普的母亲。他认识蛇麻子草场里所有的人,全都直呼他们的教名。他知道他们每个人的家史和身世,就连他们自出生以来至今所发生的事也了如指掌。他爱慕虚荣,但心地善良,在他们当中扮演一个风雅绅士的角色。他那股亲热劲里含有点故献殷勤的味道。菲利普不肯跟他一块去。

"我要自食其力。"他说。

"不错,老弟,"阿特尔尼挥动了一下手臂,说罢便慢慢地走开了,"不干活就没饭吃。"

119

菲利普自己没有篮子,就坐在萨利旁边。珍妮认为他不帮她而去帮她姐姐,这太可恨了。他只好答应等萨利的篮子装满了以后就去帮她摘。萨利简直摘得像她妈妈一样快。

"摘蛇麻子会使手粗糙,这会妨碍你缝衣裳吗?"菲利普问。

"哦,不会的。干这种活也需要一双灵巧的手,这也就是为什么女人摘得比男人快的缘故。假如你的手僵硬,手指因干粗活而不灵活,也就摘得不快。"

他喜欢欣赏她那灵巧的动作。她也不时地以如此有趣,如此动人的充满母性的神情注视着他。起初他笨手笨脚的。她一直取笑他。当她伏下身子,教他该如何处理好整棵蛇麻子时,他们的手碰到一起了。他很惊讶地发现她的脸一下子红了。他无法确信她已是个大人了,因为当她还是个少女时他便认识她了,所以总不由自主地把她当作小孩看待。但是爱慕她的人很多这一事实,表明她已经不是小姑娘了。虽然他们刚到乡下几天,萨利的一个表哥已经迷上她,大献殷勤了,以至于她不得不忍受许许多多的戏弄。她表哥名叫彼得·甘恩,他是阿特尔尼太太姐姐的儿子。她姐姐嫁给弗尼附近的一位农夫。路人皆知,他为什么天天要穿过那片蛇麻草地。

八点,早餐的号角吹响了。尽管阿特尔尼太太唠叨说他们都不配吃早饭,但他们却已经狼吞虎咽起来,吃得可开心哩。饭后又接着干,一直干到十二点。这时又响起午餐的号角声。这时候,计量员和记账员从这一袋巡视到另一袋。记账员先在自己的账本上,然后在采集者的账本上记录所采摘的蒲式耳数。每个大袋子都装满了的时候,便用蒲式耳篮量器量入一种称为“囊”的大布袋里。之后量蛇麻子的人和挑夫一块把这一袋袋蛇麻子扛走,装上了马车。阿特尔尼时时回来报告一下,希思太太或琼斯太太已经摘了多少。他恳求全家人加油干,争取超过她们。他总想创造采蛇麻子的记录。有时他来劲了,也能手脚不停地采上一个钟头。然而他对采集蛇麻子的主要乐趣,还是在于显示他那双优雅的手。他对自己这双手感到无比的自豪。他花了许多时间去修剪指甲。他伸出那双手指渐渐变尖的手对菲利普说,西班牙的大公们为了要保持手的白皙细润,总是戴着油手套睡觉。他带着戏剧性的口吻说,那只扼守欧洲咽喉的手,犹如女人的手一样的纤巧、漂亮。他以优美的动作摘蛇麻子时,仔细端详着自己的手,然后自我满足地叹了一口气。他干得乏味了,便给自己卷上支纸烟,对着菲利普大谈特谈起文学与艺术来。到下午,天气变得酷热,人们活儿也干得不太带劲,话也少了。早晨叽叽喳喳个不停的谈话,现在变成偶尔才听得到的片言只语了。萨利的上唇沁出了细小的汗珠。她干起活来嘴唇微微张开着,就像一朵含苞欲放的玫瑰蓓蕾。

收工时间视蛇麻子烘干房的情况而定,有时它很早就装满了。

假如到下午三四点采摘的蛇麻子已够当晚烘干，那就吹号收工。但一般都是到下午五点才开始最后一次计量，每组的帆布袋都计量完之后，便动手收拾工具。收工时间一到，他们就一边闲扯着，一边慢悠悠地走出蛇麻子草场。女人们赶回茅屋收拾、洗涮、预备晚饭，而许多男人都往酒吧间走去。干了一天的活之后，喝一杯啤酒是很惬意的。

阿特尔尼家的袋子是最后计量的。当计量员朝他们走来的时候，阿特尔尼太太才松了一口气站起来，伸一伸她的手臂。她一直以同样的姿势一坐就是好几个钟头，腰身都僵硬了。

“好了，我们到‘快乐的水手’那边去吧。”阿特尔尼说，“必须一项不漏地履行一天的仪式，眼下再没有比上小酒店更为神圣的事了。”

“阿特尔尼，带一个酒壶去，”他妻子吩咐说，“捎一品脱半酒回来晚餐用。”

她一个铜板一个铜板地将钱交给他。酒店里已经挤满了人。店堂是沙石地板，周围摆有长条凳，墙上贴有发黄了的维多利亚女皇时代职业拳击家画像。酒店老板几乎叫得出所有顾客的名字。他身子靠着柜台，正对着那两个往竖在地上的棍子扔圈圈的年轻人温和地微笑，这两个年轻人都因没有投中，而逗得旁观者发出一阵阵耍笑声。人们互相挤了挤，给刚进来的人让座。菲利普坐在两个陌生人之间。一边是一位身穿灯芯绒裤子、膝下扎着细绳子的上了年纪的雇工，一边是一个红润的前额上留着整齐的鬈发、油光满面的十六七岁的小伙子。阿特尔尼坚持要去试试手气，扔圈圈玩玩。他下了半品脱酒的赌注，结果赢了。当他为输家举杯祝酒时说：

“孩子，我赢你这回，比赢一次大赛马还过瘾。”

他戴着顶宽边帽，留着尖翘的胡须，在这些乡下佬当中，显得很古怪。显然，他们也都认为他很古怪。但是他的情绪如此高昂，他的热情又这么富有感染力，以至于周围的人要不喜欢他是不可能的。人们无拘无束地交谈着，他们用赛内特岛那种粗犷、缓慢的口音互相戏谑、逗乐。当地爱说笑的人的诙谐的俏皮话，引起了一阵阵哄堂大笑。一个多么快乐的聚会啊！谁要是对他的同伴不觉得喜悦和满意，那就是个铁石心肠的人了。菲利普目光移向窗外，外头天色明亮，夕阳仍在。窗户上的白色小窗帘，像农舍窗户上的窗帘一样，用红色丝带扎着。窗台上摆着一盆盆的天竺葵。时候一到，闲谈的人们一个个地站起来，摇摇晃晃地走回正在做晚饭的草场。

“我想你将预备睡觉去了吧。”阿特尔尼太太对菲利普说，“你还不习惯早上五点起床，又一整天待在露天地里。”

“菲尔叔叔，你要跟我们一道去洗澡的，不是吗？”男孩们大声嚷道。

“那当然。”

他身体疲倦，但心情愉快。晚饭后，他坐在一张没靠背的椅子上，将身子靠在茅屋的墙上，嘴里叼着烟斗，两眼凝视着夜空。萨利忙碌着，不停地进进出出。他在一旁懒洋洋地观看她有条不紊地工作。她那走路的姿势吸引了他的注意力。虽然步态并不特别优雅，但却轻松自如，沉着自信。她走起路来臀部摇摆着带动了双腿，双脚似乎坚定有力地踏在地上。阿特尔尼已经去和邻居聊天了。不一会儿，菲利普听到他妻子自言自语地唠叨了起来：

“你瞧，家里的茶叶用完了。我要阿特尔尼到布莱克太太那儿去买点。”停了一下，她又提高嗓门喊道，“萨利，到布莱克太太那儿去替我买半磅茶叶好吗？我把茶叶都用光了。”

“好的，妈妈。”

布莱克太太的农舍沿这条大路还得走大约半英里路。她的这所房子既是杂货店，也兼用作女邮政局长的办公室。萨利一边放下卷起的袖子，一边走出了茅屋。

“萨利，我和你一道去好吗？”菲利普问道。

“不劳驾你了，我并不害怕独个儿走。”

“我知道你不会害怕的，但是我睡觉的时间快到了，临睡前双脚正想舒展一下。”

萨利没有回答。他们一块出发了。大路白茫茫静悄悄的。夏日的夜晚一丝声响也没有,他们俩都没说多少话。

“到现在天还很热。是吗?”菲利普说。

“我想这是一年之中最好的天气了。”

但他们的沉默并不显得别扭。他们觉得这样肩并肩地走是很愉快的,因而觉得没有说话的必要。当来到一个栽成树篱的灌木篱墙的栅门处时,突然听到一阵窃窃私语声。在黑暗中他们见到两个人的轮廓。这两个人互相紧挨着坐在一起。菲利普和萨利走过去的时候,他们连动也没动一下。

“我不晓得那些是什么人。”萨利说。

“他们看起来很幸福,是吗?”

“我想他们也把我们看作是一对情侣呢。”

他们看到前面那间农舍的灯光了。过了一会儿,两人便走进了小商店。店里那耀眼的灯光一时使他们眼花缭乱,睁不开眼来。

“你们来迟了,”布莱克太太说,“我正准备关门,”她看了看钟,“瞧,都快九点了。”

萨利买了半磅茶叶(阿特尔尼太太买茶叶一次总不超过半磅),然后他们又往回赶路了。耳边不时传来一声夜间野兽发出的短促又尖利的叫声。但这只能使夜晚显得更加寂静。

“我相信,假如你静静地站着不动,一定能够听到大海的波涛声。”萨利说。

他们俩竖起耳朵竭力倾听。脑海的想象力,使他们听到了细浪拍击海滨沙石发出的微弱的声响。他们再经过树篱的那个栅门时,那对情人还在那儿,但是现在他们不再喃喃低语了,而是互相搂抱着,男的嘴唇贴在女的嘴唇上。

“他们似乎挺忙的。”萨利说。

他们转过一处拐角,一阵暖风吹拂着他们的脸颊。泥土散发出清新的气息。这美好的夜晚,似乎有什么不可理解、不可名状的东西在等待着他们,静寂顿时变得意味深长。菲利普的心里萌生出一种奇怪的情感。这情感似乎充满着激情,又似乎要融化了(这一陈词滥调精确地表达了这种奇怪的感觉)。他觉得愉快、焦虑和有所期待。他突然想起了杰西卡和洛伦佐①两人竞相媲美地互相喃喃地倾诉缠绵情话的那些诗句。然而,他胸中的激情迸发出光辉,明亮地照透了他们两人都觉得有趣的奇想。他不知道空气中有些什么东西使他的理性如此的清醒。他认为,他才是享受大地的芬芳、声响和香气的纯洁的灵魂。他从未曾感到过自己对于美有如此微妙的感受力。他真担心萨利开口说话而把这宁静给打破了。然而她一句话也没说。可他又想听到她的声音。那低沉的、悦耳的嗓音,正是这乡村之夜本身发出的声音。

他们来到了草场前,她回茅屋必须从这儿穿过。菲利普替她打开篱笆栅门。

"好啦,我想得在这儿告辞了。"

"谢谢你一路陪着我。"

她向他伸出手去,他握着她的手说:

"假如你对我友好的话,你就得像你家里其他人一样同我吻别。"

"我不在乎。"她说。

菲利普本是说着玩的。他只是想吻她一下,因为他兴奋,他喜欢她,而且这夜晚是如此的可爱迷人。

"那么,晚安!"他笑着将她轻轻地拉过来。

她将嘴唇向他贴过去。那嘴唇又温馨、又丰满、又柔软。他吻着并依恋了一会儿,那两片嘴唇微启着就像一朵鲜花;随后,他不知何故,竟展开双臂将她搂抱起来。她默默地依从了他。她的身体又结实又健壮。他觉得她的心贴着他的心一起跳动。顿时,他忘乎所以,完全丧失理智,他的感情像决口的滔滔洪水将她淹没了。他把萨利拉进树篱墙的更暗的阴影处。

---

① 杰西卡和洛伦佐是莎士比亚《威尼斯商人》剧本中的一对情侣,杰西卡是夏洛克的女儿。

120

菲利普正酣睡着,突然吓了一跳醒了过来。这才发现哈罗德正用一根羽毛在他脸上搔痒。当他睁开眼睛时,身边响起了一片快乐的欢叫声,而他仍然睡眼惺忪,迷迷糊糊的。

“懒骨头,快爬起来!”珍妮说,“萨利说你不快点的话,她可不等你了。”

珍妮这么一嚷他才记起了发生过的事儿。他的心凉了半截,刚钻出被窝快下床了,又停了下来。他不知道自己怎么有脸去见萨利。一时,他的内心充满了自责的心情。他非常后悔他干过的事儿。今天早晨她该会对他说些什么呢?他害怕与她见面,心想自己为什么会这么傻呢。但是孩子们不容他多想。爱德华已经拿好了他的游泳裤和毛巾,阿特尔斯坦掀掉了他的被子。三分钟之后他们都哗啦啦地拥下楼梯,上路了。萨利朝他微笑了一下,那笑容跟平常一样的甜蜜,一样的天真无邪。

“你穿衣服确实慢,”她说,“我还以为你不来了呢。”

她的态度没有丝毫的改变。他原料想会有些变化的,微妙的变化或者明显的变化。他曾猜想萨利见到他时会是羞答答的,或者怒形于色,或者比以前更亲热些。但是什么变化也没有,她的神态同先前完全一样。他们一路说说笑笑,一块儿往海边走去。萨利沉默寡言,但她向来是那样缄默的。菲利普还从未曾见到她不是这个样子呢。她既不主动地同他说话,也不有意回避。菲利普感到无比惊讶。他本想昨天晚上的那件事会给她带来很大的变化。但是却好像他俩之间什么事也没有发生过似的。这该是一场梦吧。当一个小女孩拉着他的一只手,一个小男孩拉着他的另一只手往前走的时候,他尽量地装出一副漫不经心的样子同他们聊天，同时一边在寻找一种解释。他不晓得萨利是否当真想把这件事忘掉。也许她也像他一样，一时间感情用事失去理智，而把所发生的事看作在不寻常的环境里发生的突然事件。也许她已经决定将此事抛之脑后。这可归咎于与她的年龄和性格极不相称的思维能力和成熟的智力。然而他觉得他对她一点也不了解，觉得她身上总有着一种谜一样的东西。

他们在水里玩跳背游戏。这次游泳跟前天一样的闹声喧天。萨利还像母亲似的留心照看他们每一个人。当他们游得太远时就喊他们回来；当他们玩得正热火朝天时，她就独自从容自如地来来回回游着，并且时时仰面朝天浮在水面上。不一会儿，她先上岸，开始擦干身子。接着她多少带点强制性地把孩子们一个个唤上岸，最后只剩下菲利普一个人在水里了。他乘机游了个痛快。这是他第二个早晨的游泳，比较能适应冰冷的海水了。他沉溺于略带咸味的清冽冽的海水之中。他为自己能在水中自由自在地舒展四肢而感到无比高兴。他以大幅度的、坚定有力的动作击水。可是萨利披着一条浴巾走到了水边。

“菲利普，你马上给我上来。”她喊道，好像他是她照管下的一个小男孩似的。

菲利普见她那副很有权威的神气觉得很有趣，当他微笑着向她游过来时，她训斥起他来。

“你太淘气了，在水里泡这么久，嘴唇都发紫了。你看看，你的牙齿都打战了。”

“好，我这就上来。”

她以前从没用这种语气同他说话过，似乎所发生的事给了她支配他的权利似的。她把他当作一个必须关照的孩子看待了。几分钟后，他们穿好了衣服，开始往回走。萨利注意到了他的手。

“你瞧，手都变紫了。”

“哦，没关系，那只是血液循环的问题，过一会儿就会好的。”

“把手伸给我。”

她把他的双手握在自己的手掌心里，搓摩着，先搓一只，后搓另一只，直到又恢复了血色为止。菲利普既感动又迷惑不解，两眼直直地望着她，因为有孩子们在场，他不便对她说些什么，也没敢看她的眼睛。但是，他能肯定她的眼睛并非有意回避他的眼光。只是它们碰巧没有遇上罢了。那一天，她的举止丝毫没有表明，她意识到他俩之间发生的事情。要说有变化的话，也许是她比平常话多一些。当他们又重新坐在蛇麻子草场里干活时，她告诉她母亲，菲利普是多么调皮，一直到冷得嘴唇发紫了才肯上岸来。这是令人难以置信的。如此看来，似乎昨天晚上发生的事情的唯一的反应，是唤起她保护他的情感：她对他有着像关照她的弟妹们一样关照他的本能愿望。

直到夜幕降临时，他才有机会和她单独在一起。这时她正在做晚饭，菲利普坐在火堆旁的草地上。阿特尔尼太太到村里买东西去了，孩子们到处互相追逐着玩耍。菲利普局促不安要开口说些什么，又犹豫着。萨利从容、老练地忙她的活，温和地忍受这一对他来说如此尴尬的沉默。他不知道该怎样开口来打破这一沉默。萨利是除非人家对她讲话，或者有些什么特殊的话要说，否则很少主动开口的。他终于再也憋不住了。

"萨利，你不生我的气吧？"他突然脱口而出道。

她默默地抬起眼皮，毫无表情地看着他。

"我？不。我干吗要生气呢？"

菲利普吃了一惊，没有再说话。她揭开锅盖，在锅里搅动了一下，又把它盖上。空气中飘出一股食物的香味。她又望了他一眼，嘴唇微微张开，脸上只有淡淡的笑容，倒是那双眼睛充满了笑意。

"我一直很喜欢你。"她说。

他的心不由得狂跳了起来，顿觉自己的脸涨红了。他勉强地微笑了一下。

"我以前可一点也不知道。"

"那只因为你是个傻瓜。"

“我不明白,你为什么喜欢我。”

“我也说不清楚,”她又往火堆里添了一把柴,“我只知道,当你一直在外头流浪,饿着肚子来我家的那一天,我喜欢上你了。你还记得吗?那天是我和妈妈把索普的床腾出来给你睡的。”

他的脸又涨得通红了,因为他不知道她也了解那件事。他自己一记起那件事,心里就充满了恐惧和羞愧。

“这就是我不理睬其他人的缘故。你记得妈妈要我跟他结婚的那个年轻人吧?我让他来家喝茶,是因为他太缠人了。但我知道我是不同意的。”

菲利普太惊讶了,以至于一时无言以对。他的心里有种奇怪的感觉,除非是幸福的感觉吧,不然他不知道它是什么了。萨利又搅动一下锅里的食物。

“希望孩子们快点回来。不知道他们都到哪儿去了。晚饭已经好了。”

“我去找找他们好吗?”菲利普说。

谈到实际的事情,他觉得松了一口气。

“好的,这主意不错,我得说……瞧,妈妈回来啦。”

然后,他从草地上站起来。她看着他,一点也不难为情。

“今天晚上我把弟妹们打发睡觉后,和你出去散散步好吗?”

“好的。”

“那么,你在树篱的栅门处等我,我收拾好了就来。”

他坐在栅门的阶梯上等候着。头顶上繁星点点,两边是高高的长满成熟的黑莓的树篱。大地散发出黑夜沁人心脾的幽香。晚风柔和宁静。他的心猛烈地跳荡着。他无法理解眼前所发生的一切。他总是把情爱和哭泣、眼泪和热情联系在一起的,而这些在萨利身上都没有。但是他还是猜不透,除了爱情外,还有什么别的原因使得萨利委身于他。然而萨利真的爱他吗?假如她爱上了她的表哥,他一点也不会感到惊奇的。彼得·甘恩是位个子高大,腰板挺直,面孔晒得黑黑的人,走起路来步伐又大又轻巧。菲利普实在不晓得萨利究竟看中了他哪一点。他不知道萨利是否用像他理解的那种爱情爱他,要不然又是别的什么呢?但有一点,他确信她的纯洁。他模糊地觉得很多事情都融汇在一起了:那令人陶醉的空气、蛇麻子草和迷人夜晚;那种女性与生俱来的健康的本能;还有洋溢的柔情,以及含母性爱和姐姐情谊的感情。对于这一切,萨利虽没意识到,但他却感觉到了。她心里充满着仁爱,所以她把所有的一切都奉献给他了。

他听到路上响起一阵脚步声,随后从黑暗中闪出了一个人影。

“萨利。”他低声喊道。

她收住了脚步,而后又朝栅门处走来。一阵香甜、清新的乡村气息随之扑面而来。她身上仿佛带有新割的干草的芳香,熟透了的蛇麻子的香气以及萋萋芳草的新鲜气息。她那柔软、丰满的嘴唇紧贴着他的嘴唇;她那可爱、强健的身躯被他紧紧地搂在怀里。

“牛奶和蜂蜜,”他喃喃说道,“你好比牛奶和蜂蜜。”

他让她闭起眼睛,再吻她的眼睑,吻完了一只,又吻另一只。她那强健、结实的手臂裸露到肘部。他伸出手轻轻地抚摸它,赞叹它的美丽。在黑暗中它泛出亮光。她有着鲁本斯①画笔下的那种皮肤,惊人的白皙和透明,手臂的一侧长着金色的茸毛。那是撒克逊女神才有的手臂,但没有一个不朽者的手臂能有她的如此优美、质朴、天然。菲利普想起了农舍花园里那些只有在男人们的心中才争相怒放的可爱的鲜花:有蜀葵花,有称为约克和兰开斯特的红白相间的玫瑰花,还有黑种草、美洲石竹、忍冬、飞燕和虎耳草。

“你怎么会看上我呢?”菲利普说,“我是微不足道的,跛足,平凡又长得难看。”

萨利双手捧起他的脸,吻着他的嘴唇。

“你是个大大的傻瓜,你就是这么一个人。”她说。

---

① 鲁本斯(1577—1640),佛兰德斯画家。

121

蛇麻子采完后，菲利普口袋里揣着担任圣卢克医院助理住院医生的通知，随同阿特尔尼一家返回伦敦。他在威斯敏斯特租了一套朴素的房间，并于十月初赴任。这工作既有趣又多样化。他每天都能学到一些新的东西。他觉得自己多少有些举足轻重了。他常常跟萨利见面。他觉得生活非常的愉快。除了有时他得轮值应付门诊病人，一般大约下午六点就下班了。然后，他便到萨利工作的裁缝店去等候她。店门对面或者再远点的第一个拐角处，有好几个年轻人在那儿逛荡着。店里那些姑娘们成双成对或者三五成群结伴走了出来，女工们认得他们俩，都互相用胳膊肘儿轻轻推搡，哧哧地笑着。萨利穿着那套朴素的黑衣服，乍一看跟那个曾与他肩并肩采摘蛇麻子的乡村少女已判若两人。她快步从裁缝店出来，当与他相会时她便放慢了脚步，文静地微笑着算是跟他打招呼。他们一块穿过繁华的街道。他对她谈起在医院的工作情况，她也把当天在裁缝店里做的事告诉他。他逐渐地记住了跟她一块干活的那些女孩子的名字。他发现萨利有着含蓄的、敏锐的诙谐感。她以令人意想不到的滑稽话，评论店里的姑娘们以及她们的情人，使菲利普忍俊不禁，大笑起来。她叙述每一件趣事的方式很独特，总是不动声色，仿佛事情本身根本没有什么值得好笑似的。然而她又讲得那样机智，有声有色，以至于菲利普听得哈哈大笑。这时她会朝菲利普瞟一眼，她那充满笑意的目光，表明她并非没有觉察出自己的幽默。他们见面时，总要握握手；分手时，也是客客气气的。有一次，菲利普邀请她到他寓所里用茶点，但她拒绝了。

“不，我不。那会显得轻率的。”

他们相互之间从未说过一句关于爱情的话。她除了陪他一起散散步外,似乎再没有什么别的愿望了。但菲利普确信她是乐意跟他在一起的。她还像是最初那样使他捉摸不透。对她的所作所为他也仍未开始理解,但是他与她越熟悉,就越喜欢她。萨利能干、矜持,她的诚实品德是很感人的。你会觉得,无论在何种情况下她都是可以信赖的。

"你是个很好的人。"有一次他没来由地信口对她说道。

"我想我只是和别人一个样罢了。"她回答。

他知道,他并不爱她。但他对她怀有极强烈的感情,喜欢有她陪伴在身边。有她在身旁,就觉得特别宽慰。他对她有一种感觉,觉得自己对一个十九岁的女店员情意绵绵似乎是荒唐可笑的。但是他尊重她,同时他对她那健壮的体魄赞叹不已。她没有缺陷,身体很棒。而她的完美的体格常常使他心里充满一种敬畏的情感,使他觉得自己配不上她。

后来,大约他们回到伦敦三个星期后的一天,当他们一块散步的时候,他发觉她比往常更显沉默。那沉静、安详的表情也变了,她两道眉宇间现出微微的皱纹,这是皱眉的预兆。

"萨利,怎么回事?"他关切地问道。

她眼睛没有看他,却直直地凝望着前方,脸色也暗淡了下来。

"我也不知道。"

菲利普马上明白她的意思。他的心跳一下加快了,脸也顿然为之失色。

"你这话是什么意思呢?你是不是害怕?……"

他没再讲下去,他讲不下去了。他的脑子里从来没有想到过发生那种事的可能。他发现萨利的嘴在哆嗦着。她竭力克制住不让自己哭出声来。

"我还不敢肯定。也许没事。"

他们默默地往前走着,直到来到了钱塞里巷的拐角处,他总是在这儿同她分手。这时,萨利把手伸了出来,脸上露出微笑了。

“请先别担心。我们往好的方面想吧。”

他走开了，但思潮翻滚，心乱如麻。自己简直是个傻瓜！他首先想到的，就是认为自己是一个下贱的、可悲的傻瓜。他气愤地把这话重复骂了十几遍。他鄙视自己。他为什么自讨苦吃陷入这种糟糕的境地呢？同时，他脑海里闪过了一个又一个的念头，似乎这些念头又都交错在一起，一片混乱，好像在梦魇中见到的拼图玩具中的拼板似的。他寻思自己今后该怎么办。一切非常清楚地摆在他面前，多年来他梦寐以求的一切终于近在咫尺、唾手可得了。而现在，意想不到的愚蠢行为，又给新的生活设置了新的障碍。菲利普坚定地热望过一种井然有序、有条不紊的生活，但又对未来的生活充满激情。他自己也承认这是他从未能克服的一个弱点。他一到医院定下心来工作，便已经忙于安排将来的旅行了。过去，他常常力图不把将来的计划考虑得太详细，那只会使自己灰心丧气。可如今，他认为既然这一目标即将实现，考虑一下难以抗拒的渴望之情又有何妨呢？他想首先去的是西班牙。这是他一心向往的地方。迄今，他的身上已浸染着那个国家的精神、传奇、特色及其历史。他觉得西班牙给了他任何别的国家所不能提供给他的特别的启示。科尔多瓦、塞维利亚、托莱多、莱昂、塔拦戈纳、布尔戈斯等古老而优美的城市，他早都从书上熟悉了，好像他从孩提时就在它们的弯弯曲曲的街道上行走似的。西班牙的伟大画家才是他心灵中的画家。当他面对面地站在那些令人心醉神迷的作品面前时，他的脉搏激烈地跳动着。那些画作比任何画作更能抚慰他那遭受折磨的、不安的心灵。他读过了西班牙伟大诗人的诗篇，这诗篇要比任何别的国家的诗人的诗作更富有民族的特色，因为他们似乎根本不是从世界文学的潮流中，而是直接从他们国家那酷热的、芳香的平原和荒凉的山峦中获取灵感的。从现在起，再过短短的几个月，他便能亲耳聆听到在他周围，都是那种似乎是最适合于表达伟大灵魂的崇高激情的语言了。他的敏锐的鉴赏力使他隐约觉得，安达鲁西亚那地方太幽静、太使人伤感了，甚至有点庸俗，无法满足他那奔放的热情。他的想象力不知不觉地飞向那遥远的、风沙飞扬的卡斯蒂利亚和道路崎岖、雄伟壮丽的阿拉贡和莱昂。他尚不知道那些未知的经历,会给自己带来些什么,然而他相信,他将会从中获得一种力量和决心,使他更能够从容不迫地面对和领悟到更遥远、更陌生的地方的种种奇观。

这还仅仅是个开端。他已经跟带随船医生出国的几家轮船公司联系上了,而且对各家公司所走的航线了如指掌,并从那些曾在船上干过的人的口中,了解了各路航线和利弊。他把东方轮船公司和太平洋海外航运公司撇在一边,因为要在这两家公司的轮船上找个工作是很困难的。况且这两家公司主要是客运业务。在客轮上,医师几乎没有多少自由。但也有派不定期大货轮到东方从容不迫远航的轮船公司。这种货轮在各个港口都停泊,停靠时间长短不一,短则一两天,长则两个星期,因此,会有很充裕的时间,而且常常可以到内地去旅行一番。在这种船上当随船医生,工资不高,食物只足够果腹,因此谋求这一职位的人不太多。一个取得伦敦医学学位的人,只要他申请,得到这个职位是没问题的。这些船从偏远的这个港口驶往另一个港口,运货做生意,船上偶尔带一两个临时乘客,几乎没有什么客人,因此在船上的生活是友好而愉快的。菲利普熟记了它们停靠的地点一览表。每一处都唤起了他对热带的灿烂阳光、色彩奇异的风光的想象,以及对丰富多彩、神秘莫测而又节奏紧张的生活的憧憬。啊,生活!那是他所需要的。他终于逼近了生活的大门口了。也许,从东京或上海,还可以改乘别的航线的轮船,一直驶向南太平洋群岛。一个医生到什么地方都有用,还可能有机会到缅甸去游览一番,至于苏门答腊或婆罗洲的茂密的丛林,他不也想去观赏观赏吗?他尚年轻,时间对他来说不是问题。他在英国无亲无故、无牵无挂,完全可以到世界的各个地方去周游若干年,认识和了解一下世界的美和奇观以及形形色色的生活。

可就在这关键时刻,这件伤脑筋的事竟发生了。他一直认为萨利的判断没错,真奇怪,他觉得萨利的担心是有根据的。不管怎么说,这件事太可能发生了。人人都明白,造物主原本就把萨利造就成能生儿育女的母亲。菲利普知道自己该怎么办。他不应该让这件小事使自己偏离既定的生活道路一丝一毫。这时他想到格里菲思。不难想象,这个年轻人要是知道这条消息,他是会多么的漫不经心、冷漠对待的。他会认为这是件令人头痛的麻烦事,立即像个聪明人一样,逃之夭夭了。他会让这个女孩自己去处理她的麻烦。菲利普想,假如事情果真这样,那是因为这种事情是不可避免的。他不该比萨利遭到更多的责难。萨利是个明白事理和生活常识的姑娘呀,然而她竟眼睁睁地不顾后果地冒这种风险。让这区区小事来干扰他人生的整个图案,这简直是发疯。世上只有少数人深切地意识到生命的短暂,并懂得充分地利用时机及时行乐是多么必要的。他就是这种人中的一个。他将尽力帮助萨利,可以给她一笔足够的钱,男子汉大丈夫历来是不会让任何事情来改变自己的人生目标的。

菲利普想着这一切,可他又明白,他是做不出这种事来的。他确实做不出来。他了解自己。

"我太软弱了。"他无能为力地喃喃道。

萨利一直信任地,待他又那么好。纵然他有千条理由,也实在干不出一件他觉得缺德的事。他知道,假如他老是想到她的悲惨处境,在旅行中,他的心境便无法安宁。况且如何向她的双亲交代呢?他们总是待他如同家人;对他们以怨报德是不可能的。唯一的办法就是尽可能快地与萨利结婚。他可以写信给索斯大夫,说他马上就要结婚。假如他的那个建议仍然有效的话,他将愿意接受。在穷人中行医是他唯一行得通的。在那儿,他的缺陷算不了什么,他们也不会嘲笑他妻子的率直的态度的。真够有意思,他竟把她当作自己的妻子了。这种想法给他一种既古怪又温柔的感觉。当他想起那是自己的孩子时,浑身不由得涌上了一股暖流。他相信索斯大夫是会欢迎他去的。他甚至想象起他和萨利在那个渔村将过的生活来了。他们将在能望得到大海的地方租一幢小屋,观看从眼前驶过的一艘艘大轮船,目送它们驶往他永远都不知道的国度去。也许这是最明智的办法。克朗肖生前告诉过他,生活的事实对于他来说是无关紧要的。他靠自己的想象力,永远占据着空间和时间这两大领域。他的话真是千真万确啊!你的爱情长存,而她的朱颜永驻!

他送给妻子的结婚礼物,将是自己的全部远大的理想。自我牺牲!这崇高的精神使菲利普有点飘飘然起来,一整夜他都在想着这件事。他太兴奋了,书也看不下去了。他似乎被人驱出房外,跑到了街上,在伯尔德凯奇大街的人行道上来回地走动,他的心乐得怦怦直跳。他迫不及待了。真想看到他向萨利求婚时她感到的幸福。要不是已经这么晚了,他准会立即跑去找她。他想象着以后将和萨利在舒适的起居室里度过一个个漫长之夜。百叶窗敞开着,可以从屋里眺望到大海。他看看书,萨利在一边干针线活,那灯罩遮掩的灯光,使她那张可爱的脸蛋显得更加妩媚了。他们将悄声细语地谈论正在成长的孩子。当她转过脸去与他的眼睛相遇时,眼中闪烁着爱情的光芒。他曾治过的病人——那些渔民及其妻子,将对他们满怀深情,而他们俩也将分享这些纯朴的人们的哀乐。但他的思想一下子又回到他们那即将出世的孩子身上。他已经觉得自己对他一往情深了。他想象自己伸手抚摸着他幼小的、完整的四肢,他知道他将会是很漂亮的。他将把他准备欢度的那丰富多彩的生活的梦想全部移交给他。回首过去漫长的人生历程,他愉快地接受了人生强加于自己的一切。他接受了使他的人生变得如此艰辛的身体缺陷。他知道,它扭曲了他的性格。不过同时他也发现了,正因为它的缘故,他却获得了给予他无穷快乐的反省能力。没有它,他就永远也不可能获得对于美的敏锐的鉴赏力、对文艺的热爱以及对人生的种种奇观的兴趣。过去他常常遭受嘲笑和侮辱,这使他的性格变得内向,促使他的心里开出永远不会失去芬芳的朵朵鲜花。这时,他明白了正常的人是世界上最罕见的。每个人都有某种缺陷,不是身体上的就是精神上的。此刻,他想起了他所认识的人(整个世界好比是个病房,究竟怎么回事,实在莫名其妙)。他看到了眼前排着一长串人,肉体上的残疾和精神上的不健全;有的是肉体上的疾病,心脏衰弱或肺有毛病;有的则是精神上的疾病,意志消沉或沉溺于杯中之物。此刻,菲利普对他们所有的人都寄予神圣的同情。他们都是盲目的命运的无可奈何的牺牲品。他可以原谅格里菲斯对自己的背信弃义,也能宽恕米尔德里德给他带来的痛苦。他们是无能为力的。接受人们的长处,耐心地对待他们的过错,这是唯一合情合理的事情。他记起了主耶稣临终时说的话:"赦免他们,因为他们所作的,他们不晓得。"①

122

菲利普和萨利约好星期六在伦敦国家美术馆见面。她答应一下班就上那儿,并同意和他一起吃饭。自从上回见面以来已经两天了。他内心的喜悦一刻也没有停止过。正因为他沉浸在这种喜悦中,才没有急于去找她。他已经私下一字不漏地把要对她说的话重复多遍了,连对她说话时应有的语气和神态都想好了。这下他急不可耐了。他已写信给索斯大夫,口袋里正装着早晨收到的索斯大夫的回电:"将辞退那个傻瓜,你何时来?"菲利普沿着国会大街朝前走着。天气晴朗,明晃晃地闪烁着的太阳光射进街道上。街上行人熙熙攘攘。远处笼罩着一层薄雾,使得那些高大的建筑物的壮丽的轮廓变得柔和淡雅了。他走过特拉法尔加广场。突然,他的心震了一下,他看到前面有个女人,他以为是米尔德里德。

① 这一句出自《新约全书》中《路加福音》第二十三章第三十四节。

她的身材很像她，走路的姿势也像她那样拖着脚步。他不假思索地，加快步伐赶上前去，心扑通扑通地跳着。直走到与她并排位置时，这个女人突然转过脸来，他才发现她是个陌生人。这女人的脸苍老得多，皮肤又皱又黄。他渐渐放慢了脚步，心里大大地松了一口气，然而又感到有点失望。他不禁对自己感到害怕了。难道他永远无法摆脱那种感情吗？无论如何，他的内心深处总是缠绵着对这个俗不可耐女人的一种奇怪的、热烈的渴望。那次恋情使他吃了这么多苦头，以致他知道，他将永远、永远无法摆脱它。只有死亡才能最终解除他的欲望。

菲利普竭力摆脱心中的痛苦。他想起了萨利，那双温柔的蓝眼睛不时在眼前闪现。他的嘴角不知不觉地露出一丝笑容。他走上国家美术馆的台阶，在第一间画室里坐下来，以便萨利一进来时他便能看到她。置身于画室当中总能使他得到宽慰。他并不特别留意看哪一幅画，而是让瑰丽的色彩、优美的线条来陶冶他的心灵。他一心思念着萨利，把她带离伦敦将是件愉快的事。在伦敦她就与众不同，就好比花店里的兰花和杜鹃花丛中的一朵矢车菊一样。他在肯特郡的蛇麻草地里就明白了，她不属于都市人。他相信，在多赛特小城的柔和的天空下，她这朵矢车菊将能够开得更加鲜艳夺目。正当他浮想联翩时，她走进来了，他站起来迎上前去。她穿着一身黑色衣服，袖口滚着白边，软洋纱领子围着脖子。他们握了握手。

"你等了很久了吗？"

"不，才十分钟。你饿了吧？"

"不太饿。"

"我们先在这儿坐一会儿，好吗？"

"随你便。"

他们肩并肩默默地坐着，都没有说话。菲利普很喜欢有她在身边。她容光焕发的体魄使他感到温暖。生命的光辉犹如一道光轮在她身子的周围闪耀。

“近来身体好吗?”他微笑着,终于憋不住开口道。

“噢,没什么。只是一场虚惊。”

“是吗?”

“你难道不高兴吗?”

他心里产生了一股异样的情感。他已确信萨利的怀疑是有根据的。他一刻也没想到有差错的可能性。他的所有的计划瞬间统统被推翻了。那如此精心筹划的生活只不过是一场永远实现不了的梦幻罢了。他又一次自由了。自由!他的宏伟计划也不必放弃了。生活依然掌握在他手中,他可以随心所欲地干了。他并没有感到快乐,有的只是沮丧。他的心一下凉了。展现在他面前的将来的生活,那么荒凉、渺茫,犹如他在鸟迹罕至的大海里航行了好几年,历尽艰难险阻,终于来到了一个阳光明媚的避风港。可是当他正要驶进港口的时候,突然刮起了逆风,又把他冲到汪洋大海中。同时,由于迷恋过陆地上软绵绵的芳草地和令人心旷神怡的森林,那浩瀚苍茫的大海使他心里充满着痛苦。他再也经受不住孤寂的折磨和风暴的摧残了。萨利那双清澈的眼睛正凝视着他。

“你难道不高兴吗?”她又问了一遍,“我还以为你会扬扬得意呢!”

他垂头丧气地面对着她的凝视。

“我也说不清楚。”他喃喃道。

“你真怪。大多数男人都会感到高兴的。”

他觉得他是在自欺欺人。其实驱使他想跟她结婚的并不是什么自我牺牲,而是他对妻子、家庭和爱情的渴望。既然这一切似乎都从他的手缝里漏掉了,他感到非常失望。他对这一切的渴求胜过世间任何别的东西。管他什么西班牙和它的城市科尔多瓦、托莱多和莱昂;缅甸的宝塔和南海群岛的环礁湖对他又算得了什么呢?此时此地就是美洲嘛。他认为自己的一生一直信奉着别人口头上或书本上向他灌输的理想,而从来不是出自内心的愿望。他的一生总是被他认为应该做什么,而不是他真心想做什么所左右。现在,他不耐烦地把这一切都置之一边了。过去,他一直是生活在对未来的憧憬之中,而现在,未来却总是从他的身边悄悄溜掉。他的理想呢?他想到了他的愿望,即要从纷繁复杂的、毫无意义的人生事实中,编织出一幅错综复杂而又美丽的图案来。他不是已看到了那一幅简单的图案了吗?一个人生下来,工作、结婚、生儿育女,最后死去。这不也是最完美的图案吗?也许向幸福屈服就是自认失败,但这是比无数胜利还要强的失败。

他迅速地望了萨利一眼,不晓得她正在想些什么。然后他又把目光移开了。

"我刚才正想向你求婚。"

"我想也许你会这样的,我不愿阻拦你。"

"你不会的。"

"那你的旅行,西班牙等等怎么办呢?"

"你怎么知道我要旅行呢?"

"我总应该了解一点。我听到你和父亲谈得天花乱坠。"

"我一点也不在乎这些了。"他停了一会儿,然后用低沉的沙哑声说,"我不离开你!我不能离开你。"

她没有回答。他不知道她是什么心思。

"萨利,我不晓得你是不是愿意和我结婚。"

她一动也不动,脸上没有丝毫的表情。她回答时眼睛没有看着他。

"只要你愿意的话。"

"难道你不愿意吗?"

"噢,当然我想有个自己的家,也该是我成家的时候了。"

他微笑了。现在他很了解她了,她的态度并不使他感到惊奇。

"难道你不想和我结婚吗?"

"我想嫁的再没有别的人了。"

"那么,一言为定。"

“爸爸妈妈会大吃一惊的,是吗?”

“我太幸福了。”

“我想去吃午饭了。”她说。

“亲爱的!”

他微笑着,抓起她的手紧紧地握着。他们站起来,双双走出美术馆。他们在栏杆旁站了一会儿,注视着特拉法尔加广场。但见马车和公共马车来来往往,川流不息;人群熙熙攘攘,行色匆匆,朝四面八方拥去。阳光照耀着。

(全文完)